JULIET LANDON

Una noche en el paraíso

Editado por Harlequin Ibérica.
Una división de HarperCollins Ibérica, S.A.
Avenida de Burgos, 8B - Planta 18
28036 Madrid
www.harlequiniberica.com

© 2025 Harlequin Ibérica, una división de HarperCollins Ibérica, S.A.
N.º 86 - 21.5.25

© 2003 Juliet Landon
Una noche en el paraíso
Título original: One Night in Paradise
Publicada originalmente por Harlequin Enterprises, Ltd.

© 2013 Anne Herries
Una institutriz muy especial
Título original: His Unusual Governess
Publicada originalmente por Harlequin Enterprises, Ltd.
Estos títulos fueron publicados en español en 2006 y 2014

I.S.B.N.: 978-84-1074-541-4
Depósito legal: M-4252-2025
Impreso en España por: BLACK PRINT
Fecha impresión Argentina: 17.11.25
Distribuidor exclusivo para España: LOGISTA
Distribuidores para Argentina: Interior, DGP, S.A. Alvarado 2118. Cap. Fed./
Buenos Aires y Gran Buenos Aires, VACCARO HNOS.

Uno

La habilidad de Adorna Pickering de permanecer serena ante la adversidad fue puesta a prueba el día en que la reina Isabel fue a cazar pájaros con su halcón amaestrado. Estaban en el parque en Richmond, y Adorna llamó la atención no tanto por su habilidad para montar a caballo sino por la graciosa caída de espaldas en el Támesis, y por el hecho de que ella fingiera que en realidad no había sido nada. Aunque Adorna consiguió impresionar a la reina, hubo una persona que se negaba a dejarse impresionar de un modo tan comprensivo.

Todo había comenzado tan bien. Aquel día de mediados de verano prometía una ausencia de viento perfecta para aquel tipo de caza, uno de los deportes favoritos de su majestad y que siempre practicaba cuando estaba en su palacio de Richmond. El parque era extenso, con un gran número de ciervos y aves acuáticas, y el selecto grupo de los cortesanos favoritos de la reina iba

3

detrás de ella como una pincelada de colores brillantes, compitiendo discretamente entre ellos para exhibir sus mejores galas, sus caballos y su popularidad.

Siendo la hija del jefe del gabinete de las diversiones de la reina, la presencia de Adorna en tal reunión no sólo era aceptada sino también deseada. El hecho de vivir en Richmond, tan cerca del palacio real, tenía muchas compensaciones, tal y como su recientemente nombrado padre había señalado.

Adorna ya había provocado las sonrisas y atraído las miradas de distintos caballeros. Su belleza deslumbrante y su cabello rubio pálido reflejaban el mismo dorado de la yegua que le habían regalado la semana anterior por su veinte cumpleaños. A su lado montaba el maestro Peter Fowler, otro miembro de la casa real, un joven dinámico que tenía la idea de que su futuro mejoraría si se asociaba con alguien de una posición algo superior a la suya. Aunque no era ajeno a los atributos físicos de Adorna, Peter era más ambicioso que enamoradizo, y su presencia a su lado esa mañana no era una mera coincidencia.

Entre aquel mar de colores, plumas y spaniels correteando entre las patas de los caballos, la compañía esperaba mientras la reina y su maestro halconero lanzaban los halcones al aire y, más abajo, los batidores levantaban los patos del río, obligándolos a levantar el vuelo. Pero como estaba al borde del grupo y no lejos de la orilla del río, la imprudente y joven yegua de Adorna se espantó con los aleteos de las aves que sobrevolaban sus cabezas graznando

4

ensordecedoramente. De modo que la yegua levantó las patas delanteras y se tambaleó hacia atrás, temblando de miedo, y Adorna consiguió controlarla no sin dificultad para evitar que arrollara a otros caballos cuyos jinetes estaban distraídos mirando al cielo. Entonces, pensando que el trance había pasado, centró su atención en los halcones, los cuales, tratando de derribar a los patos, precipitaron a dos de ellos al río en un revuelo de plumas blancas.

Todo el mundo tenía los ojos puestos en quién sería el primero en retirar la presa para llevársela a su majestad, y ninguno de ellos se dio cuenta de que la yegua de Adorna, todavía nerviosa, había decidido por voluntad propia unirse al grupo de personas que habían ido a por las presas, a pesar de los intentos de la amazona de detenerla. Retrocediendo con las patas traseras, a pesar de lo esfuerzos de Adorna, la yegua se metió con determinación en el agua. A su alrededor algunos hombres hablaban en voz alta, otros reían, algunos utilizaban sus espadas para pescar y uno incluso se había lanzado al agua para ganarse el favor de la reina; pero nadie, ni siquiera Peter, se había dado cuenta de que Adorna y su yegua de color dorado pálido estaban en el agua, adentrándose cada vez más al ser arrastradas por la corriente.

—¡Peter! —le gritó ella—. ¡Peter! ¡Ayudadme!

Pero él estaba como todos los demás, atento a los patos, y Adorna se vio obligada a utilizar su látigo para que el caballo avanzara hacia delante, mientras el agua empezaba a cubrirle los pies y a mojarle el bajo de su vestido largo. Pero como no lo hizo lo bastante rápido, el látigo golpeó el agua en lugar del caballo, que de todos modos se negaba a responder a sus exigencias. La ayuda llegó inesperadamente en forma de un hombretón a caballo que se lanzó al agua delante de ella, agarrando sin ceremonia alguna las bridas de la yegua tan sólo segundos antes de que la corriente se llevara la montura.

Preocupada sólo por llegar a la orilla, Adorna no prestó atención a la apariencia del hombre, salvo para notar que su caballo era muy grande y que él era también lo bastante fuerte como para quitarle las riendas de la mano y arrastrar a su yegua por el agua embarrada hasta llegar a tierra firme.

Apartada del público que no dejaba de aplaudir, Adorna recuperó la voz.

—Gracias, oh, gracias —le dijo, agarrándose a la perilla de la montura al tiempo que la yegua se echaba hacia delante—. Gracias al cielo que por fin alguien me ha visto.

Su agradecimiento no fue bien interpretado.

—Si pensáis que es la mejor manera de que se fijen en vos, señorita, recapacitad —le soltó el hombre con antipatía—. El aplauso que está oyendo es para su majestad, no en honor de sus locuras. En el futuro, dejad que sean los lebreles los que vayan a recoger las piezas.

Adorna no era una persona que se quedara sin habla mucho rato, pero aquella grosería tan calculada la dejó sin aliento. Y para colmo de males, el hombre desmontó mucho más deprisa que ella, mucho antes de que le diera tiempo a responder, la agarró con sus brazos fuertes y la plantó en el suelo con eficiencia.

—Me refería, señor, a mi petición de auxilio —le respondió con el mismo retintín mientras se libraba de la mano que le ofrecía su ayuda—. Si hubiera planeado hacerme notar, como parecéis creer, no habría elegido tirarme al río delante de toda la corte de la reina, creedme. Ni tampoco me disponía a buscar ningún pato. ¿Queréis que os quite más invenciones de la cabeza antes de marcharme? —sin mirarlo se sacudió la falda larga de su vestido azul pálido; entonces, por el rabillo del ojo vio a Peter, que estaba desmontando y arrodillándose—. Peter —le dijo—. Levantaos del... ¡Ah! —Adorna vio que su rescatador estaba haciendo lo mismo.

La gente se apartaba y, al tiempo que Adorna hacía una reverencia, toda ella empapada, la reina pasó delante de ellos montada en su precioso caballo tordo.

—Los caballos castrados son mejores para estas ocasiones, señorita, o eso me han dicho —dijo la reina—. Vuestro caballo es una belleza, pero tal vez algo nervioso, ¿no os parece?

La reina, la gentileza personificada, destilaba una comprensión hacia la aflicción de Adorna muy distinta a la brusquedad de su rescatador.

Sin embargo, Adorna no pudo dejar que pasara la ocasión. Sin dejar la reverencia, le echó una mirada altiva al hombre antes de contestar.

—Su majestad es muy amable. Mi yegua es aún muy joven, sin embargo uno tendría que devanarse los sesos para encontrar una excusa similar para otras formas de descomedimiento.

La puntilla de su comentario fue bien clara, y el

hombre se quedó mirándola con cara de pocos amigos mientras el resto de los cortesanos y la misma reina se echaban a reír.

Pero la mirada de Adorna le había dado la información que ya sospechaba por sus modales imperiosos y su voz refinada. Parecía un hombre aferrado a sus ideas, extremadamente apuesto, y cuya imponente talla describía el ejemplo perfecto de la clase de hombres de los que a la reina le gustaba rodearse. Las personas poco agraciadas le resultaban odiosas, sobre todos si eran hombres. Ése tenía los ojos negros, las facciones bien cinceladas y un mentón fuerte; se había descubierto la cabeza y dejado al descubierto una espesa y brillante cabellera negra peinada para atrás.

Cuando la reina les hizo un gesto para que se levantaran, Adorna vio que tenía los hombros sorprendentemente anchos y las piernas largas y fuertes, ceñidas con unas medias hasta los muslos y pantalones bombachos. El terciopelo azul intenso de su ropa complementaba a la perfección el tono más pálido del vestido de Adorna, pero eso parecía ser lo único que tenían en común.

La reina seguía sonriendo.

—Como veis, sir Nicholas, no es tanto lo que uno hace sino el modo de hacerlo. Espero más de vos si tengo la desgracia de caer al río.

Sir Nicholas tuvo la gracia de reírse al tiempo que hacía una inclinación.

—Divina majestad —dijo él—. Estoy seguro de que la luna se caería al río antes que usted.

—Espero que tenga razón —aceptó el elogio y

se volvió de nuevo hacia Adorna—. Señorita Pickering, hay pocas mujeres que puedan mantener el tipo como usted después de un susto tal. Espero que no nos deje.

Adorna reconocía una orden cuando la oía.

—Le doy las gracias, su majestad. No pido más que poder quedarme.

—Entonces quédese cerca, señorita, y deje que uno de los hombres de mi señor de Leicester le enseñe a esa bonita yegua un par de cosas sobre la obediencia. Sir Nicholas, atienda a la dama.

Sir Nicholas hizo otra reverencia al tiempo que la reina se apartaba de nuevo entre aplausos dedicados a su divina gentileza; pero Adorna no tenía intención de dejarse atender por aquella criatura incívica, por mucho que lo dijera la reina. Se volvió hacia Peter Fowler, pero la voz que habló a sus espaldas le llamó la atención.

—Señorita Pickering. La hija del señor Thomas. Vaya, vaya.

Adorna habló volviendo un poco la cabeza.

—Y supongo que vos sois uno de los hombres del maestro de caballería, lo cual explicaría por qué sois más amable con los caballos que con sus jinetes. Menos mal que no puedo decir lo mismo de su señor —todo el mundo sabía que el apuesto conde, el maestro de caballería de su majestad, estaba desesperadamente enamorado de la reina.

—Mi señor, milady, todavía no ha tenido que sacar a la reina del río delante de sus cortesanos. No es su bonita yegua la que necesita lecciones, sino la caballista la que debe aprender a controlarse —en ese momento la yegua dorada estaba comiendo algo de la mano de Nicholas, dócil como un cordero—. Lo crea o no, eso era lo que su señoría le estaba diciendo.

Furiosa, se dio la vuelta al tiempo que Peter y dos de sus amigos se acercaban a ella y la ayudaban a escurrir un poco el agua de su vestido.

—¡Tonterías! —exclamó Adorna con fastidio—. No hay nadie en el mundo que hable con más sinceridad que la reina. Si hubiera querido decir eso, lo habría dicho. Su alteza me ordena que permanezca junto a ella y eso es lo que debo hacer. Le he dado las gracias por su ayuda, sir Nicholas, pero ahora ya no tenéis más responsabilidad hacia mí, a pesar de lo que le haya dicho su alteza. Id a practicar cortesías con vuestro caballo.

—¡Señorita! —la alarma de Peter Fowler le indicó que sus modales rayaban el límite—. Este caballero es sir Nicholas Rayne, ayudante del maestro de caballería de su majestad.

Antes de poder pronunciar otra respuesta cortante, sir Nicholas le hizo una reverencia a Peter sonriendo.

—Y usted, maestro Fowler, es el caballero con el título más largo al servicio de su majestad. Caballero jefe de todas las obras de su majestad. ¿Lo he dicho bien?

Se echó a reír.

—Perfectamente —dijo Peter—. En otras palabras, jefe de seguridad.

Pero Adorna no estaba lista para ninguna señal de concordia. Le dio las gracias a sus dos amigos y se volvió hacia Peter para que la ayudara a montar; aunque llegado ese momento estaba tan distraído riéndose, que sir Nicholas se le adelantó y en dos pasos se plantó delante de ella, la agarró de la cintura y la montó sobre el caballo como si fuera una niña.

Por un instante, su visión del mundo se tambaleó cuando él le rozó el hombro y el cuello con la cabeza. Adorna aspiró el olor almizclado de su piel y sintió la firmeza de sus manos bajo sus hombros. Y entonces, al momento siguiente, el mundo volvió a estar del derecho, y Adorna lo miraba a la cara, escudriñando esos ojos oscuros de mirada seria que a su vez la miraban fijamente, con desafío, tal vez un instante más de lo necesario. Confundida por lo que vio allí, Adorna pestañeó, tomó las riendas que él tenía en la mano y esperó mientras Peter y él le colocaban la falda mojada que se le había pegado a las piernas.

El cortejo de la reina ya había empezado a retirarse.

—Gracias, sir Nicholas —dijo con frialdad mientras observaba las plumas doradas y blancas de su boina de terciopelo azul—. Creo que deberíais marcharos.

Él no contestó a eso, sino que se acercó a su caballo que un mozo tenía agarrado y se montó de un salto. Al momento sir Nicholas iba al paso al lado de Adorna; miró a Peter, que estaba al otro lado, y asintió con la cabeza.

Cuando llegaron a campo abierto, lejos del río, Adorna fingió recuperar la compostura, de modo que cualquiera de los que estaban con ella podrían haber dicho que parecía relajada. Aquello estaba sin embargo muy lejos de la verdad, y sólo demostraba lo muy acostumbrada que estaba a fingir.

La humedad de su vestido había llegado a mojar la silla, que estaba caliente y pegajosa, y se le pegaba a los muslos; y la grupa de su yegua dorada estaba llena de barro. Pero peor que todo eso era la turbadora presencia de aquél que la había salvado de empaparse del todo, y cuya inescrutable expresión le impedía adivinar por qué se había quedado a su lado, y si había sido porque quería o porque se lo habían ordenado. Aún sentía en la cintura la presión de sus manos, pero no pensaba decirle en modo alguno, ni siquiera llevándose la mano a la cintura con disimulo, que le había causado el más mínimo efecto.

Como la reina había ordenado, sir Nicholas la llevó a donde estaba todo el mundo, para que se implicara más; pero eso no hizo sino aumentar el desasosiego de Adorna. Después de cambiar su halcón peregrino por un halcón del ártico blanco, la reina lo sostuvo, encapuchado, en su muñeca al tiempo que una garza volaba en la distancia. Entonces soltó al halcón ártico para que alcanzara a la garza, la atrapara y llevara al bello animal a los lebreles, cuya velocidad no permitía que el precioso depredador sufriera daño alguno. De nuevo sonaron los aplausos, seguidos del anuncio de que se celebraría una merienda campestre.

En ese momento, Adorna se retiró con sigilo para unirse a sus amistades que estaban en un extremo del grupo, mientras los jóvenes pajes se paseaban entre la gente para ofrecerle distintos bocados. Trató de no pensar en el incidente del río y de ser afable con Peter, pero sus ojos parecían tener voluntad propia y se desviaban hacia la alta y bien formada figura de azul cuya risa llena de frescura iba dirigida a un grupo de damas de la reina.

Vestidas todas de blanco, las jóvenes damas de honor ofrecían el marco perfecto para los tonos rojizos y dorados que tan bien le sentaban a la reina. Como Adorna, la reina llevaba un sombrero alto con una tira de plumas en el borde, un jubón como los de los hombres abotonado hasta el cuello y una falda hasta los pies. Pero mientras el vestido de Adorna era bastante sencillo, la reina no había escatimado esfuerzos para llenarse de trenzados, de cadenas con colgantes sobre la pechera y de joyas que brillaban por todas partes, incluso en el fino encaje que sobresalía por debajo del cuello del jubón.

El vestido de Adorna estaba medio seco ya. Muy pronto volverían a ponerse en busca de garzas y otras aves. De modo que fue hasta donde estaba su yegua, atada a un árbol.

—¿Tienes las patas bien, bonita mía? —le susurró mientras observaba la grupa embarrada—. Hemos estado a punto de tener una accidente tú y yo, ¿verdad? ¿Te vas a calmar un poco esta tarde?

—Eso depende —dijo una voz a sus espaldas—, sobre todo de quién la monta.

Adorna se negó a aceptar otra confrontación y se dispuso a examinarle las patas a la yegua. Sir

Nicholas lo hizo con mucha más confianza en sí mismo de la que mostraba ella, y en un instante se plantó delante de Adorna con la seguridad de un jinete experimentado. Tenía las manos fuertes y morenas, velludas, con las uñas limpias y recortadas; y Adorna observó con renuente admiración la ternura con la que sus dedos presionaban y comprobaban. Alzó la vista y, para sorpresa suya, comprobó que él la estaba observando con evidente humor, sabiendo que el progreso de sus manos había estado marcado con un interés que no era del todo objetivo. En contra de su voluntad, Adorna se dio cuenta de que no podía apartar la mirada de la suya.

—¿Y bien? —dijo él con suavidad—. La yegua sigue bien después del chapuzón en el río, y su temperamento no tiene nada que un poco de adiestramiento no cure. Pero enséñele quién es la que manda —mientras hablaba su mano acariciaba el flanco satinado de la yegua, que se estremecía con la sensación, y Adorna sabía que sus palabras se referían tanto al animal como a sí misma—. Es una criatura con clase, pero no para aficionados.

Al decir la última frase, él dejó de mirarla un momento y fue a fijarse en Peter Fowler, que desde donde estaba no habría podido oírlos, para volverse hacia ella de nuevo, a tiempo de ver la rabia que teñía sus mejillas.

Si quería creer que Peter era su amante, aunque no lo fuera, a ella le parecía bien; eso la protegería de él, y de la insinuación de su mirada y de sus gestos que no habría podido interpretar de otro modo. Le molestaba tanto sentir aquel estremecimiento de emoción, como el claro intento por parte de él de coquetear con ella después de lo hostil que se había mostrado antes.

—No os preocupéis de lo que necesite mi yegua, señor —le dijo en tono seco—. Ni tampoco yo. Las dos nos las hemos apañado muy bien hasta ahora, así que no penséis que vuestra única demostración de arrojo hace que sea indispensable para nosotras. Creo que deberíais volver con vuestro maestro a ver si le podéis ser útil de algún modo. Os deseo un buen día.

Se habría dado la vuelta y se habría alejado, pero él se adelantó y colocó un brazo a cada lado de la montura, aprisionándola entre él y la yegua.

—Ah, no, señorita —dijo sin levantar la voz—. Es la tercera vez que me ordenáis que me marche, creo. Sólo hay un número limitado de personas que me pueden dar órdenes, y vos nunca os encontraréis entre ellas. Y lo que es más, cuando la reina me ordene que atienda a una dama, lo haré hasta que ella me ordene lo contrario. Si tanto os disgusta la idea, entonces os sugiero que os quejéis a ella. Ahora, señorita, preparaos para montar.

Y sin previo aviso la agarró de la cintura y la levantó en brazos.

Debería, por supuesto, haber estado preparada para ello, puesto que él era un hombre de acción inmediata. Pero cosa rara, su turbadora proximidad, su negativa a dejarse dominar y su coraje la inmovilizaron momentáneamente. En ese momento su rostro estaba tan cerca del suyo que le produjo una sensación de alarma; pero en lugar de colocarla con descuido sobre la silla como había hecho anteriormente, la agarró con fuerza, impidiéndole que forcejeara en modo alguno.

—Vos sois un extraño, señor —le susurró ella—. Y me estáis insultado. Mi padre se va a enterar de esto.

Sin embargo, sabía que su padre no se enteraría de eso de labios suyos. Y si desde luego aquel extraño la estaba insultando, estaba consiguiendo acelerarle el ritmo cardiaco de la manera más extraordinaria, con una mezcla de miedo y anticipación, y un desconsuelo que la hacía sentirse culpable de experimentar placer. ¿O sería rabia? De cualquier otro hombre habría esperado una reacción de desasosiego ante la mera mención del nombre de su padre, Thomas Pickering, jefe del gabinete de diversiones, y por lo tanto de un rango superior al de aquel hombre.

Pero su expresión no mostraba esa incredulidad.

—No, señorita. Creo que no.

Sintió su aliento rozándole la mejilla al hablar, y sabía que él le estaba permitiendo que sintiera su proximidad, del mismo modo en que un caballo tenía que acostumbrarse a la cercanía de su amo. Sus labios no sonreían pero eran proporcionados, y su nariz, recta y lisa, guió los observadores ojos de Adorna hacia los suyos, que brillaban bajo unas cejas arqueadas y bien dibujadas; unos ojos marrones, casi negros, con pestañas oscuras y que sugerían que su edad debía de rondar la treintena, por la experiencia que se veía reflejada en ellos.

—Dejadme marchar, he dicho. ¡Por favor!

Al acercarse para sentarla en la silla, Adorna vio una breve sonrisa en sus labios, que desapareció al momento. Entonces él tocó el látigo que llevaba ella.

—Éste es para exhibición, no para uso —dijo con severidad—. Los sementales lo necesitan, las yeguas no.

Adorna se sentía desde esa altura lo bastante segura como para aparentar despreocupación.

—¿Y los potrillos? ¿Y los castrados?

A sus labios asomó una breve sonrisa, en el momento en que él reconoció el regreso de su coraje.

—Recordadme en otro momento que os hable de los primeros. De los castrados sé poco que pudiera serviros.

Y de nuevo los dos sabían que no estaba hablando de caballos.

La tarde trascurrió con rapidez. El único que se fijó en su poco habitual silencio fue Peter Fowler, aunque no supo acertar el motivo de su mutismo.

—¿Os ha fastidiado caeros al río, Adorna? Es una pena que no se os permitiera regresar a casa a cambiaros. Podríais haber regresado antes de que su majestad se hubiera dado cuenta.

Eso era cierto, puesto que su casa estaba a menos de un kilómetro de allí, al otro lado del palacio; un lugar conveniente para que sir Thomas Pickering y lady Marion vivieran cuando la reina estaba en Richmond, y sólo una de las varias casas solariegas esparcidas alrededor de los condados donde había otras residencias reales.

La vida en la corte era una tentación enorme, y lady Marion, la encantadora madre de Adorna, no tenía intención de dejar a su apuesto marido a las atenciones de otras mujeres con las que se veía obligado a entrar en contacto. Como jefe del gabinete de diversiones, probablemente tenía más contacto con mujeres que cualquier otro oficial de la casa, siendo responsable de los disfraces especiales y de los efectos escénicos necesarios para el entretenimiento de su majestad, un elemento de la vida de la corte que tenía mucha importancia a la hora de compensar la gravedad de los asuntos de estado más importantes.

Sir Thomas había contado ese día con la ayuda de Adorna, pero entonces se había presentado ese Peter Fowler para pedir si podía llevarla a la expedición de caza de la reina en el parque, y el hombre no había querido negarse. Aunque mejor sería que Fowler no se hiciera ilusiones con Adorna, que con su belleza y sus contactos podría conseguir algo mejor.

El físico de Adorna era sin duda algo de lo que sus padres se enorgullecían. Tenía el cabello dorado pálido, los ojos grandes, azul grisáceo, las pestañas largas y unos labios carnosos en forma de corazón que, que supieran sus padres, no había probado todavía ningún hombre; tal vez algún niño el día de navidad, pero un hombre no. Ni que decir tenía que su hija había suscitado interés para dar y tomar, tanto que sir Thomas y lady Marion habían sido criticados por la familia por ser, según decían, demasiado blandos con las exigencias de su hija. A sus veinte años, decían los mayores, tenía que ser ya esposa y madre, dejar a un lado sus ilusiones y casarse con el más rico de todos, como trataban de hacer las demás.

Afortunadamente para Adorna, sus padres habían ignorado esos consejos hasta ese momento, puesto que sabían mejor que nadie que la corte de la reina era un hervidero de intrigas, romances, corazones y matrimonios rotos, engaños y destituciones. Adorna no pertenecía al círculo más estrecho de cortesanas que rodeaba a la reina, ni tampoco había ésta insistido en que ella se presentara allí con regularidad, puesto que compartía las opiniones de Pickering de que las jóvenes bellas eran a menudo blanco de la atracción equivocada de los hombres. Su majestad había tenido suficientes problemas en el pasado con sus seis jóvenes damas de honor, ya que algunas habían perdido el honor tan rápidamente que, siendo ella la tutora moral de las jóvenes, había quedado como un descuido por su parte.

Aun así, la reina era bien consciente de la existencia de Adorna Pickering y, porque le gustaban sir Thomas y su esposa, deseaba que aquella familia de tanto talento asistiera a sus funciones. Además tenía un papel doble: mientras que la reina se rodeaba de personas bellas y talentosas, la presencia de Adorna señalaba de algún modo el éxito de su padre como nuevo encargado del entretenimiento de su majestad. Su posición conllevaba cierta responsabilidad, como era la de ser visto en la mejor de las compañías.

El poder tener acceso a la corte sin dejarse llevar por su vórtice le parecía a Adorna muy agradable; sobre todo estando su casa tan convenientemente próxima, con su padre siempre a mano por si necesitara de su protección si el peligro era inminente. En más de una ocasión, había sido una herramienta muy eficiente que utilizar en contra de algún hombre, joven o viejo, que se mostrara demasiado atento hacia ella. Aunque los huéspedes entraban y salían a menudo de su hogar en Sheen House, cerca del palacio, había por lo menos una docena de sitios en el edificio contiguo donde poder esconderse hasta que hubiera pasado el peligro.

Y así, como de costumbre, Adorna se refugió con su padre en los despachos del gabinete de las diversiones puesto que, a pesar de la negativa de sir Nicholas a amilanarse por la mención del nombre de su progenitor, a Adorna no se le ocurría razón alguna para que el hombre se aventurara hasta allí para buscarla. Aún quedaba tiempo de ver cómo su padre se las había arreglado sin ella, y además no estaba lejos para ella y su doncella ir desde Sheen House por lo que últimamente se había denominado Paradise Road hasta una valla en el muro del jardín de palacio.

Para fastidio de sir Thomas, la oficina de entretenimiento no tenía un edificio separado, y se veía obligado a compartir el espacio limitado con el gran ropero, donde se guardaban algunos de los vestidos de la reina, porque los demás estaban en Londres. Consecuentemente, los sastres, los bordadores los carpinteros y los pintores, los artificieros y los zapateros, todos trabajaban codo con codo, y nunca tenían mucho espacio para maniobrar. Los creativos talentos de Adorna a menudo eran utilizados en la oficina de las diversiones donde siempre se necesitaban personas con talento y habilidades con el dibujo para diseñar escenarios, efectos especiales y disfraces para los muchos entretenimientos de la corte.

Ese día había encontrado un rincón relativamente pequeño donde examinar algunas de las suntuosas y fantásticas creaciones que se estaban preparando para la mascarada que tendría lugar en el palacio a finales de semana. Ella había ayudado a diseñar los vestidos y a elegir las telas y las joyas, también a construir los elaborados tocados y pelucas, puesto que todas las damas de la corte que participaran debían tener una abundante cabellera rubia. Alzó una de las máscaras y la sostuvo sobre un fino vestido verde mar pálido rematado con borlones dorados y ladeó la cabeza para ver el efecto.

—Pruébatelo —le pidió su padre—. Es la mejor manera de verlo.

—Eso no me va a servir de mucho, ¿verdad, padre?

—Tal vez no, pero me servirá a mí.

Adorna se fue tras un biombo y a los pocos minutos reapareció para que la viera su padre. Solo que, para sorpresa suya, no estaba solo, sino en compañía de sir John Fortescue y otro oficial del gabinete de las diversiones que ayudaba a su padre.

Adorna no había tenido la intención de hacer eso, ya que no llevaba puestas las enaguas y ropa interior adecuada y el vestido ni siquiera estaba terminado; así que tan sólo la máscara de pasta de papel que le cubría la cara ocultó su repentino rubor mientras se tapaba el pecho con la tela. Y como sólo había una manga, el otro brazo estaba desnudo.

Antes de que pudiera retirarse, los hombres habían visto a la ninfa del mar medio vestida e inmediatamente habían empezado a calcular el coste multiplicado por ocho, la cantidad de seda blanca y dorada rematada con dorado que se necesitaría y todos los demás adornos del vestido; por no hablar de los tocados, las pelucas, las máscaras, los zapatos, las medias, los tridentes y otros accesorios, multiplicado todo por ocho.

—Ponte el tocado, querida mía —le dijo sir Thomas—. ¿Cuál es? ¿Éste?

Tomó una creación que imitaba una concha cubierta de plata y le puso encima una tela verdosa como queriendo emular las algas del mar. Entonces se lo pasó a Maybelle, la doncella de su hija.

—Esto, no padre... Por favor... —protestó Adorna.

Pero los tres echaron por tierra sus protestas, y se le colocó aquel tocado en la cabeza, que le empujaba la máscara y le impedía ver bien por los agujeros de los ojos. Mientras ella pensaba que era necesario arreglarlos antes de que fueran utilizados, oía los murmullos de aprobación de los hombres.

—Debo irme —murmuró en el claustrofóbico espacio de alrededor de la boca—. Discúlpenme.

A ciegas se dio la vuelta, y entonces una mano la agarró el brazo antes de que se chocara con la persona que había estado de pie detrás de ella; alguien cuya voz la llevó a retirarse la máscara, que al levantarla se le quedó enredada con la melena y el tocado al tratar de ver quién la agarraba. La tela que le cubría el escote se le abrió cuando la soltó un momento para agarrarse el tocado, y rápidamente fue su doncella quien se la colocó de nuevo, pero no antes de que Adorna viera la dirección de la mirada del hombre y el interés en sus ojos.

—No es un día muy bueno para las ninfas acuáticas —susurró sir Nicholas, soltándole el otro brazo y retrocediendo un paso para dejarla pasar.

Con toda la dignidad de la que pudo echar mano, Adorna agarró rápidamente una tela roja que colgaba de un ropero y se cubrió para ocultarse de la mirada del hombre.

—Ésta es la oficina de las diversiones, no un espectáculo.

Sonriendo, sir Nicholas se limitó a mirarla a ella y a sir John.

—No pasa nada, querida mía —le explicó sir Thomas—. Sir Nicholas viene de parte del maestro de caballería. Necesita saber cuál será nuestro equipaje para el viaje a Kenilworth. No le eches al pobre hombre antes de que haya cumplido su misión.

Adorna pasó junto a él echando humo y se ocultó de nuevo detrás del biombo, colorada de vergüenza de que aquel hombre volviera a encontrarla en una situación desventajosa.

—No pasa nada, mi señora —dijo Maybelle—. Sir Nicholas no ha visto nada —le susurró su doncella.

—¡Maldito sea! —exclamó Adorna en voz baja, mientras se retiraba el pelo de la cara—. Eh, Belle, recógeme el pelo con esa redecilla. Sí... eso está mejor.

Su segunda salida de detrás del biombo fue, en parte, tan teatral como la primera. En esa ocasión vestía su vestido de lino, pero encima llevaba una tela roja que hacía brillos echada por un hombro. La tela caía hasta el suelo, el leve ruido que hacía al caminar se mezclaba con el frufrú de su vestido, formando un contraste brillante con el dorado de la redecilla que su doncella le había puesto precipitadamente.

Sorprendidos tanto por la transformación como por el puro impacto de su belleza, las conversaciones de los cuatro hombres cesaron cuando ella se acercó, con la cabeza bien alta, y fue su padre quien habló por fin.

—¡Qué rápido te has cambiado, ninfa! —se echó a reír.

Sir Nicholas fue más específico.

—Como el agua y el fuego —murmuró.

Sir John se aclaró la voz.

—¡Ejem! Sí... bueno, vuestros diseños para la máscara parecen estar bastante avanzados, sir Thomas. Confío en que no divulgaréis nada de esto, sir Nicholas. La mascarada debe de permanecer en secreto hasta que se ponga en escena —el maestro del gran ropero miró con dureza al otro hombre más joven por debajo de su bonitas cejas algo canosas.

—Lo entiendo muy bien, señor. De mis labios no saldrá ni palabra de la mascarada, os lo aseguro.

24

Milord el conde de Leicester planea varias para la llegada de su majestad a Kenilworth, y está igualmente preocupado de que se lleve en secreto.

—Ah, sí —dijo sir Thomas—, necesitáis saber cuántos carros y carretas necesitamos para el ropero, ¿verdad? ¿Y bien, por qué no venís a cenar con nosotros el miércoles? Lady Marion y yo vamos a celebrar mi nombramiento con algunos amigos. Estos dos caballeros también estarán allí. ¿Tenéis acompañante, sir Nicholas?

—No, señor. Todavía no.

Sir Nicholas les sonrió al ver las sonrisas de los hombres, y Adorna fue bien consciente de que, de no haber estado ella presente, tal vez se habría dicho algo más sobre el tema. Pero su padre lo había invitado a cenar, lo cual significaba que sus dos refugios ya no eran seguros frente a su intrusión.

Sir Thomas estaba claramente esperando que su hija aprobara la invitación. La miró con las cejas arqueadas.

—¿Adorna? —dijo él.

La exasperación que asomó a sus ojos, aunque pasajera, lo dijo todo.

—¿Así que aún no tenéis ninguna dama, sir Nicholas? Perfecto. La prima Hester estará acompañándonos mañana, y mamá no sabía con quién emparejarla. Ahora el problema está resuelto.

Sir Nicholas hizo una graciosa inclinación.

—Gracias, señorita. Estoy deseoso de conocer a la prima Hester. ¿Ella es...?

—Sí, la hija del fallecido sir William Pickering.

La heredera —Adorna estuvo segura de que eso le haría reaccionar—. Ahora, si me excusáis, caballeros.

Sir Nicholas se apartó del grupo al mismo tiempo, claramente reacio a dejarla marchar, y avanzó a su lado, abriéndose paso entre los que trabajaban en las mesas. Por obra de algún extraño milagro, llegó a la puerta antes que ella.

Ella lo miró con fastidio.

—No necesito que me subáis al caballo, señor, muchas gracias. Lo he dejado en casa.

—¿Va a volver caminando? ¿Con eso? —indicó el rastro de brillante y vaporosa tela roja.

—Mientras sigáis mirándome boquiabierto, sí. Con esto.

—¿Y si dejo de... miraros con la boca abierta? —esbozó una sonrisa pícara.

Ella suspiró ruidosamente y miró hacia donde estaba el grupo de su padre.

—Volved a vuestros asuntos, señor, si me hacéis el favor, y dejadme con los míos. Estáis en el sitio equivocado.

—Me acostumbraré —le dijo en tono suave—, y vos también.

—No señor, no lo creo. A ver qué tal le va con la prima Hester.

—¿Y la prima Hester irá de agua o de fuego?

—Irá de luto —dijo con dulzura—. Que tengáis un buen día, señor.

Dos

A la pregunta de su padre de por qué se había mostrado tan grosera hacia sir Nicholas Rayne esa tarde, Adorna no había dado ninguna respuesta convincente salvo que el hombre no le caía bien.

Sir tomas concedió que la excusa era de lo más pobre.

—Espero no ser tan desatento con aquellos que no me caen tan bien, hija mía, o no voy a estar mucho tiempo en este cargo. ¿Hay acaso algo más aparte de eso?

Su padre era un hombre astuto, alto y elegante, de cabello y barba canosos, y una fama de justo que le permitía tener amistad con todas las facciones.

—No, padre. No hay nada más.

—Es un tipo bien establecido. El conde habla muy bien de él.

—Sí, padre. Espero que a la prima Hester le guste también.

—Entonces tal vez, llegado ese momento, tú también podrás fingir que te importa.

—Sí, padre, lo siento.

—Me gusta más que el maestro Fowler, a pesar de su prolongado título.

—¡Padre!

—Bueno, ya tienes veinte años, Adorna, y no puedes estar quitándotelos de encima para siempre, y lo sabes. Hay varios que...

—No... No, padre. Te ruego que no hagas tal cosa. Cuando vea al hombre que quiero me daré cuenta, y hasta el momento Peter me sirve.

—¿De verdad? Entonces será mejor que empieces a buscar con un poco más de empeño, porque ya es hora de que tu madre y yo seamos abuelos. Tal vez te estés mostrando un poco exigente, querida mía, ¿eh? —le tocó la barbilla con un dedo.

—Sí, padre. Supongo que sí.

Tal vez exigente no habría sido la palabra que Adorna habría aplicado a sus pensamientos acerca de los hombres y el matrimonio, aunque tenía que reconocer que estaban de algún modo idealizados. Como nunca había estado enamorada, había contado hasta ese momento con las descripciones que le habían dado sus amigas, y esas se extraían de las leyendas románticas del rey Arturo o de la mitología griega. No eran las fuentes de más confianza, pero sí todo lo que había disponible. Consecuentemente, ella pensaba que cuando ocurriera se daría cuenta, que reconocería al hombre cuando se presentara. Los hombres desagradables, presuntuosos y arrogantes no estaban en su lista de requerimientos. Y a pesar de todo ello no habría podido explicar por qué, si tan poco conveniente le resultaba, no podía dejar ni un segundo de pensar en sir Nicholas Rayne, ni por qué su cara y su figura surgían en su mente con todo detalle.

Para su diversión, había oído los habituales rumores de que algunos hombres pensaban de ella que era difícil, sobre todo porque hasta el momento no había podido ceder a la amistad exclusiva de ningún hombre durante más de un par de semanas. Entre sus amistades había hombres y mujeres que la habían conocido de niña, algunos de ellos ya tenían hijos; pero ella y unos cuantos más disfrutaban de su estado de libertad relativa demasiado como para dejarlo. Del mismo modo que, suponía, la reina disfrutaba del suyo. Mientras los demás se ponían muy en serio a buscar pareja y a casarse, ella se contentaba con deleitarse de la admiración de los hombres desde lejos, a veces oponiendo a varios pero comprometiéndose con ninguno. Era un juego inofensivo y delicioso el cual ella controlaba, muy parecido a las obras que su hermano escribía en las que los actores representaban un papel y después se quitaban el disfraz, se marchaban a casa y se dormían profundamente.

La repentina preocupación de su padre le resultaba irritante. Le sugería que tal vez él cesara de serle tan útil como le había sido hasta la fecha. También le sugería que reconocía en sir Nicholas Rayne a un hombre que podría estar preparado a considerar como hijo político si ella no le dejaba absolutamente claro que no era el hombre que estaba buscando. Y decir exactamente a quién estaba buscando resultaría difícil de explicar, porque mientras que ella y sus amigas aceptaban que sus modales coquetos eran perfectamente normales, ninguna de ellas pensaba que la veleidosidad en un hombre fuera deseable. Un hombre debía ser constante, afectuoso y tierno, y ninguna de esas virtudes podría aplicarse a la persona de sir Nicholas Rayne, ayudante del maestro de caballería. Que él se quedara con sus caballos y ella con sus ideas.

Sheen House era la más conveniente de las casas de Pickering, la más cercana al lugar de trabajo de sir Thomas y el sitio donde la reina estaba en residencia. También era la favorita de Adorna. Y estaba situada a un lado del viejo monasterio construido por el abuelo de la reina al reconstruir el viejo palacio de Sheen, que había sido destruido por un incendio. El palacio de Sheen renovado había cambiado el nombre a palacio de Richmond, por el condado en el norte de Yorkshire que había sido la residencia favorita de Enrique VII. El palacio estaba construido a la orilla del Támesis, y en sus jardines se incluía el monasterio, que a su vez contaba con su propio jardín privado, conocido como «el paraíso», en el lado occidental. Desde la disolución de los monasterios unos cuarenta años atrás, éste había sido abandonado, al igual que su precioso paraíso que en el presente era utilizado por los huéspedes de palacio para pasear en privado. El camino que pasaba delante de Sheen House, delante del monasterio y por la tapia sur del jardín de palacio hacia el río era lo que era conocido como Paradise Road.

La mayor parte del terreno del monasterio se podía ver desde la casa de Thomas Pickering, proporcionándoles lo que parecía una ampliación suya, y el huerto de frutales y el viñedo era donde trabajaban los jardineros del palacio. El resto de las casas del palacio de Richmond se extendían a lo largo del río hacia el sur, siendo la mayor parte de ellas de madera, ubicadas entre espaciosos jardines y huertos de frutales, lejos del ruido y del aire contaminado del centro de Londres.

Sheen House, sin embargo, estaba construida en suave ladrillo rosado, lo mismo que el palacio, originalmente en forma de E, por Elizabeth. La última adición de sir Thomas al edificio era un salón de banquetes en el jardín, construido especialmente para el entretenimiento de lady Marion, y fue allí al día siguiente cuando Adorna y Maybelle se enteraron de que la prima Hester había llegado. La pequeña habitación octogonal estaba situada en un rincón al que se llegaba por un paso pavimentado que quedaba a un nivel por encima del jardín de la fuente, lo suficientemente lejos de la casa como para que se quitaran los mandiles y los tiraran a las escaleras antes de saludar a sus huéspedes.

Había esperado ver algún cambio en la prima Hester, puesto que la última vez que la había visto, en una de las poco frecuentes visitas de su padre a Sheen House, ésta tenía diez años. El padre de Hester nunca se había casado, ni siquiera con la madre de ella, una dama de la corte desconocida que había permitido que su hija fuera educada por una de las hermanas casadas de sir William.

Consecuentemente, el asombro que sintieron ambas jóvenes al verse fue en el caso de Adorna ingeniosamente disimulado, aunque en el caso de Hester no tanto.

—¡Oh! —susurró—. Oh... yo... esto... ¿Señorita Adorna?

Hester miraba de Adorna a Maybelle. Aunque era un año mayor que su prima, seguía siendo tremendamente tímida, y en ese momento retorcía entre sus manos los guantes negros de cabritilla, con los ojos abiertos como platos.

Desconcertada, lady Marion le echó un brazo sobre los hombros a su huésped con gesto maternal.

—Llámala Adorna —le susurró con amabilidad—. Y aunque seas prima de sir Thomas en lugar de prima de nuestros hijos, debes llamarnos a todos por nuestros nombres de pila. Sir Thomas, Seton y Adrian llegarán más tarde.

Ese anuncio no provocó la deliciosa anticipación que pretendía, puesto que la joven dama parecía como si quisiera echar a correr en lugar de encontrarse con el hombre y los jóvenes.

Adorna sintió lástima por ella y le sonrió con los brazos extendidos.

—Prima, bienvenida a Sheen House. Debes de estar cansada después de tu viaje desde St. Andrews-Underhill.

Aunque no había razón para que lo estuviera, puesto que su casa estaba a tiro de piedra de la catedral de San Pablo, en el corazón de Londres.

—Sí —susurró Hester, mirando las paredes cubiertas de tapices y las molduras de escayola—.

Qué bien y qué tranquilo se está aquí—. Recuerdo lo mucho que me gustaba antes, hace mucho tiempo.

—Bueno —dijo lady Marion adelantándose hacia la escalera de roble tallada—. Muchas cosas han pasado desde entonces, y ahora eres una mujer independiente, de medios, libre para hacer lo que se te antoje. Serás nuestra invitada durante todo el tiempo que quieras quedarte.

No se produjo la correspondiente expresión de contento al escuchar las palabras de lady Marion. Al contrario, la mera idea de tener que tomar sus propias decisiones era aparentemente algo que no le apetecía hacer. Sir William Pickering, primo de sir Thomas, había fallecido a principios de año, dejándole a Hester toda su fortuna y su casa de Londres.

—¿Has traído contigo a tu criada? —le preguntó Adorna—. Si no es así, compartiremos a mi doncella Maybelle. Ella sabe cómo peinar a la moda. Vamos, iremos a buscarte un dormitorio. Los hombres te subirán el equipaje.

El atuendo de luto de Hester era el esperado, dadas las circunstancias, pero ni la anfitriona ni su hija se habrían permitido vestir con tan poco estilo como su huésped si se hubieran visto en una situación similar.

Su figura quedaba escondida bajo una capa suelta cerrada desde el cuello hasta el bajo, de mangas afaroladas. El cabello al que Maybelle tal vez tuviera o no acceso, quedaba oculto bajo una capucha negra que le caía por la espalda, pero el poco cabello castaño que asomaba por delante parecía tan sucio que, pensaba Maybelle, tal vez después de lavarse pudiera revelar su verdadero color.

Después del reproche de su padre del día anterior, Adorna ejercitó toda su caridad hacia su media prima, sabiendo muy poco de la experiencia pasada que había llevado a Hester a permanecer dentro de su cascarón. Para una mujer de su edad era demasiado corta en palabras, y siendo una heredera le iba a costar protegerse a sí misma de los cazafortunas que abundaban por todas partes. Adorna lo conseguía gracias a la presencia y proximidad de sus padres; Hester no lo conseguiría sin un poco de ayuda. Sin embargo, en su lista de invitados para el domingo, Adorna y su madre habían emparejado a esa patética y joven dama con sir Nicholas Rayne que tal vez, dado lo poco que sabían de él, fuera uno de esos tiburones de los que una tenía que protegerse. Por otra parte, tal vez se convinieran a la perfección. Cosa rara, la idea había perdido atractivo para Adorna.

Después de ayudar a Hester a sacar de las maletas sus poco convenientes pertenencias y su limitado ropero, Adorna la llevó a hacer un recorrido por la casa, pensando que así Hester se sentiría más a gusto allí. El interior de la casa Hester lo recordaba muy bien, pero fuera, el extenso jardín había sido dividido en una serie de otros más pequeños separados por setos altos, muros, emparrados y barandales de piedra, senderos, paseos, escaleras y árboles. El salón de banquetes también era nuevo para ella.

Adorna abrió las puertas dobles para revelar una sala de suelo de mármol con ventanas en las ocho paredes que la conformaban. El techo estaba cubierto con bonitas molduras de escayola en forma de nubes y querubines portando frutas, y los paneles que había entre las ventanas estaban pintados con representaciones de las vistas del jardín.

En el centro del salón había una mesa redonda de mármol sostenida por otros querubines de expresiones mohínas.

—Para los banquetes —dijo Adorna—. Aquí serviremos los confites y los mazapanes; los estoy preparando en la cocinilla. Vendremos aquí al terminar el último plato y probaremos los dulces mientras los sirvientes recogen el salón para que quede listo para el entretenimiento.

—¿Esta noche?

—No, mañana por la noche. Van a venir unos treinta invitados a la cena. ¿No te lo ha dicho mamá?

Hester se quedó pálida.

—¿Invitados? Oh, Dios mío —se llevó la mano a la boca—. Tal vez deba quedarme en mi habitación. Estoy de luto, recuérdalo.

—Hester, querida... —Adorna tiró de ella para que se sentara en un banco de piedra—, el estar de luto no quiere decir que tengas que evitar a la gente. Han pasado casi siete meses desde que sir William falleció. ¿Y cuántas veces lo viste en tus veintiún años?

—Dos... tres veces, a lo sumo. No me acuerdo.

—Entonces, puedes ir de negro un año entero, si quieres, pero sir William no habría querido que pasaras tanto tiempo encerrada, ¿no crees? Después

35

de todo, él fue un hombre que vivió la vida, según tengo entendido.

Suponía que Hester sabía por lo menos lo mismo que ella sobre el difunto sir William Pickering, que hubo un tiempo en el que se pensaba que estaba en la lista de candidatos a pedir la mano de la reina, en los días anteriores al conde de Leicester. Ella le había favorecido, y él había aprovechado bien esa protección, granjeándose la antipatía de todos. Pero la reina no se había casado con él, y él se había marchado de la corte, permanentemente soltero pero no casto.

—¿Acaso tu tía nunca te ha hablado de su hermano? —le dijo Adorna—. A decir de todos, tu padre era un hombre notable. Estuvo en el servicio secreto de la reina, era un erudito y un joven apuesto y gallardo. Las mujeres lo adoraban, y debía de haber amado a tu madre y a ti mucho para dejarte todas sus riquezas en herencia. No me parece el tipo de hombre que quisiera que su hija se ocultara, cuando tiene la oportunidad de conocer a gente. Mi madre y mi padre también estarán presentes, no lo olvides. Cuidaremos de ti.

Hester, que se había estado mirando las manos hasta ese momento, suspiró y se quedó mirando por la ventana.

—Sí, pero...

—¿Pero qué?

—Bueno, tú estás tan acostumbrada a ello. Sabes qué decir, y eres tan bella y tan elegante y tan...

—¡Bobadas! Algunas de las damas más elegantes no son grandes bellezas, y algunas bellezas tienen muy poca gracia. Todo el mundo tiene por lo menos una característica buena, y tú tienes varias, Hester.

—¿De verdad?

—Pues claro que sí. El secreto es sacarles el mayor partido. ¿Quieres que te ayude? Puedo, si me dejas. Maybelle y yo podemos hacerte un peinado, y también buscarte algo más bonito para que te pongas.

—¿Algo negro?

—Sí, negro, pero más favorecedor. ¿Te parece?

Finalmente Hester sonrió.

—De acuerdo. ¿Y me dirás también qué debo decir?

—Bueno, eso —dijo Adorna— tal vez nos lleve un poco más, pero desde luego podría intentarlo. Lo primero que tienes que hacer es sonreír.

Cuando sir Thomas regresó a Sheen House a media tarde, la trasformación había comenzado, y la joven anticuada de cabello rubio castaño a quien lady Pickering había saludado no era la misma que en ese momento le hacía una graciosa inclinación al señor de la casa, aunque el esfuerzo que tuvo que hacer le dejó sin saber qué decir. Entre Adorna y Maybelle habían hecho milagros. Le habían lavado, secado y cepillado el cabello antes de sujetárselo con un gorro pequeño de pedrería en la nuca. Le habían depilado las cejas pobladas hasta conseguir dos finos arcos, y sus suaves pestañas habían sido oscurecidas con una mezcla de hollín y saliva, lo cual parecía funcionar muy bien. Incluso esos pequeños cambios habían sido suficientes para transformar una cara de lo más ordinaria en un rostro atractivo, pero lo que destacaba en Hester eran sus dientes. En cuanto empezara a mostrar su deslumbrante blancura, no había razón para que no sonriera más a menudo, le había dicho Adorna.

Bajo la saya que había llevado puesta, su figura era tan torneada como la de las demás mujeres de su edad; pero como no sabía qué hacer con las manos, tal vez resultaba en conjunto un poco torpe. Pero cuando se probó el vestido de Adorna de tafetán negro de las mangas aderezadas a juego con el corpiño, entonces una nueva Hester empezó a emerger.

Enseñarle cómo debía moverse con confianza no produjo resultados tan inmediatos, ya que había que librarse de años de tensiones y complejos, hábitos nerviosos y torpezas que era mejor no mencionar por miedo a que se volvieran más pronunciados. De modo que Adorna le aconsejó que escuchara en lugar de hablar.

—Es muy fácil —le dijo Adorna—. Los hombres hablarán de sí mismos hasta que la luna se ponga azul. Sólo tendrás que asentir y ellos ni se fijarán en que no has dicho ni palabra. No puedes fallar. Son todos iguales. Sólo sonríeles, y ellos harán el resto.

Hester no reconoció el cinismo, ya que nunca había sentido la necesidad urgente de expresarse sobre ninguna materia en particular, así que el consejo le resultaba conveniente.

Se había fijado en el palacio que había al otro

lado del muro de la casa de Pickering, y había preguntado si era allí donde trabajaba sir Thomas.

—No —le dijo Adorna—. Las oficinas de mi padre y los talleres están por detrás, no lejos de las pistas de tenis y de la bolera. Ese muro es de los jardines de la reina. ¿Quieres que vayamos a ver? —preguntó al notar el interés de Hester.

Como era previsible, la respuesta fue un mero murmullo.

—Bueno... esto, ¿no crees que será una intromisión?

Adorna se echó a reír.

—Tal vez nos encontremos a algún cortesano, o al jardinero. Vamos, presumamos de la nueva Hester.

El palacio en sí dominaba un área extensa del margen del río, desplegándose hacia atrás en una profusión de torretas y torres que subían hasta el cielo con sus veletas doradas, sus cúpulas brillantes, sus banderas y sus chimeneas. Los colores de los ladrillos y la piedra se mezclaban alegremente con los relucientes cristales de las ventanas que reflejaban los rayos del sol, y los dibujos que adornaban cada centímetro de la fachada siempre encantaban a Adorna. Pero Hester estaba demasiado ocupada buscando con la mirada cualquier señal de vida como para disfrutar de todo ello. En un día de lluvia, le decía Adorna, uno aún podía dar la vuelta al magnífico jardín bajo el pasillo cubierto que encerraba los cuatro flancos, pero Hester seguía inquieta.

—¿Qué son esos gritos? —le susurró nerviosamente.

—Vienen de las pistas de tenis, que están en la parte trasera. ¿Quieres que vayamos a ver?

—Esto... habrá gente.

—Estarán demasiado ocupados observando a los jugadores como para vernos a nosotros.

Las pistas de tenis estaban en un edificio techado como el del palacio de Hampton Court que el padre del rey había mandado construir. Accedieron a través de una entrada rematada con un arco a un pasillo poco iluminado, donde el ruido repentino y los gritos de los hombres se hicieron más fuertes; y Adorna sintió la resistencia de Hester cuando ésta le tiró del brazo, echándose hacia atrás. Entonces se colocó detrás de Hester y la empujó suavemente, sonriendo para sus adentros.

La luz que entraba por las ventanas venía de las que estaban en los dos muros más alargados; una galería rodeaba las altas paredes bajo los techos, donde las pelotas rebotaban ruidosamente antes de pegar contra el suelo pavimentado.

Las dos mujeres accedieron a la galería donde varios hombres y mujeres se apoyaban sobre el parapeto para observar el juego y animar a los hombres.

Mientras buscaban un sitio, Adorna iba asintiendo a las caras conocidas que veía. Hasta que no centró toda su atención en los jugadores no se dio cuenta de que estaba a tiro de piedra de sir Nicholas Rayne, cuyos agresivos golpes de raqueta estaban consiguiendo que el marcador subiera vertiginosamente a su favor.

Instintivamente, se retiró un poco, deseando no haber ido hasta allí, y al mismo tiempo fascinada por su fuerza y agilidad, por la facilidad con la que parecía alcanzar la pelota aun en los ángulos y alturas más apurados, por su rapidez y su precisión. Pasado un rato, cuando los jugadores cambiaban de campo, se subieron las mangas de sus camisas de lino y dejaron ver sus brazos musculosos. Hester pareció turbada al momento.

—¿No crees que deberíamos irnos, Adorna? —le susurró.

El nombre se pronunció en un momento de silencio. Sir Nicholas se dio la vuelta, las miró y se acercó a la barrera donde estaban ellas, apoyando las manos justo delante de las de Adorna.

—Las señoritas Pickering. Bienvenida a Richmond, señorita —le dijo a Hester.

Su elogio, pensaba Adorna, debía de haber sido practicado con muchos caballos, aunque afortunadamente Hester no se daría cuenta de ello.

Pero su modo de mirar a Adorna con los ojos entrecerrados era un gesto mucho más desafiante, y su saludo personal hacia ella no fue más que un: «Disfrute del juego, señorita», lo cual Adorna estuvo segura de que no significaba lo que Hester pensaría que significaba.

No le dio tiempo a encontrar una respuesta, ya que sir Nicholas las dejó enseguida, balanceando su raqueta en la mano, mientras Adorna se debatía entre hacer una salida rápida y digna o quedarse, con la esperanza de fastidiarlo.

Fue la sorprendente respuesta de Hester al saludo, previsiblemente retrasada por su nerviosismo, lo que decidió el camino a tomar.

—Gracias, sir Nicholas —le dijo, aunque éste ya estaba de espaldas.

—¿Cómo? —le susurró Adorna, mirando a su invitada con asombro—. ¿Lo conoces?

Hester asintió.

—El tío Samuel y la tía Sarah a menudo lo invitaban a Bishops Standing antes de que él se marchara a la residencia del conde de Leicester. Hace un año o más que no lo veo. Siempre es tan educado, pero yo nunca sé qué decirle.

Para ser alguien a quien no se le ocurría nada que decir, eso era más de lo que había dicho desde que había llegado. Lo cual, pensaba Adorna, significaba o bien que sir Nicholas provocaba algún interés en el tímido corazoncito de su prima o que sus propios esfuerzos ya estaban dando frutos. Aunque esa posibilidad le parecía algo remota, después de tan poco tiempo.

—¿Y os visitaba a menudo? —insistió Adorna mientras lo observaba.

—Bastante. Samuel y él solían jugar al ajedrez juntos, y cazaban y hablaban de caballos.

Adorna se quedó en silencio, sorprendida tanto por los golpeteos de su corazón y por los de la pelota contra una pared. ¿Habría fingido que no conocía a la prima Hester? ¿O acaso no había fingido nada? Recordó sus palabras cuando le había dicho que estaba deseoso de conocer a la prima Hester.

Por supuesto, a ella ni se le había ocurrido pensar que podrían conocerse de antes. ¿Entonces, cuál habría sido el verdadero propósito de sus visitas a casa de la hermana de sir William Pickering?

—¿Su casa está cerca de la de ellos? —le susurró.

La contestación de Hester fue acompañada de una expresión que le sugería que Adorna debía haber sabido la respuesta.

—Su padre es lord Elyot —dijo—. El dueño de Bishops Standing.

La sorpresa que tan claramente se reflejó en los preciosos ojos de Adorna fue percibida por el jugador que estaba al otro lado de la pista y cuyo pensamiento no estaba del todo en el juego. Sus ojos de mirada intensa la estudiaron como un cazador que estudia a una cervatillo, mientras su compañero de juego le gritaba:

—¡Segundo juego!

—No, primero —se dijo sir Nicholas entre dientes mientras golpeaba la pelota.

La vez siguiente que tuvo la oportunidad de mirar, las dos señoritas Pickering habían desaparecido.

El impacto total de lo que le estaba pasando empezó a tomar forma hacia el final del día, cuando Adorna se sentía demasiado confusa como para dormir. Hester y ella habían regresado dando un paseo hasta Sheen House, pasándose por el paraíso del monasterio para ver los rosales que habían crecido desordenadamente, los lirios cargados de capullos, la ruda y las demás plantas que poblaban el jardín. Era un lugar mágico donde, incluso entonces, aún se dibujaban los contornos de los arriates, dándole a

Hester un tema de conversación para la cena cuando lady Marion les preguntó dónde habían estado. Así Adorna no tuvo que contestarle, ya que su pensamiento estaba lejos, en otro sitio.

Al tiempo que el atardecer del verano daba paso a la noche, buscó una excusa para estar sola, para caminar por el camino elevado hasta el salón de banquetes y comprobar que las puertas y las ventanas estaban cerradas. La luz plateada de la luna iluminaba el camino y el naranjal, delineando las ruinas del monasterio y colándose por el alto ventanal hasta iluminar el alto muro de palacio. Se quedó mirando hacia el paraíso donde había paseado antes con su prima... Pero un movimiento entre las sombras de los árboles le llamó la atención. Un hombre cruzó la puerta del jardín desde el palacio, dejándola ligeramente entreabierta, y avanzó despacio y con cuidado hasta pararse debajo de un peral de tronco leñoso. Adorna sólo lo había visto unas cuantas veces, pero no había duda de a quién pertenecía aquella figura de hombros anchos, piernas largas, movimientos ágiles y porte altivo. Sin duda era sir Nicholas Rayne. Estaba segura de ello.

Había esperado no más de dos minutos cuando otra figura cruzó la puerta, una mujer, que miró a su alrededor con vacilación. Sir Nicholas no hizo ningún intento de mostrarse, ni tuvo prisa por saludar o abrazar a la dama. La mujer buscó un poco con la mirada y entonces lo vio, pero no se oyó ninguna risa ahogada por los besos, sino tan sólo unas manos que se adelantaban despacio hasta unirse, indicando, le parecía a Adorna, o bien una primera cita o bien la última. Se quedaron así hablando, él con la cabeza inclinada hacia ella, ella poniéndole de tanto en cuanto la mano en el pecho, o en los labios, brevemente.

Desde el salón de banquetes, Adorna se llevó la mano al pecho para apaciguar los golpes en su interior, para ahogar las primeras y amargas punzadas de celos, tan extrañas a ella que no pudo reconocerlas como tales. Pensó que tal vez fuera remordimiento, o algo parecido a ello, diciéndose que aquel hombre y su mujer a ella no le importaban nada de nada. Menos que nada.

«¿Tiene mujer, sir Nicholas?», recordó las palabras de sir Thomas.

«No, señor, aún no», había respondido él.

¿Entonces qué era aquello? ¿Un intento de tenerla, o de librarse de ella? Era un conquistador. Los padres adoptivos de Hester sin duda lo habían invitado a entrar a su casa en calidad de posible pretendiente para su sobrina. ¿Pero, y a ella qué le importaba todo aquello?

La pareja se estaba separando. La mujer se preparaba para marcharse, y se apartaba de él con las manos estiradas, hasta que dejaron de tocarse. Ella estaba llorando. Rápidamente, él dio un paso hacia ella, la agarró por los hombros y tiró de ella con fuerza. Su beso fue breve y brusco, y la soltó rápidamente arrancando un leve gemido de su garganta que alcanzó los oídos de Adorna y le traspasó el corazón. Se agarró a la pared, observando a la mujer que se recogía la falda y echaba a correr hacia la puerta, dejándola abierta tras de sí.

Nauseabunda y mareada del impacto de un beso que no había sido para ella, Adorna se quedó clavada en el sitio, con la vista fija en las espaldas del hombre al que había tratado de ahuyentar con su frialdad, llamándolo con el pensamiento para que se diera la vuelta y fuera adonde estaba ella, aquella noche suave y llena de sombras. Pero él no se movió.

Alguien la llamó desde la casa, era su padre, que gritaba su nombre en voz alta.

—¡Adorna! ¡Ven ahora! ¡Adorna, se hace tarde!

—Sí, papá.

Como suponía que haría, sir Nicholas se volvió hacia el alto muro que tenía detrás, donde el salón de banquetes estaba construido en un rincón. No podía salir sin que él la viera, y su cabello rubio y suelto le daría su localización exacta. Así que, de mala gana, cerró las puertas ruidosamente y salió a la luz de la luna. Si iba a dejarse ver, entonces lo haría con aplomo. No miró hacia los jardines que estaban más abajo al echar a andar para encontrarse con su padre.

—¡Ya voy! —dijo alegremente.

El reflejo en el bruñido espejo de bronce mantenía una constante aunque silenciosa conversación con los ojos azul grisáceo, y la luz de la vela que oscilaba con la suave brisa que entraba por la ventana apenas arrojaba luz en los mensaje confusos y profundos que se negaban a desenredarse. Lo que Adorna tenía ya claro, después de su reacción ante el encuentro secreto del jardín, era que se había precipitado en dirección contraria en sus intentos de hacer más atractiva a la prima Hester. Incluso para sus adentros apenas podía fingir que lo había hecho por el bien de Hester, puesto que en algún rincón de su subconsciente había estado la posibilidad de que una joven dama de fortuna sería de mayor interés para el hombre que se había comportado con tanta familiaridad hacia ella. Entonces, le había parecido imperativo encontrar el modo de librarse de él o al menos de mantenerlo a una distancia más manejable.

Pero en lo más profundo de su ser se había desarrollado una renuencia a excluir a aquel hombre con el mismo empeño con el que lo había estado haciendo, sobre todo porque de repente había una posibilidad muy real de que él viera a Hester con otros ojos. Sus padres adoptivos lo aceptaban, y sin duda la misma Hester estaba impresionada con sus contactos. Otra más relajada e interesante reunión de los dos podría ser suficiente, y ella misma habría contribuido a que así fuera.

Sin embargo no era capaz de que aquel hombre terminara de gustarle. Era demasiado agresivo, demasiado experimentado para ella, seguramente promiscuo y de sobra presuntuoso. Y grosero. ¿Y cómo se le ocurría hablarle a ella con tanto descaro cuando, a pesar de su negativa, había otra mujer? Sin duda habría tenido una larga lista de amantes, de las cuales renegaría cuando le resultara conveniente. Pues bien, ya que Hester era una rica heredera, lo más conveniente sería que él le hiciera una proposición. Un hombre como él apreciaría más las riquezas que a la hija del maestro de las diversiones.

Se levantó la manga de la camisa para ver de nuevo la marca que sus dedos le habían dejado en el brazo. Estaban ahí, como una fila de manchas de mora. Las acarició, preguntándose qué parte de ella habría visto el día anterior que no hubieran visto los otros tres. Despacio, se bajó la camisola hasta la cintura y se puso de pie, colocándose de perfil frente al espejo y levantando los brazos para abrazarlo, sintiendo en su imaginación cómo él le agarraba los hombros, experimentando el impacto de su beso apasionado y breve sobre sus labios. ¿Cómo sería? Algo en sus entrañas comenzó a palpitar y a derretirse.

Sintiéndose culpable, se cruzó de brazos y cruzó de puntillas el suelo de madera de su dormitorio para tumbarse en la cama, llena de deseo, viéndolo de nuevo en el paraíso bañado por la luz de la luna cuando se había dado la vuelta para mirar. No, aquello no podía ser lo que llamaban enamorarse; aquello era confuso y doloroso, y nada de lo que sentía la hacía feliz. En la oscuridad, con los ojos muy abiertos, lo vio jugando al tenis, vio su mirada de apreciación ante la nueva imagen de Hester, vio sus manos sobre la grupa de su yegua, el control sobre su caballo. Sus palabras atrevidas y su mirada la habían turbado de rabia y emoción como ningún otro hombre había hecho. Pero, por supuesto, aquello no era amor. ¿Cómo iba a serlo? Ella no se equivocaba. Aquél no era el hombre adecuado para ella. Que Hester se quedara con él.

Tres

Aquella decisión, alimentada por Adorna hasta que se quedó dormida, había desaparecido por completo cuando se levantó, lo cual quería decir que tenía que reconstruir el razonamiento completo desde el principio para establecer cualquier razón por la que sir Nicholas podría haber ocupado su pensamiento. Lo cual, a la luz del día, resultaba difícil.

Otro turbador adelanto era que, de la noche a la mañana, Hester aparentemente había aprendido a sonreír. Adorna sospechaba que había estado practicando delante del espejo, pero aquel nuevo gesto se inició durante el desayuno y a lo largo de todo el día a intervalos; de modo que, cuando las dos terminaban de dar los últimos detalles al banquete, Adorna se vio obligada a concluir que Hester se sentía feliz.

Y no es que Adorna tuviera objeción alguna, como tal, de que Hester fuera feliz, tan sólo una reserva de que la razón oculta sólo podía ser una: sir Nicholas. Después de un año o más, Hester se alegraba de poder relacionarse de nuevo.

Incluso lady Marion lo notó.

—Con esa sonrisa deslumbrará a los hombres —le dijo a Adorna—. Le estarán escribiendo sonetos antes de que termine la semana.

Adorna se retiró para observar los efectos de la hiedra entrelazada con las rosas que colgaban sobre los paneles de roble del gran salón.

—Está aprendiendo mucho más deprisa de lo que habría pensado —dijo con la cabeza ladeada—. ¿Están todas colocadas al mismo nivel?

—Más o menos. Creo que sin embargo, querida, debería tener su propia doncella. Tal vez le sugiera buscarle una. Si va a mejorar con esa rapidez, no podemos escogerle a una que no sepa la diferencia entre un verdugo y una martingala, ¿no crees?

El alivio de su madre al saber que habría un invitado extra para ser el acompañante de Hester aumentó considerablemente cuando se enteró de que los dos se conocían ya y, a partir de ese momento, ninguna instrucción careció de los detalles que aseguraran que Hester y sir Nicholas fueran contemplados como una pareja. De lo cual quedaba bien claro que su padre no le había dado importancia a la visita de sir Nicholas al taller dos días antes. Conociendo la habilidad de sus padres para ver posibles pretendientes incluso antes de que aparecieran, Adorna sintió un gran alivio.

Aunque jamás habían contemplado al maestro Peter Fowler como un pretendiente serio a la mano de Adorna, Peter sí que se tenía como tal, y fue por lo tanto uno de los primeros invitados en llegar a la cena, llevando un regalo para su anfitriona, que consistía en un pequeño candado de plata con su llave. Un símbolo, le dijo a ella, de que él la protegía como su joya más preciada que era.

Adorna sonrió con cortesía y no dijo nada para contradecir sus palabras, puesto que era precisamente ese aspecto de la compañía de Peter lo que le había hecho destacar entre otros jóvenes. Era alto, bien formado, afable, correcto y totalmente de confianza, como exigía su trabajo. La protección no sólo era su profesión, sino la razón de su atracción, ¿puesto que si Adorna no podía estar a buen recaudo con Peter, con quién lo estaría? Naturalmente, su descuido el día en que la reina había salido con su halcón había sido poco común en él, pero Adorna no podía culparlo por ello. Aquel joven de ojos marrones y cabello rizado le ofreció un brazo cubierto de seda marrón mientras con pericia examinaba la seguridad del corpiño rosa pálido que rozaba la turgencia de sus pechos con un poco de encaje blanco.

Ella le agarró el brazo con las puntas de los dedos.

—Peter —le dijo—. Quiero que conozcas a nuestra invitada. Es tremendamente tímida. ¿Querrías hablar con ella?

Hester le hizo una reverencia con los ojos bajos, mientras Peter, al tiempo que respondía con una inclinación de cabeza a la figura vestida de negro, pensaba que no podría ser más distinta de Adorna. Incluso con el vestido negro, la poca gracia de

Hester había sido sustituida por una vulnerabilidad a la que Peter respondió de inmediato; su cabello castaño, ceñido por una banda de terciopelo cuajada de pedrería, había sufrido largas horas de cuidados por parte de Maybelle; en ese momento, enmarcando un rostro en forma de corazón, el peinado le iba de maravilla.

La respuesta de Peter a la presentación de Hester fue incluso más inmediata.

—¿La hija de sir William Pickering? —sonrió—. Vaya, señorita, llevo admirando las obras de su fallecido padre desde que era así de alto —puso la mano a la altura de su cintura—. E incluso lo conocí en persona en una ocasión. ¿Le gustaría hablarme de él?

Sus dedos grandes asieron con entusiasmo los otros temblorosos de la muchacha, y Hester se vio obligada a abandonar los consejos de Adorna en cuanto a las sonrisas para ponerse a hablar de un padre que apenas había conocido. Era una buena práctica, pero no exactamente lo que lady Marion tenía en mente.

Los músicos de sir Thomas tocaban ya arriba, en la galería del extremo del salón. Por debajo de ellos, los invitados accedían desde un porche a un lado de la sala, añadiendo a la música los sonidos de las risas y las conversaciones que se perdían entre las vigas de roble del techo.

Mientras charlaba, Adorna identificó la voz estentórea del maestro Burbage, el actor, seguido por el sonido de la flauta de Thomas Tallis. Sin embargo, aunque pronto estuvo rodeada de amigos y conocidos, Adorna sentía el efecto de unos ojos a su espalda que la obligaron a darse la vuelta despacio y a dejarse llevar, como un pez atrapado en una red.

Aunque sir Nicholas formaba parte de un grupo que había llegado recientemente, él no participaba en la conversación, sino que dirigía su mirada de ojos entrecerrados hacia Adorna, y la clavó en la suya cuando ésta se dio la vuelta, instándola a que se acercara y le diera la bienvenida; a que se negara a la descortesía.

Ella levantó la poma que colgaba de una cadena dorada que le ceñía la cintura y avanzó, incapaz de apartar los ojos de los suyos; sin embargo, cuando estuvo delante de él, su sonrisa no fue de bienvenida, como había sido para los demás.

—Vuestra madre me ha dado la bienvenida —le dijo él en voz baja.

—Por supuesto —dijo Adorna—. Ella no vería razón para hacer otra cosa.

El corazón le latía con fuerza bajo el recto corpiño rosado, impidiéndole respirar con normalidad.

—¿Y vos, señorita? ¿Veis razón alguna para no seguir su ejemplo?

—Veo varias razones, señor, pero no os preocupéis por ellas. No puedo ser la primera mujer que os ha tomado antipatía. Aunque tal vez sí.

Él miró a su alrededor como si buscara un ejemplo que darle, pero sólo vio a Hester.

—Ah, la prima Hester. ¿Habéis sido vos la artífice de la trasformación, o acaso ya había comenzado? Muy notable. Y está aprendiendo a hablar, también, según veo. Vaya, vaya...

Viniendo de otra persona, tal vez Adorna habría sonreído al oír el sarcasmo; pero una mezcla de orgullo y protección ahogó su sonrisa.

—No sabía —continuó Adorna— que os conocierais. Me ha contado que os gustaba ir a cazar a Bishops Standing.

—¿Es eso lo único que os dijo?

Su resoluta pregunta le hizo reflexionar sobre cómo podría enterarse de más cosas sin dejar al descubierto su interés. Gracias a Dios no dijo nada por la llegada del alabardero con el aguamanil, cuya invitación a que metieran los dedos en el cuenco de plata que contenía agua perfumada indicaba el final de la mayor parte de las conversaciones. Ella se secó los dedos en la toalla de lino antes de pasársela a sir Nicholas.

—Se supone que debo llevaros hasta ella. ¿Haríais el favor de venir, señor?

—Con mucho gusto —dijo él sonriente—. Estoy deseoso.

Por alguna razón habría preferido que él hubiera mostrado cierta renuencia. Pero le quedaba el tiempo suficiente antes de dirigirse a la mesa para presentar a sir Nicholas y la señorita Hester Pickering, y para observar como un halcón mientras sus ojos le sonreían y rápidamente se paseaban, con aprobación o divertidos, por la nueva imagen de Hester. Llegado ese momento, el efecto de la conversación y el calor del salón habían provocado un rubor de lo más atractivo en las mejillas de su prima y un brillo expresivo en sus ojos; y, aunque ella bajaba la mirada con modestia, el tono oscurecido de las pestañas maquilladas proyectaba seductoras ondas sobre su piel. Esa demostración de placer mutuo entre sir Nicholas y Hester no dejó dudar a Adorna de que el plan de lady Marion estaba progresando como ella habría deseado.

Peter agarró a Adorna del brazo para llevarla a un lado, notando la dirección de su interés.

—Pensaba que habías dicho que era tímida —le dijo él.

Adorna parecía confusa.

—¿Te ha hablado de su padre?

—Sólo un poco —respondió Peter—. Sobre todo ha estado hablando de sir Nicholas.

De nuevo, la conversación fue interrumpida por el ceremonial observado en las casas nobles a la hora de la comida: la espera, el sentarse, el ritual de trinchar y presentar la comida, las expresiones de deleite ante la variedad de platos, con sus bellos colores, su variedad y su decoración. Lady Marion había, para aquella ocasión, sacado sus mejores fuentes de plata, sus cuencos y sus aguamaniles más elegantes, las mejores cucharas y cuchillos, las mejores mantelerías. En el aparador estaban los mejores cristales de Venecia, mientras que un ejército de sirvientes de librea atendía diligentemente las necesidades de cada invitado.

Adorna trató de evitar mirar a Hester y a sir Nicholas, pero sus ojos curiosos pudieron más que ella, y sus miradas disimuladas entre bocado y bocado le iban dando retazos de información en cuando a la receptividad de Hester a las atenciones de sir Nicholas. Sin embargo, también se requirió de la atención de sir Nicholas desde otras partes, puesto que en la mesa de más de treinta invitados había un ambiente alegre y distendido y sir Nicholas era un excelente conversador. Adorna tendría que haber estado ciega para no ver cómo las mujeres, tanto jóvenes como viejas, resplandecían cuando él les hablaba, instándola ese comportamiento a recordar los modales incívicos que había mostrado cuando la había sacado del río, y su familiaridad consiguiente, incluso sabiendo de quién era hija.

Con renovada asiduidad centró toda su atención en el otro lado de la mesa y en su pareja, complaciéndose todo lo posible de la infalibilidad de los buenos modales de Peter y de la conversación de sus amigos, sin poder evitar destacar la voz sonora y culta de sir Nicholas Rayne.

Al final de los dos platos, los invitados fueron conducidos al jardín donde las puertas dobles del salón de banquetes estaban abiertas de par en par para recibir el pausado cortejo de invitados. Allí había expuesta una sorprendente selección de dulces y confites en pequeñas bandejas de plata, frutas escarchadas, pedazos de dulce de naranja, confitura de frutas, barquillos dulces y pan de gengibre, mazapán y pastas de azúcar delicadamente decoradas con pinceladas doradas. Se sirvió gelatina y leche cuajada con limón y azúcar, y cada invitado se deleitaba de los confites, o bien se apartaba para admirar los cuidados arriates de flores, las vistas del huerto de frutales del monasterio o el río en la distancia.

A propósito, Adorna se mantuvo a cierta distancia de sir Nicholas mientras éste charlaba con muchos de los invitados, riéndose de sus bromas y escuchando sus opiniones, no apartándose en ningún momento de Peter. Desde allí, podía señalarle a sir Nicholas que no tenía deseo alguno de estar en su compañía. Su madre, sin embargo, ya había empezado a vacilar en ese punto.

—¡No me lo habías dicho! —le susurró a Adorna al oído.

—¿Decirte el qué, madre? —dijo con su natural inocencia, aunque en ese caso sabía a qué se refería su progenitora.

—Que era tan apuesto... Y tan distinguido. De haber sabido yo que era la mano derecha de mi señor de Leicester, lo habría puesto como pareja tuya en lugar de sentarte con el maestro Fowler. ¿Es sir Nicholas el que te ayudó a salir del río?

Adorna dirigió de nuevo la mirada hacia el jubón de tafetán azul noche, los pantalones de terciopelo y las medias de seda negra, las hebillas doradas, las joyas de su cinturón y la vaina de su espada. Mientras apoyaba una mano en la cadera, con la otra leía la poesía escrita en el borde de la bandeja de madera.

—El hijo mayor de lord Elyot —continuó diciendo su madre—. Creo, querida, que deberías mostrarte más agradable con sir Nicholas. Es un desperdicio que esté con la prima Hester.

—Preferiría que representara el papel para el cual lo has invitado a venir —contestó Adorna—. Yo pienso que el desperdicio es que Hester esté con él.

Pero lady Marion no le hacía mucho caso.

—No seas difícil, querida mía. ¡Vamos! —se acercó al grupo donde estaba sir Nicholas para animarlos—. Tienen que cantar sus rondeles, ya saben. Creo que vos, sir Nicholas, deberíais empezar, si os parece bien. Mostradles cómo hay que hacerlo.

La idea de que los invitados cantaran en las cenas no era algo nuevo, y cada uno esperaba poder contribuir al entretenimiento de los demás, o bien cantando o bien tocando algún instrumento. A los trece años, el hermano pequeño de Adorna, Adrian, siempre quería ser el primero en actuar; pero en ese momento añadió su voz a la de su madre. Aunque el rondel de sir Nicholas era corto, él lo alargó cantándolo varias veces con una melodía sencilla.

«Y mi amor me rechazaba, pero aun así la hice mía...»

Tenía una voz potente y vibrante, pero Adorna se negó a verlo actuar, pues no deseaba ver a quién miraba mientras cantaba aquella tonada. Sin embargo, en cuanto cedieron los aplausos y otro invitado comenzó a cantar, un comentario susurrado a sus espaldas le cerró los oídos a todo lo demás salvo a la trasmisión del fascinante cotilleo.

—La pena es que no las hace suyas durante más de tres meses —dijo un hombre medio riéndose—. Se libra de ellas con más rapidez que su señor.

—¡Ja! ¿Fue eso lo que le duró la última?

—Lady Celia; la hija de Traverson. Una mujer muy guapa, pero también la ha plantado después de tres meses. Penelope Mountjoy fue antes que ella, y quién sabe cuántas más pasaron antes por sus manos. Hacen cola para estar con él.

—Pero sólo lleva en ese puesto un año o dos.

La voz se echó a reír.

—Está probando las yeguas nuevas.

—Y ellas están felices de colaborar con él, ¿no?

—Sí, aunque no tanto de ser abandonadas, a lo que se ve. Sin embargo, si está detrás de la heredera del viejo Pickering, seguramente no encontrará resistencia ahí.

Los dos hombres se pusieron a aplaudir con el resto aunque no habían estado escuchando la canción, pero Adorna sintió un escalofrío tal que abandonó el grupo de gente para no ser invitada a cantar, estremeciéndose con las nauseabundas palabras que había oído.

Incluso entre hombres la reputación que de calavera tenía sir Nicholas era motivo de chanza, envidiada, planeada y anunciada, y sus víctimas compadecidas. Por el rabillo del ojo vio que uno de los que había estado hablando era un colega de su padre, el maestro de las joyas de la reina, y el otro era un pañero que tenía autorización real.

¿Abandonadas después de tres meses? ¿Probando las nuevas yeguas? Era lo que había sospechado ella. Ese hombre se había estado divirtiendo, provocándola para que le respondiera, a pesar de su obvia antipatía. Entonces pasaría alegremente a la siguiente antes de elegir cómo, dónde y cuándo incluir a la prima Hester en sus planes, seguro de que respetaría su mejor conveniencia más que ninguna otra. Por enésima vez, escuchó en su imaginación el sollozo de la mujer, vio de nuevo el último contacto, su apresurada partida al olvido. El corazón se le encogió por el sufrimiento de la mujer, y también por Hester, que no tendría experiencia de cómo tratar la inconsistencia de un hombre, nada acostumbrada a los devaneos y a los líos amorosos. Hester no reconocería la insinceridad aunque un hombre la llevara escrita a fuego en la frente.

Eso era cierto, aunque en ese preciso momento Hester no tenía ningún problema ni con su inocencia ni con la amabilidad de otras personas, fuera o no fuera ésta sincera. La querida Adorna y la querida lady Marion habían identificado sus deficiencias, que eran muchas, y le habían ofrecido todo tipo de ayuda para superarlas, y sería tanto grosero como innecesario por su parte privarlas del placer del éxito. Sobre todo, el placer no sólo era suyo. Ella practicó su sonrisa de nuevo en un joven caballero que le ofreció una galleta en forma de corazón, y vio cómo su mirada se iluminaba de placer, al igual que le había pasado a sir Nicholas.

Qué lástima que la tía Sarah no la hubiera puesto sobre aviso de aquellos deleites, pero había que pensar que sus padres de acogida eran mucho mayores que los de Adorna y no habían tenido ni el tiempo, ni la experiencia, ni la paciencia para sumergirse en una paternidad con una hija mayor. Le habían dado un aya mayor y un tutor, comida y resguardo, una buena educación y una disciplina firme y, si quería compañía, siempre habían estado los caballos. El tío Samuel era un apasionado criador de caballos; la tía Sarah no era una apasionada de nada. La pasión, según le había dicho a Hester en una ocasión, era un gasto de energía tremendo.

Hester estaba satisfecha, casi complacida, de que sir Nicholas hubiera notado los cambios lo suficiente como para alabarla. Siempre había sido de lo más amable, y estaba claro que lady Marion le había pedido especialmente que se ocupara de que no se sintiera incómoda. Lo menos que podía hacer a cambio era recordar lo que le habían dicho acerca de sonreír, escuchar y no mover las manos.

Miró las sombras largas que cubrían el césped, viendo que Adorna estaba charlando animadamente con un grupo de amigos con una expresión tremendamente elegante, totalmente de espaldas a sir Nicholas, hacia quien no había disimulado su indiferencia. Apenas habían hablado desde que se habían visto en las canchas de tenis, ni se había unido Adorna al grupo de damas que lo rodeaban; pero Hester supuso que el caballeroso maestro Fowler era su amigo y que Adorna prefería su compañía a la de cualquier otro. Lo cual le parecía muy comprensible, aunque por el bien de todos ella tuviera que hacerse más agradable a sir Nicholas, ya que eso era lo que ellas deseaban.

Su tía y su tío, naturalmente, la habían advertido de que una vez que se quedara sola los cazafortunas se acercarían a ella; pero con sir Nicholas estaba tranquila, ya que él tenía fortuna propia. Aparte de eso, si alguna vez había entretenido pensamientos en esa línea, había tenido suficientes oportunidades durante los seis o más años que llevaba visitando al tío Samuel.

Los invitados empezaban a entrar en la casa de nuevo; Adorna firmemente agarrada al maestro Fowler. Un caballero le ofreció el brazo a Hester, donde ella colocó graciosamente la mano, sonriéndole y recogiéndose el vuelo de la falda para caminar por el césped, mientras iba pensando en lo fácil que era todo aquello en contraposición a cómo ella se lo había imaginado con anterioridad.

En los salones, las mesas y los bancos habían sido retiradas para dejar un espacio para el entretenimiento, y Hester observó con alegría cómo se repartían partituras de música para los invitados que estuvieran listos para tocar la viola, la flauta o el laúd. No podría haberse interpretado pieza más bella que la preciosa melodía de William Byrd sobre las virginales que interpretó Adorna, que cantó con una voz tan dulce que los invitados quedaron hechizados, mientras Hester, igualmente embelesada, se decía para sus adentros lo mucho que todavía le quedaba por aprender.

También hubo baile, algo que jamás había sido el punto fuerte de Hester, de modo que permaneció a un lado en compañía de otro caballero que hablaba sin parar de sus expediciones de pesca a Escocia cuando ella habría preferido escuchar la música. Notó, sin embargo, cómo Adorna mantenía la vista baja cada vez que tenía que darle la mano a sir Nicholas, su pareja de baile, y cómo él la miraba sin la sonrisa que le había dedicado a ella, lo cual significaba que Adorna le interesaba tan poco como él a ella.

Después hubo una obra de teatro escrita por

Seton, el joven hermano de diecisiete años de Adorna. Había persuadido a algunos de sus amigos de la compañía de teatro conocida como Hombres de Leicester para que lo acompañaran en aquella corta y extremadamente divertida representación, que resultó todavía más divertida toda vez que no la habían ensayado. El maestro Burbage, su actor principal, consiguió que todo fuera al unísono; pero ni siquiera él consiguió mantener la cara seria cuando Adrian, que le había rogado de rodillas para que le dieran un papel, empezó a improvisar, desorientando a los demás actores. El público se desternillaba de risa, y con ello terminó la velada. Hester llegó a la conclusión de que, si aquello no empeoraba, tal vez se acostumbrara a las cenas de ese tipo.

Como mandaba el deber, Adorna permaneció con el resto de la familia para despedir a sus invitados, prometiéndole al maestro Burbage que muy pronto asistiría a una de las representaciones de los Hombres de Leicester en Londres.

Le dio un apretón a su madre en la mano y se alejó del grupo formado por su familia, avanzando por el camino que llevaba a la parte trasera de la casa y accedía al herbario tapiado. Allí esperó hasta que las despedidas comenzaron a perderse en la noche. Aquél era otro de sus refugios, utilizado en esa ocasión para escapar de Peter, que anteriormente no le había dejado duda alguna de que un beso formal en los nudillos claramente no sería suficiente esa noche. Sin querer discutir al respecto, Adorna estaba convencida de que cualquier cosa que fuera más allá de eso sería ya demasiado. Era mejor, le había susurrado a su madre, desaparecer y dar explicaciones al día siguiente, si era necesario. Y como lady Marion era una experta dando excusas, se ocupó de explicar la ausencia de su hija.

Era casi de noche, pero aún se podía ver el sendero de ladrillo que cruzaba la puerta del jardín hasta el césped donde los huéspedes habían paseado anteriormente. Había un camino que conducía al salón de banquetes del rincón, donde se escuchaba el murmullo de la fuente. Los distantes estallidos de risas y conversaciones flotaban por las ventanas abiertas, las formas vacilaban a la suave luz de las velas.

Oculta entre las sombras, entró en la pequeña sala con una sensación de alivio de que hubiera terminado la velada, de que hubiera podido escapar a la despedida de Peter y de haberse podido quitar la máscara que había llevado puesta toda la noche. El suelo del salón de banquetes estaba aún cubierto de migas a la luz de una sola vela que los sirvientes habían dejado encendida, y sobre la mesa habían quedado un montón de platos de madera pintados, sus rimas y sus poemas olvidados. Adorna fue mirándolos uno por uno hasta dar con el que buscaba, escudriñando las palabras mientras las rozaba con las puntas de los dedos.

—«Y mi amor me rechazaba...» —susurró, girándolo para leerlo.

—«Pero aun así la hice mía» —le llegó la respuesta desde la puerta.

Ella pegó un respingo, apretándose el plato de madera al corpiño mientras se volvía hacia el intruso bastante molesta.

—Vine aquí... —empezó a decir, lista para mostrar de nuevo su fachada.

Pero se le olvidó lo que tenía que decir, y sólo pudo mirarlo a la defensiva.

—Sé por qué habéis venido hasta aquí —dijo sir Nicholas mientras cerraba la puerta despacio a sus espaldas—. En primer lugar habéis venido a escapar de las atenciones del maestro Fowler. ¿Acaso me equivoco? Pobre Adorna. Toda la velada soportándolo para no cruzarse en mi camino. ¿Ha valido la pena, entonces?

—¡Ha funcionado de maravilla hasta ahora, señor! —le soltó.

Sir Nicholas chasqueó la lengua mientras negaba con la cabeza, aunque sus ojos sonreían.

El color de sus cabellos y el azul profundo de su vestuario se mezclaban con las sombras del salón, pero no podían ocultar la anchura de sus hombros o su torso fuerte y musculoso. Aunque no fue hacia ella, Adorna percibió que su presencia seguía resultándole desconcertante después de pasarse toda la noche tratando de evitarlo. Él le tendió la mano para que le pasara el plato de madera.

—¿Me permitís?

Evitando mirarlo a los ojos, lo devolvió al montón sobre la mesa.

—Un poema de nada —dijo ella—. No debo ser vista a solas en vuestra compañía, sir Nicholas. No tenemos nada que decirnos, y mi padre...

Antes de que pudiera decirle lo que haría su padre, él había dado un paso hacia delante y apagado la vela, sumiendo el salón en una oscuridad total salvo por el brillo tenue de la luna.

Los leves pasos de Adorna en dirección a la puerta fueron anticipados por el volumen de su cuerpo.

—Entonces no debemos ser vistos aquí a solas, señorita. Pero no estoy de acuerdo cuando dice que no tenemos nada que decirnos después de que esta velada me habéis hablado tan poco. ¿Recordáis los momentos en los que podríais haber hablado conmigo pero elegisteis no hacerlo? ¿Quiere que reconstruyamos el baile para que la conversación fluya con facilidad?

En la oscuridad, sir Nicholas le tendió la mano.

Ella había notado su gracia al bailar, pero aquel era un juego en el que no tenía intención de participar, ni estaba en modo alguno lista para caer en su trampa de coqueteo, como estaba segura de que habrían hecho tantas otras. No sólo no deseaba ponerse a la cola para recibir sus atenciones, sino que no quería saber nada de él, sobre todo después de lo que había oído esa noche. Ya era hora de que alguien le diera una lección.

Retomando la farsa donde la había dejado, soltó un suspiro exagerado y se volvió para mirar por la ventana desde donde, dos noches atrás, había visto a sir Nicholas besando a una mujer en el jardín del monasterio.

—Sir Nicholas, he tenido un día muy ajetreado y no tengo ninguna gana de despertar a todo

Richmond con mis gritos. Pero lo haré si es el único modo de que salgáis de aquí. ¿Ahora, por favor, queréis dejarme en paz e ir a despediros de mis padres? Tal vez a otras las diviertan vuestros modales; a mí desde luego no.

De un paso se plantó detrás de ella, quedando sus rodillas ocultas en sus faldas en forma de campana.

—Para no divertirla mis modales, señorita, emitís unas señales un tanto contradictorias —le dijo en tono de pronto serio—. Habéis venido aquí en mi busca...

—¡No he venido aquí en busca de nada! —le soltó con rabia, apenas volviendo la cabeza —. El poema me había llamado la atención.

—Entiendo —no le pidió más explicación—. Entonces tal vez hayáis venido a recordar algo que visteis desde aquí. ¿Sí?

—No he visto na... —se mordió la lengua, recordando lo que había visto, y empezó de nuevo—. Lo que vi sólo fue un mero vistazo, sir Nicholas, y no me concernía en modo alguno. Si elije contarle a mi padre que no tiene a ninguna mujer, eso es asunto suyo. Por mí como si tenéis una dama distinta cada día de la semana. Lo único que os pido es que ni se os ocurra considerarme jamás como una de ellas.

—Tal vez seáis mejor actriz que vuestros hermanos, Adorna, pero yo diría que las indicaciones que dais son liosas. ¿Queréis que os diga por qué?

De nuevo, ella hizo ademán de adelantarse hacia la puerta, pero se enredó con las faldas, y en esa ocasión los brazos de él se lo impidieron en forma de sólida barrera. Se obligó a mantener una indiferencia que nada tenía que ver con la realidad, a que la voz obedeciera al pensamiento en lugar de al corazón. Pero no fue fácil.

—No —le dijo ella—. No quiero. Si mis indicaciones os resultan conflictivas, entonces está claro que no las estáis interpretando correctamente, señor. El maestro Fowler me encuentra lo suficientemente sencilla de comprender, al igual que otros hombres. Cuando me aparto de vuestro camino es porque no deseo vuestra compañía. ¿Dígame, qué parte del mensaje no habéis entendido? ¿Queréis que os lo diga en francés, o en latín?

Incluso en la oscuridad, percibió los cambios de expresión de su rostro, su silencio que verificaba que finalmente había atinado, que había captado su petulancia. Por una vez, se quedó sin palabras; pero eso no le duró mucho.

—Lo decís en serio, ¿verdad? —le susurró—. ¿Huís de todos los hombres que veis, por diversión tal vez?

Su inseguridad temporal le infundió coraje.

—Lo que yo haga con todos los hombres no es asunto vuestro, sir Nicholas. Pero os diré una cosa: todo hombre que me compare con un caballo, por muy delicadamente que lo haga, será mejor que se largue al otro lado de la cristiandad. Y si finalmente habéis entendido lo que quiero decir, entonces dormiré más a gusto esta noche. Ahora, regresad a vuestra larga fila de amoríos, señor. Os estarán esperando.

—Cuando esté listo. Me resulta interesante que

os sintáis capaz de regodearos diciendo ambigüedades sobre los caballos mientras me miráis la gorra montada en vuestra yegua, pero es muy distinto cuando tenéis los pies al mismo nivel que los míos, ¿verdad? Eso sólo quiere decir una cosa.

Su brazo continuaba inmovilizándola contra la pared, y su proximidad estaba cargada de peligroso empeño; así que la falsa indiferencia de Adorna comenzó a vacilar al sentir su calor en la cara y la parte de su cuello que quedaba al descubierto. Tragó saliva para mojarse la boca.

—Está claro que estáis a punto de decírmelo —le susurró ella—, aunque habréis llevado a cabo este hastiado ritual tantas otras veces —volvió la cabeza a un lado—. Decídmelo, si os empeñáis, y luego permitidme que me marche. Me estoy quedando helada aquí.

Fue una bobada, pero en parte la preparaba para lo que él pudiera estar a punto de hacer. Aunque en parte lo deseaba con ese anhelo desesperado, jamás había pensado entregarse a un hombre en medio de una discusión sobre el significado exacto de sus indicaciones. ¿Si ella no sabía lo que querían decir con seguridad, cómo iba a saberlo él, por mucha experiencia que tuviera? Así no era como deseaba ser cortejada, no como si fuera otra de sus fáciles conquistas: un poco de charla, toqueteos en la oscuridad, un beso y caer como una fruta madura en su regazo. Ella no era como las otras.

Antes de que él pudiera agarrarla, ella le había dado un golpe en la mano y un codazo, colocándose rápidamente al otro lado de la mesa para que hiciera de barrera. Pero sin querer le dio un golpe al montón de platos de madera, que cayeron con estruendo al suelo, sorprendiéndola lo suficiente como para que a sir Nicholas le diera la oportunidad de alcanzarla de nuevo mientras se reía suavemente y utilizaba aquel tono insoportablemente dulce que Adorna estuvo segura de que usaba con los caballos nerviosos.

—Quieta... quieta... Sois nueva en esto, ¿verdad? Lo sabía. Aterrada como una potrilla...

La mano de Adorna atinó su objetivo, produciendo un ruido seco en el lado de la cabeza de sir Nicholas que sorprendió a Adorna mucho más que a él. Jamás en su vida había hecho tal cosa porque jamás había sentido la necesidad de hacerlo. Sin embargo, el éxito de su asalto no le proporcionó ninguna ventaja real, salvo para reforzar su rabia y su miedo, de los cuales sir Nicholas ya era consciente. A pesar de la oscuridad, él fue capaz de agarrarla de ambas muñecas y de tirar de ella para estrecharla contra su pecho con firmeza, aterrorizándola con su proximidad y su propio e inusual desconsuelo. Tampoco así deseaba ser cortejada. Jamás había pensado que la pelea sería parte de ello.

Una cosa era forcejear e intentar librarse de él, pero el corsé de ballenas debajo del corpiño era otra y, aunque podría haber gritado, no fue capaz de recuperar el aliento antes de que él empezara a hablar con un rastro de burla que ella ya se había temido.

—Adorna... Chist, un momento. Estáis totalmente equivocada. Escuchadme.

—No quiero... estar aquí... ¡Soltadme!

—No puedo soltaros.

—¡Palabras, palabras! —susurró ella en tono severo—. ¡No pienso ser vuestra última conquista!

—¿Adorna, qué es todo esto sobre mis conquistas y mi larga lista de amoríos? ¿Qué es lo que habéis oído? Dadme la oportunidad de refutarlo. No negaré que me gusta la compañía de las mujeres, pero no es lo que vos pensáis.

—¡Yo no pienso nada! —lo empujó muy enfadada.

—Sí, lo pensáis, o no estaríais si no tan enfurecida. No trato de obligaros a tener una relación conmigo. ¿Es eso lo que habíais pensado?

—¿Entonces por qué me tenéis agarrada por las muñecas, señor?

—Para persuadiros de que me escuchéis, puesto que no hay otro modo de que lo hagáis. Ya está, ya os he soltado, ¿lo veis? Ahora podéis hacer lo que queráis con las manos mientras os digo lo encantadora que sois.

—¡Oh, por al amor de Dios! —gimió—. Decidme que mis cabellos son como los rayos de luna, que mi boca es como una rosa, que mis ojos tienen el color de...

—¡Adorna!

—De la neblina en un día de sol, que mi nariz es... bueno, como quieran ser las mejores narices hoy en día... Pero os ruego que me evitéis el resto. He oído todo eso y más, y no podéis tener nada que añadir que yo no haya...

Aparentemente había algo que podía añadir y,

que hasta el momento, nadie había conseguido hacer; algo que detuvo el flujo de desprecio con la efectividad de una mordaza. Trató de hablar, pero él no era ningún aficionado como el que había identificado en el picnic de la reina, y el suyo no era el tipo de beso que presionaba, esperando encontrar lo mejor. Sabiendo que ella trataría de evitarlo, le agarró la cabeza y se la giró sobre su pecho para sostenérsela así mientras disolvía las palabras mordaces con una dulzura y una ternura que paralizaron también sus pensamientos. Aquello, le estaba diciendo, era más potente que las palabras, iba más allá de los argumentos y más allá de la experiencia.

Sus manos, ya libres para haberlo atacado de cualquier modo de haber querido, descansaban suavemente sobre su jubón de terciopelo, totalmente adormecidas. A veces se había preguntado cómo una mujer tenía que besar a un hombre si él estaba haciendo todo lo necesario, pero en ese momento dejó de pensar totalmente puesto que, después de la primera y sorprendente invasión de su boca su mente se cerró, al igual que sus ojos, y se dejó transportar por la sensación más profunda, más turbadora y más misteriosa que podría haber imaginado. Y había imaginado mucho y a menudo.

Ebria con la nueva experiencia, su mente se fue acoplando despacio y, cuando él hizo una pausa y le rozó levemente los labios con los suyos, sus pretensiones la habían abandonado. Sin que nadie se lo indicara sus manos supieron lo que hacer, y en la oscuridad las alzó para tocarle la cara, las orejas y el cabello por el que deslizó sus dedos. Algunas sombras de una consciencia reducida le advertían de algún conflicto previo, de alguna contradicción, pero eran demasiado oscuras como para identificarlas antes de que desaparecieran, y sus labios volvieron para tomar lo que, esa vez, le entregaba sin protesta. Él era tierno, y con esa ternura agitó cuidadosamente la superficie de su deseo hasta que un gemido empezó a nacer en su garganta.

Entonces la soltó, colocándola derecha y sujetándola entre sus brazos mientras la cabeza se le caía hacia delante, casi tocándole la barbilla a él.

—¿Decíais? —le susurró él de pronto.

Ella negó con la cabeza, y no dijo nada, puesto que tampoco pensaba nada.

—¿Querréis entonces escucharme?

—En otro momento —le susurró—. Por favor. Mi padre... los criados vendrán a... —se asomó y se soltó de sus brazos— limpiar y recogerlo todo, y después a cerrar —se apartó de él con cierta torpeza; de pronto se oyó el ruido de algo que se partía contra el suelo—. ¡Ay, no!

Sir Nicholas se agachó para levantar las dos mitades del plato de madera y las colocó sobre la mesa.

—Ya no hay remedio —le dijo—. Adorna, tan sólo una cosa antes de acompañaros a casa —le tomó la mano y se la apretó contra el pecho—. Independientemente de lo que hayáis oído decir de mí, y ya sabéis lo mucho que se cotillea en la corte, no dejéis que esos rumores os predispongan en mi contra. Si no hay escándalo, la gente se lo va a inventar. No son más que rumores, Adorna.

No había nada que decir o que hacer, salvo retirar la mano y esperar que el aire fresco de la noche pudiera calmarle un poco el ardor de sus mejillas y de sus labios antes de regresar casa. Los últimos invitados se marchaban cuando ellos aparecieron juntos, aunque uno de los que aún permanecía allí, para consternación de Adorna, era el maestro Peter Fowler.

Se acercó a saludarlos con cierto nerviosismo, y al mirar a uno y a otro su expresión reveló que había adivinado lo que Adorna habría esperado ocultar.

—Peter —le dijo ella, leyéndole la expresión.

—¡Aquí estás! —dijo Peter jovialmente—. Sir Nicholas, esperaba poder veros, señor.

—¿A mí? ¿Para qué?

—Acabo de estar en el palacio. Las llaves, ya sabéis. Es hora de dormir —sonrió con gesto de disculpa.

La entrega de las llaves de los aposentos de la reina era algo que no podía evitar.

—Y me han dado dos mensajes para usted, señor —añadió Peter—. Es un hombre muy popular.

Su expresión, pensaba Adorna, parecía contener cierta picardía al tiempo que se acercaba a ella, listo para llevársela.

—Una de su señor, para decirle que se alegraría si pudierais ir a echarle un vistazo al semental antes de retiraros.

—Desde luego —dijo sir Nicholas—. ¿Y la otra?

—Ah, es de la criada de lady Celia Traverson.

Parece ser que su señora estaba esperando que fuerais a visitarla en el aposento de la torre este, señor. Me ha parecido que estaba un poco disgustada. Le dije que me aseguraría de que recibíais el mensaje —miró de nuevo a Adorna con la sugerencia del triunfo asomando a sus alegres ojos marrones—. Una velada estupenda —añadió.

—Sí —concedió Adorna, tomando el brazo que le ofrecía—. Maravillosa.

Como para verificar el efecto de los mensajes tan inoportunos de Peter, su mirada se encontró con la de su anterior acompañante, que le hizo una inclinación formal, en cuya mirada vio arder la rabia que trató de disimular bajando los ojos inmediatamente. Sus miradas acordaron que no había explicación posible que él pudiera ofrecerle, o que ella quisiera escuchar, y que la anterior hostilidad de Adorna, lejos de disminuir, había aumentado. Su frialdad se tornó en inexorable indiferencia. No necesitaba preguntarle quién era lady Celia Traverson, ya que horas antes había oído hablar de ella a los dos hombres relacionándola con la última de sus conquistas. Ni tampoco le cabía duda alguna de que lady Celia era la mujer con la que él se había encontrado en el huerto del monasterio s cuando ella los había observado, deseosa de recibir el beso que no había sido para ella.

En ese mismo momento, su primer beso le proporcionó un regusto amargo.

Cuatro

Sir Nicholas se irguió momentos después de dejar la pata del semental en el montón de paja blanda. Dio unas palmadas a la grupa de brillante pelaje marrón y miró a su noble superior por encima del animal.

—Perfecto —dijo—. Anoche estaba igual. Está bien, señor.

Se apoyó contra el compartimiento.

El conde de Leicester, el favorito de la reina y el hombre más apuesto de la corte, según decían algunas, se apoyó contra la otra pared y se cruzó de brazos.

—Samuel Manning desde luego te enseñó una cuantas cosas, Nicholas —le dijo—. ¿Crees entonces que fue la yegua?

Sir Nicholas sonrió.

—Estoy casi seguro, señor. Pueden hacer mucho daño cuando son nuevas, como usted sabe.

—Entonces la próxima vez tenemos que asegurarnos de que lleva protección, ¿no?

Las risas de ambos encerraban cierto pesar. El conde miró significativamente la piel enrojecida al lado de la ceja izquierda de sir Nicholas, incapaz de ocultar su interés.

—No me digas —le dijo—, que tú también necesitas protección. No me lo puedo creer. ¿Qué te ha pasado?

Sir Nicholas se llevó la mano a la ceja.

—Nada importante señor —sir Nicholas sonrió—. Tan sólo un malentendido.

—¿No habrá sido con lady Celia? —le dijo el conde con amabilidad.

Era igual de alto que Nicholas e incluso con las mangas subidas hasta los codos, su porte gallardo y gesto orgulloso demostraban que era un hombre de importancia considerable. Cruzó sus piernas elegantes y vigorosas, embutidas en un par de botas marrones que le llegaban por el muslo.

—No, milord —suspiró mientras agarraba al caballo de la cola y deslizaba la mano por la misma para acariciársela—. No. Lady Celia partirá hoy mismo de Portsmouth. Su madre, su hermana y ella se embarcarán en cuanto sople un viento favorable, y naturalmente está un poco inquieta.

—¿Y deja Inglaterra, o a ti?

—A los dos, señor. Además, no le hace gracia la idea de casarse con ese duque español.

—Mmm... Me he enterado de eso. A su majestad no le gusta tampoco la relación, pero lord Traverson está empeñado; dice que es una oportunidad demasiado buena como para dejarla pasar.

—Es normal, ya que su familia es católica.

Nuestra relación terminó hace semanas, pero ella me pidió que nos encontráramos para decirnos un último adiós. Sólo que no fue el último, por supuesto.

—¡Ah! ¡Nunca lo es! Tienen que despedirse por lo menos tres veces; eso te lo podría haber dicho yo. Recriminándote, ¿verdad?

—Oh, no, señor. No hay sentimientos negativos. Tan sólo tristeza. Las despedidas fueron mutuas; no me habría gustado que se marchara tan lejos. Somos amigos.

—Qué pena —dijo el conde—. ¿Entonces quién es la reacia?

—La hija de sir Thomas Pickering, señor.

—Ah, la que sacaste del río el otro día —el conde sonrió—. Bueno, no conseguirás que esa joven coma de tu mano con tanta facilidad. Y no vas a ser el primero que lo intente.

Nicholas estaba sin embargo seguro de que había sido el primero en tener éxito en cosas en las que otros habían fallado.

—No, señor. Eso es lo que he oído, pero creo que ha llegado el momento de educarla un poco —le sonrió al conde—. Y además me apetece el desafío.

Mientras estudiaba la bella grupa del semental, el conde se inclinó hacia delante y apoyó el brazo en el lomo amplio y satinado.

—Entonces tal vez te alegres si te doy un pequeño consejo.

—¿Señor?

—Déjala con dudas. No llegarás a ningún sitio

con una mujer si eres demasiado previsible. Adivinarán tus pensamientos si les das demasiada información. Y no seas demasiado amable enseguida. Con las potrillas como ésa a uno le gusta saber quién es el amo desde el principio.

Para sorpresa suya vio que su superior se estaba riendo.

—¿No me crees? —le preguntó el conde.

—Desde luego que sí, señor, pero tal vez debería decirle por qué me ha pasado esto —se llevó la mano a la sien.

—Esperaba que lo hicieras.

—Por hablarle como si ella fuera un caballo.

Sus risas consiguieron que el animal se volviera a mirarlos. El conde lo agarró del morro.

—Entonces empezaste a alabar su belleza, me supongo.

—En realidad...

—¿Es que perdiste la cabeza de pronto, hombre? ¡Quia! Tú tienes más experiencia que todo eso, Nicholas.

—Lo sé, señor. Pero tendré que moverme con rapidez si quiero progresar. Está el viaje de su majestad a su castillo de Kenilworth, señor, en unos días, y el joven Fowler ya tiene cierta ventaja.

—¡Ca! Es imposible que ella se plantee nada en serio con él, hombre. Sólo está con Fowler de cara a la galería. Ni creo que a su padre le haga mucha gracia. De todos modos... —su expresión se iluminó—. Podría conseguir que viniera a mi castillo de Kenilworth con sir Thomas, si quieres. ¿Crees que te ayudaría?

—Desde luego que sí, señor. Muchas gracias.

El conde le dio una palmada en el lomo al caballo y le pasó la mano por la cola.

—Entonces me ocuparé de que reciba una orden real. En esta etapa, tienes que controlar las riendas. En cuanto al joven Fowler, si hubiera estado atendiendo a sus asuntos, no habría dejado que se cayera al río, para empezar, ¿no te parece? Piénsatelo, hombre. Ahora, vayamos a echarle un vistazo a esos nuevos caballos castrados irlandeses. Se supone que son muy rápidos.

Seguramente no habría ningún otro hombre del que sir Nicholas hubiera podido aceptar consejo con un tema tan delicado, puesto que nunca había sido del tipo de hombres que discutían su vida amorosa con los demás, como hacían muchos. Pero el conde de Leicester tenía tanta experiencia con las mujeres como él con los caballos, aunque su tormentosa relación con la reina hubiera sido una de las más comentadas desde que ella había subido al trono hacía ya diecisiete años. A sus cuarenta y dos años, los dos estaban tan enamorados como siempre, aunque no pasaba un mes sin que surgiera alguna complicación por la que ella se enfrentara a él como una gata salvaje. La invitación del conde a la reina para que ella y su corte se desplazara a su magnífico castillo de Kenilworth era, como bien sabía sir Nicholas, un último e importante intento de permanecer como favorito de la reina después de tantas y tan serias indiscreciones; aunque si la reina supiera lo que sabía Nicholas sobre las relaciones amorosas de su superior, seguramente habría decidido ponerse en camino en dirección opuesta. Su señor tenía una intriga y un magnetismo a los que pocas mujeres se podían resistir, una combinación que a Nicholas se le antojaba como la receta perfecta para el desastre.

De no haber sido un hombre de coraje, Nicholas podría haber visto su situación bajo la misma luz, ya que el final de la noche pasada había sido lo más parecido a un desastre, gracias a la ayuda de cierto maestro Fowler que sabía exactamente lo que estaba haciendo. Aunque jamás se había topado con la misma inquebrantable insistencia en una mujer como en la señorita Adorna Pickering, su experiencia le decía que ella no era tan inmune a él como quería aparentar, y que la noche anterior le había sido imposible fingir hasta el final. Entonces, la máscara había caído con el beso, toda vez que él había descubierto lo que ella trataba de ocultar, incluso de sí misma. Lo deseaba.

Con esa satisfactoria información, reflexionó sobre el consejo de su señor sobre lo de controlar las riendas y decidió que un poco de variedad en el asunto no iría nada mal. Había comido una vez de su mano; volvería a hacerlo. Con el tiempo.

Adorna no habría en ese momento estado de acuerdo con esa teoría de haberla conocido. Después de llorar de rabia y de otras emociones desconocidas, había dormido muy mal, despertándose con el mismo pensamiento de lo poco que se ceñían los hombres a la verdad cuando querían ganarse a una mujer. La verdad, se decía, habría sido más fácil de asimilar. Al menos no le habría dejado en la boca el mismo gusto amargo que le habían dejado sus ridículas mentiras, sobre todo después de... Pero no; no quería pensar en eso... Aunque desgraciadamente lo hacía. ¿Qué importaba, de todos modos? Sólo le fastidiaba haberle dado su primer beso a un hombre para quien ella significaría muy poco, para quien sería tan sólo un trofeo más.

A Lady Marion no se le pasó por alto el que su hija tenía los ojos hinchados y la punta de la nariz colorada.

—¿Un resfriado? —repitió atónita—. Ven aquí, hija. Reconozco a una hija llorosa cuando la veo. ¿Qué te pasa? —tomó de la mano a su hija y la condujo al taburete acolchado de donde acababa de levantarse—. No has desayunado, y no me digas que no es nada. Es por algún hombre, ¿verdad?

Adorna asintió.

—¡Ah! Bueno, si te consuela, cariño, seguramente no habrá una sola mujer en el mundo que no haya llorado por un hombre, de un modo u otro. ¿Quién es, sir Nicholas? —no esperó una respuesta—. Sí, bueno, reconozco que me equivoqué al emparejarlo con Hester, cuando está muy claro que tú le interesas más. Ahora no se lo podemos decir a ella, claro; eso no le haría ningún bien a la frágil confianza en sí misma que aún tiene. Pero pronto podremos arreglarlo. Le pediré a tu padre que lo invite...

—¡No, madre! —objetó Adorna—. Por favor, no quiero que lo invite. No me gusta ese hombre. Prefiero a Peter.

—¿No te gusta, cariño? ¿Qué es lo que no te gusta? A mí me pareció de lo más encantador —la miró a la cara detenidamente—. Ah, entiendo, entonces te besó —desvió la mirada hacia la ventana iluminada por el sol, por donde se vislumbraba parte del salón de banquetes—. ¿Entonces fue así como se rompieron algunos de mis mejores platillos de madera? Pensé que tal vez hubiera entrado un zorro.

Adorna puso una mano en la manga abombada del vestido rosa que llevaba su madre.

—Lo siento, mamá. Eso fue culpa mía. La próxima vez tendré que buscar un sitio mejor donde esconderme.

Lady Marion le tomó la mano con simpatía, pero sin mostrarse agobiante.

—Bueno, sabes, cariño, no estoy segura de que esconderse pueda seguir siendo la respuesta. Te valió cuando eras una muchacha, pero tu padre y yo pensamos que ya es hora de que...

—¡Oh, mamá! ¡Tú también no!

—Escúchame, cariño. Un hombre resuelto no va a arredrarse sólo porque no pueda encontrarte. ¿Y qué vas a hacer cuando te encuentre a solas, como hizo anoche? No puedes culparlo si te entendió mal.

—Sí que puedo, madre. Debería aprender a tomarse el no como una respuesta válida.

—¿Lo dijiste con el corazón?

Viniendo de su madre, la pregunta la sorprendió, y Adorna no supo cómo contestarla.

Como la calamidad no era tan seria como ella había esperado, lady Marion no se vio en la necesidad de ocultar su sonrisa.

—Un día —rió—, verás lo poco razonable que es hacer eso. ¿Desde cuándo un hombre se toma en serio un no por respuesta? Me alegro de que tu padre no lo hiciera.

—¿Ah, no?

—Dios mío, niña, no. Cuatro veces me pidió que me casara con él. Sólo le decía que no para ver cuánto tiempo aguantaría, pero fui yo la que cedí al final. ¿Acaso nuestro querido sir Nicholas...?

—¿Pedirme en matrimonio? —dijo Adorna en tono desdeñoso—. No, por supuesto que no. Los hombres como él no buscan el matrimonio. Debe mantener esa fama que tiene.

Su madre se puso de pie despacio en el mismo momento en que Hester entraba en el soleado salón.

—Si eso es así —dijo su madre—, entonces, mi niña, creo que tú podrías poner fin a todo ello. Y lo que es más... —bajó la voz para que sólo Adorna la escuchara— Tal vez él tenga en mente poner fin a la tuya —le sonrió a Hester.

—¿A mi...? —Adorna arqueó las cejas, pero Hester estaba cerca, y el intrigante asunto de su reputación tenía que ser aparcado hasta que pudiera continuar hablándolo con Maybelle en la intimidad de su dormitorio.

—¿Vuestra reputación, señorita? —dijo Maybelle mientras sacudía la falda larga de color rosa con fuerza—. Bueno, todo el mundo tiene cierta...

—Vamos, no te andes con evasivas, Belle. Dime lo que has oído y ya está.

Maybelle se sentó en el baúl de pino tallado, aplastando la falda sobre sus rodillas.

—Bueno, ya sabéis cómo son las doncellas de las damas de la corte.

—¿Y? —esperó a que Maybelle le verificara lo que ella ya había oído.

—Y, sí, dicen que vos sois difícil de conseguir. Pero podría ser mucho peor —se apresuró a añadir. Es mejor eso a ser fácil, ¿no?

Adorna no respondió, mientras reflexionaba sobre la aparente facilidad de su captura por un conocido maestro en el arte y después, para rematarlo, en su captura a manos de aquél a quien ella había estado intentando evitar. No había comparación entre el inexperto beso de buenas noches que Peter le había dado en la mejilla y la sensual experiencia de la que aún no se había recuperado.

En ese momento, mientras Maybelle observaba a ver si su ingenua observación llegaba al entendimiento de su señora, la cuestión en sí pareció cristalizar el dilema de Adorna todavía más que todas sus cavilaciones nocturnas. Sí que quería que la consiguiera; sobre todo deseaba que él la abrazara, sentir sus brazos fuertes apretándole la espalda y sus labios besándola. Anhelaba entregarle los suyos para que los saboreara, y olvidarse de protestar.

«Y mi amor me rechazaba...»

—Sí —dijo finalmente Adorna—. Supongo que sí.

Con un dedo trazó las sinuosidades del bordado que adornaba la colcha de su cama.

Maybelle, una bonita muchacha de dieciocho

años, muy avispada y de ojos oscuros, dejó la falda rosa a un lado para sentarse en la cama al lado de su señora.

—Lo suponéis —le susurró mientras ladeaba la cabeza tocada con una cofia—. Mirad, si habéis descubierto que él tiene algo que vos deseáis, podéis conseguirlo y hacerle sudar tinta al mismo tiempo. ¿Por qué no aminorar el paso y hacerle creer que os ha alcanzado? Entonces, cuando os hartéis de él, salís corriendo de nuevo. Se os da bien fingir cuando hace falta, señorita. Conseguid lo que deseéis y luego podréis volver con el maestro Fowler. Él siempre estará ahí para ayudarla.

—Pero eso sería, bueno, buscarme otra clase de reputación distinta, ¿verdad?

—¿Y quién se daría cuenta? No creo que él se ponga a presumir de que lo habéis dejado antes de hacer él lo mismo con vos, ¿no os parece? No sería bueno para su imagen.

La conversación se había quedado ahí, pero una idea había sido suficiente para mantener a Adorna ocupada todo el día mientras se empleaba en el despacho de su padre con Hester que, según descubrieron, estaba más que contenta de poder ayudar con los bordados. Antes de la cena, cabalgaron juntas hasta el parque de Richmond con unos amigos. Hester los sorprendió de nuevo por su habilidad a caballo.

Como las palabras que se utilizan a diario después de una ausencia de años, sir Nicholas y algunos hombres de los Royal Mews fueron vistos en la distancia estudiando los pasos de unos enormes caballos rucios. Aunque su grupo los observó un rato, Adorna se apartó al trote en dirección opuesta en cuanto sir Nicholas se acercó. Era, se decía Adorna, demasiado temprano para lisonjas no practicadas.

Seguía sin practicar cuando al día siguiente se le presentó otra oportunidad mientras cumplía la promesa que le había hecho al maestro Burbage, el actor principal de los Hombres de Leicester, esos que habían causado tanta algarabía durante la cena en Sheen House.

Durante casi un año ya, Seton, el hermano pequeño de Adorna, había sido uno de sus miembros, sobre todo como escritor de obras, en lo cual destacaba, y más recientemente como actor. Una cosa era tontear en casa cuando todos ellos eran igualmente ineptos, y otra actuar profesionalmente cuando todos ellos salvo él eran muy buenos.

A sus diecisiete años, Seton Pickering era tan parecido a su hermana mayor que algunos decían, en privado, que debería haber nacido chica. Tenían el mismo color de piel y cabello, las mismas facciones clásicas, la misma gracia; pero la habilidad de Seton para escribir obras de teatro le había llevado, a través de amigos de la familia, a suscitar el interés de James Burbage, que instantáneamente reclutó al joven Seton para que escribiera en su compañía bajo el patronato del gran conde de Leicester, ni más ni menos.

Desgraciadamente para Seton, los efectos secundarios que conllevaban su aceptación tenían que ver con la continua escasez de hombres jóvenes adecuados para representar el papel de las mujeres en las obras, una tradición a la que por razones de pudor las mujeres no tenían acceso. Así que, siendo uno que se sabía de memoria toda la obra y que podía pasar perfectamente por una mujer, el pobre Seton fue explotado en una dirección en la que habría preferido no ir, no teniendo ningún deseo de actuar como lo hacía su hermano pequeño, que sólo tenía trece años y medio.

La decisión de Adorna de visitar el teatro especialmente construido en el Red Lion de Whitechapel no fue de la inmediata aprobación de Seton, a pesar de la promesa que le había hecho a Burbage.

—No te va a gustar —le dijo con absurdidad—. Hay mucho ruido. Y a Hester tampoco le gustará.

—Pero es a ti a quien queremos ver —dijo Adorna con insistencia—. Y el maestro Fowler estará allí para cuidar de nosotras. Sé que lo harás muy bien.

—No es cierto —murmuró entre dientes—. Nunca lo hago bien.

De todos modos, le dio una abrazo y le dirigió una sonrisa desvaída.

Hicieron el viaje a caballo desde Richmond hasta la ciudad, y hasta las dos de la tarde no pudieron entrar en el edificio junto con la muchedumbre deseosa que había comprado las entradas para el gallinero sujetado con andamios. Hester, que ya estaba incómoda, temía que aquella expedición no fuera la más adecuada, pero los instintos protectores de Peter ya estaban alerta, teniendo en cuenta que un sitio como aquél estaba infestado de ladrones. Las acompañó hasta un rincón más tranquilo e hizo lo posible para distraer la atención de Hester de la presión de los cuerpos de la gente.

—Mirad allí abajo —dijo, señalando el escenario—. Si hubiéramos pagado un poco más, nos habrían permitido sentarnos en el escenario, como están haciendo esos galanes. Espero que no estropeen la representación.

El clamor del gentío hacía bastante imposible cualquier intento de conversación, y fue el codazo de Hester lo que hizo que Adorna se volviera hacia donde su prima estaba mirando, que no era al escenario sino hacia uno de los palcos que había a un lado.

Un grupo de personas elegantemente vestidas acababan de entrar y estaban sentándose en ese momento en los bancos, riendo y charlando con entusiasmo; y entre ellos había una persona a quien Hester había reconocido inmediatamente. La luz del sol le iluminaba el cabello mientras aguardaba a sentarse, vestido elegantemente de rojo y verde oscuro, con el cuello de la camisa abierto para acentuar el ángulo fuerte de su mandíbula. Sir Nicholas Rayne.

Adorna aguantó la respiración mientras se retiraba del borde del parapeto de la galería, preguntándose por qué, de todos los sitios donde podrían haberse sentado, estarían obligados a sentarse el uno a la vista del otro para recordarle a Adorna algo que hubiera preferido olvidar. Las trompetas sonaron para indicar el comienzo de la obra, el público se volvió hacia el escenario, pero Adorna estuvo segura de que, si ella era capaz de oír los latidos de su corazón, entonces el resto de la gente también los oiría. No lo miraría; no podía mirarlo.

—Nos ha saludado con la mano —le susurró Hester mientras el bullicio cedía.

—¿De verdad? —dijo Adorna.

Indirectamente había observado a cada uno de sus acompañantes, otros dos hombres y tres bonitas y vivarachas jóvenes, cuya charla continuó incluso después de la entrada en escena del primer actor. Pero lo cierto era que otras personas continuaron también charlando hasta trascurridos por lo menos cinco minutos. Durante toda la obra, los ruidosos galanes que habían pagado para sentarse muy cerca de los actores, no dejaron de armar jaleo, y cuando Seton salió disfrazado de encantadora jovencita, sus groseros comentarios habrían hecho enrojecer a un marino.

Cuando Adorna miró con disimulo hacia el grupo de sir Nicholas, vio que algunos de ellos lo encontraban gracioso; ella, sin embargo, estaba sufriendo por su hermano, que tenía que padecer ese tipo de situaciones cuando cada día representaba los distintos papeles. Aunque no actuaba tan mal como él le había dicho, a Adorna le quedó claro, conociéndolo como lo conocía, que aquel sensible joven estaba disfrutando de la representación incluso menos que ella. Adorna aplaudía con entusiasmo después de cada uno de sus discursos, sin importarle ya si sir Nicholas la miraba o no, empeñada en trasmitirle su apoyo a Seton.

Mientras los actores hacían sus reverencias, Adorna le gritó a Peter que estaría entre bastidores buscando a su hermano.

—Sé dónde están los caballos —le gritó entre el bullicio—. Llevaos a Hester y esperadme allí. No os preocupéis, sé cuidarme sola.

—¡No, no vayáis! —le gritó Peter—. Os aplastarán.

—No seáis dramático —ella le sonrió y le dio a Hester un apretón en el brazo—. Tengo que hablar con Seton. Os veo afuera.

Pasó junto a ellos, por encima del banco, hasta que finalmente encontró la tenebrosa y poco segura escalera que la condujo hacia el escenario, abriéndose paso entre la gente. Para consternación suya, se encontró de frente con el grupo de sir Nicholas quienes, aunque no la conocían personalmente, habían sido conscientes de su presencia en el anfiteatro. Ella sonrió al cruzarse con ellos, viendo la expresión preocupada de sir Nicholas por encima de las cabezas de los otros, pero afortunadamente demasiado lejos para tomar contacto.

Él la siguió con la mirada con gesto de desaprobación.

—Señorita Pickering —la llamó.

Pero Adorna lo ignoró y continuó caminando hasta llegar a un destartalado pasillo de madera donde se cruzó con varios de los actores, con sus caras grotescas empapadas de sudor y de pintura, de camino a un cubículo cubierto por unas cortinas. Se asomó antes de ver a Seton.

Bajo el maquillaje rosa pálido, las ridículas mejillas rosadas y los labios rojos, Seton sudaba como un pollo. Tenía los ojos tristes, abiertos como platos, las pestañas rubias ennegrecidas con hollín y la cabeza aún cubierta por una enorme peluca rubia de rizos sensuales que le caían sobre el cuello alto de encaje. De lejos había parecido convincente; de cerca estaba ridículo. El sudor le había dejado dos manchas oscuras debajo de cada brazo, y los pechos falsos se le habían subido casi hasta tocarle la barbilla. La jarra de cerveza que tenía en la mano temblaba incontroladamente.

Con tristeza la dejó sobre la mesa pequeña y sucia.

—¡Dorna! —exclamó con voz quebrada—. Te he visto.

Se abrazaron, balanceándose en el consuelo mutuo, Adorna tan disgustada de ver a su hermano en aquel estado como él de ser visto así. Él no había querido. Mientras lo abrazaba, Adorna se preguntó si su hermano temblaba de alivio, de angustia o de rabia.

—Chist —le arrulló—. Has estado muy bien —pero eso no le sonó muy convincente—. Bien hecho, cariño —prefirió añadir—. Ni siquiera el maestro Burbage se sabía su papel tan bien como tú.

—Eso es normal. Lo escribí yo.

—Con mucho la mejor obra que he visto en mi vida.

—Gracias... Gracias, querida hermana —la agarró del brazo y giró con ella hacia una plancha de bronce pulido que hacía las veces de espejo—. Mira, Dorna. Míranos a los dos.

Allí agarrados, Adorna vio a dos hermanas, idénticas en tantas cosas que podrían haber sido gemelas.

Seton se apartó de ella.

—En cuanto me cambie la voz, no volveré a hacer esto nunca jamás. Estoy contando los días ya.

—Ya no queda mucho, cariño.

—¿Has oído los chillidos que he pegado? No creo que la voz me aguante mucho así; de hecho me duele ya. Ven, ayúdame a quitarme esto —se puso la mano en la frente para quitarse la peluca.

Pero antes de que Adorna pudiera hacer lo que le pedía su hermano, la cortina se abrió para revelar una figura desconocida con la cara hinchada y enrojecida de la bebida y los ojos que pasaban de uno a otro con expresión libidinosa.

—Eh —dijo arrastrando la voz—. ¡Dos...! ¿Sois dos? —se pasó la mano por la cara—. No puede ser. Ya estoy viendo visiones.

Retiró la cortina durante unos segundos más antes de entrar en el cubículo tambaleándose con la mano estirada, listo para agarrar a Adorna del corpiño.

Sin perder ni un instante, Adorna lo agarró del pelo en cuanto el hombre se acercó lo suficiente, mientras Seton, en el espacio reducido, levantó la jarra de cerveza para darle en la cabeza. La cortina y su enclenque agarre a una barra se vino abajo en un momento al mismo tiempo que un brazo cubierto de verde enganchaba al intruso por el cuello y tiraba de él hacia atrás. En la confusión de los brazos y la tela de la cortina, Adorna identificó los pantalones rojos y verdes de sir Nicholas. Con una pierna a cada lado del postrado borracho, sir Nicholas miraba a uno y a otro con cara de pocos amigos.

—Felicidades por vuestra actuación, maestro Pickering. ¿Estáis herida, señorita? —le preguntó a Adorna.

No había habido oportunidad de sufrir daño alguno, salvo el de su compostura, la cual ya había sufrido antes de que fuera a reunirse con Seton.

—No, estoy bien, gracias —respondió ella.

Unos cuantos rostros curiosos se asomaban en ese momento detrás de sir Nicholas, y un par de ayudantes del teatro se adelantaron para arrastrar al borracho por los pies.

—¿Quién era, Seton?

—Uno de esos que suele venir a menudo entre bastidores para felicitarte. Es algo muy común, cielo.

—¿Quieres decir que vienen aquí para...?

Seton sonrió y se terminó de quitar la peluca; al instante su aspecto era de lo más extraño.

—Sí, todo es parte del negocio. Lo primero que hay que hacer es quitarse la peluca; eso suele frenarlos —le tomó la mano a Adorna—. Ahora debo marcharme. Que sir Nicholas te lleve a casa. Él parece estar más pendiente de tu seguridad que tu maestro Fowler. Sir... —se volvió hacia el otro—. Nos alegramos de vuestra asistencia. Muchas gracias. ¿Podríais acompañar a mi hermana a casa, por favor? No deberían haberle permitido acercarse ella sola a esta parte del teatro —dijo en tono algo tembloroso.

—Su hermana no ha venido sola, maestro Pickering. Yo estaba de pie al otro lado del pasillo, vigilando por ella. Y no os preocupéis, tengo la intención de dejarla en casa sana y salva.

Y dicho eso, a Adorna no le quedó más que hacer salvo darle un abrazo a Seton y asegurarle que le daría buenos informes de la obra a sus padres. Al llegar al oscuro pasillo del teatro, comenzó a plantearse algunas objeciones al darse cuenta de que sería imposible seguir el consejo de Maybelle en un momento como aquél.

—Sir Nicholas —dijo ella, aminorando el paso—. He venido con el maestro Fowler, Hester y algunos sirvientes. Os aseguro que estaremos totalmente a salvo. Os lo agradezco, pero...

—No hay necesidad de que me agradezcáis nada, señorita —le dijo en tono frío y formal—. Volveréis a casa con el maestro Fowler, como vinisteis, pero le dije a vuestro hermano que os brindaría mi protección especial, y eso será lo que recibáis de mí, os guste o no.

Ella se quedó helada.

—Habéis venido aquí con vuestros amigos, señor, y yo con los míos. Prefiero no irme con vos. Inamovible, sir Nicholas se detuvo delante de ella con un suspiro exagerado y se volvió tan sólo a medias para explicárselo, como si fuera una niña pequeña.

—No sois vos quien viene conmigo —le dijo en tono cansino—, sino yo quien voy con vos. Mis amigos se han marchado a casa. Ellos son de Londres. ¿Ahora, podemos marcharnos? Los caballos estarán cansados y vuestra prima Hester sin duda preocupada.

No podía explicar por qué prefería la compañía de Peter a la de ese hombre, ni por qué sentía vergüenza de que hubiera visto a su hermano precisamente en un momento en el que no había sido capaz de protegerla del peligro, como había hecho él. La tarde no había sido como ella había esperado que fuera, y el corazón le sangraba por Seton, cuyos infortunios habían sido peor que ninguno de los suyos.

Más o menos como si fuera también una representación, el viaje de vuelta a casa fue largo, demasiado caluroso y tenso. Lo reconociera o no, el ver a sir Nicholas en compañía de esas mujeres del teatro le había molestado mucho, aunque se decía para sus adentros que no había razón alguna para que él no pudiera estar en un teatro con amistades de ambos sexos. Nueva al sentimiento de los celos, aún no reconocía sus insidiosos tentáculos.

Pero eran igual de dañinos que la persistente voz de la razón que le recordaba a cada momento el prejuicio que él le había rogado que no tuviera hacia él. Una docena de veces durante el trayecto de Londres a Richmond, Adorna lo observó y escuchó su voz profunda, mientras él charlaba con afabilidad con Peter y Hester, y se preguntaba si aquel imprevisible contraste con su brusquedad natural significaba el fin de sus esfuerzos para ganarse su interés. ¿Pero si era así, por qué la había seguido cuando había ido a ver a Seton? Recordó la insistencia de su padre, las cuatro veces que le había pedido a su madre en matrimonio, y se preguntó cómo lo habría soportado lady Marion.

En retrospectiva, sólo podía haber sido el resultado de un plan el que, al entrar en el patio de Sheen House a última hora de la tarde, sir Nicholas condujera su caballo hasta colocarlo junto al de ella para ser él quien la bajara de su montura, dejando a Peter para que se ocupara de asistir a Hester. Cuando sus pies tocaron el suelo, habría retirado las manos de sus hombros lo más rápidamente posible, pero fue él quien se las agarró con firmeza y la retiró con expresión seca.

Tras kilómetros de reflexión, Adorna se habría apartado con rabia, ya que estaba confusa y dolida por muchas cosas, y no iba a calmarse así como así. Desde luego no en un patio lleno de gente. Pero la sorpresa le restó agilidad, mientras él inclinaba la cabeza y le besaba los nudillos, enviándole con un leve susurro el mensaje más rápido que le habían trasmitido jamás. Entonces la soltó, volviéndose tan deprisa que Adorna pensó que aquella petición de una cita podría haber sido fruto de su imaginación.

Su primera reacción fue de inmenso alivio al ver que, como su padre, sir Nicholas no se había dado por vencido demasiado pronto. Pero enseguida experimentó emoción, miedo y expectación; y se imaginó entre sus brazos, presa de sus labios. ¿Pero y si se negaba a encontrarse con él, a demostrarle por una vez que no tenía intención de ser una más de la lista? Eso le daría una lección más rápida que la propuesta por Maybelle; pero también la dejaría a ella deseosa de algo que había probado y que, si se ponía en contra, no volvería a probar jamás. ¿Sin embargo, tendría la experiencia suficiente para llevar aquel asunto?

Como había medio esperado, Peter y sir Nicholas fueron invitados los dos a quedarse a cenar y, como ya era tarde, los dos aceptaron de buena gana. Hester, agotada después de tres días de esfuerzo por mostrarse sociable, dejó la conversación a los otros y se fue a la cama en cuanto terminó la cena. Adorna, sin embargo, estaba obligada por las circunstancias y por su propia confusión de mantener una pretensión de indiferencia hacia sir Nicholas, la cual, pensaba, le haría perder a él la esperanza de que ella aceptara su invitación. A ratos estaba segura de que no lo haría por nada del mundo, puesto que sin duda eso sería caer en su trampa como una liebre asustada. Pero desafortunadamente para ella su resolución cambiaba a cada momento.

Peter y sir Nicholas se marcharon juntos de la casa de los Pickering, ya que los deberes en los aposentos de su majestad iban antes que el placer y, o bien por amistad o bien para asegurar la competición, sir Nicholas regresó con él al palacio a caballo, presumiblemente para regresar después sin ser visto.

—Ojalá trataras de relajarte un poco con sir Nicholas, Adorna —le dijo sir Thomas mientras observaba a sus huéspedes alejarse—. Es un hombre de lo más agradable y competente. Y desde luego conoce bien su trabajo.

—¿Has estado haciendo averiguaciones, padre?

—Sí —le dijo, tomando del brazo a su hija—. Por supuesto que sí. Es hijo de lord Elyot, y ha aprendido su destreza con los caballos de Samuel Manning, el tío de Hester. Está bien relacionado.

—¿Y qué hay de sus relaciones con lord Traverson, padre? ¿Sabes algo de eso?

—¿Traverson? No, nada en absoluto. Lo único que sé de Traverson, ese viejo loco, es que ha enviado a su hija mayor a España para que se case con un duque, parece ser. Por mucho esfuerzo que haga, eso es lo más cerca que va a estar de pertenecer a la nobleza. ¿Qué sabes de él, entonces?

—Nada en absoluto, salvo que es uno de los católicos apostólicos y romanos de los que la reina objeta.

—Entonces será por eso por lo que ha enviado a sus hijas a España, supongo, para que estén a salvo. Ningún protestante se arriesgaría a sufrir las iras de la reina desposando a sus hijas, siendo como son sus opiniones, y tampoco Traverson lo permitiría. Y eso que hay tolerancia de culto. Vamos, mi amor. Es hora de irse a la cama. Has tenido un día muy agitado.

—Sí, padre. Voy a cerrar con llave el salón de los banquetes.

—¿Cómo? —frunció el ceño—. ¿Cerrar el...?

Su esposa lo agarró del brazo con firmeza y tiró de él, cerrándole la boca al mismo tiempo.

Cinco

Mientras recitaba las palabras con las que iniciar el diálogo que había repetido veinte veces con el pensamiento por el camino, Adorna empujó la puerta y entró, segura instintivamente de que aquel proceder no era el más indicado, y desde luego no el modo de demostrarle a un hombre lo poco que él la afectaba. No se trataba tanto del hecho de que una mujer bien educada no habría hecho ese tipo de cosas; pero después de haberse hecho la difícil de un modo tan perentorio, el giro en su actitud le parecería a él una notable y repentina capitulación por su parte. Incluso su madre, aparentemente, se había resistido más que todo eso.

Por otra parte, la invitación bien podría no haber sido más que una broma cruel; y sólo de pensarlo, Adorna temblaba de aprensión.

El salón de banquetes, que se había barrido y ordenado durante el día, aún conservaba el calor de la luz del sol, mientras las primeras sombras de la noche pintaban las paredes y oscurecían las ventanas. Esperó, aguzando los oídos cada vez que oía algún ruido, y percibió el ulular distante de un búho mientras se preguntaba vagamente cómo era posible estar tan en desacuerdo consigo misma como para ser capaz de hacer lo contrario a lo que había planeado. ¿Sería factible que en contra de su voluntad estuviera enamorada? ¿Sería acaso eso lo que hacía el amor?

Desde el patio del palacio un reloj dio la hora, después la media. Adorna se sentó, se puso de pie, y después se volvió a sentar, asustándose con cada ruido, observando cómo las luces de su casa se iban apagando una por una. Pasó otra hora. Entumecida de frío y de rabia, cerró las puertas del salón de banquetes tras de sí, sin hacer ruido esa vez. Echó una última mirada a la pared donde la puerta comunicaba el paraíso con el jardín de palacio antes de recogerse la falda y volver hacia su casa con un nudo de dolor en la garganta, sabiendo que ése debía de ser el desaire que ella había previsto, aunque no tan pronto. Eso, y la frialdad desde su aparición en el teatro, sería sin duda su modo de enseñarle que era él quien tenía el control.

Sin embargo, había una cosa que había aprendido gracias a ese fiasco: que nunca volverían a engañarla otra vez de ese modo que milagrosamente le había impedido continuar donde lo habían dejado y que, en efecto, se había escapado por los pelos. Debería sentirse agradecida. Esa vez, no lloraría o reconocería que su orgullo había sido pisoteado. Era capaz de actuar, como le había recordado Maybelle. Que todos vieran lo bien que actuaba.

Sin embargo, en la oscuridad de su cama, Adorna abandonó el fingimiento y la indiferencia, y cedió a la oleada de deseo incontrolable que sus besos habían despertado en ella. Después de eso, sintió que echaba humo de la rabia por la arrogancia de aquel hombre, por la seguridad que parecía haber tenido de que iría de buena gana a comer de su mano. Pero eso no volvería a ocurrir. ¡Jamás! Prefería morir antes de convertirse en una de sus amantes despechadas.

El momento no podría haber sido más oportuno ni siquiera si el doctor John Dee, el astrólogo real, hubiera consultado su telescopio para pronosticar el mejor día para olvidar, siendo ése el día de la mascarada en el palacio real, en la cual ella y los hombres de su padre habían invertido semanas de preparación y trabajo.

Hester fue con Adorna a la sala de las diversiones, insistiendo en que, aunque ninguna de ellas tomaría parte en la mascarada, podrían ayudar con los bordados.

—¿Esto es el cuerpo? —le susurró a Adorna mientras miraba el simple pedazo de tela con los ojos como platos—. ¿Este trozo tan pequeño?

—Sí, eso es —sonrió Adorna—. Muchas de las damas de la corte llevan grandes escotes hoy en día en esta clase de eventos. Éste es discreto comparado con otros.

—¿Lo has diseñado tú?

—Sí. Cuatro como éste, y cuatro con forro de

seda. Éste es para lady Mary Allsop. Le gusta exhibirse.

—¡Pero es trasparente! —Hester no sabía si reírse o mostrar su asombro—. ¿Qué dice su majestad de todo esto?

—Su majestad tiene mucho cuidado de no permitir que nadie le haga sombra —se rió Adorna—. Ella misma se descubre tanto como eso en algunas ocasiones.

Tan sólo hacía unos días la idea de que la prima Hester cosiera lentejuelas en unos disfraces semitransparentes para las damas de la corte habría sido impensable. Pero allí estaba ella, trabajando como una hormiguita, con la cabeza agachada sobre la seda verde mar, disfrutando de la experiencia. Incluso la aparente contradicción de que las mujeres participaran en un baile de máscaras cuando no se les permitía actuar en un escenario había sido aceptada por Hester sin comentario alguno. Adorna también había notado cómo los hombres buscaban cualquier excusa para llamar la atención de Hester y cómo ella era cada vez más capaz de hablar ocasionalmente con algún extraño sin sonrojarse. La prima Hester los estaba sorprendiendo a todos.

Sir Thomas sonreía a su hija mientras arqueaba una ceja con complicidad.

Llegada la noche sus sonrisas se habían vuelto tensas mientras supervisaba los magníficos trajes que eran empacados en cajas para hacer el corto viaje hasta el palacio. Como sabía cómo había que poner los trajes, Adorna los acompañó para ayudar a las mujeres encargadas de ello entre un sinfín de criadas, animales domésticos, cajas y soportes para las pelucas.

—Aquí está la caja de las pelucas, Belle —dijo Adorna por encima del bullicio—. Ten cuidado con eso, por amor de Dios.

Las pelucas eran delicadas y obligatorias para los disfraces femeninos.

Comprobó las listas, tachando cada artículo mientras pasaban a la doncella encargada de los trajes, esperando con impaciencia controlada la inevitable tardanza.

La mujer se quitó el corsé de ballena con cierto pesar.

—No sé si ahora no me iré a desarmar —rió, divertida con su juego de palabras—. ¿Lady Mary? Antes no se sentía muy bien, señorita. ¡Anne! ¿Dónde está Mary?

—¿Qué Mary?

—Mary Allsop.

—No va a venir. Está indispuesta.

A Adorna se le fue el alma a los pies.

—¿Cómo? No puede...

—Indispuesta y un cuerno —dijo la cortesana—. Supongo que le ha dado miedo en el último momento —le echó un vistazo al traje que tenía Adorna en la mano.

—Como siempre —comentó alguien más.

—Pero no podemos tener siete —dijo Adorna—. Tiene que haber ocho doncellas del agua en cuatro pares. Hay ocho hombres que esperan emparejarse con vosotras.

La cortesana se sujetó los pechos mientras su doncella le ponía una prenda de seda para cubrir su desnudez, y se la ataba a la cintura.

—Esto es como llevar puesta una telaraña —sonrió—. Bueno, entonces, señorita Pickering, parece que tendréis que tomar parte. Me imagino que ese vestido os quedará mejor que a nadie.

Adorna no iba a imaginar tal cosa.

—Esto... no. Mirad, una de vuestras doncellas podrá hacerlo. ¿Vamos a ver, quién es la que tiene más o menos la misma altura que...?

Se produjo una repentina protesta que rechazaba de plano la sugerencia de Adorna.

—¡Oh, no! ¡Una criada no, señorita!

—Las mujeres de las máscaras deben ser de familias nobles.

—O su majestad se sentiría insultada en su propia corte.

—Adorna, vamos, podéis hacerlo.

—Sí, vos sois la sustituta más obvia, y no tendréis que poneros peluca. Vamos, señorita.

—No puedo. Jamás he llevado... No, no puedo.

Incluso mientras se negaba sabía que la batalla estaba perdida, que tenía que haber ocho y que tendría que ocupar el lugar de la inconsiderada huida. Al mismo tiempo, aún recordaba el placer que había sentido al diseñar cada vestido que, aunque distintos en el color, estilo y decoración, conformaban a la perfección las partes del conjunto de las ocho doncellas del agua. Se había imaginado a sí misma luciendo uno de aquellos vestidos, flotando entre aquella tela semitransparente que se movía como el agua unos cuantos atrevidos centímetros por encima del tobillo. Se había probado algunos de ellos estando solas ella y Maybelle, segura de que nadie la vería jamás con un atuendo como el de las damas de la reina.

Las máscaras habían sido ajustadas para ocultar las identidades de las que las llevaran a los ojos de cualquiera que no fuera un astuto observador. Nadie sabría que era ella salvo por su cabello, tal vez.

—Poneos la peluca —le dijo Maybelle—. Entonces no sabrán hasta después que la que la lleva no es lady Mary.

Pero Adorna sabía lo calurosas e insoportables que eran las pelucas.

—Si puedo evitarlo, no —dijo—. Me arriesgaré con mi cabello. Después de todo, sólo seré una entre ocho.

—¿Entonces lo haréis?

—Creo que tendré que hacerlo, Belle. Pero... ¡Ay no!

—¿Qué?

—Éste es el que tiene... ¡Oh, Dios mío! ¿Qué diría la prima Hester?

—No va a saberlo si no se lo decís nadie. Es más interesante lo que dirá sir Nicholas —dijo Maybelle con frescura—. Pensad en eso. Esto le enseñará mejor que nada lo que se ha perdido.

—Ya había pensado en eso, Belle.

—Bueno, entonces dejad que os lo pruebe —le dijo con la boca llena de alfileres mientras retiraba las mangas, el corpiño y la falda, al tiempo que Adorna continuaba tachando cosas en su lista y repartía zapatillas de cabritilla plateadas, medias de seda, tridentes y máscaras entre las doncellas de las damas.

Sólo había un pequeño espejo disponible para ver el efecto del disfraz que su doncella le iba colocando, pieza a pieza, sobre su esbelta figura. Pero tanto la doncella como su señora percibieron las expresiones de admiración de las mujeres cuando la tela azul plateada quedaba recogida bajo sus pechos, ni tapando ni exhibiendo totalmente la redondez perfecta que se ceñía al tejido con cada movimiento. Otros eran más atrevidos, pero ninguno tan bello como el de Adorna, y eso fue lo que Maybelle le dijo mientras le colocaba la máscara en la cara y la melena pálida sobre los hombros.

—Ya está —Maybelle fijó la concha de pasta de papel sobre la cabeza de Adorna—. Les llevará un buen rato reconoceros con esto encima.

Adorna no creyó sus palabras ni por un momento, puesto que tenía que pasar el baile antes de que pudieran revelarse las máscaras, y los pálidos mechones ondulados de Adorna eran mucho más bonitos que las pelucas.

—Así que a esto es a lo que Seton llama miedo escénico —dijo Adorna.

Después de hacer las últimas comprobaciones ,y con los tocados que parecían imponer un silencio forzado sobre las ocho doncellas del agua, esperaron a oír el son de los clarines que anunciaba la entrada de los participantes en la mascarada. Entonces se abrió la puerta, y fueron asaltadas al mismo tiempo con una explosión de luces y joyas, de ropajes coloridos y brillantes, de caras entusiastas y del murmullo de las risas que surgían a su paso. Por los pequeños agujeros que había en la máscara se veía poco, tan sólo el espacio inmediato, pero Adorna se daba cuenta de que la careta también ocultaba su rubor además de tantos y tantos pares de ojos que se esforzaban por examinar cada detalle.

Rodeada de sus cortesanos favoritos, hombres altos y guapos, la reina estaba sentada en una silla grande y bien acolchada al final de la sala bien iluminada, cuyas paredes estaban cubiertas de arriba abajo de tapices. El suelo había sido abrillantado para el baile, y reflejaba los colores como el agua de un lago sobre el cual las ocho elegantes doncellas del agua se deslizaban en parejas, cada par guiado por un niño alado y semidesnudo que portaba una antorcha.

Otro niño que iba montado en un caballito de mar con ruedas le preguntó a la reina si le gustaba la mascarada; pero Adorna raramente había buscado con tanto afán una cara conocida entre los asistentes. Sabía que su padre estaría muy ocupado con el attrezzo, la organización y los mecanismos de las nubes, las pequeñas gotas de agua, el ruido del trueno y la cara gigante del sol que sonreía y guiñaba un ojo. Mientras desfilaba e interpretaban una graciosa pavana, Adorna no dejaba de preguntarse qué diría sir Nicholas cuando se diera cuenta.

La duda de su aprobación la tenía en vilo, ensombreciendo el placer de ver la reacción de sir Nicholas a lo que ella intentaba negarle. El placer disminuyó cuando estuvo verdaderamente segura de que sir Nicholas no estaba presente. Algunas de las otras damas con máscara no tenían tales reparos, puesto que ya habían hecho algunos movimientos para revelar más de lo que originalmente habían planeado, pero fue al término de la pavana cuando un grito y el que el público se apartara repentinamente le indicó que había habido alguna particular invasión. Un grupo de hombres altos vestidos con ropajes plateados, jubones de seda brillante y pantalones también plateados, entraron con dinamismo por las puertas abiertas del salón, gritando mientras daban vueltas a unas redes de pescar blancas por encima de sus cabezas medio enmascaradas.

—¡Ajajá! —gritaban—. ¿Qué tesoros nos traen estas bellas doncellas del agua? ¡Reveladlos, doncellas! ¡Reveladlos, os decimos!

Aquella era la parte de la mascarada sobre la cual Adorna no había sido informada, ya que ella sólo se había ocupado del departamento de las mujeres; pero en ese momento reconoció de un vistazo al conde de Leicester y a sir Christopher Hatton por la forma y el color de sus barbas. Lanzaron sus redes con ímpetu, arrancando gritos de emoción entre las damas del público, pero eran las doncellas del agua las que tenían que ser atrapadas, y fueron ellas las que se alejaron con mayor prontitud.

Había algunas, naturalmente, que no se lo pusieron demasiado difícil a los pescadores fabulosamente ataviados con gorras blancas adornadas con plumas de avestruz; pero Adorna no fue una de ellas, sospechando que sir Nicholas era probablemente uno de los pescadores que le había echado el ojo a una de las otras. Aquélla era la oportunidad perfecta para dejarse pescar por otra persona y para que él viera, como había dicho Maybelle, lo que se perdía.

—Aquí tiene, milady —dijo riéndose mientras se quitaba el tocado de pasta de papel en forma de concha y se lo pasaba a una cortesana lo suficientemente mayor para ser su madre—. Podría dejarse pescar, si lo deseara.

De buena gana la mujer se lo fue a colocar en la cabeza, llamando la atención de los pescadores mientra Adorna se colocaba a un lado para dar con uno de los ocho que se pareciera menos a sir Nicholas, un plan que se fue a pique cuando, a la vez que evitaba la red de sir Christopher, se dio la vuelta para darse cuenta de que el hombre que había esperado evitar la había reconocido. Sus hombros anchos, su porte orgulloso y su cabello oscuro no podían ocultarse bajo la máscara plateada más de lo que ella podía esconderse bajo la suya, aunque fuera completa.

A través del salón se miraron, uno con las piernas separadas, amenazador y empeñado, y la otra igualmente empeñada en que en ese momento cualquier hombre sería preferible a aquél. Se deslizó hacia donde estaba el público, pero fue demasiado tarde para mezclarse con él antes de que su red volara hacia ella.

Alzó una mano para pararla, y la agarró y lanzó a un lado con desdén, experimentando una sensación triunfal mientras plantaba ambos pies firmemente sobre la red y miraba con rabia al pescador. Los invitados, no acostumbrados más que a una resistencia simbólica, gritaron de aprobación al ver su ingenioso truco y se dieron la vuelta para observar lo que ocurriría después mientras que, desde el extremo del salón, la cabeza de la reina destacaba entre las demás para ver qué estaba pasando.

Lista para huir lo más rápidamente posible, Adorna no estaba preparada para el repentino movimiento que se produjo bajo sus pies cuando sir Nicholas tiró con fuerza de la red, que con el suelo resbaladizo le hizo perder el equilibrio y caer de costado. Entonces, riéndose con suavidad, tiró de nuevo de su red y la sacudió sin prisa.

—¡Vamos, doncella del agua! —la instó con voz estentórea y desafiante—. Deberías ya estar tan acostumbrada a esta actuación como yo. Vamos, veamos la recompensa, ¿eh?

Los hombres gritaban y aplaudían, pero aunque la expresión de Adorna quedaba bien oculta bajo la máscara, su voz la traicionó lo suficiente como para sugerir que aquello no era del todo una farsa.

—¡Soy una nube, pescador! Una neblina. Una catarata. No conseguiréis nada de mí. Id a buscar vuestra recompensa en otra parte.

Rápidamente, se puso de pie, inquieta de que su fino corpiño no hubiera sido diseñado para esta clase de actividad y de que sus piernas, normalmente cubiertas, se trasparentaran de pronto a la vista de todos. Esperando de nuevo esconderse entre los demás invitados, se volvió hacia ellos. Pero estaban demasiado exaltados vitoreándola y mirándola con lascivia como para apartarse y, antes de que ella pudiera pensar en una alternativa, la red voló hacia ella de nuevo cayéndole esa vez justamente sobre la cabeza y los hombros.

Un rugido de aprobación surgió en la atestada sala; los hombres vitoreando a sir Nicholas, las damas a ella para que hiciera algo. Pero estaba claro quién ganaría con la red que le estrechó los brazos al cuerpo y, a diferencia de las otras que habían sido arrastradas con delicadeza hacia sus captores, fue arrastrada sin ceremonia alguna por el suelo al ritmo de los pausados aplausos del público, totalmente incapaz de resistirse a la fuerza de aquellos brazos.

—Ahora, bella mía —le dijo sir Nicholas en voz alta al tiempo que la acercaba a sí—. ¿Vais a recompensar mis esfuerzos? ¿Qué será esta vez?

En la presencia de la reina, la respuesta de Adorna habría sido totalmente inadecuada. Sus bromas la enrabietaban, al igual que la risa y diversión del público; y ni el consuelo que le ofrecía la máscara le duró mucho cuando él la estrechó entre sus brazos y se la retiró para revelar su rostro sofocado y enojado.

—Señorita Adorna Pickering —rió—. Habría reconocido vuestra... esto... cara en cualquier sitio.

Sus ojos no andaban lejos de su cara. Entonces, como si de verdad fuera una sirena aprisionada en una red, la levantó en brazos y le subió la cara despacio hacia la suya y, antes de que sus labios se unieran a los de ella en aquella pública y humillante demostración de supremacía, ella vio el brillo de júbilo en su mirada, el destello de sus dientes al sonreír.

—¡No! —susurró, forcejeando con rabia mientras él la estrechaba contra su cuerpo con fuerza—. Os estáis comportando como si yo fuera... como si nosotros fuéramos...

—Sí —dijo él—. Y lo soy, ¿no?

Incluso allí, en las peores circunstancias posibles, cuando su beso era lo último que deseaba, hubo un momento en el que dejó de oír los gritos de los presentes y sólo oyó los caprichosos latidos de su corazón. Él la besó a través de la red como si hubieran estado solos en el gran salón, como si la recompensa que se estaba tomando mereciera toda la persuasión que pudiera conferirle; y fue tan sólo cuando dejó de besarla cuando Adorna recuperó los sentidos, y regresó la rabia. Llegado ese momento, ya no le importaba a nadie sino a ella misma, puesto que el público se estaba dispersando y preparándose para el baile, riéndose aún de la exaltada diversión, tanto hombres como mujeres, envidiosos de los enmascarados.

El conde de Leicester le dio a sir Nicholas una palmada en la espalda mientras Adorna era conducida a un lado, objeto del lento y descarado escrutinio de su desarreglada vestimenta añadiéndose a su desesperación.

—Entiendo lo que dices, hombre —le susurró el conde al oído—. Ha llegado el momento de atacar, ¿eh?

—¡Soltadme! — les gritó Adorna, detestándolos a los dos—. ¿Cómo os atrevéis a maltratarme así delante de su majestad?

Él la puso derecha junto al oscuro hueco de la

ventana que se abría inmediatamente al río Támesis, y Adorna agradeció que el aire de la noche la ayudara a calmar su cara y cuello sonrojados.

—Su majestad se ha divertido tanto como los demás.

—¡Salvo yo!

—Y vos no os podéis marchar antes de que se vaya ella. Eso sería romper el protocolo. Además —dijo mientras le quitaba la red que se había enredado en los adornos del tocado y el vestido—, los enmascarados deben bailar juntos primero.

Ella trató de apartarse de él, pero él tiró de ella y la sujetó contra la pared mientras le desenredaba el cabello.

—Quedaos quieta —le dijo— o tendré que amarraros.

—No os atreváis a hablarme como si yo fuera un...

Su beso estaba destinado a servir de mordaza y, en eso, fue más efectivo de lo que él se habría esperado, dada la furia de Adorna. No le permitió que ella se recuperara, sino que parecía empeñado en controlar la autoridad que había conseguido con ella.

—¿Como si fuerais una potrilla? —dijo, sosteniendo su mirada con la suya inquebrantable—. Creísteis que un golpe en la oreja me ataría corto, ¿verdad, muchacha? Bueno, tan sólo recordad ese día que estabais montada en vuestra yegua y me preguntasteis por las potrillas, y yo os dije que os lo diría algún día. Ah, ya veo que recordáis. Pues os lo contaré ahora, señorita Adorna Pickering, y empezaremos desde el principio, ¿de acuerdo? —se quitó por fin la máscara—. Las presentaciones han terminado. Vuestra educación comienza en este mismo instante. Bueno, parece que los músicos empiezan de nuevo, es una gallarda, y debéis bailar con vuestro captor.

Se retiró y la soltó para tenderle la mano.

Adorna se estremeció de rabia, consciente más que nunca de que, a pesar de todos sus planes, aquello iba desastrosamente mal. No le daría la satisfacción de obedecer inmediatamente; en lugar de ello, una infinidad de planes luchaban por el derecho de hacerla tan difícil, rebelde, intransigente e imposible como cualquier mujer había sido o podría ser, tan sólo para demostrarle a aquel arrogante y salvaje lo que se le venía encima. Llena de inquietud ante la falta de oportunidad, ignoró la mano que él le tendía lo suficiente como para ver el leve movimiento de su cuerpo, que le advertía de la necesidad de capitular.

Con altivez, Adorna colocó la mano en la suya y al momento sus dedos cálidos encerraban los suyos. Jamás lo había visto tan apuesto como en ese momento... Ni tan peligroso.

—Mi captor tan sólo por este baile, señor pescador —le dijo en tono ominoso—. Una red no es la mejor manera de recoger agua, ya sabéis. Tendréis que hacerlo mejor antes de comenzar el papel de tutor que vos mismo os habéis impuesto.

—Oh, lo haré, doncella. Lo haré —susurró—. Lo haré mucho mejor que todo eso, creedme. Ni siquiera necesitaré ni media oportunidad.

—No tendréis ni una —respondió ella.

Se dejó conducir a la formación para la gallarda, aunque con la mente no dejaba de darle vueltas al hecho de que hasta el momento él no le había dado explicación alguna ni se había disculpado por la noche anterior; ni siquiera lo había mencionado. Lo cual demostraba que era una persona cruel y sin modales, un hombre de quien Hester podría disponer con gusto, si lo quería. A partir de ese momento, se prometió a sí misma que no sólo colocaría a Hester en su camino, sino que la lanzaría a él, lo quisiera Hester o no.

Era, como había apreciado en anteriores ocasiones, un bailarín excepcional; y en más de una ocasión durante la alegre gallarda, Adorna había percibido el escrutinio de la reina mientras recibía información susurrada en un oído adornado con un pendiente de diamante. Como pareja, no habría sido superado por nadie, ya que era garboso, seguro de sus movimientos, fuerte y atlético; y durante esos breves momentos de contacto físico, Adorna habría jurado que su animosidad no era sino superficial. Él no la quiso soltar, sino que continuó agarrándole la mano para el baile siguiente, y ella estaba demasiado cerca de su majestad como para objetar en modo alguno.

El baile, con sus saltos y sus pequeños y acelerados pasos, era uno en el cual la reina era una experta, mucho más que en la gallarda.

En esa danza el hombre podía variar los pasos a su antojo, llevando a su pareja en tanto en cuanto ésta se concentrara al máximo. Adorna casi logró controlar su rabia en el momento álgido del ejercicio, particularmente cuando él la sostuvo por la cintura elevándola por encima de él, ambos totalmente al unísono, siguiendo a la perfección el ritmo, los pasos y las piruetas como si lo hubieran ensayado juntos. Ninguno de esos movimientos habrían sido posibles entre dos personas tan incompatibles a otro nivel.

Por tener buenos modales, por no mencionar la presencia de la reina, se vio obligada a tragarse más comentarios mordaces cada vez que él le ofrecía algún delicado bocado del banquete que había preparado en la sala contigua, aunque fue ella la que empezó a beber vino antes de que se lo ofrecieran. En más de una ocasión él le recordó que no había sido mezclado con agua, que la reina siempre lo tomaba con agua, pero el impulso de refutarlo a cada oportunidad había tomado las dimensiones de una cruzada en contra de su tiranía, y Adorna bebió más vino del necesario para apagar su sed, tan sólo para desbaratarle los planes lo máximo posible. No tenía por qué tratarla como a una colegiala. ¡Educación, desde luego!

Fue en el banquete informal en el que vio al maestro Peter Fowler desde el otro lado de la cámara. Habría jurado que no lo había visto allí anteriormente, pero también los deberes del maestro Fowler podrían haber sido la razón.

De todas las maneras se alivió enormemente de que no hubiera visto el duelo entre ella y sir Nicholas, aunque parecía que la presencia del último a su lado era lo que le impedía a Peter acercarse a hablar con ella. Ella le sonrió, pero su sonrisa fue contestada tan sólo por una sombría expresión de descontento con la que la miró primero a ella y luego a sir Nicholas. Fue a buscarlo, pero la mano firme que le sujetaba la cintura la condujo para que lo acompañara a charlar con otros invitados, como tratando de distraer a propósito su interés; y ella se dio cuenta entonces de que la rivalidad entre ellos había empezado en serio, independientemente de que ella no hubiera dado ni su aprobación ni su consentimiento. Parecía como si Peter hubiera sido advertido y hubiera aceptado la instrucción, no estando en posición de hacer otra cosa. Hizo un apunte mental para cambiar la situación lo antes posible, pero cuando se volvió a mirar la vez siguiente, no vio a Peter por ningún lado.

En más de una ocasión, en las horas que siguieron, la idea de buscar la protección de su padre se le pasaba de tanto en cuanto por la cabeza. Siempre había sido una táctica útil. Pero por una vez, y por una variedad de extrañas y turbadoras razones, se alegraba de que su padre no hubiera estado presente; las mismas razones que le decían que, esa vez, sería mejor que solventara ella sola el problema.

—Ya habéis tomado bastante —dijo sir Nicholas en voz baja mientras dejaba la copa llena de vino en la mano de un camarero.

Adorna se retiró el mechón de cabello pálido de la cara y fue a retirar la copa de la mano del hombre, bebiéndosela de un trago antes de que se diera la vuelta. Le pasó la copa vacía con una sonrisa.

—Creo que yo soy la que mejor puede decidir eso, señor quespa... pesda... pescador —dijo por fin—. ¿O vuestra intención era también instruirme sobre qué comer y qué beber?

Su contestación se perdió segundos después de que la habitación quedara en silencio. Las damas se hundían en las ondulantes nubes de seda y organdí, plumas y raso, y los hombres se arrodillaban como enanos en un bosque cubierto de un arco iris de colores. La reina se marchaba. Al llegar donde estaba Adorna, se detuvo delante de ella.

—De no haber sido por vos, señorita Pickering, uno de nuestros pescadores se habría quedado con la red vacía. Tenemos que darle las gracias por ocupar el lugar de lady Mary. Fue un gesto muy valiente por su parte. Espero que no se haya hecho daño.

Adorna se asomó al rostro de aquella mujer de cuarenta y dos años, aún muy gentil y resplandecientes de inteligencia sus ojos de color topacio.

—Su majestad es muy benévola —le dijo Adorna—. No estoy herida en modo alguno, gracias, aunque parece que últimamente siempre acabo mojándome.

La risa de la reina fue alegre y cantarina.

—Pero he notado que esta vez le ha puesto más difícil a sir Nicholas el que tirara de vos. ¿Ha sido tal vez porque no le ha gustado el método de captura, o tal vez no le ha gustado que sea sir Nicholas quien le echara la red?

—Aún no estoy lista, majestad, para ser capturada por ningún hombre.

—Me alegra oír eso —la reina asintió—.

Entonces tenemos la misma opinión sobre ese tema. Estoy de acuerdo en que no se lo debemos poner demasiado fácil.

Continuó avanzando, sonriendo hasta que las puertas se cerraron suavemente tras de sí.

Sir Nicholas le colocó la mano en la cintura, continuando donde lo había dejado.

—No —le contestó a la pregunta que ella le había hecho antes de aparecer la reina—. Cualquiera que pueda conversar con la reina después de haber tomado tanto vino sin diluir como vos no necesita mis instrucciones. Incluso aunque hayáis dicho tonterías.

—No eran tonterías, señor, era...

—Sí que lo eran. Y sí que estáis lista para un hombre.

—¿Y quién está diciendo tonterías ahora? Sabéis tanto de ese tema, señor, como de pescar. Nada de nada. Os deseo buenas noches.

Besó a varios amigos de camino a la puerta, como era usual, pero sir Nicholas no fue uno de ellos. Al cabo de un rato se alegraba de encontrarse en la habitación donde se habían vestido, donde solo Maybelle y un apuesto joven mantenían una conversación en un rincón tenuemente iluminado. Los trajes estaban todos ordenados, y su ropa había sido preparada para ella. El joven hizo una cortés reverencia y salió de la habitación.

—¿Te está esperando, Belle? —le preguntó Adorna.

—Sí, señorita.

—Entonces ayúdame a quitarme esto y a ponerme la ropa. Si me echo esa capa por encima no se notará con la oscuridad. Que tu joven te acompañe a casa, y llévate mis otras cosas también. Entraré por el jardín de palacio en cuanto haya recuperado la cordura.

—¿Entonces al final no lo habéis pasado bien? Levantad los brazos.

—Métemelo por la cabeza, Belle. No, no me he divertido. Y la cabeza me da vueltas. Necesito sentarme un momento.

—¿Demasiado vino?

—Demasiado de todo —de pronto su lengua ágil empezó a fallarle—. Date prisa. No, deja mis zapatillas y mis medias... Eso, ponme eso... Sí, así me vale.

—Pero no podéis marcharos a casa a medio vestir.

—Por supuesto que sí. ¿Quién me va a ver? Toma, llévatelos contigo —le plantó a la criada la pesada falda, el corpiño, las mangas y el encaje—. No tardes mucho, Belle. ¿Quién es él?

—Se llama David, sólo que él dice Daviiid. Es francés.

—¿Uno de los de las misiones francesas de la reina?

—Sí, señorita. ¿Estará bien sola? ¿Está segura?

—Mejor de lo que lo he estado toda la velada, Belle. Márchate.

A solas, se echó la capa por los hombros, y se sentó de pronto en un baúl al notar que la habitación empezaba a darle vueltas. Lo que necesitaba era tomar un poco de aire fresco antes de dormir.

En ese momento se abrió la puerta, turbando el

principio de un sueño. El corazón le latía en la garganta, pero al instante se puso a la defensiva.

—¿Qué ocurre? —dijo—. ¿Queréis también aconsejarme en el vestir?

—Vamos —le dijo sir Nicholas, sujetando la puerta—. Os acompaño a casa.

—¿Por qué? ¿Pensáis que podría tener una cita con el faestro Mowler? ¿Con el maestro Fowler? Si es así, tal vez no os equivoquéis.

—No hay ninguna cita, y deberíais estar en la cama.

—¿En la de quién?

—¿Podéis caminar, o deseáis que os lleve?

Ella se puso de pie y adoptó un tono valiente.

—Ninguna de las dos cosas, gracias. Puedo irme sola a casa.

—Sí, estoy seguro de ello. Tarde o temprano —levantó su mano pesada y tiró de ella despacio.

Adorna vio la expresión de sorpresa de sir Nicholas cuando la capa se abrió y vio que iba en combinación.

Cansinamente, se colocó bien la capa, retirando su mano de la otra que le ofrecía ayuda.

—No es más de lo que no hayáis visto ya, al igual que los demás.

Caminar sin piernas era algo nuevo para ella, aunque clasificó la experiencia junto con todas las demás desagradables que había tenido esa velada. El aire fresco de la noche le proporcionó una sensación de turbación, obligándola a agarrarse al marco de la puerta mientras cruzaban de los aposentos reales al paseo cubierto que rodeaba el jardín del palacio real.

Ella sintió que él le echaba el brazo por los hombros, para ayudarla, y en su pensamiento los eventos de la noche fueron cayendo como bolos, mientras su cuerpo reaccionaba del único modo que sabía, instintiva y descontroladamente. Ciegamente, se volvió hacia él y alzó las manos para buscarlo en la oscuridad, comprendiendo la razón de su vacilación pero sabiendo que allí podría provocarlo y aceptar su respuesta en privado sin la simulación que se había visto obligada a mostrar delante de la corte. Allí, podría enfrentarse a él con el cuchillo desenvainado y sufrir las consecuencias.

A pocos centímetros de ella, Adorna lo golpeó con su desprecio, ajena al peligro.

—¿De qué iba todo eso de atacar, sir Nicholas? ¿Creéis que podéis enseñar a todas las potrillas, ¿verdad? Bueno, señor, creo que a lo mejor esta vez habéis querido abarcar demasiado, porque no pienso quedarme esperando...

Su vacilación fue menor de lo que ella había previsto antes de inclinarse para plantarle los labios sobre los suyos, borrando de un plumazo las despreciativas palabras con una insaciable avalancha de besos que terminaron de enterrarlas para siempre. No recordó lo que le había dicho para provocarlo, tan sólo que tal vez le había parecido que él estaba esperando tal provocación.

El hecho de quedarse sin palabras no la llevó a ganar con respecto a otras cosas puesto que, a pesar de sus pretensiones de que tenía la misma experiencia que él, no sabía de qué estaba hablando, salvo por los besos y las caricias suaves de las que a veces había hablado con sus amigas. Irse a la cama con un hombre, según su información, era lo que hacían algunas mujeres solteras; pero exactamente lo que ello entrañaba seguía siendo una especie de misterio, y el acto sexual que habían presenciado entre animales no podría tener mucha relación con el de los humanos.

Pero en ese momento su cuerpo se encendió al sentir el roce de sus manos urgiéndola a pegarse a él mientras se deleitaba con la fuerza de sus brazos agarrándole la espalda, sus hombros amplios, y con todos esos detalles que sin querer había estado observando esa noche mientras al mismo tiempo detestaba su fuerza, su arrogancia y su autoridad.

En la oscuridad, sólo fue vagamente consciente de ser levantada en brazos y colocada sobre un banco de pino que se alineaba junto a la pared.

Su peso la cubría a medias, con las piernas apoyadas entre las suyas, provocándole estremecimientos por todo el cuerpo mientras la impronta de cada contorno quedaba grabada a través del lino suave de su canesú. Su boca descendió de nuevo para aprisionarle los labios al tiempo que movía la mano con cuidado por encima de la camisa bordada, llegando a descansar finalmente sobre uno de sus pechos.

—¡No! —movió a un lado la cabeza, interrumpiendo su beso y esperando que la sorprendente sensación cesara—. No —susurró en un gemido entrecortado cuando notó que no era así.

Sus labios, tan cerca de los de ella, parecían listos para besarla en cualquier momento.

—Tranquila, tranquila... —susurró—. No pasa nada... ¡Tranquila!

Moviendo la mano sobre toda la turgencia de su pecho, dejó que sus labios lo esperaran y que su instinto se debatiera entre su mano y sus labios. Entonces, al quedarse quieta, él le deslizó la mano por debajo de la tela mientras reclamaba sus labios, al tiempo que un gemido entrecortado llenaba sus pulmones, lista para protestar de nuevo. La sorpresa dio paso a un gemido de éxtasis y la mano que le había agarrado la muñeca se quedó floja, permitiéndole que continuara explorando suavemente, con pausa, acariciándole el pezón con ternura mientras le mordisqueaba los labios. Ella gimió, ajena al significado de ese gemido.

—¡Qué bien! —susurró él—. Muy bien. ¿Ahora, qué más me vais a enseñar? ¿Esto...?

Su respiración se volvió entrecortada con el segundo y emocionante viaje de su mano deslizándose sobre su piel, por sus costados, su estómago y sus caderas, y arrancando de nuevo sus gemidos ante el insoportable suspense.

—No... —le susurró ella, aunque su significado fuera el contrario.

Con el brazo libre, Adorna le deslizó los dedos entre los mechones de cabello sedoso y tiró con suavidad para que la besara, ya que sus palabras y su necesidad habían dejado de coincidir. El beso embriagador de sir Nicholas le provocó gemidos de placer, pero ella sólo parecía percibirlos en la distancia, como las negativas que le había dado desde que se habían visto y que se desvanecían ante sus exigencias.

—¿Más? —le dijo él—. Esto no es sino el principio.

Sus labios continuaron deslizándose rumbo sur, sobre su cuello y sus pechos, y con los dientes y la lengua le atormentaba los pezones, primero uno y luego el otro, mientras le agarraba la mano y la apartaba de él, sujetándola contra el banco.

—Ahora, bella mía —dijo, mientras besaba su piel—, ¿hay algo más que queráis enseñarme?¿Qué era lo que pensabais, antes, cuando me habéis dicho que no tenía ninguna oportunidad?

Su voz profunda le vibraba sobre los labios.

Pero un deseo dulce y exquisito que había nacido de algún lugar entre sus muslos se centraba en ese momento en un sitio misterioso, susurrándole sensaciones con las que no habría soñado jamás, que habían disparado algo que ella nunca había controlado y que le dejaban claro que él tenía el poder de moldearla con sus caricias. Respecto a lo que hubiera querido decir con su réplica, su mente permanecía en blanco mientras se estremecía con el impacto de las respuestas de su cuerpo. Estaba silenciosa y temblorosa mientras la mano de sir Nicholas continuaba su lento e inexorable progreso sobre el pecho y el estómago, avanzando hasta colocarla sobre el suave montículo entre sus piernas. Para entonces había reclamado de nuevo sus labios con un beso destinado a reducir al máximo sus protestas, aunque no a hacerlas imposibles.

Sin embargo, era más consciente que Adorna de que alguna clase de protesta resultaba necesaria, puesto que aunque tenía la intención de que ella recordara esa primera lección que le haría recapacitar, habría momentos y sitios mucho mejores para continuarla cuando sus sentidos no estuvieran abotargados por los vapores del vino. Su antagonismo había servido bien a su propósito, pero sabía que ella se culparía a sí misma tanto como a él por aquel memorable episodio antes de sentirse tentada a volver por más.

—¿Y bien? —le preguntó sin dejar de acariciarla—. ¿Lo habéis recordado?

Cuando ella no respondió, él entendió que estaba a punto de rendirse y así, para provocarla, le apretó la muñeca y cambió de postura.

—¡No...! ¡No, por favor...!

Su susurro tembloroso iba cargado del presentimiento de que, fuera cual fuera su paso siguiente, era ella quien debía hacerle entender que aunque aquello fuera lo que le hacía a otras mujeres, no podría hacérselo a ella. No podría haber explicado por qué, puesto que no tenía experiencia en la que basarse, pero la certidumbre pesaba allí.

Instantáneamente, él retiró la mano, colocándole la ropa en su sitio con cuidado.

—Chist... De acuerdo. Lo he dejado. Creo que es suficiente de momento.

Se retiró con cuidado y tiró de ella para abrazarla hasta que dejó de temblar.

Incluso en aquel estado de confusión, Adorna no podría haber negado que la capitulación que había empezado en el salón de banquetes había progresado en los jardines de la reina. Pero aunque su miedo de ser añadida a su lista de conquistas permanecía tan vivo como siempre, él le había demostrado con facilidad aterradora lo cerca que había estado de ignorar cada una de sus objeciones. La simple idea la aterrorizaba.

—Dejad que me vaya a casa —le susurró ella con voz trémula—. Os habéis aprovechado de mí, señor —se puso de pie y se apoyó contra uno de los pilares de madera para no caerse.

Él se colocó detrás de ella y le metió las manos por debajo de la capa para plantárselas sobre los pechos y abrazarla contra el suyo con posesividad.

—Oh, no —le dijo al oído—. Oh, no, dulce dama. Eso no lo he hecho, y lo sabéis. Si de verdad me hubiera aprovechado de vos, podría haberos agasajado con más vino en lugar de aconsejaros que pararais. Podría haberos llevado a una de las docenas de cuartos oscuros de palacio. Incluso podría teneros tumbada de espaldas, totalmente desnuda en este momento, si eso es lo que...

—¡No! —jadeó ella—. ¡Eso no lo haréis jamás! Ahora, soltadme.

A pesar de su aparente fervor, su ruego carecía de ímpetu bajo sus manos persuasivas que con destreza alejaban sus pensamientos del resentimiento y los empujaban hacia la respuesta conmovedora de su cuerpo. Temblando aún por sus atenciones, no tuvo voluntad de protestar al tiempo que las manos juguetonas de sir Nicholas reforzaban su primera lección.

—Vos comenzasteis esto, bella mía, y ahora estáis bien metida en ello, ¿verdad? Y no hay ningún guardián al que correr, ¿no?

—El maestro Fowler será... mi...

Su boca fue asaltada por sus labios.

—Sí —dijo por fin—. Corred en busca de vuestro

caballero controlador tan a menudo como queráis, pero jamás tendrá el mismo control sobre vos que tengo yo. Ahora ya podéis dejar de jugar al escondite, Adorna. Es hora de enfrentarse a la realidad.

La agarró de las muñecas y la giró para que estuvieran frente a frente.

—Os deseo y seréis mía. Pelead y protestad todo lo que queráis; vuestra resistencia hará que mi victoria y vuestra derrota sean todavía más dulces.

—Unas palabras muy bonitas —le dijo en tono fiero— de boca de uno que concierta una cita secreta y luego no acude a ella. Si esa es la realidad a la que queréis que me enfrente, señor, seguiré con esos llamados juegos un poco más, gracias.

—¿Entonces es eso lo que os molesta? Bien, si hubiera pensado que aceptaríais antes mi explicación, os la habría dado; aunque no se ha dado la ocasión de ofreceros una disculpa, ¿no os parece? Una yegua se puso de parto. Primeriza.

—¿Y no podíais haber enviado un mensaje?

Su voz se suavizó con una sonrisa invisible para Adorna.

—Oh, sí. Sí, podría haberlo enviado. Podría haberos enviado al maestro Fowler. Él estaba conmigo en el patio cuando el mozo de cuadra vino a decirme que la yegua estaba de parto. Podría haberle pedido que fuera al salón de banquetes donde me estaríais esperando para deciros que no lo hicierais. ¿Os parece que eso es lo que debería haber hecho?

Adorna se daba cuenta de que la idea era ridícula, y que sir Nicholas no podría haber enviado a nadie con un mensaje tal.

—No os estaba esperando —le dijo, tirando enfadada de la muñeca—. Volví a casa.

—Ah, entiendo —le sonrío mientras la soltaba—. Entonces al final no pasó nada, ¿verdad? Y no hace falta disculparse. ¿Ahora, algo más antes de acompañaros a casa?

—Sí, hay algo más. ¿Le habéis advertido que se mantenga alejado de mí?

—¿A quién? ¿Al maestro Fowler? —la sonrisa dio paso a una risa relajada—. No, señorita. Yo no le digo eso a ningún hombre. Nuestro caballero el controlador recibirá el mensaje sin la necesidad de ninguna ayuda extra. Creo que eso ya lo habéis comprobado esta noche.

—Y yo creo, señor, que cuanto menos recuerde de esta noche, más feliz me sentiré. Yo elijo a mis amigos y elegiré a mis amantes cuando esté lista para ello. Y vos no estaréis entre ellos. El maestro Fowler jamás se habría comportado como lo habéis hecho vos.

—En tal caso, señorita Adorna Pickering —dijo él abrazándola de inmediato—, vos no os habríais comportado como lo habéis hecho, ¿no es así? Y eso habría sido una pena.

Como cuando le había dado su primer beso, unió sus labios a los suyos con delicadeza, recordándole cómo había respondido y arrastrándola a otra traición de sus adormecidas protestas. También le hizo ser consciente de que su teoría, aunque probablemente sensata, estaba mucho más allá de su entendimiento en ese momento y sería mejor analizarla al día siguiente.

Seis

Desgraciadamente, lady Marion estaba entreteniendo a algunos amigos cuando Adorna llegó a casa como un niño dormido en brazos de sir Nicholas, y sir Thomas aún no había regresado del palacio. Consecuentemente, nadie aparte de Maybelle y el chambelán de los Pickering estuvo allí para ver el cuidado con el que fue depositada en la cama, de la que no se despertó hasta bien pasado el amanecer. Y cuando lo hizo deseó no haberlo hecho.

No era tanto el dolor de cabeza, aunque era peor que nada que recordara, sino el terrible peso del reproche hacia sí misma que aumentaba con cada pregunta que le hacía a Maybelle sobre su comportamiento, su vestimenta, o falta de ella, y sobre la parte en la que sir Nicholas la había llevado a casa. El dolor se hizo más agudo cuando su madre la aleccionó sobre el peligro de darle tantas confianzas a un hombre. ¿Cómo se habría enterado de que la había llevado hasta casa en brazos?

—Porque le pago a mi chambelán para que me

cuente lo que está pasando en mi propia casa —le contestó lady Marion.

Desafortunadamente, a Adorna no le fue posible descubrir qué era exactamente lo que el chambelán había explicado, o lo que sospechaba su madre, o desde luego hasta dónde había llegado sir Nicholas. Y como no podía culpar a nadie salvo a sí misma de la determinación de beber tanto vino sin diluir, se dio cuenta de que tenía que salir de esa situación con el mismo desafío que había utilizado para meterse en ella.

Ni su dolor ni su disposición mejoraron con la opinión un tanto inoportuna de su prima de que sir Nicholas sería un buen marido.

—¿Para ti? —le dijo Adorna, entrecerrando los ojos para protegerlos del fuerte sol del jardín.

—Bueno, sí. La riqueza que he heredado y el título que ha heredado él combinarían muy bien, yo creo. Y sir Nicholas ha notado lo mucho que he cambiado. ¿No es agradable?

—Mucho —murmuró Adorna, observando una mariposa que revoloteaba hacia una colorida flor—. Eso hace que todos nuestros esfuerzos merezcan la pena.

En secreto, le molestaba que el plan que hacía tan pocas horas había estado tan entusiasta de poner en práctica contara de pronto con la aprobación de Hester y, lo que era peor, que pudiera prosperar. La única idea reconfortante que podía encontrar era que muy pronto sir Nicholas y Peter se habrían marchado los dos a Kenilworth con el conde de Leicester para preparar la llegada de la reina.

Adorna se había perdido el servicio del domingo por la mañana en la capilla real, pero se sentía obligada a atender al servicio vespertino al que esperaba que sir Nicholas no asistiera. Sus esperanzas pronto se vieron pisoteadas. Entró en la capilla con el conde y sus sirvientes momento antes que la reina, y se sentó en un banco justo detrás de ella. Fueron Hester y lady Marion quienes se volvieron a sonreírle, pero el desagradecido vuelco que le dio el corazón ya había respondido a alguna especie de extraña telepatía, y a partir de ese momento no consiguió centrarse en nada que no fuera su presencia a sus espaldas, pensando en lo cerca que estaban sus manos y en que sus ojos eran conscientes de cada detalle.

Ideó una serie de estrategias para evitarlo después, pero su padre y Hester las echaron por tierra al colocarse cada uno a un lado de ella cuando se dieron la vuelta para hablar con sir Nicholas, obligándola a responder a su pregunta.

—Espero que os encontréis bien —le dijo sir Nicholas.

Y lo dijo con tal falta de gravedad en su mirada que sin duda sugería que tal vez bien supiera la respuesta.

Pero a Adorna le daba igual, porque no tenía intención de decir la verdad, y menos en ese momento.

—Bastante bien, gracias, señor.

En contra de su voluntad su mirada evaluó el impecable jubón de seda verde, rematado por un cuello de encaje, y los pantalones bombachos a juego. Pero su examen se detuvo en sus labios, faltándole el coraje de enfrentarse a su mirada risueña.

Hester, aparentemente, sintió que la respuesta de Adorna carecía de detalle.

—Ahora sí que lo está —dijo en el incómodo silencio que siguió—. Ha estado mala toda la mañana con una jaqueca terrible. Pobre Adorna.

Hester miró a su prima con lástima, tratando de imaginar su dolor de cabeza.

—¡Hester! —dijo Adorna entre dientes, pero el daño estaba hecho.

—¿De verdad? —contestó sir Nicholas, adoptando una expresión de preocupación extrema—. ¿Es cierto, señorita? Me pregunto qué podrá haber sido la causa de ello.

Sir Thomas llegó al rescate, quitándole importancia al problema con su franqueza habitual.

—Bueno —dijo—, cualquiera que tenga que vestir a ocho damas de doncellas del agua al mismo tiempo tiene derecho a que le duela la cabeza, digo yo. Yo sólo tuve que pensar en una. ¡Ja! Ahora, sir Nicholas, supongo que debemos daros las gracias por acompañar a Adorna a casa anoche. Muy sensato por su parte, muchas gracias. Como sabéis, yo estuve ocupado hasta la madrugada.

La respuesta de sir Nicholas fue una ligera inclinación, aunque su mirada y su voz negaban la seriedad.

—No hay por qué darme las gracias, sir Thomas, os lo aseguro. Fue un gran placer para mí acompañar a vuestra hija a su cama... esto... dormitorio. En realidad, para mí fue el culmen de la velada.

Pero cualquier otro significado más profundo de las palabras de sir Nicholas pasó a segundo plano cuando sir Thomas fue interrumpido por otro amigo, con el que echó a andar al momento. En cambio, Hester parecía estar pillándole el tranquillo a eso de la charla social con una torpeza notable.

—Oh, eso no me lo habías dicho a mí —le dijo a Adorna, ignorando el rubor que teñía las mejillas de su prima—. ¿Acaso sir Nicholas... esto... de verdad que vos...?

—Sir Nicholas está de broma, Hester, querida —le dijo Adorna con rabia controlada, mientras miraba al otro con furia, advirtiéndole con la mirada para que no dijera ni una palabra más—. Recuérdame que te cuente cómo algunos hombres se divierten sonrojando a las damas, ¿de acuerdo? —agarró a Hester del brazo con firmeza y se dio la vuelta.

Hester, sin embargo, parecía habérselo tomado muy en serio.

—Pero sir Nicholas no haría eso, ¿verdad, sir Nicholas? —le dijo, resistiéndose a la presión del brazo de Adorna.

—Sí, lo haría —dijo Adorna entre dientes.

Miró hacia donde estaban sus padres, y su preocupación aumentó. En ese momento había ojos mirando en su dirección al tiempo que sin duda correrían los rumores entre los amigos de sus padres, que asentían con la cabeza, sonreían sorprendidos o hacían muecas, como escandalizados. Adorna no dudaba que sir Nicholas y ella habían sido su tema de conversación.

El mismo sir Nicholas no le ofreció demasiado consuelo.

—Sí, lo haría —le dijo a Hester—. Pero también deberíais pedirle a Adorna que os explique que un rubor no sólo implica sentimiento de culpabilidad. Preguntádselo, señorita Hester.

Aquello era ya demasiado para ella.

—Sí, señor —dijo Hester, con expresión completamente perdida—. Lo haré.

Hizo una inclinación con la cabeza, se fijó de nuevo en las mejillas de Adorna y se apartó para unirse a lady Pickering, seguramente para enterarse de los detalles que Adorna no le había proporcionado.

Adorna misma se habría marchado si en ese instante sir Nicholas no la hubiera agarrado del brazo.

—Soltadme ahora mismo . ¿Cómo habéis podido iniciar tal conversación delante de mi padre y de Hester? Ahora pensarán...

—¿Qué pensarán? —le dijo, acercándole los labios al oído—. ¿Queréis decirme que vuestros padres no iban a enterarse de que estábamos juntos en la mascarada? ¿O que no sabrán que tuvisteis que sustituir a lady Mary? Por supuesto que sí. Mirad toda esa gente; están deseosos de hablar de ello. ¿Qué creéis entonces que están diciendo?

La tentación era tan fuerte, pero no podía hacerlo teniendo la vergüenza escrita en sus facciones. Ni siquiera pudo mirar a sir Nicholas a los ojos al contestar.

—¿Cómo es posible que sepáis lo que están diciendo?

—Bueno, os lo diré.

—No.

—Están hablando de la doncella del agua que se negaba a dejarse atrapar. Hablando de cómo ella...

—¡Basta!

—De cómo llevaba un corpiño de gasa trasparente en el que se fijaron todos y...

—¡Por favor!

—Y cómo el adjunto al maestro de caballería la besó allí delante de todo el mundo, mientras ella forcejeaba entre sus brazos. Después hablarán de cómo bailaron juntos, y con nadie más. ¿Oyes esa risa? Es tu padre. Tu madre y Hester están horrorizadas. ¿Y bien? ¿Prefieres ir con ella y que te pidan explicaciones, o prefieres dejármelo a mí y no tener que explicar nada?

Parecía no tener otra elección. El rubor que ardía en sus mejillas, más intenso ya, no era lo que quería que los demás vieran, ni tampoco deseaba ella ver sus expresiones escandalizadas y divertidas.

Sin molestarse en contestar siquiera, lo siguió rápidamente por la puerta norte que daba al patio y de donde surgía un laberinto de pasadizos, pequeños patios y puertas que conducían a Paradise Road.

—Ya sé llegar sola desde aquí, señor —le dijo, mirando a un lado y al otro para ver si había alguien, pero el camino estaba desierto.

Él echó a andar a su lado.

—Pero anoche no erais capaz de encontrar el camino, ¿verdad?

—Sir, Nicholas, de verdad es de lo más descortés por vuestra parte insistir en recordarme un incidente que preferiría olvidar. Ahora que no hay nadie delante, no tiene sentido que continuéis avergonzándome. Lo que pasara anoche, pasado está. Jamás volverá a ocurrir. Jamás. Me arrepiento de todo el incidente y, sobre todo, del papel que vos interpretasteis. Me alegro de no recordar mucho de lo que pasó, lo cual vos contemplaréis como la oportunidad perfecta de inventaros lo que os venga en gana y contarle la historia a todos vuestros chismosos amigos. ¿Ahora, por favor, queréis marcharos y dejarme volver a casa sola?

—Tenéis poco donde elegir en este asunto, milady —le dijo mientras le echaba el brazo por la espalda—. O bien camináis tranquilamente hasta Sheen House a mi lado, u os puedo llevar allí como lo hice anoche. Decidíos cómo preferís.

—¡Sois insufrible, señor!

Él sonrió ante su furia, urgiéndola a que avanzara.

—Es una pena que recordéis tan poco, vos con ese fino canesú en el jardín después, y yo arropándoos con mi...

Ella retiró la mano para golpearlo, para poner punto final a la vergonzosa descripción que no tenía deseos de ver. Pero esa vez él estaba preparado, y a ella la ralentizaron los intensos latidos en las sienes. Él le tomó la mano mucho antes de que ella la acercara a él, y tiró de ella para atraparla entre sus brazos.

—¡Es suficiente! —dijo él con dureza—. No os daré más detalles, salvo un recordatorio que se os ha debido de escapar.

—¿Y ése es, señor?

—Que la caza ha terminado y que será mejor que empecéis a mentalizaros de que sois mía. Que es exactamente como esas personas que están ahí dentro... —ladeó la cabeza hacia el muro del palacio— os están viendo, os guste o no. Es mucho mejor seguir la corriente. Menos confuso para todo el mundo.

Tan sólo una semana atrás le habría dado veinte mil vueltas a la cabeza por su arrogante afirmación de que ella pertenecía a alguien. Deleitarse entre sus brazos era algo reservado tan sólo para los secretos de la noche, pero el ser añadida a su lista de conquistas era algo muy distinto. Sin embargo, el horroroso dolor de cabeza de la mañana la había dejado tan aturdida que en ese momento no era capaz de hacer acopio de fuerzas suficientes para continuar con la disputa.

—Soltadme, señor, por favor. Soltadme, os lo ruego. Podremos terminar esta conversación en otro momento, mañana tal vez —los verdes campos cuajados de hierba y arboledas comenzaron a dar vueltas en un vacío oscuro mientras una sensación le helaba los brazos y las piernas; no había comido nada en todo el día—. Por favor... —susurró muy mareada—. Necesito... sentarme...

Y fue así como Adorna Pickering, a pesar de su resolución de mantenerse lejos de aquel hombre, fue de nuevo llevada en brazos por Paradise Road, esa vez a plena luz, hasta Sheen House, donde Maybelle y el leal chambelán los recibieron de nuevo.

No era el modo más digno de terminar el día, pero por lo menos le dio la excusa para evitar el interrogatorio que sus padres le habían reservado para después de la misa.

Llegado el lunes por la mañana, cuando habían tenido tiempo de contemplar los eventos con cierta perspectiva, habían coincidido que, en general, la apropiación de sir Nicholas de su querida hija en la mascarada no era en sí algo tan malo, incluso aunque ella hubiera pasado algo de vergüenza. Después de todo, razonaron, ella podría haber pasado aún más vergüenza sin su protección y, aparte del jugueteo, él se había comportado con sumo cuidado. Una tormenta en una copa de vino, se podría decir.

Sir Thomas volvió a Sheen House desde el palacio a media mañana, con una carta que acababa de recibir de la reina en la que le daba las gracias por sus esfuerzos de la noche anterior. Encontró a Adorna en el herbario, preparando agua de rosas, con las manos metidas en un cuenco de pétalos.

—Bueno, hija mía —le dijo. A su majestad debió de parecerle bien tu actuación en la mascarada como para invitarte a que vengas conmigo a Kenilworth el miércoles. Yo tendré que ir con el ropero, aunque su señoría tenga sus propios quehaceres; sin embargo voy a necesitar toda la ayuda posible con los vestidos. ¿Te interesa?

A Adorna no le interesaba, porque sabía que sir Nicholas estaría allí. Y seguramente viajaría con ellos. Debía permanecer lo más lejos posible de él, y para ello lo mejor sería que permaneciera allí, donde él no pudiera alcanzarla. Por otra parte la invitación de la reina no era algo que uno pudiera rechazar. Era un mandato real.

—Sí —dijo—. Por supuesto que sí, padre.

—Bien —dijo él mientras tomaba un puñado de pétalos y los olía—. Debes llevarte a Maybelle y a Hester también. Seton irá con los actores para representar un par de obras a petición de su señoría, así que ahora sólo nos queda recordarle a tu madre que tienes veinte años y no catorce. ¿De acuerdo? —se echó a reír mientras dejaba los pétalos en el cuenco equivocado—. Tal vez si le digo que sir Nicholas se asegurará de vigilarte, se sentirá mejor por ello.

Adorna recogió los pétalos y los colocó con el resto.

—Padre —dijo ella—. No quiero que mamá se imagine que hay relación alguna entre sir Nicholas y yo sólo porque me haya acompañado a casa unas cuantas veces. No fue algo planeado, os lo aseguro. Tan sólo una coincidencia.

—¿Que imagine cosas de sir Nicholas, cariño? Demasiado tarde, porque ya se las está imaginando. Mira —le dijo, retirándole las manos del cuenco y agarrándoselas entre las suyas—, deja de preocuparte por eso. Yo también estaré allí, con otros cientos de personas. ¿Por qué no te vas entonces a preparar la maleta? Si Hester y tú necesitáis algún vestido más, tomaré prestados algunos del ropero para vosotras. Ahora, entra en casa y díselo a tu madre y a Hester.

—¿Y el personal de la casa del conde va a viajar a Kenilworth con nosotros? —le preguntó, tratando de mostrar naturalidad.

—Ah, no, chiquilla. Se han marchado ya; esta mañana temprano.

—¿Cómo...? ¿Todos?

Sir Thomas observó con curiosidad la expresión de sorpresa de su hija.

—Bueno, el conde es el anfitrión en Kenilworth, ya sabes, y él irá acompañando a la reina. Pero sus hombres han tenido que salir antes. ¿No te lo dijo sir Nicholas?

Que ella supiera tal vez se lo hubiera dicho mientras que ella, de nuevo, no había estado en posición de recordar. Sin embargo, le extrañaba mucho que el recuerdo de sus manos acariciándola fuera lo bastante nítido como para provocarle estremecimientos de debilidad en las piernas.

—No, no me lo dijo.

Para cuando llegara a Kenilworth, pensaba Adorna, él habría encontrado a otras con quien distraerse y la dejaría tranquila. Sin embargo la escena que acababa de imaginarse no le provocaba la satisfacción que habría esperado, al igual que el entusiasmo controlado de Hester por el viaje tampoco la convencía de que aquél fuera el camino más inteligente.

Uno que fue a despedirse más específicamente fue el maestro Fowler, que sentía que era su deber aunque claramente le costara tanto ocultar su consternación por el papel que había interpretado en el baile de máscaras. Tenía poco tiempo, puesto que su grupo tenía que salir, y había muchos locales a los que había que cambiar las cerraduras de las puertas, en ruta, por la seguridad de su majestad.

Con toda la amabilidad posible, Adorna le recordó que ella era libre de escoger a sus propios acompañantes, y que el hecho de verlos todas las veces que le entraran ganas no era asunto de nadie sino suyo.

—¿Y presumiblemente, de sir Nicholas Rayne? —le dijo con frialdad, antes de echarse atrás inmediatamente—. ¿Podríamos hablar con sensatez un momento? Tengo que unirme al grupo antes de cruzar el río. ¿Queréis acompañarme andando?

Adorna levantó sus faldas amarillo doradas, y le puso los dedos encima de los suyos brevemente.

—Peter —le dijo—, no debemos pelear por esto. Yo no soy responsable de lo que me diga sir Nicholas; seguramente le dirá exactamente lo mismo a muchas mujeres. Pero tampoco tengo que responder a nadie salvo a mis padres de lo que hago o dejo de hacer. Si no puedes aceptar eso, entonces lo sentiré mucho, después de que somos amigos ya desde la Pascua.

Él le atrapó la mano sobre su manga color gris.

—Había esperado que se me permitiera ocupar un espacio mayor en vuestra vida que el ser meramente un amigo de hace tres meses, Adorna, pero supongo que o bien tengo que aceptar vuestras condiciones o perderos del todo. Estoy listo para esperar. Es demasiado pronto, ahora me doy cuenta de ello.

—Sí, Peter. Demasiado pronto. A pesar de lo que

creáis, no estoy más cerca de comprometerme con un hombre de lo que lo estaba cuando nos conocimos.

—Sin embargo estáis lista para iniciar algún tipo de relación con sir Nicholas después de la cena de lady Marion —le dijo en tono suave—. ¿O acaso eso fue también fruto de mi imaginación? Y de nuevo en el baile de máscaras. ¿Sabe él que no deseáis comprometeros?

Ella retiró la mano.

—No tenéis derecho a preguntarme eso, Peter. Sir Nicholas sabe de mi amistad con vos y sí, si debéis saberlo, se le ha comunicado que no estoy disponible. Pero me está costando tanto convencerlo a él como a vos.

—Por lo que he oído, Adorna, su propósito al perseguir a una mujer no es el mismo que el mío. No es conocido por su fidelidad a las mujeres, ya lo sabéis. Tal vez sea bueno que él también vaya a estar unas semanas alejado de vos.

—Ninguno de los dos lo estaréis, Peter. Me voy a Kenilworth con mi padre el miércoles.

Él se quedó sorprendido.

—¿Vos... vais a ir? —pestañeó—. No tenía ni idea.

—Yo misma me acabo de enterar. ¿Querrás cuidar de mí? Me alegraría tener un acompañante.

—Por su puesto que sí. ¿Entonces sir Nicholas no os espera?

—No —respondió ella airadamente, imaginando ya la apuesta figura de sir Nicholas dirigiendo los caballos de la reina.

Cuando Peter se marchó, sin embargo, sintió pesar de no tener el placer de su compañía durante el viaje, que habría sido para ella un consuelo. Y no sólo por eso, sino porque el efecto de llegar a Kenilworth en compañía de Peter le habría servido para escarmentar a aquél que, aparentemente, se había tomado ciertas libertades con ella para después dejarla sola con sus pensamiento mientras él disfrutaba de la compañía de otras mujeres durante unas semanas. Y si eso era lo que ella había previsto en secreto, lo que había temido, o de lo que se había reprendido para sus adentros por pensarlo siquiera, sólo sería culpa suya si permitía que ocurriera.

Unos planes alternativos comenzaron a tomar forma antes de que fuera demasiado tarde. Podía cambiar de opinión, rechazar la invitación de la reina y quedarse a salvo allí en Richmond. Eso no sería cortés, pero sí con mucho el camino más seguro. Podría seguir el consejo de Maybelle y su propia inclinación, la de ir a Kenilworth e ignorar a sir Nicholas; todas las cosas que normalmente habría hecho cuando un joven intrépido la había perseguido con demasiada insistencia. Pero tal vez lo que más temía era la expresión en su rostro cuando llegara, inesperadamente, a Kenilworth. Eso era algo que no sabía cómo iba a soportarlo.

8 de julio. Castillo de Kenilworth, Warwickshire.

Sir Nicholas se protegió los ojos del resol de la tarde mientras observaba otro grupo más de viajeros que avanzaban hacia el castillo de Kenilworth, propiedad del conde de Leicester; seguramente los últimos que llegarían antes de la llegada de su alteza real al día siguiente. El calor azulado resplandecía sobre la laguna donde una fila de ánades huían alarmados ante el chapoteo de unos hombres que vadeaban en el agua con los palos de los estandartes y el ruido de sus mazas resonando sobre la superficie como castañuelas entre el toque de las trompetas.

A su izquierda, por la carretera de Warwick, la cabalgata se enroscaba como un colorido lazo, acompañada por los ladridos de los perros y los jubilosos gritos de los niños que no se convencían de que aquello no era más que el ropero de la reina y los artículos que necesitaba diariamente. Baúles de ropa, cajas de abanicos, sombrereras, cajas de zapatos, cofres de cuero, sus plumas y cofres de joyas, además de unas jaulas para su loro y su mono. Con ellos viajaban su sastre y su zapatero, sus asistentes y su modista, lacayos, criadas, mozos de cuadra y pajes, músicos y mensajeros.

Detrás de sir Nicholas, en el patio interior del castillo, había hombres con carretas, coches, caballos y suministradores que parecían haber dejado poco espacio para recibir otra caravana más. Cada verano la reina viajaba para ver y ser vista por sus súbditos y, aunque el coste de dar cobijo y entretener a cientos de personas durante unos días a menudo los dejaba sin recursos, las gentes de aquella poblaciones pensaban que merecía la pena tal honor.

La reina había estado en el castillo de Kenilworth en una ocasión anteriormente para darle gusto a su favorito, el conde de Leicester, pero jamás habían sido los preparativos tan extensivos.

En esa ocasión, el conde casi se había arruinado para impresionarla; y sir Nicholas estaba seguro de que ella tendría que reconocerlo cuando llegara a aquel enorme espectáculo de adoración.

Sus ojos, sin embargo, no estaban fijos en ese momento en las preparaciones o en el estado del castillo, sino en cualquier cosa de la cabalgata que se pareciera a una belleza rubia montada a lomos de un pálido caballo. Ella estaría allí, de eso estaba seguro. No, mejor dicho. No estaba seguro de ello. Sonrió brevemente.

—Un vista maravillosa, señor —le dijo un hombre de librea a su lado, viendo su expresión de aprobación.

—Sí, Watt. Desde luego que lo es. Si te parece será mejor que tengas preparada la zona de los establos. No queremos por aquí a nadie que no esté en la lista. Mándame llamar si hay alguna discusión.

—Sí, señor —el hombre dio la vuelta en su caballo y se alejó al trote.

No, no podía estar seguro, tan sólo razonablemente confiado. Su curiosidad se había avivado desde el principio junto con su resentimiento hacia él, pero después de eso lo que se le había revelado era algo más que la curiosidad; era un pozo de deseo que probablemente la habría sorprendido más a ella que a él. Sonrió de nuevo al recordar. Claro que ella no se acordaría de mucho salvo de la jaqueca y de la rabia, pero ni siquiera un exceso de vino podría haber dado rienda suelta a algo inexistente.

Imaginaba su reacción a la invitación de la reina; cómo la habría rechazado, para aceptarla después, antes de volver a rechazarla, y después cómo habría pensado en todas las maneras posibles de desquitarse por haber revelado algo que ella habría querido guardarse; como por ejemplo, su propia y apasionada femineidad. No dejaría pasar una ocasión tal. Se mostraría fría, como había hecho antes. Lo ignoraría. Coquetearía como una loca. Se pegaría buscando seguridad al joven Fowler, que quería relacionarse bien, y a su padre. Utilizaría sus viejos trucos para evitar cualquier sugerencia de relación seria, aunque seguramente ya se habría dado cuenta de que ella estaba involucrada, le gustara o no. Y por esa misma razón iría. El palomino, como la había llamado el conde, burlándose de él.

Momentos después, la brillante ondulación de una crin de color crema pálido destacó entre el conjunto de jinetes a caballo, y la joven caballista sentada a lomos del alazán iba derecha como una vela para tratar de ponerlo en su lugar desde el principio. Su sonrisa dio paso a una risotada. La llevaría hasta él cuando estuviera listo. También estaba la señorita Hester; una aliada útil para él en muchas maneras.

Avanzó montado en su caballo para encontrarse con la cabeza de la comitiva a las puertas, detrás de las cuales se alzaba una carretera elevada artificial que recorría uno de los lados del lago, en cuyas aguas brillantes parecía flotar el castillo.

—Bienvenido, sir John —dijo—. Bienvenido, sir Thomas. En nombre de mi señor, el conde de Leicester, os doy la bienvenida a Kenilworth.

Como delegado del conde, era la función de sir Nicholas ocupar el lugar de su señor, que estaba acompañando a la reina a su hogar. Esbozó la sonrisa más complaciente en dirección a Adorna, mostrando adrede ni un retazo de sorpresa.

—Y a las dos señoritas Pickering, les doy también la bienvenida. Sus habitaciones estarán aquí, en el castillo. Ya están listas para su llegada. El maestro Swifferton les mostrará el camino.

Un joven se adelantó al tiempo que sir Nicholas desmontaba para tomar las bridas del caballo de Adorna, mientras el caballo de Hester iba detrás. El patio exterior se estaba llenando ya de un sinfín de invitados, sirvientes, caballos y carros, y sólo aquellos que estaban en la compañía del conde sabían adónde ir. La rivalidad provocada por hospedarse en el castillo era intensa, ya que todo el mundo prefería hospedarse cerca de la reina, aunque muchos fueron alojados en distintas casas de la ciudad, en posadas, en tiendas de campaña, o incluso a varios kilómetros de distancia en las espaciosas casas de los nobles del lugar. Nadie podía negarse a rechazar a los huéspedes de la reina.

Tanto Hester como Adorna habían esperado encontrarse entre los de la última categoría, a una distancia prudencial de la acción, pero fue Adorna la primera en mostrar curiosidad.

—¿Aquí? —le dijo a sir Nicholas mientras fijaba la vista en su gorra de terciopelo negro—. ¿Estáis seguro? No creo que se nos espere.

—Creo que os daréis cuenta, señorita, de que ambas estáis en la lista del maestro Swifferton. ¿No es así, John? —le dijo al otro volviendo la cabeza—. En la torre del cisne, ¿verdad?

—Es correcto, sir Nicholas. Son las dos habitaciones de arriba del todo; algo pequeñas, pero mejores que la mayoría. Tienen unas vistas preciosas al lago.

Sir Nicholas soltó la brida de la yegua en el rincón de la torre del homenaje, y señaló la torre redonda del extremo más alejado del patio interior, encajada entre unos muros almenados.

—La torre del cisne —dijo sonriéndole con la misma complacencia que había mostrado anteriormente—. Descansa aquí, palomino —pasó la mano por el lomo dorado de la yegua y se apartó, riéndose para sus adentros de su obstinada negativa a preguntarle todo lo que quería preguntar pero que él veía reflejado en sus encantadoras facciones.

Volviéndose hacia los otros invitados, se preparó para explicarles por qué se les había designado alojamiento en la ciudad.

—Sir John, sir Thomas y el maestro Seton, están en la Posada de los Laureles, en Kenilworth —les dijo con sentimiento—. Toda la posada ha sido reservada para vos y vuestros hombres. Está tan cerca del castillo como cualquier otro edificio de la ciudad, y allí hay sitio de sobra. Yo mismo os llevaré, si sois tan amables de seguirme.

Les extendió el brazo, preguntándoles al tiempo con tanta sinceridad sobre el viaje y cómo se sentían, que su enojo temporal quedó olvidado al instante.

Sin embargo, el que hubieran separado a Adorna de él constituía cierta desventaja para sir Thomas

Pickering, que le había asegurado a su esposa que estaría con su hija y su sobrina en Kenilworth. En realidad no se le había ocurrido otra posibilidad, pero también era consciente de la distinción que suponía que a las dos jóvenes se les hubiera otorgado una de las torres del castillo, situada en ese caso en un rincón del recién construido y magnífico jardín. Con el foso y el lago en los otros dos lados de la torre, ésta habría sido digna de una princesa de no haber sido porque los aposentos eran algo pequeños.

El aviso de lady Marion le llegó con claridad mientas cruzaba la puerta detrás del apuesto ayudante del maestro de caballería para pasar por el puente del foso.

—Averigua exactamente qué tiene en mente —le había dicho lady Marion la noche antes de salir—. Si sus intenciones son serias, debemos saberlo. Si no lo son, entonces hay que advertir a Adorna. Temo que tal vez la haya llevado demasiado lejos.

—¿Quieres decir...?

—No, no... Eso no. Sólo... bueno, demasiado lejos. Ella está confusa, Thomas.

Sir Thomas había soltado una risotada.

—Confusa, ¿verdad? Lleva años confundiéndolos a todos, cariño. A nosotros también, ya puestos. Ya era hora de que alguien la confundiera un poco.

—No seas así, querido mío. Ya sabes a lo que me refiero.

—Deja de preocuparte. Averiguaré qué trama. Conmigo Adorna estará bien.

Había pensado un poco en el momento preciso

de tal entrevista, en cómo abordar el tema, en si debía utilizar un tono formal o informal, y finalmente, como de costumbre, había decidido que la solución la darían las circunstancias.

El momento oportuno llegó después de la cena esa misma noche, cuando ni siquiera él pudo evitar darse cuenta de la clara frialdad de su hija hacia sir Nicholas, o la aparente indiferencia del hombre a los modales fríos de Adorna. A ojos de otros, no parecía que nada pudiera ir mal, ni siquiera el poco habitual optimismo del maestro Fowler, pero sir Thomas tenía la tendencia a ver las cosas desde el punto de vista típico de un padre, y para él los asuntos eran o positivos o negativos, incluso los del corazón. Le colocó la mano en el brazo a sir Nicholas mientras quitaban las mesas en el gran salón.

—Señor, me gustaría hablar un momento con vos, si os parece.

Como si supiera cuál era el tema por adelantado, sir Nicholas condujo amablemente al maestro de las diversiones hacia el enorme mirador que había al final de un pasillo orientado hacia el oeste, desde donde se divisaba el lago por encima del muro del castillo. Era más una especie de pequeña alcoba donde la reina misma estaría sentada a esa misma hora al día siguiente. Los dos hombres se quedaron de pie, y sus figuras quedaron iluminadas por el resplandor rosado del ocaso.

—Sir Nicholas, hay un asunto, un asunto privado, que nos concierne a mi esposa y a mí referente a la relación que tengáis con nuestra hija —sir Thomas lo estudió con cuidado para ver cualquier cambio en su expresión, pero no percibió nada—. Hay algún tipo de relación, imagino.

Después de todo, sería muy difícil haber tratado de fingir lo contrario tras tantos días de cotilleo por parte de cortesanos que tenían poco más a lo que dedicarse.

Sir Nicholas no trató de negarlo.

—Hay, como vos decís, señor, algún tipo de relación entre la señorita Adorna y yo, aunque en el presente no es fácil de definir exactamente en qué consiste, salvo admiración por una parte y una falta de confianza enorme por la otra.

—¿Admiración, sir Nicholas? ¿Nada más que eso?

—Mucho más que eso, señor.

—Ya veo. ¿Y esa profunda falta de confianza? ¿Creéis que hay alguna razón en particular para eso?

—Ninguna otra razón que los cotilleos, señor, y un par de malentendidos. Ya sabéis cómo son las cosas de palacio. Un hombre soltero aparece, y sin saberlo él le endilgan una mala reputación, bien sea merecida o no, sencillamente porque se pasa algún tiempo tanteando el terreno. Que es lo que creo que ha estado haciendo la señorita Adorna durante estos últimos años.

Sir Thomas se tiró del mentón y se frotó la nariz mientras pensaba que no podía contradecir la verdad de todo ello.

—Bueno, supongo que en eso tenéis parte de

razón, sir Nicholas, aunque mi hija ha tenido un cuidado sumo en no llamar más la atención de un hombre que de otro.

—Salvo la del maestro Fowler.

Sir Thomas le quitó importancia con un gesto de la mano.

—Oh, ese joven apenas cuenta, sir Nicholas. Debe saber que él nunca será un candidato serio. Es su acompañante por razones de seguridad, eso es todo. Yo estoy hablando de hombres como vos, de aristócratas. Adorna jamás ha permitido ninguna relación seria, ni piensa en casarse —concluyó en tono resignado, que sir Nicholas detectó automáticamente.

—¿Y vos y lady Marion creéis que ya va siendo hora de que lo haga, señor?

Él suspiró despacio.

—Su madre dice que ella sólo quiere tener cuidado —dijo sir Thomas, mirando hacia el agua rosa y satinada de la laguna—, lo cual supongo que no es algo malo en la época que vivimos, cuando tantas y tantas jóvenes se precipitan en sus relaciones como si fuera su última oportunidad. Parece como si no supieran decir no —añadió pensativamente.

—Os puedo asegurar, señor, que la señorita Adorna ha hecho buen uso de la palabra recientemente.

—¡Ja! Lady Marion me rechazó cinco veces, hasta que se cansó del juego —movió la boca perdida bajo la barba blanca mientras añadía un no para darle efecto a su discurso—. Sin embargo —le dijo, volviendo a la discusión—, hay diferencia entre ser cuidadoso y hacerse inalcanzable, y los dos sabemos que Adorna lleva un año o más haciéndolo.

—Y estoy seguro, sir Thomas, de que su comportamiento estará basado en un buen razonamiento, aunque nosotros no lo entendamos del todo. Sería muy poco realista que una joven encantadora que es el centro de atención de los hombres no quisiera disfrutar de ello mientras dure. Y sin embargo...

—¿Y sin embargo qué? —sir Thomas volvió la cabeza con atención.

Sir Nicholas se acercó al grueso pilar de piedra que soportaba la ventana hasta el techo y se cruzó de brazos sobre el jubón bordado. El sol iluminaba la parte superior de su cabellera negra tornándola de un tinto rosado.

—Yo he estado haciendo lo mismo, señor, igual que supongo que lo hicisteis vos. Sin embargo llega un momento en que un hombre ve a una mujer y sabe que es la elegida. Para toda la vida, no sólo para pasar el rato.

—Entiendo. ¿Y le habéis comunicado a mi hija algo de esto?

La tensión se dibujó en sus facciones al recordar el momento inoportuno y la incredulidad de Adorna.

—Sí, señor. Pero me temo que la dama está más preocupada con mi supuesta reputación que con lo que le dije en una ocasión. En la otra, seguramente no lo recordará.

—Ah, os referís a la mascarada. Sí, es cabezota, y no tiene costumbre de beber vino. Supongo que, como padre, debería preguntaros exactamente qué ocurrió después —parecía bastante incómodo, ya que aquello era un papel nuevo para él—. ¿Ocurrió algo... ya sabéis... esto... que...?

Sir Thomas frunció la boca.

—Nada que la señorita Adorna no iniciara ella misma, señor. Y nada que fuera en contra de su voluntad.

—Eso no es exactamente lo que he preguntado, sir Nicholas.

Sir Thomas no había preguntado nada específicamente, pero sir Nicholas respondió de todos modos.

—No, sir Thomas. Las señorita Adorna está intacta, le doy mi palabra. Tal vez en ese momento se viera obligada a enfrentarse a algunas cosas sobre sí misma y sobre lo que siente por mí, pero eso no le hará ningún mal. Naturalmente, está enfadada conmigo y consigo misma, y supongo que mientras esté aquí va a rechazarme; pero estoy seguro de que mi paciencia durará más que la suya.

—¡Tendréis que tener algo más que paciencia, hombre! —rugió sir Thomas mientras se apoyaba en la piedra tallada—. Yo he tenido paciencia, y puedo aseguraros que se me está acabando. Quiero lo mejor para mi hija, sir Nicholas, pero si Adorna no es capaz de ver lo que tiene delante, entonces tal vez yo debería...

—Os ruego me lo dejéis a mí, señor —a sir Nicholas no se le había pasado por alto su referencia de que se encontraba entre los mejores—. Si tengo vuestra aprobación, me gustaría ganármela a mi manera. Cualquier tipo de presión de otra...

parte... sería un estorbo más que una ayuda. Como bien decís, es obstinada.

Sir Thomas se miró el pie.

—¿Entonces vuestras atenciones son honorables?

—Enteramente, señor.

—¿Y habéis pensado en el matrimonio?

—Sin duda, señor. Tengo la intención de ganármela, me cueste lo que me cueste.

El destello de unos ojos grises bajo las cejas oscuras encerraba tanto aprobación como alivio

—Mmm, será ella quién decida, sabéis.

Sir Nicholas sonrió.

—Sí, señor. ¿Tengo vuestro permiso?

—Bueno, por lo que se ve ya habéis empezado, así que será mejor que continuéis. Si queréis que os ayude, decídmelo. Menos mal que me la he traído, ¿verdad?¿Qué habríais hecho si la reina no la hubiera invitado? ¿Cruzar los dedos durante seis o siete semanas? —volvió la cabeza y vio que sir Nicholas estaba a punto de echarse a reír—. Ah, entiendo —dijo sir Thomas—. Así que vos habéis tenido algo que ver con esto, ¿verdad? De allí que se hospeden en la torre del cisne, cerca de los establos. Vaya, vaya, tenéis amistades influyentes —se echó a reír mientras le daba a sir Nicholas una palmada en la espalda—. Bueno, entonces, tal vez seréis lo bastante bueno como para enseñarme los establos nuevos antes de ver dónde va a dormir mi hija.

—Desde luego, señor. Aún queda por lo menos una hora de luz. Venid.

157

Siete

Eternamente vigilante hacia cualquier cosa que pudiera afectar a la posibilidad de su señora de ser feliz, Maybelle se apartó rápidamente de la ventana ojival del dormitorio de la torre del cisne para consolar a Adorna, aunque aparentemente pareciera que había ido a ayudarla a quitarse el cuello de encaje.

—Mirad allí —le dijo, desviando la mirada hacia la luz mortecina—. Vuestro padre con alguien más.

El alguien más apenas necesitaba nombre, sobre todo no allí delante de Hester y su nueva doncella, Ellie, una joven que mostraba una tendencia tan irritante por complacer como un cachorrillo de un mes. Adorna no tenía intención de aparentar demasiado interés, de modo que avanzó sin prisas hasta la ventana y miró hacia la derecha donde, a las puertas del enorme edificio que albergaba los establos, su padre y su hermano conversaban con sir Nicholas Rayne. Sin dejar de hablar, comenzaron a caminar tranquilamente hacia la torre donde estaban ellas.

—Déjamelo puesto, Belle —dijo en voz baja—. Vienen hacia aquí.

—¿Quién viene? —preguntó Hester, aguzando el oído y agarrándose las faldas, lista para bajar corriendo la escalera espiral.

—Sólo sir Thomas y Seton —dijo Adorna mientras se apartaba de la ventana—. No tienes necesidad de marcharte, Hester. Supongo que quieren ver cómo estamos aquí arriba —en su respuesta aparentemente natural había una tensión a la que ella no era ajena.

—Quita estos vestidos, Ellie. ¿Son de la señorita Hester o míos?

—Aún no hemos decidido, señorita —dijo Ellie mientras recogía los coloridos vestidos de seda que había sobre la cama—. Son los que han traído del ropero para las dos.

Cuatro cabezas se volvieron al unísono cuando unos golpes a la puerta precedieron al clic de la aldabilla, tras lo cual una cabeza canosa se asomó a la puerta.

—¿Podemos pasar? —dijo sir Thomas, que se agachó para no pegarse en la cabeza con el arco apuntado.

Seton entró inmediatamente después, llenando al instante la pequeña cámara y echando por tierra las esperanzas de Adorna de que sir Nicholas pudiera estar con ellos.

Reprendiéndose para sus adentros por sus tontas esperanzas, Adorna reaccionó con serenidad.

—Por supuesto, padre. Maybelle, Ellie y tú llevad esos vestidos abajo a la habitación de Hester y colgadlos en guardarropa para que se aireen. Ya está

—dijo mientras las otras salían del cuarto—, así tendremos un poco más de espacio. Venid a la ventana, veréis qué jardín. Desde aquí se ve el diseño, y en el otro extremo hay un paseo elevado con una pajarera en el centro. Si se escucha con atención, incluso se pueden oír los cantos de los pájaros.

Era un jardín impresionantemente grande y rodeado de altos muros, uno de los cuales albergaba en uno de sus rincones la torre del cisne. Sin embargo, Adorna ya había desviado la mirada hacia el patio entre el jardín y los muros del castillo en busca de una figura que había esperado ver más cerca.

Su padre se asomó, señalando el extremo de los establos.

—Tu palomino está en este extremo —le dijo—. Sir Nicholas me preguntó si te gustaría bajar a verla antes de retirarte. Y la señorita Hester también, por supuesto.

Habiendo sido siempre tan indecisa, últimamente Hester no necesitaba que nadie la persuadiera.

—Sí, nos encantaría... esto... bueno, me encantaría bajar a ver.

—Baja tú —dijo Adorna—. Estoy segura de que la yegua me ha visto suficiente por un día —pero apenas pudo contener la expresión de sorpresa cuando Hester salió de la habitación al momento siguiente, aparentemente feliz de poder ver a sir Nicholas y de que éste le enseñara los caballos—. Le enviarás un mensaje a mamá, verdad, para decirle que hemos llegado bien —le dijo a su padre,.

Sir Thomas le pasó el brazo por los hombros mientras cerraba la puerta.

—Se lo escribiré esta noche y le contaré todo, amor. Mañana será un día demasiado ajetreado.

—La reina estará aquí —dijo Seton—, y entonces empezará la diversión. ¿Por qué no has querido bajar a encontrarte con sir Nicholas, Dorna? No estás demasiado cansada, ¿verdad?

Como no quería contestar directamente, Adorna le hizo una pregunta.

—¿Qué es un palomino, padre? ¿Es una nueva raza?

Su padre le retiró el brazo de los hombros para ir a comprobar la elasticidad de la cama, para lo cual retiró primero la cubierta bordada en amarillo pálido—. Mmm. Muy bonita. No se refiere tanto a una raza sino a un color —le dijo, soltando la tela—. El nombre les viene de un hombre llamado Juan de Palomino a quien Cortés le regaló uno de esos caballos cuando se hizo gobernador de México. Siguen siendo muy caros porque no son fáciles de criar, según dice sir Nicholas. Uno nunca sabe cuándo va a salir uno así, aunque los dos padres sean dorados. Sir Nicholas me ha dicho que le gustaría criar de tu yegua.

Adorna sintió una oleada de calor subiéndole por el cuello y las mejillas, obligándola a buscar las sombras de la habitación.

—Estoy segura de que le gustaría —susurró—. Espero que no hayáis accedido a ello, padre.

—Por supuesto que no —le dijo su padre levantándose y alisándose los bombachos—. Jamás interferiría en la vida amorosa de una dama. La yegua es tuya para que la cruces con quien te plazca. O no.

—Pues no —dijo Adorna con rotundidad—. Definitivamente no.

Pasando a un tema de conversación menos controvertido, sir Thomas le indicó el trazado de la ciudad desde la parte norte de la torre, la posada donde él y el resto de los empleados del ropero se hospedarían y el foso, donde ya se reflejaban las primeras luces. Ella siguió a su padre y a su hermano por las escaleras, donde se encontraron con Hester, casi sin aliento, acompañada de su criada, feliz después de la charla sobre caballos. Aparentemente, la compañía de sir Nicholas le había proporcionado un tinte rosado a sus mejillas y un brillo a los ojos.

—Me ha preguntado por mis tíos —dijo Hester.

En la puerta, Seton le puso a su hermana una mano en el brazo para retenerla mientras su padre hablaba con Hester.

—¿Dorna, lo has leído ya?

—Sí, cariño. Bueno, la mayor parte. Es muy bueno.

—No querrías repasarlo conmigo, ¿verdad?

Ella pestañeó.

—Me extraña mucho de ti. Tú te sabes el papel de todo el mundo.

—Lo sé. Sólo desearía que...

—¿Desearías no tener que actuar?

La tristeza ensombreció su rostro como una repentina tormenta de agua.

—Sí —dijo, con la mirada perdida—. Será dentro de cuatro días y no sé cómo voy a actuar delante de... Bueno, qué más da. También delante de papá —lleno de pesar, le puso la mano en la suya como habían hecho a menudo de pequeños—. Soy un hombre, Dorna. Me gustaría que entendieran eso —gimió en tono de protesta.

Adorna le apretó la mano.

—Nos encontraremos a primera hora de la mañana, cariño. Buscaremos un sitio tranquilo en el jardín y lo repasaremos juntos. La reina no llegará hasta el mediodía. Según dice Peter, ya ha llegado a Warwick.

Seton se alegró.

—Bien. Trae tu copia. Cruzaré las puertas en cuanto las abran —se llevó los nudillos a los labios—. Gracias, querida.

—Que duermas bien, y deja de preocuparte. Papá no sería maestro de las diversiones si le importara que los hombres se vistieran de mujeres.

Él arqueó las cejas, con picardía.

—¿O mujeres disfrazadas de doncellas de agua que se convierten en luchadoras?

—¿Te has enterado de eso? —le susurró ella.

—Tendría que haber estado sordo para no enterarme. Toda la corte debe de saberlo ya —Seton bajó la voz—. En realidad, parecen estar esperando el segundo episodio.

—Bueno, pues no habrá segundo episodio —le soltó ella con fastidio.

—¿Quieres decir que ya está? ¿Entonces qué es lo que crees que quiere?

Frunciendo el ceño, Adorna se volvió a mirar hacia donde parecía estar mirando su hermano, a espaldas de ella, y para confusión suya vio que sir Nicholas iba bajando por el camino de los establos reales hacia donde se encontraban ellos. No había modo de zafarse de él.

—Buenas noches, Seton —le dijo ella—. Te veré mañana.

A dos metros detrás de ella, Adorna sorprendió a su padre dándole un beso en la mejilla.

—Buenas noches, padre —le dijo.

Su maniobra de desaparición habría sido la envidia de William Shelton, el bufón de la reina.

Todavía segura de que sir Nicholas no podría haber anticipado su llegada ese día, Adorna estaba tan confundida como Hester por el lujo del alojamiento que les habían dado, aunque se le había pasado por la cabeza en más de una ocasión que habría sido más la misma Hester que el cargo de sir Thomas lo que les había otorgado aquella situación privilegiada. Al día siguiente lo haría mucho mejor. Para entonces toda la corte sabría que la heredera no sólo estaba disponible, sino entre ellos. Uno sólo tenía que fijarse en cómo ya durante aquel primer día los hombres habían deseado llamar la atención tanto de Hester como de Adorna, aunque la primera no se había ruborizado en ninguna de las ocasiones como cuando había regresado de los establos. Adorna de todos modos se felicitó para sus adentros por haber podido evitar a sir Nicholas, aunque su modo de hacerlo hubiera sido tal vez algo más obvio de lo que le habría gustado. Al día siguiente afinaría un poco más.

La quietud de la noche y el aire dulcemente perfumado del jardín a sus pies la ayudaron menos de lo que Adorna habría esperado a ahogar la emoción que había ido acumulando durante el viaje. Con cada parada que habían hecho durante el trayecto hasta Kenilworth, Adorna había afianzado su determinación de tomar las riendas en aquel asunto después de la vergonzosa sumisión que había sufrido el día de la mascarada. Si ese hombre pensaba que ella sucumbía en cuanto él chasqueara los dedos, muy pronto descubriría su error. Ni tampoco habría más problemas con Peter después de la charla que habían mantenido. En cuando a Hester, sería fácil ponerla en el camino de sir Nicholas, puesto que Adorna creía que su afán de hablar de él y de su soberbio control del caballo habían rayado en ocasiones en adoración.

A la luz de la vela, se tumbó junto a Maybelle y le leyó la última escena de la obra de Seton, una de las dos obras que su hermano había escrito para aquella visita a Kenilworth.

—Despiértame al alba —le susurró a su doncella mientras cerraba las páginas.

Pero Maybelle ya estaba dormida, y Adorna se quedó preguntándose qué seguridad tendría aquella torre de marfil en comparación con su refugio de Richmond, y si su padre se mostraría tan dispuesto a asumir su protección usual desde una oficina situada en un lugar tan poco conveniente. Sin embargo no vio las contradicciones que encerraban esas esperanzas, ya que tan sólo hacía una hora que había deseado que sir Nicholas hubiera entrado en su aposento cuando habían subido su padre y su hermano.

Los primeros rayos del sol proyectaban largas sombras en el jardín e iluminaban las telas de araña cubiertas de rocío que a modo de doseles pasaban de hoja a hoja, y que temblaban a cada paso cuidadoso que daba Adorna, que se recogía las faldas para no enganchárselas en ningún sitio. Mientras avanzaba por el camino cuajado de hierba a ambos lados, observaba los mirlos y los tímidos tordos, siempre los primeros en empezar a desayunar. Situado en el lado norte del castillo, los simétricos arriates de hierbas fragantes quedaban divididos por los caminos que conducían hacia una fuente circular en el centro, mientras los pájaros exóticos que cantaban en la pajarera añadían un elemento más a la magia del jardín.

Seton apenas había notado su llegada, ya que tenía la cabeza casi escondida entre un montón de hojas de papel que temblaban en el aire al compás de su narración susurrada. Bajó el guión con un suspiro al tiempo que ella se acercaba y la miró desde el camino elevado.

—Fatal —susurró en tono más alto—. Cuanto más lo leo peor lo hago.

—¿Cómo subo hasta ahí? —le preguntó Adorna, buscando con la mirada algunas escaleras.

Él señaló unas que había en un extremo.

—Por allí. Ten cuidado que resbalan un poco.

Cuando llegó hasta donde estaba su hermano, Adorna pudo percibir su expresión atribulada.

—No has dormido, ¿verdad? —le dijo ella—. ¿Qué es lo que pasa? Normalmente no te preocupas tanto.

—Yo no suelo actuar delante de la reina y su corte, ¿no? —dijo en tono cansino—. Y estas actuaciones son tan importantes para el conde. Él es nuestro patrocinador, y todo esto está destinado a impresionar al amor de su vida, ya sabes. Todos creen que ésta será su última oportunidad; él mismo también lo cree.

—¿Para que ella lo acepte? ¿Después de todos estos años?

Adorna se fijó en el formal y ordenado recinto y en su imaginación vio cómo escondía una gran actividad, al igual que la corte, llena de complicaciones, competición y dependencia.

—Y tú quieres que las obras sean las mejores que hayas escrito. Sí, veo por qué piensas que afectarían al conde si el resultado no fuera el más positivo, pero está claro que papá piensa que son aceptables.

No era el comentario más adecuado. Como maestro de las diversiones, sir Thomas estaba obligado a censurar todo lo que se representaba delante de la reina; pero en realidad él no era un buen crítico de teatro.

—No quiero que sean aceptables, cariño —le dijo Seton—. Quiero que sean brillantes.

El silencio quedó roto por el clamor distante de unos patos en la laguna. Una fila de cisnes graznaron suavemente mientras sobrevolaban el castillo antes de desaparecer en la distancia.

—Muéstrame lo que no te gusta —le dijo Adorna mientras pasaba las páginas.

Seton fue hasta la última escena.

—Se supone que yo soy la bella Beatrice, que finalmente reconoce su amor por Benedict. El problema es que lo digo in mente como si fuera ella, pero no seré capaz de decirlo delante de cientos de personas. Es algo tan privado.

—Es la parte más maravillosa de toda la obra —le dijo Adorna—. Venga, tú haz de Benedict para variar un poco, y yo seré ella. A ver si así lo ves mejor —señaló el principio del diálogo—. ¿Quieres empezar por ahí?

Seton empezó, poco convencido.

—«¿Y tu corazón piensa lo mismo, dulce Beatrice? ¿O acaso las dos mitades se unen con la mayor connivencia para detestarme? ¿O tal vez sea tu miedo el que las congela en un invierno perpetuo, y te resta valor para mirar al verano a la cara?»

Y Adorna contestó:

—«No, milord, os ruego me permitáis hablar de cómo un día mi corazón se negaba a fundirse o a doblegarse al vuestro, de cómo desde entonces mi anhelo es como una flor, que abre sus pétalos al sol, al rocío y a las largas horas del día y a todo lo nutritivo que la madre naturaleza posea.

»Ahora estoy convencida de aceptar, de amar, de no ser más distante, de decir que lo que era mío, ahora será vuestro, en verdad.»

La respuesta de Benedict de Seton encerraba una mezcla de burla e incredulidad.

—«Vos no me encontraréis tan fácil de persuadir, aunque todos...»

Se calló bruscamente al tiempo que una voz callada interrumpía para protestar, como si hubiera sido el director.

—Oh, no, maestro Seton. No. Eso sería demasiado poco cortés, por decir algo.

—¿Cómo? —Seton dejó los papeles sobre su regazo con ímpetu—. Sir Nicholas, mi hermana y yo esperábamos estar...

—En privado. Sí, lo sé. No os marchéis, señorita Adorna, por favor —de detrás de la pajarera emergió la alta figura del caballero, que se apoyó contra un lado del emparrado y miró a los dos actores rubios que estaban más abajo—. Disculpadme, por favor, pero no he sido capaz de ignorar la poesía. Es muy conmovedora —le dijo con clara sinceridad—. Pero la respuesta de Benedict a esa maravillosa confesión no es digna de ella. Ningún caballero podría no creer una sumisión tan genuina. Vuestro Benedict tendría sin duda un corazón de piedra si así lo hiciera.

—¿Y vos sabéis de estas cosas, no es así, señor? —le dijo Adorna en tono frío.

—¿De la reacción de un hombre a una declaración tan ansiada? Por supuesto que sí. ¿Podría sugeriros un cambio ahí, maestro Seton? Creo que podría ayudarlo a sentirse más cómodo en el papel de Beatrice.

—Bueno... esto... sí, si eso os parece, sir Nicholas —Seton agarró a su hermana del brazo la ver que se levantaba y dejaba su guión en el banco—. Quédate, Adorna. Tú lo has dicho de un modo mucho más convincente de lo que lo podría haber dicho yo. Quédate a ver lo que tiene que sugerirnos sir Nicholas.

Ella se sentó de nuevo, dejando que Seton quedara sentado entre ellos y sin embargo incapaz de apartar los ojos de la cantidad de diferencias entre los dos hombres y que no sólo podían achacarse a la edad. Los dedos blancos y delicados de Seton en contraste con las manos morenas y cubiertas de suave vello; la sólida y amplia figura del caballero frente a la esbeltez de Seton; el tamaño de sus cabezas; el largo de sus muslos; lo que sir Nicholas abultaba frente al joven que tanto se parecía a ella.

Sus ojos se fijaron en la potente protuberancia de sus hombros bajo un jubón de terciopelo sin mangas, en el cabello moreno y espeso que rozaba el cuello de su camisa blanca; un cabello que estaba segura de haber acariciado en alguna ocasión...

Observó, bajo el pretexto de estar siguiendo su discusión, la piel que se estiraba sobre los pómulos, cómo se movían los músculos de su mandíbula, el movimiento de los párpados bajo las cejas angulosas, la boca inquieta que con tanta pericia había tomado la suya. ¿Qué más?

Advirtiendo su observación, él la miró a los ojos y pareció adivinarle el pensamiento.

—¿Acaso no está de acuerdo, señorita? —le dijo, notando cómo ella se ponía colorada.

—Esto... sí, si Seton está de acuerdo. Él es el autor.

Bajó la vista al guión que él tenía en la mano en ese momento. Habría preferido que cualquiera le hubiera oído recitar las líneas de Beatrice, puesto que seguramente él las estaría oyendo como si fueran propias.

—¿Puedo ver? —dijo ella.

Seton parecía aliviado.

—Está mucho mejor así, Dorna. Mi Benedict

tenía demasiado mal carácter, mientras que éste conserva su autoridad pero es más amable. Gracias, sir Nicholas. ¿Queréis leer la parte nueva, señor?

Sir Nicholas aceptó la página que le pasaba él.

—Si lo deseáis. ¿Señorita Adorna? ¿Querréis volver a hacer de Beatrice?

Ella se sintió atrapada.

—¿Quién es esta Beatrice, Seton? —le dijo, repentinamente irritada—. ¿Y qué ha hecho este Benedict para merecer tanta sumisión?

—No son nadie, tan sólo personas. Léelo.

En cuanto empezaron, compartiendo el guión enmendado, los dos personajes se convirtieron en sustitutos de Adorna y Nicholas, que en esos momentos se decían el uno al otro lo que podrían haberse dicho en la vida real si las cosas hubieran sido distintas, si pudiera haberse convencido de que sus intenciones eran serias y de que no era simplemente la última de una lista de conquistas. Esa vez, el escepticismo de Benedict se tornó en amorosa aceptación con un toque de provocación, un final mucho más creíble que el de Seton. Cuando la escena terminó con un beso el cual sólo se llevó a cabo en la imaginación de los personajes, a Adorna le temblaban las manos.

No podía mirarlo, ni contestó cuando Seton saltó, le enjugó rápidamente una lágrima con un nudillo y retiró el guión del regazo de sir Nicholas.

—Gracias —dijo con voz entrecortada—. Impresionante. Iré a buscar al maestro Burbage. Él será Benedict. Tendrá que aprenderse el final nuevo. Muchas gracias.

Sus pasos silenciosos avanzaron sobre la hierba y al momento su figura vestida de oscuro se fundía con el muro.

Como tantas otra cosas, aquélla no era lo que Adorna había pretendido. Se puso de pie.

—Disculpadme, pero ahora debo irme. Estoy segura de que estaréis muy ocupado hoy.

—Lo habéis leído muy bien, Beatrice. Ahora los dos sabemos cómo termina, incluso aunque el camino hasta allí pueda variar en algunos detalles.

Sir Nicholas se puso de pie, acompañándola por la terraza hacia donde estaban las escaleras para bajar. Un jardinero y dos señoritas con un perro habían accedido al camino de más abajo, donde la lavanda les llegaba hasta la cintura; sus voces apenas eran audibles, y tan sólo se oía el clic de la azada del jardinero golpeando contra el suelo.

—Estáis muy callada, señorita. ¿Os ha convencido el texto, o estáis meditando sobre la parte que nos hemos saltado?

Ella aceptó su mano para bajar las resbaladizas escaleras y al llegar al camino la retiró rápidamente.

—¿Qué nos hemos saltado? No recuerdo haberme saltado nada. ¿Lo sabe Seton?

—Oh, desde luego que sí. Aguardad. Os lo diré en la puerta. No quiero que nadie nos oiga, o tal vez el argumento se estropearía.

Ella había vivido con la sensación de estar demasiado cerca de él, sin embargo nada que recordara podría compararse a la realidad de su presencia, ni a la vibrante calidez de su manos al reclamar la suya deliberadamente. Para las mujeres curiosas,

172

pensaba ella cínicamente. Cuando llegaron a la puerta del alto muro, Adorna sintió que él le apretaba la mano. La emoción que le produjo el roce de su brazo en el suyo fue tan grande que tuvo que respirar hondo disimuladamente para que no le temblara la voz.

—¿Qué parte se ha saltado Seton? —le dijo ella mientras bajaba la vista al guión que tenía en la mano.

—Seton no. Nosotros dos.

Tiró de ella hacia un lado donde el sol calentaba un muro de ladrillos rosados y le giró la cara hacia el sol para quedar él como una mera silueta negra. Llegado ese momento Adorna se dio cuenta de que era demasiado tarde para evitar su abrazo, y se unió a él para dejar que sus labios tomaran los suyos con una urgencia fiera, tanto por parte de él como de ella.

Ella había albergado sus miedos y su resentimiento durante más de una semana desde su último y ajetreado encuentro, durante el cual se había reprendido para sus adentros sobre la necesidad de adoptar una fachada de indiferencia. Pero ante el contacto físico la fachada cayó. Aparte de no saber cómo iba a mantener esa apariencia, le fastidiaba que él se hubiera dado cuenta de la farsa y le avergonzaba que sus necesidades quedaran así expuestas, como si fueran tan accesibles como él deseara hacerlas. Pero una oleada de anhelo la sacudió como un temblor de tierra, y respondió ciega y alocadamente, hambrienta por sentir la presión de su cuerpo fuerte, ese cuerpo cálido y colosal.

Repentinamente, un recuerdo vibró y al instante se desvaneció.

Él abrió la boca y ella sintió que él se estremecía, suspirando en los labios de ella.

—Eso —le dijo con voz ronca—, es lo que nos habíamos perdido. Los dos. Y eso es lo que tendréis que imaginar mientras veáis la obra. Al igual que haré yo —dijo en tono duro—. Y os lo he dicho antes, mujer, que si tratáis de evitarme os encontraré. Corred todo lo que queráis; me dará lo mismo.

Su suspiro se trasformó en sollozo antes de poder evitarlo.

—Entonces montad vuestro caballo más ligero, señor —jadeó—, ya que yo nunca esperaré a un hombre. Ni a vos, ni a nadie. Esperé una vez, pero no volveré a hacerlo. Nunca más.

—Lo haréis, mujer —le dijo con rudeza—. Vendréis a mí en unos días.

—¡Jamás!

—Eso ya lo veremos.

La soltó tan repentinamente que ella se pegó contra la pared, mientras él abría la puerta y desaparecía, dejándola entreabierta para que ella lo siguiera cuando le pareciera. Las dos mujeres estaban delante de la fuente, mirándola a ella en lugar de mirar el agua e ignorando los constantes ladridos del perro.

Los ojos se le llenaron de pronto de lágrimas al tiempo que les daba la espalda para no ver sus miradas de lástima y se reprendía para sus adentros con rabia por darle a él la oportunidad de ver cómo se derretía con sus caricias. Al igual que todas las demás. Tonta... ¡Tonta! Tendría que volver a empezar desde el principio, esforzarse todavía más por volver a erigir esa fachada, por cortar de raíz los inevitables cotilleos que ya se habían iniciado a sus espaldas.

Colocó las hojas algo arrugadas y esperó un poco antes de cruzar la puerta de hierro. ¿A qué se habría referido cuando le había dicho: «Te lo he dicho antes?» ¿Qué era lo que le había dicho? ¿Y cuándo?

La puerta de la habitación de Hester se abrió a su paso.

—Entra —le dijo Hester—. Ven a decirme qué tal me queda esto —se dio la vuelta, con una falda de seda de color lila sobre una enagua gris pálido—. Ellie dice que éste me quedará mejor que ninguno. ¿Estás de acuerdo, Adorna?

—Pues la verdad es que sí —respondió Adorna.

Hester dejó de dar vueltas de repente, pero Adorna ya había continuado hasta su dormitorio, donde encontró a Maybelle claramente indignada.

—Alguien le va a tener que decir a esa Ellie —dijo la criada señalando el suelo—. Ha elegido ese...

—Sí, lo sé —dijo Adorna—. Yo no lo quería, de todos modos.

—Pero estáis enfadada. Lo veo.

—No es nada. Ven, busca ese vestido de seda crema con las flores bordadas tan bonito. Y unas joyas. Y unas plumas. Y un sombrero elegante. La reina estará aquí al mediodía. Y tengo que coquetear mucho hasta entonces.

Maybelle esbozó la mejor de sus sonrisas.

—Seda crema, entonces. Y plumas.

A pesar de toda la determinación por demostrar lo equivocado que estaba sir Nicholas, no sólo su beso la había conmovido, sino también su evidente enfado. Eso había sido algo inesperado; exasperación, tal vez, o una suave reprimenda del tipo de las de los jóvenes menos seguros de sí mismos, como podría serlo Peter, pero no enfado; no la dureza que sir Nicholas había mostrado. ¿Y por qué decir que lo había estado evitando, lo cual él había notado claramente, cuando no había podido saber de antemano que ella iba a estar allí?

¿O tal vez sí? En cuanto a ir a buscarlo dentro de unos días... En cuanto llegara la reina y su comitiva, él estaría demasiado ocupado como para fijarse en sus idas y venidas.

En realidad, era casi de noche cuando el conde de Leicester conducía a Elizabeth y a su cortejo por el paso elevado flanqueado a ambos lados por el agua de la laguna, donde se reflejaban las columnas decoradas con frutas, pájaros enjaulados, peces, armaduras e instrumentos musicales. Un cañonazo a modo de saludo estalló en el castillo, el reloj de la torre se paró a la hora de su llegada, y la brillante cabalgata penetró en el patio interior de la fortaleza entre un mar de joyas y encaje, plata y oro, rostros perdidos en una abundancia de ricas telas, arreos que tintineaban, manos que se levantaban para saludar y risas a modo de extravagantes saludos.

Rodeada de admiradores y amigos, Adorna se

quedó bien cerca de Peter, pero fue incapaz de dejar de buscar con la mirada a intervalos regulares al ayudante del maestro de caballería de la reina, que en esa ocasión estaba ricamente ataviado en tela plateada con adornos dorados y una gorra con borlón y una pluma de avestruz. Su caballo gris no era menos magnífico.

Esa noche, vestida con el exquisito atuendo de seda de color crema con cuello de encaje abierto que destacaba su cuello largo y su precioso escote, Adorna bailó, rió y coqueteó con toda su alma como siempre lo había hecho, aunque pocos podrían haber adivinado dónde estaban sus pensamientos, o lo fastidioso que le resultaba ver a sir Nicholas tan popular con las damas de la corte, muchas de las cuales exhibían escotes muy atrevidos. Después del fiasco de la mascarada, eso era algo contra lo cual no tenía intención de competir.

El conde había invitado a unas treinta personas más, incluidos su hermana y el esposo e hijo de ésta, y a la condesa de Essex, cuyo marido estaba fuera de servicio en Irlanda. Con todos los sirvientes y ayudantes, Adorna estaba sorprendida de que las hubieran puesto a ellas tan cómodas cuando muchos otros tenían que apretujarse como sardinas en lata. Diplomáticamente, no informó de su buena fortuna, aunque no pudo evitar que Hester lo hiciera.

—¿Creéis que la señorita Hester necesita ser rescatada? —le dijo Peter a Adorna después de que la cena se hubiera servido—. No está nada acostumbrada a este tipo de cosas.

Hester estaba en ese momento perdida. Sus intentos de coqueteo discriminado habían dado falsas esperanzas a un grupo de jóvenes confusos y pendencieros, ninguno de los cuales interesaba en lo más mínimo a Hester. El ambiente pareció a punto de caldearse en exceso cuando dos admiradores con el mismo empeño fueron a invitar a Hester a bailar.

—Sí, Peter. Ve a calmar un poco los ánimos, o habrá una pelea.

Hester pareció aliviada al ver que Peter se acercaba a ella y le tendía la mano. Pero sir Nicholas también lo había notado y, a pesar de que Peter se aproximaba, él también había ido a rescatarla, añadiéndose así ambos hombres a la elección de Hester, aunque con más éxito en esa ocasión.

Aceptó las manos de ambos, y se dejó conducir lejos del grupo de jóvenes molestos, sin saber qué había hecho para provocar su descontento.

Los músicos, que se arrancaban con los primeros acordes de una alemanda, animaron a Peter a dar un paso más y a pedirle a Hester que fuera su pareja antes de que sir Nicholas lo hiciera. Sir Nicholas hizo una inclinación y retrocedió un paso mientras Adorna, segura de que la dejaría tal y como lo había hecho durante todo el día, se preparaba para volverse hacia sus amigos. Pero al momento notó que él le levantaba la mano con firmeza, no tanto pidiéndole como esperando que se uniera a él. La sorpresa debía de haber quedado reflejada en su rostro, puesto que no dijo ni una palabra para persuadirla mientras esperaba por su parte cualquier variedad de respuestas, el rechazo, el desdén o la ira.

Podría haber aprovechado esa oportunidad para desairarlo en venganza a su comportamiento de esa mañana, pero él no había estado con ninguna otra pareja en toda la tarde, y sólo de pensar dejar pasar aquella oportunidad era más de lo que podía soportar, ya que él era la pareja de baile más interesante de todas las que había tenido. Así que, con sólo un par de razones para aceptar y al menos una docena para no hacerlo, se colocó despacio delante de él. Y, había que decir que, durante aquel duelo de voluntades, sus miradas no se habían apartado la una de la otra ni un segundo.

Las parejas se movían con gracia adelante y atrás, juntándose y separándose, cruzándose, mirándose y uniendo sus manos, y los cuerpos se balanceaban y respondían mientras los espectadores se paraban a observar a la pareja que podría haber estado a solas a juzgar por lo poco que se fijaban en los demás. El ritmo varió y el paso se aceleró. Tal y como habían hecho en la mascarada, superaron a todos los demás con su gracia, ella con su vestido de seda amarillo con una sombra de violeta pálido, y él vestido de plata y violeta, como si los dos se hubieran puesto de acuerdo de antemano para vestirse a juego. De nuevo bailaron el uno para el otro, negando temporalmente con aquella armonía de fondo y de forma los conflictos previos, como si durante unos instantes especiales la música los elevara a otro mundo. Ninguno de ellos hablaba, puesto no había necesidad de hacerlo, sin embargo sus cuerpos, sus manos y sus miradas se dijeron mucho más de lo que podrían expresar las palabras hasta que, en algún momento, alguno de ellos estuviera listo a ceder.

—¡Una polca! —gritó alguien al tiempo que la música cambiaba a un ritmo italiano—. ¡Caballeros, quítense las capas y los estoques!

Emparejada con el conde, la reina tomó el centro de la pista mientras los que estaban alrededor observaban fascinados a los dos, perfectamente al compás, ejecutar los complicados movimientos y sorprendentemente íntimos impulsos de la más atrevida de las danzas. Entonces llegó la señal para que los demás se unieran a la danza, aunque había bastantes pocos que conocieran bien los pasos y tuvieran la energía para llevarla a cabo. Salvo sir Nicholas, que no había soltado la mano de su pareja hasta ese momento, y quien sin dudarlo ni un instante, se quitó la capa y la espada y empezó a bailar directamente con Adorna, aparentemente apreciando su habilidad con una sinceridad que agilizaba cada una de sus respuestas.

Sus impulsos la lanzaron al aire como si fuera un niño, mientras la mujeres chillaban de emoción y los hombres admiraban la escena en silencio. Y cuando la bajó con un control infinito a lo largo de todo su cuerpo, no le quedó ningún sitio donde colocarle las manos salvo al cuello. Ella había visto aquel baile una vez en Richmond, pero era la primera vez que lo había bailado. Estaba sin duda sin aliento, sin embargo era consciente de que la experta dirección de su pareja le indicaría cada movimiento; sólo tenía que mirarlo a los ojos, sentir la presión de sus dedos o el movimiento de sus hombros.

Sir Nicholas no era el único en reconocer que allí tenían otro terreno común en el que estar, al menos de momento, en paz y al unísono. Mientras él conducía su cuerpo y su mente al ritmo de la danza, ella se mostraba obediente, dispuesta y dulce, cediendo a su control sin aquellas dudas recurrentes y esos desafíos de los que en otros momentos se veía presa. Pero si ésa era la clave de su éxito, entonce era una muy frágil. ¿Puesto que quién iba a cortejar a una dama bailando?

Otras personas que percibieron esa conexión especial entre ellos fueron su padre y el conde de Leicester, que los observaban juntos mientras los últimos compases daban paso a las inclinaciones de los bailarines.

—Bueno, sir Thomas —dijo el conde al ver que su ayudante conducía a Adorna hacia ellos—. Mientras tengáis a vuestros músicos interpretando danzas, tendréis a vuestra hija al alcance de su pareja, parece. Ah, aquí llegan. ¿No es hora de que nos presenten formalmente? La última vez que vi a la señorita, no estaba muy contenta.

Al oír el último comentario del conde, Adorna pensó en la última vez que se habían visto, en la que las presentaciones habrían sido harto difíciles, si no imposibles. Ella hizo una cortés inclinación delante de él mientras su padre emitía las palabras rituales, riéndose todavía por algo que debía de haberle dicho el conde.

—Milord —murmuró ella.

A nadie podría sorprenderle el eterno enamora-
miento de la reina con aquel hombre que aparte de
ser apuesto era muy inteligente y tenía buen carácter, aunque esos no fueran sus únicos atributos. Su
escrutinio no perdió detalle al tiempo que Adorna
tomaba la mano que él le ofrecía.

—Señorita Pickering —dijo con esa voz melo-
diosa que volvía locas a las mujeres —, bienvenida
a mi humilde casa. Estamos deseosos de disfrutar
de la interpretación de su hermano tanto como
hemos disfrutado de la vuestra junto a mi delegado
aquí. Él y yo ofreceremos una actuación ante su
majestad mañana por la mañana. Me ocuparé de
que vos y sir Thomas, vuestro hermano y vuestra
prima lo vean bien. Creo que la impresionará.

—Sois de lo más amable, milord, y os lo agradezco.

—¿Y vuestros aposentos? ¿Os resultan cómodos?

—Desde luego que sí, milord —Adorna sonrió—. Es un honor para nosotras.

—Es una nimiedad para alguien que valoro
tanto, señorita —miró a sir Nicholas y a ella otra
vez con tanta rapidez que, de no haber estado vigilante, tal vez se le habría pasado por alto; en ese
momento, su sospecha del día anterior se consoli-
dó—. Me alivia ver que parece estar funcionando,
¿eh, sir Thomas? —inclinándose hacia los dos, le
soltó la mano y se apartó, y al pasar junto a sir
Nicholas hizo una leve inclinación con la cabeza—.
Veo que por fin tienes a tu palomino en el establo,
hombre. Bien hecho.

A sir Nicholas no le dio tiempo de contestarle, puesto que el conde ya estaba saludando a otras personas.

Con expresión gélida, Adorna agarró a su padre del brazo, fingiendo no haberlo oído.

—Vamos, padre, parece que Hester necesita de tu ayuda.

—¿Otra vez?

Se dieron la vuelta juntos, pero sir Nicholas ya se había adelantado, y Adorna experimentó el dudoso placer de ver cómo se le iluminaba la mirada a su prima al verlo acercarse, y cómo rápidamente aceptó su mano para que la condujera a la mesa donde se había servido el banquete. Los observó el tiempo suficiente para ver a su prima aceptando una copa de vino tinto que le brindaba sir Nicholas, pero ni siquiera en el maravilloso espectáculo de fuegos artificiales que hubo después de la cena quiso Adorna mirar de nuevo para ver dónde estaban él y su prima, aunque sabía que Peter sí que había mirado; y más de una vez.

A la mañana siguiente, Adorna se enteró por su doncella que Hester había vuelto a la torre algo más tarde que ella, aunque estaba tan oscuro que no había podido ver quién era su acompañante.

Tratando de atenuar la impresión de que la actitud de sir Nicholas hacia ella parecía alternar entre la cortesía y la severidad, Adorna empezó a dudar de su plan de ignorarlo totalmente, sobre todo después de que él le hubiera advertido la noche anterior que cualquier intento de evasión por su parte fallaría.

En días anteriores, esa clase de advertencia le habría llevado a mostrar más empeño, pero su firmeza con ella había empezado a añadir una nueva dimensión a la relación que la llenaba de inquietud, destruyendo la certidumbre de que podría llevarlo a su manera. Claramente, aquello no tenía nada de usual, puesto que jamás ningún hombre la había tratado con tal arrogancia ni la había dejado tan insegura de lo que esperaba de él.

Otra horrible idea que se repetía con fuerza nauseabunda en su pensamiento era que su plan original de desviar sus atenciones cruzando a Hester en su camino también se había torcido, puesto que Hester parecía bien capaz de cruzarse en el camino de sir Nicholas sin su ayuda, si la cara que había puesto la noche anterior era un punto de referencia. Y eso no se suponía que debía ocurrir salvo en situaciones controladas. El baile había estado muy bien, pero había sido la prima Hester la que se había quedado toda la noche con él después de eso.

La exhibición a caballo del conde de Leicester ante la reina y su corte era otro ejemplo de la admiración de la prima Hester por sir Nicholas, puesto que había estado presente cuando su tío y él habían practicado en Bishops Standing. Como el conde, el tío Samuel había llevado a un caballista italiano para que le enseñara los secretos del arte ecuestre, las complicadas maniobras que estaban tan de moda tanto allí como en Francia y, como el conde, también habían utilizado el manual de Grisone de 1550 para enseñarlos cómo adiestrar a sus mejores caballos.

Así que consecuentemente fue Hester la que le susurró a Adorna qué era lo que iban a ver hacer a los caballos y a los jinetes en la explanada de arena donde se celebraba el torneo, aunque fue Adorna la que mejor pudo comparar sus habilidades para hacer bailar a los caballos con aquellas con las que ella se había encontrado la noche anterior. También entendía el significado del comentario del conde cuando él le había asegurado que se quedaría impresionada, puesto que obviamente había estado pensando en los dos tipos de ejercicio, en la mutua armonía de las criaturas, una de ellas controlando, otra obediente, receptiva y dócil. Caballos y caballistas se movían al unísono, hacían piruetas y se movían en círculos, cambiando de dirección a cada momento, mientras Hester iba nombrando cada uno de los movimientos.

—¿Por qué el caballo no se va hacia delante? —preguntó Adorna, al ver que el caballo de sir Nicholas alzaba las patas delanteras y se quedaba apoyado sobre las traseras, sin moverse y sin bajarlas.

—Porque lo entrenan de cara a una pared para que se acostumbre a no bajarlas. Sir Nicholas es tan bueno haciendo esto.

Los caballos galoparon y se detuvieron al momento, para girar entonces sobre sus corvejones. Sir Nicholas, según Hester, era excelente también en eso. Los caballos cambiaban de pierna, saltaban y giraban.

—El tío Samuel estaría tan orgulloso de él —dijo mientras aplaudía, sofocada de placer y más animada de lo que Adorna la había visto jamás.

En la intimidad de la habitación de la torre, Maybelle contemplaba una camisa blanca con adornos negros en el cuello.

—¿Los planes no funcionan?

Adorna suspiró y miró el guión de Seton que había dejado en el asiento que formaba la ventana. Se había estado aprendiendo su papel para no pensar en otras cosas.

—Todavía no —reconoció—. No acepta que lo ignore, como hacen otros. Parece pensar que lo tiene todo controlado.

La criada empezó a rebuscar entre un montón de ropa que había sobre la cama, echando a un lado vestidos y medias muy enfadada.

—No me digáis que la niña se ha llevado vuestro... —sacó un corsé con ballenas— El otro corsé —dijo—. Sabéis, ayer la vi dándole a la señorita Hester una nota, que vuestra prima leyó rápidamente y después se guardó en el corpiño. Parecía muy contenta después de leerla.

—¿Y de quién era? —le preguntó Adorna, retorciéndose por dentro.

—Bueno, eso no lo sé, señorita. No le faltan admiradores, ¿verdad?

—¿Con esa riqueza, a quién le faltarían? —pero nada más decirlo se arrepintió del comentario tan poco justo—. Bueno, la verdad es que también es bonita; y ahora se viste bien, y sabe escuchar. Los hombres admiran eso. Pero me pregunto quién le estará enviando notas, Belle.

—Podría ser cualquiera.

Adorna no estaba de acuerdo, pero como no tenía una estrategia mejor, aceptó la opinión de Maybelle de que sus tácticas no habían tenido hasta el momento demasiado efecto porque había mostrado bastante desgana. Con todas esas actividades diarias, decía Belle, debería ser posible para cualquier mujer hacerse inaccesible.

—Si de verdad quiere, eso es.

—Oh, Belle. No sé lo que quiero.

—Creo que seguramente sí lo sabéis —dijo Belle tirándole de los cordones—. Pero desgraciadamente no podéis tener la libertad de hacerlo —gruñó—, y él es tan controlador... —le tiró de las lazadas—. Ya está. ¿Podéis respirar?

—¡Bueno eso es lo que él quiere! —dijo Adorna con tozudez—. El tenerme delante no parece impedirle divertirse a placer con quien le apetece. Me pregunto con cuántas mujeres se habrá acostado desde que ha estado aquí. Supongo que con demasiadas como para contarlo.

—O tal vez con ninguna. ¿Qué es lo que habéis oído?

—Nada, pero he visto cómo se arremolinan a su alrededor.

En contra a sus dudas sobre la efectividad de la táctica de mostrarse indiferente a él, el programa de eventos en Kenilworth era tan completo, como había señalado Maybelle, que finalmente parecía

187

como si lo estuviera consiguiendo. Por la noche, se acordaba tanto de sus besos como de sus advertencias, y trataba de recordar hasta dónde habían llegado la noche de la mascarada, en parte para deleitarse con el recuerdo de sus caricias y besos, y en parte para obsesionarse con la locura de todo ello. En sueños lo veía bailando, o sobre los caballos en el torneo. A veces se despertaba sobresaltada, creyéndose en su compañía, tan sólo para encontrar el brazo de Maybelle encima de ella.

Los deslumbrantes días que duró la visita de la reina estuvieron sin duda llenos de una ronda constante de entretenimientos de todo tipo, entre los que salir en barca al lago se convertía en una sinfonía de sirenas, delfines y músicos, el tiro al arco, el tenis y las competiciones de justa se convertían en meriendas campestres, y las festividades en enormes festivales. Los festejos brillaban con las mejores vajillas de plata y oro del conde, el cristal de roca y las joyas, el marfil y el damasco, las comidas preparadas hasta crear obras maestras para las que los cocineros habían trabajado durante tantos días. Cuando la reina mencionó que no veía el jardín del laberinto de setos desde su ventana sur, el conde contrató a unos hombres que trabajaron en silencio por la noche para construir uno en la explanada que había bajo su ventana. Llegada la mañana, el jardín de la reina estaba completo.

Salieron de caza, atendieron a mascaradas y a una boda celebrada en el campo en la cual el pobre novio iba cojeando de una pierna que se había roto jugando al fútbol. Hubo más fuegos artificiales, acrobacias y lucha libre, juegos de agua, fiestas con música y obras de teatro representadas por algunos lugareños, a quienes se les permitía asistir a los eventos cada vez que hubiera espacio suficiente. Incluso en la iglesia, Adorna se rodeaba de la compañía de sus amistades, apartándose de ese modo de sir Nicholas, aunque en una ocasión hasta su padre la reconvino con suavidad.

—Ni siquiera le permitiste que te ayudara a desmontar —le dijo.

—Peter se le adelantó.

—Y en la merienda campestre junto al lago...

—A la yegua no le gusta el agua, padre. Por eso me mantuve apartada. Creo que son los patos.

—Estuvo esperando para llevar a la yegua a los establos.

—Bueno, la mandé con el caballo de Hester. Había prometido ir a aprender a jugar al tenis.

—Eso no es para damas, Adorna.

—No, eso ya lo descubrí enseguida. Pero me divertí mucho. Los hombres me ganaron.

—De todos modos, yo creo que va en serio contigo, si tú...

—¡Padre! —Adorna se echó a reír con desprecio—. Los hombres como él no van en serio durante más de una semana.

—¡Entonces será mejor que empieces a pensar de otra manera, hija! —le regañó, observando que se apartaba de ella—. ¡Si te queda algún momento libre!

Su sarcasmo quedó ahogado por la risa de Adorna.

Desde la torre del cisne, la vista que Adorna tenía del precioso jardín del laberinto era seguramente mejor que la que tenía la reina con el suyo nuevo, puesto que el primero tenía una fuente octogonal, la pajarera, a lo que había que añadir las coloridas vestimentas de los huéspedes que paseaban entre las hierbas aromáticas y plantas que les llegaban por la rodilla. Una pérgola en uno de los extremos era un túnel de rosas donde las señoras y los caballeros paseaban a su sombra perfumada, aunque por la noche encerraran las sombras de los amantes, su charla y sus risas ahogadas en suspiros, como el agua de la fuente. Algunos de los cortesanos lo llamaban el paraíso, como el de Richmond, aunque para Adorna no tuvo las mismas connotaciones hasta que, esa noche, su magia perfumada la llevó hasta la ventana a aspirar el aire cálido y a buscar los dibujos de color gris azulado.

El corazón le dio un vuelco al reconocer la silueta de un hombre alto que estaba solo en el camino cuajado de hierba, de espaldas a la fuente iluminada por la luna. Estaba frente a la ventana por donde ella se asomaba, y su postura parecía querer decirle que esa vez la esperaba a ella sola.

Pero Adorna tenía demasiado miedo de lo que pudiera ocurrir, o de abandonar el éxito que tanto le había costado ganarse, de modo que se retiró y cerró las contraventanas. Y, cuando volvió a mirar, bastante rato después, él había desaparecido. Entonces empezó a pensar.

Ocho

Una leve llovizna impidió a todos salir durante buena parte de la mañana siguiente, dándole a la reina la oportunidad de atender un asunto de estado y de descansar un poco. Adorna aprovechó para ir a caballo hasta la posada de Los Laureles en Kenilworth para ayudar a su padre a ordenar algunos trajes; según decía él, estaban muy desordenados.

En la habitación contigua de la laberíntica posada, Seton se mordía las uñas nerviosamente pensando en su primera actuación de esa noche, y la voz le temblaba más que nunca.

—Apenas ha comido —dijo sir Thomas mientras dejaba a un lado un montón de ropas usadas—. Esos ya están ordenados —le pasó a Adorna un montón de gorras de terciopelo—. Ponlas en ese cesto de ahí. Habrá que limpiarlas. Pobre Seton; nunca lo he visto tan nervioso. Pensaba que eso le gustaba.

—Iré a hablar con él —dijo Adorna.

Se sentó con su hermano en la cama, donde él estaba sentado, mirando con tristeza por la ventana, con los ojos como platos.

—¿Quieres que lo repasemos juntos, cariño? —le dijo ella—. Tal vez te ayude.

—No puedo hacerlo, Dorna —dijo en tono sombrío—. No puedo, de verdad.

—Oh, vamos, cariño... Por supuesto que puedes...

—¡No puedo! No delante de su majestad si se me va la voz. Soy escritor, no actor, y tampoco soy una mujer. Tengo que besar al maestro Burbage, Dorna —chilló con disgusto—. ¿Te imaginas besar al maestro Burbage al final? —la miró lleno de pánico.

Adorna no podía.

—Bueno, en realidad no os... besáis, ¿verdad?

—Sí —graznó—. Él insiste en que que debe resultar convincente. No puedo hacerlo. Vomitaré.

—Oh, Dios mío —susurró Adorna—. Tiene que haber un modo de arreglar esto.

Los dos supieron en ese mismo momento dónde estaba la respuesta, aunque ninguno de los dos quería sugerirlo. Era impensable. Las mujeres no se exhibían en público. Una mujer que actuara metería a el conde y a su compañía, Los Hombres de Leicester, en un buen lío con el gabinete de las diversiones del cual su padre era el jefe. Seton jamás volvería a ser empleado, sir Thomas perdería su oficina, y de ella hablarían el resto de sus vidas como la mujer que había osado actuar delante de un público. El personificar a una de las doncellas del agua en la mascarada privada de la reina era distinto. Ninguno de la familia viviría si se supiera, ni tampoco volvería el conde a gozar del favor de la reina si Seton lo estropeaba todo. Aun así, la implicación de Adorna quedaba descartada.

—Nadie tiene por qué saberlo —dijo Seton en voz baja—. Sólo esta vez. Tú y yo somos tan parecidos, que ni siquiera Burbage se enteraría si te pusieras mi peluca.

Adorna se puso de pie, negando con la cabeza.

—No hay la más mínima posibilidad, cariño —le dijo Adorna—. Se supone que yo debo estar entre el público con Hester. ¿Estás dispuesto sustituirme durante el resto de la velada? No seas absurdo. Tienes que hacerlo, Seton.

—Tú te sabes mi papel —le dijo con tristeza—. Me dijiste que te habías aprendido mi parte.

—Eso no tiene nada que ver. Ahora, vamos, anímate —salió de la habitación y cerró la puerta con un suspiro, sabiendo que le había fallado cuando más la necesitaba—. Tendrá que hacerlo, ¿no? —se dijo.

La reina estaba cazando esa tarde en los bosques de alrededor de Kenilworth, seguida por toda su corte que estaba acostumbrada a sus prolongados rituales, a esperar. En tales ocasiones, las damas no tenían por qué ir detrás de los ciervos como hacían los hombres, sino que se limitaban a estacionarse en un lugar desde donde poder disparar a los ciervos cuando se los pasaban por delante. Ni que decir tenía que los tiros de la ballesta de su majestad jamás erraban el tiro.

Había algunas mujeres, sin embargo, que elegían unirse a la caza, como hicieron en esa ocasión Adorna y Hester, para quienes de otro modo todo aquello no resultaría divertido. Estaban bien rodeadas, y no parecía haber razón para pensar que corrieran ningún peligro, salvo por los efectos de la reciente lluvia. Sin embargo no llevaban mucho rato galopando cuando Adorna se dio cuenta de que Hester no estaba en el grupo, y que Peter ya se había detenido y daba en ese momento la vuelta en dirección al bosque. Ella esperó un poco y después lo siguió, encontrando finalmente a Hester con su vestido verde esmeralda tirada en el suelo húmedo con Peter agachado a su lado.

—¿Está herida? —gritó Adorna—. ¡Ay, Peter! ¿Qué ha pasado? —Adorna saltó de la montura, temiéndose lo peor.

—No lo sé. La yegua no se cayó. Ha debido de ser culpa de ese tronco. La pobre ha sufrido una buena caída. Parece ser grave —dijo con expresión preocupada.

—Cuidado, tal vez se haya roto algo.

Hester no estaba inconsciente, ni parecía estar herida visiblemente; sólo tenía el vestido lleno de barro, el pelo manchado y en el rostro una mueca de dolor.

—Ay, señor —gimió Hester—. Ay señor. ¿Eres tú, Adorna?

—Sí, querida. Yo y el maestro Fowler. Quédate quieta; deja que él te levante.

Peter era fuerte, y Hester no particularmente pesada. Entre los dos, consiguieron colocarla sobre el caballo de él, donde Peter se montó detrás y la sostuvo durante todo el camino hasta el castillo, mientras Adorna los seguía con la yegua canela de Hester. Estaba segura de que su padre les diría que deberían haberse quedado con la reina y las demás invitadas. Pobre Hester. Era raro que ella se hubiera caído del caballo, ya que precisamente esa disciplina era una de sus mejores habilidades.

La llevaron a la torre del cisne, donde Ellie, llena de lástima por su pobre señorita, la ayudó a desvestirse y a meterse en la cama, aunque ni Adorna ni Maybelle encontraron ni rastro de moretones.

—Es la cabeza —gimió Hester—. Me duele tanto. Creo que me la golpeé al caer. ¡Ay, Dios mío!

—Descansa —le dijo Adorna—. Ellie te traerá un ponche de la cocina, y nosotros nos quedaremos aquí contigo. Gracias a Dios que Peter te encontró. No es normal que tú te caigas del caballo, ¿verdad? ¿Estaba resbaladizo el suelo, o fue culpa de la yegua?

—Traicionero —dijo Hester, cubriéndose la frente con la mano.

—Creo que voy a pedirle consejo al médico de la reina —dijo Adorna—. Tal vez te hayas hecho más daño del que se ve en la superficie. Se ve que te duele muchísimo.

—No... ¡Ay, no! No hagas eso. Se me pasará si descanso un poco. De verdad. Sólo necesito descanso y quietud. No estoy acostumbrada a tanta actividad, sabes. Tal vez haya sido demasiado para mí después de un viaje tan largo.

—Pobre Hester. Te perderás el espectáculo de esta noche.

—Tal y como estoy, no tengo ganas de asistir a otro evento. Es demasiado.

Volvió la cabeza y cerró los ojos, acurrucándose en la fresca suavidad de las sábanas de lino con un suspiro.

Dejando a Ellie al cuidado de Hester, salieron para que durmiera en paz. Lo primero que pensó Adorna fue en buscar el consejo de un médico para la paciente; en segundo lugar, su pensamiento voló a la obra de esa noche, que estaba programada para después de la cena. Por el bien de Seton, debía ayudarlo a prepararse; era lo menos que podía hacer por él.

Le contó a su padre lo del accidente de Hester esa tarde, cuando él llegó para acompañarla a cenar, y Adorna notó que sir Thomas le quitaba importancia.

—No le pasará nada —le dijo él a la puerta—. Supongo que se habrá caído del caballo muchas veces más, aunque dudo que haya recibido la atención que está recibiendo ahora. Si quieres saber mi opinión, lo que mejor le vienen son unos mimos. Deja que se quede aquí.

—¿Pero y su cabeza, padre?

—Si la tiene igual que su padre, entonces es aún más dura que la tuya. No le pasará nada, porque sin duda habría otros síntomas. Mírale la orina por la mañana. Ahora, vamos, me muero de hambre.

—¿Debería quedarme con ella esta noche?

—¿Cómo, y perderte a Seton?

Seton no apareció a la hora de la cena, y para entonces la preocupación por él le había quitado el apetito. Adorna se excusó en cuanto la reina se había marchado del salón y fue a buscar en las pequeñas habitaciones destinadas a que los actores se cambiaran. Le llevó cierto tiempo dar con él entre el barullo de disfraces, attrezzo, ayudantes y actores, pero cuando lo hizo sus peores temores quedaron confirmados. En una pequeña cámara iluminada con un par de velas Seton estaba sentado solo, con la cabeza entre las manos, temblando de miedo y blanco como al pared.

—¡Santo cielo! —exclamó Adorna al verlo, mientras cerraba la puerta tras de sí sin hacer ruido—. ¿Dónde está tu ayudante de camerino? ¿Es que no tienes uno?

—Vistiendo al maestro Burbage —le susurró Seton, que tenía la frente sudorosa—. Le he dicho que me las arreglaría solo. Se me ocurrió que tal vez vendrías.

—Bueno, podemos empezar, ¿no? Oh, querido, debes intentarlo.

El esfuerzo de hablar le provocó náuseas y tuvo que vomitar en una palangana que había allí, mientras el estómago se le encogía con otro calambre.

—Dorna —emitió un gemido entrecortado—. ¡Ayúdame!

El peso del miedo le presionaba los pulmones.

—¿No tienes a nadie que pueda sustituirte? Tiene que haber alguien...

—No —le dijo con pesar—. No hay nadie.

Ella siempre había sido más fuerte que Seton, y sólo de pensar en verlo fallar delante de un público tan prestigioso se le encogía el corazón. No podía permitirlo. Sobre todo, la situación había cambiado desde la mañana, y su ausencia de entre el público sería tomada como una indicación de que estaba con su prima Hester.

—No conozco las direcciones del escenario —le dijo rotundamente mientras miraba la enorme peluca marrón—. No tengo ni idea de lo que voy a hacer.

—Dará lo mismo —dijo Seton—. Lo adivinarás por el guión, y los otros te ayudarán, como me ayudan a mí.

—Esto es ridículo —soltó con suavidad.

— Por favor —le susurró él.

—¡Chist! Coloca una silla en la puerta. ¿Dónde se viste el maestro Burbage?

—En la habitación de al lado. Puedo esconderme aquí mientras tú actúas. Nadie vendrá.

—Espero que así sea. Muéstrame lo que me tengo que poner y dime lo que me tengo que saber, porque de otro modo mi actuación será peor que la tuya.

Incluso para el mismo Seton, la transformación fue verdaderamente notable. Como no tenía necesidad de ponerse relleno, Adorna utilizó el tiempo que le sobraba para colocarse la pesada peluca en la cabeza, un problema que Seton, con sus cortos rizos rubios, no tenía. Sus facciones eran tan parecidas que para salir al escenario sólo le hizo falta pintarse los labios de carmín y maquillarse las pestañas y las cejas para trasformarla en la Beatrice de Seton. Y cuando por fin encontraron una bolsa de ropa enorme donde pudiera esconderse él, Seton le había dicho lo que tenía que hacer en el primer acto. El segundo y el tercero tendrían que esperar. Casi inmediatamente fueron a llamarlo. Ella aspiró hondo y abrió un poco la puerta. El maestro Burbage la miró desde el oscuro pasillo.

—¿Estás bien, chico? —le preguntó—. Vamos a ver qué tal estás.

La condujo hasta la antorcha más cercana y miró significativamente sus pechos.

—¡Mmm! Parece que esta vez te los has puesto bien, no debajo de la barbilla como haces siempre. No hables con voz chillona, ¿eh, chico? Y levanta la cabeza. Eso es. Muy bien, vamos a por ello.

—Sí, señor —dijo Adorna, siguiéndolo.

Hasta esa primera aparición en público, Adorna no había sospechado nada de la emoción que uno sentía por dentro, del poder, del nivel de experiencia que el actuar podía darle a uno. Se olvidó de Seton, de sir Nicholas, de la reina y del conde, de su padre, del público e incluso del maestro Burbage, el actor principal y más experimentado. Él era Benedict y ella era Beatrice y allí, apartada de todo el mundo, en el salón junto a unas antorchas al nivel del suelo, otra vida se desarrolló en ella.

La historia la llevó a una experiencia muy similar a la que ella compartía con sir Nicholas, detestando y temiendo un poco a un hombre, y sin embargo sintiéndose totalmente confundida por una atracción irresistible que no podía avanzar más allá de la batalla entre dos mentes, ambas tan empeñadas en no ceder ni un centímetro que su frágil relación parecía condenada al fracaso. Consecuentemente, ella dotó al papel de una autenticidad que Seton no podría haberle dado, y descubrió un amor innato al teatro que hasta entonces había permanecido dormido en ella. Se sabía el papel de Seton como si fuera suyo; en cuanto a las direcciones escénicas, o bien las adivinaba a través de un sexto sentido, o bien se las iba inventando sobre la marcha, y los otros actores terminaron siguiéndola a ella en lugar de al contrario. James Burbage era buen actor, sin embargo estaba demasiado sorprendido de ver a su Beatrice adoptando un nuevo realismo en escena que jamás habría podido prever. El público estaba extasiado, aplaudiendo tras cada escena, trasportándola, reforzando su confianza.

Corrió adonde estaba su hermano al final de cada acto, pero se lo encontró dormido en el cesto. Le colocó un abrigo debajo de la cabeza y continuó con el engaño, flotando con éxito durante las dos escenas siguientes. Era como si conociera no sólo las palabras sino los sentimientos que encerraban, las pretensiones y los sufrimientos, el autoengaño y el amor que no se atrevía a reconocer, añadiendo un nuevo significado a las sencillas palabras de Beatrice con sus expresiones y sus gestos. Cuando los dos amantes llegaron a la emocionante confesión final de Beatrice en la que ya no podía seguir fingiendo frialdad, la que le había leído a sir Nicholas en el jardín, James Burbage respondió con la declamación más conmovedora de su vida, que había sido escrita por el mismo sir Nicholas. El beso que Seton tanto había temido siguió con tanta naturalidad a su reconciliación que Adorna no se sintió extraña, puesto que ellos seguían en un mundo privado, en un mundo suyo. Aparentemente el señor Burbage no sospechaba nada, ni tenía ninguna reserva; él estaba, como había dicho Seton, dispuesto a resultar lo más convincente posible.

Al final el público se volvió loco, riendo y llorando, poniéndose de pie, totalmente envuelto en la magia de todo ello. Pasaron muchos minutos antes de que los actores pudieran abandonar el escenario, y para entonces a Adorna le había dado tiempo a buscar a sir Nicholas entre el público y comprobar que no se encontraba allí.

Entre bastidores, el maestro Burbage y los demás actores lo felicitaron.

—Bien hecho, chico —dijo el gran actor—. Menuda actuación. Sabía que lo sabrías hacer. Bien hecho. Ahora, ve a asearte antes de que vayamos a ver a su majestad.

—Sí, señor, gracias. ¿Queréis adelantaros? Os veré allí en un momento. Necesito descansar un poco primero.

—¿Descansar? Ah, sí, por supuesto —la miró con interés, pero en su mirada no había nada fuera de lo común—. Pero vendréis, ¿verdad? El señor nos espera.

Temblando de alivio y de alegría, Adorna avanzó

por el pasillo y consiguió meterse en la habitación y cerrar la puerta sin encontrarse con nadie. Lo que vio allí la devolvió a la tierra de un golpe.

—¡Oh, Dios... no! —susurró.

—¿Beatrice? —dijo sir Nicholas.

Estaba sentado en una banqueta frente al cesto donde Seton aún dormía como un niño, pero en ese momento se levantó para recibirla, le tomó la mano y la apartó de la puerta.

—No tiene buen aspecto —le dijo él, siguiendo la mirada de Adorna.

—No está bien—soltó Adorna—. Pero mirad... esto no es culpa suya. ¿Y por qué tenéis que estar vos aquí? ¿Si sospechabais algo, no podríais haberoslo guardado para vos? No hemos hecho nada malo. Nadie más se ha dado cuenta, ni siquiera el maestro Burbage —hablaba en voz baja, pero su furia era patente—. ¿No podríais haberlo dejado pasar?

Se sentó en el taburete que él acababa de dejar libre, temblando de agotamiento, y el miedo anterior de que pudiera pasar lo peor regresó con fuerza a pesar del éxito que acababa de saborear. Paseó la mirada por su elegante traje de corte, en pálido terciopelo gris y seda blanca, y tela dorada y bordada en plata y, en lugar de un cuello de encaje, el cuello de su camisa era una tira de fino encaje que enmarcaba su mandíbula cuadrada. No sonreía, pero había una admiración en sus ojos oscuros que le hizo sonrojarse bajo el colorete. Ella retiró la mano de la suya, sintiéndose de pronto ridícula con la gran peluca castaña y el vestido abigarrado de Beatrice.

—Bueno, supongo que no podréis esperar a contarle la noticia a todo el mundo. No dejéis que mi presencia os retenga, señor.

Sir Nicholas sirvió un vaso de cerveza y se lo pasó.

—Más tarde podremos discutir las implicaciones —le dijo con calma mientras la observaba beber—. Pero ahora tenemos que quitaros esas cosas rápidamente y conseguir que Seton se ponga de nuevo en pie. Dentro de nada lo esperarán para que se una al maestro Burbage. Vamos, mi chica, esta parte de la actuación tendrá que ser tan buena como la anterior. ¿Ahora, por dónde empezamos? ¿Por esa horrible peluca?

—Necesito a Maybelle —le dijo ella con inquietud—. Es Seton quien necesita vuestra ayuda, no yo.

—Entonces, enviaré a buscarla. Dejádmelo a mí.

Sir Nicholas abrió la puerta, vio a un chico que pasaba por allí y lo agarró del cuello.

—¡Eh, muchacho! ¿Cómo te llamas?

El chico se aplastó contra los paneles de la pared. Era joven, y se suponía que no tenía que estar allí, detrás del escenario.

—Me llamo Will, señor. Por favor, señor, no estoy haciendo nada malo, de verdad. Dejadme, por favor.

—¿Estabas ahora mismo entre el público?

—Sí, señor. Con mi padre. Ha sido genial.

—Entonces corre lo más rápidamente posible a la torre del cisne y pregunta por una joven llamada

203

señorita Maybelle. Dile que te envía sir Nicholas. Acompáñala hasta aquí. ¡Rápido, chico!

En menos de diez minutos Maybelle estaba con Adorna, trenzándole el pálido cabello rubio y decorándolo con las perlas que había llevado antes. Entonces, después de quitarle el maquillaje, su belleza natural asomó de nuevo. Le puso las enaguas de seda en color ostra y crema, el diminuto cuello de encaje, los collares de perlas y los pendientes, las medias y las zapatillas. Maybelle no se olvidó de ningún detalle.

—¿El maestro Seton estará bien? —le preguntó.

Adorna miró hacia el rincón donde sir Nicholas le enjugaba el sudor de la frente con un paño húmedo.

—Lo estará —le dijo ella—, pero necesita maquillarse las pestañas con hollín. Es lo que más cuesta quitar.

Mientras Maybelle colaboraba al engaño, Adorna sintió de pronto miedo otra vez, puesto que ya eran dos personas las que lo sabían.

—Ese mensajero que enviasteis —le dijo a sir Nicholas—. ¿Creéis que también lo sabe?

—En absoluto.

—¿Es acaso uno de la compañía?

—No, es un niño de once años de Stratford-upon-Avon, a unas tres horas de camino. Vino a ver las festividades con su padre, un guantero. Se llama Will. Will Shakespeare. Le di dos peniques, y cree que el maestro Seton es el arcángel Gabriel. Dejad de preocuparos. Ya es hora de que salgamos de aquí. ¿Estáis lista?

—Lo estoy. ¿Pero... sir Nicholas... vais a...?

Él la agarró por los hombros y habló en voz baja, para que sólo ella pudiera oírlo.

—¿Creéis que voy a subirme a un tejado a proclamar esto? Ni lo penséis, mujer.

—Entiendo. Entonces tendré que pagar un precio, ¿verdad? Debería haberlo imaginado.

—Creo —contestó él—, que éste no es ni el momento ni el lugar de discutir tal cosa. Más tarde, tal vez. Vamos, ahora sois la señorita Adorna Pickering que ha venido con su criada a ayudar a su hermano después de su actuación. Vos, por supuesto, no la visteis, pero habéis oído que fue formidable. Y, naturalmente, os quedaréis a mi lado todo el tiempo.

—Por supuesto —dijo ella—. ¿Cómo se me iba a ocurrir otra cosa?

Seton, pálido pero tranquilo, había estado sudando y temblando; pero en ese momento, con las pestañas maquilladas ya, su aspecto de actor agotado era más convincente de lo que lo habría sido su hermana. Aunque los calambres del estómago y las náuseas se le habían pasado un poco, no estaba del todo recuperado.

—Se me pasará —entonces, como un niño, le echó los brazos al cuello a Adorna y la abrazó—. Gracias, cariño. Sir Nicholas me ha dicho que estuviste maravillosa; la mejor actuación que ha visto en su vida.

—Ha debido de ser gracias al ensayo que tuvimos —le dijo ella—. Pero, Seton, tú tendrás que fingir ahora, de todos modos. Recuerda que has sido tú el que ha tenido una actuación brillante.

—Sí, cariño, lo sé. Tú ve y disfruta del resto de la velada.

Por encima del hombro de Seton, sus ojos se encontraron con los de sir Nicholas, y en ellos vio, aparte de admiración, algo que le resultaba difícil de dilucidar pero que podría ser una expresión triunfal.

El enorme cambio de estar de morena a la belleza rubia y sorprendente de Adorna sin duda contribuía a que las comparaciones fueran más difíciles de hacer, sobre todo cuando se unió a la compañía junto a su hermano, cuyas facciones de niño eran lo que todos esperaban ver. Mientras se vio instantáneamente rodeado de personas que empezaron a aplaudirlo, Adorna y sir Nicholas se pusieron sin dilación a bailar una pavana con la que los músicos se habían arrancado, una danza que requería mucha atención, y que era exactamente lo que ella necesitaba para poner un poco en orden sus pensamientos. Su ritmo de cuatro por cuatro amainó la tormenta de su corazón, apaciguándolo, persuadiéndolo de que aceptara lo que había ocurrido y lo que estaba a punto de ocurrir, y que el curso de los acontecimientos no estaba ya bajo su control.

Le había adivinado el pensamiento correctamente. Él se sentía victorioso por el resultado de la grave ofensa de Adorna, por lo que él había previsto y por haberle recordado al maestro Seton los talentos de su hermana. Como él había sospechado, el chico no sólo había estado nervioso por salir al escenario, sino que había contraído una infección en el estómago tan común cuando uno visitaba distintas regiones donde la comida la tocaba todo el mundo. Siempre había alguien que contraía ese tipo de infecciones. Pero lo que había perdido Seton, lo había ganado él, seguro de que la dama ya estaba ideando un trato para garantizar su silencio, algo que él no tenía la intención de rechazar si ella se lo ofrecía. Jamás le habría contado a nadie lo que había ocurrido esa noche. Adoraba el coraje que ella había mostrado al salvar a su hermano de la humillación. Pero aunque claramente ella pensaba que él, Nicholas, tramaba algún tipo de chantaje, no le sorprendería en absoluto si ella acababa utilizando la situación, inconscientemente por supuesto, para hacer lo que no podría haber hecho de otro modo a riesgo de parecer que había cambiado de opinión. Como Beatrice, ella era una mujer orgullosa, no acostumbrada a echarse atrás sin una buena razón. Esa, para ella, sería la mejor explicación posible. Salvaría su conciencia.

La pavana terminó y su segunda ordalía comenzó con una lluvia de comentarios sobre la maravillosa actuación del maestro Seton. Ella los recibió bien, como él había esperado que lo hiciera, y cuando él pensó que ella ya había soportado bastante, la agarró del brazo y se la llevó, pensaba, para alivio de ella.

Pero a su padre no podían evitarlo.

—¡Adorna! Ah, aquí estás. Qué pena que te hayas perdido la actuación de Seton. No te habías equivocado en cuanto a tu hermano, querida. Lo hizo muy bien. Deberías haber oído, sin embargo, la última escena. No se parecía en nada a como yo recordaba haberla leído. El guión y la actuación han sido maravillosos.

—Pero no está demasiado bien, papá.

207

—¡Tonterías! Está estupendamente cuando tiene que estarlo, nuestro Seton. Lo he visto con mis propios ojos. ¿Y Hester?

Maybelle le había dicho a Adorna que Hester estaba durmiendo, pero la pregunta de sir Thomas no tenía verdadero interés, puesto que antes de que ella le respondiera, él ya estaba mirando para otro lado. De nuevo, Adorna respondió rápidamente al leve tirón que sintió en la mano.

—Vamos —murmuró sir Nicholas—. Necesitáis comer algo.

Normalmente habría discutido, pero no en esa ocasión. Él encontró un rincón tranquilo donde pudieran hablar en voz baja mientras una troupe de acróbatas hacía contorsiones. Le llevó una fuente de pequeñas pastas, mazapán y galletas, además de una copa de vino con agua.

Ella se lo bebió sin hacer ningún comentario; pero en cuanto se tragó el vino inició la conversación en torno al tema que más la preocupaba.

—¿Y bien? —le dijo ella—. ¿Cuál será el precio, señor? ¿Es esto el comienzo?

Sir Nicholas tomó una galleta en forma de estrella, que se metió en la boca sin dilación.

—¿Esto? ¿A qué os referís?

—Sabéis a lo que me refiero. Mi compañía a cambio de vuestro silencio.

—¿Es eso lo que me ofrecéis? ¿Vuestra compañía?

—¿No es suficiente?

Él se estiró en el asiento y se volvió hacia ella, tomando otra galleta de la fuente..

—Creo, señorita, que haríais mejor en dejarme hacer algunas preguntas para darme seguidamente las respuestas. ¿Sí? —le retiró una miga de la barbilla y se la metió él en la boca—. Ahora, tiene más sentido si me decís lo que para vos merece mi silencio. ¿Habéis pensado...?

—¡Bueno, por supuesto que he pensado, sir Nicholas! —le soltó, quitándole la pasta que él estaba a punto de meterse en la boca—. No he hecho otra cosa aparte de pensar. Esto es tan serio para el maestro Burbage y la compañía como lo es para nuestra familia, sin embargo habría sido igualmente serio si Seton hubiera actuado esta noche.

—¡Chist! Bajad la voz.

—Pero si estáis empeñado en ganar con ello, no puedo impedíroslo.

—Sí que podéis.

—Bueno, eso es discutible. Sabéis lo que pasa cuando las personas hacen exigencias. No paran de hacerlas.

—Eso creo. Menos mal que aún no he hecho ninguna, ¿verdad?

—Habéis tenido cuidado, eso debo reconocerlo. Sin embargo, la implicación está ahí.

—¿Ah, sí?

—Y sabéis lo mucho que me opongo a lo que tenéis en mente.

—¿Y qué tengo en mente? Recordádmelo.

—Lo haré. Dijisteis que iría a vos en unos días. Llevabais días planeándolo, ¿verdad? No ha podido ser de otro modo.

—Si os referís, mi encantadora Adorna, a que

209

sabía que Seton estaría enfermo esta noche precisamente, entonces debéis de pensar que se me ha bendecido con el don de la adivinación. Si os referís a que yo tuviera la corazonada de que él tratara de persuadiros para que lo sustituyerais, entonces es que sí. Pero en cuanto a planear algo, bueno, eso habría sido prácticamente imposible, incluso para mí. Sin embargo, habéis venido a mí, y de momento todo va bien. Ahora sois vos quien debéis decidir, como dije antes, exactamente lo que os merece mi silencio.

—¿Queréis decir... lo lejos que...?

—Quiero decir —empezó a susurrar— que ha llegado el momento de que se nos vea juntos como a cualquier pareja, que yo tenga prioridad sobre vos a todas horas y que os hagáis más accesible a mí.

—En otras palabras, añadirme a vuestra lista.

—Ah —suspiró él de nuevo—. Esa lista otra vez. No, borraré la lista y empezaré una nueva, si os parece, tan sólo con vuestro nombre en ella. ¿Os parece bien?

—¿Durante cuánto tiempo? ¿Estamos hablando de días? ¿Semanas? ¿Meses?

—Os dejaré decidir, pero yo tenía en mente años.

—Ahora sé que no vais en serio —mientras hablaba, Adorna enroscaba entre los dedos la hilera de perlas que le colgaban hasta la cintura—. ¿Os dais cuenta, verdad, de que esta clase de trato va en contra de todas mis intenciones? Habría preferido que me hubierais pedido dinero.

—Tengo dinero, gracias. Y no os he pedido

nada. Sólo os he pedido que me hicierais una oferta y me la habéis hecho.

—Es lo mismo.

Adorna no contradijo su afirmación, aunque podría haberlo hecho.

—Si vos lo decís. Sin embargo, será mejor que quede entendido que me habéis aceptado como pretendiente y que, a efectos prácticos, sois mía. Mi dama, mi mujer, llamadlo como os plazca. No habrá ni más evasiones ni más rechazos.

—No estamos hablando de... ya sabéis... ¿O sí? —preguntó sin aliento, mientras lo miraba con gran inquietud.

Él le alisó suavemente las pequeñas arrugas que afeaban su ceño.

—Tranquila, tranquila —le susurró él—. Paso a paso, ¿de acuerdo? No iré demasiado deprisa para vos.

—Lo hicisteis antes, creo —dijo en tono acusador.

Estaba ya tan cerca de ella que sus rostros quedaban abiertamente expuestos a cada detalle de expresión, y aunque Adorna había demostrado su habilidad para actuar, no había ni guión, ni maquillaje, ni escenario de los que echar mano allí. Sus inquietudes nunca fueron más genuinas que aquellas que él veía en sus ojos en ese momento, puesto que ella parecía haberse refugiado en un rincón con cuyas sombras ya estaba lidiando. Las metáforas, pensaba, podían ser tan aptas en momentos como aquel...

—Sí —dijo él—. Lo hice, ¿no? Creo recordar

que hubo un desafío. Fue algo irresistible en ese momento, pero nadie salió mal parado —vio la rabia reflejada en su mirada—. Tal vez debería empezar otra vez desde el principio, ¿os parece?

Pero sus pensamientos al respecto quedaron ocultos cuando cerró los párpados; sin embargo, la suavidad de sus labios era la única respuesta que le hacía falta. Notó que tomaba aire con fuerza cuando sus labios se apoderaron de los de ella, y sintió pena por el conflicto que rugía en su corazón, como el de Beatrice, deseando y negando furiosamente al mismo tiempo, y enfadada consigo misma por engañarse de un modo tan evidente.

Por su bien, él fingiría que ella no tenía otra elección, sin embargo la pregunta que podía, y debería, haberle formulado era precisamente la que con tanto cuidado había eludido.

El beso llegó a su fin. Ella abrió los ojos y se movió con inquietud.

—¿En público? —susurró.

—Está permitido, entre amantes.

—¡Mi padre...! —le plantó las manos en el pecho.

—Me ha dado su aprobación.

—¿Cómo lo sabéis?

—Él me lo dijo.

Ella apretó la boca.

—Me lo imaginaba. ¿Pero y Hester?

—A ella también le parezco bien.

Ella juntó sus finas cejas.

—No me refería a eso.

—¿Entonces a qué os referíais?

—Lo sabéis...

—No, no lo sé. Hester y yo somos amigos desde hace mucho tiempo, eso es todo.

—Eso no es lo que a Hester le gustaría creer.

Sus ojos, tan cerca los de uno de los del otro, buscaron más información.

—¿Y qué es exactamente lo que a Hester le gustaría creer? —dijo sir Nicholas frunciendo el ceño.

Adorna miró más allá, a espaldas de él, hacia la silueta oscura de las figuras y el rostro que ocasionalmente se volvía a mirarlos.

—Os tiene en mucho aprecio; a menudo habla de vos.

El tono de burla regresó.

—Hester hablando a menudo. Eso es algo nuevo. Entonces la mantengo en la lista por si acaso. ¿Qué os parece eso? —cuando ella no contestó, él se apartó prudentemente y se puso de pie; entonces le tomó las manos y tiró de ella—. Vamos —dijo él—. En cuanto se marche su majestad, os acompañaré. Y escuchad... —tiró de ella un poco más hasta tenerla entre sus brazos, ignorando las miradas directas y las sonrisas—. Le voy a sugerir a vuestro padre que vuestro hermano se quede aquí conmigo en el palacio. Tengo un hombre que lo atenderá. Necesita un descanso y tiempo para prepararse para la obra siguiente. ¿Habéis visto el texto ya?

—Sí, tengo una copia. Lo he leído.

—Bien. Esperemos que el maestro Seton esté bien para entonces.

La obra siguiente sería en tres días, y sir Nicholas

213

no creía que los problemas de Seton hubieran mejorado para entonces. Más bien lo contrario. Sin embargo, sería difícil convencer a Sir Thomas Pickering de que existiera siquiera algún problema. Él insistiría en que Seton tenía que dejar a un lado sus miedos. Pero Seton sería un desastre. Todos empezarían a preguntarse cómo podía hacerlo tan mal después de haberlo hecho tan bien; buscarían la verdad y Seton reconocería el engaño. Era esencial que Adorna se preparara, y que hasta entonces pudieran mantener en calma a Seton. No se podía cancelar la obra, pero el conde necesitaba todo el mérito que pudiera conseguir, y por consiguiente cualquier fracaso no le serviría de mucha ayuda.

—Sir Nicholas —dijo Adorna, empujándolo suavemente en el pecho—, la gente está mirando, y no estoy acostumbrada a que me vean así.

Él se mostró inamovible.

—Con la práctica se hace más fácil —respondió.

Media hora después, Adorna empezaba a entender algo de lo que significaba ser vista como la nueva dama de sir Nicholas, una especie de cautividad emocional de la que había jurado escapar hasta que fuera demasiado vieja, demasiado dócil o demasiado cobarde para seguir corriendo. Todo lo cual esperaba que tardara años. Con toda la fuerza de su antagonismo recordado con el frescor de la noche de verano, se rebeló en contra de la decisión que ella misma había tomado hacía tan sólo una hora.

—Supongo que la torre del cisne también fue

cosa vuestra —dijo en tono jadeante, mientras trataba de librarse de sus manos que la agarraban—. Y por eso no estabais... ¡Soltadme!

—¿Sorprendido de veros? Por supuesto, mujer. Sí, fui yo quien pedí que os invitaran a Kenilworth; de qué vale que el conde sea mi patrón si de vez en cuando no hiciera uso de esa relación. Sabía que vendríais —le juntó las manos con fuerza—. Al menos aquí estáis cómoda.

—Jamás debería haber venido. Fue un error.

—Tampoco podíais quedaros, ¿no? Sabéis qué habría pasado.

—No, eso no es...

Él le cerró la boca con la suya, ahogando cualquier intento de fútil protesta, pendiente de cada protesta suya, y por ello sabiendo el momento exacto de su rendición. Para reforzar su victoria, hizo que durara.

Esa noche no habría más palabras ya que ella había tenido que digerir tantas en tan corto espacio de tiempo como en una semana entera. La llevó hasta la puerta de su habitación y se la entregó a Maybelle.

—Es suficiente por un día —le dijo a la criada—. Directamente a la cama.

Maybelle reconoció el nuevo desarrollo inmediatamente; ningún hombre salvo su padre le había dicho a su señora que se tenía que ir a la cama, o que ya era suficiente.

—Sí, señor —le dijo, maravillándose de la docilidad de Adorna.

El daño estaba hecho y había muy poco o nada

que pudiera hacerse para deshacerlo, por mucho que vacilara sobre la solución que había sido aceptada con mucha prontitud. Había llorado antes de quedarse dormida y, comprendiendo a su señora tan bien como lo hacía, Maybelle la había acunado entre sus brazos hasta que se había dormido, sin darle opinión de ningún tipo. La confusión era lo suficientemente grande como para decidir no importunarla más.

Por la mañana, parte de la sempiterna oposición afloró, junto con la premonición del desastre.

—¿Qué le diré a Peter? —le preguntó a Maybelle mientras sostenía un pie en alto para que la doncella le pusiera una suave zapatilla de cabritilla azul—. Creerá que me he vuelto loca, después de todo lo que me ha ayudado para evitar a sir Nicholas.

—Si el maestro Fowler no está acostumbrado ya a vuestras cosas —le dijo Maybelle mientras le alisaba la falda de seda azul—, entonces jamás lo estará. Yo en vuestro lugar no me preocuparía mucho por eso. Además, tendrá que trasladarse pronto al algún otro sitio, ¿no?

—Mmm, a Staffordshire. ¿Pero qué hay de Hester? Se va a quedar algo chafada, por decir algo. Creo que tenía alguna esperanza, Belle.

—La señorita Hester no va a albergar ninguna esperanza al menos en un par de días, y para entonces tendrá que aceptar que no tiene ninguna oportunidad. Bueno, al menos durante un tiempo —dijo con desabrido candor.

—No, al menos hasta que él vuelva a ser el aspirante de antes.

A la criada no se le pasó por alto el cinismo de su señora.

—Mirad —dijo Maybelle, sentándose en un arcón, frente a Adorna—. Las cosas han cambiado. Vos habéis cambiado. Y si sir Nicholas tiene la aprobación de sir Thomas, como decís que tiene, entonces tendrá que tener cuidado con lo que hace, ¿no os parece? Si os paráis a pensarlo un poco, anoche os ayudó mucho después de la actuación, y va a cuidar del maestro Seton, que probablemente es más de lo que harían la mayoría de los hombres. Y, además, seguramente os cansaréis de él para cuando él se haya cansado de vos, y entonces cada uno podréis ir por vuestro lado.

El comentario espinoso produjo el efecto deseado.

—Lo esencial, Belle —la reprendió Adorna—, es que él encontrará a otra persona que le guste mucho antes que yo, y precisamente por eso yo no quería tener nada que ver con él desde un principio. Preferiría no ser pasado para él si no puedo ser...

Se cubrió la cara con las manos.

—¿Si no podéis ser qué? ¿El último amor de su vida?

—Pensaba que lo sabías, Maybelle.

Claro que lo sabía, pensaba la criada. ¿Cómo no iba a saberlo?

Horas más tarde, Adorna vio que ya se le había consultado a su padre acerca de permitirle a Seton quedarse en los aposentos de sir Nicholas, para lo que había dado su aprobación inmediata. Sospechaba que acogía de buen grado la maniobra de sir Nicholas de implicarse con la familia Pickering, pero no hizo mención alguna de ello, ni siquiera cuando sir Thomas le tomó el pelo sobre la reacción de Peter a su aparente cambio de ideas.

—Se pasó la noche con la misma cara que pondría un perro que ha perdido su mejor hueso —rió—. ¿No viste lo enfadado que estaba?

—No, padre. No lo vi.

—No me extraña. Estabas ocupada, ¿verdad? Aun así, me alegra ver que sir Nicholas y tú estáis mejor. Él te protegerá.

Un rato después el maestro Fowler se acercó a sir Thomas para pedirle permiso para proteger a alguien, pero su petición no tenía nada que ver ni con Seton ni con Adorna. Su interés era hacia la señorita Hester.

—Está bastante enferma, señor, o eso tengo entendido —le dijo mientras paseaban juntos por el puente del foso hacia el castillo—. Tiene una constitución bastante delicada. Me preguntaba si debería acompañarla de regreso a Richmond.

—¡No! —le respondió sir Thomas con su habitual falta de comprensión—. Los Pickering no son tan delicados como todo eso, muchacho. Se recuperará después de unos días de descanso.

—Pero las condiciones en la torre del cisne no son las más adecuadas, la falta de espacio...

—Se aburrirá como una ostra en Richmond. Nuestras heredera ha creado un gran revuelo entre los jóvenes aquí. No, estará bien así. Dejadla donde está.

Consciente de la obstinación de Pickering, Peter supo que lo mejor era no insistir, puesto que si seguía haciéndolo podría llevarle a argumentar que un viaje no era lo mejor para el dolor de cabeza.

Ese mismo día había un torneo en honor de la reina. Sir Nicholas iba espléndidamente equipado con su brillante armadura de justa, su casco rematado con una cresta de plumas de avestruz teñidas que hacía juego con las que le habían colocado al caballo entre las orejas, mientras que bordado en la gualdrapa del caballo estaba el escudo de armas de su familia, como el que él llevaba en el escudo. Atado a la parte superior del antebrazo llevaba unas tiras de lazos de raso que Adorna se había quitado de su propio cinturón para atárselas allí donde todos los espectadores pudieran verlas, lo cual había sido para ambos un momento decisivo en su nueva relación. Los espectadores, sentados en gradas cubiertas de sedas costosas, habían aplaudido; y aunque sir Nicholas era bien conocido por sus habilidades para las justas, ella se había pasado todo el torneo rezando en voz baja para que no le pasara nada. La acción fue brutal y fiera, a pesar de que se habían despuntado las lanzas; una caída con toda la armadura puesta desde un caballo en movimiento había herido a más de uno esa tarde.

Adorna ocultó su preocupación de las amistades con quien se había sentado a ver el torneo, al igual que esperaba secretamente que no hiciera nada más para demostrar el nuevo dominio que tenía sobre ella. Pero hizo algo mejor que eso, y fue enviarle un mensaje para pedirle que se presentara en su tienda, una invitación a la que algunos jóvenes la animaron a que ignoraran. Las mujeres jóvenes se habían reído con envidia, burlándose de su inconstancia, conociendo sus juegos de provocación y preguntándose si, esa vez, estaba a punto de recibir su merecido de un caballero consumado.

No quiso arriesgarse a sufrir las consecuencias de una negativa. Fue conducida hasta su pabellón de cuadros azules y blancos por su escudero, un joven de modales y nobleza impecables en cuyo rostro no había rastro de haber podido llevar a cabo tal empresa docenas de veces en el pasado. Le sostuvo abierta la portezuela de la tienda para que pasara, antes de dejarla para que se enfrentara sola a sir Nicholas en el interior de la oscura tienda de lona.

No se había terminado de vestir, y se estaba remetiendo la camisa de lino por debajo de los pantalones bombachos cuando ella entró; la tela se pegaba a su cuerpo como si no le hubiera dado tiempo de secarse, mostrando el pecho poblado de vello oscuro. Su cabello, aún mojado del baño, le caía por la frente en una serie de rizos mojados; y en una de las mejillas tenía un cardenal colorado que le había causado un golpe en el casco. Adorna había visto a sus dos hermanos y a su padre en circunstancias similares en más de una ocasión, pero ninguna escena doméstica en su casa la había preparado para lo que tenía delante. Su primera reacción fue poner pies en polvorosa.

Él la alcanzó de dos zancadas, que la sorprendieron por su velocidad, y tiró de ella para que entrara en la tienda otra vez mientras emitía la clase de sonido suave que utilizaría para tranquilizar a una yegua asustada.

—¡So... so... muchacha! —rió—. ¡Chist! Me estoy vistiendo, no desvistiendo. Sentaos aquí, mirad —la condujo con firmeza hasta un arcón, cerró la tapa y la empujó suavemente para que se sentara, colocándose de pie entre ella y la salida para impedirle que se levantara de nuevo.

En sus mejillas ardía un rubor de rabia.

—No hay necesidad de esto, sir Nicholas —le dijo, negándose a mirarlo—. Sé cómo es un hombre.

Él se puso en cuclillas delante de ella, con las rodillas abarcándole toda la falda.

—¿Entonces por qué tratar de salir huyendo? —le susurró mientras le acariciaba la mejilla con un dedo.

Continuó deslizándolo por su cuello desnudo, mientras ella aguantaba la respiración un momento y la soltaba despacio, incapaz de contestarle, ya que su caricia conducía todos sus sentidos hacia la deliciosa cumbre del deleite. La miró fijamente a los ojos mientras le acariciaba suavemente el pecho y permanecía allí, rozándole la suave turgencia que sobresalía del borde del escote. Lo supo, le surgió de algún lugar de su conciencia, que él había ido más lejos aquella noche y que sin duda lo recordaba mejor que ella. Sus ojos se lo decían.

—¿Y bien, señora? —le dijo sin dejar de acariciarla—. ¿Habéis rezado para que ganara? ¿Merezco vuestra aprobación?

—Sí —le susurró ella—. Lo hice. Y la merecéis.

—¿Me vais a recompensar?

—¿No es esta... vuestra recompensa? —dijo con voz entrecortada, tratando de agarrale las muñecas.

Giró las muñecas y fue él quien le agarró las suyas a ella.

—¿Y entonces...?

—Esto —le dijo mientras le llevaba las manos hasta su cuello y las dejaba allí—. Vamos —le susurró.

Ella vaciló, sin saber que la caricia sería tan emocionante para ella como para él. Entonces se dio cuenta, mientras exploraba, que el vello de su pecho era suave, no áspero como ella había pensado, y que mientras metía la mano debajo de la camisa húmeda, la cálida vibración de su piel fue para ella como ninguna otra sensación que hubiera experimentado en su vida; los contornos de su cuerpo eran distintos, la suavidad tan sólo superficial sobre los músculos de hierro que había debajo.

De pronto, consciente de que estaba disfrutando de todo ello en contra de su voluntad, su mano cambió de dirección, deslizándose hacía arriba, hacia su mejilla, donde sus dedos alcanzaron a rozar levemente el cardenal. Ella vio su mirada de aprobación, su loca y controlada aprobación. Aquello había, por supuesto, sido una lección. Ella retiró la mano.

—Tan controlado, sir Nicholas —le dijo, volviendo la cabeza—. Siempre tan controlado.

Él le subió la cabeza agarrándola suavemente por el mentón.

—Y eso es algo más a lo que vos no estáis acostumbrada, ¿verdad, mi señora? Pero os acostumbraréis. Estáis aprendiendo a venir a mí —se puso de pie, mientras tiraba de ella—. Y eso es un buen comienzo —le habría gustado demostrarle lo contrario, pero él parecía leerle el pensamiento—. No, iremos juntos.

Su beso fue tan repentino y duro como la fuerza con la que la agarraba de los brazos; y a ella se le saltaron las lágrimas y no logró articular las palabras que pudieran herirle, como le habría gustado.

Salieron por cierto juntos del recinto donde se había celebrado el torneo, ella montada detrás de él sobre un cojín, con un brazo alrededor de su cintura, y desde donde podía ver las expresiones en los rostros de aquellos que habían sido testigos de su anterior rechazo. No vio nada en ellos que pudiera consolarla, tan sólo gestos que parecían decirle: «os lo dije». Ni tampoco podía escapar al presentimiento de que en los días siguientes tendría que prepararse para similares exhibiciones públicas de su victoria. Ésa era una evolución de la situación que no había anticipado aunque, de haberlo hecho, tampoco le habría servido de mucho. Ni tampoco parecía que se le fuera a permitir el echarse atrás, puesto que por decirlo de algún modo él agarraba las riendas con más fuerza.

Se alivió al ver que la actitud de Peter hacia

aquella pérdida era más filosófica que la rabieta que había anticipado su padre.

—Lo veía venir —dijo Peter—. ¿Podemos seguir siendo amigos?

—Pues claro que sí —dijo Adorna—. No tengo intención de perder a mis amistades así. Esto no va a durar. Dadle unas cuantas semanas. Meses. Ya veréis.

—¿Os referís a vos o a él? —preguntó Peter, aunque ni la esperaba, ni recibió respuesta alguna.

Ligeramente más preocupante era el problema de Seton, cuyo agudo y continuo nerviosismo amenazaba con poner fin a la asociación que tenía con los Hombres de Leicester. Después de la brillante actuación ante la reina, decía el maestro Burbage, no estaba listo para dirigir a otro de los jóvenes para que ocupara el lugar de Seton si para entonces se le había pasado el cansancio y el dolor de estómago, que eran las razones por las que Seton no podía ensayar. De ese modo coincidía plenamente con sir Nicholas en que a Seton había que dejarle totalmente en paz para que estudiara. Sin embargo, el problema de los ensayos seguía ahí.

—En la otra tampoco asistió a todos los ensayos —James Burbage le dijo a sir Nicholas con intención—. Estuvo soberbio, es cierto, pero no nos habría venido mal si nos hubiera avisado con antelación de lo que iba a hacer. ¿Entendéis a lo que me refiero? —se pasó la mano por la cuidada barba, esperando una sugerencia del joven.

—Entonces creo que la solución, maestro Burbage, es que vos y Seton ensayéis en mi habitación, en privado. De ese modo podréis discutir las direcciones escénicas sin cansarlo demasiado antes de la representación.

—Una idea excelente, señor. ¿Y la señorita Adorna? Tal vez a ella le gustaría asistir a las... esto... discusiones... Sólo para darle apoyo a su hermano.

—Me encargaré de que esté presente en cada ocasión, maestro Burbage.

—Bien. Entonces ya está aclarado. ¡Qué alivio!

Sir Nicholas le contó a Adorna el plan en la mascarada de esa noche, después de lo cual ella se convenció de que el convincente beso de Benedict sobre el escenario no había ido dirigido a Seton.

Había buenas noticias sobre la salud de Hester, aunque Adorna no podía evitar preguntarse exactamente cuál podría ser la relación entre su rápida recuperación y una carta que apresuradamente había escondido debajo de la almohada cuando Adorna entró en su habitación de la torre. Como no era una persona suspicaz por naturaleza, Adorna lo achacó a los admiradores que constantemente habían preguntado por la salud de Hester; aunque también se preguntaba por qué, si era todo tan inocente, Hester no habría querido enseñársela. Aun así, se sintió aliviada de que Hester no se sintiera lo bastante bien como para asistir al baile de máscaras, puesto que Adorna deseaba prolongar lo máximo posible la noticia de que ella era contemplada cada vez más como la dama de sir Nicholas. Eso, pensaba ella, no le sentaría nada bien a Hester.

Nueve

Desde el primero de aquellos ensayos privados a los cuales había sido invitada ostensiblemente como mera espectadora, Adorna se dio cuenta de que era de hecho la persona para la cual habían sido concertados. Nada se dijo al respecto por parte de ninguno de los tres hombres, ni una palabra, ni el maestro Burbage la consultaba salvo a través de Seton, mientras ella iba haciendo sus propias y tímidas sugerencias como si fueran para Seton en lugar de para sí misma. Todo era bastante extraño, y aunque tenían que tener cuidado, Seton pareció recuperar parte de la confianza que había perdido en su capacidad de escritor y Burbage su estabilidad de actor principal.

El efecto que le causó a Adorna era mucho más difícil de definir, salvo para destacar el modo en que todo había escapado a su control desde que había llegado a Kenilworth, y cómo el amor hacia sir Nicholas rayaba en odio, del dolor tan intenso que experimentaba aunque tan sólo lo viera hablando con otra mujer.

Ello había supuesto, en sus momentos más racionales, que sus propias experiencias quasi románticas la protegerían de aquellos miedos y le darían suficiente seguridad en sí misma como para enfrentarse a la rebeldía del amor. Pero no había sido así. Ella sólo había tratado con muchachos, con jóvenes en busca de experiencia, y con viudos buscando una segunda esposa, no hombres como sir Nicholas, que retaban en lugar de adorar. Había oído hablar de los celos, pero jamás se había topado con su terrible locura hasta esa ocasión.

—¿Por qué estáis haciendo esto? —le preguntó a él mientras caminaban por los establos tras la reunión—. Una actuación ya fue suficiente, pero otra va a ser aún peor. ¿Y si me descubren? ¿Se os ha pasado por la cabeza que será mi ruina? ¿Y Seton? ¿Y el resto de nosotros? Salvo vos, por supuesto.

Entraron al compartimiento donde estaba el palomino y permanecieron en el hueco cálido junto a la yegua. Sir Nicholas colocó el brazo sobre su lomo suave.

—Bueno, por supuesto que se me ha pasado por la cabeza —le dijo mientras le tomaba la mano; en esos momentos se mostraba tierno y paciente—. ¿Pero qué bien le haría a vuestro hermano el que lo abandonarais en este momento y le dijerais que debe actuar lo mejor posible? ¿Qué pasaría si ahora tuviera que convertirse en Titania, la reina de las hadas? ¿Le dejarías hacerlo, cielo mío?

A Adorna le temblaron las piernas al oír el término cariñoso que sir Nicholas le había dirigido.

—No —susurró despacio—. ¿Pero si sabía lo

poco que le convenía el papel, por qué lo escribió? Le tiene más miedo a este papel que al otro.

—Bueno, un escritor de teatro no siempre escribe lo que quiere, sino a veces lo que resulta más apropiado para la ocasión. Tal vez el maestro Burbage le sugiriera el tema de la reina de las hadas. ¿Quién sabe? —sir Nicholas le puso el brazo en la espalda—. Y no veo otra mujer que se parezca más a la reina de las hadas que la que interpretará el papel: bella, inteligente, de corazón tierno, fiera y femenina, y aun así inocente de tantas formas distintas.

—Entonces no habéis terminado de leer la obra de Seton, señor. También es una coqueta y una provocadora que no quiere que ningún hombre la domine. Es más vengativa y tiene más voluntad de la que pensaba Oberon cuando se casó con ella.

—Entonces, si yo fuera Oberon —le dijo, rozándole las mejillas y los labios con los suyos—, le enseñaría cómo aceptarlo como amo. No le resultaría demasiado incómodo.

Adorna se apartó de él.

—Entonces me alegro mucho de que no seáis él, señor. El Oberon de Seton está creado para demostrar su constancia. Yo prefiero esa versión mucho más.

Volviendo la vista atrás, ésa fue una de las pocas ocasiones en las que se le permitió decir la última palabra en un asunto tan cercano a los intereses de ambos. Tal vez, Adorna pensaba después, fuera porque él estaba ansioso por no inquietarla más de lo que pudiera estar antes de la obra. Tal vez por eso sus demostraciones de amor se suspendieron totalmente durante esos días anteriores a la representación, y por qué se le requería ser vista a su lado sólo durante las comidas al aire libre celebradas en el recinto del castillo, las cacerías, las festividades acuáticas o los bailes de máscaras. A ella le resultaba conveniente, aunque suponía que la situación no continuaría así, a juzgar por sus ocasionales y trasparentes expresiones.

Convencida todavía de que la prima Hester seguía dirigiendo sus afectos principales hacia sir Nicholas, a pesar de la competencia de los otros, Adorna hizo todos los esfuerzos posibles para incluirla en su grupo y que no se sintiera dolida por cualquier exhibición de cariño. No tenía deseo alguno de enemistarse con Hester, estando igualmente segura de que, una vez que consiguiera lo que buscaba, las atenciones de sir Nicholas seguramente buscarían un nuevo objetivo. Si Hester estaba, como él había implicado, en su antigua lista, su total inocencia en tales asuntos no le daría la preparación necesaria para los gestos inconsecuentes. Tales eran los efectos de los celos que coloreaban la visión de Adorna de las cosas y le mostraban las tergiversaciones de su mente en lugar de lo que verdaderamente estaba ahí.

Si sólo hubieran sido los celos los que la llevaban a seguir oponiéndose a la idea de ser la dama de sir Nicholas, su hermano Seton habría podido ayudarla a ser más consciente de ello. Pero había más que todo eso. Tras una de las reuniones en los aposentos de sir Nicholas, Seton se apoyó cansinamen te sobre el marco de la ventana mientras observaba la puerta que el maestro Burbage cerraba tras de sí.

—Estás enamorada, ¿verdad? —le dijo en voz baja.

Acababan de repasar una de las escenas problemáticas, y a Adorna se le habían saltado las lágrimas. Todo aquello era demasiado para ella. Se llevó la mano al pecho.

—¿Lo estoy? —dijo—. ¿Se trata de eso? Pues duele mucho.

—¿No se lo has dicho? —le dijo Seton con su nueva voz, grave y masculina.

Ella negó con la cabeza.

—Está tan... seguro de sí mismo. Tan confiado de que voy a claudicar, como si nadie pudiera resistirse a él. No estoy lista para ello, y cuando lo haga será con alguien que sepa guardar mi corazón para siempre, y no para jugar conmigo un rato antes de dejarme plantada.

—¿Y qué has estado haciendo tú desde que cumpliste catorce años?

—Eso es distinto. Y lo sabes. Esos sólo eran... coqueteos. Nada serio.

—¿Quieres decir que él lleva a las mujeres más allá de eso?

—Mucho más.

—Sin embargo le has permitido que te cazara, Adorna.

—¿Permitido? —dijo por decir algo, ya que no podía decirle que se encontraba en aquel dilema por culpa de la ayuda que le había prestado; porque había sido por eso, ¿o no?—. Sí, querido hermano. Supongo que sí —dijo finalmente.

Seton no fue el único ese día en comentar algo sobre la claudicación de Adorna, puesto que mientras la reina daba un paseo en la yegua palomino que le había llamado la atención en varias ocasiones, Adorna había permanecido a un lado del caballo irlandés de la reina donde, no vista por dos cortesanos, pasó a ser el tema de sus especulaciones.

—Parece que la palomino está pero que muy bien guardada en la cuadra, ¿no es así?

—Desde luego eso parece. Aunque le ha costado cazarla —dijo el otro.

—Veremos cuánto tiempo dura la doma. ¿Qué apostáis... semanas o meses?

Entonces dieron la vuelta a sus caballos, y ella ya no pudo oír nada más. Sin perder tiempo, Adorna condujo al caballo irlandés de la reina hasta donde estaba sir Nicholas y asegurándose de que los dos caballeros que habían hablado de ella la vieran y oyeran perfectamente.

—¡Sir Nicholas! —lo llamó—. Tengo entendido que somos el tema de una apuesta.

Él se acercó a ella a caballo, sonriendo, y le quitó las bridas del caballo.

—¿De verdad? Contadme, bella dama.

—Aquí hay algunos que necesitan saber cuánto tiempo me llevará domaros. O si serán semanas o meses.

Él entendió al momento lo que había pasado, y su respuesta fue emitida en voz lo bastante alta como para que alcanzara los oídos de los dos abochornados cortesanos.

—¡No! —rió—. ¿Semanas? ¡Nunca! En una

hora estaré comiendo de vuestra mano, querida. ¡Subid, muchacha mía!

Se inclinó hacia delante y le tendió la mano, sabiendo exactamente cómo propagar los rumores.

Colocando un pie sobre el suyo, Adorna lo agarró del codo y de un salto se sentó detrás de él, abrazándose a su espalda como una capa, aliviada por al prontitud de su respuesta, por su protección, y por el desprecio de las críticas de los cortesanos. Durante el resto del paseo se agarró como una sanguijuela a él, en parte para confundir los cálculos de los demás, y en parte porque le resultaba de lo más agradable.

Por su parte, sir Nicholas deseó que ella se topara con comentarios de ese tipo más a menudo, y se aseguró de que el beso que se dieron en los establos del castillo fuera presenciado por los difamadores. Pero a pesar de todo, Adorna no pudo quitarse de encima la rabia y la confusión que las burlas de los hombres le habían provocado, y se preguntó hasta dónde llegarían las cosas antes de poder encontrar la salida a su difícil situación.

Cuando por fin llegó el día de la actuación, Seton apenas tuvo que rogar por segunda vez, de lo sólida que había sido la preparación de su hermana, además de sutil, puesto que ni con un solo gesto había el maestro Burbage dado señal de que pensara que su papel femenino principal no fuera a ser interpretado por Seton. La compañía se preparó como de costumbre, y el maestro Seton fue a su camerino con su hermana y su doncella para ayudarlo a vestirse, mientras sir Nicholas vigilaba la puerta, después de haber hecho correr la voz de que la señorita Adorna permanecería entre bambalinas, ya que los trajes eran excesivamente complicados.

Adorna había intentado, ese mismo día, retomar cierto control de su futuro inmediato pidiéndole a su padre que la llevara consigo al día siguiente, cuando regresaría a Richmond con Seton. Saldrían de la posada al amanecer. Ella podría encontrarse allí con ellos, puesto que deseaba volver a casa, le dijo. Pero sir Thomas se negó, como Adorna medio se lo había esperado, diciéndole que ella debía ir a Staffordshire con el entorno de la reina, y que sir Nicholas cuidaría bien de ella y de su prima Hester. También le hizo saber que se alegraba mucho de que ella y sir Nicholas se llevaran tan bien; y expresó su deseo de darle a su madre la buena noticia.

Si su padre supiera, pensaba Adorna.

Después de los preparativos, la actuación en sí fue un gran éxito, y no sólo porque el disfraz de Adorna fuera totalmente creíble, sino porque su intervención fue consecuente con la anterior. Entre bastidores, la presencia de sir Nicholas aseguró que nadie la molestara, que Seton permaneciera bien escondido, y que sólo fuera el maestro Burbage el que se acercara a comprobar su aspecto por última vez. Entonces, sir Nicholas se escapó para mezclarse con el público. Al final, fue el maestro Burbage quien le dio una palmada en la espalda diciéndole delante de la compañía:

—¡Muy bien, maestro Seton! ¡Otro gran éxito!

Ahora, dejemos que este joven vuelva a su camerino, y dejadlo tranquilo hasta después. ¿Verdad, joven maestro?

Pero un ayudante del escenario lo agarró del brazo.

—¡Maestro Burbage! Su majestad desea encontrarse con los actores. ¡Tiene que llevarlos ahora, señor!

A Adorna se le puso la piel de gallina.

—No, maestro Burbage —le dijo ella—. Eso no lo puedo hacer. Debe entender que... ¡No puedo!

Él la llevó a un lado, su rostro seguía extrañamente maquillado como el grotesco rey de las hadas que había representado, con sus alas dándole a la escena otro toque irreal.

—Podéis, maestro Seton. Todos están persuadidos, incluso yo. Continuad. Y bajad la voz ahora —añadió.

—¿Bajarla?

—Sí, bajadla. Esta semana el maestro Seton se ha quedado ronco, y le ha cambiado la voz. ¿No os habíais fijado?

Por supuesto. Adorna se dio cuenta que debía hacer lo mismo. La cabeza le daba vueltas; estaba mareada.

Mientras se daba aire con un abanico enorme de plumas de colores, la reina paseaba la mirada por los actores, que se arrodillaban delante de ella, sin saber lo mucho que temblaba la reina de las hadas bajo la mirada de tantas personas que examinaban hasta el último detalle de su persona, de la cabeza a los pies. Fueron las preguntas de la reina, sin embargo, las que casi le hicieron perder los nervios, y de no haber sido por la rapidez mental del maestro Burbage, tal vez hubiera delatado a Seton allí mismo, delante de todos.

Como siempre, su majestad fue clemente.

—He oído que vuestro hermano es también un actor consumado —le dijo a Adorna—. Debemos intentar convencerlo para que actúe con la compañía para ver qué tal lo hace. ¿Está ahora en Richmond?

—Esto... no, su majestad, está en el... —se le iba la voz alternativamente, y no supo qué decir.

El maestro Burbage salió rápidamente en su ayuda.

—El maestro Adrian se ha quedado en Richmond, su majestad. Desea actuar con nosotros como el maestro Seton aquí, pero aún es joven. Son una pareja de mucho talento, los dos hermanos Pickering.

—Desde luego. Una familia muy talentosa. Maestro Burbage —dijo la reina—, yo conocía a su tío, sir William, muy bien. Él y milord fueron rivales por mi mano una vez, ¿no es así, Robert? —se volvió hacia el conde de Leicester, y la discusión pasó con toda naturalidad a centrarse en sí misma en lugar de en los actores, permitiéndoles que se retiraran por fin.

Pero Adorna estaba visiblemente azorada y a punto de echarse a llorar por el modo en que, después de todos sus esfuerzos, su mente exaltada se había negado a hacerse con la nueva voz de Seton y con su tripe identidad ante un asamblea de ojos de águila, todos deseosos, estaba bien segura, de encontrar algún fallo en su disfraz. Mientras Maybelle le retiraba el maquillaje y restauraba su aspecto ella no dejaba de llorar, negándose a ser consolada ni por Seton ni por la aparición de sir Nicholas.

Pero en cuanto Seton se marchó para unirse a la compañía de la reina, sir Nicholas se hizo cargo del asunto y, esperando hasta que el público se dispersara un poco, acompañó a Adorna a la torre del cisne, aunque todavía había luz en la noche de verano.

Ella seguía disgustada.

—Nunca más —gimió—. Nunca más. Se acabó la charada. Mi cabeza no puede tomar tres direcciones al mismo tiempo.

—Me alegra oírlo —murmuró sir Nicholas mientras le abría la puerta de su dormitorio—, aunque tengo mis dudas en ambos asuntos.

—Y no deberíais estar aquí a estas horas de la noche, señor.

Los golpes distantes de los tamboriles les llegaron por la ventana abierta, junto con el alto gemido de las violas y las flautas, y las risas excitadas de un hombre y una mujer.

—Como habéis decidido rechazar toda farsa, querida, éste parece ser el mejor sitio para estar yo. Vamos, ya ha pasado todo... ¡Chist! —la abrazó suavemente mientras los sollozos sacudían su cuerpo una vez más—. ¡Chist! Estuvisteis maravillosa, mi hermosa dama. Jamás tendrán un personaje principal femenino como vos. Jamás. Pero ahora ya os podéis olvidar de todo ello. Seton y vuestro padre y los actores se marchan por la mañana, y mis besos pueden sustituir a los de Burbage, ¿no es así? ¿Sí? —la levantó en brazos y la tumbó sobre la cama, quitándole después las finas bailarinas de cabritilla y colocándole bien la falda—. Lo que necesitáis es descansar un rato. Os dejaré con Maybelle cuando llegue.

—Ah —dijo ella.

Él sonrió y se sentó a su lado, pasándole el brazo por encima del cuerpo.

—Eso es de alivio o de decepción.

Sin querer comprometerse con ninguna de las dos cosas, Adorna permaneció en silencio, pero sus ojos no podían ocultar las necesidades de su cuerpo toda vez que la farsa de las últimas horas había pasado. Paseó la mirada por su rostro apuesto, deteniéndose en sus labios y observándolos al tiempo que se acercaban a los suyos. Cerró los ojos y alzó los brazos para sentir su cuerpo cálido que la presionaba contra la colcha, liberando en ella la necesidad que parecía llevar tanto tiempo reprimiendo. Con afán, tomó su recompensa sin apenas pararse a respirar, sorprendiéndolo, deleitándolo.

La puerta se abrió sin previo aviso, apartándolos a los dos de su mundo de ensueño. Maybelle había regresado... Pero no, no era Maybelle, era alguien que se quedó en el umbral el rato suficiente para ver lo que estaba pasando, antes de volver a cerrar la puerta apresuradamente.

Adorna lo empujó.

—¡Hester! ¡Ay, no! ¡No puedo creerlo!

Sir Nicholas se incorporó y se quedó mirando la puerta.

—No veo qué importancia tiene —dijo—. Sin duda lo sabrá ya.

—¡No debe saberlo! —dijo Adorna, sentándose también—. Ahora pensará...

—¿El qué? —la tumbó de nuevo con delicadeza—. ¿Que somos amantes? Bueno, si no se había dado cuenta antes, lo descubrirá muy pronto, ¿no creéis? Dejad que lo asimile como quiera, cariño; no podéis hacer nada al respecto, y ella se recuperará de la sorpresa, creedme.

—No estará molesta por mí, sino por vos.

—¿Y por qué? ¿Porque pensáis que...? Ah, pero eso es una locura. Os lo he dicho, somos amigos, eso es todo. No es ni mi problema ni el vuestro si ella quiere pensar otra cosa. Pronto se dará cuenta. Ahora, quedaos aquí y dejad que Maybelle os atienda —se dio la vuelta cuando la doncella entraba con un montón de ropa en las manos—. Muy oportuna, Belle. Tengo que marcharme.

—¿Adónde? —le preguntó Adorna, ya temiendo lo que pudiera decirle.

Él no mostró señal de impaciencia por su recelo, sino que se volvió a sentar en la cama y le tomó la mano.

—Me voy —dijo con énfasis— a preparar los caballos, los coches y todo lo que necesita mi señor para los eventos de mañana. Al día siguiente, pasado mañana, partiremos todos para Staffordshire, y todo tiene que estar listo para entonces. Dudo que llegue a la cama antes del amanecer —le pasó el pulgar por los labios con suavidad—. Tranquila, son ocupaciones de hombres.

—No hacía falta que me lo explicarais —le dijo, avergonzada.

—No, por supuesto que no. Dormid bien. Ahora todo ha pasado —le besó los dedos y le dejó la mano sobre el corpiño—. Os deseo buenas noches a las dos.

Maybelle dejó la ropa en la cama y cerró la puerta detrás de él antes de volver a sentarse en la cama.

—¿Quién se va a dar cuenta pronto? —preguntó Maybelle—. ¿Estaba hablando de la señorita Hester?

Adorna se incorporó y balanceó las piernas para levantarse.

—Sí. ¿La has visto?

—¡Que si la he visto! Estuvo a punto de derribarme cuando yo entraba por la puerta de abajo. Echó a correr por el jardín como si la persiguieran los perros. ¿Qué pasa?

Adorna soltó un gemido.

—Ay, Belle. Nos vio aquí, en la cama. ¡Caramba! Será mejor que vaya a buscarla y le explique que... ¿Eh, dónde están mis zapatos?

En ese momento, Maybelle los metía debajo de la cama de un puntapié.

—No os preocupéis por la señorita Hester —dijo Maybelle con su voz tranquilizadora—. Vamos, querida. Estáis muerta de cansancio. Mañana podréis decirle lo que queráis. Tenéis tiempo de sobra para explicaros si lo estimáis necesario, aunque que me aspen si entiendo por qué os parece tan

239

importante. Ya tenéis bastantes cosas como para preocuparos de la señorita Hester. Para empezar, ya es hora de quitaros este vestido. Daos la vuelta.

Muerta de cansancio, Adorna cedió sin protestar. Pero la noche fue otra cosa, puesto que sus pensamientos se negaron a dejarla en paz.

Al amanecer le parecía como si no hubiera dormido nada, puesto que no estaba de acuerdo con que los sentimientos de Hester no fueran cosa suya, ya que habían sido precisamente ella y lady Marion las que los habían provocado para empezar. No creía que Hester tuviera un amante. Sí que creía que la expresión en el rostro de su prima había sido de horror, y que seguramente no asimilaría el susto tan bien como había asegurado sir Nicholas.

Cuando encontró el dormitorio de Hester vacío, a excepción de algunos cestos y unos baúles, Adorna asumió en un principio que debía de haberse marchado con sir Thomas a Richmond, aunque aquello no se había planeado. Envió a un joven paje a la posada de Kenilworth para enterarse, pero la respuesta fue negativa, y el paje le dijo que el grupo de su padre ya se había marchado. La preocupación de Adorna aumentó cuando envió a dos pajes a peinar el castillo por si había cambiado de alojamiento, pero seguía si haber rastro ni de ella ni de su doncella, Ellie. Mientras tanto, Maybelle fue a preguntar a la casa de la puerta que accedía a la carretera de Warwick. Una dama con su doncella y dos caballos de tiro la había cruzado al amanecer, negándose a decirle al portero adónde se dirigían, aunque a Maybelle le quedó claro que no habían salido para encontrarse con sir Thomas, que había salido de Kenilworth por otro camino.

—¿Lo ves? —le dijo Adorna—. Debió de hacer la maleta después de ver a sir Nicholas conmigo anoche. Se ha marchado, y es culpa mía. Todo es culpa mía, Belle. Tendré que ir a buscarla para que vuelva. Jamás ha viajado sola y no sabrá qué hacer. Dudo siquiera que sepa en qué dirección está su casa. Debe de estar muy nerviosa.

—Si hubiera querido irse a Richmond, se habría ido con sir Thomas y el maestro Seton, ¿no? —dijo Maybelle con sentido común.

Apoyada sobre el ancho asiento de piedra de la ventana que daba al jardín, Adorna miró entre el barullo de hombres, caballos y coches que se arremolinaban a las puertas de las cocinas. Ya habían empezado a trasladarse hacia el lado sur del patio interior para empezar los eventos del día cuando Adorna se retiró con rapidez.

—Ahí está sir Nicholas —dijo— poniendo en posición a los vasallos. Mira, Belle, si lo hacemos rápido, podemos guardar todo lo posible e ir en busca de Hester antes de que vuelvan todos. Sólo lleva unas horas de ventaja, y creo que podríamos dar con ella antes de la cena.

—¿E ir sin acompañante?

—Bueno, no parece que ella tenga ninguno; y siempre está Peter. Él nos acompañará, estoy segura de ello.

—A no ser que se haya marchado ya a Staffordshire para prepararse para mañana.

—¿Sin despedirse?

—¿Y por qué iba a hacerlo?

El cinismo de Maybelle estaba justificado, puesto que sus averiguaciones le revelaron que el maestro Fowler había desde luego salido del castillo.

Así que haciendo uso de los sencillos y cómodos ropajes de lino que Maybelle se había «llevado para arreglar», se vistieron como las mujeres del campo que normalmente viajarían al mercado a caballo, y se fueron con otro caballo detrás que cargaba, entre otras cosas, algo de comida que les habían proporcionado en las cocinas.

Seguía siendo un riesgo de todos modos, puesto que las mujeres solas eran el blanco de los pillos, los vagabundos y los ladrones que andaban sueltos por los caminos; y si Adorna no hubiera albergado la esperanza de alcanzar a Hester antes de caer la noche, habría vacilado en cuanto a ponerse en camino sin la escolta adecuada. Con sensatez decidió dejar a su yegua palomino en los establos en favor de un caballo castrado que esperaba que además de más tranquilo, no llamara la atención cuando se encontraran con alguien por el camino. El mozo de cuadra no pensó en preguntar por qué, ni se negó a proporcionarles un ejemplar fuerte para Maybelle y otro caballo donde colocar el equipaje, pensando que era parte de los disfraces que la gente usaba cada día, para uno u otro fin.

El peligro, sin embargo, parecía remoto en la alegre y soleada mañana, y la única preocupación era el bienestar de Hester, su vulnerabilidad y lo que debía estar sufriendo. Era Adorna la responsable de enderezar el asunto y de explicarle que el interés de sir Nicholas seguramente no sería más que temporal. Eso fue lo que le dijo a Maybelle mientras trataban, sin mucho éxito, de cruzar las puertas del este sin ser reconocidas.

—Y pensáis que eso la tranquilizará, ¿no? —le dijo Maybelle mientras ponía en marcha al caballo con los talones—. ¿Qué os hace pensar que la señorita Hester durará más que vos? ¿Qué os hace pensar que tiene siquiera una oportunidad?

Adorna se mostraba comprensiva.

—La tiene. Lo adora, Belle. Habla de él sin parar. Está muy claro.

—No, no lo está —argumentó Maybelle—. Estas cosas tienen que ser por las dos partes, sabéis. Y, además, vos y lady Marion queríais emparejarla con sir Nicholas en un principio. Ella es muy obediente. Tal vez haya intentado haceros caso.

—Tú no viste su cara, Belle. Estaba sorprendida.

—Bueno, eso es lógico. ¿Cuántas veces ha visto a un hombre y a una mujer juntos en una cama? No creo que su tío Samuel y su tía como se llame fueran muy buen ejemplo en ese sentido.

—¿Y qué hay de esas cartas de amor? ¿Por qué esconderlas?

—Porque es la primera vez que recibe esa clase de cartas, supongo. Vos hacíais lo mismo con las primeras cartas de amor que recibisteis, ¿no es así? Ahora os echáis a reír y las quemáis. Además, no es posible que penséis que son de sir Nicholas. Él no les envía cartas de amor a las mujeres.

Permanecieron en silencio salvo para emitir un

muy alegre «buenos días» a un pastor que pasaba con un rebaño de dos vacas y sus terneros. Entonces, Adorna respondió al reproche de Maybelle.

—¿Es eso lo que parezco yo, Belle? ¿De corazón duro? ¿Insensible?

Maybelle tiró de las riendas del caballo que llevaba los bultos.

—No, querida. Por supuesto que no. No quería decir eso. Supongo que lo que estoy diciendo es que vos habéis recibido muchas más atenciones que Hester y que con el tiempo habéis aprendido a ignorar, y supongo que... —suspiró, preguntándose cómo continuar.

—¿El qué? —la instó Adorna.

—Que podríais seguir ignorando sin siquiera pararos a averiguar si esta vez es la importante. A veces uno tiene que dar un paso atrás y meditar. Sé que fui yo la que sugerí que lo ignorarais, pero jamás he conocido a un hombre tan empeñado en ganaros como sir Nicholas, y creo que a estas alturas merece más respeto que todo eso. Mirad el modo en que os ha ayudado a vos y al maestro Seton en los últimos días. Y en el agua. Y en el teatro en Londres. Y en la mascarada.

—¿Ayudarnos? ¿Belle, de qué demonios me estás hablando? Por haber metido él la nariz, ahora estoy en una posición imposible de la que no sé cómo voy a salir.

—Entonces dejad que sea él quien os saque. Confiad un poco más en él.

—¿Confiar en él? ¡Ca!

—No veis las cosas demasiado claras, ¿verdad? Las personas enamoradas ven las cosas de otra manera, ¿entendéis? Ven cosas que no existen y se pierden otras que los demás ven con toda claridad.

—¿Qué cosas?

Pero Maybelle sintió que había hablado lo suficiente.

—Cosas —dijo sin más.

Con más momentos de silencio entre las dos que de charla, llegaron a la ciudad de Warwick mucho antes del mediodía sin contratiempos. Después de llevar un mes montando a su nerviosa yegua, Adorna estaba encantada con los tranquilos modales del caballo castrado que había elegido, con su habilidad para anticipar las órdenes del jinete, y con su obediencia cuando tenían que cruzar algún río o similar. Tal vez, pensaba, la yegua podría domarse.

Seguir el río Avon no resultó ser una decisión tan inspirada como habían pensado en Warwick puesto que, tan sólo a unos kilómetros de allí se encontraron con una pequeña población que, según le dijo a Maybelle, no había estado allí cuando habían ido al norte diez años atrás.

—Por otra parte —dijo Maybelle—. Tampoco lo estábamos nosotras.

Se detuvieron en El León Blanco para tomar un refresco y descubrieron que estaban en Stratford-Upon-Avon, lo cual tenía sentido pero no era en absoluto lo que hubieran querido oír.

—Se suponía que deberíamos estar en Banbury —suspiró Adorna.

—¿Bueno, y cómo lo íbamos a saber? ¿Por intuición?

—Hemos estado yendo en dirección suroeste en lugar de sureste. Ése es el problema cuando el sol está en el cenit, que no resulta de mucha ayuda.

—Entonces recordadme por qué queremos ir a Banbury, cuando no sabemos hacia dónde se dirige la señorita Hester.

—Porque —dijo Adorna con énfasis mientras se preparaba para montar—, bueno, es el único sitio donde se me ocurre que puede haberse dirigido, ya que está al sur, al igual que Richmond.

—Pero tal vez ella...

—Mira, móntate, Belle, y deja de discutir. Hemos perdido un tiempo precioso.

Sin embargo, Banbury estaba más lejos de lo que habían pensado, sobre todo porque viajaban al paso de un caballo cargado. Al tiempo que el agotamiento fue aminorando el paso del animal, la luz empezó a bajar y, como si quisiera protestar un poco más, la criatura empezó a cojear. Estar en medio del campo, solas, no era el lugar idóneo para dos muchachas.

Afortunadamente, al poco vieron la preciosa casa de ladrillo rosado de Compton Wynyates, enclavada en un hueco entre las verdes colinas y rodeada por un foso que brillaba en tonos rosados y malvas con los últimos rayos del sol. La luminosa serenidad de la imagen las invitó a cruzar el puente del foso donde les dieron las bienvenida lord Henry

Compton y su señora, que conocían a sir Thomas y lady Marion Pickering y cuyos vínculos con la corte real eran de hacía muchos años. A menudo habían entretenido a la reina y acogido a sus oficiales en sus viajes al paso por su casa. Como amables parientes, las acogieron de buen grado y aceptaron el resumen de su explicación del mismo modo, aunque pensaron que había sido un poco arriesgado por su parte. Dos bocas más que alimentar a la mesa no eran nada en una casa donde vivían más de setenta personas.

Al amanecer, estaban ya en el camino a Banbury con un caballo de carga recién preparado y la cálida luz del sol en los ojos, aunque en ese momento la posibilidad de encontrar a Hester les parecía cada vez más remota. El viaje era tan sólo de diez kilómetros, sin embargo no habrían podido adivinar, mientas se aproximaban a la primera casita de campo encalada por la carretera del oeste, que en ese momento la lenta y pesada cabalgata de carromatos de sir Thomas Pickering salía de Banbury por la carretera del sur en dirección a Oxford, adonde habían esperado llegar al anochecer. Después de preguntar en la mayoría de las posadas, las dos mujeres no consiguieron información de que Hester hubiera estado allí, y Adorna se vio obligada a conceder que su prima debía de haber tomado un camino distinto por razones que ella solo sabría.

Mientras descansaban a la puerta de una posada donde colgaba el cartel de un cisne, algo más era responsable de su retraso, una sensación que había ido en aumento desde esa mañana, cuando habían abordado el nuevo día con tan solo horas y horas de tranquilidad a caballo por delante. En lugar de tener todas las horas del día organizadas para ellas, cada minuto planeado y manipulado alrededor del entretenimiento de la reina, no tenían ya planes salvo encontrar a Hester, unos cuantos vestidos para cambiarse, nada de comidas o cenas bulliciosas, nada de reuniones o huidas, y nada de preocuparse por Seton. Eran libres.

—Me gusta, Belle —le dijo Adorna, mientras observaba el mundo pasar—. ¿Por qué no nos quedamos un rato? La reina seguramente pensará que hemos vuelto con mi padre, si es que acaso se da cuenta.

—¿Y volver sola a casa? ¿Sí, pero qué hay de sir Nicholas? ¿Pensáis que vendrá a buscaros?

Estaba el acuerdo, por supuesto, que ella había roto al apartarse de su esfera. Eso no le habría hecho ninguna gracia. Pero como se habían ido todos los bellacos, tal vez se pensaría dos veces el revelar el engaño, sobre todo porque él también había sido cómplice, al final.

—No puede —le dio a Maybelle—. Hoy partirán a Staffordshire. Tiene responsabilidades. Vayamos a recoger los caballos; tenemos un día entero para pasarlo como nos plazca.

En una cosa estaba equivocada, y tan sólo había medio acertado en otra. Las responsabilidades de sir

Nicholas podían, en caso de emergencia, ser delegadas. Se acercó al maestro de caballería en cuanto regresaron a los establos e hizo algunos inquietantes descubrimientos sobre la señorita Adorna Pickering y algunos de los caballos. Al mozo de cuadra le había dicho unas cuantas cosas.

—No sé lo que está pasando, señor —le dijo al maestro de caballería—. Pero creo que será mejor que vaya a averiguarlo. Ni ella ni la señorita Hester se han marchado con sir Thomas, y el hecho de dejar aquí el palomino indica que no quiere ser reconocida.

—Veo que no estaba tan bien guardada en los establos como pensabas, hombre. Tal vez deberías haber echado el cerrojo del todo.

—Eso es lo que pretendo, señor, con vuestro permiso. ¿Pueden Paddy y Osbern sustituirme hasta mi vuelta?

—Por supuesto que pueden. Ellos saben muy bien lo que tienen que hacer. Llevaos a vuestro escudero y a dos hombres para los caballos. Ojalá no se hubiera llevado uno de nuestros caballos mejor entrenados, Nicholas. Espero que lo esté cuidando bien. ¡Malditas mujeres!

—Entonces me pondré en camino inmediatamente, señor. Así podré estar en Banbury al anochecer.

—Ánimo, hombre. Te dije que tiraras más de la rienda.

—Es cierto, milord. Me ocuparé de ello —sonrió.

—Ah, Nicholas —lo llamó el conde—. Tómate

el tiempo que necesites. Para estas cosas no valen las prisas.

—Gracias, señor.

Una joven y su criada salieron de la Posada del Cisne justo en el mismo momento en que Adorna y Maybelle daban la vuelta a la esquina del patio empedrado que conducía a los establos de atrás. No se vieron por los pelos. Dos caballos, ya ensillados, eran conducidos hacia unas piedras, aunque estaba claro por el cansancio en el rostro de la mujer que no tenía ninguna gana de continuar.

—¿Lo tenemos todo? —le preguntó a su criada.

—Todo. ¿Nos ponemos...? ¿Qué? ¿Qué hay, milady?

—¡Esperad!

La mujer se puso la mano delante de los ojos a modo de pantalla y frunció el ceño levemente al ver un grupo de tres jinetes que se detenía en el patio empedrado y desmontaba. El más alto de los tres le pasó las riendas a su escudero mientras también la miraba a ella con interés momentos antes de que se dibujara la sorpresa en su rostro.

—¡Celia! —susurró—. No, no puede ser cierto.

Ella le tendió las manos cubiertas con unos guantes de cabritilla mientras sacudía la cabeza.

—No, no puede ser, Nicholas —se echó a reír—. ¿Pero qué estáis haciendo aquí, señor? Os imaginaba en Kenilworth.

Él le tomó las manos como había hecho en el jardín del paraíso semanas atrás.

—Y vos deberíais estar en España, ¿no es así? ¿Qué pasó? —le sacudió las manos levemente, notando la fatiga que rodeaba sus ojos.

En ese mismo momento, la señorita Adorna Pickering y su doncella daban la vuelta a la posada, listas para tomar la carretera. Adorna echó una mirada distraída al lugar donde habían estado un rato antes, en ese momento lleno de caballos y viajeros. Aunque de distinta naturaleza, la impresión que sufrió al verlos juntos fue tan grande como había sido el de los dos cuando se habían visto, y se quedó inmóvil sobre su caballo durante unos segundos. La jaca de Maybelle se deslizó un poco hacia un lado con un repiqueteo de herraduras y un resoplido de protesta.

—¡Señor! —lo llamó un joven.

Sir Nicholas se dio la vuelta rápidamente a mirar.

—¡Maldición! —exclamó con suavidad.

Cuando estuvo de nuevo montado en su caballo, Adorna le había hincado los talones en los flancos al suyo y se había puesto en marcha inmediatamente, dejando a Maybelle encargada del caballo que llevaba la carga, para intercambiar confusas miradas con la elegante mujer de negro.

El caballo castrado se mostraba dispuesto, pero no avanzó en línea recta a través de la calle estrecha llena de comerciantes, con carros y cestos, y la mano firme que agarró sus bridas lo llevó a detenerse al momento.

—¡Soltadlas, sir Nicholas! ¡Dejadme! ¡Id a atender a vuestra señora! —Adorna no hablaba en voz alta, pero un grupo de curiosos se había acercado ya a ver qué ocurría.

Sir Nicholas no quería darles un espectáculo, de modo que en lugar de eso tiró del caballo con su jinete de vuelta a la posada sin miramientos y sin dar explicación alguna. Entonces, ante el sorprendido grupo, bajó a Adorna de la silla y la condujo con firmeza al interior de la posada sin dejar de agarrarle el brazo. La mujer de negro los siguió, llena de curiosidad por ver de cerca a la que sólo había visto de lejos, interesada en ver también cómo conduciría sir Nicholas la situación. Jamás lo había visto reaccionar con tanta belicosidad hacia una mujer anteriormente, y la señorita Pickering era sin duda distinta, según parecía, además de muy bella.

Rabiosa por su trato brusco y humillante, Adorna se volvió hacia su captor en cuanto echó el cerrojo de la puerta.

—No tenéis derecho a hacer esto, señor. Si pensáis que me interesa saber de vuestro asunto con esa dama, entonces estáis muy equivocado, señor. No es asunto mío, y yo no soy asunto vuestro. Ahora, permitidme seguir mi camino, como estaba a punto de hacer.

La habitación era de techos bajos, con vigas de madera alternadas entre entrantes de escayola, amueblada tan sólo con una mesa, algunos taburetes y esteras de juncos cuyo agradable aroma denotaba que estaban recién cortadas. Pero a la luz de la pequeña ventana, Adorna vio por fin la cara de lady Celia Traverson, cuyo nombre y oscura silueta había sido la causa de tanto dolor de corazón, la mujer que claramente tenía aún unos vínculos tan fuertes con su anterior amante que había rechazado el matrimonio por el amor que todavía le profesaba a él. ¿Porque qué otra explicación podría haber si no? Era muy bella, con una nariz y unos pómulos fuertes que indicaban un carácter firme e independiente. Sus ojos oscuros, sus cejas rectas y sus labios carnosos resultaban más clásicos que bellos. Su figura, Adorna se dio cuenta de un vistazo, era soberbia; y su vestido de fino terciopelo negro y mangas afaroladas de seda indicaban que era una dama de alcurnia. El cuello de encaje blanco era grande y nada apropiado para ir de viaje, y su bonito cabello castaño quedaba cubierto por un exquisito sombrero con el borde de pedrería que le enmarcaba la cabeza y lanzaba destellos al sol. En contraste, el borde de su falda estaba manchado y lleno de polvo del camino.

Lady Celia se quitó los guantes de cabritilla y los dejó en la mesa antes de que sir Nicholas pudiera decir nada.

—Señorita Pickering —dijo ella—. Por favor, no os marchéis antes de darnos la oportunidad de explicarnos.

Aún furiosa, Adorna no estaba dispuesta a escuchar ninguna explicación.

—Gracias, lady Celia, pero ninguno de los dos me debéis ninguna explicación. De verdad que no estoy...

—De todos modos —dijo Nicholas, cruzándose de brazos y apoyándose contra la puerta—, uno de los dos va a dar una explicación, y vos vais a escuchar.

Lady Celia se mostró más diplomática, al ver que Adorna apreciaba el aspecto que presentaba en contraste con el suyo, por no mencionar el tratamiento que la señorita Pickering había tenido que soportar de manos de sir Nicholas. Y no porque la señorita Pickering no fuera encantadora, por decir algo, llevara lo que llevara, pero su sencillo vestido de campesina y doblete guateado, el cabello recogido en un moño y cubierto con una redecilla, en nada se parecían a su aspecto habitualmente a la moda.

—¿Por favor, Nicholas —dijo lady Celia— querréis dejarnos solas un momento? Son cosas de mujeres. En esto, estaremos mejor sin vos.

—Esperaré fuera —le dijo, dejándolas solas.

Aún a la defensiva y extremadamente enfadada, Adorna se empeñó en no quedar de perdedora que tenía que tomarse la mala noticia con coraje. Aun así, sintió que las náuseas empezaban a plagarle el estómago cuando lady Celia se sentaba en uno de los taburetes y la invitaba a hacer lo mismo. El verlos allí juntos, con sus manos unidas, había enfadado a Adorna, pero no permitiría que ninguno de los dos se diera cuenta de lo mucho que le había dolido.

—Lady Celia —dijo—. No sé lo que piensa, pero yo no tengo ningún derecho sobre sir Nicholas, ni tampoco él sobre mí. Mi doncella y yo estábamos...

Lady Celia le puso a Adorna la mano en el brazo con consideración.

—Vuestra doncella y vos estabais haciendo precisamente lo que mi doncella y yo estábamos haciendo —sonrió tristemente—. Creo que todas buscamos la libertad, aunque en parte nuestra libertad es también un refugio, ¿no es así? —le apretó el brazo a Adorna al sentir que la otra iba a interrumpirla—. Pero estáis equivocada si pensáis que mi encuentro con sir Nicholas había sido planeado en modo alguno. Al contrario, ha sido tan accidental como el vuestro y el mío. Él me creía de camino a España, pero yo acabo de pasar aquí la noche de camino a Stafford, donde buscaré refugio en casa de lord y lady Guifford. Estoy huyendo, como veis, como vos, pero por razones muy, muy distintas. Al salir de la posada, lista para ponerme en camino, llegó sir Nicholas buscándoos, si no me equivoco. Bueno... —sonrió—. Sé que no me equivoco. Está enamorado de vos desde antes de marcharme yo, y no tendría ningún sentido que yo tratara de reavivar nuestra relación por ahí. Ninguno. Hace ya tiempo que eso terminó. Ahora tengo que alejarme lo máximo posible de mi padre, en cuanto él se entere de que no me embarqué para España, como él pretendía. Así que, como veis, Nicholas ha venido a buscaros a vos, no a mí.

El alivio fue tan grande que estuvo a punto de abrumar a Adorna, de tal modo que estuvo a punto de echarse a llorar.

—Lady Celia —le dijo—, lo siento tanto. Me he equivocado. ¿De verdad habéis abandonado la idea de casaros con el duque español?

—Sí, prefiero elegir yo a mi esposo. Conseguí escaparme de Portsmouth antes de embarcar, y por eso es por lo que... —se miró la falda polvorienta— no voy vestida adecuadamente. No ha sido un viaje fácil, puedo asegurároslo

—¿Pero cómo estáis tan segura de los sentimientos de sir Nicholas hacia mí? Él nunca ha hablado de amor, aunque ha debido amar a docenas de mujeres. ¿Cómo puede una tomarse en serio a un hombre de su reputación? Debéis ser tan consciente de esto como yo.

—¡Reputación! —resopló lady Celia con suavidad—. Mostradme a un hombre guapo de la corte de su majestad que no tenga mala fama por su amistad con las mujeres. Todos la tienen. Unos merecida, y otros no. Mirad sir Christopher Hatton, por ejemplo; ni siquiera él escapa al escándalo, aunque es uno de los caballeros más leales y gentiles sobre la tierra. ¿Y, además, qué tiene de malo un hombre que sepa amar? Nicholas jamás ha traicionado a una mujer, ni tampoco me traicionó a mí. Ni jamás lo he visto ir detrás de ninguna mujer como ha hecho hoy, sobre todo en medio de un viaje de la reina —se echó a reír.

—Seguramente lo habrá hecho para recuperar los caballos.

—No. Para recuperaros a vos. En su mirada hay un brillo de férrea determinación.

—No le gusta perder, ¿no es así?

—No sé, señorita Adorna. Pero sí que me dijo que vuestra disposición era singularmente negativa. Veo que seguís así, de modo que supongo que tendréis una muy buena razón para ello.

—Pues no es una que sir Nicholas parezca tomarse en serio.

—¿Lo entendería yo, pensáis, siendo mujer?

Adorna no podía evitar admirar a esa joven de

negro tan especial. Qué coraje tenía para haber desafiado a sus padres, decepcionar a su desconocido futuro esposo y a su familia extranjera, para volar en busca de su libertad a través de la nación. Qué espíritu. Y qué compasión también, para explicarle a Adorna que había sido un malentendido.

—Sí —dijo Adorna—. Lo entenderíais. Creo que entenderíais la mayoría de las cosas, y creo que sir Nicholas haría mal en dejaros marchar.

—Fue mutuo —le susurró lady Celia—. Además somos de religiones distintas. ¿Pero qué es lo que os impide progresar a vos, señora? ¿Tal vez el orgullo? Tenéis la particularidad de salir corriendo, según creo —de nuevo su sonrisa suavizó sus palabras.

—¿Es eso lo que se dice de mí?

¿Pero por qué de pronto aquello empezaba a importarle?

—Los hombres dicen de vos que «no sois estable». Crudo, pero ya sabéis cómo son los hombres. Hablan del asunto como si fuéramos o caballos o diosas. Personalmente, prefiero la primera opción; es más realista, ¿no?

Adorna sintió, en esos momentos, como si por fin estuviera pasando de muchacha a mujer. Qué sensatez contenían las palabras de aquella dama. Qué realista y qué sensible al mismo tiempo. Si no le gustaba algo, lo cambiaba; si le gustaba, lo aceptaba.

—Bueno —dijo Adorna—. Supongo que probablemente tendrán razón, aunque mi razón para no quedarme es que no he encontrado a un hombre que me interese. Para ser justos, sir Nicholas trató de persuadirme de que esa no era una descripción verdadera de sí mismo, al igual que ha tratado de demostrarme todo lo que me he perdido. Pero desgraciadamente las circunstancias no están a nuestro favor, y cada vez que me acercaba un poco a cambiar de opinión, algo lo amargaba todo de nuevo. Serán los celos, supongo, y el miedo; ambas cosas son nuevas para mí. No sé cómo asimilarlos.

—Confiad en él, querida mía. Lo mejor está aún por venir. No hay nada que temer, no con Nicholas. Y los celos son miedo, por cierto. Id con él. Estaréis a salvo.

Se pusieron de pie a la vez y se dieron un abrazo con la misma espontaneidad como si hubieran sido hermanas. Adorna tomó la mano cálida de Celia entre las suyas.

—Envidio vuestro coraje, milady. Pensaré en vos y rezaré por vuestra seguridad. Ha debido de ser el destino lo que nos ha juntado en el Cisne de Banbury en esta misma mañana.

El mismo destino que las había acercado tanto en Richmond una noche.

—Por supuesto que sí. Ahora —le dijo en tono de advertencia—, no seáis demasiado flexible. Que piense que aún tiene algo en lo que trabajar, ¿de acuerdo?

Se echaron a reír, y continuaban riéndose cuando salieron al patio de la posada donde el sol y sir Nicholas las esperaban.

Diez

Mejor protegidas de lo que lo habían estado
hasta entonces, lady Celia Traverson y su doncella
iniciaron el último tramos de su viaje con la escolta
añadida de uno de los hombres de Nicholas que
tenía órdenes de llevarlas sanas y salvas hasta la
puerta del hogar de los Guifford en Stafford. Allí,
con una de las pocas familias católicas que quedaban aún libres de la seria persecución, podría por fin
elegir marido.

Aún bajo la influencia de la corta entrevista con
lady Celia, Adorna sentía que acababa de perder a
una amiga, una pérdida que fue más punzante a
causa del intransigente control de sir Nicholas que
no daba muestras de debilitarse. Lejos de darle a
ella la oportunidad de discutir lo que se había dicho
en la posada, lo cual debía de saber que estaba relacionado con él, parecía tener la seguridad de que se
había dado una explicación, que también había sido
aceptada. No parecía que fuera a añadir nada a ello,
ni regodearse con ello, ni pedirle que reaccionara.

Su dureza la descentró esa vez tanto como lo había hecho antes, y no colaboró en absoluto para convencerla de las afirmaciones de lady Celia de que él estaba enamorado de ella. Si su presente actitud era prueba de ello, entonces la dama poseía alguna prueba que ella no conocía. Por dos veces en las últimas veinticuatro horas, a Adorna le habían aconsejado que confiara en él, sin embargo según su talante presente a él parecía importarle muy poco que ella hubiera podido cambiar de opinión.

Lo observó en silencio mientras comprobaba los estribos del caballo castrado y las bridas con sus manos seguras y grandes. Iba vestido con ropas de trabajo, pero no por ello resultaba menos elegante, con unos bombachos de color beis que terminaban por debajo de la rodilla, un doblete de cuero marrón bajo una chaqueta acolchada y sin mangas en color beis y una camisa blanca abierta al cuello. Apartó los ojos de él cuando la abordó repentinamente.

—Ahora —dijo mientras paseaba la mirada por su cuello con fría apreciación—, podremos alcanzar el grupo de sir Thomas si nos ponemos en camino.

Al momento su tono la molestó. Ella tenía derecho a ser consultada.

—No tengo intención de alcanzar el grupo de mi padre, señor —le dijo—. Yo iré por mi camino —dijo mientras agarraba las riendas con la mano izquierda.

—Vendréis por el mío, señorita, os guste o no.

—Sir Nicholas, no puedo imaginar cómo he logrado sobrevivir estos últimos veinte años sin vuestra interferencia, pero continuaré intentándolo.

Ahora, haced el favor de ayudarme a montar, si eso es lo que deseáis hacer, y dejadme tranquila.

—Muy bien, veamos hasta dónde llegáis antes de volver.

Asombrada por su repentino cambio, Adorna se tragó sus dudas. Había querido demostrar cierto apaciguamiento, pero él no le estaba dando ni siquiera la oportunidad de decidir hacia dónde se dirigirían. Le permitió que la ayudara a montar el caballo y entonces, con un breve movimiento de cabeza para darle las gracias y decir adiós, le hizo una señal a Maybelle para que la siguiera en dirección opuesta a la elegida por lady Celia. No había avanzado más de veinte pasos por la calle bulliciosa cuando un silbido distante hizo que el caballo castrado volviera las orejas a un lado y al otro. Entonces el animal se paró en seco y se dio la vuelta hacia la dirección por la cual habían llegado, a pesar de todo lo que ella trató de hacer para detenerlo.

—¡No! —le gritaba, dándole patadas con los talones—. ¿Pero qué te pasa, caballo estúpido? —pero el animal empezó a trotar desobedientemente hacia la posada, ignorando cada una de sus órdenes y ajeno a su humillación; sir Nicholas estaba montado en su caballo, esperándolas a la puerta—. ¡Sinvergüenza! —le gritó—. ¡Esto es cosa vuestra!

—Dejad de arrearlo de ese modo u os tirará al suelo. Vamos. Os lo dije. Iremos por donde yo diga —rápidamente se inclinó y le dio al animal un suave tirón de orejas—. Bien hecho, chico —le dijo, muerto de risa.

Adorna estaba a punto de llorar.

—No quiero viajar con mi padre —dijo con rabia—. Estamos buscando a la prima Hester, y empezando a disfrutar de un poco de libertad. Si lady Celia puede disfrutar de su libertad, ¿por qué yo no?

Sabía la respuesta incluso antes de hacer la pregunta. Lady Celia huía porque tenía coraje; ella corría porque tenía miedo. Y aún tenía que descubrir lo que había llevado a Hester a escapar.

—Entonces os ayudaré a saborearla. ¿Qué os parece Aylesbury para empezar?

No tenía ni idea de dónde estaba Aylesbury salvo que había patos allí, pero la tentación de rechazar su sugerencia era ya casi parte de su naturaleza.

—No —le dijo, sabiendo que él le pediría una alternativa.

—¿Entonces adónde?

—Al Támesis —le dijo impulsivamente; era el río que pasaba por Richmond—. Tenía la intención de seguir el curso del Támesis hasta llegar a casa.

—Entonces menos mal que no os habéis alejado demasiado ahora, o habríais terminado en Escocia antes de daros cuenta.

—¡No exageréis!

—De acuerdo, entonces llegaremos hasta el Támesis y lo seguiremos hasta Richmond. Creo que estaremos en casa alrededor de navidad.

Eso sí que era una exageración, y él lo sabía muy bien, y los dos hombres y Maybelle sonrieron. Sin embargo, Adorna permanecía seria.

—Sir Nicholas —dijo en voz baja.

Él notó la incertidumbre en su voz, la lágrima que brillaba en sus pestañas, vio cómo se mordía el labio superior un momento antes de soltarlo, y creyó adivinar lo que había pasado con Celia en la habitación de la posada. Ambas eran mujeres notables; su conversación sin duda habría reflejado eso. Se apartó a un lado, guiando su caballo.

—¿Qué es lo que pasa? —le dijo, sabiendo lo que era.

—Ha sido a la prima Hester a la que he venido a buscar —dijo.

—Sí, y es a vos a quien yo vine a buscar, como ya sabéis.

—¿Ah, sí?

—Sabéis que sí. Pero no hay necesidad de continuar buscando a Hester, porque resulta que yo sé que no está sola, ni perdida, o en peligro.

—¿Cómo? ¿Sabéis dónde está?

—No he dicho eso. Hice algunas averiguaciones antes de salir y sé que tengo una idea bastante clara de lo que ha pasado. Está con alguien.

—¿Un admirador?

—Sí.

—¿Ha sido acaso secuestrada?

—Al contrario, lleva algún tiempo planeándolo. Y eso es todo lo que os diré salvo para añadir que para lleguemos a casa, Hester y su acompañante estarán allí o en Londres. Ahora dejad de preocuparos de su bienestar moral. No es una muchacha tan desconsolada como vos pensáis.

—¡Pero sí que lo es! Es...

—No, no lo es. La conozco desde hace mucho

más tiempo que vos. Es más dura de lo que parece. Ingenua, cierto, pero estará mucho más espabilada para cuando volvamos a verla.

—¿Queréis decir que...? Ay, Dios mío, jamás debería haberla dejado escaparse así.

—Mirad, dejad de pensar en este asunto de una vez por todas, Adorna. Lo que vio no tuvo nada que ver con lo que decidió hacer, os lo aseguro. Estoy convencido que había pensado huir antes que todo eso.

—¿Cómo lo sabéis?

—Lo sé. Y ahora vuestra búsqueda de ella ha pasado a ser otra cosa, ¿verdad? Unos cuantos días de libertad, ¿no es así? ¿Sin mí para molestaros?

Ella fijó la vista en la brillante crin que tenía delante y sintió el leve movimiento del caballo.

—Me estaba divirtiendo —respondió ella—. Necesitaba estar sola, pensar sin...

—¿Interrupciones? —él sonrió con picardía—. Bueno, eso es algo que vais a tener que soportar, porque hicimos un trato, ¿recordáis?, el cual ya habéis roto.

—Lo cual supongo me pone de nuevo en desventaja.

—Os pone, Adorna, en la posición de ser mi esposa para el propósito de este viaje, al menos. A no ser, por supuesto, que prefiráis ser considerada como si amante. No tengo objeción alguna a eso. ¿Entendéis lo que quiero decir?

Sus miradas se encontraron por fin, cada uno leyendo la expresión del otro, la suya al sol brillante y la de él a la sombra de su gorra de terciopelo negro, pero tan atrayente como ese primer día junto al Támesis, cuando le había dicho que no había nada que un poco de educación no pudiera curar.

Sabía lo que él le estaba diciendo, y a Adorna se le puso el vello de punta. Bajó los ojos con docilidad mientras asentía con la cabeza, un movimiento apenas perceptible que no dejaba traslucir la expresión desafiante de sus boca.

—Lady Adorna —dijo él—. Suena bien, se ve bien, también —miró con apreciación el vestido sencillo de mujer del campo el cual, aunque con la falda hasta los pies, no mostraba la usual rigidez por no llevar el corsé de ballenas que ella solía ponerse. De modo que su bella y torneada figura rellenaba la suave tela con la sensualidad natural de una mujer joven, y su cuello, sin el encaje que lo ocultara, había empezado a colorearse con la brisa y el sol.

Sofocada por su escrutinio, se metió algunos mechones de pelo que se le habían salido de la redecilla y deseó haber prestado mayor atención a su aspecto.

—Una cosa más antes de marcharnos —dijo sir Nicholas mientras le pasaba una pequeña bolsa de terciopelo—. Encontrad un momento conveniente para poneros eso hoy; evitará la necesidad de dar muchas explicaciones.

Ella lo tomó sin vacilación, puesto que reconoció la bolsa que pertenecía a los Hombres de Leicester, habiéndose puesto su contenido cuando en el papel de Beatrice se había casado con Benedict.

—Espero que al maestro Burbage no le importe

—le dijo, tratando de quitarle importancia al asunto.

Pero la situación se había vuelto demasiado seria y, cuando por fin se pusieron en camino, a ninguno de los dos se les pasó por alto que daban la imagen perfecta de una pareja de nobles casados que iba de viaje con su criada, un escudero, un mozo de cuadra y un caballo para cargar su equipaje, aparentemente en paz entre ellos y con el mundo.

Aunque aquello era algo que ella no había anticipado, sólo le llevó un rato el darse cuenta de que la compañía de los hombres en el grupo marcaba una enorme diferencia en pos de su comodidad. Los viajeros con los que se cruzaban se apartaban instantáneamente a un lado del camino en lugar de obligarlas a que lo hicieran ellas; nadie hizo ningún comentario fuera de tono, nadie les preguntó adónde se dirigían ni sugirió que tal vez necesitaran de compañía. Una sola mirada a las espadas que colgaban de los cinturones de los hombres era suficiente para que los demás viajeros mostraran deferencia hacia un señor y su esposa. Ella se sintió tan a salvo y protegida como se había sentido unos días antes, montada en su caballo, agarrada a su cintura.

Por otra parte, su relación había entrado en un estadio posiblemente definitivo, puesto que claramente él esperaba de ella que se enfrentara al compromiso que no había querido afrontar antes, dejando atrás algo que era tan querido para ella, reclamado por un hombre acostumbrado a ganar. Comprensiblemente, estaba preocupada y aprensiva, a pesar de la revelación de lady Celia de que él estaba enamorado de ella, lo cual llegaba sin garantías de ninguna clase. Al menos el problema de lady Celia quedaba aclarado, su amistad comprensible y aceptable, y de ningún modo amenazadora. En realidad, pensaba Adorna, su reunión había sido un regalo del cielo.

Era tarde cuando salían del bosque algo más allá de Woodstock y llegaban por fin a una parte del río Támesis donde el agua todavía era poco profunda para poder cruzarlo a caballo.

—Ya no queda mucho —les dijo Nicholas.

—¿Cuánto queda? —le preguntó Adorna con cansancio.

—Un kilómetro, no más. Hay una posada en Wytham.

Situado al borde del bosque en Wytham, el White Hart era un lugar pequeño pero acogedor, cuyo posadero se mostró jubiloso de poder recibir a tan prestigiosos viajeros en aquel lado del río.

—Normalmente eligen Oxford, milady —le dijo a Adorna—. Nunca hay puentes suficientes, ése es el problema. Ahora entrad si lo deseáis, señor. Mi esposa le mostrará a su señora las habitaciones. En todas las camas hay sábanas limpias. No hay por qué compartir. Por aquí, milady.

Su brillante cabeza calva los guió a la pequeña pero limpia sala donde la esposa les hizo una inclinación y se puso un mandil inmaculado.

El aroma a pan recién horneado flotaba en el pasillo revestido de paneles de roble, en la escalera un leve olor a madera quemada y en la pequeña habitación el perfume de las esterillas de junco recién cortadas. La esposa abrió la pequeña ventana que había justo por encima del nivel del suelo, dando paso al sonido distante de una rueda de molino que se detenía poco a poco hasta pararse del todo.

—Podéis tener las dos habitaciones aquí arriba, si lo deseáis —le dijo a Adorna, mientras daba unas palmadas a la colcha que cubría la cama—. Ésta es la más grande. Los dos hombres podrán dormir en los cuartos que hay encima del establo. ¿Decidme, qué deseáis cenar, milady? Tenemos pichones asados, ternera escabechada, pastel de cordero, queso, hojaldre de huevos y pan recién hecho. O tal vez prefiera un jamón ahumado en la chimenea con ajo y nabos.

—Nada de ajo —dijo sir Nicholas entrando inesperadamente en la habitación.

Adorna sonrió al ver la sorpresa de la esposa.

—Los hombres estarán hambrientos para cuando hayan terminado de atender a los caballos —dijo Adorna—. Yo diría que no dejarán ni rastro de lo que quiera ponerles. Nosotros bajaremos enseguida.

Ella hizo otra inclinación, miró disimuladamente a sir Nicholas y cerró la puerta murmurando:

—¡Nada de ajo! ¡Vaya!

—¿Dónde está Maybelle? —le preguntó Adorna—. La necesito.

La habitación no era grande como bien había dicho la mujer, las vigas de roble apenas se extendían por encima de la cabeza de sir Nicholas, por lo que él agachó la cabeza con cuidado.

—Está dejando sin habla a Perkin —le dijo—. Han hecho muy buenas migas, ¿no os parece?

—Entonces va a haber lío; en el palacio hay un joven llamado David —se dio la vuelta repentinamente, confundida por su proximidad.

—David se ha marchado a Francia con su maestro —dijo en voz baja—. Y hablando de todo un poco... —se acercó a ella por detrás y la abrazó a la altura de los hombros—, no penséis que Belle va a dormir aquí. Aquí es donde dormirá vuestro señor.

Adorna detuvo el curso de sus manos con las suyas.

—¿Acaso esto no ha ido lo bastante lejos, señor? —le susurró, y oyó que sonreía.

—Buen razonamiento —le dijo mientras se inclinaba a besarle el cuello tostado por el sol—. Pero no, no ha ido demasiado lejos. No lo suficientemente lejos.

Con una determinación que claramente él no esperaba, ella levantó los brazos y se zafó de él.

—No —le dijo—. ¡No! —se volvió hacia él, pero no lo miró a los ojos—. Así no es como deben ser las cosas —le temblaba la voz mientras buscaba desesperadamente las palabras para continuar.

Él le tomó la cara entre las dos manos con ternura, como si fuera a romperse, y se la subió hasta que por fin ella lo miró a los ojos.

—Decidme —le dijo él suavemente—. Decidme cómo debería ser.

—Yo juré... —empezó a decir de mala gana, como si fuera a revelarle un secreto.

—¿Sí?

—Yo juré que os lo pondría difícil —le apartó las manos y las sostuvo delante de ella—. Y ahora... mirad esto... —paseó la mirada por la pieza—. ¡Estoy arrinconada! ¡Atrapada!

—¿Creéis que me ha resultado fácil traeros hasta aquí, muchacha? Creedme, no lo ha sido.

—No lo sé. Lo único que sé es que me he pasado todo el día cabalgando obedientemente a vuestro lado y ahora se espera de mí que coma obedientemente con vos abajo y que converse como una esposa dócil con vos, y después que regrese aquí con la misma actitud y que obedientemente os permita... —las lágrimas le impidieron continuar hablando—. Y así no es como debe ser. Si tengo que entregarme a vos, que me aspen si voy a entregároslo aquí... —miró la cama con rabia— donde todo el mundo sabrá lo que está pasando. ¿Pero qué otra alternativa tengo? —gimió—. Cuatro paredes, la puerta cerrada con llave. ¿Qué dificultad entrañará para vos? ¿Acaso alguna vez lo habéis tenido tan fácil?

Él no le daría la respuesta a eso; todavía no.

—No digáis más —dijo mientras le agarraba las manos—. Lo entiendo. Lo que necesitamos, creo, es hacer un poco de ejercicio. Iremos a dar un paseo después de la cena, ¿queréis? Aún quedan algunas horas de luz.

Adorna asintió y respiró aliviada.

—Sí.

—Podéis guiarme. Y yo os seguiré.

—Sí.

—Y podéis mostraros todo lo difícil que deseéis. ¿Sí?

Se le escapó una risa mientras se enjugaba una lágrima.

—Suponía que no podríais entender —dijo ella—. Sois un hombre.

—Lo siento. Lo intentaré con más ahínco la próxima vez.

Así que después de los pichones asados, el pan nuevo, el queso de Camembert, las manzanas asadas, la crema y la cerveza, pero nada de ello con ajo, Adorna se excusó y abandonó el comedor.

—¿Debo acompañarla? —le preguntó Maybelle a sir Nicholas.

Él se puso de pie.

—No, id a la cama todos. Mañana tenemos mucho camino por delante.

Pero más allá del jardín y el palomar lleno de grandes pichones blancos, Adorna cruzó el puente de madera sobre el riachuelo y accedió a un prado donde el camino corría paralelo al curso del río. El posadero había mencionado una abadía, la abadía de Godstow, que llevaba años derruida; habría pasado a verla de no haber sido por los árboles. El heno allí le llegaba ya casi a la altura de las rodillas, listo para ser cortado.

Los árboles pronto la ocultaron de nuevo, proyectando sombras oscuras sobre el río, y pronto los muros de piedra del viejo convento aparecieron como por arte de magia en un claro; sus enormes cimientos se elevaban apuntando hacia los restos de torres que eran recordatorios de paz y seguridad.

Qué ironía, entonces, que ella buscara los últimos vestigios de su libertad en un lugar donde las monjas habían perdido la suya. Cada una por sus propias razones, como había dicho lady Celia.

Despacio, se abrió camino entre los escombros de los viejos muros cubiertos de hierba y suavizados con el tiempo, los líquenes y el musgo, resguardándole los ojos del sol que se colaba entre los arcos apuntados y las ramas de los árboles con su luz anaranjada. Se detuvo a escuchar los últimos cantos de los pájaros, y comparó aquella tranquilidad con las últimas semanas de frenética actividad, con su más reciente estallido de rabia y resentimiento, y con sus miedos que ya parecían haber perdido fuerza. «No hay nada que temer con sir Nicholas», le había dicho lady Celia.

Más allá del extremo este de los derruidos edificios del convento había un espacio diáfano, en parte encerrado por unos muros de piedra, donde los surcos en la tierra mostraban que había sido en su día un pequeño huerto. Era privado, y las rosas salvajes crecían abundantemente y dominaban a las malvas demasiado altas y delgadas, una de cuyas flores rosadas ella arrancó y se acercó al pecho. Entonces se puso de pie junto a una enorme piedra y esperó. Aquél sería el lugar, y ningún otro.

Él debía de haberla estado observando desde algún lugar cercano, puesto que apareció casi inmediatamente, como una sombra, despacio, como si se hubiera temido que ella huyera, como una cierva en un claro del bosque.

—Ahora, mi bella... ¿Es éste el lugar que habéis

elegido? —le susurró mientras avanzaba despacio hacia ella—. Perfecto para las criaturas salvajes, ¿verdad, muchacha? Quieta... con suavidad...

Levantó la mano para retirarle la redecilla y sacudirle la melena, que le cayó por la espalda hasta la cintura como una cascada de oro blanco.

Sabía que él habría visto la flor de la malva temblándole en la mano, pero no había ni rastro de frivolidad en su actitud, ni siquiera la dureza que había mostrado horas antes hacia ella. La flor temblorosa fue retirada de entre sus dedos y su tallo fue prendido entre los mechones de oro.

—Ya está —dijo él, besándole los nudillos—, creo que os harán falta mis besos. Me pregunto qué recordáis.

—Muy poco —le dijo, hablándole a sus manos—, salvo el dolor de cabeza después.

Él sonrió al oír sus palabras.

—¿Queréis que os diga lo que recuerdo yo?

—Mejor no —dijo ella, desviando la mirada.

Con el nudillo le giró la cabeza despacio para que lo mirara.

—Recuerdo a la mujer más sorprendentemente bella y obstinada que he conocido en mi vida —le dijo con suavidad— tumbada a mi lado tras una velada de resistencia, y mostrándome una parte de sí que llevaba mucho tiempo tratando de convencerme de que no existía. Sin embargo, yo sabía que sí, y quise demostrárselo a ella. Y resulta que después me entero de que no recuerda mucho, lo cual es preferible puesto que ahora... —la levantó en brazos— podré volver a demostrárselo todo de nuevo...

La colocó en un rincón en sombras del jardín sobre un lecho de suave musgo, aún caliente del sol del día, y fue allí donde sus besos, aplazados durante tanto tiempo, se produjeron entre un estallido de luces y estrellas en el cual todas sus dudas, malentendidos y planes se desvanecían, dando paso a sensaciones desatendidas hasta ese momento. Él había planeado mostrar delicadeza; ella había temido venganza por haberle hecho esperar tanto tiempo; sin embargo, lo que emergió en el ciego ardor de su unión fue una amalgama de todo eso y mucho más, hasta el punto de que los miedos de Adorna se convirtieron en júbilo, y sus intenciones en meros preludios del ardoroso dueto. Como cuando habían bailado, sus cuerpos se unieron con una armonía perfecta que ninguno de los dos podría ni haber imaginado.

En una ocasión, al principio, ella le agarró la mano que le desataba las lazadas de la ropa, retrasando su investigación. Pero sus besos la distrajeron mientras él procedía, y se tocaban con las puntas de los dedos, las palmas de las manos, los labios, los dientes y la lengua; y sus senos cobraron vida con una urgencia que provocó ardores por todo su ser.

—¡Nicholas! —gritó.

Sólo dijo eso, pero los pájaros de los árboles se quedaron en silencio, escuchando.

El pecho musculoso bajo la camisa habría sido suficiente para pasar admirándolo toda una tarde pero, combinado con las nuevas sensaciones que el cuerpo de Adorna experimentaba, la excitación aumentaba a velocidad vertiginosa. Cuando él le deslizó la mano por las caderas y la entrepierna hasta la caliente caverna entre los muslos, el vago recuerdo de algún temor desapareció entre gemidos de éxtasis. Las manos que le acariciaban la espalda clavaron sus uñas en sus carnes firmes, y se arqueó mientras su mano continuaba investigando. Gimiendo, le gritó:

—Nicholas, te deseo... ahora... ¡Ahora!

Ella abrió las piernas cuando él las separó con la rodilla.

—Levantadlas, preciosa. Abrazadme con ellas, así es... despacio...

Estaba mojada y lista, pero nada de lo que le había contado su madre la habría preparado para la experiencia más aterradora de tener otro cuerpo tan cerca de las partes más ocultas de todas. Gritó, no de dolor sino de sorpresa, al sentir la suave invasión, la insistencia, el primer embiste, la tremenda presión, el volumen de su cuerpo sobre el suyo, el tierno peso masculino, su abrazo, su control, su respiración temblorosa antes de detenerse.

—¿Querida, os he hecho daño?

—No —dijo ella, recuperando el aliento.

—Habéis gritado.

—¿Sí? ¿Ya está, Nicholas?

Sonrió y empezó a moverse, borracho de victoria.

—Sí, belleza mía. Esto es.

Su madre, pensándolo bien, se había perdido mucho de aquello llamado amor que Adorna, abrazada en silencio a él, se sintió obligada a mencionar la inutilidad de las comparaciones frente a la realidad.

—Más o menos como un baño caliente, me dijo.

¡De verdad! —le dijo mientras le peinaba el pecho con los dedos.

—¿Y cómo ha sido? ¿Como un baño caliente?

—No se ha parecido en nada a un baño caliente a no ser que uno se tome el baño en medio de una tormenta de hielo, tan sólo por la emoción.

Él se apoyó en los codos para mirarla.

—Bueno, podría ser, si así lo deseáis. Cada vez es distinta, o debería serlo, si el hombre hace su parte adecuadamente. Y ésta ha sido bastante excepcional.

—¿De verdad? ¿Para vos también?

—Increíblemente bueno. Como sabía que sería. Así que ahora podemos volver a la posada y probar esa experiencia del baño caliente, si lo deseáis.

—¿En la cama?

—Tan sólo para comparar.

Más tarde, mientras paseaban por el prado cubierto por el manto de la noche, él se burló un poco de ella.

—¿Y, decidme, vais a mostraros tremendamente difícil, o habéis ya llegado al máximo?

—Me estoy reservando —le dijo con perversidad— para mañana.

—El que avisa no es traidor, entonces, milady.

Durante el resto de la noche se mostró más que dispuesta a dejarse llevar y ser introducida al lento y pausado amor de la experiencia, probablemente reciente, de lady Marion, que verificó la afirmación de Nicholas de que las variaciones al tema eran infinitas. En la cálida y confortale oscuridad, sin una brizna de tela que los importunara, utilizaron sus sentidos exaltados para descubrir lo que previamente sólo se les había sugerido. Sus manos se acariciaron y rozaron hasta rozar el embeleso y más allá, el control al que Adorna se había negado le parecía en esos momentos tan dulce que no había rincón de su cuerpo que no le permitiera explorar. Eso solo, le dijo con timidez, era la felicidad pura, y nunca había pensado que pudiera ser algo tan exquisito.

Él levantó la cabeza de su pecho.

—«Y mi amor me rechazaba, pero aun así la hice mía» —citó él—, pero no sin pelear. Tal vez eso debería haber sido escrito en el otro lado de la tabla —dijo antes de continuar con su otro pezón.

—Estáis presumiendo —dijo ella—. Y el orgullo viene siempre antes de la caída.

Centímetro a centímetro, él deslizó los labios por su cuerpo hasta alcanzar su boca.

—Os tengo calada, milady —gimió—. Puedo con vos —su beso fue al mismo tiempo exigente y apasionado, posesivo, destinado a enseñarle que ella había capitulado y que él era el ganador; su silencio confirmó su exigencia—. Bien —le susurró—. Abrid las piernas —rugió.

Excitada tanto por su fiera orden como por la fuerza de sus hombros musculosos, lo recibió de buena gana, aunque trató de permanecer pasiva y de no responder. Pero no funcionó, porque su ternura excepcional era lo último que habría esperado de él, y pronto se vio arrastrada, como una bailarina renuente, por el ritmo de su cuerpo, compartiendo cada momento, siguiendo sus dictados, gimiendo por el frenesí que sólo él podía controlar.

Estalló en su interior sin previo aviso, lanzándola al espacio y robándole la respiración mientras los latidos le recorrían los muslos. Mareada y jubilosa, quedó debajo de él mientras el cálido flujo del agotamiento se apoderaba de ella, y lo acunó entre sus brazos a medida que su vigor excepcional daba paso al cansancio. A los pocos minutos, el sueño se apoderó de los dos.

Despertándose a diferentes intervalos durante la noche a causa de la extrañeza de tener el cuerpo voluminoso de un hombre a su lado, Adorna se preguntaba una y otra vez por qué había querido evitarlo y lo fuertes que habían sido sus razones. El primer impedimento había quedado salvado esa misma mañana, y se le había urgido a que confiara en él. ¿Pero se atrevería? ¿Acaso él la había amenazado con hablar si ella no cooperaba? Sabía que no, aunque él había continuado con su improcedencia porque le había convenido. Y ella se lo habría propuesto porque, en el fondo de su corazón, había querido tener una excusa para rendirse. ¿Y toda vez que se había rendido, cuál sería el resultado? ¿El abandono o la desgracia? ¿O una vida entera privada del amor del único hombre que había deseado?

Se volvió hacia él y se acurrucó junto a su cuerpo, maravillándose de la desacostumbrada fuerza de sus acogedores brazos, adivinando la cadencia de su pecho bajo su mano. ¿Y si llevara ya la semilla de su hijo dentro de ella? ¿Sería eso suficiente para él? ¿Habrían tenido otras mujeres las mismas ambiciones? Bueno, si eso era lo que ella quería conservar para toda la vida, y lo era, tendría que encontrar el modo de mantener su interés por ella. Para empezar, no debía mostrarse demasiado flexible.

—¿Conocíais la posada White Hart con anterioridad, sir Nicholas? —le preguntó Adorna por la mañana mientras se alejaban sobre sus cabalgaduras.

Trataba, sin éxito, de ocultar su curiosidad.

Él frunció la boca, pero no apartó la mirada del camino.

—Estas tierras pertenecen al conde de Leicester —le dijo—. Cerca de aquí hay otra posada llamada The Bear y el Ragged Staff. Sus armas, recordad. Y en el cercano Cumnor está la casa donde él y su primera esposa vivieron hasta la muerte de la mujer. He visitado todas las propiedades de mi señor, por una u otra razón.

—¿Por una u otra razón?

Él la miró a los ojos fijamente, divertido más que crítico.

—Sí, señora. Por algún encargo de mi señor. ¿Algo más?

—Y ahora nos dirigimos a... ¿Dónde está? ¿En Abbey?

—Abingdon —sonrió al adivinar sus pensamientos—. Pasaremos por Radley, donde vivió lord Thomas Seymour.

Adorna permaneció en silencio. Había oído historias sobre Seymour, el fallecido y loco tío de la reina. Todo el mundo había oído hablar de él. La pobre joven Elizabeth. Su vida amorosa arruinada, a pesar de los intentos de Leicester.

La observación de sir Nicholas acerca de Maybelle y su hombre, Perkin, no había sido exagerada, ya que el interés del joven por la viva doncella parecía tan genuino como el de ella hacia él. La relación convenía a Adorna, ya que así Maybelle no mostraba la curiosidad que de otro modo habría mostrado hacia su señora.

El viaje a Abingdon los llevó por el camino paralelo al río a través de bosques y verdes prados cuajados de flores. Pero la autoridad de sir Nicholas aún provocaba en Adorna algunas emociones contradictorias, puesto que aunque adoraba su confianza masculina, no le gustaba que él se anticipara a ella en cada tema, ni que supiera lo que más deseaba ella antes de saberlo siquiera ella misma. Ni siquiera su padre había ido tan lejos. La noche anterior, eso había estado muy cerca de la verdad, pero decirle que le gustaría Abingdon sería llevar su recién descubierta docilidad demasiado lejos. No le gustaría Abingdon, y no tenía intención de que le gustara. Y así se lo dijo.

—No sé por qué estamos aquí —le dijo con fastidio, conduciendo al caballo a un lado para dejar pasar un rebaño de bueyes y un carro.

—Estamos aquí —dijo sir Nicholas— porque queríais seguir el Isis hasta Richmond.

—No quería seguir el Isis —le soltó ella enfadada—. Quería seguir el Támesis. ¿Cómo habéis...?

—¡El Isis es el Támesis, mujer! —exclamó él—.

Se le llama Isis en esta parte de Oxfordshire. Y retira el caballo de en medio de la carretera.

—Pero llevamos media hora dirigiéndonos hacia el oeste. Mirad el sol.

Él gimió.

—Bueno, eso es porque el río no sigue una línea recta como una vía romana —le dijo, tirando de las bridas de su caballo—. Vamos. Si no queréis quedaros aquí continuaremos río abajo, aunque no sé qué tiene Abingdon de malo. Parece un ejemplo claro de esa obstinación que me habéis prometido. ¿No es así?

Negándole una confirmación inmediata, Adorna ya había tomado una ruta lejos de la carretera para seguir el curso del río hacia el sur lo cual, iba murmurando entre dientes, como no podían ir hacia el este, sería mejor que hacerlo hacia el oeste. Sospechando que él sabía por lo menos una razón que explicara su rebeldía, sir Nicholas cabalgó a su lado sin comentarios durante poco más de un kilómetro cuando, de repente, ella se dirigió a él en voz baja.

—Lo siento. Abingdon no tiene nada de malo. Sólo es que... —se encogió de hombros— No lo sé.

—Creo que sí que lo sabéis —dijo él sonriendo.

Ella lo miró y vio su mirada risueña; una mirada que le hizo sonrojarse.

—No pasa nada —dijo él—. Os doy permiso para tomar las riendas de vez en cuando.

—Mientras no interfiera con vuestros planes.

—Tranquila, mi señora, tranquila —le susurró.

Sin embargo, no pudo evitar pensar que, en

aquel asunto, ella había tomado las riendas tan sólo para conducir por el camino que él había elegido, puesto que el pequeño pueblo de Kings Sutton, que estaba a menos de tres kilómetros al sur de Abingdon, era propiedad del padre de sir Nicholas, lord Elyot. La casa solariega que había allí la mantenían habitable para su uso periódico y, cuando llegaron, sólo estaban allí el administrador y un puñado de sirvientes, tan contentos de ver a sir Nicholas y a la dama como él de encontrar un sitio, por fin, que a ella pareció gustarle.

En verdad, Adorna no podía haber puesto objeción alguna al pintoresco y viejo lugar donde los edificios habían sido levantados para ser el retiro y lugar de convalecencia para los monjes de la abadía de Abingdon. La vieja Casa de los Abades había sido su retiro en el campo, situada en un jardín apartado, rodeado de tilos, álamos y tejos.. La antigua iglesia estaba junto a lo que se había convertido en la casa solariega.

—¿Os parece este lugar adecuado para pasar la noche? —le dijo mientras la ayudaba a bajar del caballo.

—Mejor —dijo—. Mucho mejor, gracias.

Pero aunque a las habitaciones de paredes recubiertas de paneles de roble no les faltaba comodidad alguna, fue al perfumado y bien cuidado jardín adonde Adorna se dirigió sola tras una cena en privado, después de la cual sir Nicholas pensaba que se había retirado al dormitorio. El sol, una gran bola de fuego, rozaba el horizonte, y todos los árboles esperaban con sus ramas extendidas que los cuervos se asentaran en sus huecos. En el estanque los lirios de agua se habían cerrado para ocultarse de las sombras, y un mirlo en solitario advertía a sus compañeros desde un arbusto de romero de que algo bullía en el ambiente. Adorna lo sentía también.

—Vos —le dijo a la sombra que se acercó a ella sin hacer ruido.

—Hará unas cuantas noches —le dijo él acercándose a ella— estaba en el paraíso en los jardines del castillo de Kenilworth esperando a una dama que se negaba a venir a mí —le tomó las manos—. Y me da la sensación de que esa dama...

—Cuyo nombre no diremos.

—Cuyo nombre no diremos, tal vez esté tratando de enmendar aquel error viniendo hoy a este paraíso privado de los monjes, igual que hizo en el de las monjas en Godstow, para esperarme a mí. Me pregunto si eso es lo que podría estar ocurriendo.

Aún había luz suficiente para verla sonreír.

—Podéis imaginar, señor, si así lo deseáis, pero tal vez la mujer tenga una razón distinta para atraer a su amante a tal lugar.

—¿Así es? ¿Creéis que me lo dirá?

—Con el tiempo. Si todo va de acuerdo con sus deseos.

—Ah, entonces tiene deseos, ¿no es así? —tiró de ella y la estrechó contra su pecho—. Entonces no debo tratar de distraerla, ¿verdad?

—Ella preferiría que en esto se le siguiera la corriente, creo.

—Esto es sin duda un modo más suave de hablar, señorita. También hubo un momento en el que ella habría insistido, con estridencia. Me habría despellejado con su lengua, me habría dicho de un modo u otro que nada le importaba.

—Le importa —le susurró las palabras junto a la mejilla, como un beso leve.

Pareció como si él hubiera estado aguantando la respiración, porque al momento Adorna percibió una especie de suspiro o un gemido entrecortado. La abrazó como la oscuridad los abrazaba.

—Otra vez —dijo él—. Decídmelo otra vez.

Ella levantó las manos para acariciar sus hombros amplios, su cabello, sus orejas.

—Le importa, sir Nicholas. ¿Cómo no iba a importarle?

—Cariño.

Él la besó en la cara y en el cuello, derramando sobre ella su deleite, mientras ella se maravillaba de que sus palabras pudieran afectarlo de tal modo cuando había recibido la adoración de tantas otras mujeres.

La llevó finalmente por el pasillo de la casa de madera donde un viejo sirviente los ignoró al pasar, y la subió hasta la habitación. Con apenas luz suficiente del resplandor en el cielo, sir Nicholas la desnudó com si fuera el envoltorio más preciado, prolongando lentamente el descubrimiento de su cuerpo como si fuera la primera vez, acariciando cada montículo, cada curva.

Envuelta tan sólo con su melena, se quedó desnuda ante él, derritiéndose con sus caricias y vagamente recordando el momento en que, en su dormitorio de Richmond, se había imaginado esa ocasión sin saber nada de la realidad. Con destreza, sus dedos se afanaban en desabrochar sus botones, sus cinturones, y cada revelación quedaba puntuada por el pausado examen de su magnífico cuerpo, un examen en el que participaban también los labios y las manos. Jamás había imaginado que el cuerpo de un hombre pudiera ser tan bonito, tan bien proporcionado o tan impresionantemente viril, ni tampoco había entendido hasta ese momento que los mecanismos naturales funcionaran con tan evidente rapidez. Sobrecogida, vaciló mientras se le revelaban aquellos fenómenos, sin saber bien cómo continuar.

—Podría haceros el amor con las botas puestas —le ofreció mientras tiraba de sus bombachos—, si lo deseáis.

Se los quitó y los tiró a un lado, volviendo a ella con un rápido movimiento.

Pero ella se resistió, riéndose de su impaciencia.

—Pensaba que uno de los dos —le dijo, tomándole las dos manos—, tenía un control ilimitado. Que uno de nosotros...

—Debo corregiros —le susurró mientras la levantaba en brazos—; uno de nosotros tiene más que el otro, pero sólo en ciertos momentos. Y este es...

—¿No es uno...?

—De esos.

La dejó sobre la cama, pero como la espera se había prolongado demasiado la consumación no se retrasaría mucho más. Ella se mostró tan fiera como él, urgiéndolo con una inquietud que los llevó a los dos a estallar de placer incluso antes de que las sábanas de lino hubieran calentado sus cuerpos.

Gimiendo, se tumbó suavemente sobre ella, todavía

palpitando y tan sorprendido por su fervor como por su repentina inhabilidad para prolongar el acto.

—¿Qué me habéis hecho, mujer? —le dijo—. Esto no me ha ocurrido desde los dieciséis años.

Adorna sonrió abrazada a él, y él se tomó su silencio como una señal de agotamiento. Lo cual no era del todo cierto.

Por la mañana habían abandonado la idílica casa solariega y el paraíso de Kings Sutton para seguir los meandros del río hacia el este a través de Appleford. Desde allí cortaron por una curva del río y dejaron los caballos con el joven maestro Lytton para subir a lo alto de una colina donde se agrupaban unas hayas.

—Parece un mechón de pelo en la cabeza de un calvo —dijo Adorna alegremente.

Dadas de la mano, Maybelle y ella eran conducidas por los dos hombres, no dejándoles ninguna mano libre para que se agarraran las faldas, y por consiguiente teniendo que levantarlas del suelo un par de veces, muertas de risa. Las ovejas se quedaban mirándolos un momento antes de alejarse, para seguir rumiando hierba. Desde lo alto de la colina se divisaba una estupenda panorámica de la llanura moteada de pequeñas colinas y el río como plata líquida fluyendo entre ellas.

—Allí, a la derecha. Ved —dijo sir Nicholas—. Eso que se ve en la distancia es Wallingford.

Adorna se puso la mano delante de los ojos a modo de pantalla.

—Me pregunto dónde estará Hester —murmuró.

Maybelle le había hecho una larga trenza que le colgaba por la cintura, y llevaba puesto un vestido sencillo en rosa salmón, saboreando ya la libertad que un día había pensado que perdería dejando que sir Nicholas fuera su escolta. Jamás podría haber viajado así en compañía de su padre. O de Peter. Maybelle había comentado sobre la nueva vivacidad de su señora, pero ella también estaba enamorada y había encontrado un brillo nuevo en sus ojos reidores. Las habitaciones por separado les habían dado poca oportunidad de estar juntas y explorar las consecuencias de sus acciones; pero allí en lo alto de la colina ambas encontraron por fin la oportunidad.

—Creo que es hora de que nos demos un baño —dijo Adorna—. ¿Crees que podremos escaparnos de ellos?

Una hora después llegaban a una curva del río escondida tras unos árboles, y donde el sol había calentado una especie de piscinas naturales que se formaban en aquel saliente. Las rocas y las orillas de arena proporcionaban pequeñas calas donde desvestirse, y fue allí donde las dos mujeres dejaron sus ropas para meterse en las aguas marrones y tibias del río, tragando saliva y resoplando por el frescor que se les agarraba al cuerpo. Más adentro, empezaron a hacer piruetas y a salpicarse, a frotarse con trozos de musgo, para entonces dejarse llevar un poco por la leve corriente hacia la curva, protestando un poco por el cambio de temperatura del agua. Se volvieron para regresar, pero en ese momento Maybelle le tocó a Adorna en el brazo y le hizo una seña para que se callara y no moviera el agua.

—Agachaos —le susurró.

Adorna miró hacia donde Maybelle miraba con los ojos como platos y vio que, un poco más abajo y escondidas de la entrada del río por donde ellas habían accedido, se veían las cabezas y los hombros de dos personas, abrazadas en el agua y sin duda ajenas a su sorprendido público. Eran un hombre y una mujer, con su piel brillante y mojada como la de un pescado.

De no haber sido por la tremenda curiosidad que sintieron, las dos mujeres se habrían marchado sin hacer ruido; pero la íntima escena las dejó paralizadas mientras la mujer abrazaba al hombre apasionadamente. Echó la cabeza hacia atrás con éxtasis mientras la cabeza morena del hombre se inclinaba hacia delante para devorarle la garganta y entonces, con ella abrazada con piernas y manos a él, el hombre la llevó hasta la orilla y se tumbó sobre ella.

Adorna y Maybelle se dieron la vuelta al instante y volvieron hasta donde estaba su ropa, con los corazones latiéndoles como tambores.

—Es la señorita Hester —dijo Maybelle—. Estoy segura.

—Con el maestro Peter Fowler —dijo Adorna, poniéndose la combinación—. Peter Fowler, el falso, y la prima Hester la tímida. ¡Vaya, vaya!

Once

—¡Lo sabíais! —lo reprendió Adorna mientras se sentaba debajo de un árbol para que le quitaran los nudos del pelo—. ¿Si sabíais que era él, por qué no me lo habéis dicho?

Desnudo de cintura para arriba, sir Nicholas le quitó a Maybelle el peine de la mano y le hizo una señal para que se marchara.

—¿De qué habría servido? ¿Os habría hecho feliz el saberlo? —dijo él.

—No se trata de eso.

—¿Entonces de qué se trata? Es un joven ambicioso, pero si es lo que quiere Hester, ¿entonces dónde está el problema? Ella no requiere del permiso de nadie, ni siquiera del tío Samuel. Puede hacer lo que le plazca.

—No tiene experiencia con los hombres.

—Bueno, ahora sí —él sonrió—. ¿Qué era exactamente lo que estaban haciendo?

—¡Ah... hombres! —le quitó su mechón de pelo de las manos y lo apartó de ella—. Siempre enten-

289

déis al revés. Se está aprovechando de ella, ¿es que no lo veis?

Trató de evitarlo, pero el la agarró del hombro y la tiró sobre la hierba, y Adorna quedó atrapada debajo de él, con su cabello como un velo de gasa sobre su rostro.

Él le retiró las manos, disfrutando de su enfado.

—Mientras que a vos, mi fiera potrilla, no os pareció nada extraño aprovecharos de la inexperiencia de Hester, ¿no es así? ¿O de la supuesta protección de Fowler?

—¿Qué queréis decir? ¡Soltadme!

—No. Os quedaréis conmigo hasta que hayamos aclarado esto.

—No tengo intención de decir ni una palabra más, maldito seáis.

—Sí, lo haréis. ¿A ver, qué es toda esta indignación vuestra? Estáis tan enfadada porque tratasteis de manipular a Hester y ella decidió hacer lo que a ella le placía, en lugar de dejarse manipular por vos. ¿Es eso? Tratasteis de utilizar a Fowler para mantenerme a mí a raya y, cuando no tuvo el efecto deseado, él no se quedó con vos para consolaros, como habíais pensado que haría, sino que corrió tras un premio más lucrativo. Así que ahora estáis enojada con él también por haber cambiado sus afectos con tanta rapidez. ¿De verdad pensabais que os pedirían permiso, señora mía?

—¡No! ¡No es cierto! —gritó—. Me importa un pimiento lo que hagan. Pueden hacerlo a caballo si les apetece; sólo me molesta que lo hayan hecho de un modo tan engañoso. ¿Por qué Hester hizo como si estuviera interesada en vos? ¿Y por qué Peter fingió?

—¿Por qué los dos fingieron? —dijo él, retirándole un mechón de pelo de la cara para revelar el enojo en su mirada—. Porque se sintieron coartados a la hora de deciros que no les gustaba vuestro plan, supongo.

—¡No había ningún plan!

—Por supuesto que sí. ¿Creéis que no sé que vos y lady Marion queríais juntarme con Hester? ¿O cómo tratasteis de que se arreglara y se vistiera mejor para que fuera más interesante para mí? Entonces todo empezó a descontrolarse, ¿verdad?

—¡Eso es de lo más injusto! Queríamos ayudarla a estar más cómoda entre nuestros invitados. Todo ellos. Hester no estaba acostumbrada a estar con mucha gente.

—Bueno, eso no ha cambiado, según parece. Se ve que estaba deseosa de marcharse sola, a pesar de tu deseo de ayudar. Y eso es exactamente lo que tú querías hacer, ¿no?

—Yo sola, señor, no con un amante. Con nadie.

—Que es lo que siempre habéis hecho —continuó, ignorando su interrupción—. Huir y esconderos cuando las cosas se ponen difíciles, cuando un hombre muestra demasiado interés; refugiaros en casa y rodearos de vuestra familia para no tener que comprometeros en modo alguno. ¿No es cierto acaso?

—No es así —susurró con rabia mientras volvía la cabeza, molesta de que él la interpretara tan mal.

¿Sin embargo, cómo decirle que no sólo se trataba de evitar el compromiso sino más bien de evitar a hombres con los que no quería pasar más de una o dos horas? Si le explicara eso, tendría que confesarle al menos parte de lo que sentía hacia él, y eso era algo que no quería hacer. ¿Cómo iba a decirle nada de eso sin saber primero si su interés por ella era temporal o permanente? Lo había visto despidiéndose de lady Celia en el paraíso de Richmond, y compartía el dolor de la mujer como si hubiera sido propio.

—No es así —repitió, evadiendo la respuesta directa—. ¿Qué pensáis que he estado haciendo estos últimos días si no es comprometerme? Habéis disfrutado tres días enteros de mi compañía, que es más de lo que le he dedicado a ningún hombre, y os habéis alegrado de aprovecharos de ello, según me ha parecido. Sin embargo ahora tenemos que lloriquear por los delicados sentimientos de Hester, y por los míos nada. ¡Pues hala, id a buscarla! —lo empujó con rabia—. ¡Quitaos de encima! ¡Id! Cuando yo la he visto en el río no me ha parecido que estuviera sufriendo mucho.

Las lágrimas calientes le anegaron los ojos mientras forcejeaba con él.

—¿Entonces por qué pensáis —dijo Nicholas agarrándola de las muñecas— que vine tras de vos cuando se me necesitaba en Kenilworth? Bueno, os lo diré, mujer. Porque ésta es una escapada en busca de la libertad que no vais a completar. Estáis en mi poder y así os quedaréis, no durante tres días, lo cual os debe de parecer toda una vida, sino hasta que entendáis que soy yo el que manda. Habéis conocido a vuestro señor, bella mía. ¿Acaso necesitaba decíroslo?

—¡Dejadme tranquila!

—¡Ni soñarlo! Me habéis vuelto loco desde el principio, y habéis conseguido que Hester, Fowler y la mitad de los hombres de la corte sigan vuestro compás; pero eso se acabó, querida. Aquí no podéis refugiaros en nadie ni correr a ningún lugar; y aún nos queda un buen tramo antes de llegar a Richmond.

Adorna dejó de forcejear, ya que su fuerza era demasiado grande para ella.

—¡Os detesto! —le dijo llorando—. Nunca podríais comprenderme.

—¡Chist! Tranquilizaos. Os entiendo mucho más de lo que pensáis.

El roce de sus labios le sugirió que no esperaba contestación por su parte, y desde luego sus besos lograron distanciar sus pensamientos de Hester y Peter como nada podría haberlo hecho. Poco a poco, ella se fue relajando y, aunque no le devolvía sus caricias, permaneció allí quieta mientras él le retiraba las lágrimas de rabia. Después sir Nicholas la ayudó a ponerse de pie y con un pañuelo le limpió la cara.

—¿Al final conseguisteis lavaros? —le preguntó sir Nicholas.

Sospechando que Adorna no estaba deseosa de encontrarse con su prima Hester y el ruin de Peter Fowler en Wallingford, sir Nicholas decidió que esa sería una buena oportunidad de dormir bajo las estrellas. Hacía una noche balsámica y tenían suficiente comida para dos veces: queso, pan, fruta y cerveza. Perkin había ido a la población y había regresado con empanadas calientes, pollo asado y unas frascas de vino, lo cual compartieron en un cálido rincón de un refugio para el ganado donde había aún heno suficiente para los caballos.

Como en las casas nunca había suficiente sitio para todos los sirvientes, los hombres estaban acostumbrados a dormir en esos sitios y sabían cómo ponerse cómodos con tan sólo lo básico. Las dos mujeres se lo tomaron como una aventura, aunque Adorna estaba notablemente apagada.

Sentadas en silencio a la orilla del río, Maybelle y Adorna contemplaban el distante puente de Wallingford. En la mente de Adorna se combinaban pensamientos pasados y futuros junto con las dudas que habría esperado que se disiparan, pero que todavía seguían ahí.

—Él no lo entiende —le susurró a Maybelle—. ¿Qué se supone que tiene que hacer una mujer que no desea la compañía de un hombre? ¿Quedarse quieta y sonreír y hacerle creer lo contrario?

Maybelle tiró un guijarro al agua y observó las ondas sobre la superficie.

—El problema es —dijo— que siempre habéis tenido a muchos hombre detrás tratando de ganarse vuestra atención, así que es natural en vos que hayáis buscado refugio donde ellos no os pudieran alcanzar. De haber sido la señorita Hester, supongo, sin duda os habríais alegrado de su compañía. Y me atrevo a decir que ha aceptado al maestro Fowler porque es el primer hombre que le fue presentado en Richmond. ¿Recordáis?

—Sí —respondió Adorna—. Lo recuerdo. Lo recuerdo muy bien. Fue en la fiesta que dio lady Marion. Hablaron de...

—De su padre, sir William —dijo Maybelle.

—Eso es. ¿Crees que todo empezó entonces?

—Seguramente, pero la señorita Hester nunca ha tenido que buscar sitios donde esconderse porque, para empezar, ya estaba escondida, y en segundo lugar, nadie iba detrás de ella. Con su herencia no importa si abandona el viaje de la reina o no porque se la contemplará como a su padre, un excéntrico. Porque lo era, ¿verdad?

—Desde luego que sí; era un hombre agradable, pero bastante raro. ¿Pero por qué no me cuenta sir Nicholas lo que tiene en mente para el futuro, Belle?

—Porque es orgulloso, supongo. Tal vez esté esperándoos a vos también —tiró otro guijarro al agua—. Tal vez ahora dependa de vos.

—¿Y tú, Belle? ¿Qué pasa con Perkin y contigo?

—Ah... —se echó a reír, ruborizándose un poco— Sabemos lo que queremos. Él me ama a mí, y yo a él, y eso es lo que hay, la verdad. Supongo que fabricaremos bebés juntos.

—¿Bebés?

—Sí. Ya sabéis, esas cositas que llegan llenos de arrugas y de grasa. Se llaman bebés, cariño.

La descripción hizo sonreír a Adorna pero también le hizo pensar en el consejo de su madre, que ya no tenía mucha aplicación, y en la posible fabricación de una de esas cositas arrugadas y cubiertas de grasa.

Al caer la noche, Adorna estaba acurrucada en brazos de su amante en un rincón apartado del refugio sobre un grueso montón de heno, pensando en la conversación y el consejo de Maybelle que, en el pasado, no siempre había sido de lo más apropiado.

—¿Habéis pensado —le dijo— en lo que podría pasar si...?

—Sí, cariño. A menudo —murmuró él.

Ella suspiró y retiró la mano de su pecho, pero el se la agarró con fuerza.

—Quiero que sea exactamente igual que lady Adorna Rayne —dijo él—. A no ser que fuera un chico, por supuesto.

Ella se incorporó como movida por un resorte y lo miró con expresión seria.

—¿Cómo habéis sabido...?

Pero él tiró de ella para que se tumbara.

—Dormíos —le susurró sir Nicholas—. Os dije que entendía más de lo que pensáis.

Al momento siguiente sir Nicholas estaba profundamente dormido, y su bien planeadas preguntas habían sido despachadas con una rápida respuesta. ¡Maldito hombre! Sin embargo, Adorna se quedó dormida con una sonrisa en los labios, tal y como lo había hecho las dos noches anteriores.

Durante la noche, sin embargo, se despertó algo

aturdida con el cercano ulular de los búhos, el murmullo del río, o el cuerpo del hombre a quien ya amaba sin poderlo remediar. Adormilada, se colocó encima de él, recordando el sabor de su piel, los contornos de sus mejillas, de su mentón y de su frente. Sus dedos se hundieron con sensualidad en su sedosa melena.

Sin decir nada, Nicholas se despertó y se entregó de buena gana a sus investigaciones hasta que, con un brazo debajo de ella, cambió de postura con tanta rapidez que Adorna se quedó sorprendida. Ella lo abrazó con sus piernas y lo aceptó, ávidamente y con una urgencia repentina que ardió como un bosque en llamas. Él respondió tomándola en la oscuridad de la noche, satisfaciéndola, y después quedándose dormido entre sus brazos hasta el amanecer. En silencio.

Cuando ella despertó, él no estaba, y se quedó tumbada un momento, preguntándose si lo habría soñado, y también lo que les depararía el día. Maybelle se acercó a ella con un vaso de cerveza.

—Está ejercitando al caballo castrado —dijo—. Venid a ver.

Totalmente concentrado, el brillante caballo castrado y su jinete ejecutaban movimientos similares a los que habían llevado a cabo en Kenilworth en presencia de la reina, aunque en ese momento tan sólo ante un admirado público de cuatro personas. Sentado totalmente quieto en la montura, sir Nicholas guiaba al caballo para que realizara los pasos precisos, moviéndose hacia un lado, cruzando las piernas, haciendo piruetas y bailando con elegancia, recordándole a Adorna a la pareja que ellos habían formado en una situación muy distinta. Al momento él desmontó y se acercó a ella, sonriendo.

—Os toca a vos —dijo—. Vamos. Unos cuantos movimientos básicos para empezar.

En su mirada había otro mensaje que le hizo ruborizarse, pero hizo lo que él le ordenaba y descubrió que, bajo su tutela, era capaz de conseguir muchos movimientos sencillos. Él la corregía, el caballo obedecía.

—Aprendéis deprisa —dijo sir Nicholas—. Meteremos en cintura a la yegua palomino cuando volvamos a casa.

Ella no respondió a eso, puesto que había empezado a sacar una especie de perverso placer de sus modales autoritarios, apreciando de nuevo la dulzura de poder entregarle las riendas a un hombre capaz y decisivo, y de seguir la misma dirección que él, segura de que era también la suya.

Llegaron a Pangbourne al anochecer y se bañaron con los cisnes en las aguas del río Pang, medio ocultos por un grupo de alisos. Los pollos de cisne sintieron curiosidad, los padres se mostraban protectores y sospechaban de la presencia de dos humanos en las piscinas de agua tibia.

Y después se hospedaron en una posada que tenía un cartel de unos cisnes sobre la puerta, e hicieron el amor con pasión renovada hasta bien entrada la madrugada.

Al amanecer se habían puesto ya en camino en dirección este por fin.

Reading fue una alegre y bulliciosa población en torno a una abadía, donde almorzaron pero donde no se quedaron: había, según le había dicho sir Nicholas, un lugar mucho más bonito a poco más de tres kilómetros de allí. Y tenía razón; Sonning-on-Thames lo tenía todo, incluida una boda de pueblo que, cuando llegaron, estaba en pleno entusiasmo, y así continuó durante todo el día y seguramente el resto de la noche. Invitados a las festividades como invitados anónimos de la feliz pareja, comieron, bebieron y de nuevo durmieron bajo el cielo de la noche junto con muchos otros que hacían de su cama el sitio donde caían.

Era casi mediodía cuando cruzaron el puente de Sonning y continuaron por el lado de Oxfordshire hasta Henley-on-Thames, cruzando de nuevo a Berkshire al otro lado del río.

—Podríamos llegar hasta Bisham —dijo sir Nicholas tras parar un rato para que descansaran los caballos—, si queréis continuar mientras haya luz.

—Lo que vos digáis —contestó Adorna, soplándose por la parte delantera del corpiño.

—¿Queréis que os ayude con eso? —le preguntó sir Nicholas.

299

—Si lo deseáis.

Lo hizo, entonces la miró con intención.

—Hemos llegado muy lejos, muchacha mía, ¿no es verdad? ¿Está la señora domada ya?

—¿Querréis saberlo dentro de un año?

—Seguramente no —contestó él—. Para entonces podré darme yo mismo esa contestación.

Tomaron un atajo para llegar a Bisham Abbey, donde pasaron la noche en casa de lord y lady Hoby. A cambio de los relatos sobre la reina y su corte en Kenilworth, los Hoby enseñaron a los dos amantes su bella casa, señalando la enorme ventana construida para la visita de su majestad años antes. Tomándose como algo natural el aparente matrimonio de Adorna, no le hicieron a la pareja ninguna pregunta comprometida, sino que les desearon buena fortuna y que fueran bendecidos con un montón de hijos, lo cual sir Nicholas corroboró apretándole la mano.

Desde Bisham acortaron por la pequeña población de Cookham, donde había un herrero para los caballos, y en Maidenhead cruzaron de nuevo al otro lado del río y llegaron, unos pocos kilómetros después, a divisar las torres del castillo de Windsor.

Habían llegado tan lejos sin necesidad de explicar sus nuevos e inesperados esponsales. Los Hoby lo habían aceptado sin cuestionárselo y hasta el momento no se habían encontrado a nadie que hubiera reaccionado de modo distinto a ése. Pero Windsor era un asunto distinto, puesto que allí sir

Nicholas era conocido, al igual que la encantadora hija de Thomas Pickering. Según sir Nicholas, había llegado el momento de tomar otra decisión.

—¿Qué clase de decisión? —le preguntó Adorna mientras le echaba unos pedazos de pan a un grupo de patos.

Se sentaron a orillas del río en Eton con el castillo en la distancia y, detrás de ellos, los campos abiertos donde Maybelle, Perkin y Lytton jugaban haciendo mucho ruido un partido de fútbol sin orden ni concierto con una vieja vejiga de cerdo que se habían encontrado. La velada no era precisamente pacífica.

—Una decisión, milady —dijo sir Nicholas mientras le tomaba la mano izquierda— que tiene que ver con esto —giró el anillo que había tomado prestado y que ella llevaba al dedo—. Esto está bien temporalmente, pero creo que ha llegado el momento de tener algo más convincente toda vez que nos acercamos a casa, ¿no crees? A no ser que prefieras llegar a Richmond dentro de dos días tan aparentemente casta como te marchaste.

Adorna se quedó sin aliento, pero como aún no confiaba en él y esperaba que ocurriera lo peor, retiró la mano, se quitó el anillo y se lo devolvió. No sabía qué era exactamente a lo que él se refería, ni tuvo el valor de preguntárselo.

—Tomad —dijo—. Por supuesto, tenéis razón. No quiero que mi madre me vea con ello puesto después del consejo que me dio sobre la santidad del matrimonio. Guardadlo. Tal vez os sea útil.

Él estudió la expresión distante de Adorna, y entonces cerró la mano donde tenía el anillo.

—¿Adorna, qué me estáis diciendo? ¿Qué es lo que pensáis que os acabo de decir? —su voz, llena de preocupación, estuvo a punto de partirle el corazón.

—No sé —dijo ella en voz queda—. No sé lo que me decís, Nicholas, pero si es lo que... lo que yo me temo... entonces no me digáis más. No puedo soportarlo.

—¿Seguís desconfiando, después de todo este tiempo?

—No es que desconfíe, sino que...

—¿Estáis nerviosa, es eso? ¿No estáis segura? Debería habéroslo dicho antes, cielo mío.

—No lo digáis, por favor.

—¿Por qué no decir que os amo? ¿Que os amo desde hace tiempo? ¿Que os deseo? ¿Por qué no decir que quiero que os caséis conmigo? Vamos, mi señora —la abrazó y la tumbó sobre la hierba, y pegó su rostro al de ella—. ¿Qué pensáis que han sido para nosotros estos últimos días? ¿De verdad pensabais que me acostaría con vosotros hasta llegar a Richmond para después decir adiós y no decírselo a vuestra madre? ¿Es eso lo que habíais pensado?

A Adorna se le llenaron los ojos de lágrimas.

—No lo sé... no lo sabía... No sabía qué pensar —le dijo, rozándole un arañazo que tenía en la mejilla—. Esperaba que... Quería que lo dijerais... pero no lo hicisteis. ¿Cómo iba yo a saberlo?

—¡Ah! —suspiró—. ¿Podéis creer que los hombres pueden ser tan cuidadosos que a veces resulten inoportunos? ¿Recordáis la primera vez que os dije lo encantadora que sois?

—Sí —ella sonrió, sollozando.

—¿Y cómo reaccionasteis vos porque fui muy inoportuno?

—Sí.

—¿Por qué? ¿Porque lo habíais oído antes? ¿Y cuántas veces os han dicho los hombres que os aman? ¿Docenas de veces?

—Muchachos y hombres mayores —dijo—. Pero nadie a quien yo hubiera podido corresponder.

—Yo pensaba que no querríais oírme decir lo que sentía por vos durante un tiempo. Pensé que si lo queríais saber me lo preguntaríais. O que tal vez me diríais lo que sentíais por mí, y...

—¡Chist! —le puso el dedo en los labios—. Entonces dejad que os diga lo que siento. Dejad que os diga cómo os adoro. Os he amado desde el principio, Nicholas.

—¿Lo decís en serio, cielo mío?

—Lo digo en serio. Pensaba que era odio. Es muy confuso, ¿no es verdad?

Su beso la mantuvo ocupada durante un buen rato; rato durante el cual ella empezó a darle sentido a algunos de sus malentendidos, a la confusión resultante, y a sus propios miedos que había alimentado demasiado tiempo.

—Muy confuso —concedió él—. ¿Y ahora?

—Tenía miedo de lo que me estabais haciendo —susurró ella junto a su mejilla—, y de lo que me podríais hacer, si os dejaba. Jamás he amado en mi vida, entendéis, y me aterraba, y por eso sentí tantos celos de las demás, aunque no tenía ni idea de quiénes eran.

—Entonces decídmelo otra vez. Quiero oírlo veinte veces al día.

—Os amo, Nicholas. Incluso cuando fuisteis horrible conmigo, os amaba también.

—Gatita rabiosa —sonrió.

—Lo siento.

—No lo sintáis. A mí me encantaba. No querría casarme con una mujer que no pudiera responderme.

—¿Y qué hay de Hester?

—¿Qué pasa con Hester? Ella nunca tuvo posibilidad alguna. Y lo sabía.

—Pensé que... —se mordió el labio.

—Creo que vos y ella tenéis que discutir unas cuantas cosas, ¿no os parece? Está claro que Hester es más de lo que uno ve superficialmente. Tal vez no estuviera muy segura de lo que quería, pero desde luego sabe lo que no quiere. Tiene esa virtud de los Pickering.

—¿Y cuál es?

—Aprende rápido.

Sus risas quedaron interrumpidas cuando la vejiga de cerdo golpeó con fuerza la cabeza de Nicholas, tan solo para ser retirada por dos hombres aullantes que en ese momento no mostraron respeto alguno por su señor y su dama.

Muerto de risa, ayudó a Adorna a ponerse de pie.

—Me he dado cuenta de que no habéis respondido a mi proposición. ¿Os habéis acostumbrado ya a la idea de ser lady Adorna Rayne?

Adorna observó las carreras de los tres futbolistas, Belle con la falda recogida entre las piernas. El idilio debía prolongarse como estaba, durante dos días más, al menos.

—Creo —le dijo— que os daré la contestación cuando lleguemos a Richmond. ¿Podréis esperar?

—Puedo esperar. Y creo que sé dónde estaré cuando espere.

—¡Chist! —le dijo ella sonriendo—. Mientras tanto guardad este anillo para devolvérselo al maestro Burbage. Ha cumplido su propósito, pero ahora tendré que ser yo misma o habrá demasiadas preguntas que contestar.

—¿Creéis que vuestra madre se sorprenderá?

—Más bien se sentirá algo confusa; sobre todo después de todo lo que he protestado.

En el cálido paraíso de sus brazos en una pequeña posada de Eton, había otro asunto que atender, aunque la respuesta no fuera más que una formalidad.

—¿Nicholas, le habríais dicho a alguien que había ocupado el puesto de mi hermano en sus obras?

Él se volvió hacia ella y le acarició el cabello con suavidad mientras sonreía.

—Pensadlo, cielo mío. ¿A quién se lo iba a decir? ¿Al conde? De haber sido así, él se habría sentido más que agradecido hacia vos, imagino, al igual que lo estaban el maestro Seton y el maestro Burbage, o como lo habría estado el resto de la compañía, de haberse dado cuenta. No habría querido quedar en evidencia, ¿no os parece? Vuestro padre no lo divulgaría, estando su familia tan estrechamente implicada en el asunto, y cualquier escándalo del conde y los actores también me habría tocado a mí, de un modo u otro, siendo yo su empleado. Así que tampoco yo habría querido ponerle en una posición difícil. Además, soy una persona leal. No tiene sentido, alma mía, ¿no es verdad?

—Sin embargo apoyasteis la idea —dijo, tratando mostrar indignación.

—Es cierto —sonrió—. ¿Y quién no? Tenemos agradecérselo a los nervios y a la voz temblorosa de Seton, y a su hermana más valiente. Eso costó trabajo, amor mío. Espero que aprecie lo que hicisteis tanto como yo.

—No me quedó otra alternativa —le dijo, sabiendo que él conocía la verdad del asunto tan bien como ella.

De no haberse parado un rato en el mercado de Windsor, o jugado al tenis en el palacio de Hampton Court, o de no haberse quedado con amigos, o de no haber ido a visitar a uno de los hermanos de Nicholas en Kingston-upon-Thames, sin duda habrían llegado a Richmond mucho antes de lo que lo hicieron. Pero al final era casi media tarde cuando avanzaban por Paradise Road hacia Sheen House, mucho mejor avenidos que cuando habían salido de Richmond. Su llegada no se produjo rato después de la de sir Thomas Pickering con el ropero real, los Hombres de Leicester y todo el equipaje, que llegó media hora antes que ellos aunque habían seguido una ruta más directa.

El patio estaba todavía lleno de hombres, caballos y equipaje, entre los cuales el pequeño grupo de sir Nicholas causó poca impresión hasta que un destello de la melena larga y dorada de Adorna sorprendió al maestro de diversiones a media frase.

—¡Cómo! ¡Pero qué demonios...! —gritó—. ¿De dónde has salido tú?

Les llevó un rato explicarse. Seton se unió a ellos, tan incrédulo de la apariencia bronceada de su hermana como de su aspecto claramente feliz.

A lady Marion no le importaba la ruta que hubieran tomado, que era lo único que parecía interesar a los hombres, sino más bien la hija de la que hacía una semana que no tenía noticia. Con lágrimas en los ojos, abrazó a Adorna, dejando de lado las preguntas que en su mente pudieran formularse sobre la felicidad de su hija. El tiempo le daría las respuestas.

—Hester llegó ayer —le dijo, enjugándose las lágrimas—. Está por aquí.

—¿Hester ha vuelto aquí?

Su madre sacudió la cabeza.

—No me preguntes —le dijo con la confusión que Adorna había previsto—. No tengo idea de lo que está pasando. Creo que tu padre es el único hasta ahora que ha vuelto tal y como se marchó. Incluso a Seton le ha cambiado la voz. Escúchalo.

—¿Te ha contado Hester lo que pasó?

Lady Marion volteó los ojos.

—Ya sabes cómo es Hester. Pasará al menos un

mes antes de que nos enteremos de lo que ha estado haciendo.

En realidad, no fue un mes, aunque no fue Hester, por supuesto, la que informó a Adorna. Pero aunque Hester no estaba acostumbrada a tener que darles explicaciones a los demás, había ciertas cosas que Adorna necesitaba saber con urgencia. Las dos se abrazaron como hermanas, demasiado felices con el resultado de sus asuntos como para dejar que las tonterías del pasado se interpusieran entre ellas.

Sin embargo, Hester se sorprendió ante la apariencia de Adorna.

—Entonces, debiste de seguirnos... esto, de seguirme... —le dijo, retirándose un poco.

—Bueno, por supuesto que te seguí. Te marchaste de un modo un tanto repentino, y eso me preocupó. Pensaba que te habría ofendido lo que viste.

—¿En tu dormitorio? Oh, no. Había ido a decirte lo que había decidido hacer, pero no sabía que sir Nicholas estuviera contigo, así que cuando vi que estabas... esto... ocupada, salí para ir a buscar a... para hacer unos recados. No estaba en absoluto disgustada —como Adorna, Hester estaba bronceada y radiante—. ¡Oh, Dios mío! —exclamó al darse cuenta de las implicaciones—. ¿Creíste que me había disgustado al verte con sir Nicholas? Sí, entiendo por qué lo creíste así. Todo ha sido un poco confuso, ¿verdad?

—Hester —le dijo Adorna, cansada de dar palos de ciego—. Sé que has viajado con Peter, y no me importa. De verdad. No me importa, Hester. ¿Pensabas que acaso podría molestarme?

Hester se quedó mirándola boquiabierta.

—¿Lo sabes? Le dije a lady Marion que había vuelto con unos amigos del palacio.

—Por supuesto. Pero ya te lo he dicho; te seguí.

—¿Cómo, tan de cerca? ¿Y nos viste? —preguntó con expresión horrorizada.

Había llegado el momento de la diplomacia.

—Os vimos de lejos, no me acuerdo ni dónde, pero sir Nicholas había hecho averiguaciones antes de salir de Kenilworth y sabía que estabas bien acompañada.

—Ay, ha sido tan amable.

—¿Quién, Peter?

—Bueno, sí, también; pero me refería a sir Nicholas. Le prometió al tío Samuel que me vigilaría mientras estuviera aquí. ¿Lo sabías? Me lo dijo mi tía en una de sus cartas. Supongo que debía haberle dicho adónde iba, pero cuando vi que tú y él os habíais hecho amigos por fin, me di cuenta de que no tendría que seguir fingiendo, así que se me olvidó decirle nada.

—¿Fingir qué, Hester? —le preguntó Adorna, percibiendo la ausencia de pesar en el tono de su prima.

—Bueno, fingir que él me interesaba. Tú y lady Marion estabais bastante empeñadas en ello, ¿no es así? Y yo me sentí obligada a hacer un esfuerzo. Pensé que lo estaba haciendo muy bien en un momento en el que me pareciste bastante convencida, aunque fuera una pérdida de tiempo. Sir Nicholas jamás me ha visto con esos ojos, sabes.

Entonces sir Nicholas no se había equivocado. Hester era tan cumplidora.

—Entiendo, entonces tú y Peter decidisteis consolaros mutuamente.

—No exactamente —dijo Hester, de pronto tímida—. Creo que ocurrió algo entre nosotros la primera vez que nos vimos, pero en ese momento él era tu amigo, Adorna. Es tan interesante, ¿no, Adorna? Tan de confianza. Ha debido ser el destino el que me ha enviado aquí a Richmond, ¿no te parece?

—¿Y fue el destino lo que te hizo caerte del caballo el día de la cacería? —Adorna no pudo resistirse a la risa que Hester tuvo la gracia de soltar.

—Oh, Dios mío —dijo ella, jugando nerviosamente con su pelo—. Te diste cuenta de que estaba fingiendo, ¿verdad?

No, Adorna no se había dado cuenta hasta ese momento.

—¿Para qué lo hiciste?

—Fue idea de Peter. Pensó que si yo tenía una buena razón para volver a casa, tu padre le permitiría acompañarme. Pero sir Thomas no lo creyó así, de modo que tuvimos que esperar otra oportunidad, y si lo hubiéramos dejado para más adelante Peter tendría que haberse marchado a Staffordshire a comprobar la seguridad allí. Te lo habría contado, Adorna, pero pensé que te enfadarías porque me hubiera ido con Peter. Así que pensamos que lo mejor era salir sin decir nada. Peter me esperó más allá de la puerta. Fue todo tan emocionante.

Ninguno de los dos podíamos soportar más todos esos eventos sociales, sobre todo yo. Creí que me divertiría, pero fue tan engorroso para mí. Nuestro viaje de vuelta ha sido sencillamente maravilloso.

—¿Y las cartas?

—Ah, las cartas. Bueno, era el único modo en que podíamos comunicarnos, la verdad, con tanta gente observándonos. Sobre todo después de quedar yo confinada a mi habitación.

—¿Pero y qué hay del puesto de Peter al servicio de la reina? Sin duda lo perderá.

—Bueno, eso no importa mucho. Tenemos todo el dinero que necesitamos para vivir sin que él tenga que ganar nada. Seguramente pronto viajaremos a Italia.

«Bien hecho, Peter», pensaba Adorna. Sin duda había subido unos cuantos peldaños. Sin embargo era lógico que, después de no tener que pensar en nadie más que en sí misma durante veintiún años, Hester mostrara tan poco interés en nada que no fuera lo suyo; y Adorna no tardó mucho en darse cuenta de que los asuntos de ella y de Nicholas eran relevantes tan sólo en la medida en que afectaran a Hester. Italia, pensaba, sería lo bastante lejos.

Pero nada de aquello pareció tener importancia porque, tras el susto de tener que dar de comer a tantas bocas extras, lady Marion hizo de anfitriona del grupo más alegre que Adorna y Seton recordaban. El joven Adrian no se cansaba de escuchar los elogios de la actuación de su hermano mayor ante la reina mientras lo felicitaba por su nueva voz de barítono. Sin embargo, Adrian, se mostró jubiloso cuando su héroe, el maestro Burbage, convenció a sir Thomas para que le permitiera ocupar el papel femenino principal con la compañía que hasta entonces había hecho Seton. Fue la primera vez que vieron a Adrian mudo de asombro.

Seton habría podido llorar de alegría, pero de pronto sintió que no podía hacerlo. En lugar de eso, se agarró a Adorna y tembló de alivio.

—Gracias, querida mía —le dijo al oído—. Gracias. Soy el hombre más feliz de la tierra.

Ese mismo sentimiento fue refutado más tarde después de que sir Nicholas, en un breve momento de privacidad, consiguiera arrinconar a sir Thomas para pedirle formalmente la mano de su hija, después de lo cual no dudo de dónde le venía a Adorna su manera imprevisible. La contestación exacta de sir Thomas fue irrepetible pero, según sir Nicholas, contenía el trasfondo de una orden para manifestar que había probado la mercancía primero y había pedido permiso después, así que ya podía espabilarse y darle un nombre al bebé que sin duda habría engendrado.

Cuando sir Nicholas le recordó que habían acordado en Kenilworth seguir un plan de acción, sir Thomas le contestó que no había creído ni remotamente que nadie pudiera acostarse con su hija antes del matrimonio, y menos aún sir Nicholas, a quien Adorna había parecido detestar tanto. Había, le dijo, accedido a que él la cortejara, no a que la dejara embarazada lo antes posible. Y esa era otra explicación del buen humor y aire de complacencia que desplegaba el ayudante a maestro de caballería mientras la oscuridad caía sobre el jardín de Sheen House.

Los huéspedes se paseaban en silencio entre las arboledas y las terrazas de arriates o charlaban en grupo alrededor del salón de banquetes, mientras sir Nicholas tomaba la mano de una sonriente Adorna.

—¿Qué? —le dijo él.

—Yo tampoco habría creído que nadie hubiera podido ganarme —dijo Adorna—. Y menos tú.

—Ah, menos mal que tengo confianza en mí mismo, ¿no? Sin embargo no estoy convencido de que no lo creyerais. Sólo lo estabais ocultando, eso es todo.

Incapaz de contradecirle, puesto que era cierto, Adorna se lo llevó del jardín, por el camino pavimentado, para bajar unas escaleras y salir de la casa hacia Paradise Road donde, en el muro que corría paralelo a la carretera, había una puerta por la que se accedía al paraíso del antiguo monasterio a un lado del jardín del palacio de la reina. Más allá de los frutales de tronco leñoso y de los rosales que se mecían en la brisa nocturna, de la madreselva trepadora y de la fragrante lavanda, Adorna lo condujo hasta el lugar donde él un día había esperado a una mujer mientras Adorna lo había observado, llena de envidia y deseo.

—Aquí —le susurró—. Fue aquí, ¿verdad?

Se apartó de él, esperando que él entendiera lo que ella deseaba. Y lo hizo.

Con los brazos estirados fue hacia ella y la estrechó entre sus brazos, estrechándola con sus manos, cuyo calor se transmitió a través de la fina tela de lino del corpiño.

—Lo sabía —le susurró él, besándole los párpados—. El paraíso del convento de Godstow, y después en Kings Sutton, y después en Bisham, y ahora en Richmond. Y aquí es donde vuelvo a preguntaros si queréis ser mi esposa, la madre de mis hijos, mi compañera, mi amiga y mi amante. Mi adorada Adorna. Quiero teneros cerca, protegeros, daros mi nombre. ¿Seréis mía, corazón?

Por respuesta citó la bella confesión de Beatrice:

— «Ahora estoy convencida de aceptar, de amar, de abandonar el desinterés, de decir que lo que era mío, será ahora vuestro, en verdad». Tomad mi corazón y mi palabra, amado mío. Soy vuestra, toda yo. Creo que lo he sido desde que os vi en este mismo lugar. Os deseé tanto entonces que mi voluntad y mi corazón os llamaron a mi lado.

Sus labios acariciaron su rostro mientras ella seguía hablando.

—Y yo habría preferido que cualquiera menos vos hubiera visto ese beso de despedida. Santo cielo, mujer, jamás he sentido nada por otra criatura viviente como lo que siento por vos. ¿Tendremos hijos, dulce muchacha, para darles a otros el mismo y dulce tormento?

—¿Muchachos valientes y tenaces como su padre?

—Voluntariosas doncellas del agua como su madre. Mujeres de temperamento y apasionadas que pondrán a prueba la firmeza de un hombre. Tendremos una familia de bellezas, ¿sí, amor?

Había multitud de rincones oscuros entre las flores silvestres y los arbustos del jardín del monasterio, lugares donde tumbarse sobre las flores de manzanilla y los tréboles y hacer el amor como si se les acabara el tiempo, en lugar de tener todo el del mundo por delante. Vagamente oyeron las campanadas del reloj de la torre de palacio, las voces distantes de los invitados desde el jardín de sir Thomas y la risa leve de los amantes que paseaban por el jardín de la reina. Pero, para ellos, los sonidos más dulces eran los de sus propios y suaves gemidos de júbilo. Segura de su amor y de su devoción, Adorna lo condujo por fin al paraíso, deleitándose ella también con el amor que sentía hacia el único hombre que había deseado jamás.

Se echaron a reír mientras recordaban su primer encuentro, pasado por agua.

—Fuiste tan poco cortés —le dijo ella mientras acariciaba su pecho con un mechón de su cabello—. Tan arrogante. Creo que entonces te odié.

—Me temiste entonces. Y te faltó tiempo para salir corriendo hasta la oficina de tu padre, ¿verdad?

—Donde tú entraste de sopetón mientras me probaba ese ridículo vestido. Y me miraste de arriba abajo.

Él le acariciaba los pechos desnudos con posesividad.

—Fue una visión única. Vi más de lo que habría esperado. Pero no os gustó mucho mi red, ¿verdad? —se echó a reír con suavidad mientras la acariciaba—. Cómo os resististeis a mí.

Ella volvió la cabeza.

—¡Chist! No me lo recordéis. Fue una vergüenza.

—¡En absoluto! ¡Para mí fue un triunfo! —Nicholas vio el brillo en sus ojos—. Y no había ni un hombre en la sala que no me envidiara, teniendo como tenía entre mis brazos a la bella y encantadora señorita Adorna Pickering. Atrapada en mi red. Pero ahora os tengo de verdad, cielo mío.

—Aquí, en el paraíso, para siempre, mi amor —Adorna sonrió.

Adorna y Nicholas se casaron el cinco de agosto de 1575, en Sheen House, en presencia de la reina y del conde de Leicester. El primer niño nació en Londres el mes de mayo siguiente, seguido de dos niños más, y finalmente de una niña.

Nota de la autora

Como cuenta la historia, sir William Pickering fue en su día un aspirante a la mano de la reina. Fue también un brillante excéntrico que tuvo una hija llamada Hester a quien dejó toda su fortuna y su casa de Londres. Nada se sabe de esta dama, o de su madre; pero otra dama de la que se sabe mucho más fue la condesa de Essex, conocida también como Lettice Knollys, a cuya casa en Staffordshire el cortejo real se trasladó desde Kenilworth. La prolongada historia de amor del conde con la condesa de Essex causó más escándalo cuando, poco después de quedar viuda, se casaron en secreto, un acto de traición por el cual la reina nunca los perdonó.

Sir Christopher Hatton, sir John Fortescue, el doctor Dee, los Hoby y James Burbage son todos personajes reales de la historia, y todos los lugares mencionados en esta historia son auténticos salvo Sheen House, que es imaginario. Existió, sin embargo, un lugar llamado Sheen Manor, que la reina le regaló a una antigua dama de honor sueca, la marquesa de Northampton. King Sutton es conocido ahora con el nombre de Sutton Courtney, y el castillo de Kenilworth está hoy en día en ruinas. El palacio Tudor de Richmond ocupaba unos diez acres de terreno desde la actual Old Palace Lane hasta Water Lane, pero las únicas partes del palacio que se conservan hoy en día son la puerta de ladrillo rosa que accede al gran patio central y detrás de ello algunos de los muros originales del periodo Tudor, lo que antaño fue parte del ropero real. Esto fue reconstruido a principios del siglo XVIII.

La reina Isabel I, Elizabeth, murió en el palacio de Richmond en 1603, después de lo cual ese lugar perdió su esplendor y fue con el tiempo derribado junto con los restos del viejo monasterio. Tenemos algunos dibujos del siglo XVII de Antonis van Wyngaerde y de Wenceslaus Hollar que nos muestran cómo eran los edificios.

Sin embargo, la moderna población de Richmond en Surrey conserva nombres que nos recuerdan a su pasado más sereno. Nombres tales como Old Palace Lane, Water Lane, Friars Stile Road, Orchard Road, Manor Road, Vineyard Passage y, por supuesto, Paradise Road.

Los pasajes de las obras de Seton, leídos por Adorna y sir Nicholas, son pura invención de la autora y no han sido tomados, ni directa ni indirectamente, de nada escrito por nadie más, ni real ni imaginario. Beatrice y Benedict podrían haber sido fruto también de la invención de Seton puesto que el préstamo, conocido ahora como plagio, era común y no ilegal en la Inglaterra Tudor. Y, como el joven William Shakespeare estaba abierto a todas las influencias, esto podría haber permanecido en su mente hasta que escribió *Mucho Ruido y Pocas Nueces* en 1598-99. Similarmente, el *Titania* de Ovidio y el mito germano de Oberon, del romance del siglo XIII *Huon of Bordeaux*, traducido al inglés en 1534, podían ser utilizados por otro autor, como muchos hicieron años después. Shakespeare se sirvió de los dos para escribir *El sueño de una noche de verano*.

ANNE
HERRIES
Una institutriz
muy especial

Prólogo

—¿Qué asunto puede ser tan importante como para que me hayáis convocado aquí? —preguntó lord Rupert Myers al marqués de Merrivale, enarcando una ceja con gesto lánguido—. Esta es una hora muy poco razonable y ayer me acosté tarde —ahogó un bostezo y miró con su elegante monóculo de oro al anciano. Pero al advertir la tensión del marqués, abandonó aquel aire aburrido y dijo con un tono muy diferente—: ¿Qué es lo que puedo hacer por vos, milord?

—¡Cielo santo! —exclamó su tío clavando la mirada en su abrigo, provisto de tantas capas que daba un aspecto definitivamente amenazador a los hombros ya de por sí bastante anchos de Rupert—. ¿De dónde has sacado esa monstruosidad?

—Tío —sus maliciosos ojos parecían burlarse de él—. Herís profundamente mi sensibilidad. ¿No sabéis acaso que soy un fanático de la moda? Me atrevo a decir que al menos seis imbéciles han copiado este abrigo apenas esta misma semana, porque vi al chico de Harrad llevando uno con nueve capas y este solo tiene siete.

—Más estúpido es él —rezongó el marqués—. Siéntate, muchacho. Haces que me sienta incómodo, avasallándome con tu estatura como si fueras un derviche vengador. ¿Qué fue de aquel ansioso jovenzuelo al que vi partir hace seis años para la guerra?

—Yo diría que ha crecido, señor —replicó Rupert despreocupadamente, aunque una sombra cruzó por sus ojos y su boca perdió la sonrisa cuando se sentó en la silla—. ¿Os preocupa algo?

—Me temo que me encuentro en una especie de embrollo, muchacho… del que espero que tú me ayudes a salir.

—Haré lo que sea para asistiros. No me olvido de que fuisteis un padre para mí cuando mi propio… —un amargo resentimiento destelló en sus ojos azules, porque el difunto lord Myers había sido un canalla y un estafador que había llevado a su familia al borde de la ruina. Que Rupert hubiera sido capaz de salvar a su hermana y a sí mismo de la tragedia se debía en buena parte al hombre que tenía enfrente—. No, no quiero ni acordarme. Decidme lo que deseáis, señor, y haré todo lo que esté en mi mano para conseguirlo.

—Se trata de los hijos de Lily —dijo el marqués con un profundo suspiro—. Ya conoces la historia de mi hija, Rupert. Se casó con aquel haragán. Yo ya advertí de que ese hombre la dejaría sin fortuna y le rompería el corazón. Ella no me hizo caso, y él hizo todo eso y más: la mató.

—No podéis estar seguro de eso, señor.

—La sacó aquella noche de casa, bajo la lluvia. Su doncella me habló de la riña que tuvieron. Scunthorpe le rompió el corazón y ella se quedó allí a la intemperie toda la noche, bajo la lluvia. Y ya sabes lo que sucedió después.

Rupert asintió con la cabeza: demasiado bien lo sabía. Lily Scunthorpe había muerto de unas fiebres, dejando una niña de seis años y un niño de tres, pero desde entonces había pasado más de una década y él no podía entender la urgencia de aquel asunto a esas alturas.

—Vos os llevasteis a las criaturas cuando Scunthorpe las abandonó, las instalasteis en Cavendish Park con un profesor, una institutriz y la servidumbre necesaria. ¿Qué es lo que ha sucedido desde entonces para que en este momento os encontréis tan abatido?

—La institutriz y el profesor dimitieron este mes. He intentado encontrar sustitutos, pero con muy escaso éxito. Me temo que mis sobrinos han adquirido cierta reputación de… difíciles. He conseguido encontrar a una mujer que está dispuesta a hacerse cargo de ambos como institutriz… sospecho que porque no tenía otra elección… pero no creo que pueda aguantar más de unos pocos días —Merrivale se aclaró la garganta—. Necesitan una mano firme, Rupert. Temo que los he malcriado. Cada vez que los sermoneo, se disculpan con la mayor de las dulzuras y vuelven luego a las andadas. ¿Sería mucho pedirte que ejercieras de tutor suyo durante un tiempo? El chico se marchará a la universidad para finales de año, y la chica… bueno, ella debería hacer la Temporada en Londres la próxima primavera, pero temo que resultará harto difícil procurarnos los servicios de una mujer de la suficiente influencia como para ayudarla.

—¿Hacer de tutor de una muchacha a punto de estrenarse en sociedad y de un joven díscolo? ¡Dios santo, tío! ¿Habéis perdido el juicio? Difícilmente podría ser yo un buen modelo para cualquiera de los dos. Además de ser un fanático de la moda, soy un afamado libertino… ¿o acaso no os habéis enterado?

Merrivale se pasó sus nerviosos dedos por el cabello blanco.

—Sé que tenéis una amante, pero no estoy sugiriendo que os la llevéis con vos a Cavendish.

—Gracias por esa pequeña merced —repuso Rupert con otro brillo burlón en la mirada—. Ella lo interpretaría como una invitación a que se casara conmigo. Annais es demasiado avariciosa para su propio bien. Yo estaba buscando una excusa para dar por terminada la aventura y supongo que esta es tan buena como cualquier otra… ella no profesa amor alguno por la vida en el campo.

—¿Significa eso que lo haréis? —en los ojos del marqués se dibujó tal expresión de alivio que Rupert no pudo evitar reír en voz alta—. Te estoy muy agradecido, muchacho.

—Haré todo lo que pueda por ellos. Pero deberé tener mano libre. La disciplina no es algo muy popular en estos días y es seguro que uno u otra os escribirán para quejarse de mi comportamiento presuntamente autoritario y esas cosas.

—Lily me era muy querida y sus hijos son lo único que tengo… aparte de ti, muchacho. Francesca es muy parecida a su madre, pero creo que el chico ha salido más a su padre. Espero que John no se convierta en un bribón como el capitán Scunthorpe: es por eso por lo que necesita una mano firme en este momento, que lo meta algo en cintura antes de que se marche a la universidad. Supongo que debí haberlo enviado antes a un internado, pero preferí educarlo en casa. Algunas de esas escuelas pueden llegar a ser muy duras, ya sabes.

—Todos hemos sufrido a manos de los matones de la escuela —dijo Rupert—. John necesita aprender a valerse por sí mismo. Yo puedo enseñarle a boxear, según las reglas de los caballeros, y quizá darle algunas clases de esgrima. Con la muchacha no lo tengo tan claro, pero quizá la institutriz pueda enseñarle todo lo necesario.

—Rezo para que sea capaz de hacerlo. Las referencias que trae de lady Mary Winters son buenas, pero la hija de lady Mary se marcha a Francia para terminar allí sus estudios, así que es posible que solamente haya querido quitarse de encima a la mujer.

—¿Qué edad tiene la institutriz y cuál es su nombre?

—Tiene unos veintitantos años, creo, y es una mujer sensata y juiciosa. La señorita Hester Goodrum enseña pianoforte tan bien como literatura, lengua francesa y labor de aguja.

—La señorita Goodrum —Rupert asintió. Parecía lo suficientemente adecuada, pese a lo limitado de sus habilidades—. A John, sin embargo, dudo que pueda serle de gran ayuda. El chico necesitará algo más que eso. Aunque durante los seis próximos meses podrá contar con los beneficios de mi experiencia.

—No sé lo que quieres decir —el marqués parecía perplejo—. Yo creía que pretendías solamente echarles un ojo, sermonearlos a ambos y hacer acto de presencia de cuando en cuando…

—Dudo que eso sirviera de mucho, señor —Rupert enarcó la ceja derecha—. Últimamente me he estado aburriendo bastante, y esto suena ciertamente a reto. Residiré en Cavendish Park hasta que el chico parta para la universidad y, para entonces, imagino que ya habréis encontrado a alguien para que se haga cargo de Francesca. Yo seré el tutor y el profesor de John, y supervisaré a esa institutriz hasta Navidad. Después de eso, calculo que estaré más que harto de todo ello, pero yo nunca rehúyo un desafío.

—Dame entonces la mano. Si puedo serte de alguna ayuda, muchacho, solo tienes que decírmelo.

—Habéis hecho por mí más de lo que yo podré devolveros nunca —le aseguró Rupert, sonriendo, mientras le estrechaba firmemente la mano—. Me vendrá bien este cambio de vida. Mis propiedades marchan bien y prácticamente se administran solas. Además, no estaré más que a un día de viaje de mi propiedad, si mi presencia allí es requerida.

—Temo que descubras que esos dos no se doblegarán fácilmente a tu autoridad, Rupert.

—Puede que con John sea un poco difícil en un principio, pero se adaptará con el tiempo.

Rupert rechazó las muestras de gratitud de su tío. Al fin y al cabo, ¿qué problemas podían darle dos muchachos a un hombre de mundo como él? Esperaba que la institutriz fuera una dama presentable y no una de aquellas solteronas de expresión agria, pero fuera como fuera como fuese, tendrían que llevarse mínimamente bien.

Uno

—Ha sido muy amable al llevarme con usted, señorita Hardcastle —dijo Hester Goodrum mientras subía a la cómoda calesa—. Lady Mary me prometió que enviaría un carruaje para llevarme a Cavendish Park, pero cuando la llamaron para atender a su hermana, se olvidó completamente de mí. He de estar allí para finales de esta semana, porque el marqués mandó recado de que los jóvenes se quedarían solos para entonces en casa. Sin contar con la servidumbre, por supuesto.

Sarah Hardcastle miró a la mujer que acababa de sentarse frente a ella y asintió con la cabeza. Hester debía de tener unos veintitantos años; era atractiva, que no bella, y de buen corazón. Enterada del apuro en que se encontraba, se había apresurado a prestarle asistencia.

—Bueno, yo vuelvo a mi casa del norte de Inglaterra y pasaremos a unos treinta kilómetros de Cavendish Park. Un breve rodeo no representará ningún problema, Hester.

—Mi prometido me dijo que estaba loca por haber aceptado el puesto —continuó Hester—. Quería que dejara de trabajar y me volviera a Chester para casarme con él.

—¿Por qué no lo hiciste? —inquirió Sarah agarrándose a la cuerda cuando la calesa dio una fuerte sacudida—. Me temo que el cochero vuelve a estar de mal humor. Si sigue así, tendré que mandarlo parar y soltarle una buena reprimenda.

—Por mí no lo haga, señorita —dijo Hester—. A mí me gustaría casarme. Llevo años ahorrando para ello, pero Jim necesita más dinero para establecerse por sí mismo y montar la posada. Él tiene algunos ahorros, pero los dos sabemos que tendremos que esperar otro año como poco.

—Es una lástima… —Sarah se la quedó mirando pensativa. Le habían contado la historia de la institutriz y esa era de una de las razones por las que le había ofrecido asiento en su calesa—. ¿Cuánto más necesitarás ahorrar?

—Supongo que un centenar de libras serían suficientes… —Hester suspiró—. Si ambos ahorramos mucho este año, puede que lo consigamos. Aunque a mí me cueste más tiempo, dado lo poco con lo que contribuyo.

Ya no era precisamente una joven. Sarah experimentó una punzada de simpatía por ella, porque el tiempo pasaba rápido y con él la juventud. Resultaba irónico que Hester anhelara tanto casarse y no tuviera el dinero suficiente para hacerlo, mientras que ella, Sarah Hardcastle, estuviera haciendo todo lo posible por evitarlo.

Su plan, ¿sería acaso demasiado osado para que tuviera alguna posibilidad de éxito? Se había pasado toda la noche pensando en ello y tenía un nudo de nervios en el estómago. No dudaba de que Hester pensaría que se había vuelto loca.

—Supón que te ofrezco doscientas libras y te entrego dos de mis mejores vestidos a cambio de las referencias que has recibido de lady Mary y de los vestidos que portas en tu maleta. ¿Te cambiarías por mí? Quiero decir… ¿me permitirías ocupar tu puesto en Cavendish Park… y volverías a casa para casarte con tu prometido?

Ya estaba: ya lo había dicho en voz alta. ¿Habría sonado tan disparatado como había imaginado? Hester la estaba mirando perpleja.

—¿Qué es lo que ha dicho usted, señorita? Creo que no he oído bien.

—Te he ofrecido doscientas libras a cambio de tu ropa y de las referencias que te ha dado lady Mary. Podrás hacer lo que gustes con el dinero.

—¿Quiere trabajar de institutriz? ¿Por qué? —Hester estaba desconcertada—. Es usted una dama joven y rica, señorita Hardcastle. ¿Por qué habría de querer ser institutriz?

—Necesito desaparecer por un tiempo y esta me parece la situación ideal para mí. Tu patrón no te ha visto. La muchacha tiene casi diecisiete años y será fácil de manejar, mientras que el muchacho marchará a la universidad dentro de seis meses, de modo que no podrá ser tan difícil… Mis profesores me tenían por una brillante alumna. Imagino que podré enseñar al chico matemáticas y geografía, y a la chica música, literatura, francés, latín, dibujo y baile. ¿Qué más necesitará saber?

—Nada que se me ocurra —reconoció Hester, pero parecía nerviosa—. No sé qué decir, señorita… no me parece bien. Sería como engañar a mi patrón…

—Pero si ni siquiera se molestó en entrevistarte, no puede estar tan preocupado por sus nietos. Lo único que desea es quitárselos de encima… y yo puedo hacer eso tan fácilmente como tú.

—Quizá incluso mejor, señorita. Tiene usted un don especial. La gente la escucha cuando habla.

—Eso es porque mi padre me dejó una fortuna invertida en molinos y minas, que he administrado yo misma desde los diecinueve años, la edad que tenía cuando murió.

—¿Qué edad tiene usted, señorita… si no es indiscreción?

—Veinticinco —respondió Sarah, suspirando—. Mis tíos llevan meses intentando casarme. Dicen que necesito un hombre para que me ayude y temen que acabe mis días como una vieja solterona.

—¿La fuerzan a ello, señorita?

—No. No te mentiré. La tía Jenny es muy amable y mi tío está cargado de buenas intenciones, pero yo no pienso casarme para complacerlos. Si me marché fue porque mi tío no se cansaba de sacar el tema.

—¿Qué pasará con sus molinos y minas cuando no esté usted allí, señorita?

—Tengo directores y un administrador de confianza. Seguiré en contacto con él por carta… y solo por poco tiempo, hasta que haya tomado una decisión sobre determinado asunto. Después de eso, dimitiré del puesto y tus alumnos tendrán una nueva institutriz. Mi influencia no podrá perjudicarlos durante ese lapso

—se inclinó hacia delante—. ¿Pensarás sobre ello? Esta tarde, cuando nos detengamos a pasar la noche en la posada, podrás darme una respuesta. Si la respuesta es afirmativa, nos cambiaremos de ropa. Por la mañana partiremos en mi calesa a Chester… y yo me bajaré en Cavendish Park.

—No sé qué decir… —Hester parecía preocupada, claramente desgarrada entre aprovechar aquella maravillosa oportunidad y cumplir con su deber—. Representa para mí una oportunidad tan grande… Significaría un mundo para mi Jim que tuviera su posada este mismo año, en lugar de seguir esperando.

—Bueno, la elección es tuya. Yo no pretendo obligarte. Si tu respuesta es no, simplemente tendré que encontrar otra manera de desaparecer por un tiempo.

Hester asintió, recostándose en los cojines con un suspiro. Obviamente se sentía tentada y Sarah cruzó los dedos bajo los pliegues de su elegante vestido de viaje. Ejercer de institutriz representaría un ambiente seguro en el que una rica heredera como ella podría esconderse. Al menos hasta que se librara de la sensación de que solamente la querían por su dinero.

¿Por qué su padre había tenido que fallecer en aquel accidente, en el molino? Tobías Hardcastle siempre había sido un patrón implicado, nada reacio a arremangarse la camisa. Había empezado con las cincuenta libras que le había dejado su abuelo y edificado su gran negocio gracias a su inteligencia y a su capacidad para trabajar veinte horas de cada veinticuatro, y así durante años.

Antes de morir, la madre de Sarah se había quejado amargamente de que su marido casi no había tenido tiempo para darle un hijo. No era cierto, por supuesto, porque siempre había comido en casa y ocasionalmente había tenido algún domingo libre, pero también lo era que había dedicado largas horas a asegurar la solidez de su negocio. Sarah no podía decir lo mismo, pero había tenido la habilidad de elegir bien a sus empleados y de inspirarles lealtad. Desde el comienzo había aceptado el desafío porque no había querido entregar las riendas de su pequeño emporio a alguien que hubiera podido malograrlo. Sin embargo, con el tiempo, había empezado a sentirse algo cansada de las constantes reuniones y estudios de contabilidad que se habían convertido en algo permanente en su vida. Había llegado el momento de parar un poco, porque la vida se le estaba escapando y, para algunos, bien podría estar dejando atrás la edad adecuada para hacer un buen matrimonio. Sus directores y agentes se asegurarían de que sus molinos continuaran prosperando durante su ausencia, y lo mismo las dos minas de cobre que poseía en Cornualles. Había sido a la vuelta de la visita bianual a las minas cuando se había detenido para visitar a su antigua institutriz, ocasión que le había permitido conocer a la señorita Hester Goodrum.

Algo en aquella mujer la había atraído inmediatamente. Si Hester hubiera estado deseosa de hacer carrera profesional, Sarah le habría ofrecido inmediatamente un puesto como ayudante suya. Pero Hester había fiado sus esperanzas en el matrimonio y había sido eso precisamente lo que había puesto su mente a funcionar.

Era algo ciertamente engañoso fingir ser otra persona, por supuesto, pero tampoco estaba perjudicando a nadie. No iba a llevarse la plata de la familia ni a enseñar a los niños a jurar y a beber ginebra. Una sonrisa asomó a sus labios, porque la idea de ser institutriz de niños se le antojaba muy agradable. Sarah había trabajado muy duro desde la muerte de su padre y pensado muy poco en el placer de cualquier tipo. Se había esperado de ella que asistiera a cenas y veladas en los hogares de los amigos de sus padres, pero desde que sabía que los casados querían comprar sus molinos y los viudos desposarla para apropiárselos, encontraba aquellas ocasiones habitualmente tediosas.

Ya en la escuela había sido consciente de que no pertenecía realmente a la clase aristocrática. Ella era la hija de un hombre acaudalado que había comprado el derecho a vivir en una gran casa y a tener tierras, pero no era de sangre azul. Las otras chicas se habían mostrado hasta cierto punto amables con ella, pero Sarah había sentido la presencia de una barrera y sabía que se habían reído de su acento norteño, que a esas alturas ya había desaparecido del todo. A veces, cuando estaba enfadada, le volvía, pero sus profesores se habían ganado bien su dinero. El señor Hardcastle había querido que su hija fuera una dama, y lo era a todos los efectos… solo que no se sentía del todo aceptada en la sociedad. Era bienvenida en las juntas de damas de caridad, y su dinero era mejor acogido aún, pero rara vez era invitada a algún evento íntimo en sus hogares. Ocasionalmente recibía invitación a algún baile importante debido a su influencia, pero no pertenecía a la clase de damas con las que los caballeros pensaban en casarse.

Bueno, eso tampoco era del todo cierto, reflexionó

Sarah mientras miraba por la ventanilla. Tenía un pretendiente bastante tenaz. Sir Roger Grey le había pedido matrimonio ya tres veces, y no le gustaba que lo rechazaran. Sarah era consciente de que estaba atravesando dificultades económicas, aunque se las arreglaba para disimularlo ante su tío y la mayoría de sus conocidos. Sarah había pedido a uno de sus agentes que hiciera averiguaciones y su informe resultaba alarmante. Sir Roger proyectaba la imagen de alguien rico y respetable, pero en realidad era un libertino y un jugador, el último hombre con el que ella desearía casarse. Y sin embargo le costaba librarse de él porque parecía habérsele metido en la cabeza que ella acabaría cediendo si continuaba presionando. Desafortunadamente, su tío se había dejado engañar por sir Roger y lo tenía por un hombre de palabra.

Fueron las tácticas empleadas en el baile benéfico de Newcastle lo que hizo que se decidiera a salir para Cornualles un mes antes de lo habitual. Había intentado besarla y manosearle los senos. Ella se había resistido y le había arañado una mejilla.

—Pequeña gata salvaje… —se había llevado una mano a la cara, estupefacto—. Lo lamentarás, Sarah. Yo te enseñaré a respetar a tus superiores.

—Yo no os considero un superior mío, señor —había replicado ella—. No tengo intención alguna de dejarme seducir. Si pensabais comprometerme y forzarme al matrimonio, os ha salido mal. Preferiría que me señalaran con el dedo por la calle antes que casarme con vos.

Eso era perfectamente cierto, porque habría muerto antes que casarse con un hombre como él, pero también lo era que no tenía deseo alguno de perder su respetabilidad.

—Si te casas con Sam Goodjohn, o con Harry Barton, estarías a salvo de esas situaciones —le había dicho su tío cuando ella le contó lo sucedido—. Son buenos hombres y dirigirían bien los molinos para que tú pudieras quedarte en casa y ser la esposa y madre que deberías ser. Ya va siendo hora de que te cases y pienses en tener una familia, Sarah… a no ser que quieras morirte como una vieja solterona.

—Yo sé que quieres protegerme, tío William —había replicado Sarah—. Pero yo odiaría casarme solo por conservar mi fortuna. Cuando encuentre un hombre al que ame y que me ame a mí, me casaré.

—¡Amor! —había rezongado su tío—. ¿Cuándo el amor te ha llevado a alguna parte? Necesitas un hombre que te proteja y que mire por tu negocio, jovencita. No lo dejes para más tarde o ni siquiera tu dinero podrá conseguirte al hombre que necesitas.

La ceñuda expresión de su tío la había sacado de su autocomplacencia. Era verdad que el tiempo se le escapaba y que ya no era una jovencita. Tenía el cabello castaño oscuro y la nariz recta. Su boca era más grande de lo que le habría gustado, ella habría preferido tener unos labios finos como los de Hester. La señorita Goodrum era más bonita que ella, pero Sarah no se tenía por una mujer fea. Cuando se ponía sus mejores galas, se sentía suficientemente atractiva y la gente decía que tenía una preciosa sonrisa.

¿Tan imposible era que encontrara el amor?

Tenía la sensación de que habría tenido mayores posibilidades si no hubiera sido la heredera de su padre. Cuando los hombres la miraban, veían a la acaudalada señorita Hardcastle y querían todo lo que ella podía darles. Los más obstinados deseaban engrandecer su negocio y hacerse más ricos; los derrochadores esperaban la garantía de una vida fácil.

Mientras que ella quería… Un leve suspiro escapó de sus labios. Ella quería un hombre que le hiciera reír. Un hombre que apreciara la música, la poesía y los jardines hermosos… alguien que la amara por ser quien era, y no por su dinero. ¿Estaría pidiendo demasiado? Quizá su tío tuviera razón. Quizá lo sensato fuera aceptar a alguno de sus pretendientes y encargar a sus abogados un contrato que le garantizara a ella el control de su negocio y la protección de su fortuna.

Era una manera sencilla de salir del apuro. Un acuerdo de negocios que la protegiera de cazafortunas y hombres sin escrúpulos que persiguieran las riquezas que le había legado su padre. Hasta hacía poco tiempo, Sarah la habría considerado una idea perfectamente razonable, pero por algún motivo había empezado a sentir una leve insatisfacción con su vida actual. En vida de su padre ella no había pensado en el matrimonio y, durante los pocos años que siguieron a su muerte, había estado demasiado volcada en su trabajo para hacerlo. Solo últimamente había empezado a fijarse en los niños que jugaban en los parques y en las parejas de enamorados que paseaban al sol. Era tanto lo que se perdería si no se casaba…

¿Acaso se sentía sola? ¡Ciertamente que no! Tenía amistades y leales empleados. Y estaba siempre demasiado ocupada para sentirse sola.

Pero seguro que tenía que haber otra manera de

vivir. Necesitaba tiempo para pensar, para decidir lo que quería de la vida. Necesitaba un lugar al que escapar, donde esconderse y ser otra persona por una temporada…

—Sí. Lo haré, señorita. Como usted misma ha dicho, no perjudicaremos a nadie. Y Jim estará tan contento de tenerme en casa…

Sarah parpadeó varias veces, regresando a la realidad. Por un instante no pudo creer que Hester había aceptado; luego, cuando vio la expresión de la mujer, sonrió.

—Muchas gracias, Hester —dijo, y se inclinó hacia delante para tocarle la mano—. No te arrepentirás. No haré nada que pueda afectar a tu buen nombre, te lo prometo.

Hester se echó a reír. El brillo de entusiasmo de sus ojos le hacía parecer mucho más joven.

—No sé cómo agradecerle que me haya dado esta oportunidad. Espero que no tenga problema con sus alumnos. Lady Mary me dijo que eran algo difíciles, pero estoy segura de que se las arreglará perfectamente.

—Sí, yo también estoy convencida de ello —replicó Sarah, riendo—. ¿Qué dificultad puede tener cuidar de una dama adolescente y de un muchacho de trece años?

Dos

—¿Por qué tenemos que tener un tutor además de una institutriz? Yo creía que habías dicho que todo se arreglaría cuando nos hubiésemos librado de los dos últimos profesores. Dijiste que el abuelo dejaría de enviarnos más y que nos llevaría a vivir con él a Londres.

—Yo dije que me llevaría a mí. Ya debería haberme presentado en sociedad —dijo Francesca Scunthorpe al tiempo que hacía una mueca a su hermano. Era una chiquilla preciosa de cabello sedoso y ojos brillantes, con una boca de labios llenos y sensuales. El vestido de seda amarilla que lucía era bonito, pero no tan moderno como a ella le habría gustado, y elaborado por una costurera de la localidad—. Tú te irás a Cambridge a la vuelta de Navidad. Y al parecer yo me quedaré aquí sola con alguna estúpida institutriz.

—A mí no me importa ir a la universidad —dijo John y le lanzó un dardo de papel desde el otro lado de la sala de estudios. Era un muchacho fornido y atractivo, de pelo y ojos oscuros y mentón obstinado. Su profesor le había dado una lista de verbos latinos para memorizar y tenerlo así ocupado, hasta que llegara el nuevo, pero a John le aburrían las listas. Su profesor se había pasado el último año y medio suministrándole nuevas listas cada día, pero nunca le había explicado nada. Sus clases consistían en la realización de un nuevo ejercicio y pruebas posteriores para valorar lo aprendido—. Siempre sería mejor que quedarnos aquí solos.

—Al principio estuvo bien —dijo Francesca—. Cuando éramos más pequeños teníamos a la señorita Graham y al señor Browne. A mí ella me gustaba, y me enseñó muchas cosas interesantes, pero se marchó y la última institutriz era una inútil. No sabía tocar el pianoforte ni el arpa y escogía para leer los peores libros de todos.

—Y no le gustaban las ranas en la cama —apuntó John con un brillo malicioso en los ojos—. Nunca he oído a nadie gritar tanto como cuando vio aquella culebra.

—Se creía que era venenosa —comentó Francesca con desdén—. No sabía que era una simple e inofensiva culebra.

—Cualquiera conoce la diferencia entre una víbora y una culebra —dijo John, y levantó la mirada hacia su hermana—. ¿Qué vamos a hacer, Fran? Me aburro tanto… ¿Tú no?

—Sí, parte del tiempo —reconoció Fran—. A mí me gusta leer poesía, pero ya sé que tú prefieres jugar o salir a pescar.

—¿Podemos salir a pescar hoy? Probablemente él nos prohibirá divertirnos cuando llegue… y tu institutriz te dirá que ese no es un pasatiempo adecuado para una dama.

—Ya los burlaremos de alguna manera —le prometió Fran. Recogió el libro de poesía que había estado leyendo y volvió a dejarlo con un suspiro de desagrado—. Se supone que los dos tienen que llegar hoy, aunque no juntos. Saldremos a pescar esta mañana y volveremos cuando nos apetezca.

—La carta del abuelo decía que teníamos que comportarnos mejor que nunca: quedarnos a esperarlos en el salón delantero para cuando lleguen.

—Bueno, pues debería haber venido él mismo y haberse quedado unos cuantos días.

—Dijo que eso le costaba demasiado. ¿Crees que estará enfermo?

—No lo sé.

Fran frunció el ceño porque le preocupaba su abuelo. El marqués era el único familiar que les quedaba: el único, al menos, que se preocupaba por ellos. Su padre se había marchado a algún lugar del extranjero cuando el dinero se acabó. Su casa y su propiedad habían sido puestas en venta y el marqués los había recogido e instalado allí. Al principio había pasado tiempo con ellos, pero últimamente no se había molestado en visitarlos más que en Navidad, aunque siempre se acordaba de enviarles un regalo de cumpleaños.

—Espero que no —añadió—, porque no sé lo que sería de nosotros si muriera. No tenemos ningún dinero que sea nuestro, John. Todo lo que tenemos procede del abuelo. Si hago la Temporada, me casaré con un rico lord y entonces tendremos dinero. Yo te mantendré y no tendrás que trabajar para vivir.

—¿Crees que el abuelo nos dejará algo?

—No lo sé. No quiero ni pensar en ello… —a Fran se le cerró la garganta ante la idea de que pudieran verse obligados a abandonar aquella casa. La había amado desde el mismo momento en que llegaron y no quería vivir en una pequeña y horrible casita de campo como las de algunos de los niños de la propiedad—. Vamos. Me niego a entristecerme en un mañana tan encantadora como esta. Pillaremos algo de comer en la cocina y bajaremos al arroyo.

—Sí —John le sonrió—. Al menos nos tenemos el uno al otro. Yo le pondré ranas a la institutriz en la cama y a ti ya se te ocurrirá algo con ese lord como se llame.

—Lord Rupert Myers —dijo Fran—. No te preocupes: ya pensaremos en alguna manera de deshacernos de ellos, si es que llegamos a odiarlos. Vamos a pescar. Les estará bien empleado no encontrar a nadie aquí cuando lleguen.

Sarah bajó de la calesa y contempló la casa. Cavendish Park era una agradable mansión rural, con mucho la más grande de cuantas había visitado, mayor y más impresionante que la que poseía su padre en las afueras de Newcastle. Había visitado unas pocas como huésped de sus compañeras de escuela, pero ninguna había sido como aquella. Era tan bella que por un momento lo único que pudo hacer fue quedarse mirando los muros de color amarillo claro y las altas ventanas que brillaban como diamantes al sol.

—Si gusta entrar en la casa, señorita Goodrum.

Sarah se recuperó con un sobresalto. El ama de llaves debía de llevar unos segundos hablándole, pero se había quedado abstraída… y además le resultaba difícil recordar que ya no era la señorita Hardcastle, la rica heredera. Había empaquetado a esa persona en particular en sus baúles y los había despachado de vuelta a casa con una carta para sus tíos, en la que les explicaba que iba a tomarse unas pequeñas vacaciones y que no necesitaban preocuparse por ella. Todo lo que llevaba consigo era un pequeño baúl que contenía la ropa que le había entregado Hester.

Llevaba el mejor vestido de Hester, porque esta le había asegurado que era lo esperable el día de su llegada. Era de color gris perla con falda recta, corpiño ajustado y cuello de encaje blanco. Sarah se había puesto un pequeño broche de plata en el cuello para alegrarlo un tanto. Los otros vestidos de Hester no eran tan buenos y ciertamente tampoco se parecían a los que Sarah estaba habituada a lucir, pero tendría que acostumbrarse.

Al fin y al cabo, aquello solamente duraría algunas semanas.

—Sí, gracias, señora Brancaster. Estaba pensando en lo preciosa que es la casa. Debe usted de disfrutar mucho viviendo aquí.

—Sí que es bonita, señorita Goodrum, pero… —la mujer vaciló y frunció su boca de labios finos—. Las cosas no son lo que deberían ser. Milord no viene con la suficiente frecuencia y los niños andan libres y haciendo lo que les place. La casa necesita un amo o un ama. O, si quiere saber mi opinión, preferiblemente ambos.

—Sí, ya lo supongo. Un lugar tan grande como

este necesita una buena organización, algo que no debe dejarse en manos de la servidumbre.

Inconsciente de la mirada de extrañeza con que la señora Brancaster había acogido su comentario, Sarah entró en la mansión por la puerta de servicio de la cocina. Dado que en casa tenía la costumbre de visitar regularmente las cocinas, no se sintió en absoluto incómoda. Podía ser rica y haber recibido una educación exquisita, pero Sarah sabía que estaba muy lejos de ser una dama. Se podía sacar a una chica de Newcastle, pero no se podía sacar Newcastle de la chica; ese dicho, uno de los favoritos de su padre, le arrancó una sonrisa. Se había sentido tan cerca de su padre, su verdadera mano derecha… Lo echaba terriblemente de menos.

Tal vez en ese momento estaba buscando alguien a quien poder amar y respetar, como había hecho con Tobías Hardcastle. Si tal hombre hubiera aparecido de repente frente a ella, no habría dudado en entregarle su persona y la diaria administración de su negocio, pero por el momento no había encontrado a nadie que satisficiera esos requisitos.

—La llevaré directamente a su habitación —le estaba diciendo el ama de llaves—. Una vez que esté instalada, baje a tomar una taza de té a la cocina. Se suponía que la señorita Francesca y el amo John deberían estar aquí para recibirla, pero se escabulleron temprano esta mañana. Sospecho que salieron a pescar en desafío a las instrucciones del marqués respecto a que la esperaran a usted y a su tutor en el salón delantero.

—¿Su tutor? Yo creía que el marqués de Merrivale era su abuelo y guardián legal.

—Y lo es, señorita Goodrum. El señorito John tiene que tener un tutor que será a la vez su profesor. Tal como lo entiendo yo, él será quien mande aquí y todos nosotros tendremos que responder ante su persona.

Era la primera vez que Sarah oía hablar de aquel procedimiento y se preguntó si Hester habría estado enterada. Aquel hombre podría inquirir con demasiada profundidad por sus antecedentes. Se alegraba de haberle pedido a la institutriz que le entregara sus referencias.

—Entiendo. ¿Conoce usted el nombre de ese tutor?

—No estaba escuchando con atención cuando me lo dijo el señor Burrows —admitió el ama de llaves—. Acababa de descubrir que aquel par de diablillos habían vuelto a desaparecer y no tenía la cabeza puesta en ello, pero me enteraré cuando llegue y se lo haré saber.

—Gracias, señora Brancaster —Sarah se quedó pensativa—. ¿Le importaría que dejara el té para más tarde? Me gustaría dar un paseo por los jardines antes de deshacer mi equipaje.

—Bueno… —la señora Brancaster pareció un tanto sorprendida—. Como usted quiera, señorita. Yo imaginaba que querría ver antes la sala de estudios.

—Cuando vuelva, podrá usted indicarme dónde está o preguntaré a alguno de los criados. No quiero robarle demasiado tiempo, porque sé lo mucho que hay que hacer en una mansión tan grande como esta… y el hecho de contar con dos nuevos inquilinos debe de haber trastornado toda su rutina.

—Sí... —reconoció la señora Brancaster—. Bueno, vaya entonces. Mandaré enseguida que le suban el baúl.

Espero que se las arregle bien para volver sola de los jardines.

—Oh, seguro que sí. Me oriento perfectamente.

Sintió que el ama de llaves se la quedaba mirando fijamente mientras se alejaba. Sabía que tal vez se había arriesgado a ofender a su nueva compañera, pero había intuido que debía escapar antes de cometer alguna estupidez. De repente era como si la enormidad de lo que acababa de hacer, y de lo que tenía intención de hacer, la hubiera golpeado en plena cara. Dentro de su cómoda calesa, rodeada de sus objetos familiares, le había parecido una idea inteligente. Se había imaginado que los niños estarían la mayor parte del tiempo al cuidado de los criados de su abuelo, pero… ¿quién era aquel nuevo tutor y cómo sería?

Si se trataba de otro sirviente de rango superior, podría arreglárselas para seguir adelante con su mascarada. Pero si había sido nombrado por el marqués para encargarse del futuro de los niños, podría querer saber demasiado sobre ella. Y Sarah no podía permitirse que rebuscara demasiado en sus antecedentes. Si llegaba a descubrir que estaba mintiendo, podría juzgarla como una persona de nula integridad moral y dudosa virtud.

Tenía un nudo de nervios en el estómago mientras atravesaba el huerto de la cocina, advirtiendo lo bien cuidado que estaba. Si había esperado encontrar allí un aire de negligencia, se había equivocado de medio a medio. ¿Y si su tutor había conocido a Hester Goodrum en el pasado?

Todo aquel asunto era una locura… Debería volver en aquel mismo momento a la casa, pedir las señas de la posada más cercana y marcharse. ¿Cómo había podido pensar que sería capaz de seguir adelante con una farsa como aquella? No había estado pensando con claridad, por supuesto. Sarah quería hacer un alto en su rutina para averiguar lo que necesitaba y esperaba del futuro: ¿debía casarse por conveniencia o por compañía, o bien esperar hasta que estuviera enamorada?

Una sonrisa asomó a sus labios. No tenía garantía alguna de que el hombre al que eligiera pudiera corresponder a sus sentimientos. Sarah sabía que no era precisamente la muchacha más bonita del mundo y, si encontraba a alguien que le gustara, probablemente él no estaría interesado en ella.

No debía apresurar su decisión. Mirando a su alrededor mientras caminaba, Sarah se fue enamorando de los hermosos rosales, de los caminos bordeados de setos y de los extensos prados. Algunos de aquellos árboles debían de llevar siglos allí. Al oír un rumor de risas procedente de lo que parecía una pequeña jungla, se giró instintivamente para descubrir a una jovencita de quizá unos dieciséis años y a un muchacho algo más joven. Estaban tendidos en el césped, contemplando cómo un pez se cocinaba lentamente en un fuego de brasas.

La camaradería que compartían y el sonido de sus risas hicieron que se le cerrara la garganta de emoción, recordándole lo mucho que echaba de menos tener una familia. Era una estampa tan bella, inmersos como estaban los dos en su diversión, que vaciló en un principio, nada deseosa de entrometerse. Si se presentaba en aquel momento, los niños podrían resentirse de su intrusión y ella habría empezado con mal pie. No, sería mejor esperar a conocerlos después, cuando se hubieran lavado la suciedad de sus manos y de sus caras. Y, sin embargo, se moría de ganas de formar parte de aquella escena…

Girándose de nuevo, experimentó un extraño dolor. Había estado pensando que lo mejor sería inventar alguna excusa y marcharse, dejando que el nuevo tutor contratara a una nueva institutriz, pero de repente volvía a cambiar de idea. Algo parecía atraerla hacia la joven pareja a la que había sorprendido divirtiéndose y ahora deseaba quedarse. No los perjudicaría en modo alguno y guardaría las distancias con su tutor: sería amable pero reservada, como correspondía a una verdadera institutriz.

Alzando la cabeza, hizo acopio de coraje. Tras la muerte de su padre, sus abogados la habían aconsejado que vendiera los molinos al mejor postor y se olvidara de dirigirlos ella sola. Pero Sarah no había escuchado sus apocalípticas profecías. A fuerza de luchar contra los prejuicios masculinos, los de hombres resentidos de que una mujer osara internarse en su territorio, había terminado imponiéndose y su negocio marchaba viento en popa. No pensaba, pues, achicarse y salir corriendo ante el menor obstáculo.

Ya era hora de tomar la prometida taza de té con la señora Brancaster. Sarah no mentiría nada más que lo estrictamente necesario para mantener su papel de institutriz… y tampoco se alejaría de aquellos encantadores niños.

Rupert estaba bajando de su carruaje cuando vio a la mujer que volvía de los jardines. El sol arrancaba reflejos rojizos a su cabello, envolviendo su cabeza en una especie de halo. Por el vestido que llevaba, imaginó que sería la nueva institutriz y supuso que habría salido a dar un paseo para familiarizarse con el recinto. Era muy poco lo que sabía sobre ella, excepto que había sido recomendada por lady Mary Winters.

Bien familiarizado con Cavendish Park por las visitas que de adolescente había hecho a su tío, Rupert no sintió deseos de seguir su ejemplo. Había conocido a los niños, pero habían pasado seis años desde la última vez que los había visto. Se preguntó si estarían esperándolo dócilmente en el salón delantero, según les había sido prescrito, o si, como él mismo habría hecho en su lugar, se habrían escapado para gozar de un día de libertad.

—Milord —dijo Burrows todo sonriente mientras se dirigía a saludarlo—. Es un placer veros, señor. He sido informado de que tenéis intención de quedaros unos meses con nosotros.

—Sí, hasta que John parta para Cambridge —repuso Rupert—. Burrows, ¿verdad?

—Me alegra que recordéis mi nombre, señor —el mayordomo pareció reconfortado—. La mayoría de la plantilla sigue aquí, aunque algunos de los criados y doncellas son nuevos.

—¿La señora Brancaster sigue con usted?

—Sí, señor. Llegará dentro de un momento… Ah, ahí viene. Seguro que ha estado muy ocupada.

—¿Francesca y John están en la casa?

—Salieron temprano esta mañana, señor. ¿Queréis que envíe a alguien a buscarlos? Uno de los jardineros me comentó que habían ido a pescar.

—Un día perfecto para ello. No me habría importado acompañarlos. No, no quiero que se sientan culpables. Pronto estableceremos una rutina para ellos. Ahora me apetecería tomar una cerveza fría y algo de comer… He hecho el viaje de un tirón.

—Lord Myers… —la señora Brancaster, que acababa de llegar, pareció sorprendida de verlo—. ¿Cómo estáis, señor? Ignoraba que pensabais venir hoy. He preparado la habitación equivocada. Yo pensaba… —se ruborizó—. Disculpadme. Tendréis lista vuestra propia habitación en media hora.

—No hay prisa —le aseguró Rupert, divertido por su evidente azoro—. Me gustaría conocer a la señorita Goodrum. Me parece haberla vista regresando a la casa hace unos momentos.

—Sí, señor. Salió a dar un paseo para familiarizarse con los alrededores. Nos disponíamos a tomar una taza de té cuando me avisaron de que habíais llegado y por eso me he puesto tan nerviosa…

—No necesito tantas ceremonias. Soy el mismo que cuando venía aquí de muchacho, señora Brancaster.

—No lo sois, señor. Todos sabemos que fuisteis condecorado por vuestra bravura por lo que hicisteis allí en Francia… y resultasteis herido en una pierna.

—Herida de la que suelo olvidarme que la tengo. Solo la noto cuando enfría un poco el tiempo —la sonrisa de Rupert se apagó. No le gustaba que lo elogiaran por algo que era mejor dejar bien enterrado en el pasado.

—Le diré a la señorita Goodrum que os espere en el salón delantero inmediatamente, señor.

—Dígale por favor que vaya a verme allí cuando haya tenido tiempo de tomar tranquilamente su refrigerio. Deseo estar en los mejores términos con esa joven. Dígame, señora Brancaster, ¿cuál es su primera impresión?

—¿De la nueva institutriz? —la mujer frunció el ceño—. Apenas acabo de conocerla, señor, pero… parece muy tranquila y muy segura de sí misma.

—Creo detectar una nota de desaprobación.

—Oh, no señor, os lo aseguro —el ama de llaves se quedó pensativa—. Es solo que… no se parece a ninguna otra que hayamos tenido. Por lo general tienen un aspecto… entre resignado y decepcionado, pero ella no es así en absoluto.

Rupert enarcó una ceja, divertido.

—Entiendo. Una institutriz excepcional. Interesante. Espero que sea lo suficientemente inteligente como para saber que no se puede mantener a una muchacha como Francesca encerrada en una sala de estudio. Veremos.

—Os pido que no utilicéis contra ella nada de lo que os he dicho, señor. Acabo de conocerla y estoy segura de que es una dama perfectamente respetable.

—Oh, estoy convencido de ello. De lo contrario, Lady Mary no la habría contratado. Viene con impecables referencias. Tengo muchos deseos de conocerla.

—Os la mandaré al salón delantero dentro de diez minutos. Os servirán el refrigerio cuanto antes. Y haré que os preparen inmediatamente la habitación.

—Gracias. Siempre me ha mimado usted mucho, señora Brancaster. Ahora me doy cuenta de todo lo que me he perdido por no haber venido más a menudo.

La señora Brancaster resplandeció de puro gozo antes de retirarse para encargarse de todo. Rupert se sonrió mientras se internaba en la casa: no era mucho lo que había cambiado allí. Seguía oliendo a rosas y a lavanda, y el mobiliario era en su mayor parte de roble, aunque en el salón principal recordaba haber visto algunas piezas Chippendale de caoba.

Aquella casa era lo que siempre había sido: una agradable mansión rural, más cómoda que elegante. Por todas partes había jarrones de flores y el olor a rosas era aún más fuerte en el salón delantero. Merrivale tenía buenos criados y era una lástima que el marqués no pasara más tiempo allí, aunque Rupert suponía que los recuerdos eran demasiado dolorosos. Había llorado durante años la pérdida de su esposa, y la muerte de su hija había estado a punto de acabar con él en forma de un ataque cardiaco que lo había dejado muy debilitado. Rupert entendía las razones del anciano para no visitar con frecuencia aquel lugar, pero sabía también que no había sido prudente dejar que los niños se desmandaran. Francesca en concreto necesitaba ser instruida en las maneras propias de la alta sociedad y él esperaba de todo corazón encontrar algún apoyo en la nueva institutriz… sobre todo cuando estaba acostumbrado a lidiar con damas de naturaleza bien diferente.

Se le escapó una risa ronca. Su última amante se había llevado una gran decepción cuando se enteró de que abandonaba la ciudad con la idea de no volver en varios meses.

—¿Qué voy a hacer sin ti? —le había preguntado

mientras deslizaba suavemente sus largas uñas por su espalda desnuda—. ¿Esperas que languidezca aquí sola?

—No, espero que tomes un nuevo protector esta misma semana —había replicado Rupert con una sonrisa burlona—. Ambos sabemos que esto no era más que un beneficioso arreglo para ambos, mi querida Annais. Te sentirás adecuadamente compensada por mi regalo de despedida, así que no finjas lo que no sientes.

Le había arañado la espalda, con los ojos brillantes de ira. Rupert había sabido que su recién ganada libertad la pondría furiosa, pero también que los diamantes que le había regalado secarían sus lágrimas. Además de que llevaba algún tiempo lanzando insinuantes miradas a lord Rowley: habría apostado lo que fuera a que el caballero se metería en su cama antes de que terminara esa semana. En cuanto a sus propios sentimientos, no estaban involucrados. Había transcurrido mucho tiempo desde la última vez que había encontrado algo más que un placer fugaz en los brazos de una mujer, desde que Madeline le había roto el corazón antes de que él partiera para luchar por su rey y su país.

La imagen del hermoso rostro de Madeline, con sus largos tirabuzones rubios, desfiló por su mente y fue rápidamente desechada. Cuando se casó con el anciano duque de Marley por dinero, Rupert la expulsó para siempre de su corazón. Al principio se había sentido furioso, amargado, destruido por su burla y por su traición, hasta que había encontrado algo mucho más valioso: la camaradería de sus amigos. Solo cuando también los hubo perdido, su corazón se volvió de hielo.

Sus amigos que ya no lo eran consideraban que había tomado una decisión que había causado la muerte de algunos de sus camaradas. Rupert se sabía inocente de aquellas acusaciones, pero se negaba a explicarles la verdad de lo sucedido aquella noche. Si solo eran capaces de ver lo que tenían delante de sus narices, entonces no merecía la pena que se molestara, no eran ciertamente sus amigos ni tampoco los hombres que había creído que eran. ¿Qué había sido de la confianza que debería haber existido entre ellos? ¿Dónde estaba el respeto que se creía autorizado a esperar? Dado que habían escogido pensar lo peor de él, no tenía intención de defenderse. Que pensaran de él lo que quisieran. Se había cerrado al recuerdo de su amistad, para convertirse precisamente en el hombre que la sociedad creía que era: un inveterado libertino y un implacable jugador de cartas.

—¿Deseabais verme, lord Myers?

La voz era suave, pero con un ligero rastro de acento. Rupert se volvió para descubrir a la joven que acababa de entrar en el salón delantero mientras él permanecía mirando por la ventana. Aunque no era una belleza, era de mediana estatura, esbelta y atractiva, de pelo oscuro al que el sol arrancaba reflejos cobrizos. Sus ojos eran de un color entre verde y azul y tenía una boca de labios llenos. Se movía con seguridad y tenía una cierta expresión de orgullo en el rostro, y quizá algo más...

¿Recelo? ¿Una cierta incomodidad, tal vez?

—¿Es usted la señorita Hester Goodrum?

Creó percibir una ligera vacilación en ella antes de que asintiera con la cabeza.

—Soy la nueva institutriz, señor.

—¿La señorita Goodrum?

—Sí —esa vez la voz sonó firme y sin titubeos—. Tengo entendido que vos seréis el tutor de los niños.

—Mi tío me pidió que ejerciera de tutor de John hasta que se marchara a la universidad. También estoy aquí para hacer que Francesca se encuentre en condiciones de presentarse en sociedad para la próxima Temporada. Para entonces tendrá diecisiete años y entiendo que se tomarán las provisiones necesarias para que se aloje con una honorable dama, hacia la primavera. Hasta que llegue ese momento, su misión será velar por ella y evitar que se cometa ninguna trastada.

—Me atrevo a decir que encontraré maneras de conseguirlo, señor. Una vez que haya determinado el nivel que ambos han alcanzado en sus estudios, prepararemos un programa nuevo.

—Confío en que no esperará mantener a una muchacha como Francesca encerrada en la sala de estudio todo el día.

—No sería yo tan imprudente como para pretenderlo —replicó ella, alta la cabeza y sosteniéndole la mirada. A esas alturas, todo rastro de titubeo había desaparecido por completo—. Quizá algo de poesía, música y clases de baile no estarían mal. Imagino que tendrá ya algún conocimiento de francés, latín y dibujo. Encontraremos alguna forma de hacer las clases más interesantes. Puede que John necesite más atención, pero entiendo que esa será vuestra labor, lord Myers. Estoy preparada para darle ciertas clases si os parece bien, por supuesto. Podría enseñarle historia, literatura y matemáticas. La geografía y las ciencias, sin embargo, no son mi fuerte. Aunque estoy dispuesta a intentarlo si vos así lo deseáis.

—Me sorprende que sea capaz de ofrecer tan amplio currículo de estudios. Estoy seguro de que mi tío no me dijo que era usted una mujer tan cultivada.

Detectó de pronto un toque de color en sus mejillas. ¿Por qué? ¿Una mengua de su confianza? Acababa de hacerle un cumplido, y sin embargo ella había reaccionado con incomodidad. Por un fugaz instante pareció vacilar de nuevo, pero enseguida alzó la cabeza y esbozó una tranquila sonrisa.

—Supongo que vos seréis capaz de elevar la educación del muchacho a un mayor nivel del que yo podría conseguir. Estoy, sin embargo, dispuesta a facilitarle toda la ayuda que requiráis.

El instinto de alerta de Rupert se activó. Ciertamente estaba ante una institutriz excepcional. Sus maneras estaban lejos de ser las de una mujer de veintipocos años con escasas expectativas en la vida aparte de trabajar hasta su vejez para una sucesión de patrones. Aquella mujer no aparentaba un solo día más de los veinticuatro que tenía y poseía una confianza que no casaba con su edad y que, además, resultaba ajena a su posición. Había algo en toda aquella situación que le sonaba a falso…

—Tengo entendido que estuvo usted al servicio de lady Mary Winters durante varios años.

—Sí, señor. Fui institutriz de su hija June hasta hace muy poco. La señorita June se ha marchado a Bath, con su madre y su tía. Ya no necesitaba institutriz, razón por la cual yo quedé libre para aceptar este puesto.

Rupert advirtió que clavaba la mirada en un punto situado detrás de su hombro izquierdo. No en sus ojos, ni en su rostro.

—Afortunadamente yo también —sonrió—. Debemos meter en cintura a esos dos granujas. Me temo que se les ha venido dando demasiada libertad. Sus últimos profesores dimitieron enseguida.

—Ya me avisaron de que podían llegar a ser un tanto difíciles.

—Espero que no la aterroricen las ranas. Parece que John tiene la costumbre de ponerlas en la cama de la institutriz de turno.

—Ah, entiendo —se sonrió.

Mirando aquella sonrisa, Rupert perdió el aliento. Había algo tremendamente atractivo en aquella joven, en la manera que tenía de alzar la cabeza, en su mirada.

—Gracias por el aviso —continuó ella—. No me desagradan esas criaturas, pero tampoco me gustaría encontrarme una en la cama. Me aseguraré de inspeccionarla cada noche antes de meterme en ella.

—Si encuentra usted algo desagradable, hágamelo saber. Yo me encargaré del culpable.

—Oh, confío en que me las arreglaré —le aseguró ella—. Mi primo siempre estaba haciendo esas cosas cuando éramos niños. El tío William se alegró de poder despacharlo a Eto… al colegio —un rubor coloreó sus mejillas. Inspiró profundo, alzó la cabeza y aguantó su mirada de curiosidad—. ¿Queréis que os prepare un currículo para que lo examinéis, señor?

—Por Dios, no. Dejaré en sus manos todo lo relacionado con las clases de Francesca. Sin embargo, creo que deberíamos concertarle unas lecciones de baile… quizá con alguien de la localidad que pueda venir un par de veces a la semana.

—Yo estaría encantada de tocar el pianoforte. Si no podemos encontrar ningún maestro cerca, vos podríais sustituirlo. Y yo podría enseñarle los pasos, si os molestáis en practicar con ella.

—Sus numerosos talentos parecen no tener fin.

—Yo… me interesa la música y el baile, así como el deporte. Creo que sería capaz de enseñarle a Francesca a entrar en un salón social y a conducirse como es debido, a entablar conversación… lo suficiente para que la próxima primavera no se sienta extraña cuando sea recibida por su anfitriona y carabina, en Londres.

—¿De veras? Yo habría imaginado que no tendría usted mucha experiencia de los salones de Londres…

Rupert vio que su rubor se profundizaba y comprendió que había dado en el blanco. Quizá aquel comentario hubiera sido un tanto injusto por su parte, pero había sido incapaz de resistirse. Aquella joven tan confiada había estimulado su curiosidad. A esas alturas estaba ya casi segura de que no era quien pretendía ser. Las institutrices no miraban a los ojos de sus patrones con ese atrevimiento, ni contaban con experiencia alguna de la alta sociedad.

—He hecho de acompañante de una gran dama —explicó ella, con la cabeza bien alta—. Además, estoy acostumbrada a tratar con damas y jóvenes de… linaje.

—Decidme, señorita Goodrum, ¿dónde recibió usted su educación?

—Yo… mi padre contrató primero una institutriz para mí y asistí luego a la escuela para jóvenes de la señorita Hale, en Newcastle, durante un periodo de dos años. Una institución de gran reputación, os lo aseguro.

—¿A qué se dedica su padre?

—Mi referencias están todas en orden, señor —replicó, tensa—. Puedo enseñároslas, si queréis verlas.

—Yo no soy su patrón —la recorrió con la mirada—. Era simple curiosidad. No está usted obligada a contestarme.

—Mi padre dirigía una mina, señor. Éramos gente respetable y fue capaz de darme unos privilegios que no todas las muchachas de mi clase disfrutan. Falleció hace unos años y... yo me vi obligada a ganarme la vida.

—El director de una mina del norte de Inglaterra, supongo —Rupert asintió con la cabeza, satisfecho porque había identificado el leve acento de su voz, tanto más discernible cuanto más turbada estaba—. Es usted efectivamente una institutriz excepcional, señorita Goodrum. Creo que nos llevaremos lo suficientemente bien… siempre y cuando no termine descubriendo que nos ha mentido tanto al marqués como a mí.

Vio que alzaba rápidamente la cabeza con un brillo de furia en los ojos.

Le entraron ganas de reírse. Al principio había pensado que era meramente atractiva, pero estaba empezando a ver que la señorita Hester Goodrum era mucho más que lo que ofrecía a primera vista. Apostaría a que había verdadero fuego detrás de aquel tranquilo exterior.

—¿Deseáis algo más, señor?

—Oh, sí —replicó Rupert con una sonrisa—. Creo que apenas acabamos de empezar. Sin embargo, lo dejaremos para otro momento. Me hará usted el honor de cenar conmigo esta noche, espero.

Vaciló por un momento.

Acto seguido lo miró de frente de una manera que le bajó los humos.

—Como estoy segura de que sabéis, eso no sería apropiado, lord Myers. A una institutriz se le puede pedir que cene con la familia en alguna ocasión, pero solo cuando la dama de la casa esté presente… y nunca a solas con un caballero.

—Qué decepción. Ahora sí que se está comportando usted como una institutriz formal. Había confiado en que llegaríamos a conocernos mejor. Además, Francesca y John cenarán conmigo. ¿Imaginaba acaso que la estaba invitando a una cena íntima, señorita Goodrum? Le aseguro que yo solo haría algo así si tuviera un plan de seducción en mente.

Vio que se había ruborizado mucho más. Dedicó un momento a recuperarse, como si temiera hablar con demasiada rapidez y traicionarse pronunciando palabras poco sensatas.

—Creo que os gusta burlaros, señor, porque estoy segura de que no tenéis tal cosa en mente. ¿Por qué habríais de tenerla? —volvió a titubear—. Si Francesca va a cenar con vos, quizá yo también debería estar presente. Puede que estéis aquí como tutor y profesor de John, peor sois un caballero soltero y Francesca es una jovencita impresionable. Creo por tanto que debo hacer de carabina.

—Qué sensatez demuestra usted a la hora de cambiar de opinión —murmuró con tono suave, y añadió, cuando ella se marchaba, en una voz que no alcanzó ya a escuchar—: ¿Pero quién, me pregunto yo, hará de carabina suya, señorita Goodrum?

Tres

Sarah subió directamente a su habitación. La señora Brancaster le había pedido que volviera a sentarse con ella en su salón después de la entrevista, pero necesitaba estar sola durante unos minutos para tranquilizar sus nervios. Cuando le sugirió a Hester Goodrum que la suplantara, ni siquiera había soñado que tendría que recoger el guantelete de aquellos ojos gris acero y de aquella mente afilada como una navaja. Lord Myers era un hombre de mundo y muy inteligente. Y Sarah se habría considerado su igual, perfectamente capaz de parar cada dardo que él le hubiese lanzado y de responder a su vez, pero se encontraba en desventaja porque si estaba allí era bajo falsas pretensiones. Lord Myers la había advertido de que no aceptaba bien las mentiras. Podía imaginarse perfectamente lo que pensaría y diría en caso de que descubriera la verdad.

Un escalofrío le recorrió la piel. ¿Qué haría si se veía desenmascarada como una impostora? Sería algo altamente embarazoso, capaz de arruinar su reputación. Por un instante se sintió tentada de volver grupas y salir corriendo antes de que se viera arrastrada a algo que no pudiera controlar, pero su orgullo no se lo permitía.

No, no estaba haciendo nada malo… no horriblemente malo, al menos. Una vez embarcada en aquella farsa, al menos podía quedarse a saludar a los niños. Si el desafío se revelaba excesivo, siempre podría dimitir y marcharse, y nadie sospecharía nada. Además, resultaba improbable que algún conocido suyo visitara Cavendish Park y, siempre que ella hiciera un buen servicio, su patrón no tendría motivo alguno de queja.

Calmados ya sus temores, se cambió de vestido. La clase de vestido limpio, pulcro y práctico que habría sido de esperar en una institutriz. Se tiró del corpiño porque le apretaba un tanto los senos. Aunque de similar estatura, Hester y ella eran de complexión distinta… ella era bastante más curvilínea.

El vestido, sin embargo, no le quedaba mal, y quizá encontrara tiempo para retocarle las costuras. Si hubiera querido hacerse pasar por una doncella se habría puesto un uniforme, pero se esperaba que las institutrices vistieran su propia ropa.

Se preguntó cuál sería el salario que le habían prometido a Hester. Esa era una de las muchas cosas de las que no había tenido tiempo de hablar y, en ese momento, se arrepentía de ello. El dinero no representaba problema alguno por ahora, porque todavía le quedaban algunas guineas en el bolso y necesitaría muy poco mientras estuviera allí. Echaría de menos su ropa y sus joyas, pero había decidido despachar sus baúles a casa y dejarlos allí hasta nueva orden. Caso de haberlos conservado, y si el ama de llaves hubiera decidido investigar su armario, de poco le habría servido que hubiera visto una decena de vestidos de seda colgando allí. La señora Brancaster habría pensado inmediatamente lo peor, porque solo había una manera de que una institutriz poseyera semejantes vestidos.

Hester Goodrum le había dado las referencias de lady Mary, junto con el programa de estudios que había diseñado para Francesca y John. El rápido vistazo que antes le había dado la dejó con la sensación de que la institutriz carecía tristemente de imaginación, y apuntó algunas notas en los márgenes de las lecciones que consideraba que una muchacha debía recibir.

Estaba bajando la escalera hacia las cocinas cuando oyó voces. Dado que estaban mencionando su nombre, se detuvo en el umbral.

—¿Qué piensa de ella, entonces? —inquirió una voz femenina—. ¿Cree que aguantará más de un mes?

—Bueno, yo lo único que puedo decirle es que parece muy segura de sí misma… y eso fue lo que le dije a milord. No es como las otras, así es que bien podría triunfar allí donde las demás fracasaron.

—Espero que tenga razón, señora Brancaster. Esos jóvenes diablos bajaron aquí hace un rato y se llevaron todo el pastel que hice ayer. He tenido que empezar a hacerlo otra vez.

—Bueno, esperemos que ella consiga meterlos en cintura… —la señora Brancaster se interrumpió cuando Sarah abrió la puerta—. Ah, aquí está, señorita Goodrum. Precisamente estábamos hablando de usted. Nos preguntábamos si se acostumbraría a esto…

—Es una casa maravillosa y los jardines son magníficos —dijo Sarah—. ¿Han vuelto ya la señorita Francesca y el amo John?

—Creo que subieron hace un rato. Milord nos ordenó que sirviéramos el té a la hora acostumbrada… y me encargó que le pidiera que se reuniera con ellos en el salón principal. Dice que quiere presentarla a sus pupilos.

—Oh… —el corazón empezó a martillearle en el pecho—. Yo creía que iba a tomar el té con usted, pero si me han convocado… ¿dónde está el salón principal?

—¿Recuerda el salón delantero? Bueno, el salón principal está al otro extremo del corredor, con vistas al parque. ¿Quiere que le pida a una doncella que la acompañe?

—No, creo que podré encontrar yo sola el camino.

—Bueno, señorita Goodrum, me alegro de que haya venido —dijo la cocinera mientras se secaba las manos en el delantal—. En mi opinión, ya es hora de que alguien enseñe algo de disciplina a esos jóvenes.

—Haré todo lo posible para conseguir que se comporten, pero no puedo garantizarlo —sonrió Sarah—. Creo que lord Myers tendrá muy pronto al amo John bajo control. Espero poder tener algún éxito a la hora de preparar a Francesca para su futuro papel.

—Han dejado que se les desmande, esa es la verdad —apuntó la cocinera—. En mi opinión, su abuelo los ha malcriado.

—Bueno, quizá solo necesitaban que alguien se tomara interés por ellos. Si me disculpan, voy a ver si encuentro el salón principal antes de que llamen para el té.

Sarah abandonó la cocina y subió las escaleras de servicio, para salir por uno de los corredores traseros. Se detuvo y miró a su alrededor, intentando orientarse. Para ir al salón principal, ¿había que girar a la izquierda o a la derecha? Aquella era una casa muy grande y si se equivocaba podía terminar perdiéndose.

—Si está usted buscando el salón principal, señorita Goodrum, gire usted a la derecha —pronunció una voz.

Sarah se volvió para descubrir al criado que se había dirigido a ella. Era joven y atractivo, de pelo rubio oscuro, ojos azules y sonrisa afable.

—Oh, gracias —dijo—. Ya estuve antes en el salón delantero, pero no recordaba en qué dirección había que girar.

—Es fácil orientarse una vez que se acostumbra uno. Yo soy Trevor Bent, señorita Goodrum. Su nombre es Hester, ¿verdad?

—Sí, pero no me gusta —dijo Sarah, ruborizándose levemente, y vaciló antes de añadir—: Mi padre me llamaba Sarah. Yo prefiero que me llamen así, si no le importa.

—No me importa —replicó, sonriente—. ¿Puedo llamarte Sarah y tutearte… o estoy siendo demasiado atrevido?

—No me importa en absoluto —repuso—. Gracias por tu ayuda, Trevor.

Y se volvió en la dirección que le había señalado el criado, reconfortada por la respetuosa admiración que había visto en sus ojos. Parecía que le gustaba, y resultaba refrescante saber que el joven no tenía la menor idea de que era rica. Estaba cansada de que la cortejaran por su fortuna… además de que, últimamente, el cortejo de cierta persona había tenido mucho de amenazador. Sir Roger estaba determinado a casarse con ella y ella estaba igualmente determinada a resistirse… aunque tanto su tío como su tía estaban de su lado, recordándole sin cesar lo buen marido que sería para ella.

—Es todo un caballero —le había dicho el tío Matthew—. No interferirá en la administración de los molinos, pero estará a tu lado para darte mayor autoridad. Una mujer no puede esperar dirigir sola todo lo que tu padre te dejó.

—Pero yo ya te conté lo que me hizo… Es un granuja. ¿Cómo puedes decir que será un buen marido para mí?

—Los libertinos reformados terminan siendo los mejores maridos —le había dicho su tía con una tímida y bobalicona sonrisa—. Me atrevo a decir que se propasó un tanto en aquella fiesta llevado de su amor por ti, Sarah. Los caballeros hacen a veces esas cosas.

—El amor no tiene nada que ver en esto —había apuntado su tío—. Lo que tiene que hacer una mujer es casarse y cuidar a sus hijos, no dirigir molinos. Sir Rogers tiene molinos propios y aligerará esa carga de tus hombros.

Carecía de sentido decirle a su tío que sir Roger dejaba sus molinos a cargo de negligentes supervisores y que por eso mismo estaba a punto de perderlos. O que ella nunca sometería a sus trabajadores al tipo de tratamiento que recibirían de sus directores. Por supuesto, sir Roger nunca se acercaba a ellos. Estaba de-

masiado ocupado disfrutando en Londres, e indudablemente esperaba que el dinero de Sarah le permitiría
seguir adelante con esa clase de vida.

Sarah había tenido que morderse la lengua para no
replicar. Ella sola había estado administrando los molinos bastante bien, con la ayuda de sus directores. Era
cierto que el trabajo consumía todo su tiempo, razón
por la cual había decidido tomarse aquellas pequeñas
vacaciones. Pero seguía detestando la idea de dejarlos
en manos de un hombre como sir Roger.

Conforme se acercaba al salón principal, oyó un
rumor de voces que iba subiendo de volumen.

—¿Por qué no viene el abuelo? —inquirió una voz
de niña con tono hosco—. John y yo estamos cansados de soportar clases aburridas. Queremos ver a más
gente… divertirnos un poco.

—Bueno, pues ahora me tenéis a mí. Creo que
John ya es lo suficiente mayor como para recibir clases de esgrima. Te enseñaré a disparar, John. Y saldremos a pescar y jugaremos al críquet, pero por
supuesto tendrás que recibir clases. Vuestra institutriz
se encargará de ello, y yo os bajaré a los dos a pasear
por la capital. Si os portáis bien, claro está.

—¿Y qué pasa conmigo? ¿Por qué John tiene que
llevarse toda la diversión mientras yo me quedo aquí
encerrada con una aburrida institutriz?

—Me temo que ese es el rol de las mujeres en la
vida —repuso lord Myers con una nota burlona en la
voz—. Me atrevo a asegurarte que la señorita Goodrum te dejará divertirte si te comportas.

—No la necesitamos aquí. ¿Por qué no podemos
tener…?

Sarah entró en ese momento en la habitación. Una muchacha preciosa de pelo rubio y un igualmente atractivo jovencito se hallaban de pie frente a la chimenea, con lord Myers. Parecían enfadados y contrariados, en claro contraste con los despreocupados niños que había visto en los jardines. El semblante rosado de la muchacha subió de tono cuando se giró y la vio.

—Ah, aquí está la señorita Goodrum —dijo lord Myers en medio del expectante silencio—. Como puede usted ver, los holgazanes han vuelto. He decidido que no recibirán más que una advertencia por esta escapada, pero no seré tan tolerante en el futuro.

—Me atrevo a decir que no ha habido mal alguno en ello —repuso Sarah—. Al fin y al cabo, ha hecho un día perfecto para pescar. Dado que no llegamos hasta mediodía, habría sido una lástima desperdiciar la oportunidad de salir a disfrutarlo —se volvió hacia los niños—. Espero poder salir a pasear con vosotros en días como este. Para aprender no es necesario sentarse ante un pupitre. Podemos observar la naturaleza y practicar los verbos latinos mientras paseamos. John... y creo que tú, Francesca, descubrirás que será mucho más interesante discutir sobre tus poetas favoritos sentadas a la orilla de un arroyo que en una oscura sala de estudio.

Las mejillas de la muchacha se volvieron blancas y luego de un rosa subido. Se hallaba claramente indecisa entre mostrar su contento o esconderlo.

—El señor Morton me hacía pasar la mañana entera haciendo ejercicios mientras él se quedaba sentado leyendo un libro —exclamó John, indignado—. Yo quiero jugar y hacer cosas.

—Y lo harás —dijeron Sarah y lord Myers al mismo tiempo.

—Hay muchas maneras de aprender —añadió Sarah mientras el tutor la miraba con los ojos entornados.

—¿Qué pasa conmigo? —inquirió Francesca, mirándolos con gesto mohíno—. ¿Qué se supone que tengo que hacer yo?

—Para empezar, aprender buenos modales —dijo lord Myers—. Ninguno de vosotros estuvo aquí para dar la bienvenida a la señorita Goodrum a Cavendish Park.

—Ella no tenía por qué venir aquí —dijo Francesca con tono brusco—. Soy demasiado mayor para la sala de estudio.

—Por eso pretendo enseñarte a bailar —repuso Sarah, impasible ante el hostil comportamiento de la muchacha—. Tendremos que hablar de la sociedad y de la clase de gente con la que te encontrarás en el futuro… y las conversaciones que deberás tener con amigos y conocidos. Necesitarás también aprender a reconocer a un libertino, o a un granuja, y a evitar que esa clase de caballeros puedan comprometerte.

Francesca abrió mucho los ojos. Se la quedó mirando con expresión incrédula, los labios ligeramente entreabiertos.

—¿Qué ha dicho?

—Charlaremos de poesía y de literatura, y necesitarás practicar el dibujo, el bordado y un instrumento musical de tu elección… pero aprender a bailar, saber entrar en una habitación, hacer reverencias y mostrarse reservada cuando un caballero te corteje también es muy importante. Necesitarás de todas esas habilidades cuando hagas tu Temporada.

—¿No quiere usted que escriba un ensayo sobre la decadencia del Imperio Romano o conjugue los verbos franceses?

—Imagino que habrás recibido una instrucción rica y diversa. Ya descubriremos los límites de tu conocimiento juntas, cuando conversemos. Una joven moderna debe ser capaz de mantener una conversación inteligente. ¿No estáis de acuerdo, milord?

Sarah se arriesgó a lanzar una mirada a lord Myers, que la estaba observando con ojos entrecerrados. Ignoraba si su expresión denotaba sospecha o incredulidad.

—La mayoría de las jóvenes damas que yo conozco son demasiado ñoñas para ahuyentar a un perrito de aguas. Repiten frases como loros y luego caen en un azorado silencio cuando alguien les hace una pregunta.

—¡Sois demasiado duro, milord! —rio Sarah, divertida—. Bueno, espero que Francesca tengo algo más que decir en su debut. Si no es así, habré fracasado en mi misión.

—Espléndido… —dijo lord Myers con un brillo de inteligencia en los ojos—. Francesca, creo que con tu nueva institutriz has sido más afortunada de lo que cualquiera de nosotros podía imaginar. Mi única pregunta es: ¿cómo es que lady Mary se avino a separarse de usted?

Sarah se negó a bajar la mirada. La estaba probando, intentando intimidarla. Pero ella no pensaba darle esa satisfacción.

—Lord Myers está recurriendo a la burla, Francesca —dijo con un tono perfectamente tranquilo—.

Si yo fuera una joven debutante, podría hacer una de dos cosas. Si quisiera darle ánimos, esbozaría una enigmática sonrisa y flirtearía con mi abanico… o bien, si quisiera disuadirlo, enarcaría una ceja y lo dejaría sin respuesta.

—Aquí termina la primera lección —murmuró lord Myers—. Es un buen consejo, Francesca. ¿Puedo preguntarle qué habría hecho usted, señorita Goodrum?

—Eso lo dejo a vuestra imaginación, milord —repuso, pero suspiró aliviada cuando la puerta se abrió y apareció el ama de llaves seguida de dos doncellas, portando una bandeja cada una—. Ah, aquí está nuestro té. ¿Te importaría hacer los honores, Francesca?

Francesca la miró nerviosa, pero tomó asiento junto a la pequeña mesa de servicio. La señora Brancaster dejó allí la mesa bandeja, cruzó algunas palabras con lord Myers, lanzó una mirada de curiosidad a Sarah y se marchó, llevándose solamente a una de las doncellas.

—Ya sabes que debes empezar por la dama de mayor rango —recordó Francesca a la muchacha—. Sin embargo, dado que yo soy la institutriz, tendrás que servir primero a lord Myers, luego a mí y después a tu hermano. Si estuvieran presentes varias damas de distinta categoría, deberías empezar por la de rango más alto y solo cuando todas ellas estuvieran servidas, seguirías con los caballeros y empezar de nuevo de la misma manera.

—Puede que la señorita Goodrum esté en lo cierto —dijo lord Myers—. Pero, en mi opinión, las damas siempre están antes… sin importar su rango. Sirve por favor primero a la señorita Goodrum, Francesca.

Sarah le lanzó una rápida mirada, pero no lo contradijo.

—Tomaré el té solo con limón, sin leche ni azúcar —dijo sonriendo mientras Francesca levantaba la pesada tetera.

A la muchacha le tembló ligeramente la mano, pero cumplió con la ceremonia sin accidentes, entregando la taza a la doncella para que se la pasara a su vez a Sarah, y sirviendo a continuación a lord Myers. Él pidió leche y un solo azucarillo, y aceptó luego un bocadillo y una tartaleta de frutas de manos de la doncella.

Una vez que todo el mundo estuvo servido, Francesca miró a Sarah. La muchacha inclinó la cabeza y la doncella se retiró.

—¿Tomaba vuestra última institutriz el té con vosotros?

—No, ella prefería tomar el suyo en la cocina —respondió John, un punto indignado—. Fran y yo tomábamos la mayor parte de nuestras comidas juntos, en nuestro cuarto. La única vez que se usaba el salón principal era cuando venía el abuelo y teníamos invitados. La señora Brancaster nos servía entonces… o a veces la prima Agatha.

—¿Vuestra prima os visita de vez en cuando?

—Solo por Navidad —dijo John—. Llevamos años solos, ¿verdad, Fran?

—Sí —Francesca bebió un sorbo de té. Había estirado el dedo meñique de una manera afectada, pero cuando miró a Sarah y se fijó en lo relajado de su postura, la imitó—. Los dos nos aburrimos mucho. ¿Por qué no podemos tener amigos aquí y organizar picnics y dar bailes?

—Podríamos dar un baile para tu decimoséptimo cumpleaños, pocas semanas antes de Navidad —sugirió lord Myers—. Si aprovechas bien las clases de baile y todo lo que la señorita Goodrum tenga que enseñarte, puede que entonces estés lista para ello. Deberíamos empezar por recibir algunas visitas, sin embargo... aunque solo sea para cenar, jugar a las cartas o algo así.

—El tiempo es magnífico —dijo Sarah—. Creo que celebrar un picnic con vuestros vecinos sería ideal para hacer correr la voz de que empezaréis a recibir visitas. La mejor manera de acostumbrarse a tener compañía es invitarla a vuestra casa. ¿Te atrae la idea de un picnic, John?

—¿Podremos jugar y hacer carreras? El verano pasado fuimos a la fiesta al aire libre de la vicaría. Fran y yo ganamos la carrera de tres piernas. Fue divertido.

—Estoy segura de que algo se podría hacer, pero debéis pedírselo a lord Myers. Yo solo soy la institutriz. Puedo sugerir, pero no me corresponde a mí decidir nada.

Sarah se volvió hacia él, invitándolo a responder. Vio que fruncía el ceño y seguía entornando los ojos, como si estuviera intentando descifrar sus pensamientos. Evidentemente lord Myers no estaba nada convencido de que ella fuera una institutriz. ¿Cuánto tardaría en descubrir la verdad?

—¿Un picnic? —desvió la mirada de un rostro ansioso al otro para finalmente volver a clavarla en Sarah—. Tengo la impresión de que estoy en minoría. Un picnic, entonces… pero espero que redactará usted las invitaciones, señorita Goodrum. Y que organizará los juegos, si hace el favor.

—Yo la ayudaré a redactar las invitaciones —se ofreció Francesca—. Se dónde guarda el abuelo la lista de gente a la que invita por Navidad. Y ambos colaboraremos con los juegos, ¿verdad, John?

John miró a su hermana y asintió. Sarah se dio cuenta de que el muchacho estaba claramente bajo su influencia. Si Francesca otorgaba su aprobación a la institutriz, media batalla estaba ya ganada.

Empezaron a hablar de lo que querían para su picnic, llenos de ilusión. Sarah sonrió para sí misma mientras se servía un pastelito de almendras. Aquella estampa era exactamente la misma que se había imaginado de la vida familiar en el campo, y la estaba disfrutando. Sabía, sin embargo, que la guerra aún no estaba ganada. Por el momento los niños estaban contentos y se mostraban por tanto muy bien dispuestos, pero al primer golpe de autoridad, bien podría cambiar el viento.

Sarah era muy consciente de que seguía siendo observada por lord Myers. Tenía la sensación de que no sabía muy bien qué hacer con ella y de que se estaba tomando su tiempo para decidirlo. Se descubrió a sí misma deseando ser realmente la institutriz que afirmaba ser, porque anhelaba quedarse allí y formar parte de aquel círculo encantador.

Un leve estremecimiento le nació en la nuca al imaginarse lo que dirían y pensarían cuando se enteraran de que era en realidad la acaudalada señorita Hardcastle, huyendo de un pretendiente excesivamente entusiasta. ¿Se sentirían traicionados o furiosos? No le extrañaría, ya que les había mentido para conseguir la posición. No tenía la cualificación necesaria para trabajar como institutriz, más allá del hecho de que había sido educada por una muy buena, y de que había estudiado durante dos años en una escuela para señoritas.

Sarah esperaba que lord Myers no descubriera lo muy cara que había sido aquella escuela, porque entonces se preguntaría cómo la hija de un director de mina había podido permitirse pagar la matrícula.

—¿Me enseñará a bailar el vals?

La pregunta de Francesca la devolvió a la realidad.

—Haré lo que pueda, y cuando estés lista, podrás practicar con tu tutor.

—¿Mi tutor? —Francesca soltó una risita—. Lord Myers es mi primo —dijo, aclarándole la situación—. Mi abuelo es su tío.

—En realidad somos primos segundos —la corrigió lord Myers—. Tu madre era prima mía.

—Oh… —asintió Francesca—. Es lo mismo. Mi última institutriz me dijo que todos los aristócratas de este país son primos. Que todo el mundo está relacionado con todo el mundo por el matrimonio, cuando no son parientes de sangre.

—Yo también he oído eso —lord Myers inclinó la cabeza—. Y no estoy muy seguro de que sea cierto… aunque muchos de ellos están relacionados de una u otra manera. Tú no tienes ningún primo hermano, Francesca. Soy tu pariente masculino más cercano, aparte de tu abuelo. Yo tengo una hermana casada. ¿Conoces a lady Meadows?

Francesca negó con la cabeza.

—El abuelo le pidió que se quedara con nosotros la pasada Navidad, pero ella no quiso.

—Jane estaba teniendo su primer hijo por aquel tiempo. Llevaba casada cerca de un año y quería asegurarse de que no hubiera accidentes.

—¿Vendrá para mi baile de cumpleaños?

La expresión de Francesca era insegura, un tanto suplicante, y Sarah experimentó una punzada de compasión. Se advertía que estaba muy necesitada de compañía y consejo femenino.

—Yo se lo preguntaré —se quedó pensativo—. No debes preocuparte, Francesca. Dentro de unos pocos meses empezarás la Temporada y conocerás a muchísima gente, damas y caballeros…

—Es tan larga la espera…

—Debes aprender a tener paciencia —le dijo—. Una dama bien educada no espera que todo lo que le suceda sea de su conveniencia. Porque no será así cuando estés casada.

—Si es que me caso —dijo la muchacha, suspirando.

—Te casarás cuando estés preparada —le aseguró Sarah—. El matrimonio es algo de esperar y de desear en tu caso, Francesca, pero no hay prisa ninguna. Disfrutarás conociendo a gente y dejándote cortejar. Una vez que empieces la Temporada, habrá bailes y muchas otras cosas excitantes que hacer. Y un día te enamorarás y te casarás con el hombre de tus sueños.

—Mi última institutriz decía que yo debería casarse solamente por dinero y para conseguir una posición —Francesca echó la cabeza hacia atrás en un gesto retador, como para desafiarlos.

—¿Por qué deberías hacer algo así? Yo creo que eso es una tontería. Una muchacha como tú debería ser capaz de elegir. Cuando te inviten en sociedad, conocerás a muchos caballeros, y estoy convencida de que encontrarás a uno que te hará feliz, si tienes un poco de paciencia. No te lances a los brazos del primero que te pida matrimonio.

—¿A usted se lo han pedido más de una vez?

—Sí, varias… —respondió Sarah sin pensar—. Y las rechacé porque… no estaba enamorada.

—¿Amor? —resopló disgustado lord Myers—. El matrimonio únicamente tiene que ver con la propiedad y con el dinero, Francesca. No esperes demasiado de la vida y no te llevarás una decepción.

—¿Es eso cierto, señorita Goodrum?

Todos los ojos se volvieron hacia ella y Sarah se azoró. Sospechaba que sus mejillas habían subido de color.

—El dinero y la propiedad son cosas útiles, pero yo preferiría vivir en una cabaña con el hombre al que amara que vivir como una gran dama en una enorme mansión.

Sabía que había dado una falsa impresión a su pupila al insinuar que no le importaba el dinero. Su propia situación era completamente diferente, y sin embargo nunca le aconsejaría que se casara únicamente por conseguir una mejor posición en la vida.

—Aunque… por supuesto que tener dinero es muy útil —se obligó a añadir.

—Yo creo que me casaré por amor. Yo quiero algo más que un matrimonio de conveniencia —anunció Francesca, y alzó la cabeza como desafiando a lord Myers a que la contradijera.

—Eres una muchacha sensata —le dijo Sarah—.

Y deberás pensártelo muy bien antes de comprometerte.

—No me casaré a no ser que esté enamorada.

—No puedes echarte en brazos de un aventurero —le recordó Sarah—. Tendrás que reservar tu corazón hasta que encuentres a alguien que te demuestre amor, más allá de un simple afecto.

Francesca se quedó callada y pensativa. Lord Myers estaba frunciendo el ceño, quizá sorprendido por las poco convencionales opiniones de la nueva institutriz. Sarah se dio cuenta de que estaba siendo sincera, pero tal vez de una forma que podría no beneficiar a su pupila.

—Por supuesto que te gustaría que tu marido sea un caballero de considerable fortuna.

—¿De modo que el amor en una cabaña no es suficiente, después de todo?

Lord Myers le lanzó una mirada burlona que la escoció. Quiso responderle con algún comentario cortante, pero decidió que ya había sido suficientemente indiscreta por un día y se limitó a inclinar la cabeza, como dándole la razón.

Después del té, Sarah pidió conocer la sala de estudio y tanto Francesca como John la acompañaron, dejando a lord Myers con tiempo libre hasta que llegara la hora de cambiarse para la cena. Miró algunos de los trabajos que sus pupilos habían realizado, y aunque los juzgó aburridos y poco inspirados, no hizo ningún comentario. Los jóvenes le mostraron los libros que les habían suministrado y ella sacudió la cabeza al ver que no había nada de historia ni de literatura.

—¿Dispone el marqués de una biblioteca aquí?

—Hay estanterías de libros —dijo Francesca—. El último profesor que tuvimos pasaba bastante tiempo allí, pero nos prohibía entrar a nosotros. Decía que los libros eran demasiado valiosos para que los tocaran niños ignorantes.

—¡Santo Dios! —Sarah se había quedado consternada—. ¿Cómo pudo haber sido tan insensible? Percibo en su actitud tanto una falta de buenas maneras como de buen sentido. Le pediré autorización a lord Myers para que usemos la biblioteca en nuestras clases, cuando no tengamos invitados. Esta habitación es demasiado oscura y aislada. Si la biblioteca se encuentra en la planta baja, podremos abrir las puertas y ventanas cuando haga buen tiempo e incluso llevarnos fuera los libros.

—Usted es diferente —le dijo John, mirándola extrañado—. No es como ninguna otra institutriz. ¿Tenemos que llamarla señorita Goodrum?

Sarah vaciló, y finalmente negó con la cabeza.

—Teniendo compañía, sería prudente que lo hicierais, pero… cuando estemos solos, si queréis, podéis llamarme Sarah.

—Yo creía que te llamabas Hester Goodrum.

—Mi padre me llamaba Sarah, y yo prefiero ese nombre.

Sarah sintió el abierto e ilusionado escrutinio de Francesca y experimentó una punzada de culpa. Se sentía incómoda mintiendo a la muchacha, mucho más que al hombre de mirada de águila que había quedado encargado de su educación. Quería hacerse amiga de Francesca. Percibía que se sentía sola, necesitaba del amor de una madre o de una hermana mayor. A Sarah le habría gustado ofrecerle su amistad, su confianza y su cariño, pero esa amistad siempre estaría fundada sobre una mentira, y eso le dolía.

Pero la compensaría de alguna forma por ese engaño. Mientras escuchaba la ilusión que traslucía la voz de la niña, se prometió que haría todo cuanto estuviera en su poder para hacerla feliz y prepararla convenientemente para la vida en sociedad. Si las cosas marchaban tal como esperaba, nadie necesitaba saber que no era Hester Goodrum y, para cuando se marchara, no habría hecho ningún mal a nadie.

Cuatro

Sarah no perdió el tiempo en cambiarse para la cena después de que sus pupilos se hubieron retirado a sus habitaciones. John estaba claramente ilusionado ante la perspectiva de bajar a cenar al comedor, algo que nunca hacía salvo en Navidad. Francesca estaba igual de contenta, solo que se empeñaba en disimularlo con tal de parecer más mayor.

Ataviada ya con un sencillo vestido de seda gris, que era el único de su propiedad que se había llevado consigo, el más adecuado para una cena familiar de aquella clase, bajó las escaleras en busca de lord Myers. Uno de los criados la dirigió a la biblioteca y allí lo encontró examinando las estanterías de libros, que ocupaban tres de las cuatro paredes.

Había tres altos ventanales que dejaban pasar mucha luz y una puerta ventana que daba acceso al jardín, la habitación perfecta para el estudio.

—Disculpad que os moleste, milord — dijo con lo que esperaba habría sido el tono adecuado en una institutriz—. Veo que disfrutáis de la lectura, lo cual hará seguramente que os mostréis más dispuesto a satisfacer mi demanda. Encuentro la sala de estudio bastante inadecuada para la instrucción de mis pupilos. Es por ello que confiaba en tener permiso para utilizar la biblioteca una hora o dos cada mañana.

Se volvió para mirarla, entornando los ojos mientras la estudiaba con atención.

Sarah se preguntó si su vestido no sería demasiado elegante. Era el más sencillo que tenía y no se lo habría puesto si él no hubiera insistido tanto en que cenara con la familia.

—No sé si mi tío vería vulnerada su intimidad caso de que decidiera venir, pero mientras siga en Londres, no veo razón alguna por la que no debamos compartir su biblioteca. A mí me gusta leer por las tardes cuando no tenemos compañía, pero por las mañanas estaré ocupado en la oficina de la propiedad. ¿Le parece bien que de nueve y media a once y media la biblioteca sea suya y de los niños?

—Sois muy generoso, milord —Sarah se acercó a los estantes—. ¿Hay alguna sección de poesía? Veo pocas cosas nuevas aquí…

—Oh, creo que encontrará suficiente para entretenerse. Puede que mi tío no visite esta casa a menudo, pero es un gran coleccionista de libros. No encontrará aquí volúmenes comprados a granel. Todos ellos han sido leídos y manoseados… y hay también algunas novelas modernas. Imagino que mi tío las compraría para su hija.

—John me dijo que su último profesor les prohibió el uso de esta habitación.

—En eso excedió su autoridad —comentó lord Myers con aspecto disgustado—. Me parece a mí que mi tío ha estado muy mal asistido por lo que se refiere a sus nietos. Recibieron un trato deficiente, señorita Goodrum. No toleraré que eso vuelva a suceder.

—John se beneficiará de vuestra tutela, señor. Espero que yo pueda hacer lo mismo por Francesca.

—Ella la admira a usted —su mirada era severa, con sus sensuales labios formando una fina línea—. No la defraude, señorita Goodrum. Estaré vigilando sus progresos.

—Confío en poder demostraros mi valía —Sarah alzó la cabeza—. Gracias por vuestra generosidad.

—La biblioteca estará perfectamente disponible —su mirada se intensificó, provocándole un estremecimiento que le recorrió toda la espalda—. No sé muy bien quién es usted, señorita Goodrum... pero pretendo averiguarlo.

—No creo comprenderos.

—¿Ah, no? Entonces quizá esté equivocado... pero percibo cierto misterio en todo esto. Si descubro que no es usted quien dice ser, seré implacable. Como ya le dije antes, no soporto a los mentirosos.

Sarah encontró difícil dominar el estremecimiento que la recorrió. ¿Tan pronto se había traicionado? ¿Cómo podía él saber que no era la institutriz... y qué se imaginaría que era?

—Francesca es una joven impresionable —continuó—. Ha comenzado a confiar en usted. Por favor, no me dé motivos para despedirla. Aborrecería tener que destruir su fe en la primera persona que le ha ofrecido su amistad.

—No tengo intención alguna de perjudicarla ni a ella ni a John.

Él se le acercó entonces, mirándola fijamente a los ojos por un momento antes de alzar una mano para tomarle la barbilla y obligarla a que lo mirara. Sarah experimentó el cosquilleo de una sensación muy extraña: empezó abajo, en el vientre, para extenderse por todo su cuerpo, acalorándola. Le ardían las mejillas y quiso apartarse, pero él se lo impidió.

—¿Es usted una aventurera? —le preguntó, enarcando una oscura ceja.

Sarah no pudo evitar admirar la perfección de su boca y se echó a temblar por dentro. Un hombre así era peligroso. Pese a su sensual atractivo, había algo férreo en su personalidad y ella temía ya las consecuencias si llegaba a adivinar que los había engañado a todos.

—¿Qué esperaba ganar viniendo aquí? ¿Confiaba acaso en pescar un marido rico? ¿Había oído usted que Merrivale era un anciano solitario que podía sucumbir a sus encantos?

Sarah contuvo el aliento hasta que lo absurdo de aquellas preguntas la hizo reír. Aquello estaba tan lejos de la verdad que pudo sentir cómo se desvanecía su tensión.

—Tenéis una vívida imaginación, lord Myers —le dijo—. No tengo un concepto tan alto de mis encantos como para pretender aprovecharme de la manera que acabáis de sugerir. Lamento que tengáis una opinión tan pobre de mi persona. Os aseguro que no es merecida.

—¿De veras?

De repente inclinó la cabeza y la besó, en un contacto suave y sin embargo exigente. Por un instante

Sarah se sintió aturdida, acelerado el corazón mientras él profundizaba el beso, y deseó desmayarse en sus brazos. Algo en su interior la impelía a reaccionar a su demanda y experimentó una creciente necesidad, un dulce e insólito calor entre los muslos.

Tomando de pronto conciencia de que su reacción debía de estar confirmando precisamente la opinión que tenía de ella, apoyó las manos en sus hombros y lo empujó. Mientras la furia reemplazaba la anterior sensación de maravilla, alzó una mano y lo habría abofeteado si él no le hubiera sujetado la muñeca a tiempo.

—Así que hay fuego debajo de ese frío y calmado exterior suyo —murmuró él con un brillo perverso en los ojos—. Me intriga usted, señorita Goodrum. No suelo equivocarme en mis primeras impresiones y sé que no ha sido usted siempre una institutriz. Me esconde algo, pero ya lo averiguaré.

—No sois un caballero, señor —replicó fríamente ella. La mirada que le lanzó había conseguido intimidar a los directores de molino que habían intentado desafiar su autoridad cuando se hizo cargo del imperio comercial de su padre. Habían querido engañarla y ridiculizarla, pero ella les había hecho frente... y de la misma manera, se dijo, pondría a aquel bribón en su lugar. Aunque había estado a punto de desmayarse de resultas de aquel beso... lo cual demostraba que no era más que una estúpida solterona con hambre de amor masculino. ¿En qué habría estado pensando para haber tardado tanto en rechazarlo? Aquel hombre estaba lejos de ser la clase de marido que necesitaba, en el caso de que decidiera casarse.

—Soy consciente de que disfrutáis de una posición privilegiada en esta casa, pero eso no os da derecho a cuestionar mi moralidad ni a intentar seducirme de esta manera. Si volvéis a comportaros así, dimitiré… y le dejaré muy claro al marqués por qué me he visto obligada a marcharme.

—La dama tiene garras —repuso él con tono divertido—. Vamos, señorita Goodrum, me parece a mí que no ha encontrado usted la experiencia muy desagradable…

—Me insultasteis e intentasteis luego aprovecharos de mí. Quiero dejaros claro que no toleraré semejante comportamiento. Si me juzgáis indigna de mi cargo, despedidme.

—¿Despedirla? —la abrasó con la mirada, haciendo que se le encogiera el estómago—. Oh, no, no tengo intención de despedirla mientras no haya descubierto la verdad. Pensé que podría encontrar un tanto aburrida una prolongada visita al campo, pero no hay tal cosa. Disfrutaré cruzando espadas con usted, señorita Goodrum.

—Yo preferiría que guardarais las distancias. Debemos mantenernos en buenos términos por el bien de los niños, milord, pero no veo razón alguna para que se crucen nuestros caminos cuando no estén ellos presentes.

—¿Ah, no? —sonrió de una manera extraña—. Se aferra usted a su dignidad, pero yo sentí algo muy distinto cuando la besé. Y sin embargo no le haré daño alguno, si es eso lo que teme. Nos comportaremos con la mayor de las cortesías por el bien de John y de Francesca… pero he de decir que es usted una institutriz excepcional: la menos convencional de las institutrices con las que me he topado.

—¿Es necesariamente negativo ese adjetivo? —Sarah levantó la mirada hacia él—. Os doy mi palabra de que no soy una aventurera, ni he venido aquí a pescar marido.

—¿Tendré que creer en lo que me dice? —se la quedó mirando fijamente. Sus duros rasgos se habían relajado y había una luz burlona en sus ojos, como si estuviera jugando con ella tal que un gato con un ratón—. Sí, quizá lo haga. Pero entonces… ¿qué es lo que esconde usted? ¿Se encuentra en problemas? Yo podría ayudarla, si ese fuera el caso.

—Soy perfectamente capaz de cuidar de mis propios asuntos —alzó la cabeza, orgullosa—. Creo que ha sonado el gong llamando a la cena. Deberíamos bajar, si no queremos hacer esperar a los demás.

Él inclinó la cabeza, ofreciéndole su brazo.

—Como quiera usted, señorita Goodrum. Por favor, acepte mis disculpas si la he ofendido.

Sarah vaciló antes de apoyar las puntas de los dedos sobre su brazo, y mantuvo la cabeza bien alta mientras se dirigían al comedor. Solo podía guardar las distancias y confiar en que él hiciera lo mismo.

Lo último que había esperado cuando llegó a aquella casa era tener que verse en la tesitura de frenar los avances de un hombre que sospechaba era un libertino. Un libertino encantador e innegablemente atractivo, capaz de conmover el corazón de cualquier mujer… pero si ella estaba allí era precisamente para escapar de las indeseadas atenciones de alguien muy similar.

Si hubiera sido menos obstinada, se habría marchado de allí a la mañana siguiente. Pero no tenía intención alguna de dejarse seducir por lord Myers.

Desde el otro extremo de la mesa, Rupert veía a la institutriz charlar y reír con sus pupilos. Parecía encontrarse muy cómoda, como si estuviera acostumbrada a cenar en aquel ambiente, y no mostraba ninguna indecisión a la hora de escoger las copas y los cubiertos correctos. Sus maneras eran tranquilas y seguras, y aparte de las sombrías miradas que de cuando en cuando le lanzaba, parecía perfectamente relajada. Rupert se sabía en falta por haberle robado aquel beso, pero ella lo había mirado con un desafío tal en los ojos que se había sentido irresistiblemente tentado. Si era verdad lo que ella alegaba, la había malinterpretado y confundido, pero su intuición le decía que estaba lejos de ser la esclava oprimida en que acababan convirtiéndose la mayoría de las mujeres en su situación al cabo de unos pocos años.

El vestido que llevaba aquella tarde era demasiado elegante para pertenecer a una institutriz. Era sencillo, pero de un gusto exquisito, y debía de haber costado tanto como lo que ganaría en un año. ¿Cómo era posible que poseyera un vestido semejante si era realmente lo que decía ser? Tenían que habérselo dado, sería posiblemente regalado… ¿pero quién había podido hacerle un regalo así? Y, sin embargo, no era el vestido que él, por ejemplo, habría elegido para una amante. Tenía, de hecho, la sutil elegancia que solamente una dama de gusto refinado podía haber elegido.

Aquel vestido era lo que lo había llevado a pensar que se trataba de una aventurera, razón por la cual le había dado aquel estúpido beso. Se recordó que si estaba allí era para hacer de tutor de los nietos de su tío, de manera que lo último que debería contemplar era una aventura con su institutriz. ¿Quizá algún agradecido patrón le había dado el vestido como regalo?

Si ese era el caso, definitivamente la había malinterpretado, pero eso no explicaba sus refinadas maneras en la mesa. Invitadas a comer con su patrón, la mayoría de las institutrices mostraban reserva o al menos una cierta incomodidad, incluso aunque sus maneras fueran excelentes, como lo eran las suyas. No, ella estaba acostumbrada a cenar así.

Solo una mujer que se sintiera muy segura de su lugar en el mundo podría sentirse tan cómoda en una situación que él la había obligado a aceptar. Si la hubiera conocido en sociedad no la habría situado en un escalón social muy alto, pero habría encajado perfectamente en aquel ambiente. ¿Por qué entonces trabajaba como institutriz? ¿Acaso su familia se había venido a menos? Y sin embargo, si estuviera en una desesperada necesidad de trabajo, no se mostraría tan confiada… tan segura. Sus sospechas se agravaban. Rupert tenía perfectas razones para desconfiar del sexo femenino. Después de que una mujer le rompiera el corazón cuando no era todavía más que un muchacho, no había vuelto a entregárselo a nadie. Desde entonces se había entretenido con damas de una cierta clase, la mayoría casadas o viudas. Algunas de sus amantes habían sido cortesanas, dispuestas a venderse al mejor postor, y por lo general ninguna había sido de confianza.

La señorita Goodrum no encajaba en el patrón de institutriz esclavizada, lo que reforzaba su convicción de que no era realmente lo que afirmaba ser. De lo que se seguía que le estaba escondiendo algo, aunque, más que miedo, lo que había visto en sus ojos había sido desafío. Y además había reaccionado a su beso.

Aquella mujer lo intrigaba, y sí, de haberla conocido en otras circunstancias, quizá habría intentado convertirla en su amante. ¿Quién era y por qué estaba allí? Sus miradas se encontraron y sonrió al leer la incertidumbre en sus ojos. ¿Se había convertido en un enemigo para ella? Rupert se descubrió de pronto esperando poder recuperar el terreno perdido. Le parecía encontrarse ante una escena tan perfecta, con ella riendo y bromeando con John, y animando a Francesca… Experimentó un extraño sentimiento que no conseguía identificar, como si hubiera encontrado por fin un lugar de felicidad, de pertenencia.

Por primera vez en siglos sentía deseos de formar parte de una escena familiar. Más que una institutriz, la señorita Goodrum se le antojaba más bien una tía o una hermana mayor para Francesca, con aquella sonrisa suya tan generosa como dulce.

Y, sin embargo, allí se ocultaba un misterio. Lo había percibido desde el principio. Una sonrisa de mujer podía llegar a ser tan engañosa… Él se había quemado de muchacho, había visto destrozados su orgullo y su corazón. Desde entonces había escogido cuidadosamente y se había asegurado de que ninguna de las damas con las que se acostaba le hubiese enterrado nunca las garras en la piel.

Aquella tutora tenía garras. Había pasión y fuego

detrás de aquel tranquilo exterior. Sería ciertamente divertido descubrir quién era en realidad y por qué había ido allí.

¿Qué era lo que ocultaba?

John fue despachado a la cama tan pronto como acabó la cena. A Francesca se le permitió tomar el té en el salón principal en compañía de su institutriz, pero en cuanto lord Myers se reunió con ellas, la mandó también a acostar. Sarah se levantó inmediatamente para seguirla. Se disponía a pasar a su lado cuando él la sujetó de la muñeca.

El fuego de la chimenea había dejado de crepitar. Las sombras parecían arrastrarse por la habitación, dándole un aspecto íntimo, tentador... ¡Pero no debía quedarse allí ni un segundo más!

—No hay necesidad de que se retire, señorita Goodrum.

—Creo que hay toda la necesidad, señor. Por favor, dejadme pasar —el corazón se le aceleró ante su cercanía, ante su potente y atractivo aroma. Se humedeció los labios con la punta de la lengua, consciente de que se encontraba en una peligrosa situación. Debía marcharse antes de que él intentara seducirla.

Reacio, la soltó. Tenía una expresión extraña, casi de arrepentimiento.

—Lamento lo que le dije antes. La estaba probando. Debe usted admitir que ese vestido suyo no es el habitual en una institutriz.

—No, supongo que no. Pertenece a la época en que vivía todavía mi padre. Él me lo regaló. Mi padre era muy cuidadoso con su dinero, señor, pero conmigo no lo escatimaba.

Sarah evitó su abrasadora mirada, aunque sus palabras no estaban lejos de la verdad. Había comprado aquel vestido, recién pasado el primer duelo, con el dinero que le había dejado su padre. Lo había conservado porque era uno de sus preferidos.

—Entonces me disculpo por haberla calumniado. Vamos, señorita Goodrum, ¿hará el favor de perdonarme?

—Consideraos perdonado, milord. Yo solo deseo estar en buenas relaciones con vos.

Deliberadamente utilizó un tono voz plano, tranquilo e inexpresivo, confiando en disuadirlo con su reserva.

—Entonces no volveré a tentarla ni a burlarme. No debemos permitir que surja animosidad alguna en nuestra relación.

—No, eso sería una desgracia —convino ella, atreviéndose a mirarlo a los ojos. Su expresión le aceleraba el corazón. Había visto aquella mirada antes en los ojos de un hombre, y la turbaba. Habitualmente no vacilaba a la hora de lidiar con indeseados seductores, pero ese hombre era diferente: más poderoso y atrayente que cualquier otro que hubiera conocido—. Intentaremos que nuestra compañía sea mutuamente cómoda por el bien de los niños.

—¿Pero no me cuenta usted como amigo?

—Creo que pedís demasiado, señor. Apenas os conozco… aunque quizá con el tiempo podamos progresar hacia la amistad.

—Muy bien. Me equivoqué al suponer que era

usted una aventurera… pero mi oferta sigue en pie. Si se encuentra en problemas, estaré encantado de ayudarla.

—Gracias. Lo tendré en cuenta. Y ahora, si me disculpáis, señor…

—Está bien. No la entretendré en contra de su voluntad. Me llevaré a John a montar mañana a primera hora, pero volveré a tiempo para las clases.

—Debéis hacer lo que consideréis adecuado, señor. Creo que el muchacho posee una gran cantidad de energía que necesitará desahogar. La equitación, la esgrima y otros deportes ayudarán a que marche mejor en los estudios.

—Eso creo. Buenas noches, señorita Goodrum. Que tenga usted felices sueños.

—Gracias.

Sarah inclinó la cabeza y terminó de pasar delante de él. El corazón se le había acelerado ante su contacto, pero ella había sofocado todas aquellas estúpidas emociones. Con demasiada frecuencia los caballeros de su posición se aprovechaban de las empleadas femeninas que no podían escapar fácilmente a sus atenciones. Le había prometido que no volvería a molestarla, aunque la mirada de sus ojos le decía algo completamente distinto.

No podía negar que había sentido la fuerza de su atracción, pero él no era hombre para ella. Como señorita Hardcastle, podía atraer propuestas de caballeros necesitados de fortuna para financiar su extravagante estilo de vida, pero si no estaba dispuesta a comprarse un marido, tampoco lo estaba a convertirse en la amante de alguien. De presentársele la oportunidad adecuada,

Sarah podría decidirse por el matrimonio… pero no con un hombre como lord Myers.

No conocía su fortuna, pero sí que reconocía su sensualidad, la atracción que debía de haberlo hecho popular entre las damas de su clase… y de otras. No tenía la menor duda de que era un hombre muy físico que tomaría una amante cada vez que le apeteciera… y ese no era el tipo de hombre que necesitaba en su vida. Un hombre así no sería de confianza. Tan sumamente encantador como era, nunca podría estar segura de que no se metiera en otra cama. Sarah sabía que solo una mujer muy bella e inteligente podría conquistar el corazón de un hombre así, y no podía esperar que él quisiera de ella otra cosa que no fuera una breve aventura para aliviar una aburrida estancia en el campo.

Ni tampoco lo deseaba ella, por supuesto. Cuando se casara, si acaso lo hacía alguna vez, sería con un hombre tranquilo que disfrutara de la lectura; que estuviera a su lado cuando lo necesitara, pero contento también con permanecer en un segundo plano para dejarla que continuara dirigiendo sus molinos, en caso de que deseara hacerlo. Porque Sarah había luchado por el derecho a dirigir sus molinos, pero no estaba muy segura de querer seguir haciéndolo. Si en ese momento hubiera estado felizmente casada, con una familia, tal vez se habría contentado con que su marido se encargara de sus asuntos. Lo que no tenía intención de hacer, sin embargo, era dejarse mandar y que le dijeran que tenía que delegar enteramente esos asuntos.

Lord Myers era un hombre muy atractivo, pero su carácter dejaba mucho que desear a juzgar por lo que había visto hasta el momento. No sería un marido adecuado para Sarah Hardcastle y bien podría dilapidar su fortuna en un instante, dada la oportunidad.

Ella no había huido de un cazafortunas para caer en los brazos de otro, por muy atractivo que lo encontrara. ¡No sucedería tal cosa! Realmente no se sentía atraída por él. Se trataba simplemente de que se había sentido muy sola desde la muerte de su padre, por supuesto. Su padre había sido un compañero maravilloso y lo que ella quería de verdad era alguien que ocupara su lugar, que la cuidara y velara por ella, pero exigiéndole a cambio poco más que un cálido afecto.

Lord Myers no habría recibido más que un fugaz instante de atención por su parte si se hubieran encontrado en sociedad. El problema era que se veía obligada a convivir con él en lo que, indudablemente, era una situación íntima.

¿Qué sería lo que lo habría llevado hasta allí? No parecía la clase de hombre que aceptara gustoso las obligaciones que su tío le había pedido. Seguro que se habría sentido más a gusto en los salones de la sociedad londinense, que haciendo de tutor de un muchacho. ¿Por qué habría de haber renunciado a su tiempo y a su estilo de vida para marcharse al campo?

Él la había acusado de esconder algo, pero quizá él estuviera escondiendo algo también. ¿Qué sería lo que lo había convertido en el hombre que era? Con la edad que tenía, ya debería haber llevado algunos años casado. Seguro que querría tener una esposa e hijos… aunque, de hecho, estaba dando por supuesto que no los tenía. De todas formas, si hubiera estado casado, no dudaba de que Francesca se lo habría mencionado.

Entonces, ¿por qué había permanecido soltero? ¿Qué era lo que había dado aquel brillo de dureza a sus ojos? Tenía sentido del humor, eso lo sabía. ¿Y por qué sospechaba tanto de ella? ¿Era simplemente que no confiaba en las mujeres en general?

¡Oh, aquello era ridículo! Debía sacárselo de una vez por todas de la cabeza… porque era peligroso dejar que un hombre como él se deslizara en sus pensamientos.

Pese a su determinación por ser sensata, se descubrió pensando demasiado a menudo en el atractivo lord Myers mientras se desvestía. Retiró las mantas, buscando algún objeto desagradable que cierto muchacho habría podido poner allí a modo de broma, pero no encontró nada. Evidentemente había pasado la primera prueba. Con los niños al menos.

Se olvidaría de su tutor y concentraría todos sus pensamientos en ellos. Si ella estaba allí, era para estar al servicio de los niños.

Aunque Francesca ya no era ninguna niña. Estaba a punto de convertirse en mujer. En épocas anteriores ya estaría casada a esas alturas, y quizá incluso con un hijo. Tratarla como si fuera una niña sería una estupidez. Sarah se había encariñado con la muchacha y, mientras se deslizaba dentro de la cama y se estiraba para soplar la vela, decidió que se esforzaría todo lo posible por mejorar su vida. Disfrutaría llegando a conocer a su pupila y encontraría muy placentero compartir con ella su propio amor por la poesía, la historia e incluso alguna novela ocasional.

Había un tesoro de libros en las estanterías de aquella biblioteca, incluidas algunas láminas de animales míticos que podrían interesar a John. Quizá no fuera una institutriz convencional, pero era lo bastante capaz como para darles a ambos una buena educación. A Sarah le encantaba tocar el pianoforte y pensaba que Francesca podría disfrutar tocando a dúo con ella.

La vida allí podría ser extremadamente cómoda y placentera. Podría salir a pasear por la mañana a primera hora, dado que las clases no empezarían hasta las nueve y media. Le habría gustado poder montar a caballo, pero no estaba muy segura de que una institutriz pudiera disfrutar de ese privilegio.

Por un momento sintió una punzada de nostalgia. Sus propios caballos la echarían de menos y lo mismo sus perros… y algunos de sus criados. Había escrito para asegurar a todo el mundo que se encontraba perfectamente. Y tendría que seguir en contacto con sus agentes, si no quería que se pusieran nerviosos e iniciaran una búsqueda para encontrarla.

Cerrando los ojos, se fue quedando dormida… aunque sus sueños se vieron continuamente asaltados por la mirada de cierto hombre.

—¿Quién eres tú? —le preguntaba aquella cara—. Lo averiguaré… No podrás esconderte de mí…

Rupert fruncía el ceño mientras contemplaba pensativo su copa de vino, después de que se hubiera marchado la institutriz. Las sombras parecían envolverlo, agravando la sensación de soledad. Era un estúpido por permitir que aquella mujer se le metiera de esa forma debajo de la piel, porque, muy probablemente, terminaría siendo la aventurera que él había imaginado en un principio. Y, sin embargo, algo en ella había cautivado su interés. Por eso había querido que se quedara después de que se hubieran retirado los niños.

Habían transcurrido años desde la última vez que Rupert había disfrutado de compañía femenina… que no fuera en la cama. La mayor parte de las mujeres de la sociedad lo aburrían y desconfiaba de las jóvenes y bobaliconas señoritas que andaban a la busca de marido. Sentarse a charlar por la noche con una mujer inteligente constituiría una interesante actividad.

En Londres rara vez era consciente de su soledad porque pasaba las noches o bien en su club, en compañía de amigos, bebiendo, jugando o hablando de política o del precio de las acciones, o bien con su amante. Si su tío hubiera estado allí tal vez no se hubiera dado cuenta de aquella carencia suya, pero, en su situación actual, por fuerza tenía que concluir que su vida estaba lejos de ser satisfactoria.

De joven, Rupert había imaginado que terminaría enamorándose, casándose y teniendo una gran familia, pero cierta mujer que prefirió el dinero y un título superior al suyo dio al traste con aquellos sueños. Aquella mujer había agarrado su destruido corazón y su lastimado orgullo para arrojarlos a la guerra. Durante un tiempo había encontrado consuelo en la compañía de sus camaradas oficiales, pero cuando se volvieron todos contra él…

Intentó ahuyentar aquellos recuerdos. Mezclado con el dolor de ver a sus hombres rotos, sufriendo, derramada su sangre en la tierra seca y ardiente, lo que sucedió después resultaba demasiado doloroso de evocar. Se había cerrado al dolor, de la misma manera que se había cerrado a la humillación que había recibido a manos de aquella mujer, decidido a resistir y a ignorar el desdén de los demás. Y tanto éxito había tenido que había terminado convirtiéndose en lo que los demás pensaban que era: un hombre severo, reservado y despreocupado de los demás. Rupert no necesitaba la aprobación de nadie. Él era su propio dueño, regido por principios de acero, sin nadie a quien dar cuentas de sus actos. Solo unos pocos conocían su otra faceta… un aspecto de su persona que él casi había olvidado.

Antaño había sabido disfrutar de los pequeños placeres de la vida. Había sabido amar, expresar cariño y dar y recibir alegrías en una relación íntima con otro ser. Pero habían pasado años desde entonces, antes de que descubriera que no existía la mujer en la que poder confiar. Todas eran iguales: codiciosas, pequeñas gatitas celosas que gustaban de ser acariciadas, pero prestas a arañar en cuanto algo las contrariaba.

Indudablemente la institutriz era exactamente así, aunque por un momento tenía que confesar que se había sentido bastante intrigado. Aunque solo fuera por el misterio que percibía en su pasado.

Y si embargo aquella mujer lo había afectado de una manera que no lo había hecho ninguna otra, despertándole sensaciones de necesidad y deseo con una sola mirada de aquellos maravillosos ojos.

Sarah se despertó cuando una doncella descorrió las cortinas. Bostezó y se estiró, soñolienta:

—Buenos días, Tilly. ¿Me has traído mi chocolate?

—Soy Agnes, señorita Goodrum. Y usted misma le dijo a la señora Brancaster que tomaría el desayuno abajo.

—Sí, por supuesto —repuso, despabilándose de golpe. Se había distraído, y solo podía esperar que la doncella no repitiera sus palabras a los demás—. Si bajo ahora mismo, habré terminado para cuando la familia se levante. No tiene sentido que me subas nada.

—Le he traído su agua caliente, señorita… tal como me indicó la señora Brancaster.

—Gracias, eres muy amable —Sarah apartó las mantas. Nada más despertarse había creído estar en casa, con su doncella personal ofreciéndole el chocolate caliente que tomaba cada mañana antes de levantarse.

Tardaría algún tiempo en acostumbrarse a la vida que ella misma había elegido: una vida muy diferente, pero que tenía sus propias compensaciones.

Una vez que Agnes se hubo marchado, Sarah se lavó y se puso uno de los recatados vestidos de Hester. Asomándose a la ventana, vio que lucía el sol y decidió no ponerse un chal. Dado que iba a bajar a pasear por una propiedad privada, no vio razón alguna para ponerse sombrero y abandonó la habitación con la cabeza descubierta.

Bajó por la escalera de servicio hasta una entrada lateral que daba a un jardín vallado. Los ladrillos estaban gastados, cubiertos por rosales y enredaderas. Acostumbrada a las largas caminatas por el campo cercano a su casa, abandonó el jardín para seguir explorando la propiedad. No tenía tiempo para acercarse al pueblo que había visto antes, pero decidió que lo haría en su primer día libre. Hester le había prometido que tendría uno al mes, que podía acumular para efectuar una visita a su casa. Pero Sarah no necesitaría más que unas pocas horas de libertad, quizá en las primeras horas de la mañana o por la noche. En caso necesario, tal vez podría utilizar aquellos días libres para visitar su hogar y tranquilizar a sus preocupados amigos... Eso si continuaba allí más allá de unas pocas semanas, por supuesto.

Porque si lord Myers llegara a descubrir su verdadera identidad, sería sumariamente despedida. Sarah sabía ya que lamentaría mucho que eso sucediera. Ella tenía un hogar encantador y amigos, pero en casa siempre tendría la sensación de que la estaban observando... esperando a que cometiera algún error.

En ese momento, sin embargo, se olvidaría de sus preocupaciones y disfrutaría del paseo. El aire era fresco y contenía una sutil promesa del calor que haría más tarde. Caminó hasta un pequeño lago, donde se quedó mirando los patos y cisnes que se deslizaban por sus quietas aguas. A la derecha se alzaba un misterioso bosque y una casita de verano que se adivinaba interesante. Quizá hubiera encontrado el lugar ideal para el picnic, reflexionó mientras volvía a la mansión.

El paseo le había abierto el apetito y entró en el comedor de desayuno pensando que estaría sola, pero para su consternación descubrió a lord Myers sentado a la mesa. Se levantó en cuanto la vio entrar y le ofreció la silla.

—Estaba esperando que se reuniera usted conmigo, señorita Goodrum.

—Confiaba en haber terminado de desayunar antes de que la familia se levantara.

—No me molestará. Disfruto de la compañía en las comidas y soy persona madrugadora. Al contrario que muchos de mis amigos, que rara vez asoman la cara antes de mediodía.

A Sarah le ardían las mejillas. Se mantuvo de espaldas hacia él mientras miraba debajo de las tapas de plata y se debatía entre los huevos revueltos, el kitchiri, los riñones picantes y el beicon. Finalmente llenó su plato y volvió a la mesa.

—No quería dar más trabajo a las doncellas haciendo que me subieran el desayuno. La señora Brancaster pensó que sería adecuado que tomara las comidas aquí, dado que vos me invitasteis a cenar anoche.

—Claro, ¿para qué dar más trabajo a la servidumbre? He dicho a John y a Francesca que pueden comer con nosotros. Somos una pequeña familia, señorita Goodrum, así que… ¿por qué no aprovechar al máximo nuestra mutua compañía?

—Sí. Me parece ridículo llevar las comidas al cuarto de los chicos cuando no está previsto que pasen mucho tiempo allí.

—Exacto. Otros podrán encontrar esa práctica poco convencional, pero no veo la razón por la que los niños de la familia no puedan comer con sus mayores... a no ser que se porten mal y molesten a los huéspedes.

—Nosotros no tenemos huéspedes...

—Qué sagacidad la suya, señorita Goodrum —comentó con un brillo burlón en los ojos.

—¿Disfrutáis burlándoos de todo y de todos?

—El mundo sería un lugar muy aburrido si no pudiéramos reírnos de él, ¿no le parece?

—Sí, tal vez —Sarah se sonrió a pesar de su determinación de mantener las distancias—. ¿Pretendéis invitar a gente a la casa?

Si lo hacía, ella necesitaría cambiar de rutina, porque los huéspedes no esperarían ver a la institutriz en cada comida.

—Podemos organizar ese picnic que tanto le ilusiona a John y animar a conocidos y amistades a que nos visiten a la hora del té... pero no creo que debamos tener lo que se dice huéspedes en este momento. A no ser que mi tío decida visitarnos. Porque podría presentarse cuando quisiera, por supuesto.

—¿No pensáis dar ninguna cena?

—Por ahora, no. A no ser, como ya he dicho, que mi tío decida visitar a sus nietos. Él me dijo que no tenía intención de hacerlo hasta Navidad, pero podría cambiar de idea.

—Sí, me doy cuenta de que eso cambiaría las cosas —Sarah tragó un bocado, se limpió la boca con la servilleta y lo miró—. ¿Sería una grosería por mi parte preguntaros cómo es que un caballero como vos ha aceptado hacer de tutor de John durante seis meses? Yo habría pensado que preferiríais estar en la capital, o tal vez ocupado en vuestra propiedad del campo.

—¿De veras? —enarcó las cejas—. No veo razón alguna por la que deba responder a su pregunta, pero sí le diré que mi propiedad está a un día de caballo de aquí en caso de que necesite visitarla. Aparte de que tengo agentes y capataces que la administran por mí.

—Sí, por supuesto, pero siempre queda algún pequeño detalle necesitado de atención, ¿no os parece? Cosas que solo vos podéis decidir... —Sarah bajó la cabeza al ver que entrecerraba los ojos, como sospechando—. Mi padre siempre decía que no podía abandonar su negocio durante mucho tiempo....

—Creo recordar que dijo que era director de mina, ¿verdad?

—En efecto. Siempre estaba muy ocupado y tenía muy poco tiempo para su familia. Sobre todo desde que falleció mi madre.

—¿Fue hace mucho tiempo?

—Yo tenía doce años. Estaba muy encariñada con mi padre y algunas veces lo acompañaba a... —había estado a punto de decir «viajes», porque su padre se había pasado la vida viajando de la mina a los molinos—. Al trabajo —terminó la frase.

—¿Eso fue antes de que usted fuera a la escuela?

—Sí, tuve una institutriz. No aprobaba que pasara tanto tiempo en los... en la mina —de nuevo había estado a punto de decir «molinos», y se tragó la palabra. Aquel era un tema peligroso. Si no llevaba cuidado, se traicionaría.

En ese momento se abrió la puerta y entraron John y Francesca. Después de intercambiar saludos con Sarah y con lord Myers, fueron al aparador y empezaron a servirse de las diferentes fuentes. John estaba claramente impresionado con la práctica y estuvo un buen rato llenando su plato.

—¿Podrás comerte todo eso? —le preguntó Sarah—. Acuérdate de que luego tendremos que comer. Había pensado en salir a dar un paseo después. Podremos recoger flores silvestres y rocas, cosas que podamos dibujar o coleccionar. Si es que lord Myers no tiene otros planes...

—No podía resistirme —reconoció John, sincero—. Nunca comíamos estas cosas en nuestro cuarto. A mí me gustaría salir a pasear, si es que Rupert no tiene nada planeado.

—De hecho, pensaba empezar con tus clases de esgrima después de la comida. Pasaremos una hora ensayando los primeros movimientos, y luego había pensado que quizá te gustaría jugar conmigo un partido de pelota en el prado. Sin embargo puedes salir a dar ese paseo después de la clase de esgrima, si prefieres.

—No, preferiría quedarme contigo —dijo John y atacó su plato como si se hubiera pasado el último año muerto de hambre.

—Come más despacio —le aconsejó lord Myers, e inmediatamente el muchacho se irguió en la silla y empezó a masticar con mayor lentitud.

—A mí me gustaría jugar a la pelota —dijo Francesca—. Y también ver la clase de esgrima... aunque quizá será mejor que espere a que John haya aprendido un poco más. Creo que podríamos pasear un poco y volver luego para reunirnos con los demás. ¿Te parece bien, Sarah?

—Sí, por supuesto —respondió Sarah y vio que Lord Myers enarcaba las cejas—. Le dije a Francesca que podía llamarme por mi nombre de pila cuando estuviéramos solos.

—¿De veras, señorita Goodrum? —entrecerró los ojos—. Yo creía que vuestro nombre de pila era Hester.

Sarah sintió que le ardían las mejillas.

—Bueno, a mí nunca me gustó ese nombre y mi padre me llamaba por ese otro nombre. También era el de mi madre y...

—Entiendo. ¿Y podemos todos llamarla por ese... otro nombre? ¿O es algo que solo rige para Francesca?

—En compañía, creo que será mejor que os dirijáis a mí como señorita Goodrum. El resto lo dejo a vuestro buen sentido, lord Myers.

—Ah, entiendo —un brillo asomó a sus ojos—. Dedicaré a ese asunto de los nombres toda mi atención, señorita Goodrum.

Sarah sintió que las mejillas se le inflamaban literalmente. Si hubiera estado sola le habría soltado una brusca réplica, pero decidió cambiar de tema. Durante el resto de la comida, dirigió sus comentarios a John y a Francesca, y suspiró aliviada cuando lord Myers se disculpó para levantarse de la mesa.

—Tengo algunos asuntos de la propiedad que atender —dijo—. Te veré después de la comida, John. Y jugaremos a la pelota en los prados a eso de las tres.

Poco después de que lord Myers se retirara, Sarah dejó a los muchachos que terminaran de desayunar y fue a la biblioteca. Ya había escogido los libros que quería utilizar para cuando llegaron los dos. Para John había escogido un bestiario ilustrado y para Francesca algunos libros de poesía que pensaba le podrían gustar. La muchacha pasó la siguiente media hora leyendo poemas. Cuando escogió uno que hablaba de asombrosas hazañas de soldados, no se sorprendió de que John prestara también atención a su lectura.

—Fue algo muy valiente lo que hizo Horacio al dar su vida por los hombres con los que luchaba, ¿verdad, señorita? —dijo cuando ella bajó el libro—. Creo que debería convertirme en soldado y luchar por el honor y la gloria.

—Quizá lo hagas cuando seas mayor —Sarah le sonrió—. Ahora voy a leer un poema romántico para Francesca. Tú puedes seguir mirando tu bestiario, John... pero luego me gustaría que escribieras unas líneas sobre las escenas de batalla que acabo de leer. ¿Querrás hacerlo?

—Sí, señorita. ¿Podría escribir un cuento?

—Claro. Sí, creo que sería una excelente idea —abrió el libro y sonrió a Francesca—. Esta es la carta que el coronel Lovelace le envió a Lucasta la víspera de la batalla. Aunque el tema es el mismo, es muy romántica y creo que te gustará.

Empezó a leer, advirtiendo que aunque John había abierto su bestiario, claramente desdeñoso hacia todo romanticismo, no había tardado en ponerse a escuchar el poema.

—Para tu ensayo, Francesca, me gustaría que escribieras sobre lo que es el amor... y lo que piensas que Lucasta quería decirle al coronel Lovelace para que él le escribiera ese poema.

—Oh, sí... Es una historia tan romántica —suspiró la muchacha—. El amor es una cosa maravillosa, ¿verdad? ¿Has estado enamorada alguna vez, Sarah?

—No. Amaba a mi padre, pero creo que estar enamorada es algo muy diferente.

—¿Cómo sabe una que está enamorada, que el amor que siente es real?

—No estoy segura… pero creo que es algo que se siente aquí —se llevó una mano al corazón—. Si un día crees que te sucede, debes darte un tiempo para estar segura, Francesca… pero creo que es en tu corazón donde sabrás si es real o no.

—Pero los hombres pueden abandonarte, ¿verdad? He oído que una de las chicas de la servidumbre… —Francesca miró a John, que seguía con la nariz enterrada en su libro—. Algo le sucedió y la despidieron. Le pregunté a la señora Brancaster y ella me dijo que un hombre la había deshonrado, a la pobrecita. No sé lo que quiso decir con ello.

—Ah… —Sarah tragó saliva. No se había dado cuenta de que la muchacha era tan inocente—. Eso es algo que deberíamos discutir otro día… quizá en privado.

—Quería decir que iba a tener un bebé sin estar casada —dijo John, demostrando con ello que estaba escuchando pese a que seguía con la nariz metida en el libro—. Timothy, el mozo de cuadra, me dijo que Alice no quería decir quién era el padre, pero que él pensaba…

—Sí, bueno, quizá sea mejor que no especulemos sobre tales asuntos —dijo Sarah. Ella misma había aprendido de su vieja niñera de dónde venían los niños, a la edad de dieciséis años y cuando una de las doncellas de su padre también había sido despedida por cometer el terrible pecado de acostarse con uno de los mozos de cuadra.

—Yo lo sabía más o menos —admitió Francesca—. Pero no por qué eso era tan malo. Quiero decir… ¿qué es lo que hicieron?

Sarah se ruborizó.

—Hay algunos libros de anatomía que podrían explicar el proceso. Sin embargo, concebir bebés es algo que sucede cuando un hombre y una mujer hacen el amor… y eso empieza con los besos. Hay más, que no sería apropiado tratar en este momento… pero esa es la razón por la que tu mamá, de haber estado aquí, te habría dicho que no te dejaras besar por los hombres.

—La señora Brancaster me dijo algo parecido, pero yo no la entendí. Si la gente se enamora, ¿por qué es malo besarse y tener bebés?

—Me atrevo a decir que no es malo. De hecho, es perfectamente natural y normal… pero la sociedad y la iglesia sostienen que eso solo debe suceder cuando el hombre y la mujer están casados. Es por eso por lo que la señora Brancaster dijo que la pobre Alice había sido deshonrada por un hombre. Puede que él no quisiera casarse con ella… después.

—Entonces era un hombre malo y cruel —dijo Francesca, frunciendo el ceño—. Creo que me gustaría leer esos libros de anatomía, por favor.

—Yo te los buscaré —Sarah se levantó y se acercó a la estantería. Sacó dos volúmenes, cuyas imágenes juzgó perfectamente prácticas y anodinas, después de hojearlos. Se los tendió a Francesca—. Aquí te explica cómo se desarrolla el proceso tanto en el hombre como en la mujer… pero no por qué. Si la atracción existe, se inflaman los sentimientos… pero tú no deberás nunca dejarte arrastrar por ellos antes del matrimonio. Si lo hicieras, arruinarías tu reputación y nunca encontrarías la clase de marido que tu familia desearía que tuvieras. Quedarías además deshonrada y muchas de las anfitrionas de Londres no te admitirían en sus salones.

—Sí, entiendo —Francesca hizo a un lado los libros, junto a sus tomos de poesía, cuando sonó el gong llamando a la mesa—. Primero debo ir a mi habitación. Gracias, Sarah. He aprendido más esta mañana que en todo el tiempo que estuvo aquí mi última institutriz.

—Pero yo he visto algo del trabajo que ella hizo contigo. Escribes bastante bien el francés, Francesca, y has avanzado mucho con los verbos latinos.

—¿Pero de qué me sirven esas cosas en la vida? —inquirió Francesca—. Alguien me dijo que a los caballeros no les gustan las chicas inteligentes. Necesito saber sobre el amor y sobre tener hijos.

Sarah no contestó. La mañana había sido más densa en acontecimientos de lo que había imaginado y en ello se puso a pensar mientras subía a su habitación a lavarse las manos. Sus dos pupilos poseían mentes bien inquisitivas y tenían verdadera sed de conocimientos. Había respondido a sus preguntas con sinceridad, pero no estaba segura de que lo que les había enseñado fuera lo que su tío deseara que aprendieran.

La comida fue un agradable interludio. Nadie se mostró particularmente hambriento y Sarah advirtió que Francesca seguía su consejo y comía sobre todo

fruta, bebía un rico refresco y saboreaba unas grose-
llas deliciosamente confitadas. Cuando terminaron,
John partió con su tutor a empezar las clases de esgrima y Francesca la llevó a recorrer la propiedad, enseñándole partes de la misma a las que no se había
aventurado sola. Mientras paseaban, Sarah le explicó
más detalles sobre la concepción y gestación de los
bebés y le habló también de lo que sabía del amor, que
era, según reconoció, muy poco.

—Me he sentido tentada —le dijo cuando Francesca quiso saber más—. Pero sabía que era un error.
Me han propuesto matrimonio, pero yo no albergaba
sentimiento alguno hacia el caballero al que rechacé.
Yo no quería que él me besara… ni que me hiciera
todas las otras cosas que te he dicho, pero la verdad
es que no tengo experiencia alguna al respecto.

—Yo solo quería saber lo que Alice había hecho
para que la despidieran así —dijo Francesca—. No
me parece justo que ella perdiera el trabajo, pero él…
bueno, ella no dijo quién había sido.

—Lo haría por lealtad, pero yo creo que se equivocaba. Si él le prometió matrimonio, debió haberse
casado con ella.

—Pero él habría perdido su trabajo también. La señora Brancaster me dijo que a las doncellas no se les
permite tener relaciones.

—Puedo entender por qué. Si se meten en problemas, tienen que marcharse, y entonces el ama de llaves ha de adiestrar a otra muchacha.

—Sí, lo entiendo… ¿pero por qué no dejar que se
quede hasta que tenga el bebé? Y después siempre podría trabajar parte del tiempo, ¿no?

—Me atrevo a decir que la señora Brancaster solo hace lo que juzga correcto. Ya lo ves, Alice se reveló como una inmoral según su criterio… y así es como la mayoría de la gente lo ve.

—¿A ti no te parece injusto?

—Bueno, sí. Sin embargo, una tiene que vivir según las reglas establecidas, Francesca. Si eso le hubiera sucedido a una compañera mía, habría intentado ayudarla… pero aun así habría tenido que marcharse, como ejemplo para las demás.

—Yo creo que sigue siendo injusto —repuso Francesca—. A mí me gustaba Alice y lloré cuando se marchó.

—Sí, me doy cuenta de que eso te debió de afectar. Estoy segura de que a la señora Brancaster tampoco le gustó hacerlo, pero podría haber perdido su empleo en caso de que descuidara sus obligaciones. Tu abuelo no habría querido que una chica así continuara a su servicio. Así es la vida y no la podemos cambiar.

—Las mujeres no pueden cambiar nada, ¿verdad? Los hombres gobiernan nuestras vidas. Si tenemos una fortuna, nuestro padre o nuestro tutor la controlan hasta que nos casamos y entonces nuestro marido se queda con ella.

—No siempre… —Sarah frunció el ceño, porque su tío había intentado controlarla a ella y había fracasado—. Si una mujer posee una fortuna y es lo suficientemente fuerte e inteligente, puede gobernarse a sí misma.

Francesca se quedó callada, como asimilando la información. Sarah vaciló antes de añadir:

—Mi padre no era un hombre pobre, Francesca, y

lo que él me legó en su testamento seguirá siendo mío aunque me case.

—¿Por qué entonces trabajas como institutriz si tienes dinero propio?

—Porque me conviene. He hecho otras cosas… pero quería cambiar de aires y… me vine aquí por capricho. Sin embargo, cuando te conocí a ti y a John, supe que quería quedarme.

Inspiró profundamente mientras esperaba la reacción de la muchacha. Le había dicho todo lo que se atrevía a decirle y se sentía mejor por ello. Francesca no conocía toda la verdad, pero al menos Sarah no se sentía tan culpable por engañarla.

Francesca la miró con curiosidad.

—Tú no te pareces en nada a las institutrices que hemos tenido antes —ladeó la cabeza—. ¿Guardas algún secreto, Sarah?

—Sí, hay algo… pero preferiría que no se lo contaras a tu tío, porque podría despedirme si se enterara.

—¿Estás en problemas?

—Me estoy escondiendo de un hombre que me presiona para que me case con él. No me gusta, pero mi familia piensa que sería un buen matrimonio. Vine aquí para evitarlo mientras reflexiono sobre lo que voy a hacer.

Francesca entrecerró los ojos.

—Tú no eres Hester Goodrum, ¿verdad?

—Mi nombre es Sarah Hardcastle —le confesó—. Hester quería casarse con su novio. Yo le di algún dinero y la suplanté. ¿Me consideras una persona horrible por haberos engañado?

—No, creo que eres increíble —Francesca se

quedó pensativa—. Lord Myers te despediría si se enterara… y el abuelo tampoco se llevaría una alegría, pero yo quiero que te quedes. Tú nos dices la verdad en lugar de inventarte mentiras para protegernos de lo que queremos saber.

—Supongo que yo tengo ideas diferentes —Sarah la miró, incómoda—. ¿Te sientes obligada a decírselo a tu tío? Ya sé que deberías hacerlo, pero si lo haces, yo tendría que marcharme.

—Ese será nuestro secreto —le prometió la muchacha—. No se lo diré a John, porque a él seguro que se le escaparía. Y mi tío se pondría furioso si descubriera la verdad.

—Yo me había dicho a mí misma que si te proporcionaba una educación adecuada, no perjudicaría a nadie.

Francesca se echó a reír.

—A mí no me importa quién seas, Sarah. Y no creo que pretendas hacernos daño alguno… y además quiero que te quedes. Tú eres mi amiga.

—Sí, eso es lo que me gustaría ser para ti —dijo Sarah, y bajó la mirada al relojito de plata que llevaba enganchado al vestido—. Será mejor que volvamos o llegaremos tarde al partido de pelota.

—Sí —un brillo malicioso asomó a los ojos de Francesca—. Disfrutaré guardándote el secreto, Sarah… es divertido.

Sarah sonrió. Cuando Francesca empezó a sospechar, ella se había sentido obligada a decirle toda la verdad, y se alegraba de no mentir al menos a un miembro de aquella familia. Sin embargo, ¿no estaría sentando un mal ejemplo al animar a su pupila a esconderle algo a su tío? ¿No estaría con ello perjudicando a una gente a la que solo querría ayudar?

Regresaron a la casa, sin hablar apenas. Francesca estaba profundamente abismada en sus reflexiones y Sarah tenía también sus propios pensamientos que la mantenían ocupada. Trabajar de institutriz le había parecido en un principio algo muy sencillo, pero no lo era en absoluto. Sarah no disponía de ninguna guía en la que apoyarse y se había servido de su propia intuición, de su propia experiencia, para responder a las naturales preguntas de Francesca, pero… ¿acaso había excedido su autoridad? ¿No habría quizá inculcado en la mente de la niña ideas que su abuelo y otras damas podrían haber considerado impropias de una joven dama de su categoría?

Si Sarah era una mujer independiente y autosuficiente era gracias al testamento de su padre, que le había dado un completo control de su fortuna y de su negocio. Si él hubiera decidido nombrar tutor a su tío, ella no habría gozado de aquella independencia que tenía, no habría podido esquivar las convenciones y tampoco se habría atrevido a expresar sus opiniones con la libertad con que lo hacía. Pero al iniciar a Francesca en aquella libertad de pensamiento, ¿no estaría perjudicando quizá sus posibilidades de abrirse paso en la vida?

El sonido de unas risas ahuyentó aquellas graves reflexiones. Cuando encontraron a lord Myers, a John y a dos de los criados jugando con un balón de forma ovalada en el prado del jardín, Sarah quedó intrigada, porque nunca antes había visto un juego tan rudo.

Vio que John agarraba la pelota y echaba luego a correr con ella, perseguido por su tío, que acabó trabándolo de las piernas y derribándolo. Pero John se las arregló para pasar el balón a uno de los criados, que corrió también con ella mientras el segundo criado intentaba detenerlo. No fue capaz, y John dio un grito de alegría cuando su compañero de equipo alcanzaba cierto lugar del prado y tocaba el suelo con la pelota.

—¡Un punto! Hemos conseguido un punto —dijo—. Bien hecho, Jenkins. Bien hecho.

—En efecto, ha sido una buena exhibición —aplaudió lord Myers. Se giró y descubrió a las damas, frunciendo el ceño por un momento antes de volverse hacia John—. Creo que deberíamos jugar al críquet para que la señorita Goodrum y Francesca puedan unirse a nosotros.

John asintió y uno de los criados empezó a preparar el aro. Francesca se alineó con lord Myers mientras Sarah lo hacía con Jenkins y con John. Al parecer, Jenkins era tan bueno en aquel deporte como en el anterior, y por ello fue elegido para lanzar a lord Myers.

Ignoraba Sarah la clase de juego a la que habían estado jugando cuando ella apareció con Francesca, pero el críquet sí que lo conocía y estaba encantada de jugar como defensa. Tuvo que correr detrás de varias bolas que cayeron en la espesura del jardín, hasta que vio que una se dirigía directamente hacia ella, estiró una mano y la cazó al vuelo.

—Estás fuera, tío Rupert —exclamó John—. Ahora le toca a Francesca y luego a Mason.

Sin embargo, Francesca jugó bien e hizo cinco carreras antes de que Jenkins la eliminara. Llegado su turno, Mason se reveló como un inteligente bateador, pero al cabo de unos minutos se arriesgó demasiado y quedó también eliminado.

Una de las doncellas apareció en ese momento con una bandeja y todos se sentaron sobre mantas extendidas en la hierba hasta que al equipo de John le tocó batear. Sarah había disfrutado de su agua de cebada y estaba nuevamente en pie cuando lord Myers se acercó a ella.

—Me gustaría hablar con usted en la biblioteca antes de que se retire a su habitación, señorita Goodrum.

Su expresión era sombría y a Sarah se le hizo un nudo en el pecho. Estaba furioso, eso era seguro, y ella no tenía ni la más remota idea del motivo.

¿Habría descubierto acaso su verdadera identidad?

Cinco

Sarah siguió a los demás mientras entraban todos juntos en la casa. Quedaron dispensados del diario ritual del té ya que habían tomado refrescos en el jardín y nadie tenía hambre. A Sarah le habría gustado escapar a su habitación para arreglarse un poco, pero una mirada de lord Myers la disuadió de hacerlo y se dirigió directamente a la biblioteca. Él la siguió y cerró la puerta a su espalda. La expresión de su rostro la dejó sin aliento.

—¿Qué es eso que he oído sobre su clase de esta mañana, señorita Goodrum? ¿Es cierto que usted ha disculpado el comportamiento de una doncella que fue despedida de esta casa por inmoralidad? ¿Y que ha puesto en manos de Francesca libros que describen la procreación humana?

—Estábamos hablando de poesía y Francesca me preguntó por lo que significaba que un hombre deshonrara a una mujer. No me había dado cuenta de lo inocente que era y pensé que era mejor que conociera la verdad.

—Y John… ¿es suficiente mayor como para escuchar esas explicaciones?

—Yo no expliqué nada con detalle y me pareció

que él sabía más que ella. A Francesca le entregué unos libros de anatomía, pero intenté hablarle de los sentimientos y de las consecuencias de dejarse arrastrar por ellos.

Lord Myers entrecerró los ojos.

—¿Qué clase de libros estimó usted que eran los adecuados para una joven de dieciséis años?

—Tienen ilustraciones que muestran los procesos del cuerpo masculino y femenino, explican el nacimiento de los bebés y… todo lo demás.

—¿Y considera usted que esa lectura es conveniente para una joven dama de su categoría?

—Mejor es que lo sepa desde ahora que no que lo descubra en la noche de bodas, ¿no os parece? Continuamos hablando durante nuestro paseo y me cuidé de advertirla sobre las consecuencias de tener relaciones… íntimas antes del matrimonio.

—¡Dios santo! —lord Myers quedó atónito por un momento y se pasó una mano por su espeso cabello oscuro—. Sabía que era usted una institutriz excepcional, y ciertamente que lo es, señorita Goodrum.

—¿Preferiríais que le hubiese mentido? ¿Preferiríais tener a Francesca ignorante de los hechos de la vida? Ahora sí que sabrá precisamente por qué no deberá ceder a las persuasiones de hombres licenciosos. Y estará mejor preparada para su noche de bodas.

—Me deja usted sin habla.

Sarah tragó saliva. Le sudaban las palmas de las manos.

—Perdonadme. Hice lo que consideraba era justo. Sé que algunas damas podrían pensar que fui demasiado directa…

—Y muchos hombres habrían pensado lo mismo. Semejantes revelaciones habrían provocado un inmediato despido en la mayoría de las casas.

—Yo no pretendía que eso formara parte de la lección. Me doy cuenta de que la convención decreta que esas cosas permanezcan ocultas a una joven… pero yo considero injusto que las muchachas tengan que casarse sin la menor idea de lo que deben esperar. En algunos casos, la impresión puede llegar a perjudicar su matrimonio. Además, la mayor parte de ellas se enteran antes por una criada que por su madre. John ya había escuchado una confusa versión de boca de un mozo de cuadra y yo pensé que lo mejor era ser abierta y sincera.

—Sí, ya veo… —lord Myers se la había quedado mirando fijamente. El ardor de sus ojos parecía abrasarle la piel—. Bueno, el caso es que ya ha pasado y quizá no se ha producido daño alguno. Le pediría únicamente que no adoctrinara demasiado a sus pupilos con sus ideas radicales, señorita Goodrum.

—No, por supuesto que no… aunque pienso que la madre de Francesca, de haber vivido, le habría ya contado los hechos de la vida.

—De una manera distinta y no delante de su hermano, imagino.

—Sí, quizá tengáis razón, John no parecía sorprendido ni particularmente interesado. Supongo que en las cuadras habrá escuchado más que lo que ha oído de mí.

—Y eso es de lamentar —repuso lord Myers—. El lenguaje de los mozos de cuadra es el que aprenden la mayoría de los muchachos, pero ha de ser atemperado con apropiadas explicaciones sobre lo que significa ser un caballero. Tiene que aprender dónde radica la frontera entre obtener placer y guardar el honor, sobre todo el de una dama.

—Sí, por supuesto. Por cierto, es un gran acierto que hayáis venido, señor. John ha disfrutado mucho esta tarde.

—He decidido que en el futuro yo me ocuparé de las lecciones de John. No me desagrada que Francesca deba prepararse para la vida, y de que sea consciente de las consecuencias, como usted dice, pero John necesita una mano firme.

—Lamento que sintáis que le he fallado, milord — las mejillas le ardían porque se sentía en falta, aunque en su opinión no había hecho nada para merecer aquella censura.

—No hay daño alguno que no pueda repararse con unas pocas clases que yo le dé. Continuaremos jugando partidos o disfrutando de otros pasatiempos que compartiremos los cuatro, señorita Goodrum, pero no quiero que John siga reuniéndose con usted por las mañanas.

—Como usted desee, milord —replicó Sara, tensa. Sentía injusta aquella censura y, sin embargo, comprendía su punto de vista. John necesitaba una orientación masculina y era mejor que no adquiriera su conocimiento del mundo en los establos—. ¿Puedo irme ahora? Me gustaría escribir algunas cartas antes de bajar a cenar.

—Sí, puede usted retirarse —dijo, pero la detuvo cuando ella se dirigía ya hacia la puerta—. Espere un momento, Sara… no quiero censurarla. Sentí que era mi deber hacerlo después de que me lo contara John.

Sarah se volvió para mirarlo. Sabía que no había rastro de lágrimas en sus ojos, pero podía sentirlas dentro.

—Estáis cumpliendo con vuestro deber, señor. Si yo he faltado al mío, lo lamento.

Salió y cerró la puerta antes de que él pudiera responder nada, y lo oyó maldecir en el último momento. Se sentía terriblemente deprimida mientras subía a su habitación. Su primer día parecía haber marchado bien, pero claramente había cometido errores y se había ganado la desaprobación de lord Myers… y eso dolía. Dolía más de lo que había imaginado.

En su reacción cuando descubriera su engaño no se atrevía ni a pensar. Estaba segura de que confirmaría sus primeras sospechas de que era una especie de aventurera.

Aquella tarde, en la cena, Sarah se puso el mismo vestido. No tenía ningún otro de noche y, de haberlo tenido, no se habría atrevido a bajar con él. Ya había despertado suficientes dudas y sospechas en lord Myers. Lo siguiente que pensaría de ella sería que era una cortesana o algo parecido. Se esforzó por comportarse con la mayor naturalidad posible y mantener la cabeza alta, respondiendo a las preguntas que le dirigían, pero guardándose sus opiniones para sí misma. Incluso cuando lord Myers sacó el tema del Regente y Francesca preguntó si era verdad que se había casado con María Fitzherbert, se contuvo de integrarse en la conversación a no ser que la interpelaran.

—Bueno, pues yo creo que, si lo ha hecho, ha sido

muy injusto por su parte —comentó Francesca cuando lord Myers se limitó a encogerse de hombros y dijo que él no sabía nada—. ¿Qué piensas tú, Sarah?

—En cualquier otro caso diría que es un error y que ella tenía derecho a presentarse como su esposa… pero según la ley de matrimonios de la realeza puede que no haya sido verdadero. No conozco la verdad del asunto.

—Si no se ha casado realmente con ella, entonces la ha engañado para convertirla en su amante.

—Francesca —lord Myers fulminó a Sarah con la mirada—. Este no es un tema adecuado para una conversación en la mesa. Por favor, contente de hablar de esto en las presentes circunstancias. Podrás hablar con la señorita Goodrum en privado sobre este asunto si lo deseas.

Francesca se ruborizó y Sarah lanzó a lord Myers una furiosa mirada. Estaba adoptando una actitud de superioridad moral que no era en absoluto necesaria. Tales temas eran discutidos a menudo en la sociedad, aunque rara vez en conversaciones familiares y nunca delante de niños y muchachas inocentes. Quizá estuviera pensando en John, porque había decidido instruirlo en cuestiones de moralidad. En ese momento tomó conciencia de su propia falta cometida con Francesca y bajó la mirada a su plato. Al ver que la muchacha se disponía a protestar, alargó un brazo para tocarle una mano.

—Después, querida. Lord Myers tiene razón.

Él le lanzó una elocuente mirada desde el otro lado de la mesa. Francesca la vio y permaneció en silencio. No dijo nada hasta que John fue enviado a la cama y quedaron solas en el salón, esperando a que lord Myers se reuniera con ellas.

—¿Has tenido problemas con el tío Rupert por culpa de lo que me contaste sobre el amor esta mañana?

—Quizá debí haber sido más prudente… y haber esperado a explicártelo hasta que estuviéramos solas. John es muy joven e impresionable, después de todo.

—¡Absurdo! Él sabe mucho más que yo. Hablamos de todo cuando estamos solos, pero hay cosas que nunca me dice. Según él, no es apto para los oídos de una chica.

—Lord Myers teme que John pueda haber oído cosas en las cuadras que le hayan dado una idea inadecuada sobre esos temas. En el futuro tendremos que dar nuestras clases solas.

—Eso es injusto por su parte. La culpa no es tuya. Tú eres la única persona que me ha tratado hasta ahora como una adulta… la única que nos ha dicho la verdad.

—Una institutriz convencional no lo habría hecho así. Puede que te hubiera dado alguna información en privado… y quizá eso es lo que debería haber hecho yo. Bueno, no es decisión mía excluir a John de nuestras clases, pero lamento que esto te haya hecho enojar. Yo creo que hay que hablar con sinceridad, pero no siempre es prudente hacerlo en compañía, sobre todo en la mesa.

—No, ya me doy cuenta… Pero es que todos nosotros formamos una familia —Francesca se la quedó mirando fijamente—. ¿Qué pasa? ¿Estás llorando?

—No, por supuesto que no —Sarah parpadeó varias veces para contener las lágrimas que habían asomado a sus ojos—. ¿Realmente me consideras parte de tu familia?

—Tú eres la hermana que nunca he tenido —le sonrió—. Ella me habría contado todo lo que necesitara saber… especialmente cuando estuviera casada. Es estúpida la manera en que se les esconden las cosas a las chicas solteras, ¿no te parece? ¿Cómo podremos tomar una decisión inteligente a la hora de elegir marido si no entendemos lo que significa estar casada?

—Oh, querida —exclamó Sarah, súbitamente divertida—. Se supone que tienes que disfrutar de tu Temporada y divertirte. Si tuvieras madre, le pedirías consejo sobre el caballero que eligieras.

—¿Querrás ser mi carabina cuando vayamos a Londres? Por favor, Sarah. Te preferiría a ti antes que a alguien a quien no conociera.

—A mí casi no me conoces tampoco... aunque lo cierto es que tengo la sensación de que te conozco desde siempre. Dudo que me consideraran la elección adecuada. Además, tendré que marcharme antes de que llegue ese momento.

—No dejarás que el tío Rupert te despida…

—No puedo echarle en cara que te haya corregido en la mesa, Francesca.

—Lo odiaré si te despide. Le diré a mi abuelo que te quiero como carabina cuando venga para Navidad.

—Ya pensaremos en eso más adelante —dijo Sarah con la garganta cerrada por la emoción. Francesca estaba empezando a convertirse en una persona muy especial para ella y la idea de ser su carabina la atraía, pero, por supuesto, eso no era posible. Ella no podía presentarse en sociedad como la señorita Goodrum y, en tanto que señorita Hardcastle, carecía de los requisitos exigidos por el abuelo y el tutor de la niña—. Tendremos mucho tiempo hasta entonces. Debo enseñarte muchas cosas… y la primera es pensar antes de hablar. Hablemos de lo que hablemos en privado, y sea cual sea tu opinión sobre una situación o un hecho, a veces es mejor no repetírsela a los demás, sobre todo en compañía.

—Oh, eso no necesitas decírmelo. Me quedé muerta de vergüenza —Francesca se volvió hacia ella y la abrazó en un impulso—. No debes preocuparte de nada, Sarah. Si Rupert es malo contigo, le diré a John que le ponga algo asqueroso en la cama.

Sarah se echó a reír.

—Nunca hagas eso, querida… El perjudicado podría ser John y eso no te gustaría. Lord Myers se toma muy en serio sus responsabilidades y creo que ambos debéis respetar sus deseos.

—Estuve mirando aquellos libros que me diste. ¿Es eso lo que realmente sucede? Parece horrible. No puedo entender cómo alguien querría hacer algo así…

—Creo que los sentimientos intervienen en ello —dijo Sarah con una sonrisa, pero en ese momento se abrió la puerta y sacudió la cabeza—. Sube ahora, querida, que yo te seguiré.

Francesca asintió. Acercándose a lord Myers, le hizo una reverencia.

—Buenas noches, señor. Lo lamento si os he ofendido antes.

—Dios mío, chiquilla, no me has ofendido… pero tu reputación podría resentirse en compañía. Solo quería que te dieras cuenta de ello.

—Sí, tío Rupert. Sarah me ha explicado que puedo hacerle preguntas en privado, pero no hablar tan abiertamente delante de terceros.

—Bien. Retírate, pues. Quiero hablar con la señorita Goodrum.

Francesca lanzó a Sarah una elocuente mirada y abandonó el salón.

—Señorita Goodrum —lord Myers se plantó ante ella, mirándola indeciso—. ¿Me hará el honor de jugar conmigo al ajedrez esta noche? Porque supongo que jugará usted al ajedrez…

—Sí, señor. Mi padre me enseñó. Jugaba a menudo con él.

—Ya me lo imaginaba. ¿Querrá complacerme?

—Si queréis…

—Sí. Y también quiero disculparme por mis malos modales de hace un rato. No pretendía regañar a la chiquilla… y le doy a usted las gracias por habérselo explicado tan bien.

—Todo ha sido un malentendido, milord. Dudo que vuelva a suceder.

—Supongo que no puedo esperar que me llame Rupert en privado…

Sarah vaciló.

—Yo no lo juzgaría prudente, milord. Siento que no sería adecuado.

—Apéeme por lo menos el «milord» y tráteme de usted. Preferiría incluso que me llamara capitán Myers, como era conocido cuando estaba en el ejército.

—Sí, señor. Así que estuvo usted en el ejército… —añadió mientras empezaba a colocar las delicadas piezas talladas en ébano y marfil—. Ya me lo imaginaba. Mi padre siempre decía que era fácil reconocer a un militar por su porte.

—¿De veras? Creo que me habría gustado conocer a su padre, Sarah.

—Seguro que sí. Le habría caído bien. Era muy directo y sincero.

—Como usted, imagino.

—Yo me parezco a mi padre en algunos aspectos. No puedo decir que en todos.

Sarah era agudamente consciente de sus mentiras: estaba empezando a odiarlas. Deseaba poder decirle la verdad, explicarle por qué entrar a trabajar allí como institutriz de Francesca le había parecido tan buena idea, y el motivo de que deseara quedarse.

Aunque había cometido errores en su primer día, tenía la sensación de que estaba ayudando a Francesca. Se había ganado la confianza y también el afecto de la muchacha. La heriría si se marchaba, y la chica podría deprimirse, resentida con lord Myers y quizá con la institutriz que la sustituyera.

Se dijo que no estaba haciendo daño a nadie. En el futuro sería cuidadosa y moderaría cualquier opinión que expresara con argumentos contrarios. Le explicaría a Francesca por qué debía conformarse con lo que la sociedad esperaba de ella aunque disintiera en privado. Pero lo que no podía hacer era abandonarla.

Se sobrepuso a sus escrúpulos para concentrarse en el juego.

Sarah había aprendido a jugar al ajedrez con un maestro y eso quedó en evidencia. Una hora después había ganado dos veces y había perdido una sola, cuando en uno de sus primeros movimientos había sellado su destino desde un principio.

Acabada la tercera partida, se levantó.

—Creo que debería retirarme ya, señor. Buenas noches.

—Buenas noches, Sarah.

Se había levantado también, y estaba tan cerca que Sarah apenas podía respirar. El corazón le latía a toda velocidad y podía sentir el calor que le nacía en el abdomen para extenderse por todo su cuerpo. Se veía atraída hacia él como una mariposa hacia una llama: en cualquier momento se encontraría en sus brazos. Él la besaría y entonces…

De repente retrocedió un paso, rompiendo el fino hilo que parecía unirlos.

—Debo irme.

—Quizá me conceda usted la revancha otra noche.

—Sí, por supuesto.

Dicho eso, se dirigió hacia la puerta y abandonó el salón. Él no hizo movimiento alguno por detenerla o llamarla de vuelta, aunque ella creyó escuchar un gruñido ahogado cuando cerraba la puerta a su espalda.

Sola en su habitación, cerró la puerta con llave y apoyó después la espalda en ella. Se sentía débil y sabía que había escapado por un pelo de un destino que era descrito como peor que la muerte: unos segundos más y él la habría seducido. Y ella se lo habría permitido. Lo había querido, había ansiado su beso y lo que habría seguido después.

Eran los mismos sentimientos contra los que había advertido a Francesca, sentimientos que la habrían llevado a caer. Porque ni siquiera como la señorita Sarah Hardcastle habría esperado una propuesta de matrimonio de lord Myers, a no ser que él necesitara una fortuna, por supuesto. No le veía tampoco como una persona carente de determinación para hacerlo, caso de que lo necesitara. Lord Myers no era la clase de hombre que necesitara la hija de un burgués.

Sarah era bien consciente de que, como hija de un propietario de molinos, no era en absoluto una adecuada candidata para entrar a formar parte de las familias más altas del país, a no ser que esas familias estuvieran lo suficientemente desesperadas como para aceptarla.

Estaba temblando mientras se desvestía y se metía bajo las sábanas. Lo horrible de todo era que sospechaba que gozaría dejándose seducir por lord Myers… lo cual sería una estupidez.

—¡Una estupidez! ¡Una estupidez!

Y sin embargo la tentación persistía, la de haber dejado que la besara y hubiera hecho lo que quisiera con ella en la alfombra, frente al fuego. ¿A qué se debía ese insólito efecto que ejercía sobre ella?

Golpeó con fuerza la almohada. Hasta el momento, Sarah se había resistido a cada avance, había rechazado con facilidad cualquier indeseable oferta… pero algo le decía que si se quedaba allí, terminaría sucumbiendo a sus perversas reacciones. Y peor todavía que ser seducida era el miedo que tenía a enamorarse… lo cual podría acarrearle una horrible desgracia.

—No, no lo haré. Me niego a quererlo —susurró

y cerró los ojos a las lágrimas que insistían en derramarse—. No soy tan estúpida como para enamorarme de un hombre que solamente desea seducirme.

En el futuro tendría que estar constantemente en guardia. En privado, se mostraría abierta y cariñosa con Francesca, pero guardaría las distancias cuando lord Myers anduviera cerca.

Rupert gruñó por lo bajo mientras veía cerrarse la puerta detrás de ella, dejándolo con el aroma de su perfume en la nariz y el deseo latiendo en su sangre. ¿Qué tenía la señorita Hester Goodrum que excitaba tanto sus sentidos? Apenas podía recordar haber sentido un deseo tan intenso y urgente en toda su vida. Por un momento había necesitado hasta el último gramo de su fuerza de voluntad para no abrazarla, para no besarla hasta dejarla sin aliento y llevársela a su cama.

Eran pensamientos indignantes y lo sabía. Si ella era la institutriz que decía ser, él le estaría haciendo un flaco servicio y ella no se merecía semejante tratamiento. Y sin embargo… ¿y si era una aventurera? Había detalles que no cuadraban bien con su pretensión de que era una simple institutriz. Y además, ¿por qué le había dicho a Francesca que la llamara Sarah? Si su nombre era realmente Hester, lo lógico habría sido un diminutivo como Hetty o algo parecido.

Si hubiera sido la amante de otro hombre, entonces habría estado justificado que la persuadiera y la sedujera hasta conseguir hacerla suya. Resultaba extraño, pero no deseaba que ese fuera el caso. Indudablemente, temía que la atracción que sentía por ella se malograse si llegaba a descubrir que era una farsante y una mentirosa.

¿Para qué habría ido allí si no era lo que decía ser? La pregunta lo acosaba sin cesar, como un cachorro intentando morderse su propia cola. No se imaginaba la ventaja que podría ver en ello... a no ser que confiara en seducir a su patrón. Lo cual difícilmente podía esperar que ocurriera dado que el marqués casi la triplicaba en edad y rara vez visitaba su residencia campestre.

¿Se estaría escondiendo quizá de alguien o de algo? ¿La habrían acusado de ladrona, o de algo peor? Escabrosos pensamientos acecharon su mente: ¿habría asesinado a su protector o robado la plata de la familia a su patrón? ¿Habría sido proscrita de la sociedad?

Una sonrisa asomó a sus labios, porque no se imaginaba a Sarah como una fugitiva de la ley. Sí, habría jurado que no se llamaba realmente Hester Goodrum, y que tampoco había trabajado hasta entonces como institutriz. Pero entonces, ¿quién era la verdadera Hester y por qué se habían intercambiado los papeles?

Sí, por supuesto... ¡eso era lo que había sucedido! Rupert estaba seguro de ello, aunque no lograba imaginar el motivo de aquella farsa. Sarah no parecía la típica señorita de sociedad que haría algo parecido por una broma, o por una apuesta. No, ella tenía una poderosa razón para hacer lo que estaba haciendo.

Si ese resultaba ser finalmente el caso, ella era una consumada mentirosa y él detestaba las mentiras. Su boca formó una fina línea. En su experiencia, las mujeres mentían sin pensar en el daño que causaban o en el dolor que infligían.

Decidió que descubriría la verdad, y entonces... entonces no tendría piedad. Le presentaría un ultimátum: se convertiría en su amante o se arriesgaría a quedar desenmascarada y expuesta al escarnio de todo el mundo.

Su furia se atenuó un tanto mientras disfrutaba por un momento de la perspectiva, pero luego la imagen se desvaneció y su expresión volvió a tornarse dura. Nunca había forzado a mujer alguna a acostarse con él: esa sería una victoria hueca, vacía. No, se sacaría a aquella mujer de la cabeza y, si descubría que los había estado engañando, la despediría.

Sarah Goodrum, o como quiera que se llamara, descubriría que había cometido un grave error cuando decidió engañarlo. Para cuando hubiera terminado con ella, se arrepentiría de haber nacido.

Había llovido durante toda la noche, lo que quería decir que la hierba estaría húmeda si optaba por salir a pasear temprano por la mañana. Quizá hiciera una tarde cálida y seca. Mientras tanto, desayunaría pronto y pasaría un rato en la biblioteca, preparando las clases del día. Intentaría ser más convencional y, quizá por la tarde, si el terreno aún seguía húmedo, podrían tocar el pianoforte. Francesca le había dicho que sabía tocarlo, pero que necesitaba ayuda para mejorar. Dado que ese era uno de los máximos placeres de Sarah, y que lo tocaba muy bien, tenía esperanzas de poder enseñar al menos eso a su pupila.

Fue la primera en bajar al comedor del desayuno, y ya había comido cuando se abrió la puerta y entró lord Myers. La miró fríamente, con expresión marcadamente reservada mientras examinaba las fuentes del aparador y llenaba su plato para sentarse luego frente a ella.

—Buenos días, señorita Goodrum. Espero que haya dormido bien.

—Sí, señor. Desayuné pronto ya que el terreno estaba demasiado húmedo para pasear —empujó su silla hacia atrás y se levantó, vacilando por un instante. ¿Por qué parecía haber cambiado tanto desde la noche anterior? Era un hombre imprevisible.

—Por mí no hay necesidad alguna de que se marche.

—Había terminado de desayunar, señor. Si me disculpa…

—Sí, por supuesto. Tendrá que preparar sus clases de la mañana… espero que con algo más de cuidado que ayer, por favor.

Las lágrimas le quemaban los ojos, pero no derramó ninguna mientras abandonaba el comedor con la cabeza bien alta, como una reina.

¿Cómo se atrevía a hablarle así? Por un momento la furia fue superior al dolor, pero luego recordó que él estaba allí en representación de su patrón y que tenía perfecto derecho a dirigirse a ella como quisiera. Podía despedirla en aquel mismo momento, si así lo deseaba.

Se mordió el labio. Ignoraba por qué estaba furioso con ella. La tarde anterior le había parecido que había estado a punto de hacerle el amor, pero entonces… ¿por qué había cambiado de manera tan repentina?

Obviamente, no tenía que dar cuentas ante nadie.

Era un aristócrata y no tenía mayor interés en los sentimientos de una insignificante institutriz. Como tampoco por los de la hija de un burgués, aunque se tratara de la hija de un acaudalado propietario de molinos.

Se dijo que sería una estúpida si se permitía enamorarse de un hombre así… por muy capaz que fuera, con una sola de sus miradas, de debilitarle las rodillas y de dejarla una noche entera sin dormir.

Durante aquella interminable noche había tomado la decisión de guardar las distancias y sus modales de la mañana se lo habían puesto fácil. Si mantenían esas distancias, excepto cuando estaban en presencia de los niños, todo saldría bien. Ella superaría aquella temporal debilidad y su corazón quedaría indemne.

Sarah pasaría unos meses alejada de su rutinaria vida y se esforzaría por ayudar todo lo posible a Francesca; y a John también, si él la necesitaba, aunque parecía haberse encariñado más con su tutor, del que siempre estaba pendiente. Se quedaría allí todo el tiempo que pudiera, pero si su vida se tornaba insoportable, se marcharía.

Seis

La lluvia había durado casi una semana, imposibilitando la celebración del picnic que tanto había anhelado John. La mayor parte del tiempo, sin embargo, se lo pasó practicando esgrima, estudiando o montando con lord Myers, con lo cual pareció muy complacido con el cambio. Francesca le había contado a Sarah que su hermano también estaba aprendiendo a disparar.

—Ahora apenas lo veo —se quejó mientras cerraban el pianoforte después de una placentera hora de práctica—. Me alegro tanto de que seas mi amiga, Sarah… No sé lo que habría hecho sin ti.

—Ya verás como John volverá a buscar tu compañía. Tienes que entender que es la primera vez que ha recibido la atención de un hombre como lord Myers. Debe de sentirse agradado, entusiasmado y halagado incluso. Después de haber sido tan despreciado por sus anteriores tutores, por fin está cobrando conciencia de su propia importancia.

—Qué comprensiva eres —dijo Francesca y se levantó para acercarse a la ventana—. ¿Sabías que el tío Rupert ha decidido contratar a un profesor de baile para mí? Es francés y vendrá cualquier día de estos.

—Oh… —Sarah se mordió el labio. Lord Myers se había abstenido de decírselo, aunque lo cierto era que apenas lo había visto en toda la semana. En la cena hablaba con Francesca y John, pero a ella, aparte de preguntarle si se encontraba bien y si tenía todo lo que necesitaba, no le había dirigido ni una sola frase en los siete días—. Yo creía que pretendía enseñarte él mismo.

—Me dijo que había llegado a pensarlo, pero que se sentía incapaz de hacerlo bien. Creo que ha descubierto que John consume la mayor parte de su tiempo… y además tiene amigos. Ya sabes que ha salido a cenar dos veces en esta semana y que ayer noche estuvo con ellos.

—Sí, es lógico que desee tener compañía de su edad, hombres con quienes conversar —dijo Sarah—. John estuvo fuera con el mozo de cuadra toda la tarde. He oído que le está yendo muy bien con su nuevo poni.

—Sí. Montar a Blackie es bastante más interesante que montar al viejo y entrañable Dobbie. Por eso el tío Rupert le consiguió el poni.

—Muy amable por su parte.

Sarah no tenía nada que censurar a lord Myers por la manera en que estaba orientando los estudios del muchacho, proporcionándole suficiente deporte y actividad física para que rindiera aceptablemente con la lectura y la escritura. En una ocasión se había detenido a la puerta del despacho del marqués y había oído a lord Myers leyéndole en latín. De cuando en cuando se había detenido para preguntarle a John por lo que había entendido y para explicarle la historia.

Su autoridad y encanto parecían haberlo conquistado y el chico estaba completamente bajo su hechizo.

Francesca seguía mostrándose respetuosa con el hombre al que se dirigía como tío Rupert, aunque en realidad no era su tío, sino su primo.

—Rupert me dijo que era mejor que lo llamara tío. Dice que es para mantener la respetable apariencia de una familia y no dar motivo a nadie para que cuchichee sobre nosotros. Yo le dije que siempre y cuando yo te tenga a ti como carabina, nadie podrá imaginar que suceda algo impropio o indecoroso en esta casa.

Sarah resistió la tentación de preguntarle por la respuesta de lord Myers. Desde aquella noche, cuando estuvieron jugando al ajedrez, se había mostrado reservado, incluso frío hacia ella, y ella había hecho lo mismo. Eso era mejor que permitirse a sí misma imaginar que podría haber algo cálido y excitante entre ellos. Pero si hacía una semana había pensado eso, ya no lo pensaba. Sabía que esa era la única manera de poder seguir siendo institutriz de Francesca, pero en el corazón sentía un dolor que no podía borrar de ninguna forma.

Se levantó y se reunió junto a su pupila ante la ventana. La tarde era agradablemente cálida y no soplaba más que una ligera brisa.

—Tengo algunas cartas que me gustaría despachar al correo. Creo que bajaré ahora mismo a entregarlas en la posada Royal Oak. Puede que tenga alguna esperándome allí.

—Un criado se llevará todas las cartas mañana a primera hora y nos traerá las que hayamos recibido.

—Sí, ya lo sé, pero me gustaría entregarlas hoy… Además, dependo de lord Myers para que me las franquee y prefiero pagar seis peniques y echarlas yo misma. Me preguntaba si querrías acompañarme.

—Creo que prefiero quedarme aquí y practicar con la música, si no te importa —respondió Francesca—. Estarás de vuelta a tiempo para el té. Quizás el tío Rupert y John lo tomen hoy con nosotras.

—Sí, quizá. Tengo que subir a ponerme el sombrero. No me entretendré en el camino. Volveré lo antes que pueda.

Sarah dejó a su pupila sentada ante el pianoforte y el sonido de su música la siguió escaleras arriba. Francesca seguía tocando para cuando volvió a bajar y abandonó la mansión por una puerta lateral. Tenía la pieza bastante perfeccionada, pero todavía había un pasaje en el que se apresuraba demasiado. Sarah decidió enseñárselo la próxima vez que tocaran juntas.

Era la primera vez que salía a pasear sola desde que había llovido. El aire fresco transportaba los aromas del comienzo del verano y las filas de setos estaban salpicadas de flores, rosas silvestres que se enredaban entre ellos llenando el paisaje de color,

Había llegado al pueblo sin incidentes y entró en la posada, no sin antes fijarse en el caballo con una mancha blanca en la grupa que estaba atado en la puerta. Pensó que podría pertenecer a lord Myers, aunque no estaba segura. Si estaba allí, confiaba en que no se encontraran. Si él llegaba a pensar que ella había salido a buscarlo, la situación sería altamente embarazosa. Por lo que había sabido, había marchado a casa de un vecino a arreglar algún asunto.

Fue recibida por la esposa del posadero, que se hizo cargo de las cartas a cambio de los seis peniques que costaba el envío postal.

—Costaría menos si quisiera esperar al coche del correo, señorita, pero si desea que las enviemos con urgencia serán dos chelines.

—Perfecto, no hay problema —dijo Sarah, entregándole el dinero—. ¿Ha recibido alguna carta para la señorita Hardcastle, a la atención de la señorita Hester Goodrum?

—Sí, de hecho el correo trajo una a primera hora de la tarde —la mujer del posadero la miró con curiosidad—. Es usted la señorita Goodrum, la institutriz de los niños de Cavendish Park, ¿verdad?

—Sí, yo soy. La señorita Hardcastle es... bueno, yo recibo sus cartas en su nombre.

—Oh, bueno, supongo que no pasa nada si figura en el sobre «a la atención de» —dijo la mujer, algo dubitativa—. Normalmente me gusta asegurarme de entregar la carta a la persona correcta.

—Le aseguro que yo soy la persona que debe recibir esta carta... y cualesquiera otras que me remitan de esta manera.

—¿Sucede algo, señorita Goodrum?

Sarah dio un respingo y se volvió para descubrir a lord Myers.

—No, solo estoy recogiendo una correspondencia. Todo está perfectamente —tomó la carta de la reacia mano de la mujer, que parecía haberse quedado paralizada ante la llegada de lord Myers y lo miraba como hipnotizada.

Sarah deslizó la carta, bastante gruesa, dentro de

su bolso, temiendo que lord Myers alcanzara a leer la dirección del remitente antes de que hubiese terminado de hacerlo.

—¿No está Francesca con usted? —le preguntó, acercándose a la puerta y abriéndola para ella. Salió al patio y se detuvo por un momento al ver que vacilaba.

—Francesca quería practicar la pieza musical que está estudiando. Yo tenía algunas cartas que despachar.

—¿Escribe muchas cartas, señorita Goodrum?

—Algunas.

—¿A su familia? ¿O es que está aspirando a otro puesto en otra casa?

—No estoy buscando ningún otro puesto de momento. No tengo razón alguna para abandonar el actual… ¿o a usted le parece que sí?

—Eso solo lo sabe usted, señorita Goodrum.

Sarah titubeó antes de comentar:

—He oído que ha contratado a un profesor de baile para Francesca.

—En realidad lo ha hecho su abuelo. Yo le escribí diciéndole que pensaba que sería una buena cosa y él mandó recado para avisarme de que ya lo había encontrado. Lo supe esta misma mañana y se lo dije a Francesca. Es francés. *Monsieur* Dupree, tengo entendido que se llama.

—Ah, comprendo. Yo creía que pensaba enseñarle baile usted mismo.

—Decidí que sería mejor contratar a un profesor especializado… por varias razones. Además, la mayor parte del tiempo lo tengo comprometido con John, y luego están los asuntos de la propiedad.

—Ya sé que está usted muy ocupado.

—Sí —entrecerró los ojos—. Debo volver a casa. El asunto que me ha traído hasta aquí ya está resuelto… y John tiene que empezar con su clase de equitación.

—Sí —Sarah vaciló de nuevo—. Francesca se preguntaba hoy si los dos nos acompañarían esta tarde a tomar el té. Creo que echa de menos a su hermano.

—Ya, me hago cargo de que las cosas no han salido según lo planeado. Debemos celebrar nuestro picnic antes de que vuelva el mal tiempo. ¿Ha redactado las invitaciones?

—Solo falta el día y la fecha. Estaba esperando su aprobación.

—Entonces que sea este viernes, y esperemos que dure este buen tiempo. Me han dicho que pronto las fresas estarán maduras. Recoger fresas será una actividad entretenida tanto para los niños como para nuestros invitados.

—No creo que a Francesca le guste que la llamen «niña». Pronto cumplirá diecisiete años.

—Faltan todavía unos meses. Procuraré recordarlo —inclinó la cabeza—. No la entretendré más, señorita Goodrum… si es que ese es su nombre.

Y, dicho eso, se alejó dejando a Sarah mirándolo con expresión consternada. Era la primera vez que le dirigía la palabra en toda la semana, pero no podía engañarse: sus maneras eran decididamente frías. No sabía si estaba furioso o si, sencillamente, no confiaba en ella.

Sacudiéndose aquellos dolorosos pensamientos, regresó a pie a la mansión. Ya leería la carta después, a solas en su dormitorio. Había reconocido la letra y sabía que procedía del agente que supervisaba sus molinos. Que le hubiera escrito una carta tan larga podría representar quizá un problema.

Suspiró. A lo largo de los últimos años había tenido que lidiar con los problemas en cuanto surgían, pero durante la última semana había sido agradable no tener que preocuparse de ellos. Pensó que sería bonito estar casada y dejar los negocios a cargo de su marido. Solo que tendría que tratarse del hombre adecuado, por el bien de aquellos que dependían de ella para vivir. Sir Roger derrocharía el dinero y se despreocuparía de la gente. Hasta que encontrara alguien en quien pudiera confiar y que le gustara lo suficiente como para casarse, tendría que seguir adelante… mientras que su agente tendría que arreglarse sin ella por un tiempo. No dejaría a Francesca en la estacada a no ser que se viera obligada.

¿Qué estaría planeando esa mujer? Pensativo, Rupert puso su montura al trote. Su negocio de aquella tarde había concernido en realidad a la institutriz, y todavía se preguntaba por qué no se lo había dicho a las claras. Algo en sus maneras había traicionado su culpabilidad, impulsándolo a ocultarle una noticia que habría podido interesarla. Definitivamente había escondido aquella carta con tanta rapidez que apenas había visto la letra, pero estaba seguro de que había sido dirigida a otra persona, a la atención de la señorita Goodrum.

Había percibido un misterio desde el principio y en ese momento estaba seguro de que escondía algo.

¿Podría estar recogiendo cartas dirigidas en realidad a Francesca? ¿Y si la muchacha había conocido a alguien antes de que él llegara, alguien cuya identidad deseara ocultarle? Rupert frunció el ceño. Francesca era seguramente demasiado joven para tener un amante… ¿sería la institutriz una cómplice en aquel engaño?

Si la señorita Goodrum no era efectivamente quien decía ser, tal como él había sospechado desde el principio, ¿por qué había mentido sobre su identidad?

El misterio se profundizaba y decidió que había hecho bien al guardar las distancias con ella durante aquellos últimos días. Que aquella institutriz le gustara más de lo que resultaba razonable era una verdadera invitación a todo tipo de problemas.

Ignoraba qué era lo que le estaba ocultando, pero seguro que se trataba de algo desagradable. Le decepcionaba descubrir que era con casi toda seguridad la aventurera que había sospechado desde un principio. Podría parecer inocente, deliciosa y encantadora, pero indudablemente estaba practicando un juego oculto… ¿para burlarlo o para atraparlo?

Aquellos pensamientos habían girado sin cesar en su cabeza durante todo el trayecto de regreso a casa. Desmontando, entró en la mansión y al momento se encontró con John. El entusiasmo del muchacho lo ayudó a olvidarse del misterio de la carta. Le ordenó que se lavara las manos y lo citó para tomar el té en el salón antes de subir las escaleras de dos en dos, apresurándose para no llegar tarde.

Se dijo que debía seguir manteniendo las distancias con la institutriz por el bien de todo el mundo. Si acaso al final resultaba ser inocente, su necesidad de seducirla solo podría arruinarle la vida… y, si se trataba de una cortesana, Francesca quedaría profundamente consternada.

Y mientras tanto él seguiría yaciendo despierto cada noche, pensando en ella en su casta cama y ardiendo con una necesidad que lo estaba enloqueciendo. La deseaba como no había deseado a ninguna mujer… y era absolutamente incapaz de sacársela de la cabeza.

La maldijo para sus adentros: no permitiría que se le metiera debajo de la piel. Hacía años que ninguna mujer lograba inflamar sus sentimientos y no pensaba darle a aquella encantadora osada la satisfacción de saber lo mucho que le había afectado la noche en que estuvieron jugando juntos al ajedrez.

—Oh, qué bien —exclamó Francesca cuando vio a su hermano y a Rupert esperándola en el salón—. Estoy tan contenta de que hayáis venido a tomar el té con nosotras. Sin vosotros no es lo mismo.

—Blackie saltó la valla del Three Mile Bottom —anunció John, entusiasmado—. Deberías salir a montar conmigo una tarde.

—Sí, me gustaría… pero preferiría que me acompañara Sarah. No sé si tendremos un caballo adecuado para ella.

—De hecho… —Rupert se interrumpió en el momento en que entró Sarah. Llevaba un sencillo vestido de algodón gris oscuro, muy adecuado para una institutriz, pero de alguna manera tenía el aspecto de una dama de calidad que hubiera escogido ponérselo—. He comprado uno esta tarde, así que podréis salir a montar juntas.

—¿Has oído eso, Sarah? —Francesca se volvió hacia ella con una sonrisa de deleite—. El tío Rupert te ha comprado un caballo para que lo montes. ¿Saldrás con nosotros, verdad?

—Oh… Sí, por supuesto —sonrió Sarah—. Perdona, estaba distraída. ¿Has dicho que lord Myers ha comprado un caballo para que pueda montarlo? —miró sorprendida a Rupert—. Es usted extremadamente amable, señor.

—Francesca quería que la acompañara. Me comentó que estaba usted acostumbrada a montar a caballo. ¿Es eso cierto?

—Sí, monto cuando tengo tiempo —ruborizándose, se sentó—. ¿Podrías llamar para pedir el té, Francesca?

—Claro —la muchacha así lo hizo y la miró inquisitiva—. ¿Te pasa algo, Sarah? Pareces preocupada.

—Recibí una carta un poco preocupante, un asunto familiar. Pido perdón por si vuelvo a distraerme. Me he llevado una fuerte impresión.

—Espero que nadie haya caído enfermo —dijo Rupert, entornando los ojos.

—No exactamente. Pero se trata de un problema familiar. Espero evitarlo, pero es posible que tenga que ausentarme por un tiempo para arreglarlo.

—Oh, no. No quiero que te vayas —le rogó Francesca al instante—. Por favor, no… a no ser que no tengas más remedio, por supuesto.

—No es esa mi primera intención —le aseguró Sarah—. Espero poder solucionar el problema mediante una serie de cartas… Si no es así, entonces puede que sí tenga que ausentarme durante una semana o dos.

—¿Hay alguna manera de que yo pueda ayudarla? —se ofreció Rupert—. ¿Cualquier servicio que pueda realizar en su nombre?

Sarah lo miró y por un momento pareció vacilar, pero luego, cuando se abrió la puerta y entraron las doncellas con las bandejas de té, negó con la cabeza. Esperando hasta que las jóvenes se hubieran retirado, persistió en su negativa.

—Podríamos hablar más tarde en privado, si quiere —sugirió él.

—Es usted… muy amable —repuso Sarah, titubeando aún—. Pero creo que por el momento podré lidiar con el asunto yo sola.

Rupert recibió su taza de manos de Francesca y se sirvió un pedazo de tarta de frutas, su favorita. Podía ver que la institutriz estaba demasiado afectada para poder disimularlo bien y se sintió cada vez más frustrado. ¿Estaba ella en problemas o lo estaría su amiga… la amiga en cuyo nombre había recibido la carta? Había visto que la carta era muy gruesa, por cuyo contenido sentía la mayor curiosidad. Y más interesado todavía habría estado en resolver el enigma de Sarah.

—¿Por qué no salís todos a montar mañana por la mañana? —sugirió—. Creo que por un día podríamos olvidarnos de las clases. La señorita Goodrum se familiarizaría con su caballo y el tuyo, Francesca, se resentirá si no lo ejercitas más.

—Sí, salgamos todos a montar por la mañana —dijo John, entusiasmado ante la perspectiva—. ¿Vendrás tú también, tío Rupert?

—Lamentablemente tengo algunos asuntos que atender —repuso—. Pero saldré a reunirme con vosotros una vez que haya terminado.

—Será agradable volver a montar —pronunció Sarah, y parte de su angustia abandonó sus ojos—. La pena es que no he traído la indumentaria adecuada.

—Creo que podremos encontrar algún vestido de montar en los baúles de mamá —dijo Francesca, y sonrió—. Su estatura y constitución era similar a la tuya. Lo retocaremos en caso necesario.

—Si lo localizamos pronto, podría arreglarlo esta noche —dijo Sarah—. Montar a caballo es un buen ejercicio y últimamente lo he echado mucho en falta.

Rupert se alegró de haber podido ayudarla de alguna manera, aunque en el fondo se sentía culpable. Con los niños fuera de la casa, dispondría de la oportunidad de entrar en la habitación de la institutriz e intentar buscar aquella carta. Una parte de su mente reaccionaba horrorizada con la idea, y sin embargo la otra le recordaba que tenía perfecto derecho a descubrir lo que escondía.

—Ha sido usted muy amable al procurarme un caballo —dijo Sarah cuando bajó a la mañana siguiente. Llevaba el vestido de montar prestado, que había pertenecido a la madre de Francesca. Sarah había tenido que recogerle un poco el dobladillo, pero por lo demás le sentaba bastante bien.

—Es una lástima que no pueda acompañarnos. Creo que John estaba deseoso de demostrarle lo mucho que ha aprendido.

Rupert miró sus ojos de mirada clara y se sintió todavía más culpable. Sería agradable montar con ellos y cedió casi a la tentación, pero sus sospechas necesitaban una respuesta,

—Sí, bueno, quizá mis asuntos no me ocupen tanto tiempo. ¿Qué ruta piensan seguir?

—Francesca dijo que podíamos cruzar los arroyos y volver atravesando el pueblo.

—Muy bien, quizá pueda yo incorporarme después.

—Eso espero —repuso ella y, sonriendo de nuevo, fue a reunirse con los demás.

Rupert escuchó las voces y las risas en el exterior mientras los mozos ayudaban a montar al grupo, que no tardó en partir. Subió luego las escaleras, reprimiendo su sentimiento de culpa. Una vez en el dormitorio de Sarah, vio que todo estaba perfectamente pulcro y ordenado, con la cama hecha y cada cosa en su sitio. Evidentemente tenía la costumbre del orden y no daba más trabajo del necesario a las doncellas.

No vio señal alguna de papeles. El escritorio que él le había proporcionado estaba vacío de cartas u objetos personales: solo estaba la escribanía con el tintero y las plumas, con una sobrecubierta de mesa para secar la tinta del papel. Se acercó con el corazón acelerado y una náusea en el estómago. Nunca en su vida había hecho nada tan despreciable. Sintiéndose como un auténtico canalla, levantó la sobrecubierta y vio que su fina superficie presentaba incisiones de escritura, pero aunque dedicó un momento a examinarlas no logró descifrar ninguna palabra. Vaciló y abrió por fin el largo cajón superior. Estaba vacía. Los dos primeros cajones de cada lado estaban también sin usar, pero en el tercero encontró una caja pequeña de madera, obviamente utilizada para guardar papeles y cartas. Estaba cerrada.

Rupert miró a su alrededor. ¿Dónde podría estar oculta la llave... si acaso la tenía ella? Pensó primero en hacer un registro, hasta que la enormidad de lo que estaba haciendo resultó abrumadora. Aquello era sencillamente despreciable. La señorita Goodrum tenía derecho a la intimidad y él no se estaba comportando como debería hacerlo un caballero. Volviendo a guardar la caja, cerró el cajón y abandonó el escritorio. Cuando llegó al final del pasillo, vio que se acercaba una doncella. La joven lo miró con curiosidad, preguntándose sin duda por lo que estaría haciendo allí, tan lejos de sus aposentos.

Se pondría su pantalón de montar, bajaría a las cuadras e iría en busca de sus pupilos y de su institutriz.

Sarah se había quedado agradablemente sorprendida con la yegua que le habían procurado. Era un animal brioso, muy superior al que habría sido de esperar que recibiera una simple institutriz. Lord Myers era evidentemente un experto en caballos y ella iba a disfrutar de la experiencia.

La noche anterior se había pasado varias horas sin poder dormir, pensando. Su agente le había enviado una gruesa carta explicándole varias cuestiones de negocios, la mayor parte de los cuales había conseguido despachar con unas pocas palabras. La respuesta que había escrito seguía sin terminar dentro de su caja de cartas, porque no había sido capaz de tomar una decisión sobre el otro asunto.

Sam le había dicho que había recibido una oferta de compra por todos sus molinos.

Procede de un abogado intermediario, señorita Harding. No ha revelado el nombre del comprador, pero sostiene que su cliente es bien capaz de comprar todos los molinos y el precio que ofrece es muy superior a cualquier otro que haya recibido antes. Mi única vacilación a la hora de urgirla a que venda tiene que ver con el hecho de que mantenga en secreto su identidad. Hay ciertos hombres, rivales de su padre, que podrían decidir o bien cerrar los molinos y vender la propiedad para reducir la competencia en su propia ventaja, o bien reducir salarios y ampliar horas de trabajo. Su padre estaba conceptuado como un hombre muy generoso y algunos propietarios de molinos consideraban que, con lo que él pagaba a sus trabajadores, les estaba imposibilitando conseguir los beneficios que buscaban. Yo siento, sin embargo, que aunque hasta la fecha lo ha venido consiguiendo, es posible que le cueste bastante mantener el nivel de eficacia exigido si lo que quiere usted es casarse y tener una familia, tal y como su padre hubiera deseado. Y es posible también que su marido no demuestre la misma sensibilidad hacia los trabajadores que tanto su padre como usted han demostrado.

Esperando como siempre su decisión,
Samuel Barnes

Sarah sabía que el precio ofrecido era bueno. Quizá no alcanzara del todo el verdadero valor de los molinos, pero se acercaba lo suficiente como para constituir una buena oferta. Sería una fácil solución para su situación, sobre todo teniendo en cuenta que llevaba tiempo deseando dar un giro a su vida. Porque si hubiera estado satisfecha con su vida, no habría sentido la necesidad de cambiarse por Hester Goodrum.

No deseaba, sin embargo, entregarlo simplemente todo en manos de otra persona. Aunque se casara, querría que la tuvieran informada y la consultaran sobre cualquier cambio producido en la administración de sus asuntos. Se había dado cuenta de que en esas circunstancias sí que podría disfrutar de una familia y amistades, dejando que su marido llevara el peso mayor del negocio.

Su tío siempre había insistido en que tomara un marido y le dejara el negocio a él, pero Sarah se había sentido obligada a llevar las riendas ella sola. Ya no se sentía con ganas de pasar toda su vida lidiando con los problemas de administrar los intereses de su padre y estaría encantada de traspasar buena parte de esas responsabilidades a otro.

Y sin embargo no podía sin más renunciar a sus principios y abandonar a su gente para entregarlos en manos de alguien que podría perjudicarlos. Sarah era bien consciente de que pese a las fuertes discusiones en el Parlamento, donde la apurada situación de los obreros de los molinos había sido debatida, no se había tomado medida de peso alguna para obligar a los empresarios a que trataran decentemente a sus obreros. Mujeres e incluso niñas trabajaban largas horas en terribles condiciones; solamente disponían de unos pocos minutos de descanso para aliviar sus necesidades y beber un poco de agua, y el tiempo de sus comidas estaba restringido a un cuarto de hora en muchos casos. Si se quejaban, las despachaban a casa y pasaban a figurar en la lista negra de otros patrones, con lo que se veían imposibilitadas para conseguir otro trabajo. A los hombres no les iba mucho mejor, y cualquiera que se atreviera a hablar en contra de las condiciones laborales se veía obligado a desplazarse lejos de sus hogares para encontrar un empleo con el que evitar que su familia se muriera de hambre. Sarah había acogido recientemente a una familia que había sido desahuciada y expulsada de su hogar, y a la que además se le había negado el trabajo. Sam le había advertido de que cuando el señor Arkwright descubriera lo que había hecho, montaría en cólera.

—Matt Arkwright es un hombre duro, señorita Hardcastle. Discutió con su padre de usted por los salarios que pagaba y llegaron casi a los puños. No se tomará bien que usted haya socorrido a un obrero despedido por él.

—Si no le gusta, que se aguante —Sarah se había desentendido de las advertencias de su agente, pero al día siguiente había recibido una visita del propio señor Arkwright. El hombre había pasado una hora arengándola y se había marchado después de pronunciar algunas amenazas:

—Es usted una mujer muy altiva, señorita Hardcastle, pero fracasará. Cree usted que su riqueza la autoriza a comportarse como una dama y a tener la cabeza en las nubes, pero uno de estos días se dará cuenta de que ha ido demasiado lejos.

—No consigo entender qué puede importarle a usted la gente que yo contrate o deje de contratar, señor.

—Los propietarios de minas somos una piña. Si le damos la mano a esos alborotadores, se tomarán el codo. Antes de que se dé usted cuenta, se amotinarán y resultará gente herida. Está advertida, señorita Hardcastle. ¡Piense en ello!

Sarah había expulsado aquella desagradable escena de su recuerdo. No creía que el hombre que había contratado fuera un alborotador y tampoco tenía intención de dejar que un propietario rival le dijera cómo tenía que conducir sus asuntos. Sin embargo, en ese momento se preguntó si no habría sido Matt Arkwright quien había ofrecido aquella cantidad por sus molinos. Ya casi había tomado la decisión de rechazar la oferta, pero si se trataba realmente del señor Arkwright, se estaría haciendo un enemigo.

Por otro lado, dejar que ese hombre destruyera toda la labor de su padre era algo impensable.

—Una excursión deliciosa, ¿verdad? —le preguntó en ese momento Francesca, colocándose a su altura—. ¿Te gusta tu yegua?

—Es perfecta. Responde muy bien —dijo Sarah—. John se ha adelantado. ¿Lo alcanzamos?

—Sí —pero Francesca no espoleó inmediatamente su montura—. ¿Sigues preocupada? ¿No tendrás que dejarnos, verdad?

—No de momento. Me quedaré contigo una temporada. Vamos a alcanzarlos.

Tocó ligeramente con los talones los flancos de su yegua y partió en persecución de John, que había apresurado el paso en compañía del mozo de cuadra. No pensaba dejar que los problemas con los molinos la amargaran. Aunque aquel interludio en su vida no podía durar mucho tiempo, estaba determinada a aprovecharlo lo máximo posible.

Rupert distinguió al grupo cabalgando más adelante. Había salido en su busca, imaginando que le llevaría algún tiempo alcanzarlos, pero obviamente habían paseado sin prisa durante buena parte del recorrido. Se habían separado un trecho, adelantados John y el mozo de cuadra y con las dos mujeres cerrando la marcha.

Vio que las últimas se disponían a reunirse de nuevo con ellos cuando algo llamó su atención. Un hombre las estaba observando, y ante la atónita mirada de Rupert, sacó una pistola y apuntó en su dirección.

—¡Cuidado!

Como consecuencia de su grito, vio que su brazo vacilaba en el momento del disparo. Se volvió, clavó la mirada en Rupert y partió luego al galope, para desaparecer entre los árboles.

—¡Maldito sea!

Vio que el disparo había derribado a una de las mujeres de su caballo. Se sintió tentado de salir en pos del canalla, pero sabía que debía atender antes a las damas. Jurando por lo bajo, galopó hasta ella y experimentó encontrados sentimientos cuando vio que se trataba de Francesca. Aliviado de que Sarah se encontrara bien, desmontó al instante y se arrodilló junto a la muchacha.

—No… —Francesca aceptó su mano y se incorporó—. El tiro salió desviado lejos de nosotras, pero mi caballo se puso de manos y me caí. Me sentí una estúpida… Tenía que haberme agarrado mejor.

—No es culpa tuya —dijo Rupert—. ¿Te has roto algo? ¿Sientes algún dolor?

—No, solo estoy un poco magullada. Creo que me duele mi orgullo más que cualquier otra cosa. Creía que era una buena amazona.

—Y lo eres —le aseguró Sarah—. El disparo de ese furtivo asustó a tu caballo, eso es todo. Cualquiera se habría caído.

—Sarah tiene razón —corroboró Rupert—. No debes culparte ni a ti ni a tu caballo. ¡Maldito furtivo! Quise salir detrás de él, pero temía que hubieras resultado herida.

—No, estoy perfectamente. Pensaba que los guardas del abuelo habían ahuyentado a todos los furtivos.

—Al parecer no a este —repuso Rupert, sombrío—. Redoblaré la vigilancia. Sé que este territorio no forma parte de nuestra propiedad, pero sigue siendo privado. Pertenece a lord Henry James, que será debidamente informado. Él no quiere furtivos en sus tierras.

—Lord James apenas las pisa —dijo Francesca—. Tengo entendido que pasa la mayor parte del tiempo en Londres. Sin embargo, he oído que su sobrino, sir Roger Grey, viene de cuando en cuando a supervisar la propiedad en su nombre.

—¿Sir Roger Grey? —inquirió Sarah, mirándola atónita.

—Sí, ¿lo conoce usted? —preguntó a su vez Rupert, entornando los ojos al ver su expresión.

—Oh… sí, puede que lo haya visto alguna vez —admitió, ruborizándose—. Si Lord James se ausenta tan a menudo, supongo entonces que no se molestará en proteger su caza como es debido.

—Pues no le queda otro remedio que hacerlo. Hablaré con su sobrino al respecto. No podemos permitir que continúe este estado de cosas. Una de vosotras habría podido resultar gravemente herida —comentó Rupert y frunció el ceño—. ¿Estarás en condiciones de montar, Francesca?

—Sí, por supuesto.

—Arriba, entonces —dijo Rupert, desmontando, y le tendió la mano para ayudarla a subir al caballo. Una vez sentada en la silla, se la quedó mirando con expresión aprobadora—. Así me gusta. ¡Valiente que es mi chica!

—Ya me he caído antes. Por favor, no te preocupes tanto por mí —dijo Francesca y se volvió hacia Sarah—. ¿Te encuentras bien? Yo creía que el tiro te había pasado más cerca a ti.

—Sí que pasó cerca. Sentí en mi mejilla el aire que levantó —reconoció Sarah, y Rupert la miró de nuevo.

—¿Está muy afectada?

—No, no especialmente, aunque no ha sido una experiencia agradable. Me alegro de que apareciera a tiempo, lord Myers.

—Yo también —se la quedó mirando con expresión hosca y distinguió algo en sus ojos. Ella no creía que el disparo había sido accidental y él estaba absolutamente seguro de que no lo había sido, aunque al mismo tiempo estaba decidido a escondérselo a Francesca—. El bribón huyó al verme. Vaciló al disparar, y puede que eso le hiciera errar el tiro.

—¿Estaba apuntando a un pájaro o a un conejo? —quiso saber Francesca—. Hay mucha caza en estos arroyos, pero yo creía que los furtivos preferían tender trampas.

—Algunos sí —dijo Rupert—. ¿Seguimos con nuestro paseo? No es probable que algo como esto vuelva a suceder. Creo que quienquiera que haya sido, no se le ocurrirá repetirlo.

—Ciertamente que no —lo secundó Francesca—. Llevaba tiempo deseando disfrutar de esta excursión y ningún furtivo me la va a estropear.

John se reunió en ese momento con ellos y se quedó mirando a su hermana.

—¿Te encuentras bien, Fran? ¿Quién pudo haber disparado contra la señorita Goodrum?

—Era un furtivo —dijo Sarah—. Solo ha sido un estúpido error.

—No, yo lo vi —insistió el muchacho—. Yo vi como sacaba la pistola, apuntaba y disparaba contra ti, Sarah. Sé que lo hizo. ¿Por qué alguien habría de querer matarte?

—Estoy segura de que no fue así —replicó Sarah, forzando una sonrisa, pero Rupert pudo ver que se había quedado estremecida.

—Eso fue lo que te parecería —intervino él—, pero yo también estoy convencido de que no fue más que un accidente. Por favor, no asustes a las damas.

Vamos, quiero que me muestres cómo montas a ese poni.

John frunció el ceño, pero finalmente inclinó la cabeza y obedeció a su tutor. Mientras las dos se alejaban, Francesca se volvió de nuevo hacia Sarah.

—¿De verdad que querría alguien matarte?

—No estoy segura —respondió Sarah, titubeando—. Nunca lo habría imaginado, pero si John lo vio apuntándome….

—Si hay algo, deberías decírselo al tío Rupert —dijo Francesca—. Te aprecia, Sarah. Estoy segura de que te ayudará, si estás en problemas.

—Sí, tal vez. Pero olvidémonos de esto ahora. Alcancemos a los demás. Pronto tendremos que volver para la comida…

Siete

Sarah se quedó pensativa cuando se separó de los demás y subió a su habitación a cambiarse para la comida. El disparo había estado a un pelo de alcanzarla. La yegua se había encabritado, pero ella había sido capaz de dominarla y nadie se había dado cuenta de su apuro porque el caballo de Francesca se había puesto de manos y la había derribado. Había sido un incidente de lo más desagradable y Sarah no podía evitar pensar que el disparo le había estado destinado. ¿Quién había podido desear su muerte?

En la situación actual, su tío heredaría su patrimonio, ya que ella no había hecho testamento. No había nadie más a quien deseara dejar su fortuna y el tío William se había portado muy bien con ella tras la muerte de su padre, pese a que habría preferido darle órdenes. Sarah no podía creer ni por un momento en la posibilidad de que él quisiera asesinarla y quedarse con el dinero. ¿Pero entonces quién podría ser, y por qué?

Había hecho, por supuesto, algunos enemigos desde que falleció su madre. Había rechazado varias proposiciones de matrimonio. Ello le habría granjeado la enemistad de alguna gente, pero… ¿hasta el punto de intentar asesinarla? En cuanto a sir Roger, no se había tomado a bien su rechazo, pero no entendía de qué manera podría beneficiarle su muerte.

Además, ¿cómo era posible que cualquiera de sus enemigos supiera que estaba allí… y sobre todo en aquel punto concreto, esa mañana en particular? La posibilidad era impensable, de lo que se deducía que el disparo había sido accidental, pese a que a John le había parecido que habían disparado contra ella a propósito.

Sería una estupidez seguir dándole vueltas en la cabeza a aquel incidente. No era más que un accidente desgraciado que era improbable que se repitiera.

Se cambió rápidamente su vestido de montar. Al fin y al cabo, nadie había resultado herido y podían seguir como si nada hubiera sucedido.

¿Por qué habría alguien de desear matar a Sarah? Rupert se devanaba los sesos después de haber cruzado unas palabras con su mozo de cuadra.

—¿Viste al furtivo, Jed?

—Sí, milord. En mi opinión, pareció actuar por impulso. Disparó rápidamente y partió luego al galope. Yo lo habría perseguido, pero pensé que debía quedarme con el amo John.

—Bien hecho. A mí me pasó lo mismo, preocupado como estaba por Francesca. Me temo que el muy canalla escapó con demasiada facilidad. En el futuro, quiero que otro mozo nos siga a distancia cuando salgamos a montar. Y que vaya armado.

—¿Creéis que fue algo intencionado, milord?

—Creo más bien que alguien estaba buscando su oportunidad, tropezó con ella y actuó impulsivamente. La pregunta es: ¿por qué alguien habría de desear algún mal tanto a Francesca como a la señorita Goodrum?

—Nunca antes nos habíamos encontrado en parecida situación, milord. La señorita Francesca es una completa inocente. En cuanto a la señorita Goodrum, perdonadme el comentario, pero ninguno de nosotros sabe gran cosa sobre ella. No he pretendido ofenderos, milord…

—No lo has hecho. De una cosa estoy seguro: quienquiera que sea ese bribón, no disfrutará de una segunda oportunidad. Dudo que la señorita Goodrum haya hecho nada que justifique que alguien desee matarla. Goza de excelentes referencias.

—Sí, señor. Solo era una especulación.

«Efectivamente, es una especulación», reflexionó Rupert. La había defendido ante su mozo, naturalmente, pero era también muy cierto que era muy poco lo que sabían todos sobre la señorita Goodrum. Se había presentado con unas excelentes referencias, pero… ¿era realmente ella quien decía ser? ¿Podría haber hecho algo que hubiera impulsado a alguien a tomar venganza contra ella… lo suficiente quizá como para pagar a un asesino para que la matara? Tendría que tratarse de algo muy grave.

Rupert había renunciado a buscar la llave de la caja de cartas de la habitación de Sarah, pero claramente existía un misterio y, después del incidente de aquella mañana, cuando Francesca había estado tan cerca de resultar herida, necesitaba conocer la verdad. Aquella misma tarde le pediría una entrevista y llegaría hasta el fondo del asunto.

Sarah se acercó a su escritorio. Se había pasado toda la mañana rumiando la oferta de compra que había recibido, desgarrada por la indecisión. Vender sería la solución más fácil, pero no estaba segura de querer vender sus molinos a alguien que se negaba a identificarse. Quizá si esa persona fuera más honesta, podría quizá considerar la idea y le diría a su agente que…

El cajón de su escritorio no estaba del todo cerrado. Sarah se detuvo a examinarlo, frunciendo el ceño. Estaba segura de que lo había cerrado bien antes de salir a montar aquella mañana. ¿Habría estado curioseando en sus cosas alguna doncella? Abrió el cajón y vio que su caja de cartas seguía allí, pero alguien la había sacado para volver a dejarla en otra posición. Estaba segura de haberla dejado de cara a ella cuando se marchó.

Revisando la caja, vio que seguía cerrada. Quienquiera que hubiera estado husmeando en sus cosas, no había podido forzar la cerradura ni encontrar la llave, ya que ella la llevaba siempre consigo. La caja contenía dinero, perlas y documentos.

Frunciendo el ceño, volvió a colocar la caja en su sitio en el momento en que sonaba el gong del vestíbulo. La hora de la comida. Pensó primero en avisar a la señora Brancaster, pero luego, al mirar a su alrededor, vio que nada más había sido tocado. Quienquiera que hubiera empezado aquel registro se había contenido a la hora de buscar entre su ropa. Además, no tenía nada de valor que alguien pudiera robar… aparte del contenido de la caja, que no había sido forzada. Además, era posible que se hubiera equivocado. Quizá aquella mañana había colocado la caja al revés sin darse cuenta, preocupada como estaba con la carta que había empezado a escribirle a Sam.

Olvidándose del asunto, bajó al pequeño salón comedor, donde ya se habían reunido los demás.

—Pido disculpas por la espera.

—Yo acabo de llegar —dijo Francesca—. Tengo apetito. La excursión debe de haberme sentado bien.

—Sí, tienes buen color. Fue muy agradable montar juntas. Tenemos que repetirlo cuando haga buen tiempo.

—Yo creo que ahora deberíamos concentrarnos en el picnic —sugirió Rupert—. Una vez que enviemos las invitaciones, los invitados nos visitarán previamente para dejarnos su tarjeta y alguien debería estar aquí para recibirlos. De esa manera Francesca podrá practicar atendiéndolos y sirviéndoles el té. ¿La ayudará usted, señorita Goodrum?

A Sarah le pareció detectar cierta duda en su pregunta, como si estuviera esperando una respuesta negativa, lo cual la sorprendió.

—Por supuesto, señor. Estaré aquí para proporcionar a Francesca toda la asistencia que necesite y acompañarla en las ocasiones en que nos visite algún caballero.

—Sí, a eso me refería, evidentemente… Simplemente me preguntaba si no tendría usted alguna otra ocupación o negocio propio esperándola en alguna parte.

¿Cómo podía saber eso? Sarah vaciló, estremecida. ¿Habría sido lord Myers quien había entrado en su habitación mientras ella estuvo fuera? Sabía ya que llevaba tiempo desconfiando.

—Si así fuera, ya me encargaría de avisarlos con suficiente tiempo de antelación, señor. En este momento confío en poder despachar mis asuntos por carta.

—¿De veras? —sus ojos parecían traspasarle el alma, buscando aquellas respuestas que ella no deseba darle—. Me gustaría hablar con usted en privado antes de la hora del té, señorita Goodrum. No quiero interferir en los planes que tenga para la tarde, pero le agradecería que me dedicara unos minutos de su tiempo.

—Ciertamente, señor —Sarah le lanzó una helada mirada y se acercó luego al aparador para seleccionar su comida de entre el rico surtido de carnes frías, quesos, patatitas cocidas y verdura fresca del huerto de la cocina.

Se sentó luego a la mesa, concentrándose en su plato mientras intentaba ignorar el acelerado latido de su corazón. ¿Qué era lo que pensaba decirle lord Myers esa vez?

Sarah había pedido que sacaran las sillas de mimbre al jardín, y allí salió con Francesca provista de un montón de libros de poesía y una manta en caso de que arreciara el viento. Pasaron las dos horas siguientes discutiendo sobre los méritos de los poetas modernos, comparando a Coleridge, a William Blake y a lord Byron con las obras de Shakespeare y el coronel Lovelace.

Encontrándose en perfecto acuerdo sobre los diversos poetas románticos, charlaron y rieron mientras examinaban los finos volúmenes y leían los versos en voz alta. Sarah fue capaz de olvidarse de la inminente entrevista con lord Myers hasta que miró la hora.

—Debo hablar con lord Myers —dijo, recogiendo los libros—. Ya continuaremos esta conversación otro día. No podemos descuidar tu música y, por supuesto, empezarás con las clases de baile tan pronto como llegue el profesor.

—No sé muy bien cómo vamos a poder encajar tanta actividad —comentó Francesca, entusiasmada—. Antes de que aparecieras tú los días se me hacían eternos, pero ahora es como si no tuvieran suficientes horas…

Sarah se echó a reír, dándole la razón. A ella el tiempo siempre se le había hecho muy corto, sobre todo tras la muerte de su padre, cuando había tenido que ocuparse de tantas cosas relacionadas con los molinos y con la mina. Pero con el tiempo se había ido cansando de trabajar con los libros de contabilidad y de las agotadoras discusiones con directores y capataces.

Si escuchaba lo que su cabeza le decía, vendería el pequeño emporio de su padre, pero su corazón se negaba. Lo consideraba una traición a sus principios y a las gentes que había empleado, muchas de las cuales perderían su trabajo si el señor Matthew Arkwright se salía con la suya. No, no podía destruir la confianza que los empleados de su padre habían depositado en ella… aunque quizá pudiera encontrar un marido conveniente que la ayudara en sus tareas.

—¿Por qué el tío Rupert quiere hablar contigo en privado? —le preguntó Francesca mientras entraban de nuevo en la casa—. ¿No habrás hecho nada malo, verdad?

—No lo creo —repuso Sarah—. Supongo que tendrá que ver con el picnic o algo así.

—Sí, quizá. Tengo arrugado el vestido. Subo a cambiarme.

Sarah asintió y se dirigió a la biblioteca, donde esperaba encontrar a lord Myers. Se hallaba de pie junto a una de las estanterías, revisando los libros. Como si hubiera percibido su presencia, se giró con expresión ceñuda.

—Dudo que estos libros hayan sido alguna vez catalogados —comentó—. No tienen orden alguno.

—No —Sarah se acercó a él—. Si dispusiera de tiempo, me gustaría organizarlos, pero no estoy segura de que… —vaciló al ver que entrecerraba los ojos con expresión desaprobadora—. ¿He hecho algo para merecer vuestra censura, milord?

—¿Y me lo pregunta? Creía haberle pedido que no me llamara «milord» todo el tiempo —su voz tenía un punto irritado mientras cerraba el libro que estaba sosteniendo y volvía a colocarlo en la estantería—. ¿Qué es lo que pretende usted, Sarah… y por qué ha venido aquí?

—No le entiendo, señor —repuso, aunque por supuesto que lo entendía.

—El mozo de John vio a ese canalla disparar esta mañana. Él piensa que usted era el objetivo, aunque el bribón falló en su apresuramiento al tirar, como si se hubiera visto tentado por la oportunidad de asustarla o de herirla. ¿Quién quiere hacerle daño? ¿Acaso ha hecho algo para concitarse ese odio?

Sarah volvió a vacilar.

—Sí, quizá lo haya hecho. No he robado ni estafado a nadie, y tampoco he cometido delito alguno… pero puede que tenga algunos enemigos, aunque no sé lo que cualquiera de ellos podría ganar matándome.

—Quizá ese disparo solo pretendía avisarla de lo que sucedería en el caso de que el asesino deseara realmente verla muerta.

Sarah se estremeció.

—Ya se me había ocurrido, porque no logro concebir por qué alguien habría de querer verme muerta. Supongo que tal vez solo querían asustarme para que hiciera algo que desean que haga…

—¿Rompió usted con su protector? ¿Es posible que esté intentando obligarla a volver con él?

—Me ofende usted, señor. Os aseguro que no soy la amante de nadie. He rechazado proposiciones de matrimonio…

—¿No cree que ya va siendo hora de que me cuente toda la verdad, Sarah? Si hay alguien que quiere hacerle daño, necesito saberlo. Francesca podría estar también en peligro debido a su asociación con usted. Si ella no estuviera tan encariñada, yo debería pedirle que se marchase.

Sarah tragó saliva. Siempre había sabido que existía la posibilidad de que la desenmascararan, y continuar con la farsa resultaba en ese momento imposible. Ya le había contado a Francesca buena parte de su historia y bien podía confesarlo todo. Juntando las manos, aguantó su hosca mirada.

—Mi verdadero nombre es Sarah Hardcastle. Me cambié por Hester Goodrum porque ella quería casarse y yo necesitaba permanecer inadvertida por un tiempo.

—Nunca trabajó usted como institutriz, ¿verdad?

—No, nunca. Mi padre no solo era director de mina: era propietario de una mina y de varios molinos. Al morir, me lo dejó todo a mí. Yo me negué a ceder la administración del negocio a mi tío y desde entonces me he ocupado personalmente de dirigirlo. Tengo agentes y administradores, pero la mayor parte de mi tiempo lo dedico a los negocios. Como mi padre me legó una fortuna, he tenido que enfrentarme a hombres de todo tipo que se creían más autorizados y mejor preparados para dirigir mis asuntos. Alguno me ha propuesto matrimonio con la esperanza de acceder de esa forma a mi fortuna… y otros intentan todavía presionarme para que les venda los molinos de mi padre.

—¿Es usted una heredera? —Rupert se la había quedado mirando atónito—. Dios mío. Me había imaginado todas las posibilidades, pero esa nunca.

—Ya. Pensaba que era una aventurera, o algo peor —rio Sarah, sintiéndose ridículamente aliviada por haberle contado toda la verdad—. ¿Es por eso por lo que estuvo registrando mi habitación esta mañana?

Vio que se mostraba incómodo y supo que había dado en el clavo.

—Empecé a registrar su habitación debido a aquella carta… la misma que vi que escondía en la posada

—frunció el ceño—. Registrar secretamente su habitación no es una actividad muy honorable y al final renuncié a hacerlo. Le pido pues que me perdone, pero… ¿considera usted que se ha comportado de una forma honorable, señorita Hardcastle? Porque nos ha mentido y engañado.

—Sé que engañar estuvo mal —a Sarah le ardían las mejillas—. Al principio me pareció que no estaba perjudicando a nadie. Me veía capaz de supervisar los estudios de Francesca, al menos tanto como lo habría hecho la señorita Goodrum… pero no he sido sincera con usted, lord Myers, aunque Francesca conoce ya parte de la verdad —levantó la cabeza, y lo miró a los ojos—. ¿Quiere que me marche?

—Debería responderle que sí. Es consciente de ello, ¿verdad? —hizo una pausa tan larga que ella hizo amago de retirarse y él tuvo que impedírselo—. ¿Pero a quién beneficiaríamos con eso? —inquirió con voz fría—. Francesca se ha encariñado mucho con usted y yo creo que la está ayudando mucho. No apruebo el engaño, pero no le veo sentido alguno a perjudicarla a usted y a poner a mi tío en la tesitura de contratar a una nueva institutriz. ¿Podrá quedarse aquí hasta que Francesca se vaya a vivir a Londres con una carabina?

—¿Hasta Navidad? —Sarah titubeó—. Quizá necesitara ir a mi casa por unos días, pero podría volver… si usted quiere que lo haga.

—No es cuestión de lo que quiera yo. Estoy pensando en Francesca… y en usted misma.

—¿En mí? —se había quedado asombrada—. ¿Por qué está pensando en mí?

—Usted vino aquí porque necesitaba un respiro en

su vida, una oportunidad de reflexionar y de relajarse, ¿cierto?

—En parte, sí.

—¿Y también para escapar de cazafortunas y gente de esa calaña?

—Sí. Sir Robert Grey no se tomó bien que rechazara su propuesta de matrimonio. El hecho de que en este momento esté visitando la propiedad de su tío resulta incómodo para mí, y puede que no sea una casualidad. Si ha llegado a descubrir que estoy aquí... aunque no veo cómo habría podido hacerlo... —se interrumpió, vacilando—. Recientemente he recibido una generosa oferta de compra por el pequeño emporio empresarial de mi padre, pero el comprador insiste en permanecer en el anonimato. Si se trata del hombre que sospecho que puede ser, me opondré a vender. Es un individuo que cerraría las minas menos rentables, dejando a hombres y a mujeres sin trabajo y sin hogar.

—¿Estaría usted dispuesta a venderlos a un respetable y reputado comprador?

—Quizá. No estoy segura... —Sarah vaciló— Desde que estoy aquí, he descubierto una forma diferente de vida. He pensado que quizá podría casarme si encontrara a un caballero capaz de administrar bien mis molinos y de tratar decentemente a mis trabajadores. Y me gustaría fundar una familia que fuera como la suya, ya lo ve. Soy hija única y mi madre murió cuando era muy pequeña. Mi padre me educó como a un hijo.

—Eso explica su gran confianza en sí misma —asintió Rupert—. ¿Está buscando comprarse un marido... alguien quizá que necesite una fortuna para recomponer su ancestral patrimonio?

Por un instante, a Sarah se le aceleró el corazón. Pensó que tal vez podría estar postulándose él mismo… y el pensamiento la dejó ilusionada y horrorizada a la vez.

—Había pensado en un acuerdo que reportara un mutuo beneficio… quizá un viudo con una joven familia —dijo con una voz apenas más alta que un susurro, mientras él seguía escrutándola. Aquellos ojos parecían cortarle la carne y penetrar hasta su alma. Tenía todo el cuerpo rígido de tensión—. Soy consciente de que soy hija de un burgués. He recibido la misma educación que habría tenido la hija de un caballero, pero no provengo de la aristocracia. No puedo aspirar demasiado alto a la hora de conseguir un marido.

—Tiene usted los modales y maneras de una dama de clase alta. No debería subestimarse tanto, Sarah… ni venderse por tan poco. Puede que sir Roger fuera detrás de su fortuna, pero estoy seguro de que serían muchos los caballeros que la valorarían como se merece con solo que frecuentara los círculos adecuados.

—Yo no tengo tiempo para llevar una vida de dama ociosa. Alejarme de mi casa y de mi familia solo fue una decisión del momento, e imagino que mi tío estará furioso conmigo después de la carta que le envié informándole de que estaría fuera durante varios meses.

—¿No ha considerado la posibilidad de cederle a su tío las riendas del negocio?

—A veces he deseado hacerlo. Es una bella persona, pero carece de cabeza para los negocios; mi padre siempre lo decía. El tío William probablemente lo vendería todo al postor más alto y todavía pensaría que me está haciendo un favor —de repente frunció el ceño—. Indudablemente, si yo muriera, no tengo ninguna duda de que aceptaría una oferta por los molinos, dado que él es mi heredero legal.

—Entonces quizá tengamos aquí la respuesta a la pregunta que antes se planteó. Parece bastante probable que, con usted fuera de juego, su tío aceptaría la oferta sobre la que está reflexionando.

—Sobre la que estaba reflexionando —lo corrigió—. Ahora estoy segura de que la rechazaré. Cualquiera capaz de contratar a un bribón para asustarme no es precisamente el hombre indicado para velar por mis trabajadores.

Rupert asintió con la cabeza, entrecerrando los ojos con gesto pensativo.

—No puedo ayudarla con el asunto de su carencia de marido, señorita Hardcastle. Podría, sin embargo, encargarme de ese bribón… si usted me dice su nombre.

—El señor Matt Arkwright de Newcastle —dijo Sarah, insegura—. La oferta la recibí de un comprador anónimo, pero yo sé que él está muy interesado en adquirir los molinos. ¿Estaría usted dispuesto a implicarse en este asunto, señor?

—Imagino que podría presionar al hombre… hacer que tomara conciencia de las consecuencias que se producirían en caso de que le sucediera algo a la dama situada bajo mi protección.

Sarah experimentó una punzada de placer al escuchar aquellas palabras, hasta que se dio cuenta de que estaba hablando de Francesca.

—Dudo que se atreviera a amenazar a sus muchachos. Sin embargo, si yo fuera asesinada, mi tío seguiría en posición de venderle los molinos a él.

—Quizá debería usted hacer testamento, vincular en vida su propiedad de manera que no pudiera ser vendida… Mientras tanto, yo podría echarle una mano y ver de qué manera puedo protegerla de similares intentos por presionarla.

—¿Es eso posible?

—Un abogado eficaz podría idear todo tipo de obligaciones y condiciones que estorbarían cualquier iniciativa de venta. Imagino que eso disuadiría a su tío de vender y a Arkwright de comprar.

—El tío William nunca se prestaría a ser cómplice de mi asesinato.

—Pero sí puede que le haya mencionado a Arkwright que considera un error que usted se haga cargo de todo, señorita Hardcastle. Un servicial marido sería, por supuesto, la mejor solución para su problema.

—Sí… si pudiera encontrar a un hombre así, yo podría soportar casarme con alguien dispuesto a asumir esa clase de compromiso.

—Me atrevo a decir que nosotros podríamos encontrarle uno.

—¿Perdón? No le entiendo.

—Francesca entrará en sociedad el año próximo. Teníamos previsto que mi hermana fuera su carabina, pero ella está todavía convaleciente de un parto difícil. No dudo de que se alegraría de verse aliviada de una responsabilidad que podría resultarle gravosa. Si Francesca y usted pasaran la Temporada en mi casa de

Londres, con una anciana dama como carabina, podríamos encontrar marido para ambas.

Sarah se quedó sin aliento. Sabía que estaba siendo muy generoso al plantearle la idea, pero ella se sentía igual que si le hubieran arrojado un cubo de agua fría por la cabeza.

—¿Por qué habría de tomarse usted tantas molestias? Además, no creo que pudiera pasar tanto tiempo alejada de mis negocios.

—Estoy dispuesto a hacer lo que sea con tal de que Francesca conserve a su lado a la amiga a la que tanto quiere y en la que tanto confía.

—Entiendo —Sarah se humedeció los labios—. Me gustaría acceder, pero no puedo pasar demasiado tiempo apartada de mis molinos.

—Si tuviera a alguien que los supervisara por usted, para asegurarse de que ese Arkwright, si es que ese es el hombre que se esconde detrás de la oferta, no vuelve a asomar la cara, y si usted estuviera bien servida por sus agentes, podría considerar la idea, ¿verdad?

—No entiendo… —se interrumpió al ver el brillo de sus ojos—. ¿Está usted sugiriendo…?

—Yo visitaré a su agente y hablaré con él, para comprobar que cuenta con las instrucciones necesarias. Hasta que tome usted un marido, yo seré… tutor no es la palabra adecuada, más bien sería como un pariente varón suyo. Creo que una vez que corra la voz de que yo estoy a cargo del negocio, no volverán a molestarla más granujas. Y hablaré con Arkwright para que se le meta de una vez por todas en la cabeza que los molinos no están en venta.

Sarah inspiró profundamente. Su oferta era tan sorprendente que no sabía qué responder.

—¿Por qué haría todo eso por mí, señor? —preguntó al fin.

—Alguien intentó hacerle daño mientras estaba usted bajo mi cuidado. Como empleada mía, tiene derecho a mi protección. Y como joven dama lejos de su tío, y a merced de canallas que pretenden arrebatarle lo que usted se ha ganado a pulso, tiene derecho a mi ayuda como caballero.

—Oh —por un momento había pensado que la apreciaba, que la quería incluso a su modo, pero sus esperanzas se vieron defraudadas. Le estaba ofreciendo protegerla, pero no su corazón. Ni siquiera un matrimonio de conveniencia—. No estoy segura de que pueda pedir tanto de usted, señor.

—Es que no me lo ha pedido —sonrió de pronto, y la dejó sin aliento.

Sintió que se le doblaban las rodillas. Era tan guapo y, cuando quería, tan absolutamente encantador... El perfecto caballero. Y ella no sería una mujer de carne y hueso si aquella sonrisa no la afectara.

—Siento que es mi deber ayudarla —añadió él—. La alternativa es despedirla y romperle con ello el corazón a Francesca. Creo que ahora es más feliz de lo que lo ha sido durante la mayor parte de su vida. No quiero hacerla desgraciada.

¿Estaba haciendo aquello por Francesca? Recordando su preocupación cuando Francesca cayó del caballo, Sarah se preguntó si no sentiría algo más profundo que un mero afecto por su prima, pero luego pensó que en realidad no había dado mayores muestras de ello. Su actitud hacia la joven era la de un amable pariente, nada más.

—Yo no deseo hacer ningún daño a Francesca —Sarah titubeó, porque no podía evitar pensar que buena parte de la preocupación de lord Myers era por ella. Si aceptaba, estaría derribando una barrera entre ambos. ¿Sería eso prudente? En algún momento le había parecido que pretendía seducirla, pero eso fue cuando la había tomado por una aventurera. ¿Qué sentiría en ese momento hacia su persona, cuando ya sabía toda la verdad?—. Y, sin embargo, siento que le estoy pidiendo demasiado. Al fin y al cabo, usted apenas me conoce… y yo le engañé respecto a mi identidad.

—Creo que deberíamos ser muy discretos con su verdadera identidad por el momento. Cuando vayamos a Londres, le revelaré la verdad al abuelo de Francesca. Estoy seguro de que la perdonará cuando conozca su historia y sepa el gran bien que usted le ha hecho a su nieta.

—Si está seguro de que no me considerará una intrigante aventurera… Quizá debería marcharme tan pronto como encontrara una sustituta.

—Me hará usted un favor permaneciendo aquí, bajo este techo —insistió Rupert—. Di a mi tío mi palabra de que me haría cargo de John y de Francesca, pero él sabe que tengo asuntos que atender de cuando en cuando. Puedo ocuparme sin excesivos problemas de los suyos y de los míos.

Sarah tragó saliva.

—Le agradezco la consideración que me demuestra, señor. Creo la mayoría de los caballeros de su posición se habrían desentendido sin más de mí.

—Yo no soy como la mayoría de los caballeros —repuso Rupert con un brillo burlón en los ojos.

Sarah sintió como un frío en la nuca. ¿Por qué tenía aquella mirada? ¿Acaso alguna mujer le había hecho tanto daño que le había incapacitado para volver a confiar en otra?

—No revise usted la opinión que tiene de mí —continuó él—. Sigo siendo el libertino que pensó usted desde el principio que era, pero tengo un código de honor que respeto… y que incluye a jóvenes damas necesitadas de protección.

—Yo no soy tan joven, pero entiendo su preocupación por Francesca… y me he encariñado mucho con ella. Es para mí como la hermana que nunca he tenido.

—Sí, ya me lo había imaginado —esbozó una misteriosa sonrisa—. No me marcharé hasta después del picnic… y ahora creo que deberíamos ir a tomar el té con los demás.

—Sí, por supuesto, milord. No puedo menos que agradeceros…

—Oh, puede que haya algo más que pueda usted hacer por mí… pero ya lo trataremos más adelante. No ponga esa cara de susto, le prometo que no le haré daño. Cuando la tomé por una aventurera o una cortesana pude haber querido aprovecharme de usted, pero ese no es el caso actual. Será como si empezáramos de nuevo. Si yo puedo llamarla Sarah, usted puede perfectamente dirigirse a mí como Rupert en privado. Y basta ya de llamarme «milord», por favor.

—Intentaré tenerlo presente.

Sarah no pudo reprimir una sonrisa. El corazón le

latía muy rápido, porque aquel hombre seguía gustándole hasta cuando se mostraba frío y reservado. Y además, debajo de aquel exterior alcanzaba a vislumbrar a un hombre diferente. Sabía que podía enamorarse fácilmente del hombre que había visto en aquellas raras ocasiones, pero… ¿era el verdadero Rupert o el implacable libertino que decía ser?

Solo el tiempo y un mayor conocimiento de su persona podrían responder a esa pregunta.

Se volvió y abandonó la habitación, precediéndolo al salón donde los demás ya estaban reunidos y esperando.

—Ah, aquí estáis —dijo Francesca—. ¿Está todo bien? Temía, Sarah, que tuvieras que marcharte…

—No, no, en absoluto. Solo tenía un pequeño problema, y lord Myers me ha prometido que se encargará de él.

—Tengo algunos asuntos de negocios que atender en estos días —dijo Rupert, lanzando a la muchacha una mirada cargada de afecto—. Haré todo lo posible por ayudar a la señorita… a Sarah... mientras esté fuera. No me iré hasta después de nuestro picnic, pero me marcharé tranquilo, porque sé que seréis muy felices juntos durante mi ausencia.

—Ojalá pudiera acompañarte —dijo John—. No sabré qué hacer cuando no estés aquí.

—Tienes tus clases de equitación… y puedes sumarte a las clases de Sarah y de tu hermana hasta que vuelva. No tardaré mucho y te proporcionaré algunas lecturas para que vayas adelantando… No pongas esa cara, muchacho. Te prometo que disfrutarás con los libros que te daré. Y cuando vuelva, saldremos a montar juntos de nuevo.

John se mostró algo apaciguado y aceptó un pastelillo de la bandeja que le acercó su hermana. Sarah alzó la mirada: se sentía verdaderamente en paz. Se alegraba de haber confiado en lord Myers y se sentía aliviada de no tener que lidiar personalmente con el señor Arkwright. Sam necesitaría una carta suya, en la que le presentara a lord Myers como amigo que supervisaría sus asuntos por un tiempo, dejándola a ella libre para disfrutar de los meses siguientes.

Era un excelente arreglo, aunque temporal. No podía esperar que lord Myers le diese más continuidad de la estrictamente necesaria. Una vez que estuvieran en Londres para la Temporada de Francesca, tendría que ponerse a buscar un marido adecuado. Uno que estuviera dispuesto a administrar su negocio de la manera que ella quería, y a darle una familia.

El pensamiento le provocó un estremecimiento todo a lo largo de la espalda. Un marido esperaría que el matrimonio incluyera relaciones íntimas y querría hijos… así que tendría que gustarle. Quizá fuera más fácil encontrar una persona semejante una vez que se mezclara en sociedad, pero ya se había mezclado antes con caballeros y hombres de la misma clase que su padre, y no había encontrado ninguno con el que pudiera plantearse la perspectiva del matrimonio. Excepto… sus ojos se clavaron en los rasgos de lord Myers y experimentó un espasmo de algo que sabía tenía que ser deseo físico.

Sabía que nunca se opondría a un matrimonio de conveniencia con Rupert Myers, pero él le había dejado muy claro los límites de su relación. Estaba dispuesto a ofrecerle su protección, pero el amor y el matrimonio eran cosas muy diferentes. Por lo tanto, sería una estupidez enamorarse de él… y haría bien en sofocar aquella atracción física que había sentido hacia su persona en varias ocasiones. Lord Myers podía ser un caballero, pero ella no estaba del todo segura de que no intentaría seducirla llegada la oportunidad.

Ocho

La mañana del picnic hizo un tiempo soleado y espléndido, ideal para la actividad. Se enviaron todas las invitaciones y todas fueron contestadas y aceptadas con mucho gusto, según parecía. Francesca estaba entusiasmada y John más feliz que nunca. Varios jóvenes de su edad habían acudido y el muchacho estaba ansioso por practicar los juegos y deportes prometidos.

Francesca y Sarah se habían pasado días preparando en secreto pequeños regalos. Las competiciones de carrera, salto, lanzamiento de aros y disparo con flecha tendrían como premios golosinas y objetos tan variados como una pluma navaja, un lápiz de plata y baratijas similares, incluida una fusta con mango de plata labrada, regalo de Rupert.

—Creo que lo del picnic es una idea excelente —le había comentado a Sarah cuando se lo entregó—. Ya iba siendo hora de que esta casa volviera a la vida. Estoy seguro de que tendréis más visitantes mientras yo esté fuera… y cuando vuelva organizaremos una fiesta. Podría invitar a varios amigos míos, hombres que sé que no intentarán seducir a Francesca antes de que se estrene en su Temporada —había vacilado por un momento—. ¿Qué piensa del profesor de baile? Yo apenas lo he visto, pero parece bastante agradable.

—Sí, es encantador —había respondido Sarah, guardándose para sí sus reservas—. Hasta el momento solo le ha dado una clase a Francesca, pero creo que le ha gustado mucho. Yo estuve tocando para ellos, por supuesto, así que no pude fijarme demasiado, pero creo que la muchacha posee un talento natural para el baile.

—Es francés, por supuesto, y joven —Rupert había fruncido el ceño—. Confío en usted para vigilar que no intente aprovecharse de ella. Francesca nunca ha conocido a nadie como ese tal *monsieur* Dupree y es posible que se enamore estúpidamente.

—La mayor parte de las jóvenes se enamoran de su profesor de baile —había comentado Sarah, sonriendo—. Es un joven muy apuesto, pero creo que Francesca está demasiado entusiasmada con su Temporada como para encapricharse de él.

—Bueno, ya le digo que confío en usted para que la vigile durante mi ausencia.

Sarah le había prometido que lo haría. Con el entusiasmo generado por el picnic y la promesa de la próxima Temporada, pensaba que el corazón de Francesca estaba suficientemente a salvo por el momento. Nada de lo que la muchacha le había comentado sobre su maestro le había dado motivo de preocupación. Era natural que lord Myers se preocupara porque se mostraba muy protector hacia Francesca y no quería que se llevara un desengaño por un hombre con el que su familia jamás le permitiría casarse.

Monsieur Dupree parecía un joven simpático y sincero, que se había ganado a John desde el principio mostrándose deseoso de jugar al críquet y al balón con él. Se había ofrecido además a ordenar los tomos de la biblioteca.

—Es una tarea que me encanta —le dijo a Sarah cuando una mañana lo encontró ordenando uno de los estantes—. Ya veis que es poco lo que tengo que hacer. Por muy encantador que sea enseñar a la adorable *mademoiselle*, quiero ganarme mi salario, ¿verdad?

Sarah asintió viendo cómo colocaba los libros en perfecto orden.

—Ya tenía ganas de hacer esto —explicó ella—. Si pudierais poner juntos toda la poesía, las obras de teatro y las novelas juntas, os estaría muy agradecida. Y estoy segura de que lord Myers también.

—Si cuento con vuestra aprobación, señorita Sarah, seré el más feliz de los hombres.

La mirada que le lanzó le había suscitado algún recelo. Todavía no podía estar segura, ya que el profesor llevaba allí muy pocos días, pero habría pensado que estaba flirteando con ella. Lord Myers había temido que pudiera intentar seducir a Francesca, pero Sarah sospechaba que bien podría ser ella el objeto de las amorosas intenciones del francés. Esperaba que no, porque entonces tendría que pararle los pies, con lo que se generaría un incómodo ambiente en la casa.

Por el momento, sin embargo, no le había hecho ninguna insinuación clara, aunque se daba siempre mucha prisa a la hora de abrirle una puerta o sacarle una silla. Sarah se lo agradecía con fría amabilidad.

El día del picnic no pudo sino alegrarse de su ayuda, ya que él mismo se ofreció a dirigir los juegos de los niños, dejando a Sarah y a Francesca con poca cosa que hacer aparte de presentar los premios.

Lord Myers había recibido personalmente a todos los invitados, presentándolos a Sarah y a Francesca. A Sarah la presentó únicamente por su nombre de pila. Advirtió que dejaba que pensaran que ella era amiga y acompañante de Francesca y no una simple institutriz, que de manera natural habría debido permanecer en un segundo plano.

—Estoy encantada de ver a Francesca tan feliz —le comentó lady Rowton a Sarah mientras contemplaban uno de los partidos—. Por Navidad, cuando Merrivale apareció por aquí, la vi un poco deprimida. Vos le habéis hecho un gran bien, señorita… Perdone, pero no he escuchado bien vuestro apellido.

—Sarah Hardcastle —respondió Sarah sin pensar, y solo después se dio cuenta de lo que había hecho—. Por favor, llamadme Sarah. Todo el mundo lo hace.

—Qué deliciosa informalidad… Es un placer ver a la muchacha tan feliz… y a su hermano. Habéis obrado un pequeño milagro.

Sarah le dio las gracias. Dado que ya había dado su apellido no tenía mayor sentido seguir escondiéndolo, y decidió que aquella misma tarde le relataría al ama de llaves una versión abreviada de su historia. Era mejor que todo el mundo comprendiera que estaba en aquella casa más como amiga que como una institutriz contratada.

Todos los vecinos parecían gente amable, incluidos el conde Browning y su señora; el señor Honiton y su hermana Gillian; la familia Monks con sus tres vivaces hijos y el hermano del señor Monks, James. Al menos treinta de las amistades de la familia habían aceptado la invitación y Sarah tuvo dificultades a la hora de recordar sus nombres. El señor James Monks, sin embargo, se presentó él mismo.

—Sois muy bonita —le soltó de improviso, reuniéndose con ella cuando estaba aplaudiendo a John y a uno de los hijos de los Monks en plena carrera del huevo y la cuchara—. Y todo esto es muy divertido. ¿Cuánto tiempo lleváis con los Merrivale?

—Solo unas semanas —respondió Sarah, divertida al encontrarse bajo la concentrada mirada de su monóculo. El joven era un verdadero dandi, vestido a la última moda—. Me alegro de que lo estéis disfrutando, señor.

—Uno necesita entretenerse en el campo, ¿no? El campo es terriblemente aburrido comparado con la ciudad.

—Oh, yo creo que en el campo hay mucho que hacer. ¿No le gusta pasear y montar a caballo, señor?

—Oh, bueno… —de repente su atención se vio repentinamente atraída por Francesca, que estaba entregando el premio por la carrera que su hermano había perdido al caer justo antes de llegar a la meta—. Está muy crecida, ¿verdad? Imagino que el viejo marqués pretenderá dejarle un buen pellizco en su testamento, ¿no?

—Me temo que no tengo ni la menor idea —dijo Sarah. Aquel hombre tenía algo que le provocaba una inmediata repugnancia—. Francesca tendrá su Temporada, pero ignoro cuáles son sus perspectivas, señor.

Creo que hará un buen matrimonio tanto si tiene fortuna como si no, señor.

—Ah. Solo era simple curiosidad.

Y se alejó, claramente disgustado con ella por su respuesta. Sarah vio entonces que se acercaba a Francesca y le decía algo que le arrancó una sonrisa. Aquello le hizo fruncir el ceño. No oyó a Rupert acercarse.

—¿La estaba molestando hace un momento?

Sarah dio un respingo y se volvió para mirarlo.

—Estaba especulando sobre si el marqués pretendía dejarle a Francesca una fortuna o no.

—¿De veras? —Rupert miró furioso al joven petimetre—. ¡Impúdico cachorro! Dilapidó la fortuna que le dejó su abuelo y anda ahora a la caza de una esposa rica. He oído que se ha venido al campo huyendo de sus acreedores. Vigílele si vuelve a visitarnos mientras estoy yo fuera.

—Espero que Francesca tenga suficiente sentido para no dejarse deslumbrar por alguien como él.

—Yo no estoy tan seguro. Parece estar disfrutando de la compañía.

Sarah vio que la muchacha había aceptado su brazo para ir en busca de un refresco. Las doncellas acababan de sacar bandejas de zumo de naranja y agua de cebada para los invitados más jóvenes de la fiesta. Para los adultos había champán y vino blanco.

—Creo que Francesca será cortejada por muchos caballeros — comentó Sarah—. Es encantadora tanto de físico como de carácter. Una vez que se presente en sociedad, seguro que se hará muy popular entre los caballeros. He hablado con ella de estas cosas y creo que tiene sentido común suficiente para no dejarse seducir por nadie.

—Bueno, eso es lo que todos esperamos —Rupert se volvió de nuevo hacia Sarah—. ¿Está usted disfrutando? Lady Rowton se refirió a usted como la señorita Hardcastle. ¿Le ha revelado su verdadero nombre a alguien más?

—Pensaba explicárselo todo esta noche a la señora Brancaster. Espero que me perdone.

—Estoy convencido de que lo hará. Lo comprenderá perfectamente si le explica que estaba usted necesitada de un lugar donde esconderse. Puede que sea mejor que crea que yo he estado al tanto de la verdad durante todo el tiempo.

—Sí —Sarah lo miró, vacilante—. ¿Me ha perdonado ya por mentirle?

Rupert enarcó las cejas y esbozó una fría sonrisa.

—Me reservo el juicio hasta que vea cómo se conduce en el futuro.

Se mordió el labio inferior. Estaba a punto de llorar.

—Lamento haber perdido la buena opinión que tenía de mí… si es que alguna vez la ha tenido.

—Me estaba burlando —le dijo él y volvió a sonreír, acelerándole esa vez el corazón—. No es que disculpe la mentira, ya que por lo general la aborrezco… pero creo entender por qué hizo lo que hizo.

—Gracias —dijo con un nudo en la garganta.

Cuando sonría de aquella forma era capaz de romperle el corazón, pero nunca debía olvidar que él jamás podría casarse con una mujer de su clase. En una ocasión se había planteado seducirla, pero eso fue cuando todavía pensaba que era una aventurera. Desde que ella le había confesado la verdad, la había tratado como a cualquier otra dama, mostrándose amable y cortés pero guardando una cierta distancia.

Eso era todo lo que podía esperar, por supuesto. Sarah sospechaba que su corazón había resultado afectado, sabiendo como sabía que el pulso se le aceleraba a una simple sonrisa suya. Sin embargo, él no le había dado ninguna razón que pudiera sentir por ella algo más que la natural preocupación de un caballero por una mujer en problemas.

¿Por qué lord Myers protegía tan bien su corazón? Se preguntó por la mujer que lo habría herido. Debía de ser preciosa… Una dama, por supuesto. Sarah no era ninguna de las dos cosas. ¿Por qué entonces habría de fijarse siquiera en ella?

Él había intentado seducirla, sí, pero era un declarado libertino y ella no podía imaginar que una simple aventura con una institutriz pudiera tener algún significado para él. Con el aliento en la garganta, reprimió el deseo de apoyar la cabeza en aquel ancho pecho.

—¿Se ausentará por mucho tiempo, señor?

—No estoy seguro… Una semana al menos, imagino. Posiblemente algo más.

—John le echará de menos… y Francesca.

—Creo que John ya ha encontrado un buen sustituto mío en *monsieur* Dupree.

Sarah siguió la dirección de su mirada.

—Hoy, ciertamente, nos ha sido de gran ayuda. Algunos profesores de baile considerarían que jugar y hacer deporte con los niños está más allá de sus obligaciones, pero *monsieur* Dupree ha demostrado su valía.

—¿Le gusta? ¿Confía en él?

—Sí a ambas preguntas —Sarah lo miró inquisitiva—. ¿Duda usted de él por algún motivo?

—Ninguno… excepto la experiencia. Cuando mi hermana era joven, su profesor de baile intentó fugarse con ella. Se encaprichó estúpidamente de él y se habría fugado si yo no hubiera descubierto su pequeño plan. Le pagué para que desapareciera y el hombre tomó el dinero.

—Su hermana debió de quedar muy afectada…

—Durante un tiempo sí, pero se recuperó pronto una vez que se convirtió en la estrella de la Temporada. Se enamoró de un hombre decente y ahora es muy feliz… así que no me juzgue usted un monstruo por haberme deshecho de esa manera de aquel proyecto de amante.

—Creo que, por lo que se refiere a Francesca, puede usted estar tranquilo. *Monsieur* Dupree no ha demostrado ningún interés por seducirla. De hecho, parece que… —se interrumpió, sacudiendo la cabeza.

—¿Qué iba a decir? —entrecerró los ojos—. Por favor, no me mienta, Sarah. Si sabe algo, dígamelo.

—Iba a decirle que él ha mostrado más inclinación a flirtear conmigo… pese a que pueda parecer una presunción por mi parte.

—Confío en que no lo habrá animado.

—No, por supuesto que no. ¿Por qué habría de hacerlo?

—Él no sería un marido adecuado para usted, Sarah. Usted debería aspirar a algo más alto que un profesor de baile, por muy atractivo que sea.

Sonaba un tanto contrariado, lo cual la hizo sonreír, pero cuando lo miró no vio en su expresión rastro alguno de celos: solo disgusto. Alzó la barbilla.

—No tengo ninguna intención en ese sentido… y, por favor, no amoneste al pobre hombre. Simplemente se ha mostrado de lo más encantador conmigo. No he debido mencionárselo.

Vio que asentía con la cabeza, pero seguía frunciendo el ceño.

—Debería pensárselo muy bien antes de tomar una decisión —le aconsejó él—. Ya sé que su preferencia es un viudo con familia. He estado pensando sobre ello y, cuando regrese, puede que le presente a ciertos distinguidos caballeros. Hará bien en escoger sabiamente y no dejarse deslumbrar por un simple profesor de baile.

—Gracias —repuso Sarah. Tenía la sensación de que se le había congelado la sonrisa. Le estaba agradecida por su ayuda… ¿pero cómo podía pensar en un adecuado candidato a marido cuando estaba ya empezando a soñar con…? ¡Pero estaba siendo tan estúpida! Lord Myers no era para ella. Aunque su sonrisa le aceleraba el corazón, no era otra cosa que la fantasía de una mujer solitaria. Tan pronto conociera a otros caballeros, no tardaría en descubrir que Lord Myers no significaba nada para ella.

—Discúlpeme, pero debo ir a ver si los niños están bien servidos de comida y bebida. ¿Cenará con nosotros esta noche, lord Myers?

—Sí, por supuesto —entrecerró los ojos—. ¿Qué es lo que he dicho ahora, Sarah? No pretendo dictarle lo que tiene que hacer… pero usted misma dijo que necesitaba ayuda con sus problemas.

—Sí, así es y le estoy agradecido. Usted no ha dicho nada que haya podido molestarme, señor. Nada en absoluto.

Se dijo que era culpa suya por dejar que su imaginación le presentara imágenes de la clase de matrimonio que más podría disfrutar… porque el rostro de lord Myers era efectivamente el que veía cada vez que acariciaba esa idea.

Mientras se vestía para bajar a cenar, Rupert contempló ceñudo su imagen en el espejo. ¿Por qué se había ofrecido a presentarle un marido conveniente a Sarah? No era asunto suyo con quien eligiera casarse ella, dado que nunca podría significar nada para él… ¿o sí?

Rupert sopesó aquella idea. Nunca se había preocupado por el matrimonio. Siempre había sido consciente de que debería casarse algún día para tener un heredero, pero deliberadamente se había olvidado de ello. La mujer adecuada aparecería algún día y entonces… Pero quizá no necesitara mirar más allá. Sarah le había despertado un deseo feroz y tal vez algo más. Si quería una esposa que fuera una compañera para los próximos años y le diera una familia, ¿acaso Sarah no servía tan bien como cualquier otra?

Volvió a fruncir el ceño ante el espejo. No, era imposible. Sarah se merecía más de lo que él podía darle. Ella debería disfrutar de la clase de felicidad que llevaba aparejada un matrimonio de amor… y sin embargo estaba contemplando un matrimonio de conveniencia.

Le había prometido que la ayudaría a encontrar

marido y debería cumplir su palabra, presentarle a algunas amistades y quizá encontrarle un hombre con quien quisiera casarse. Una parte de él persistía en pensar que le convendría casarse con ella, pero seguía teniendo una barrera mental… porque la otra parte se mostraba desconfiada a la hora de dar el irrevocable paso de pedirle a cualquier mujer que fuera su esposa.

Un puñado de vecinos se habían quedado a cenar esa noche: lady Rowton, el conde Browning con su esposa y el señor Honiton y su hermana, más el reverendo Hoskins. Sarah se encontró sentada entre el párroco y el conde, que era algo duro de oído y tendía a hablar demasiado alto.

Sarah había respondido todas las preguntas que le habían dirigido, aunque era consciente de haberse pasado buena parte de la velada observando a Rupert. Lord Myers se había comportado como el perfecto anfitrión, entreteniendo a todo el mundo y asegurándose de que las conversaciones fluyeran. Se había fijado en que él había prestado atención a todas las damas, pero particularmente a lady Rowton. La dama, que pasaba de los treinta, tenía un aspecto muy juvenil y era muy atractiva, con aquella encantadora sonrisa con que respondía a cada comentario de Rupert.

—¿Te fijaste en que Rupert estuvo flirteando con lady Rowton? —le susurró Francesca cuando poco después entraban en el salón—. Creo que tuvieron una aventura hace uno o dos años. Fue poco después de que falleciera su marido… y yo oí al abuelo decirle a alguien que lord Myers la estuvo consolando.

—No debes repetir los cotilleos, querida —le dijo Sarah.

—Muy bien —de repente le brillaron los ojos—. Entonces no te contaré lo que *monsieur* Dupree ha dicho de ti.

—No lo hagas, por favor, y no te burles —repuso Sarah, aunque no pudo evitar echarse a reír. Había advertido las repetidas miradas que el profesor de baile le había lanzado a lo largo de la velada, aunque había estado sentado al lado de la señorita Honiton.

Monsieur Dupree ignoraba que ella era una heredera. Se imaginaba que era un amiga de la familia, que no una institutriz, ni tampoco la heredera de una fortuna. Eso significaba que le gustaba por ella misma. La idea resultaba tan novedosa como placentera. El pensamiento de que un hombre joven y guapo la encontrara atractiva la hizo sonreír, y ese preciso momento, cuando volvió a sorprenderlo mirándola fijamente, le dedicó aquella sonrisa.

Al desviar la mirada hacia lord Myers, vio que fruncía el ceño y se preguntó por el motivo de aquel aparente enojo. ¿Sería porque acababa de sonreír al profesor de baile? Sarah podía sentirse halagada por la admiración del joven, pero su corazón permanecía incólume. Él no era en absoluto la clase de hombre que contemplaba como marido… aunque tampoco podía negar que le gustaba que flirteara con ella.

Cuando las damas estuvieron reunidas y el té fue servido, Francesca fue requerida para que tocara para la concurrencia.

—Solo si Sarah hace un dúo conmigo —dijo, ruborizándose levemente.

—Claro, por supuesto —Sarah aceptó y se sentó junto a ella en la banqueta.

—Permitidme que me incorpore al concierto, *mesdemoiselles* —dijo *monsieur* Dupree, acercándose a ellas de pronto—. Yo cantaré después si la señorita Hardcastle toca para mí.

Sarah no pudo hacer otra cosa que aceptar. Francesca y ella ejecutaron una animada melodía; luego la muchacha se levantó y le dejó el pianoforte para ella sola. Tras una breve negociación, se acordó que *monsieur* Dupree cantara *Greensleeves* en inglés y francés.

El profesor de baile demostró tener una preciosa voz. A petición de la audiencia, cantó dos canciones más en francés y otra de amor en inglés. Para cuando terminó, Sarah se levantó de la banqueta para cederle el sitio. Su talento para el pianoforte igualaba al que poseía para el canto.

Sarah se disponía a dar las buenas noches a Francesca cuando Rupert apareció a su lado.

—La última canción era para usted —le dijo él—. Creo que acaba de hacer otra conquista, Sarah.

—¿Otra? Le aseguro que ningún otro admirador me ha querido nunca por mí misma.

—¿Cómo puede estar segura de eso? Podría haber juzgado mal a algunos de ellos…

—Quizá —frunció el ceño—. Es verdad que pensé que todo se debía al dinero de mi padre, aunque es posible que… —sacudiendo la cabeza, suspiró—. Pero no importa. No me interesa ninguno, ni siquiera si…

—Ya se lo dije antes: no debería venderse por tan poco.

—No tengo intención de hacerlo. *Monsieur* Dupree me gusta, pero no tengo intención de aceptar oferta alguna suya… del tipo que sea.

—Así está mucho mejor. Me gusta ver esa actitud orgullosa en mi Sarah.

¡Su Sarah! Un cosquilleo le recorrió la espalda al tiempo que se le cerraba el estómago. ¿Qué podía querer decir con… «mi» Sarah? Por un momento experimentó una punzada de gozo. Si él se preocupaba por ella… Pero no, en aquel momento no le estaba prestando ya atención. Estaba mirando a Francesca, que se había reunido con el profesor de baile ante el pianoforte. Las dos estaban tocando juntos y parecían divertirse mucho con una pieza particularmente animada.

Sarah sofocó aquella absurda esperanza. Lord Myers era un caballero y la frase que le había dirigido no había sido más que una manera de hablar. Cuando volvió a mirarla, lo hizo enarcando una ceja con gesto inquisitivo.

Seguía tratándola como si fuera una igual a Francesca, una joven dama de cierta importancia. Sarah casi se arrepentía de haberle contado la verdad. Él había demostrado más interés por ella cuando la había tomado por una aventurera.

Sola en su habitación, Sarah se desvistió y se sentó ante el espejo, envuelta en un salto de cama. No había sido capaz de separarse de toda su ropa cuando renunció a sus baúles y había salvado su ropa interior y de noche. Se cepilló la melena que caía suelta sobre sus hombros, lista y brillante, apenas rizada en las puntas. No estaba realmente cansada y se arrepentía de no haber pensado en subirse un libro. Sería fácil bajar a la biblioteca a por uno, pero no quería molestarse en vestirse de nuevo y tampoco consideraba apropiado caminar por la casa de noche y en bata.

Estaba a punto de acostarse cuando oyó que golpeaban suavemente la puerta. Levantándose, se acercó y preguntó, con una mano en el pestillo:

—Sí, ¿quién es?

—Rupert. ¿Puedo hablar con usted un momento, por favor?

Se le disparó el corazón mientras abría la puerta. ¿Qué pretendería acudiendo a su habitación? Lo vio allí de pie, todavía vestido con su traje de noche, y, de repente, sintió el irrefrenable anhelo de que la estrechara en sus brazos y la besara. Indudablemente eso la llevaría a seducirla, pero en aquel momento casi sentía que ello merecería la pena.

—Se disponía usted a acostarse. Discúlpeme que la moleste… pero me marcho mañana temprano. Iba a entregarme una carta para su agente. Supongo que con lo del picnic, y luego con nuestros invitados para la cena, se habrá olvidado…

—Ya la tengo preparada. Tenía intención de dársela por la mañana —dejando la puerta entreabierta, se acercó a su escritorio, abrió el cajón y localizó la caja de las cartas. Sacó luego la llave de un bolsillo de la bata y abrió la caja para extraer un sobre lacrado. Al volverse y descubrir que la había seguido, cerrando la puerta a su espalda, se quedó sin aliento.

—Lord Myers… No está bien lo que ha hecho…

—Probablemente no —reconoció—. Eres tan encantadora, Sarah... Me haces desear hacer esto... —antes de que ella pudiera adivinar lo que pretendía, la tomó en sus brazos y bajó la cabeza para besarla en la boca. Fue un beso dulce y tierno que le aceleró el pulso, pero ella retrocedió un paso, llevándose los dedos a los labios.

—Señor, no debe usted...

—Rupert. Por favor, llámame Rupert.

—Deberías irte de inmediato. Esto es imposible.

—¿Es realmente tan imposible, Sarah?

—Sabes que sí.

¿Pensaría acaso que ella estaba preparada para tener una aventura con él? ¿En qué estaría pensando? ¿Se imaginaba que ella se convertiría en su amante como una muestra de gratitud? El solo pensamiento le resultaba doloroso y lo enterró en un rincón de su mente.

—¿Has estado bebiendo, Rupert? —había reconocido el sabor del brandy en sus labios.

—Sí, un poco —dijo, y soltó una amarga carcajada—. Demasiado. El aspecto que tienes ahora y el vino... es una potente combinación, querida. Perdóname. Yo soy humano... y tú eres muy deseable. No eres consciente del efecto que produces en los hombres con ese tranquilo exterior y aquella insinuación de fuego que se esconde detrás. Gracias por la carta y por tu confianza. Buenas noches y que duermas bien.

—Buenas noches, Rupert.

Sarah cerró la puerta tras él y volvió a llevarse los temblorosos dedos a la boca. Su beso había sido tan dulce... tan tentador... Había querido que continuara, que desembocara en algo mucho más que un beso. De repente se vio asaltada por un ansia tan intensa que hasta gritó en voz alta como si estuviera sufriendo. Nunca había sentido aquello en toda su vida, nunca había anhelado nada hasta aquel punto del dolor. Su ser entero clamaba por llamarlo de vuelta, por tomarlo de la mano y llevarlo hasta su cama.

Pero no, no sería tan estúpida. Rupert había admitido que todo se debía el vino y al aspecto que había ofrecido ella con su salto de cama. Era un confeso libertino y estaba acostumbrado a tomar amantes a su capricho. No había intentado forzarla y luego se había disculpado por su debilidad.

El problema de Sarah no era que se hubiera sentido ofendida por su beso, sino que había querido más. Poco antes se había estado lamentando de la distancia que Rupert guardaba con ella. El corazón le había dado un vuelco ante su contacto, pero el buen sentido le decía que no podría tener una aventura con él mientras ambos vivieran bajo el mismo techo que Francesca. Sería algo indecente que podría derivar en un escándalo capaz de repercutir negativamente en la muchacha.

Pero… ¿habría tenido una aventura con él si no hubiera sido por la reputación de Francesca? Sarah reflexionó sobre ello mientras se metía en la cama y se arropaba con las mantas. Todavía sentía un cosquilleo en los labios, y le ardía el resto del cuerpo solo de pensar en las caricias que habría podido recibir. Se sentía desesperadamente atraída hacia él. Su ausencia durante los días siguientes le causaría dolor, seguro, pero su presencia podría ser todavía más turbadora.

Había prometido que se quedaría con Francesca hasta que la muchacha empezara su Temporada en la capital. A cambio, lord Myers la estaba ayudando a resolver sus problemas. No podría desdecirse de su trato ni aunque quisiera... de modo que iba a tener que refrenar duramente sus emociones.

Solo en su habitación, Rupert se lanzó sobre la cama y se quedó mirando el techo. ¿Qué era lo que se había apoderado de él para haberla besado de aquella manera? Le había parecido tan deliciosamente deseable con aquel salto de cama que había sido presa de un súbito deseo. Si ella no se hubiera apartado de él, habría podido arrastrarla hasta el lecho para hacerle apasionadamente el amor, sellando de esa manera sus respectivos destinos.

Aquella noche había estado flirteando con lady Rowton en un esfuerzo por sacarse a Sarah de la cabeza, pero ella parecía haber echado raíces allí... hasta el punto de que no dejaba de acosarlo día y noche.

Seguro que no podía estar pensando en casarse con ella. Tomarla como amante no era una opción desde el momento en que se habían convertido en amigos y sabía que era una joven respetable.

O era el matrimonio o nada. ¿Estaría dispuesto a desentenderse de su pasado y a dar ese paso? ¿Estaría dispuesto a volver a confiar? Necesitaba tiempo para poner la situación en perspectiva y decidir un curso de acción para el futuro.

Nueve

—*Monsieur* Dupree es tan divertido… —comentó Francesca aquella mañana mientras recogía rosas para la casa con Sarah, cortando los largos tallos y cuidando de no pincharse mientras las colocaban cuidosamente en sus cestas—. Pero también es muy dulce… y tú le gustas mucho, Sarah.

—Estoy de acuerdo en que es encantador. Espero que no te hayas enamoriscado, querida…

Francesca se echó a reír.

—Oh, él no quiere seducirme. André tiene demasiado sentido común para eso. Sabe que debe ganarse la vida y una tontería semejante terminaría con su fulminante despido. Podría no volver a trabajar nunca más. No, es a ti a quien quiere seducir, Sarah. Dice que eres un rosa sin comparación posible.

—Bueno, es francés —repuso Sarah, y ambas se echaron a reír—. Además, ya te lo dije. Yo necesito un viudo… un sensato caballero inglés que se ocupe de mis negocios.

—Todavía no me puedo creer que seas tan rica —dijo Francesca antes de aspirar el perfume de una rosa

183

de color rojo oscuro—. Es una historia tan romántica la de que te vinieras aquí huyendo de un tenaz cazafortunas... Soy muy afortunada de que decidieras cambiarte por la señorita Goodrum. Si no lo hubieras hecho, nunca nos habríamos conocido.

—Y yo lo habría lamentado mucho —le confesó Sara mirándola con afecto. Se alegraba de haber decidido confiarle primero su historia a la muchacha—. Creo que estas últimas semanas han sido de las más felices de mi vida.

La única cosa que empañaba su contento era lo que sentía por lord Myers. Una parte de ella quería ceder a la necesidad que él había despertado en ella, pero sabía también que sería una estúpida si entregaba su cuerpo, y quizá su corazón, a un libertino.

—¿Crees que tenemos ya suficientes rosas?

—Sí, ya está bien —Sarah se detuvo en cuanto doblaron la esquina de la fachada delantera de la mansión—. Parece que tenemos visita...

Dos caballeros acababan de desmontar y los mozos de cuadra se llevaban sus caballos.

—Me pregunto quiénes podrán ser —dijo la muchacha con un brillo expectante en los ojos. Durante la pasada semana habían recibido visitas de la mayoría de sus vecinos y Francesca había disfrutado mucho, porque varios caballeros le habían presentado sus cumplidos—. Oh, creo que es el señor Monks.

Sarah reprimió un suspiro al ver lo complacida que parecía. El joven las había visitado ya tres veces y parecía decidido a concentrar su interés en Francesca.

—Hay alguien con él... Creo que es sir Roger.

A Sarah se le cerró la garganta cuando reconoció

al segundo caballero. Era el mismo hombre del que había intentado huir y por cuya culpa se encontraba allí. ¿Sería posible que supiera que estaba en aquella casa o no habría sido más que una simple casualidad?

Los caballeros las habían visto y las esperaban al pie de los escalones del pórtico. James Monks solamente tenía ojos para Francesca, pero sir Roger se había quedado mirando fijamente a Sarah. De repente Sarah estuvo segura de que había sabido de su presencia allí durante todo el tiempo.

—Ah, señorita Hardcastle, señorita Francesca… —dijo James Monks, improvisando una reverencia—. Espero que no os haya molestado que haya traído a sir Roger conmigo, señorita Hardcastle. Se mostró tan deseoso de presentarse cuando supo que os estabais quedando con la familia Merrivale…

—Señor Monks... sir Roger… —Sarah saludó a ambos caballeros con la misma seca inclinación de cabeza. No le había revelado a Francesca el nombre de su persistente admirador, de manera que la muchacha era completamente inconsciente de la situación mientras saludaba a los visitantes con una cálida sonrisa y los invitaba a quedarse a comer.

—¿Nos haréis el favor de entrar, sir Roger… James? Quedaos a comer con nosotras. Será una comida sencilla, pero estaremos encantadas de compartirla, ¿verdad, Sarah?

Sarah no tuvo otro remedio que secundar la oferta de Francesca, aunque tenía un nudo en el estómago mientras sir Roger inclinaba la cabeza y la miraba con ojos entrecerrados.

—Señorita Hardcastle… Sarah, ¡qué alegría veros de nuevo! Y también a vos, señorita Francesca.

—Confío en que os encontréis bien, señor.

—No tan bien como habría podido estar si cierta persona me hubiera sonreído un poco más —dijo sir Roger en voz baja mientras los demás se adelantaban para entrar en la casa—. Disculpadme si os he incomodado con mi visita. ¿Debería marcharme ahora? ¿O puedo atreverme a esperar que me permitiréis renovar mi proposición? Sé que a las damas les gusta cambiar de opinión.

—No a la que tenéis delante —replicó Sarah, mirándolo de frente—. Disculpadme, señor, pero seré directa con vos. No deseo escuchar más proposiciones de vuestra parte ya que mi respuesta sigue siendo la misma.

—Eres dura, Sarah —la tuteó de pronto, grosero, aprovechándose de que nadie los estaba oyendo—. Tu frialdad hiere mis sentimientos. Encuentro difícil disfrutar de la vida tal y como deseo hacer… Tendré que languidecer a tu sombra ya que no quieres saber nada de mí.

Sarah sintió una creciente impaciencia. ¿Cuántas veces debía decirle a ese hombre que no tenía ningún interés en convertirse en su esposa? Si hubiera estado en casa, le habría soltado una grosería, pero allí era una huésped y no podía insultar a un invitado de Francesca. La muchacha lo había invitado a comer con ellos y Sarah no tenía más remedio que soportar su compañía de la mejor manera posible.

—Si vamos a seguir siendo amigos, señor, os pediría que no me halagarais con cumplidos insinceros.

—¿Me estás acusando de insinceridad? —sir Roger pareció indignarse y, por un momento, Sarah alcanzó a ver un brillo de furia en sus ojos, que fue rápidamente escamoteado detrás de una falsa sonrisa—. Te aseguro que mis sentimientos siempre han sido completamente sinceros.

Sarah se negó a responder. Era imposible cuando él se mostraba tan decidido a ignorar su negativa. Lo único que podía hacer era mantenerse fría y distante, y esperar que el hombre se hartara finalmente de verse rechazado.

John estaba en el salón delantero con el profesor de baile. Habían sacado un tomo de obras de teatro de la biblioteca y *monsieur* Dupree estaba recitando versos de Shakespeare cuando entraron los cuatro, lo que hizo que Sarah se sonriera para sus adentros al escuchar su fuerte acento francés.

—Tengo que entregar estas rosas a una de las doncellas para que las ponga en agua —dijo, disculpándose—. Volveré dentro de un momento.

Deseó poder disponer de tiempo para arreglar las flores ella misma, pero no podía dejar a Francesca atendiendo a la vista ella sola y regresó rápidamente, para encontrarlos a todos riendo y discutiendo del libro de teatro. Al parecer los caballeros estaban haciendo como que representaban papeles y divertían a Francesca mientras competían por sus atenciones.

—Deberíamos representar una obra en los jardines —dijo Francesca—. Todos podríamos participar y entretener a nuestros vecinos.

—Qué idea tan maravillosa —dijo James Monks, lanzándole una exagerada mirada de admiración—. Vos estaríais adorable como reina de las hadas, Francesca.

—¿Estáis leyendo el *Sueño de una noche de verano*? —inquirió Sarah—. Es una de mis obras favoritas… Es tan divertida… Me encanta cuando se enamora de Bottom.

—Tú deberías hacer el papel de reina —la urgió Francesca—. Yo no quiero un papel principal, prefiero el de una de sus asistentes.

—Yo haré de Bottom —dijo sir Roger—. Es tremendamente divertido.

—No, yo no podré —intentó resistirse Sarah—. Además, la obra es demasiado larga y nunca podríamos aprendernos todo el texto.

—Podemos representar la escena en que Titania se despierta para encontrarse con que ha sido embrujada —sugirió Francesca—. Es muy divertida porque ella ama a Bottom a pesar de que se ha convertido en burro.

—*Mais non*, pero si es una tragedia —objetó *monsieur* Dupree—. La *pauvre* dama es embrujada como castigo por su cruel marido.

Sus palabras dieron pie a acalorados comentarios y los siguientes minutos transcurrieron de manera placentera, mientras todos los aspectos de la obra eran discutidos y analizados. Sarah se alegró de ver que Francesca defendía su propia opinión, ya que había leído la obra con ella, y suspiró aliviada cuando todos fueron convocados a la mesa y disfrutaron de la comida en medio de un espíritu festivo, olvidada la idea de la representación de la obra.

Para cuando se estaban despidiendo los caballeros, Sarah se había relajado lo suficiente como para bajar la guardia: de ahí su impresión cuando sir Rogers le retuvo la mano durante más tiempo del debido y se la llevó a los labios.

—Volveré a visitarte pronto, Sarah.

—Francesca siempre está encantada de recibir visitas.

Se suponía que la mirada que él le lanzó era ardiente, pero para Sarah fue simplemente amenazadora. Mientras sabía que a *monsieur* Dupree le gustaba por ella misma, por su propio carácter, estaba convencida de que sir Roger quería algo de su persona.

Estremecida, deseó que lord Myers estuviera allí y no en lo que en aquel momento se le antojaba una misión imposible. Si sir Roger quería sus molinos, ella lo creía capaz de contratar a un bribón o para asustarla para que firmara o para... ¿sería posible que deseara su muerte?

Si ella moría, su tío vendería su patrimonio al mejor postor.

Respiró aliviada cuando ambos caballeros se marcharon y ella volvió a la casa. Se disponía a buscar a Francesca, que había ido a buscar un libro a la biblioteca, cuando *monsieur* Dupree la sorprendió al abordarla en el vestíbulo.

—¿Me dedicaríais un minuto de vuestro tiempo?

—¿Hay algo que pueda hacer por vos, *monsieur*?

—Soy yo quien quizá pueda hacer algo por vos, *mademoiselle* —los oscuros ojos del francés escrutaban su rostro con una expresión parecida a la adoración—. Me parece a mí que os desagrada sir Roger. Os produce angustia, ¿verdad?

—Yo no diría que me produce tanta angustia, *mon-*

sieur, como simple desconfianza. No me gustaría quedarme a solas con ese caballero.

—No, por supuesto —repuso, y adoptó una expresión de desagrado—. Si sir Roger se propasa alguna vez con vos, *mademoiselle* Sarah, solo tenéis que avisar a André Dupree. Con la pistola soy… un excelente tirador —hizo un gesto como si disparara—. Lo mataré si os hace algún daño.

Sarah resistió la tentación de echarse a reír, porque su expresión era de lo más exaltada.

—Sois muy amable al ofrecerme vuestra protección, *monsieur*… pero dudo que necesitemos llegar a esos extremos. Sir Roger es una molestia, pero creo que seré capaz de frenar sus avances.

—Si os hace algún daño, por mínimo que sea, tendrá que responder ante mí —André dio un paso hacia ella, claramente decidido a demostrar de manera todavía más fehaciente la devoción que le profesaba. Pero antes de que pudiera hacer algo, resonó la aldaba y al momento siguiente el criado había abierto la puerta a lord Myers.

—Habéis vuelto, milord —Sarah se volvió hacia él con una sonrisa en los labios. Sentía un inmenso alivio y algo más. Le entraron unas irrefrenables ganas de lanzarse a sus brazos y darle un beso de bienvenida.

—Sí, Sarah, he vuelto —arqueó las cejas—. ¿Me he perdido algo?

Sarah iba a decir algo cuando John apareció corriendo por el vestíbulo y se lanzó hacia Rupert, dándole un efusivo abrazo.

—Te vi llegar por la ventana. Has estado fuera una eternidad.

—Nueve días, creo —repuso Rupert, riendo—. Espero no lo hayas pasado tan mal.

—Oh, he estudiado mucho y me gusta estar con Fran, Sarah y *monsieur* Dupree… pero no es lo mismo que contigo. He echado de menos mis clases de esgrima.

—Bueno, pues mañana tendrás una —le prometió Rupert—. Quizá tenga un regalo para ti en mi baúl… pero si continúas arrugándome la chaqueta, tendré que pensarme si dártelo o no.

—Está bien —el muchacho se apartó—. Pero te recordaré tu palabra sobre la clase de esgrima —se volvió hacia el profesor de baile—. ¿Me daréis otra lección de francés, *monsieur*? Vuestra lengua suena mucho mejor que la nuestra.

—*Oui, mon petit* —respondió el francés—. Vamos, iremos a la biblioteca y te conseguiré un libro de obras francesas de teatro.

Rupert miró a Sarah.

—Veo que nuestro profesor de baile posee numerosos talentos. Parece que me ha relevado de algunas de mis obligaciones.

—En absoluto, señor. John se ha resignado a aceptar un sustituto durante su ausencia, pero por supuesto que todos le hemos echado de menos. Francesca no hacía más que preguntar cuándo volvería.

—Sus asuntos de usted me han llevado más tiempo del que imaginaba, pero ya puede tranquilizarse respecto al señor Arkwright. No era él quien estaba detrás de aquella oferta. Él ha comprado más molinos y no quiere más.

—¿Así que no fue él? ¿Está usted seguro?

—Absolutamente. Al principio se mostró reacio a hablarme, pero acabé persuadiéndolo. Le dejé claro que usted había puesto sus asuntos en mis manos y que, en caso de que algo extraño le sucediera a usted, su patrimonio estaría sujeto a tantas cláusulas y condiciones que sería imposible que otro lo comprara. Él me dijo, en términos inequívocos, que no estaba interesado.

—Entonces será mejor que lo olvide. Le agradezco que se haya tomado tantas molestias —dijo Sarah—. No sé cómo agradecérselo.

—No se preocupe. Si necesitara una recompensa, se la pediría —su mirada se tornó más profunda y penetrante—. ¿Sigue preocupada? ¿Ha ocurrido algo durante mi ausencia?

—Sir Roger nos visitó esta mañana en compañía de James Monks. Parece imaginar que, si persiste en sus atenciones, es solo cuestión de tiempo que yo ceda a ellas.

—Hablaré con ese hombre. Y, si es necesario, le daré una paliza.

—No, no debe hacer algo así. Si yo soy incapaz de hacerle ver que no cederé nunca a sus lisonjas, puede que le pida a usted que le advierta… pero sin violencias —se sonrió—. *Monsieur* Dupree ya se ha ofrecido a retarlo a pistola en caso de que intente seducirme.

—¿De veras? ¿Y qué interés tiene él en ello? Espero que no esté usted pensando en él como candidato a marido…

—No, por supuesto que no. Es un hombre agradable… pero quizá demasiado joven para mí. Imagino que no tendrá más de veintidós años.

—Y usted es mucho mayor, por supuesto —repuso

irónico—. ¿Cuántos tiene? ¿Veinticuatro? ¿Veinticinco?

—Los veinticinco ya los cumplí —repuso Sarah con una leve sonrisa en los labios. El pulso se le aceleró y sintió una punzada de gozo. Había echado tanto de menos aquel tono bromista… Era maravilloso tenerlo por fin en casa, aunque su expresión fuera en aquel momento un tanto socarrona—. No, no soy muy mayor… pero hay gente que llama solteronas a las mujeres que pasan de los veinte.

—Tonterías —dijo Rupert—. Las chicas jóvenes pueden ser deliciosas, por supuesto, pero yo prefiero una mujer hecha y derecha.

Sarah desvió rápidamente la mirada. El ardor de sus ojos sugería que deseaba retomar aquello que habían dejado empezado la víspera de su marcha. De repente se sintió desgarrada por un rápido y violento anhelo: el abrasador deseo de encontrarse entre sus brazos y de conocer la dulzura de sus besos. Sarah estaba dispuesta a convertirse en una mujer en sus brazos, a descubrir por qué su cuerpo parecía cantar cada vez que él estaba cerca.

Sabía que debía confesarle sus sospechas sobre sir Roger, pero aquel no era el momento adecuado. En lo único que podía pensar en aquel instante era en la mirada de sus ojos y en el sabor que tendrían sus labios si llegaban a tocar los suyos.

—Tiene que disculparme —dijo de pronto Rupert—. Estoy sucio del viaje. Debo bañarme y cambiarme y hablar luego con el tío de mi agente, antes del té. Le dejaré que continúe con las actividades que tenía planeadas para esta tarde con Francesca.

—Creo que daremos una vuelta por los jardines, para aprovechar el buen tiempo. Nos llevaremos un tomo de obras de teatro, que Francesca ha ido a buscar… Ah, aquí está. Estoy segura de que se entusiasmará de verlo.

—Rupert… qué alegría tenerte otra vez en casa —exclamó la muchacha, y en seguida se ruborizó—. Te hemos echado de menos, ¿verdad, Sarah?

Sarah asintió, advirtiendo su rubor y su leve vacilación. John había corrido para lanzarse en brazos de su tutor, pero Francesca se había limitado a sonreír y a saludarlo con una leve inclinación. Evidentemente estaba creciendo.

—Tienes buen aspecto —comentó Rupert, yendo a saludarla. Se inclinó hacia ella y la besó en una mejilla—. Me place informarte de que he invitado a algunos amigos para este fin de semana. Creo que encontrarás compañías que aportarán placer y entusiasmo a tu vida. Tengo un regalo para ti, y otro para John… El tuyo te lo entregaré esta noche. Y ahora, si me disculpáis las dos…

Rupert lanzó una mirada a Sarah y se retiró. Las señales que le estaba enviando la confundían. Antes de marcharse le había dejado meridianamente claro que pretendía guardar las distancias, pero ahora… Después de haber visto su hogar y de darse cuenta de que no era una dama a pesar de su educación y su riqueza… ¿se consideraría acaso autorizado a seducirla?

¿Podría estar pensando realmente en hacer algo así? Estaba bastante descartado, aunque su cuerpo suspiraba por el de Rupert y sus noches se veían acosadas por los febriles anhelos que él despertaba en ella. No podía menos que pensar que era un peligroso seductor, un libertino incapaz de reprimirse a la hora de ejercitar su poderoso encanto sobre las damas, aunque no tuviese intenciones serias.

Una parte de su ser le decía a Sarah que él no era tal cosa… que era un hombre decente y sincero, que había sido malinterpretado. Pero ella sabía que había tenido varias amantes, porque la señora Brancaster la había advertido al respecto.

Había visitado al ama de llaves una tarde en su salón, tomando el té con ella mientras Francesca había estado practicando el pianoforte. La señora Brancaster la había mirado de una forma muy extraña y ella se había preguntado si la plantilla de criados habría notado algo en el comportamiento de Rupert hacia ella. Porque debía de resultarles extraño que continuara en aquella casa dado que no era institutriz y no estaba ya a las órdenes del marqués.

—Es un caballero muy agradable —le había comentado el ama de llaves mientras le entregaba su taza—. Apuesto y en posesión de una cuantiosa fortuna, según dicen… pero será una mujer muy inteligente la que se cobre esa pieza. He oído que en sus tiempos rompió una buena cantidad de corazones.

—Bueno, yo diría que en ese sentido es como la mayoría de los caballeros —había repuesto Sarah, aparentemente tranquila—. Ha disfrutado de su soltería y puede que siente la cabeza una vez que se case. ¿Acaso no dicen que los libertinos reformados son los mejores maridos?

—Sí que he oído ese dicho, señorita —la señora

Brancaster había fruncido los labios—. Pero, como antes le decía, se necesitará una mente muy inteligente para llevárselo… y él nunca se casaría con alguien que no fuera de su clase. Su familia es muy orgullosa. Supongo que si estuviera desesperado por conseguir dinero… Pero, por lo que sé, se las ha arreglado muy bien desde que dejó el ejército.

—Espero que se enamore algún día, señora Brancaster. ¿Quién sabe? Quizá lo haya hecho ya.

—Es más probable que se case por conveniencia, por sumar propiedades o subir de rango, que por amor —había sentenciado el ama de llaves—. Recuerde mis palabras.

Sarah no había discutido, porque su mente le decía que tenía razón. Aunque a veces su mente le susurraba una historia completamente distinta.

Sarah se quedó sorprendida cuando subió a su habitación y descubrió que le habían entregado un baúl sin que ella se diera cuenta. La mayor parte de sus cosas las había despachado para su casa en varios baúles como aquel, pero cuando lo abrió, descubrió que había sido rehecho, probablemente por su doncella. Efectivamente: en su interior encontró una pequeña nota de Tilly, preguntándole si debería incorporarse a Cavendish Park en calidad de doncella.

Sarah se lo pensó y finalmente se decidió en contra. Francesca era consciente de su verdadero estatus, pero ni el ama de llaves ni las doncellas sabían que era una rica heredera, sino solo que había recalado allí huyendo de un molesto pretendiente. Sería mejor dejar las cosas tal como estaban. Una vez que bajara a Londres, ya nunca más volvería a pisar Cavendish Park y nadie necesitaba enterarse de aquella farsa.

Mientras examinaba uno de los vestidos que Tilly le había enviado, se sintió tentada por uno en particular, de seda amarilla, que nunca se había puesto. Ese no lo había llevado consigo en su gira de trabajo, pero era encantador y quedaría muy bien en una velada informal. Sin embargo, dado que Rupert había invitado a algunos huéspedes a quedarse, tendría que reservarlo para una ocasión especial.

Sus vestidos eran todos de estilo sencillo, pero la calidad resultaba evidente en el corte y el material. La mayor parte de ellos eran demasiado elegantes para una institutriz y sabía que suscitarían comentarios si se los ponía allí.

Cuando partieran para Londres, mandaría recado a su doncella para que se reuniera allí con ella y le pediría que le enviara algunos de sus mejores vestidos de noche... aunque sabía que esa sería su gran oportunidad para comprarse un fondo de armario nuevo. La mayor parte de sus vestidos habían sido hechos en Newcastle, por una maravillosa costurera francesa que por alguna razón había ido a parar a la ciudad norteña y se había establecido allí. Sin embargo, sería agradable tener un nuevo y moderno guardarropa hecho en Londres.

Se puso para la noche su vestido habitual y estaba dando los últimos toques a su *toilette* cuando alguien llamó a la puerta. Tras una última mirada al espejo, fue a abrir y se llevó una fuerte impresión al ver a Rupert.

—Disculpe, pero deseaba darle esto en privado —dijo mientras le entregaba un paquete—. He traído regalos para Francesca y para John, que les entregaré antes de la cena… pero quería que usted recibiera el suyo primero.

—¿Un regalo para mí? —se había quedado sorprendida. Era poco convencional que un caballero le hiciera un regalo a una mujer como ella—. De verdad, no debería usted… no estoy segura de que pueda aceptarlo… —pero quería, y el corazón le dio un vuelco.

—Es solo una muestra de mi aprecio. Quizá no es lo que más me habría gustado regalarle, pero un regalo tan sencillo como este no merece verse expuesto a su rechazo.

—Tal vez… —inspiró profundo—. Gracias, teniendo en cuenta lo que me dice, lo aceptaré.

—Estoy en deuda con usted. No la entretengo más. Debo ver a John y a Francesca.

Sarah asintió y cerró la puerta. Cuando pudo volver a respirar, desató el lazo que ataba el paquete de papel marrón. Contenía un pequeño libro de oraciones encuadernado en piel blanca con aplicaciones de plata y un broche de diamante. No era precisamente un regalo «sencillo», pero tampoco íntimo… al menos no de la clase que un caballero le entregaría a una amante.

Por supuesto, ella no era todavía su amante… ¿Pero de dónde había surgido aquel pensamiento? ¡Eso nunca iba a suceder!

Deslizó los dedos por la suave superficie del libro, pensando en lo mucho que le gustaría usarlo cuando fueran a la iglesia el domingo. Era un regalo considerado y justo de la clase que más le gustaba… la clase de regalo que su padre le había hecho por su cumpleaños y en Navidad. El señor Hardcastle no había tenido por costumbre hacer regalos impulsivos, a la ligera, y Sarah se preguntó por qué lord Myers había escogido hacerle uno así. Solo había estado ausente unos días, aunque a ella se le habían hecho eternos.

—Mira lo que me ha comprado Rupert —le dijo Francesca con expresión resplandeciente de placer mientras le mostraba a Sarah el precioso abanico. Las varillas eran de marfil con engastes de oro, pintadas con escenas pastoriles francesas—. ¿No es maravilloso?

—Sí, es muy bonito —respondió Sarah, satisfecha de verla tan contenta.

La muchacha pasó la mayor parte de la tarde abanicándose las mejillas con él y mirando por encima, como si estuviera practicando el flirteo.

Sarah encontró su inocente placer de lo más enternecedor y también un punto divertido. Cuando buscó la mirada de Rupert, descubrió un brillo de diversión en sus ojos como si hubiera compartido ese mismo pensamiento. Luego sus miradas se encontraron y la expresión de él cambió, tornándose tan intensa que la abrasó. Levantó discretamente su copa hacia ella y se volvió luego para hablar con John.

Sarah bajó la mirada a su plato, preguntándose por lo que estaría pensando. Encontraba difícil adivinarlo porque las señales que le enviaba se le antojaban contradictorias. Rupert se mostraba galante, tierno y considerado en un determinado momento para, al siguiente, aparecer como un seductor libertino, decidido a hacer una conquista.

Pero si no dejaba de pensar todas aquellas tonterías y prestaba atención a lo que se estaba diciendo, acabarían preguntándole por lo que le pasaba.

John había recibido un par de guantes de montar y una sólida fusta de cuero. Se los había llevado a la mesa, pero un simple gesto de su tutor había bastado para que se los quitara para comer.

Mirando a su alrededor, Sarah pensó que nunca se había sentido tan contenta. Siempre había lamentado la falta de una hermana o un hermano, y aquella era la familia que siempre había deseado tener de haber podido elegir una. Lo único que podría mejorar las cosas era que Rupert la quisiera… pero aquel era un peligroso territorio y expulsó el pensamiento de su mente mientras la conversación derivaba hacia los huéspedes que recibirían.

Parecía que iban a ser cuatro damas y seis caballeros, todos ellos amigos de Rupert y, Sarah estaba segura de ello, seleccionados por la confianza que él les profesaba.

Al menos, con huéspedes en la casa, sería muy improbable que Rupert iniciara una aventura con ella.

Diez

Desde la llegada de Rupert, la señora Brancaster había ordenado a las criadas que lo limpiaran y abrillantaran todo como posesas. Obviamente estaba encantada ante la perspectiva de recibir huéspedes y afanarse con cada detalle.

—Siempre resulta incómodo cuando la casa no tiene un ama —le confió a Sarah mientras tomaban una taza de té—. Yo conozco los gustos del amo así que no me es difícil preparar los menús de Navidad, pero ha pasado mucho tiempo desde la última vez que vinieron damas en verano. Querrán helados y mousse de langosta, aparte de todo tipo de dulces fríos…

—Estoy segura de que lo resolverá todo perfectamente —le dijo Sarah, sonriente.

—¿Le importaría echar un vistazo a lo que tengo planeado? Es solo para que me indique si lo estoy haciendo bien o no.

—Sí, por supuesto, si quiere… aunque usted siempre nos sirve menús muy variados.

La señora Brancaster quedó muy satisfecha con su interés, sobre todo cuando Sarah aprobó todos los menús, pero añadiendo uno o dos sofisticados púdines para las damas. No sabía si se lo había imaginado o no, pero últimamente el ama de llaves se había estado mostrando más respetuosa con ella… como si hubiera reconocido que era algo más que la acompañante de Francesca. Era consciente de que tenía dinero, pero por supuesto nada sabía de que era una rica heredera.

—Creo que lo ha planificado todo perfectamente —dijo mientras le devolvía los menús pulcramente escritos.

—Me alegro de haber contado con su consejo, señorita, porque creo que usted entiende el funcionamiento de una gran casa y hacía tiempo que echábamos en falta a una verdadera dama aquí. El toque de una dama es fundamental.

—Estoy acostumbrada a dirigir una casa grande, pero ni mucho menos tan espléndida o importante como esta —le aseguró Sarah—. Soy una mujer respetable, señora Brancaster, pero no soy una dama, ya que mi origen no es noble.

—Es usted tan dama o más que cualquier otra que haya conocido —replicó el ama de llaves—. Ya sé que no es muy correcto, pero si yo la llamo Sarah… ¿podría usted llamarme Dorothy, al menos en privado?

—Me encantaría —repuso Sarah—. Sinceramente, no me gusta nada que me pongan en un pedestal solo porque mi padre me legó algún dinero. Soy una persona muy normal.

—El respeto es lo importante, señorita, y respeto es lo que tendrá. Me sentí muy honrada cuando me contó su historia. Es comprensible que decidiera escapar por una temporada de las desagradables atenciones de aquel hombre.

Sarah no le había revelado el nombre del implacable pretendiente, en el escueto esbozo que había hecho de su historia. No podía difamar a sir Roger, aunque el hombre le había hecho retorcerse de asco cada vez que había visitado la casa en sus esfuerzos por granjearse su favor.

—Bueno, ya sabe que puede pedirme ayuda cuando quiera.

—Me preguntaba precisamente por lo que deberíamos hacer con las flores, señorita. Necesitaremos más que de costumbre, para los dormitorios de las damas y todos los salones.

—Así es. Déjemelo a mí. Eso es algo que haré con mucho gusto.

Sarah había hablado personalmente con los jardineros, para pedirles más flores de lo normal para la casa, y la mañana en que estaba previsto que llegaran los huéspedes madrugó mucho para tenerlas todas adecuadamente colocadas. Rupert entró en el salón delantero de la planta baja cuando ella estaba dando los últimos toques a las de un gran jarrón junto a la ventana.

—Muy bonitas —aprobó—. Últimamente he notado una diferencia notable en esta casa. Debe de tratarse de su influencia, Sarah.

—Oh, no. Es muy poco lo que yo hago —repuso, recorriéndolo con la mirada. Confiaba en poder disimular el ardiente anhelo que la inundó. Estaba tan atractivo con aquellos ajustados pantalones de montar…—. ¿Ha salido a cabalgar?

—Sí. Me gusta montar temprano, antes que la mayoría de la gente. Me parece que últimamente no ha montado usted mucho…

—Salimos un par de veces mientras estuvo usted fuera —respondió Sarah—. No hemos tenido mucho tiempo. La señora Brancaster ha estado tan ocupada que he intentado ayudarla todo lo posible.

—No es su trabajo ocuparse de la casa. Tenemos suficiente servidumbre para que tenga que hacerlo, creo yo.

—Sí, por supuesto. No pretendía decir eso… —se ruborizó al ver que entrecerraba los ojos. Imposible explicarle que una casa que iba a recibir huéspedes por primera vez en siglos necesitaba muchísima atención.

La servidumbre había estado trabajando de firme y ella solo había aportado algún consejo sobre cómo debía colocarse determinado mobiliario, escoger la plata y la porcelana, inspeccionar la mantelería y revisar el estado de las habitaciones de los huéspedes. La señora Brancaster era eficiente, pero le gustaba que su trabajo fuera revisado y aprobado, y Sarah había estado representando el papel de señora de la casa durante los cuatro últimos días en medio de todo aquel ajetreo.

—Esta es tu casa, Sarah —la tuteó de pronto Rupert—, durante todo el tiempo que decidas quedarte —añadió, lanzándole una mirada tan intensa y concentrada que la hizo estremecerse—. Eres mi invitada y deberás sumarte a los huéspedes mientras estén aquí. No quiero que andes apareciendo y desapareciendo como un espectro.

—¡Evidentemente que yo nunca haría tal cosa!

Sonrió ante su actitud de desafío.

—Quería decir que deseo que disfrutes de la compañía de nuestros huéspedes y te integres perfectamente con nosotros.

—Sí, milord. Por supuesto que disfrutaré con la compañía de los huéspedes.

—¿Otra vez con lo de milord? —le brillaron los ojos—. Uno de estos días haré que lo lamentes, Sarah. ¿Por qué te cuesta tanto pronunciar mi nombre?

¿Porque necesitaba guardar las distancias para no caer como un guiñapo a sus pies? Las rodillas le temblaban y sentía la necesidad de abrazarse a él, de besar aquella boca tan maravillosamente dulce y deslizar los dedos por su oscuro cabello. Cualquier otra cosa que pudiera desear estaba completamente descartada para una respetable dama soltera. Luchó contra aquella necesidad, obligándose a hablar fríamente y a ignorar el calor que le consumía el cuerpo entero.

—Discúlpame, Rupert. Me resulta difícil a veces — sobre toco cuando la miraba con aquellos ojos oscuros que parecían abrasarle el alma. El pantalón resaltaba sus ajustados muslos, sus anchos hombros parecían casi tensar las costuras de su chaqueta… ideales para que una mujer se apoyara en ellos en los momentos duros…

¿Acaso se había vuelto loca? Nunca había soñado que ella, Sarah Hardcastle, desearía tanto a un hombre que hasta se le derretirían las entrañas solo de tenerlo cerca.

—¿Qué es lo que está pasando por esa preciosa cabecita?

La voz de Rupert se había tornado ronca e íntima.

Sarah tembló de expectación cuando lo vio acercarse. Iba a besarla y ella se derretiría del todo, una vez más…

—Casi podría adivinar que… —continuó él.

—Milord, un carruaje ha entrado en el patio —uno de los criados apareció en la habitación y Rupert se apartó con un gruñido de frustración.

—Gracias, Hodges. Iré de inmediato. Continuaremos con esta interesante conversación en otro momento, Sarah.

—Sí, señor —Sarah bajó la mirada, con las mejillas arreboladas y el corazón latiendo acelerado. ¿Se habría traicionado a sí misma? Preferiría casi haberlo hecho. La pregunta era: ¿se aprovecharía él?—. Debo localizar a Francesca. Querrá recibir a nuestros huéspedes.

Abandonó apresurada el salón, y mientras subía las escaleras lo oyó saludar a alguien llamado Freddie. Francesca salía precisamente de su habitación. Tal y como Sarah había esperado, parecía nerviosa ante la perspectiva de encontrarse con gentes a las que no conocía.

—¿Qué les diré? —le preguntó la muchacha—. No sé muy bien qué debo hacer.

—Solo sé tú misma, Francesca —la aconsejó Sarah—. La gente no esperará que seas ingeniosa ni inteligente, así que no hay necesidad de que te esfuerces por encontrar algo interesante que decir. Simplemente saluda a todo el mundo, al igual que harías con los amigos que ya conoces, les dices que estás encantada de tenerlos aquí y les das la bienvenida a Cavendish. Cuando todo el mundo esté instalado, nos reuniremos todos y empezarán las conversaciones. Haz tu contribución si tienes algo que decir… pero siempre piensa bien tus palabras para evitar cualquier controversia.

—No me he olvidado de lo que me dijo Rupert en la cena aquella noche —de repente sonrió y le tomó la mano—. Me alegro de que estés aquí, Sarah… De haber estado sola, estaría aterrada.

—Les encantarás a todos, como a mí, querida.

Francesca asintió y la tomó del brazo.

—Ahora me siento mucho mejor.

—Bien. Recuerda que esta es una experiencia para disfrutar, no para temer. Que esa gente venga de Londres no significa que sea muy diferente de tus vecinos. Seguro que estarán encantados de conocerte.

Toda sombra de preocupación había huido del rostro de Francesca. Parecía feliz y radiante, y solo de verla mejoró el humor de Sarah. Durante los días siguientes se olvidaría de sus problemas y se esforzaría todo lo posible para que sus huéspedes estuvieran contentos.

—No estoy segura de comprender vuestra posición aquí —lady Foxton apuntó a Sarah con su larga nariz—. Sois la acompañante de Francesca… pero también la hija de un rico propietario de molinos. ¿Es así?

—Así es, señora —Sarah alzó ligeramente la cabeza mientras aguantaba la mirada de desaprobación de la mujer. Lady Foxton tenía una encantadora hija de edad similar a la de Francesca y las dos jóvenes habían hecho amistad en seguida. La muchacha era abierta y simpática, todo lo contrario que su madre—. Vine aquí a hacer compañía a Francesca… y la he estado ayudando con sus estudios.

—¿Qué sois entonces? ¿Una acompañante o una institutriz?

—Sarah es una amiga —dijo Rupert, apareciendo de repente—. ¿Estáis cómoda en vuestra habitación, lady Foxton? ¿Os gustaría que os enseñara la galería larga antes de comer?

—Maravilloso —aceptó la dama, lanzándole una cálida sonrisa. Se levantó mientras él le ofrecía su brazo y se alejó sin dignarse lanzar otra mirada a Sarah.

El interrogatorio de la dama no la había afectado. No era la primera vez que Sarah había tenido que soportar actitudes apenas disimuladas de hostilidad cuando se mezclaba en sociedad. Lady Foxton era una de las damas más altivas que había conocido, pero las había habido más groseras, a la cara o a la espalda. Era bien consciente de que mientras los caballeros parecían aceptarla por lo que era e incluso admirarla, había damas que no encontraban su compañía de su gusto. Ya desde pequeña había tenido que soportar los prejuicios y no dejaban que la afectaran. Tenía amistades en escalones de la sociedad más bajos que el suyo y también entre las hijas de acaudalados comerciantes. Imaginar que sería universalmente aceptada en los salones de Londres sería engañarse a sí misma… y Sarah era digna hija de su padre.

—Me parece a mí que esa vieja arpía os ha sometido a un tercer grado —comentó sir Freddie Holloway, acercándose a ella. De la misma edad que Rupert, no era un hombre precisamente guapo pero tenía una bonita sonrisa y a Sarah le caía bien—. No le hagáis caso, señorita Hardcastle. Esa mujer ha enterrado ya a tres maridos y dicen las malas lenguas que los tres se han ido contentos al otro mundo.

—Oh, no —exclamó Sarah, riendo—. No debéis decir esas cosas y lo sabéis. La verdad es que no me ha afectado. No soy como lady Foxton y tampoco presumiría de serlo.

—Sois muchísimo más guapa que ella, si queréis saber mi opinión, querida —bebió un sorbo de vino—. Una de las cosas buenas que tiene Merrivale es su bodega. Lástima que el marqués no pueda estar aquí. Supongo que el lugar le trae demasiados recuerdos.

—Sí. Francesca y John lo han echado de menos, pero ahora que tienen a lord Myers están mucho mejor.

—Myers es un gran tipo. Un campeón con las mujeres, ya sabéis. Siempre se las arregla para llevarse a las potrillas más dulces…. Pero eso tampoco debería decirlo. Está reformado, según me ha contado él mismo.

—Me atrevo a decir que lord Myers no es muy distinto de la mayoría de los caballeros —repuso Sarah con una sonrisa, pese a que tenía el corazón transido de dolor.

—Tiene más suerte que la mayoría —dijo Freddie—. Recuerdo cuando ambos íbamos detrás de la misma seductora... cierta bailarina. Yo creía que tenía una oportunidad, pero tan pronto como él se fijó en ella… —puso los ojos en blanco y se echó a reír—. No le contaréis esto a Francesca, ¿verdad? No, claro que no. Sois una dama sensata. Francesca es toda una belleza, ¿verdad? —suspiró, lanzando una mirada a las dos jóvenes que reían juntas al otro lado de la sala—. Lo intentaría con ella… si no fuera porque necesito una heredera. Hay que llenar los bolsillos. ¿Estaríais vos interesada en apiadaros de mí, señorita Hardcastle?

—Creo que os burláis, sir Freddie.

Sarah se preguntó si Rupert no lo habría invitado precisamente por ella. Era un hombre agradable y le caía bien. Pensaba que podrían convertirse en amigos con el tiempo, pero… ¿sería capaz de confiar la administración de sus intereses a un hombre así? Parecía el perfecto dandi, un hombre mundano sin un solo pensamiento serio en la cabeza… pero, por supuesto, no lo conocía lo suficientemente bien como para juzgarlo.

—Por supuesto, querida. ¿Qué otra cosa puede hacer un hombre? La vida ya es bastante aburrida tal como es… aunque no en una compañía tan deliciosa como la vuestra.

—¿No tenéis ambiciones, señor? —Sarah lo miró divertida.

Era una compañía agradable, pero semejante actitud podría volverla loca en una semana. Ella estaba acostumbrada al trabajo duro y eso mismo era lo que esperaría del hombre con el que se casara.

—¿Ambición? —enarcó las cejas con una burlona expresión de horror—. Terrible palabra es esa, señorita Hardcastle. La tuve una vez, creo, pero de alguna forma se evaporó como la niebla en una mañana de verano. Debería dedicarme a la poesía, ¿no os parece? Me atrevo a decir que se me daría tan bien como al amigo Byron.

—Imagino que Byron se esfuerza mucho con sus poemas. Son tan brillantes como difíciles, ya lo sabéis.

—Otro camino cerrado —sir Freddie se echó a reír—. Sí, querida dama. Ya sé que soy incorregible. Disculpadme, pero tengo que hablar con Morrison. Tiene una potrilla en la que estoy interesado… solo que de la variedad equina —le hizo un guiño y se alejó.

Sarah recorrió con la mirada a la compañía reunida. El señor Norris solo era un año o dos mayor que Francesca y parecía un joven agradable. Lord Phillips era algo mayor que Rupert y de talante serio; el capitán Francis, con su carácter exaltado, no hacía más que hablar de su regimiento. El señor Stevens y sir Andrew tendrían veintipocos años: eran jóvenes atractivos y de trato agradable, posibles candidatos para Francesca. Las otras dos damas eran la señora Carter y su hija Helena. Fue Helena quien se acercó a Sarah y se sentó junto a ella.

—Me comentó lord Myers que estaba pensando en dar un pequeño baile mientras estemos aquí, nada del otro mundo, solo una cosa improvisada. Dijo que iba a enviar invitaciones a sus vecinos. Yo prefiero los bailes de Londres, porque los eventos campestres son tan aburridos… ¿no os parece? Nunca hay suficientes hombres distinguidos.

Sarah vaciló. Sabía exactamente lo que quería decir la joven, porque con frecuencia los actos sociales que había organizado en casa andaban escasos de caballeros presentables. La mayoría eran mayores, o casados, o del tipo que pisaban los pies de sus parejas de baile, y, en general, había más chicas solteras que caballeros disponibles.

—Nosotros tenemos algunos vecinos muy presentables —dijo Sara—. Además, algunos de nuestros huéspedes son bastante atractivos, señorita Carter.

—Sí, lo sé… pero mamá dice que debo aspirar a algo más alto que un simple caballero y ella no contemplaría nunca a un «señor» burgués, por muy rico que fuera —suspiró profundamente—. Esto de buscar marido es tan frustrante… ¿no os parece? Supongo que vos no os molestaréis con esas cosas. Podéis permitiros ser una mujer independiente y no preocuparos por pescar marido.

—No, la verdad es que no me molesto con esas nimiedades —le dio la razón Sarah, aguantándose las ganas de reír por la torpeza de la muchacha a la hora de describirla como una solterona incorregible…. Aunque quizá lo fuera. Incluso sir Freddie la había tratado como si fuera una tía favorita o una mujer mayor con quien fuera seguro flirtear—. Soy demasiado mayor para preocuparme por el matrimonio.

—Oh… —Helena se ruborizó—. No pretendía insinuar eso… pero he oído a mamá decir que erais rica y que podíais compraros un marido si queríais —se ruborizó aún más, como si se hubiera dado cuenta de que acababa de meterse aún más profundamente en el lodazal.

—Por favor, no os preocupéis —le dijo amablemente Sarah—. No me he sentido en absoluto ofendida.

—Yo no pretendía…

—Sir Roger Grey y el señor James Monks… —anunció en ese momento el mayordomo.

—Oh… —Helena volvió a ruborizarse en el momento en que los nombres fueron anunciados por el mayordomo—. No sabía que sir Roger estuviera en el campo.

La dolorosa expresión de su mirada le dijo a Sarah que el caballero le había dejado una fuerte impresión, aunque ignoraba si favorable o todo lo contrario.

—Helena, acércate, querida —la llamó la señora Carter.

La chica se levantó obediente y fue con su madre. Sarah vio que Rupert había vuelto con lady Foxton. Inmediatamente su presencia hizo que los demás caballeros que había en la habitación parecieran menos impresionantes, como si los hubiera apagado. Había algo tan masculino en él, tan poderoso… Sus largas piernas destacaban fuertes y musculosas en sus ajustados pantalones, sus hombros eran anchos sin llegar a ser exagerados y su semblante rezumaba nobleza… como una hermosa estatua de mármol de la antigua Roma que hubiera cobrado vida.

—Sarah —sir Roger le hizo una reverencia—. Ignoraba que tuvierais huéspedes. ¿Molesto?

—¿Cómo podría, señor? Lord Myers recibe encantado a todos y cada uno de los vecinos de su tío.

—¿Puedo sentarme con vos un momento? —se levantó los faldones de su chaqueta y se sentó sin esperar su respuesta—. Estás muy guapa, Sarah. Ese vestido os sienta bien.

Sarah sabía que se había sorprendido de verla ataviada con un vestido tan sencillo la primera vez que la visitó en Cavendish. En ese momento lucía uno de los de su guardarropa.

—Gracias, señor. Sois muy amable —repuso ella—.

Creo que ha sonado el gong llamando a la comida. Estoy segura de que seréis bienvenido a quedaros.

—Oh, no quiero molestar más —dijo sir Roger—. Me vuelvo a casa dentro de unos días. ¿Cuándo podré visitaros? Me gustaría hablar con vos en privado.

—No acierto a ver lo que tenéis que decirme, señor. Ya os he dicho antes que perdéis el tiempo conmigo.

—Cierto asunto ha llamado mi atención. Creo que será muy sensato por vuestra parte que escucharais lo que tengo que deciros… a no ser que queráis veros rechazada por vuestras nuevas amistades —añadió con expresión amenazadora.

Sarah se quedó estremecida.

—¿Qué es lo que queréis decir?

—Veo que ahora me estáis escuchando. Lástima que no sea este ni el lugar ni el momento adecuado. Vendré a visitaros mañana a eso de las diez. Espero que me recibáis. Aborrecería tener que amenazaros.

Y dicho eso se marchó, dejando a Sarah desolada. Mientras se reunía con el resto del grupo de camino al comedor, sus pensamientos comenzaron a girar caóticos. ¿Qué habría querido decirle? Seguro que no podía referirse a su farsa como institutriz. Aunque eso podría hacer torcer el gesto a algunos de sus huéspedes, tampoco era como para arruinar su reputación. Debía de tratarse de un farol. Ella no había hecho nada de lo cual debiera sentirse avergonzada, y tampoco pensaba dejarse intimidar.

—¿Ocurre algo malo? —le preguntó Rupert cuando la encontró sola en el salón pequeño, aquel mismo día—. ¿Por qué no estás con los demás?

—Necesitaba un momento para estar tranquila. Me reuniré luego con ellos a tomar el té.

—¿Te ha molestado lady Foxton? Ladra más que muerde, Sarah. Se acostumbrará a ti con el tiempo.

—¿Tú crees? —frunció el ceño—. He conocido damas de su clase antes y no me afectan particularmente.

—Algo te ha molestado… ¿ha sido sir Roger?

—No es importante. ¿Vamos con los demás a tomar el té?

—Te ha hecho algo. Por favor, dímelo. Si se ha propasado contigo, le daré una paliza.

—No, por favor, no lo hagas… Me ha lanzado una amenaza, pero no quiero pensar en ello.

—¿Qué tipo de amenaza?

—Dijo que cierto asunto había llamado su atención… uno que, en caso de ser revelado, haría que mis nuevas amistades, como él las llama, no querrían saber nada de mí.

—¡Eso es absurdo! Tú no has hecho nada indecente ni ilegal, ¿verdad?

Sarah alzó la cabeza.

—Eso no tienes ni que preguntarlo. Ya te confesé toda la verdad sobre mi persona, y lo sabes.

—Sí… —asintió—. Tiene que tener alguna carta escondida en la manga. Déjamelo a mí, Sarah. Yo te libraré de ese bribón.

—No, ya lidiaré yo con él. No he hecho nada malo y él no tiene nada con qué chantajearme.

—¿Crees que pretende chantajearte para que aceptes su proposición de matrimonio?

—Podría. Yo ya le he dejado muy claro que no

pienso aceptarlo —sacudió la cabeza—. Por favor, no te molestes en hacer nada, Rupert. Él no puede perjudicarme.

—Es un taimado canalla —repuso, y se quedó pensativo—. Olvídate de él por el momento, Sarah. Sea lo que sea que tenga que decirte, lo resolveremos entre los dos.

—Sí, por supuesto —asintió, pero un escalofrío le recorrió la espalda.

¿Qué podía saber sir Roger sobre ella que pudiera servir para marginarla de la sociedad?

Sarah pasó una noche inquieta, dando vueltas en la cama. La tarde anterior se había pintado una sonrisa en la cara, pero sentía como si una sombra se cerniera sobre ella. La expresión de los ojos de sir Roger había sido amenazadora a la vez que triunfante. Evidentemente creía haber encontrado una manera de coartarla para que hiciera aquello que quería… ¿Qué podía ser?

¿Seguro que no había nada en su pasado que pudiera utilizar contra ella? Había intentado descartar aquellos temores como absurdos. Su padre había sido el propietario de varios molinos y su madre la hija de un clérigo y nieta de un baronet, de buena cuna pero de escasa fortuna. En su memoria había recibido Sarah su nombre: la recordaba como una dama dulce y discreta, de comportamiento intachable, que había enseñado a su hija a conducirse de la misma manera.

¿Cómo podía sir Roger saber algo que pudiera hacer que la gente reunida en aquella casa le diera la espalda?

No podía, por supuesto. No era más que una vacía amenaza tendente a obligarla a que aceptara su oferta. Seguramente se inventaría alguna mentira, pero ella debería negarla sin más y esperar que los otros la creyeran a ella… sobre todo Rupert.

Con ese pensamiento en mente, cayó por fin dormida y soñó que estaba en una isla en medio de la niebla, completamente sola.

Sarah se puso un sencillo pero elegante vestido gris. Bajó a la cocina y le dijo a la señora Brancaster que sir Roger la visitaría seguramente por la mañana.

—Estaré en el salón trasero, si es que viene. Creo que quiere hablar conmigo en privado de algún asunto. Si es usted tan amable de guiarlo hasta allí…

—Claro, por supuesto —el ama de llaves la miró de una forma extraña, pero no hizo comentario alguno sobre la prudencia de su decisión.

De pie ante la ventana que daba al jardín, Sarah escuchó los pasos y se volvió en el momento en que entró alguien. Sir Roger se había vestido de manera muy elegante, en un obvio intento por impresionarla.

—Ah, Sarah —dijo sir Roger, esbozando la falsa sonrisa que ella odiaba tanto—. Estoy encantado de que me hayáis concedido esta entrevista. Sabréis, por supuesto, que deseo renovar la proposición de matrimonio que os hice. Sois la mujer que adoro y me haríais el hombre más feliz del mundo si aceptarais convertiros en mi esposa.

—Disculpadme, señor. Ya os he dicho antes que no me casaré nunca con vos —Sarah lo miró fríamente—. Si eso es todo lo que tenéis que decirme, me retiraré ahora mismo.

—Haríais bien en quedaros —le dijo él, adelantándose para impedirle el paso—. Había esperado que fuerais sensata… pero como me obligáis a decíroslo, no tendré más remedio que hacerlo…

Se interrumpió, haciendo una pausa de efecto mientras Sarah se clavaba las uñas en las palmas. ¿Por qué parecía tan complacido consigo mismo?

—Nada de lo que digáis sobre mí podrá perjudicarme. Tengo buenos amigos…

—¿Lord Myers, por ejemplo? —sir Roger esbozó una mueca de desdén—. ¿Durante cuánto tiempo más creéis que os seguirá albergando en esta casa cuando descubra que sois una impostora?

—¿Qué queréis decir?

—Os tenéis por la hija de Sarah Richards y de Hardcastle, ¿verdad?

—Y lo soy —de repente se le secó la garganta y se le aceleró el corazón—. Por favor, sed claro, señor. No sé lo que queréis decir.

—¿Realmente no tienes ni idea, Sarah? —le espetó, tuteándola—. ¿Nunca te preguntaste por qué fuiste la única criatura de ese matrimonio? —se mostró horriblemente confiado y seguro de sí mismo cuando añadió—: Tu madre no podía concebir de Hardcastle. Él acudió a una prostituta y se acostó con ella, la mantuvo aislada y le dio dinero para que se mantuviera alejada de otros hombres. Cuando ella tuvo una hija, tú, él te llevó a su casa y su esposa te

218

aceptó sin más. Eres en realidad de cuna ínfima, la hija de una mujer que vendía su cuerpo para vivir.

Sarah se quedó sin aliento y retrocedió un paso, sintiéndose como si le hubieran arrojado un cubo de agua fría encima.

—No, no es cierto. Mi padre me habría dicho… Mi madre me quería…

—Tu padre nunca se lo dijo a nadie, pero había alguien que estaba al tanto del secreto. Tu verdadera madre quiso buscarte antes de morir. Puede que quieras saber que murió de la enfermedad de las mujerzuelas y que tu padre se negó a dejar que te viera pese a saber que se estaba muriendo.

—No… —Sarah se llevó las manos a la cara—. Sois un hombre malvado, perverso, por decir tales cosas. Mi padre nunca habría sido tan cruel.

—Si no me crees, pregunta a tu tío. Él me contó la verdad… por eso está tan conforme con que te cases conmigo a la mayor brevedad. ¿Qué más quieres saber ahora?

—Mentís. Todo esto no es más que una perversa historia para desacreditarme y obligarme a vender los negocios de mi padre. Supongo que la oferta vendrá de vos…

—Yo compraría esos molinos si pudiera, pero quiero que te cases conmigo, Sarah.

—¿Aunque, según decís, mi madre fuera una prostituta? —le brillaron los ojos de furia.

—A mí no me importa de quién seas hija. Tienes el dinero y eso es lo único que me importa. Si quieres saberlo, acabaré arruinado si no te casas conmigo. Mis acreedores me dieron un plazo porque pensaban que tenía posibilidades, pero si se enteran de que tú me has estado rechazando…

—Vuestros problemas económicos no son mi problema —repuso fríamente Sarah—. Os lo diré por última vez. Si persistís en chantajearme, hablaré con lord Myers. Así que marchaos de una vez. No quiero volver a hablar nunca con vos.

Sir Roger la fulminó con la mirada, incrédulo. Había estado absolutamente seguro de que se derrumbaría cuando le revelara su horrible secreto.

—Pagarás por esto… ¡la altiva y todopoderosa señorita Hardcastle! —exclamó mientras se abalanzaba hacia ella, airado—. Te daré veinticuatro horas para reconsiderar tu posición y luego empezaré a hacer correr la historia. Si te imaginas que tus amistades no te darán la espalda después de esto, te equivocas. Piensa en ello cuidadosamente antes de arruinarte a ti misma para siempre… y no creas que tus importantes amigos te salvarán. Y si ellos se las apañan para eludir el escándalo, te mataré. De una manera u otra, me vengaré de ti.

Sarah se quedó perfectamente inmóvil mientras él abandonaba la habitación. Su mente no había terminado de asimilar la amenaza de asesinato. Estaba aturdida, pero el dolor había empezado a hacer efecto en lo más profundo de su ser. Su madre no era su madre, aunque ella siempre la había querido como si lo hubiera sido. Su padre había acudido a una prostituta para conseguir un heredero…

—¿Cómo pudiste….? —susurró mientras la garganta se le empezaba a cerrar—. ¿Cómo pudiste morirte sin decirme la verdad?

Las lágrimas le quemaban los ojos. Se las arregló para contenerlas pero el nudo le atenazaba cada vez más la garganta y apenas podía mantenerse en pie.

—Mamá... —se secó las lágrimas que le desbordaban por la comisura de un ojo. Sentía una inmensa soledad, ahora que sabía que su vida entera se había fundado sobre una mentira.

Sarah siempre había sabido que nunca podría mezclarse con los escalones más altos de la sociedad, pero su madre descendía de la baja nobleza y con eso había sido suficiente. No había importado que su padre fuera un duro burgués norteño, de lenguaje bronco y agudo ingenio para los negocios. Él había sido honesto y cariñoso con ella, dándole todo el amor que podía desear… solo que todo había sido una mentira.

¿Cómo podía no haberle dicho nada, para que al final ella terminara descubriendo la verdad por sí misma? Debía de haber estado seguro de que su secreto estaría a salvo, de que nadie más sabría nunca que ella no era la hija de su esposa.

El conocimiento de que no era realmente su madre biológica resultaba tan doloroso que Sarah apenas pudo ya contener las lágrimas. Y sin embargo sabía que debía continuar, poner buena cara y simular que todo estaba perfecto. Porque todavía disponía de unas pocas horas más antes de que sir Roger cumpliera con su amenaza.

Once

¿Qué iba a hacer? El problema de Sarah persistía en su mente mientras consultaba los menús con la señora Brancaster, cambiaba las flores y esperaba luego a que bajaran los huéspedes. Varios de los caballeros y la mayor parte de las damas no se levantaron hasta poco antes de mediodía y bajaron a tiempo de la comida. Hasta ese momento, Sarah estaba libre para encargarse de las tareas, pasear por los jardines o, si quería, salir a montar. Sabía, sin embargo, que Rupert había ordenado que fuera acompañada de dos mozos allá a donde saliera a cabalgar, tanto si lo hacía con Francesca como si no. Ocasionar a la servidumbre tantas molestias solo por su placer le parecía injusto. Además, caminar era su pasatiempo favorito, así que decidió pasear hasta el lago.

El aire fresco le despejó un tanto la cabeza. Seguía siendo la señorita Sarah Hardcastle, una mujer joven y saludable, y seguía teniendo amigos… ¿aunque por cuánto tiempo, una vez que el odioso sir Roger cumpliera su amenaza? A algunos sus amenazas no les importarían una higa, pero la clase de anfitrionas de Londres que recibirían a Francesca cuando empezara la Temporada no querrían saber nada de Sarah en cuanto los rumores comenzaran a circular.

Estaba decidida a no dejar que la aterrorizara para salirse con la suya. Nada le haría aceptar su proposición de matrimonio. Si hubiera sido ella la única en sufrir, se quedaría donde estaba y aceptaría las consecuencias, pero… ¿podría contaminar con esa vergüenza a Francesca? La muchacha estaba ansiosa de empezar su Temporada con ella como carabina… Si estallaba el escándalo, su sueño se frustraría. Nadie invitaría a la hija de una prostituta de los bajos fondos a sus eventos sociales… al menos ninguna de las anfitrionas importantes… y eso quería decir que Francesca resultaría manchada por la vergüenza de Sarah. Además, el mismo hecho de su ínfimo origen arrojaría dudas sobre la manera en que se había conducido mientras estuvo viviendo bajo el techo del marqués. Solo se necesitaba que alguien dijera que había entrado bajo un falso nombre y estaría acabada.

Cerrada la garganta de dolor, apenas podía controlar las ganas de sollozar. Abandonar a la muchacha a la que tanto había llegado a querer, y a lord Rupert, la destrozaría. La expresión con que lo había mirado el día anterior… había esperado y confiado en que la quería realmente. Y sin embargo sir Roger había dicho que había logrado callar a Arkwright, así que… ¿sabría acaso la verdad?

Sacudió la cabeza. De haberlo sabido, le habría pedido que se marchara de su casa. Habría sido consciente del escándalo que se habría montado si se hubiera sabido el secreto.

Sarah no podía contener las lágrimas. Corrían silenciosamente por sus mejillas mientras permanecía de pie a la orilla del lago, viendo a los cisnes deslizarse por las quietas aguas. Normalmente aquella vista le habría producido placer, pero lo único en que podía pensar era que estaba contemplándola por última vez. Tendría que marcharse de allí… y no podría decirle a nadie por qué.

Enjugándose las lágrimas, alzó la cabeza. Le dejaría una carta a Francesca, asegurándole que la quería y disculpándose con ella por tener que marcharse. A Rupert le diría que había descubierto algo que le imposibilitaba totalmente aceptar su amable oferta de acompañarlos a Londres.

Una vez tomada la decisión, se volvía para marcharse cuando alguien la llamó. Vio que se trataba de *monsieur* Dupree y forzó una sonrisa mientras caminaba hacia su encuentro.

—Disculpadme, mi querida *mademoiselle*… —empezó André. Justo en ese momento, sonó un disparo. Sarah sintió que algo le golpeaba el hombro izquierdo, soltó un grito de dolor y cayó al suelo.

—*Mademoiselle*… ¡*mademoiselle* Sarah…! —el francés se quedó consternado cuando, al inclinarse sobre ella, descubrió la gravedad de la herida.

Sarah apenas era consciente de nada mientras él prorrumpía en exclamaciones hasta que, finalmente, la levantó en brazos para echar a correr hacia la casa. Para entonces ya se había desmayado.

—¿Qué ha pasado? —exigió saber Rupert. Los había visto desde la casa y salió inmediatamente a su encuentro.

—¡Dios mío! ¡Le han disparado!

—Estaba en la orilla del lago —explicó André—. La había visto caminando hasta allí y parecía afligida. Me habían dicho que había tenido visita esta mañana… el odioso sir Roger. No entiendo por qué estuvo llorando por él cuando no es más que una sabandija.

—Lleva tiempo presionándola para que se case con él. Es por eso por lo que vino aquí como institutriz.

—¿Así que es él quien la hace sufrir tanto? —los ojos del francés chispearon de furia—. Lo mataré con mis propias manos.

—Yo lo haría antes que vos, pero antes necesito saber quién le ha hecho esto —extendió los brazos—. Dádmela, Dupree. Ya habéis cargado bastante con ella. Alertad a la señora Brancaster de que necesitaremos que alguien llame a un médico y se encargue de desvestir a Sarah.

—*Oui*, milord. Lo haré de inmediato.

Rupert frunció el ceño mientras entraba en la casa con Sarah en brazos. La oyó gemir levemente y dio gracias a Dios de que aún estuviera viva. Un inmenso dolor lo asaltó cuando se dio cuenta de que habría podido perderla… perderla antes de que hubiera tenido tiempo de asegurarse de sus intenciones para el futuro, o de confesarle sus sentimientos.

¿Quién habría podido hacer algo tan perverso? ¿Se habría tomado sir Roger una odiosa venganza contra ella… o acaso su tío estaba jugando un doble juego? Él era, después de todo, su heredero, aunque Sarah podría cambiar las cosas si hacía un nuevo testamento.

La ira y la frustración le quemaron las entrañas

cuando bajó la mirada a su pálido rostro. Cuando encontrara al que había hecho aquello, le daría la paliza más grande de su vida… y luego lo haría colgar. Unos pocos centímetros más cerca del corazón y Sarah habría muerto. El pensamiento lo dejó profundamente estremecido. ¿Qué habría sido de él si Sarah hubiera muerto? El dolor resultó casi abrumador mientras se daba cuenta de que no habría podido soportar su pérdida. Sarah lo había intrigado desde el principio, pero sentimientos mucho más dulces y profundos habían ido desarrollándose poco a poco en su alma.

Maldijo para sus adentros: se había enamorado de ella. La había encontrado divertida, polémica y a veces hasta irritante, pero esos sentimientos llevaban ya tiempo creciendo en su interior. No era solo que la quisiera y apreciara, sino algo mucho más profundo, algo que nunca había esperado que llegaría a sentir. Hasta aquel mismo momento había dudado de que el amor romántico de los poetas existiera, pero ahora sabía exactamente lo que sentían aquellos atormentados caballeros cuando se lamentaban por su amor perdido.

La prudencia le había hecho entregarse mucho menos de lo que habría podido hacerlo. Habiéndose visto frustrado y burlado por Madeline en la juventud, se las había arreglado para mantenerse siempre distante, para no ofrecer nunca su corazón, para mantener en todo momento reservada y escondida una parte su ser. Había disfrutado de placenteras relaciones con sus diversas amantes, pero ninguna de ellas había significado ni siquiera una ínfima parte de lo que sentía por Sarah.

¡No debía morir! Buscaría al canalla que le había hecho aquello, pero por el momento las respuestas deberían esperar. Había dado órdenes de que la acompañaran un par de mozos si acaso decidía salir a cabalgar más allá del recinto, pero ni por un momento había imaginado que pudiera estar en peligro allí. Tendría que doblar las guardias, pero eso sería después. Lo único importante en aquel instante era que estuviera lo más cómoda posible hasta que llegara el médico... y que no muriera de resultas de la herida.

Rupert sabía bien lo muy dolorosas que eran aquellas heridas y la facilidad con que podían llegar a infectarse, desembocando en un envenenamiento de sangre o en unas fiebres que podían matar al paciente. Demasiados hombres fuertes habían sucumbido a las fiebres después de ser atendidos por el cirujano.

Rezaba a Dios para que no se muriese. Nunca se lo perdonaría a sí mismo. ¡Debió haberla protegido mejor! Aquellos desesperados pensamientos se agitaban en su mente mientras se dirigía apresurado hacia las escaleras.

—Milord... —la señora Brancaster, que ya había sido avisada, corrió hacia él cuando ya se disponía a subir—. ¡Oh, pobre Sarah! ¿Quién habría querido hacerle daño? Es una dama tan encantadora...

—Sí que lo es —asintió, sombrío—. Puede estar segura de que el culpable recibirá su castigo cuando lo encuentre. Si no lo mato yo mismo, haré que lo cuelguen.

—Ciertamente que se lo merece, señor —la señora Brancaster vaciló—. ¿Creéis que fue ese hombre.... Sir Roger? Vino a visitarla esta mañana y uno de los criados dijo que habían discutido. Jennings no escuchó lo que se dijeron, pero oyó que se levantaban la voz y que la de la señorita sonaba tan disgustada que hasta pensó en entrar. Luego sir Roger salió con una expresión tan negra como una tormenta y lo empujó cuando pasó a su lado, de lo enfadado que estaba. Ella subió entonces directamente a su habitación. Parecía que había estado llorando.

—Ya. Eso explicaría por qué salió a pasear sola por el lago, cuando yo le ordené que… —Rupert sacudió la cabeza—. Pero eso no importa. Abra la cama, señora Brancaster. Necesitamos que alguien la desvista y se siente con ella hasta que venga el médico. Me quedaría yo mismo… pero tengo que atender a mis huéspedes.

—Sí, por supuesto, señor. Además, eso no sería correcto.

—Tiene usted toda la razón, señora Brancaster. Pasaré a verla una vez que la haya visto el doctor. Se asegurará de que alguien permanezca con ella todo el tiempo… al menos hasta que estemos seguros de que está fuera de peligro.

—Por supuesto, señor. Me quedaré con ella todo el tiempo que pueda. No me importa decirle que he llegado a encariñarme mucho con la dama. La primera vez que vino a esta casa no estaba segura… pero ahora sé que por supuesto es una dama, no una institutriz.

—Gracias.

Rupert acostó a Sarah con cuidado en la cama y se la quedó mirando por un momento antes de retirarse. Su expresión era sombría y furiosa para cuando abandonó la habitación. Quería vengarse del diabólico canalla que la había herido. Quería haber recibido aquel tiro en su lugar, borrar de golpe el dolor que sabía debía de estar sufriendo. Si de él hubiera dependido, no se habría apartado de su lado, pero eso era algo imposible en las presentes circunstancias. Debía comunicar además la noticia a Francesca y a John, que a buen seguro quedarían muy afectados.

—¿Que han disparado a Sarah? —Francesca lo miraba consternada—. Entonces aquel otro tiro, cuando salimos a montar, iba dirigido a ella… Ella misma desechó la idea por absurda, pero John dijo que había visto al hombre apuntarla directamente.

—Sí, lo sé. Desafortunadamente él no pudo describir su aspecto, excepto que vestía como habría debido hacerlo un guardabosques o un furtivo: largo abrigo gris y pantalón oscuro, bufanda hasta la barbilla y un sombrero negro calado hasta los ojos. La descripción es precisa, sí, pero de poco nos servirá para encontrar al bribón.

—¿Cómo está ella? —inquirió Francesca—. ¿Le duele mucho?

—Imagino que le dolerá cuando recupere la consciencia. He mandado llamar al médico y una de las doncellas se está haciendo cargo de ella hasta que llegue. La señora Brancaster mandará a buscarme si me necesita.

—¿Puedo verla, por favor?

—Creo que deberías esperar a que llegue el médico, Francesca. Está atendida y se encontrará mejor una vez que la herida esté curada, y además le han dado algo para el dolor: láudano o brandy, creo.

—¡Pobre Sarah! No me gusta imaginarla sufriendo… Ella ha sido una hermana para mí, tío Rupert. No te imaginas la diferencia que ha significado en nuestras vidas.

Rupert asintió, ceñudo.

—Todos la echaremos de menos si nos deja.

—¡No nos dejará!

—Puede que quiera irse a otro sitio cuando se sienta mejor… quizá a Francia o a Italia, donde podría recuperarse en paz y tranquilidad.

—Hay mucha tranquilidad en Cavendish. Necesito que Sarah se quede conmigo —protestó Francesca.

—Pero su vida puede seguir corriendo peligro si se queda aquí. Puede que tenga que viajar por su propia seguridad.

—Si lo hace, yo la acompañaré —Francesca apretó los labios, testaruda—. No tengo ninguna gana de hacer la Temporada en Londres si Sarah no viene conmigo.

—Ella se sentiría culpable de que te la perdieras, Francesca. Y no creo que quiera hacer eso. Es la segunda vez que disparan contra ella y en un lugar donde tenía todas las razones del mundo para sentirse a salvo. No quiero ni pensar en lo que habría podido pasar si no hubiera dado la casualidad de que *monsieur* Dupree estuviera paseando por el lago.

—No fue una casualidad. Él la siguió —dijo Francesca—. Creo que está enamorado de Sarah. Él me comentó que daría su vida por ella.

—Entiendo —Rupert frunció el ceño, porque no había sido consciente de que las intenciones del profesor de baile fueran tan serias. ¿Habría estimulado

Sarah ese interés? Experimentó una violenta punzada de celos, pero la sofocó enseguida. Sus propios sentimientos no eran importantes. Solo Sarah importaba ahora—. ¿Le contarás a John lo de su herida o prefieres que lo haga yo?

—Yo se lo diré. Supongo que tendrás que informar a los huéspedes.

—Sí, imagino que tienen derecho a saberlo. Advertirlos al menos de que un hombre peligroso anda por la vecindad.

—No creerás que disparará contra alguien más, ¿verdad?

—No, pero por si acaso ordenaré a los guardabosques que doblen las guardias.

Francesca se estremeció.

—Es todo tan horrible —comentó, estremecida—. Justo cuando nos lo estábamos pasando tan bien… Pobrecita Sarah. ¿Quién querría hacerle daño?

—No lo sé… a no ser que fuera sir Roger.

Francesca enarcó las cejas.

—¿Por qué habría de hacer tal cosa? Yo creía que le gustaba.

—Quiere casarse con ella por su dinero y ella lo rechaza. Creo que se ha mostrado bastante desagradable en más de una ocasión. Ella te contó por qué había venido aquí… ¿no te habló de él?

—No me reveló su nombre, aunque a mí me pareció que evitaba a sir Roger cada vez que podía. ¡Y pensar que yo misma le pedí que se quedara a comer! Sarah debió habérmelo advertido.

—Supongo que ella pensaría que él aceptaría su negativa con el tiempo… y tampoco es seguro que haya sido él. Podemos hacer conjeturas, pero no tenemos ninguna prueba.

—Bueno, le diré a la señora Brancaster que no deseo que volvamos a admitirlo.

—Eso sería el colmo de la rudeza y podría perjudicarte. No tenemos ninguna prueba de su culpabilidad. Sin embargo, si vuelve a venir, deberíamos asegurarnos de que no te quedes nunca a solas con él… y también, por supuesto, de que alguien se quede con Sarah. Yo hablaré directamente con él si se le ocurre volver a asomar la cara por aquí.

—Creo que iré a ver si ha llegado el médico. No entraré si él está con ella, por supuesto.

—Recuerda que no debes descuidar a nuestros huéspedes —le recordó Rupert—. Sarah estará debidamente atendida y tú podrás visitarla cuando quiera.

—Sí, entiendo. Ella me diría lo mismo, pero… —Francesca arrugó el ceño—. Me quedaría tan afectada si algo… si ella muriera.

—No morirá —sentenció Rupert con sombría expresión, cerrando los puños. La muerte de Sarah le resultaba inconcebible. No podía soportar siquiera hablar de ello—. No lo permitiré. Cuidaremos de ella en todo momento y mandaremos llamar de nuevo al médico a la menor señal de empeoramiento.

—Tú la quieres, ¿verdad? —dijo Francesca—. Me alegro. Una vez llegué a pensar que no te gustaba, pero estaba equivocada. Sé que no muestras abiertamente tus sentimientos… pero la quieres y te preocupas por ella.

—Y tú, señorita, eres demasiado perceptiva… o te imaginas que lo eres —dijo Rupert, y sonrió—. Corre a verla y procura no preocuparte demasiado. Estoy seguro de que se recuperará. Sarah es demasiado fuerte para morir por tan poca cosa como esto.

Francesca asintió y abandonó apresurada la habitación. La expresión de Rupert volvió a endurecerse en cuanto se hubo marchado la muchacha. Deseaba poder tener la misma confianza que le había transmitido a Francesca.

Si Sarah moría o quedaba inválida por culpa de aquella herida, mataría al hombre que le había disparado... ¡aunque dedicara el resto de su vida a encontrar a ese canalla! Y al diablo con la ley. ¿Qué valor tendría su vida si ella moría? Cuando el bribón fuera capturado, se arrepentiría de haber nacido.

Sarah gimió y abrió los ojos. Solamente una pequeña vela iluminaba la habitación y fue consciente de que alguien estaba sentado junto a su cama, en la penumbra.

—Madre... —gimoteó—. Madre...—podía sentir la humedad de sus mejillas y era consciente del dolor tanto de su hombro izquierdo como del que sentía en el corazón—. Estaba paseando cuando...

—Tranquila, Sarah, yo estoy aquí —dijo Francesca, acercándose a la cama—. Rupert me dijo que debía dejar que te cuidaran las doncellas, pero acabo de enviar a Agnes a la cama después de decirle que me quedaría una hora contigo. Se estaba quedando dormida cuando entré y no confiaba en que pudiera velarte bien. La señora Brancaster llegará pronto. ¿Te duele mucho?

—Me duele el hombro —dijo Sarah—. Deberías irte a la cama, Francesca. Rupert tiene razón. Hay muchas doncellas aquí para cuidarme. No es correcto que te quedes tú aquí para velarme.

—¿Te apetece beber algo? ¿El jarabe quizá que el doctor te ha dejado? —Francesca le puso una mano en la frente—. No parece que te haya entrado fiebre. Creo que es eso lo que ha estado preocupando a todos. El doctor dijo que era el láudano lo que te ha hecho dormir tanto, pero todo el mundo estaba muy preocupado. Todos nuestros huéspedes han estado preguntando por ti… especialmente sir Freddie y lord Phillips.

—Qué amables…. —dijo Sarah, y le tomó una mano—. ¿Cuánto hace que me dispararon?

—Fue ayer por la mañana. Te desmayaste y luego el médico te dio una fuerte dosis de medicina… y han tenido que darte más debido a que no sentías demasiado dolor.

—¿Ha sucedido algo? ¿Has oído algo?

—Rupert ha ordenado a los guardabosques que hagan una batida. Fue *monsieur* Dupree quien te encontró, y la descripción que dio de tu agresor era la misma que la de John cuando describió al bribón que disparó contra nosotras cuando salimos a montar. Esta última vez tuvo más éxito. Rupert está furioso. Ha contratado a más guardabosques y los tiene patrullando los alrededores durante horas.

—Oh, no, todo esto es una molestia para él —exclamó Sarah, medio incorporándose y recostándose contra las almohadas. Apenas fue un intento, porque el hombro le dolía demasiado. La habitación la ahogaba y tenía la garganta seca—. ¿Podrías darme algo de agua, por favor?

—Por supuesto —Francesca fue al lavamanos y le sirvió un poco de agua fría en un vaso, que le entregó—. ¿Quieres que te lo sostenga yo?

—Creo que podré —Sarah tomó el vaso y bebió unos sorbos. Cuando se lo devolvió, gruñó levemente porque el dolor le estaba volviendo.

—Te duele mucho, ¿verdad? ¿Puedo darte algo para que te lo alivie?

—Si te refieres al láudano, no, gracias. Preferiría soportar esto antes que volverme adicta a estas cosas. Sé que mamá estuvo tomando mucho en sus últimos días —perdió el aliento cuando se vio asaltada por un dolor muchísimo más intenso, pero interno—. Francesca... —volvió a tomarle la mano—. Si alguna vez oyes algo sobre mí... algo desagradable... no me odies. Créeme, yo no sabía nada. Nunca habría venido aquí de haber sabido la verdad, si es que eso es la verdad... —sacudió la cabeza—. No estoy delirando, hay algo que tengo que deciros a todos, pero creo que debería hablar con Rupert primero. Dependiendo del consejo que me dé... puede que tenga que dejarte.

—Rupert dijo algo... —Francesca vaciló—. Yo no quiero que me dejes, Sarah. Rupert dijo que quizá tendrías que viajar al extranjero por un tiempo. ¿Me dejarías acompañarte? No me importa perderme esa estúpida Temporada. Seguro que conoceríamos muchos caballeros que podrían gustarme.

—Oh, cariño... ¿de verdad que te dijo eso Rupert? —Sarah sintió que se le desgarraba el corazón. De modo que sir Roger ya había cumplido su amenaza de revelar su horrible secreto al mundo. Eso significaba que tendría que olvidarse de todos los planes que había hecho para la primavera. Si hubiera estado en casa, a Sarah no le habría importado que la gente pensara mal de ella, pero allí no podía consentir que su deshonra manchara el futuro de Francesca. Eso sería algo injusto y egoísta… aunque abandonarla sería como perder a la hermana que nunca había tenido—. ¿Qué más te dijo?

—Que le propinaría una paliza al canalla que te había herido cuando lo agarrara y… dijo que debía ser cortés con sir Roger pese a lo que te hizo y que él ya se encargaría del asunto. Pero yo ni siquiera quiero dirigirle la palabra —afirmó Francesca con expresión indignada—. Le odio por el daño que te ha hecho.

Cualquier duda acerca de que sir Roger hubiera corrido la voz sobre su infame nacimiento se evaporó al instante. Francesca lo había ignorado, como Sarah había sabido que haría: el afecto que las unía era demasiado intenso. En cambio, no estaba muy segura de lo que pensaría Rupert… lord Myers. Él mismo le había pedido que la llamara por su nombre de pila, pero eso había sido antes de conocer su secreto.

¿Qué iba a hacer él con ella ahora? No podía permitir que siguiera adelante con el plan que había apuntado de que Sarah hiciera de carabina de Francesca en Londres, para la próxima primavera. Tenía una responsabilidad para con la muchacha y Sarah también. Francesca debía ser protegida del escándalo a toda costa.

—Creo que voy a dormir un poco —dijo Sarah, aunque era mentira—. Vete a la cama y descansa, Francesca. Ya no necesito que me vigilen. Estoy fuera de peligro.

—Me alegro. Me habría destrozado el corazón que... Te quiero mucho, Sarah.

—Yo también te quiero, como si fueras mi hermana. Si alguna vez tengo que dejarte, lo haré con un enorme peso en el corazón... pero siempre te escribiré, hasta que tú me pidas que deje de hacerlo, y quizá podamos volver a vernos un día.

—Sí, por supuesto. Eres mi amiga. Estaremos juntas algún día, cuando este estúpido asunto esté olvidado.

—Sí. Dame un beso, querida, y luego déjame dormir.

Francesca se inclinó y le dio un beso en la mejilla, antes de abandonar sigilosamente la habitación. Sarah volvió a recostarse contra las almohadas, con las lágrimas corriendo por sus mejillas. Apenas era consciente de ello.

Le dolía tanto saber que su queridísima madre no había sido su madre biológica... La había querido mucho, había vivido tan feliz y segura en la convicción de que era la hija de Sara Richards... Ahora sabía que eso no era cierto. La terrible revelación se le hacía insoportable, pero no debía permitir que repercutiera en Francesca... o en Rupert.

Él era un hombre y podría soportar la noticia sin mayor problema. Podría encontrar una manera de silenciar el escándalo y desviar la porquería que inevitablemente les salpicaría, pero Sarah podía imaginarse bien los rumores, las conversaciones:

—Yo ya me había preguntado qué estaba haciendo ella viviendo con él... un inveterado libertino... y sin carabina.

—Bueno, querida, ya sabes cómo son estas cosas. Ella no es mejor que su madre… de tal palo tal astilla.

Todo el mundo pensaría que había sido la amante de lord Myers mientras compartía el mismo techo que Francesca. Había llegado allí bajo falsas pretensiones y, si eso trascendía, su destino estaría sellado. Si se atrevía a visitar Londres con la muchacha, todo el mundo la rehuiría, se vería relegada por las altivas anfitrionas que gobernaban la alta sociedad. Las oportunidades de Francesca se malograrían. Podría encontrar un hombre que la amara lo suficiente como para casarse con ella, pero sobre su Temporada planearía siempre el escándalo.

No, por mucho que se esforzaba, Sarah no veía manera alguna de cumplir con su promesa. Indudablemente, cuanto más tiempo permaneciera allí, peor sería. Si encontraba las fuerzas necesarias para vestirse, haría una pequeña maleta y se marcharía sin mayor demora. Intentó bajar las piernas de la cama y enseguida se mareó. No, su partida debería esperar un día más. Si sir Roger había difundido sus mentiras, el daño ya estaba hecho. Se marcharía tan pronto como fuera capaz de vestirse. Mientras tanto, escribiría a su tío para pedirle que le confirmara o negara la verdad de su nacimiento, aunque tenía pocas esperanzas de que la historia fuera una mentira.

Recostada en los almohadones, intentó encontrarle un sentido a todo lo que le habían contado. Su padre había sido implacable en los negocios, pero ella siempre lo había considerado un hombre decente. ¿Realmente habría pagado a una prostituta para que tuviera un retoño y luego la había prohibido ver a su hija, cuando se estaba muriendo?

¡Aquella pobre mujer! ¡Cuánto debía de haber sufrido! Que hubiera sido una prostituta, obligada a vender su cuerpo para ganarse la vida, no significaba que fuera una mala persona. La sangre de su madre biológica corría por sus venas e incluso aunque la sociedad la rechazara, aquella mujer la había amado lo suficiente como para querer verla cuando supo que se estaba muriendo.

Si no hubiera muerto, Sarah la habría buscado, le habría encontrado un hogar y habría llegado a conocerla bien. Las lágrimas volvieron a correr por sus mejillas y se las enjugó con rabia. Ella era hija de su padre, alguien lo suficientemente fuerte como para superar el dolor y el escándalo. Si sir Roger se imaginaba que iba a pasarse el resto de su vida hibernada, estaba muy equivocado. Sus amistades de casa no la abandonarían simplemente porque no era la hija de su madre… pero, sucediera lo que sucediera, tenía que saber la verdad.

A la mañana siguiente, Sarah se sentía mucho mejor. Se las arregló para lavarse y cepillarse el cabello sin ayuda, pero seguía tambaleándose un poco. Las doncellas habían sido muy amables, llevándole libros así como todo tipo de comidas que la señora Brancaster había preparado para ella.

—Es tan amable la señora Brancaster al mimarme así… dale las gracias de mi parte. Sé que está muy ocupada con los invitados.

—Todos estamos muy preocupados por usted, señorita. Lord Myers está buscando al canalla que le hizo esto. No me gustaría estar en su piel cuando lo encuentre.

—Precisamente me estaba preguntando si lord Myers tendría tiempo para verme —dijo Sarah, reprimiendo un suspiro. No había tenido razones para esperar que la visitara en su habitación, pero ella lo echaba de menos… lo cual era algo muy estúpido. Porque en un par de días ella estaría de viaje rumbo a su casa y él se olvidaría de la excepcional institutriz que durante un corto periodo de tiempo se había visto tentado de seducir.

—No lo sé, señorita. Podría transmitirle el mensaje, pero la mayor parte de estos días los ha pasado fuera, montando a caballo… persiguiendo a ese bribón y atendiendo a sus huéspedes. Yo diría que está demasiado ocupado. Además de que no sería correcto, señorita. Siendo él un caballero soltero y usted una dama no casada… Acuérdese que fue él quien la subió hasta aquí. Nos encargó encarecidamente a todas que cuidáramos de usted.

—Fue muy amable —aquello la alivió un tanto, pero seguía anhelando ver a Rupert, aunque solo fuera por un momento. A esas alturas, él no podía imaginar que su reputación pudiera importar algo, ¿no? Ya no le quedaba reputación alguna. No se había molestado en visitarla y eso debía de querer decir que no deseaba hablar con ella en privado… quizá temiera que fuera a llorarle y a suplicarle que la ayudara—. Gracias, Agnes. Ya tengo todo lo que necesito.

No era cierto, por supuesto. Quería ser la hija de

su madre y quería que la amaran apasionadamente, sin reservas.

Encaró la verdad. Amaba a un hombre que estaba mucho más alto que ella en el escalafón social. Un hombre que podría haber pensado en tener una aventura con ella cuando la había tenido por una respetable institutriz, pero que a esas alturas estaría menos interesado que nunca en hacerla su amante.

Se negaba a llorar. Ya se estaba sintiendo mucho mejor. Por la mañana se levantaría y bajaría a pedir que le enviaran un coche. Luego regresaría a su habitación, haría una pequeña maleta, escribiría una carta de despedida a Rupert y otra a Francesca, y quizá también una a John. Y abandonaría Cavendish Park.

Doce

—Milord, si me permitís… —la señora Brancaster detuvo a Rupert cuando volvía de otra cabalgada sin resultados. Llevaba días buscando y deteniendo a forasteros, pero hasta el momento no había encontrado rastro del canalla que había disparado contra Sarah. Estaba empezando a pensar que el tipo había abandonado el distrito, como sin duda le habrían aconsejado hacer. No debía de ser sino un peón más en aquel juego. La pregunta era: ¿quién le había pagado para matar a Sarah? Rupert habría dado una fortuna por saberlo.

—Sí… —respondió con tono impaciente—. ¿Qué puedo hacer por usted?

—La señorita Hardcastle se pregunta si querríais dedicarle unos momentos de su tiempo.

Rupert frunció el ceño. Había visitado a Sarah dos veces al principio de su convalecencia, pero se había obligado a dejarla al cuidado de las doncellas pensando en su reputación. Lady Rowton tenía una lengua viperina y la menor insinuación de escándalo le habría proporcionado munición que utilizar contra

Sarah. Ya la había oído preguntarse en voz alta por qué alguien habría querido disparar contra la señorita Hardcastle y su tono hablaba de censura hacia Sarah. Preocupado por el daño que podría hacerle una mujer así, había dominado sus sentimientos para contentarse con recibir casi cada hora informes sobre su condición. Afortunadamente, lady Rowton tenía previsto marcharse al día siguiente. Cuando lo hiciera, sería capaz de bajar un tanto la guardia… y además había tomado la decisión de suspender la caza del canalla para meter a un par de policías de Bow Street en el caso. Eso entrañaría un viaje a Londres, pero tenía otros negocios que hacer allí y, a su regreso, Sarah se encontraría lo suficientemente recuperada como para tratar del asunto que tanto lo preocupaba.

—Haga el favor de presentarle mis más sinceras disculpas a la señorita Hardcastle —dijo—. Dígale que estoy encantado de que se encuentre mucho mejor y que mis obligaciones como anfitrión me han impedido visitarla, pero que mañana eso constituirá una prioridad.

—Sí, milord… solo que ella parece ansiosa de veros.

Rupert vaciló. ¿Debería arrojar las convenciones por la borda y seguir sus inclinaciones? No, eso sería una estupidez. Un acto tan desconsiderado por su parte podría comprometer a Sarah. Y él no quería que se viera forzada a aceptarlo como marido solo porque pudiera haber visto comprometido su buen nombre.

—Estoy seguro de que unas pocas horas más no importarán. ¿Recibió las rosas que pedí que le enviaran a su habitación?

—Sí, milord. Dijo que eran preciosas.

Rupert asintió.

—Ahora discúlpeme, por favor. He planeado una excursión para nuestros visitantes el último día de su estancia aquí. Saldremos de picnic y visitaremos las ruinas de la abadía esta tarde. Debo subir a cambiarme y no quiero hacer esperar a los demás.

Había sido un largo día. Francesca había pasado a visitarla un rato por la mañana. Le había dicho que Rupert había salido a montar.

—Sale la mayor parte de las mañanas —le comentó—. Esta tarde vamos a visitar las ruinas de la abadía. Está a unos quince kilómetros de aquí y dicen que está encantada —se echó a reír—. Ojalá pudieras venir con nosotros.

—Siento perderme la excursión. Pronto me encontraré mucho mejor.

—Estas cosas son menos divertidas cuando tú no estás.

—¿No estás disfrutando de tus huéspedes? ¿No hay ninguno entre ellos que te guste?

—Me gusta la señorita Rowton, pero su madre no tanto. Me gusta el señor James Monks, pero ya hace un par de días que no nos visita. Creo que sir Roger se ha marchado a Londres… ¡que se vaya con viento fresco! Y supongo que me gusta sir Freddie, como a todo el mundo. Me hace reír.

—Sí, es divertido —dijo Sarah—. A mí también me cayó bien. Tuvo la amabilidad de enviarme una novela nueva.

—Sí, ya me dijo que pensaba que te gustaría —Francesca se ruborizó—. Todavía no puedo decidirme… Pero no, no debería decirlo. Él no ha mostrado ninguna preferencia; indudablemente, le gustas tú más que yo.

—¿Estamos hablando de sir Freddie o del señor Monks?

—De sir Freddie. Me gusta mucho, Sarah… pero el señor Monks es tan zalamero… Dice que soy preciosa y que el corazón se le para cada vez que me ve. Me ha comparado con una rosa en un poema suyo.

—¿De veras? Me pregunto si no sería alguno de los sonetos de Shakespeare.

—Bueno, a mí ya me pareció que había plagiado algún verso —rio Francesca—. Hay caballeros que dicen tonterías para divertirla a una, ¿no?

—Desde luego —Sarah frunció el ceño—. ¿Es probable que los sentimientos que albergas por cualquiera de esos caballeros sean serios?

—No estoy segura. Puede que lo sean con uno de ellos… —Francesca sacudió la cabeza—. No, soy una tonta. Es demasiado pronto. No me imagino a mí misma enamorada de ninguno. El amor tarda en crecer, ¿no?

—Sí, tal vez —repuso Sarah, aunque no estaba segura de la verdad. Porque quizá otras veces el amor surgía de pronto como una luz cegadora.

—Supongo que debo bajar ya con los invitados —dijo Francesca, y le dio un beso en la mejilla—. Ya te lo contaré todo a mi regreso.

Sarah asintió, sonriendo. Había esperado una visita de Rupert, pero imaginaba que debía de estar con sus huéspedes. Desafortunadamente, la señora Brancaster subió poco después para transmitirle su recado, que estaba demasiado ocupado y que la ya vería al día siguiente.

—Sí, por supuesto, no importa —dijo, tragándose su decepción—. Mañana será perfecto.

Levantándose, fue a su escritorio y escribió las cartas que necesitaba redactar. En ese momento estaba mucho mejor y, cuanto antes comenzara con los preparativos, mejor.

A Rupert le escribió una breve nota, en la que recuperó su tono formal:

Querido señor, sé que sois consciente de lo sucedido, y si no es así, pronto lo seréis. Sir Roger ha amenazado con deshonrarme con un escándalo del que yo no sabía nada hasta que él me informó de ello. Había esperado poder libraros de ese escándalo. Si hubiera estado en condiciones de viajar me habría marchado antes. Ahora me doy cuenta del horrible error que fue venir aquí haciéndome pasar por Hester Goodrum y os suplico que me perdonéis. Estoy segura de que fácilmente podréis sustituirme por alguien muchísimo mejor capacitado.

Atentamente vuestra,
Sarah Hardcastle

La carta a Francesca le costó mucho más:

Mi queridísima amiga, no puedo lamentar haberte conocido porque he llegado a quererte como a una hermana y espero de todo corazón que me perdones por haberte abandonado así. Espero también que comprendas que lo hago por tu bien. Si me quedo, caerá sobre ti el escándalo, y mis esperanzas de acompañarte en tu Temporada de Londres son ya vanas. Si te acompañara, como sé que es tu deseo, arruinaría tu reputación. Por tu bien no puedo volver a verte en público, aunque es mi esperanza que un día podamos encontrarnos en privado y, si me honras aceptando mis cartas, te escribiré. Abandonarte me rompe el corazón. Perdóname por causarte tanto dolor.

Tu sincera y querida amiga,
Sarah Hardcastle

Finalmente escribió una breve nota a John y metió cinco guineas en el sobre, como dinero de bolsillo para cuando fuera a la universidad en Navidad.

Escritas ya todas las cartas, llenó una pequeña maleta con las cosas más imprescindibles. El resto ya mandaría a buscarlo. La señora Brancaster se ocuparía de sus cosas y Sarah se despediría de ella por la mañana, muy temprano.

Incluso los mínimos movimientos que le exigió preparar su equipaje agravaron el dolor de su hombro y la agotaron. Decidió tumbarse un poco y al momento estaba dormida.

La despertó un rumor de voces altas y pasos al otro lado de su habitación. Al momento siguiente se abrió la puerta y entró lord Myers, furioso. Sarah se recostó contra las almohadas y se encontró con su mirada airada, preguntándose por lo que le sucedería para haber irrumpido de aquella forma.

—Milord, ¿ha sucedido algo?

—¿Dónde está ella? —exigió—. Sé que te lo cuenta todo. ¿Era eso lo que querías contarme esta mañana? ¿Por qué diablos no me dijiste que era urgente?

—Porque no lo era —dijo Sarah y frunció el ceño—. ¿Se trata de Francesca? ¿Qué pasa?

—Se ha ido con ese Monks… Se ha fugado. La culpa es tuya por haberla animado.

—No, ella no se ha fugado con nadie —repuso Sarah, ignorando su último comentario—. Cuéntame exactamente lo que ha pasado —lo tuteó, recuperando el tono informal.

—Pareces muy segura —la fulminó con la mirada—. Ella nos dijo que se iba a dar un corto paseo por el otro lado de las ruinas. La señorita Rowton la acompañó. Dice que estuvieron admirando un rosal silvestre particularmente bonito, que había crecido entre unas piedras caídas. Francesca se había separado un tanto de ella cuando apareció el señor Monks. Hablaron con tono urgente. Francesca vaciló y luego se fue con él. Subieron a un coche y partieron luego a toda velocidad. Y ahora dime que no se ha escapado.

—No tengo ni idea de dónde ha ido, pero imagino que la habrán engañado —dijo Sarah—. Francesca me habló de sus sentimientos esta misma mañana y estoy completamente segura de que jamás habría optado por fugarse… al menos no con el señor Monks.

—¿Qué quieres decir?

—Creo que ama a otro hombre, que ignoro si la ama a su vez. El señor Monks se ha estado mostrando muy zalamero con ella, pero es seguro que no se ha fugado con él.

—¿De quién se imagina estar enamorada?

—No sé si debería decirlo.

—Necesito saberlo. Es importante… ¿no será de esa sabandija de sir Roger?

—Dios mío, no. Ese hombre la desagrada. No debes decir nada… pero sospecho que está esperando una proposición de sir Freddie.

—Cielo santo —Rupert se había quedado consternado—. No tenía ni idea. Sería un candidato perfectamente aceptable, si la propusiera… ¿pero por qué entonces se ha ido con Monks? La señorita Rowton dice que no la secuestró.

—¿No te parece que pudo haber sido engañada?

—Engañada… —la expresión de Rupert se tornó más sombría—. Le diría quizá que había pasado algo… ¡Dios mío! ¡Imagina que le dijo que te habían secuestrado, o algo peor! Se habría marchado con él sin pensar en sí misma.

—Oh, no, espero que no haya sido eso… —Sarah estaba estremecida—. Sí, creo que puedes tener razón. Sería una perversidad por parte del señor Monks. ¿Por qué crees que habría podido hacer tal cosa?

—Monks está profundamente endeudado. Sir Freddie ya me lo advirtió el otro día, para que estuviera en guardia. No dudo que el muy granuja sabía que sus posibilidades de casarse con ella eran nulas, así que decidió secuestrarla. Pero mediante un truco, para no arriesgarse a que ella se pusiera a gritar y llamara la atención sobre él.

—Tienes que encontrarla, Rupert —le dijo Sarah,

saltando de la cama—. Si te das prisa, pude que no todo esté perdido. Si quieres, puedo fingir que estoy enferma y así podrás decir que ella está aquí, conmigo… Pero debes irte ya, sin mayor dilación.

—Ya he perdido suficiente tiempo. Creía que tú lo sabrías.

—Puedes estar seguro de que no se ha ido de buen grado.

—Lo mataré —masculló Rupert—. Si la toca, lo despedazaré miembro a miembro.

—Date prisa, por favor. Yo me quedaré en la habitación en caso de que necesitemos la excusa, pero esperaré ansiosa tus noticias.

Rupert se giró, vio sobre el escritorio las cartas que ella había escrito y recogió la dirigida a él. Se volvió nuevamente hacia ella, con una acusación en los ojos.

—¿Qué es esto? —sin esperar su respuesta, rompió el sello de lacre y la leyó—. ¡Maldita sea, Sarah! ¿Pensabas marcharte así sin más? ¿Qué escándalo es ese que Grey supuestamente me ha revelado?

—¿No lo ha hecho? —por un momento la inundó un enorme alivio, pero enseguida comprendió que solo era un simple respiro. Si sir Roger no había hablado todavía, sería porque estaría esperando el momento adecuado—. Ha amenazado con deshonrarme revelando un escándalo del que yo no sabía nada… algo referente al pasado de mi madre —le dijo, incapaz de mirarlo a los ojos—. Por favor, no te entretengas con esto ahora. Francesca te necesita. Te doy mi palabra de que no me iré hasta que ella esté de vuelta y a salvo. No soy merecedora de tu atención. En este momento, Francesca es lo único importante.

—Por el momento eso es cierto —admitió él—. Pero si rompes tu palabra, te buscaré y te arrepentirás. Cuando estés decidida a marcharte, ten al menos la decencia de decírmelo y me encargaré de llevarte a donde sea que quieras ir.

—Sí, gracias. No puedo soportar irme ahora, cuando Francesca está corriendo tanto peligro. Rezaré para que llegues a tiempo.

—Yo también —dijo, y se marchó.

Sarah lo oyó gritar algo a uno de los criados y se asomó a la ventana a tiempo de verlo abandonar la casa. Otro caballero salió para unírsele; hablaron un momento y luego partieron juntos hacia las cuadras.

Sir Freddie debía de haberle ofrecido su ayuda. Sarah experimentó una asfixiante sensación en la garganta. Solo podía rezar para que los dos pudieran alcanzar al señor Monks y frustrar su perverso plan de obligar a Francesca a casarse con él, por haberla comprometido.

Todos sus pensamientos estaban en ese momento concentrados en la muchacha a la que tanto quería. El miedo por Francesca le había hecho olvidarse del escándalo que la amenazaba. Se arrepintió del impulso que le había hecho escribir aquellas cartas. Acercándose al escritorio, hizo pedazos la carta de Francesca. La situación había cambiado. Francesca la necesitaba ahora y su propia reputación quizá estuviera dañada para siempre, sin posibilidad de redención alguna.

Rupert nunca consentiría que se casara con ese odioso bribón. Sabía de matrimonios que habían sido forzados por mucho menos, pero seguro que no la condenaría a un matrimonio que nunca podría darle la felicidad…

El señor Monks debía de haber pensado que Francesca heredaría una pequeña fortuna de su abuelo, y quizá fuera ese precisamente el caso. El marqués tenía otros parientes, por supuesto, pero John y Francesca eran los retoños de su única hija y debían de ser sus favoritos. Ese tenía que ser el motivo por el cual había sido secuestrada.

Sarah estaba angustiada por la muchacha. En cualquier otra ocasión, la furia de Rupert cuando descubrió su carta la habría dejado temblando como una hoja, pero en las actuales circunstancias solo podía preocuparse por Francesca. ¿Adónde se la habría llevado Monks… y qué estaría haciendo ella ahora? Debía de haberse asustado tanto cuando descubrió que la habían secuestrado…

—Os exijo que me llevéis a casa —dijo Francesca, levantando la cabeza en un gesto de valentía que imaginaba que Sarah habría aprobado. La había advertido sobre hombres así, y si él pensaba que iba a ponerse a sollozar y a suplicarle que se casara con ella, se equivocaba de medio a medio—. Me mentisteis. Yo creía que me apreciabais. Incluso habría aceptado casarme con vos, si me lo hubierais pedido… ¡pero decirme que Sarah se estaba muriendo y llevarme luego a Dios sabe dónde es sencillamente indignante! No me casaré con vos ni aunque me retengáis aquí durante un mes entero.

James Monks la fulminó con la mirada.

—Maldita sea, Fran, yo creía que encontrarías divertido que te secuestraran. Sir Roger me lo sugirió.

Él estaba pensando en secuestrar a la señorita Hardcastle, pero luego prefirió proponerle matrimonio y lo que ella le dijo… bueno, el caso es que renunció. Me comentó que no merecía la pena el esfuerzo y que ya encontraría otra heredera. Te mencionó entonces y yo le dije que serías mía a toda costa. ¿Por qué no me dejas que te lleve a Gretna? Sé que te gustaría, si me dieras una oportunidad.

Francesca se lo quedó mirando fijamente. Monks casi le estaba suplicando. Ella se había asustado mucho al principio, pero en ese momento podía ver que era un hombre débil. No se atrevía a hacerle daño por miedo a la reacción de sus parientes.

—Supongo que sabréis que el secuestro es un delito castigado con la horca.

La miró atónito, con ojos como platos.

—Fue una fuga. Tú sabes que lo fue, Francesca. No pudiste creer en serio que la señorita Hardcastle se estaba muriendo. Lleva días recuperada…

—Me asustasteis y eso no os lo perdonaré nunca —dijo Francesca—. Yo quiero a Sarah… ella significa mucho para mí y realmente me creí que le había sucedido algo. Y ahora, por favor, llevadme a mi casa.

—No puedo —parecía desesperado—. Tengo que retenerte aquí hasta que venga alguien. Tu familia enviará a alguien a buscarte… y nos veremos obligados a casarnos para salvar tu reputación. Seré bueno contigo, Fran. Te lo prometo.

—No me llaméis Fran. Mi nombre es Francesca. De hecho, preferiría que me llamarais por mi apellido, haced el favor… porque nuestra amistad ha llegado a su final. No deseo volver a dirigiros la palabra y nunca me casaré con vos. Podéis retenerme aquí durante un mes si queréis, que eso no supondrá ninguna diferencia. No me gustáis y no seré vuestra esposa.

—Podría forzarte —replicó él con tono súbitamente desagradable—. Podría seducirte. Quedarías deshonrada. Seguro que entonces sí que te darías prisa en casarte conmigo.

—No me importa mi reputación. Preferiría no volver a entrar nunca en sociedad y vivir en una cueva con el hombre al que quiero antes que casarme con un canalla como vos, señor.

—Supongo que es eso lo que ella te ha enseñado —dijo Monks, ceñudo—. Sir Roger intentó chantajearla para que se casara con él, pero ella le plantó cara y lo mandó al diablo. Yo creía que tú, en cambio, cederías… —se sentó con la cabeza entre las manos y la levantó enseguida para mirarla desesperado—. Me arruinaré si no te casas conmigo. Mis acreedores me mandarán a prisión.

—Lo siento por vos. Si hubierais hablado con lord Myers, quizá él os hubiera conseguido un crédito…

—No podía hacer eso… No de caballero a caballero —se levantó y se pasó las manos por el pelo, con el rostro todo colorado—. ¿Qué diablos voy a hacer ahora?

—Os sugiero que me llevéis a casa —replicó Francesca con gesto altivo—. Si lo hacéis inmediatamente, contaré a todo el mundo que me necesitaban urgentemente en casa, pero que sufrimos un accidente y volcó el coche. Diremos que estabais inconsciente y que yo tuve que esperar a que volvierais en sí…

—¿Harías eso? —la miró esperanzado—. Lo he

estropeado todo, ¿verdad? La culpa es de sir Roger, por haberme metido la idea en la cabeza.

—¿Qué le dijo él a Sarah? ¿Qué creía que había hecho ella para que pudiera chantajearla?

—No tengo ni idea —se encogió de hombros, sombrío—. Estaba furioso y se marchó sin terminar lo que me estaba contando… solo dijo que era una zorra testaruda y que se las pagaría.

—Entonces debió de haber sido él quien le disparó.

—Pudo haber sido él, pero yo creía que había abandonado el distrito.

—Llevadme a casa. Tengo que decírselo a Rupert… y cuanto antes, mejor. Daos prisa, si no queréis que mis amigos os maten. Rupert nunca me habría obligado a casarme con vos. Os habría desafiado a duelo y a mí me habría enviado al extranjero, con Sarah, hasta que el escándalo se apagara.

—En ese caso, será mejor que nos marchemos ya —dijo él—. Supongo que no me perdonarás… No, no lo creo. Solo puedo decirte que lo siento.

Estaba anocheciendo. Sarah estaba de pie ante la ventana de su dormitorio cuando vio llegar el coche. El corazón se le aceleró cuando se inclinó para ver al hombre que bajaba primero y se apresuraba a ayudar a la muchacha.

—¡Francesca! Gracias a Dios… oh, gracias a Dios —musitó mientras salía apresuradamente de la habitación.

Había llegado al rellano cuando entró Francesca. La

muchacha alzó la mirada, gritó el nombre de Sarah y corrió escaleras arriba. Ella abrió los brazos para recibirla.

—Creía que estabas peor… —sollozó contra su cuello—. Creía que te estabas muriendo…

—¿Qué ha pasado, querida? Como puedes ver ya estoy recuperada, aunque esta mañana tuve un poco de jaqueca. El señor Monks exageró la situación… ¿es eso lo que ha sucedido, cariño?

Francesca la miró, inspiró profundamente y asintió.

—Sí —respondió en voz alta, consciente de la presencia de la gente que ya había empezado a concentrarse en el vestíbulo—. Pedí que me llevara ante ti inmediatamente. El señor Monks fue tan amable de complacerme, pero viajamos a tanta velocidad que el coche volcó. Él salió disparado, se golpeó la cabeza y quedó inconsciente durante más de dos horas. Para cuando vino alguien y nos ayudó, había pasado ya medio día. Es por eso por lo que hemos llegado tan tarde…

—Has sufrido una terrible experiencia. El señor Monks está en falta por haber conducido con tan poco cuidado. ¿Estás herida, querida? ¿Hay algo más que debieras decirme… en privado, si quieres?

—No, nada. El señor Monks fue tan amable como para traerme de vuelta, aunque sufre un terrible dolor de cabeza.

—¿Dónde está ahora?

—Lo he dejado fuera. Yo no podía esperar para ver cómo estabas.

—Ya ves que vuelvo a estar normal. Entra en mi habitación, querida. Mandaré que nos suban té y la señora Brancaster te traerá algo de comer.

Francesca abrió la boca y volvió a cerrarla.

—Gracias —repuso, tímida, y se volvió hacia los invitados reunidos en el vestíbulo—. Lamento mucho haber preocupado a alguien. Fue todo un error.

Sarah podía sentir el temblor de la muchacha mientras la hacía entrar en su habitación. La sentó en la cama y se la quedó mirando fijamente.

—Ahora cuéntame la verdad, cariño.

—Él me dijo que te estabas muriendo y me secuestró. Esperaba que el tío Rupert me obligara a casarme con él para salvar mi reputación. Yo le dije que antes prefería quedar deshonrada y que me marcharía al extranjero contigo… y que si lo que acababa de ocurrir derivaba al final en un escándalo, lo haría. ¿Porque tú no me abandonarías por un pequeño escándalo, verdad?

—No… —Sarah la miró y, al ver la expresión de orgullosa determinación de la muchacha, se echó a reír—. No, querida, eso sería una estupidez. Ni tú ni yo dejaremos que los rumores y cotilleos nos afecten. No pienso marcharme como si hubiera cometido algo horrible, y tú tampoco lo harás. Continuaremos siendo como somos y, si alguien nos niega el saludo, peor para él.

—¿Tú no has hecho nada malo, verdad?

—Últimamente he aprendido algo… algo que no sabía cuando vine aquí. Mi madre no era la dama de buena cuna que se casó con mi padre. Ella me amó como si yo fuera su hija hasta el día en que murió… pero no era mi madre biológica.

—Eso es muy triste, pero también demuestra lo bondadosa que fue al acogerte. ¿Quién era tu madre?

—Me dijeron que era una prostituta que pagó mi padre para que tuviera una criatura —respondió Sarah—. Me dijeron que murió de una enfermedad frecuente en las mujeres de su profesión.

—Oh, qué horrible debió de ser para ella... y para ti saberlo —exclamó Francesca, y la abrazó—. Me dijeron que sir Roger intentó chantajearte, pero que tú te resististe. Fue él quien le dio al señor Monks la idea de secuestrarme, ¿sabes? Qué malos pueden llegar a ser algunos hombres.

—Sí —convino Sarah—. Pero otros son muy distintos. Tanto sir Freddie como Rupert han salido en tu busca. Rupert jura y perjura que matará al señor Monks, pero cuando yo le diga que no hay escándalo alguno, puede que se limite a darle una paliza...

—Bueno, se la merecería... —rio Francesca—. Pero me ha traído de vuelta. Aunque habría podido negarse. Habría podido forzarme....

—Quizá lo habría hecho si tú hubieras sido otro tipo de mujer —repuso Sarah, sonriendo—. Él creía que eras una niña tonta, pero no lo eres en absoluto. Eres una mujer joven perfectamente capaz de enfrentarte a un granuja como él.

—Sí que lo soy —sonrió Francesca—. Pero no lo era hasta que tú llegaste. Probablemente me habría escapado de buena gana con él, en un impulso... pero tú me enseñaste el valor de la verdad y de la sinceridad, y a pensar bien antes de cometer alguna tontería.

—Oh, cariño, me vas a hacer llorar —dijo Sarah, parpadeando varias veces—. Me alegro tanto de que estés de vuelta por fin, y sin haber sufrido daño alguno...

—Y yo. En el futuro, me lo pensaré dos veces antes de subir a un carruaje a solas con un caballero.

—Si hubiera sido un verdadero caballero, todo eso no habría sucedido… ahí radica la diferencia. Podrías viajar a cualquier parte con sir Freddie y no movería un dedo para hacerte daño.

—Si al menos yo le gustara lo suficiente a sir Freddie para... —Francesca suspiró—. ¿Has dicho que él está colaborando en mi búsqueda?

—Así es. No sé cuándo volverán. Creo que deberíamos llamar para que nos suban unos refrigerios y luego le pediré a la señora Brancaster que te acueste, cariño.

—Comí algo en la posada a la que me llevó el señor Monks. No tengo hambre.

—Yo no he probado bocado en todo el día de lo preocupada que estaba —dijo Sarah, y sonrió—. Tomaremos una cena ligera, ya verás cómo después te sentirás mejor. No discutas, Francesca... En este caso, yo sé lo que más te conviene.

Francesca se echó a reír.

—Tú ganas. ¿De verdad que vamos a ir a Londres juntas?

—Sí, si lord Myers se muestra de acuerdo. Por supuesto, debo decirle la verdad... aunque creo que sir Roger lo ha hecho ya.

—No, no lo creo. El señor Monks me dijo que se marchó furioso sin contarle el resto de la historia. Así que si no se lo contó a él, dudo que se lo contara a otro. Me parece que acabó por darse cuenta de que era una pérdida de tiempo. ¿A quién le importa, cuando todos te queremos tanto?

—Querida Francesca... —Sarah se quedó pensativa—. Me pregunto por qué Rupert no ha venido a verme. Yo creía que era porque ya sabía que era la hija de una... —no pudo continuar, tan grande era el dolor que sentía.

—Fue porque no quería comprometerte —dijo Francesca—. Te visitó dos veces por la noche, tarde, porque yo lo vi marcharse cuando vine a sentarme contigo. Agnes me contó que le había dado una guinea a cambio de que no se lo dijera a nadie.

—Oh... —Sarah se animó un tanto—. Así que se preocupó por mí.

—Le gustas. Ya te lo dije antes.

—Quizá... —Sarah sacudió la cabeza—. Pero eso no es importante. Por el momento, quiero que cenes y te acuestes... Y luego las dos podremos dormir plácidamente.

Trece

Sarah estaba en bata, a punto de acostarse, cuando escuchó pasos al otro lado de la puerta. Alguien llamó y ella se levantó del taburete del tocador para abrir. Allí estaba Rupert, con el pelo despeinado por el viento y una expresión más frustrada que furiosa.

—¿Es cierto que Francesca hizo que esa sabandija la trajera a casa?

—Sí, perfectamente cierto —Sarah vaciló, antes de apartarse—. Será mejor que entres... Oh, no pongas esa cara de preocupación. Tenemos que hablar de esto en privado, si lo que quieres es salvar la reputación de Francesca.

Rupert entró en la habitación. Asintió mientras cerraba la puerta.

—Dime lo peor: ¿la violó?

—En absoluto. Le mintió y la engañó para que se fuera con él, pero solo a una posada a unos treinta kilómetros de distancia. Su plan era retenerla allí hasta que llegaras tú y lo obligaras a casarse con ella.

—Estaba muy equivocado. Lo habría matado.

—Afortunadamente, Francesca se las arregló para

261

mantener la cabeza fría. Le dijo que no se casaría con él, hiciera lo que hiciera, y que tú lo matarías a no ser que accediera a llevarla a casa. Parece que no tuvo el coraje de forzarla, y, después de suplicarle sin éxito que se casara con él, la trajo aquí y volvió a marcharse lo más rápidamente que pudo.

—Le daré una buena paliza cuando le eche el guante encima.

—No si lo que te preocupa es el buen nombre de Francesca. Él la llevó rápidamente a casa porque Francesca estaba preocupada por mi salud, ya que yo había recaído. Con las prisas, el coche volcó y el señor Monks permaneció inconsciente hasta que recuperó y la trajo por fin. Esa es la historia que ha contado Francesca y la que al final se impondrá. Además, creo que si Freddie se toma la molestia de pretenderla, su futuro está ya sellado.

—¿Eso crees? ¿Acaso te has convertido en su tutora?

Sarah se resintió del sarcasmo de su tono.

—No, no lo soy... pero si te parece que me he pasado de la raya, siempre puedo... —pero se interrumpió, porque simplemente no podía marcharse. Le había prometido a Francesca que se quedaría.

Rupert entrecerró los ojos. Se le dilataban de furia las aletas de la nariz.

—¿Qué? ¿Huir y abandonarnos de nuevo? ¿Es eso lo que piensas hacer?

—Quizá si te tranquilizaras un poco, podría explicarte por qué me pareció necesario marcharme.

—Espero que la explicación sea buena —la fulminó con la mirada y se sentó en una silla—. Te escucho.

Sarah le relató la historia que le había contado sir

Roger en su intento de chantajearla, sin dejar al margen ningún sórdido detalle. Cuando hubo acabado, se lo quedó mirando fijamente.

—Pensé que podía arruinar las posibilidades de Francesca. Ella me había rogado que me quedara con ella hasta que empezara la Temporada, y también durante la misma. Yo la he informado, por supuesto, del riesgo que corremos, pero ella dice que no le importa. Eres tú quien debe juzgar la situación. Yo estoy dispuesta a arriesgarme, pero si crees que Francesca puede sufrir demasiado, me retiraré.

—¿Y hacer qué? ¿Huir y esconderte?

—Nada de eso. Estoy determinada a impedir que sir Roger se salga con la suya. Me iré a mi casa por un tiempo... y luego puede que alquile una residencia en Londres.

—Francesca querría verte. No... —frunció y, al verlo, a Sarah se le encogió el corazón—. Tengo una solución mejor. Te comprometerás conmigo y, con el tiempo, nos casaremos.

Sarah perdió el aliento, sintiendo que el color abandonaba su rostro. Era lo último que había esperado. El corazón le dio un vuelco de alegría, pero el sentimiento de júbilo fue rápidamente sustituido por la duda. Sería una estúpida si pensaba que aquella proposición de matrimonio era sinónimo de que la amaba. Y, sin embargo, él estaba dispuesto a casarse con tal de salvarla del escarnio público... ¿por qué?

—Pero no puedes... No veo por qué habrías de hacer semejante sacrificio por mi bien.

—¿Quién ha dicho que sería por tu bien?

Enarcó las cejas y el corazón de Sarah volvió a encogerse. Su oferta nada tenía que ver con el amor ni con el afecto, sino que estaba dirigida a proteger más eficazmente a Francesca del escándalo. Una punzada de dolor le atravesó el pecho.

—He llegado a una edad en que necesito un heredero, Sarah —continuó él—. Seguro que tienes que haberte dado cuenta de que te encuentro atractiva. Ya he dado pasos para protegerte de hombres sin escrúpulos que pretendían obligarte a venderles tus molinos... lo cual, en opinión de mucha gente, hablaría de un cierto interés por mi parte. Nuestro matrimonio lo resolvería todo, ¿no te parece?

—Quizá sí... Quiero decir, no... —la cabeza le daba vueltas por la impresión y apenas sabía lo que decía. Si él le hubiera hablado de amor, ella se habría sentido tan feliz... porque entonces un matrimonio ente ellos habría sido todo lo que podía esperar y desear—. ¿De verdad que quieres casarte con la hija de una prostituta de baja estofa?

Su mente era un torbellino. A veces había tenido la sensación de que él estaba interesado en ella como mujer y que le habría gustado tomarla como amante, pero también había percibido que se contenía. Se había preguntado si quizá habría sufrido algún desengaño o revés amoroso en el pasado. ¿Sería eso por lo que estaba dispuesto a hacer un matrimonio de conveniencia para librarlos a todos del escándalo? ¿Tan dolido se había quedado que le resultaba imposible amar? El pensamiento la apenó y le hizo desear borrar aquel dolor, porque, sintiera lo que sintiera él, ella lo amaba con todo su corazón... tanto que ni siquiera podía soportar el pensamiento de perderlo.

—Tú eres una mujer sensata, Sarah. Creo que nos irá muy bien juntos... y a mí me convendrá casarme. Ese cuento de sir Roger... ¿pretendes aceptarlo simplemente como verdadero? Por mí parte, lo considero un mentiroso y un truhan. Si no hubiera sido por su intervención, a Monks jamás se le había ocurrido secuestrar a Francesca.

—¿Crees que pudo haber mentido? Según él, se lo contó mi tío. Yo le he escrito con la esperanza de leer la verdad de su puño y letra —contuvo el aliento, y su corazón volvió a sufrir un sobresalto cuando pensó en lo que sería casarse con Rupert. Sabía bien que ser su esposa y tener hijos con él le traería la felicidad, aunque no pudiera contar nunca con su amor.

—No me importaría ni aunque fuera verdad —declaró Rupert, rotundo—. He conocido prostitutas que eran más damas que muchas que se tenían por tales —entrecerró los ojos—. ¿Tan duro se te haría ser mi esposa y tener hijos conmigo, Sarah?

—No... por supuesto que no —respondió, y soltó un tembloroso suspiro. No debía traicionarse, porque él no querría una mujer pegajosa como una hiedra. Debería seguir siendo la tranquila y sensata señorita Hardcastle, pese al clamor de su corazón—. Sabes que necesito un marido en quien pueda confiar y tú... tú me gustas mucho. ¿Estás seguro de querer hacerlo? Tengo un carácter terco y a veces puedo llegar a ser muy difícil, según me han dicho.

—Ya me lo imagino —rio suavemente—. Estoy seguro de que podré soportarlo. Yo no quiero una mujer que me siga la corriente en todo momento. Necesito una compañera, una persona igual a mí, Sarah, y creo que tú y yo combinaremos perfectamente en muchos aspectos.

—¿Y qué pasa con Francesca?

—Sir Freddie me dijo que estaba interesado en ella. Indudablemente que la cortejará y mimará... y estoy seguro de que Francesca lo tendrá pronto comiendo de su mano. Pero ese tipo de relaciones no son para mí. Yo quiero una mujer con sentido, y con quien pueda hablar de negocios, no solo de placer.

Sarah se quedó callada. Lo que él le estaba ofreciendo no era amor, sino cariño, pasión, al menos en un principio, y compañía. Bueno, había sabido que a Rupert no le gustaban ni admiraba particularmente a las jóvenes damas de su propia clase. Quizá había aprendido a desconfiar de ellas por razones que solo él conocía. Debido a pasados desengaños, tal vez había decidido que una mujer de la clase de Sarah sería más de fiar. Como mujer le gustaba, incluso la deseaba, pero sin sentimientos profundos. Se convertiría en su marido, le daría hijos y un hogar y la protegería de hombres como sir Roger. Suponía que eso sería suficiente. Si se negaba, dudaba que volviera a tener otra oportunidad de felicidad como aquella.

—Te agradezco tu generosa oferta, Rupert —una tímida sonrisa asomó a sus labios—. Si tú estás perfectamente contento con la idea, la aceptaré encantada.

—En estos tiempos que corren, se supone que hay que hacer declaraciones de amor eterno... pero yo no te molestaré con esas tonterías —dijo Rupert, esbozando una burlona mueca—. Anunciaremos el compromiso por la mañana. Tendré luego que dejarte por unos días —se echó a reír al ver su expresión de sobresalto—. No estoy dispuesto a dejar escapar al bribón que te disparó, Sarah. Pudiste haber muerto... y eso quiere decir que debe pagar. Pretendo también entrevistarme con sir Roger, obligarlo a disculparse, y luego contrataré a agentes privados para que descubran la verdad sobre tu origen. Si realmente tu madre fue una prostituta, algo lo empujaría a ello. Creo que deberías conocer su historia... y saber si tienes otra familia en alguna parte. Me atrevo a asegurar que el misterio estará resuelto antes de que te des cuenta.

—¿Harías eso por mí?

—Una vez que estemos casados, descubrirás lo mucho que estoy dispuesto a hacer por la dama que me ha honrado en convertirse en mi mujer.

Sarah asintió, con la garganta demasiado cerrada por la emoción para pronunciar palabra. Era un caballero tan honorable y tan cabal...

—Si lo que descubres es demasiado horrible...

Rupert alzó una mano para tocarle los labios y vaciló por un momento antes de besárselos. Fue un beso tierno, muy leve, pero consiguió que le flaquearan las rodillas.

—No digas esas cosas. Soy un hombre, no un muchacho, Sarah. Sé lo que quiero, créeme.

—Sí... Ya había pensado que tú me deseabas... —pudo sentir el calor de sus mejillas mientras le sostenía la mirada— Vuelves a... a demostrarme ternura.

Él le acarició fugazmente una mejilla con la punta de los dedos.

—Nos irá muy bien juntos. Y ahora debo irme. Si alguien me ve saliendo de tu habitación, tendrás que soportar severas miradas de las damas y alguna que otra sonrisa burlona de los hombres. Mañana anunciaremos nuestro compromiso.

—Muy bien, Rupert —dijo, con el corazón acelerado pese a la contención de su discurso y de sus maneras—. Como quieras.

—Deberemos disponer algo para Francesca mientras estemos fuera, de viaje de novios... que serán solamente unos pocos días para que puedas hacerte con un guardarropa en París. Quizá Merrivale pueda venir... o tal vez sir Freddie pueda llevársela para que se quede esos días con su madre.

—También tenemos que pensar en John.

—Parece que le gusta Dupree. Podríamos nombrarle tutor hasta que parta para la universidad... y, por supuesto, el muchacho podrá vivir con nosotros mientras tanto. Y seguro que te encantará acogerlo en vacaciones.

—Pareces haber pensado en todo. ¿Y si me hubiera negado?

—Entonces me habría quedado destrozado —respondió él, esbozando una burlona sonrisa— Afortunadamente he podido convencerte de que era por tu propio bien.

La expresión de Sarah cambió de golpe, tornándose indignada.

—Hablas igual que mi padre cuando se salía con la suya conmigo.

—Ah, he encendido una chispa... —le brillaron los ojos—. Bien. Me gusta verte luchar, Sarah. Sería una lástima que yo me saliera con la mía durante todo el tiempo.

—No tengo intención de dejarte.

—Estoy muy contento de oírlo, y ahora, mi querida Sarah, debo marcharme... o estaré tentado de alzarte en brazos para llevarte a esa tentadora cama...

Sarah se quedó sin aliento. Pero antes de que pudiera recuperarlo, él ya había abierto la puerta, había salido y la había cerrado a su espalda. Ella echó la llave de inmediato mientras lo oía reír al otro lado.

Era un bribón arrogante, demasiado seguro de sí mismo. Sus planes eran tan redondos que era como si los hubiera trazado desde hacía tiempo.

Y sin embargo habría podido elegir entre tantas jóvenes damas que andaban a la busca de marido... Era guapo, rico y encantador. ¿Por qué entonces la había elegido a ella?

Deseaba un heredero y no estaba interesado en una muchacha recién salida de la escuela. Evidentemente tenía aversión a las mujeres de su clase. Rupert pensaba que un matrimonio de conveniencia con una mujer en la que pudiera confiar podría venirle bien... y Sarah sería una estúpida si se le ocurría rechazar aquel trato. Él ya le había dado muchas cosas y el hecho de convertirse en su mujer conllevaría su propia recompensa. Quizá un día terminara rompiendo con ella, pero ese era un riesgo que merecía la pena correr.

Sonriéndose para sí misma, Sarah se quitó la bata y se acostó. Al poco rato se quedó profundamente dormida.

Rupert saboreaba su brandy mientras reflexionaba sobre el futuro. Había conseguido parte de su objetivo, que no todo. Sarah parecía contenta con haber aceptado sus planes y él tenía mucho que hacer, mucho que resolver antes de que pudiera por fin relajarse y revelárselos todos a la mujer a la que pretendía convertir en su esposa.

¿Realmente había pensado en tomarla como amante? Solo por un breve periodo de tiempo, y en un comienzo, porque no había tardado mucho en descubrir el verdadero valor y potencial de una asociación estable entre ellos. Quizá a Sarah no le gustara mucho la idea de vender las propiedades de su padre en un principio, pero si encontraban a un comprador adecuado, esa sería la mejor solución. Juntaría su fortuna con la suya y ambas serían usadas en beneficio de todos. Todavía no había hablado con Merrivale de Cavendish Park. Un día sería la herencia de John, por supuesto, pero todavía quedaba mucho para eso y el marqués no estaba en condiciones de cuidar de ese patrimonio, al menos como habría debido hacerlo. Si Rupert no se ocupaba de la propiedad de forma permanente, se disolvería en la nada para cuando el muchacho fuera adulto.

Por supuesto, necesitaría que Sarah sancionara sus planes, pero imaginaba que estaría bien dispuesta a escucharlos. Sacaría el tema a colación una vez que su compromiso fuera de público conocimiento y ella se hubiera acostumbrado ya a la idea.

Bebió un sorbo de brandy, se recostó contra los cojines y sonrió. Sí, todo acabaría saliendo según lo planeado, pero antes tenía que resolver el misterio del individuo que había disparado contra Sarah... y arreglar cuentas con sir Roger. No era un negocio agradable, pero había que hacerlo. O el canalla recibía su castigo según la ley... o él lo mataba en duelo.

Fuera como fuese, debía proteger a la mujer que amaba,

Sarah se vistió y bajó a desayunar. Algunos de los caballeros estaban ya en la mesa y se levantaron con celeridad al verla entrar, dándole la bienvenida e interesándose por su salud con tal sinceridad que se sintió abrumada.

—Todos lamentamos enormemente lo que os ha pasado —dijo lord Phillips—. Un trastorno semejante... y con la señorita Francesca involucrada en un accidente. Seguro que todo esto os resultaría terriblemente angustioso.

—Así es —reconoció Sarah, y le sonrió—. Sin embargo, Francesca se ha sobrepuesto bien a su experiencia y, estoy segura de ello, hoy volverá a ser la misma de siempre.

—Me siento enormemente aliviado de escuchar eso —intervino sir Freddie—. Si no es molestia, he pensado en quedarme aquí un par de días más... Hablaré con Rupert cuando lo vea. Creo que salió temprano esta mañana. Por un asunto importante, según tengo entendido.

—¿De veras? —sintió que le ardían las mejillas mientras se preguntaba si Rupert habría dicho algo a los huéspedes sobre su compromiso, pero como ni uno ni otro caballero se lo mencionó, imaginó que pretendería anunciarlo más adelante—. ¿Cuándo os marcháis vos, lord Phillips? ¿O habéis decidido quedaros también?

—Ojalá pudiera, señorita Hardcastle...

La mirada que le lanzó era tan cálida y admirativa que el corazón de Sarah dio un vuelco. Desde un principio había tenido la impresión de que le gustaba, y mientras estuvo en cama, le había enviado flores y mensajes de ánimo.

—Si las circunstancias no hubieran sido tan difíciles... Pero habéis estado enferma. Debo asistir a otro compromiso, pero espero que volvamos a encontrarnos pronto... si es que pensáis visitar Londres, o quizá Bath.

—No creo que tengamos intención de hacerlo por el momento —repuso Sarah—. Estaremos aquí hasta Navidad, creo... pero el año que viene seguro que estaremos en Londres.

—Puede que entonces os visite antes de Navidad —comentó lord Phillips, mirándola con una expresión extrañamente tímida—. A veces uno desearía no tener tantos compromisos.

Era todo un caballero, y reconfortó un tanto el orgullo de Sarah saber que cualesquiera sentimientos que albergara por ella no estaban motivados por su riqueza. Le gustaba por ella misma.

Sarah sonrió y murmuró una frase cortés. Ignoraba si le estaba insinuando que le habría gustado hacerle una proposición si las circunstancias hubieran sido más halagüeñas. Evidentemente pensaba que ella no estaba en condiciones de lidiar con un asunto de aquella naturaleza en aquellos momentos.

Rupert, en cambio, no había mostrado aquella reserva. Le había dejado muy claras sus intenciones y, quizá influida por su estado emocional, ella había aceptado su oferta. Una noche de descanso y reflexión no le había hecho cambiar de idea, aunque era consciente de que su posición no era precisamente la ideal.

Sería un estúpida si exigía demasiado. Sus ideas sobre amar y ser amada quizá fueran sueños adecuados a una muchacha, pero no eran de aplicación a una mujer que había pasado de los veinticinco. No, debía conformarse con la pasión y la compañía y no buscar el amor romántico.

Lord Phillips se levantó de la mesa, terminado su desayuno. Hizo una reverencia a Sarah, le dijo que esperaba volvieran a encontrarse pronto y se marchó después de despedirse de sir Freddie. Sarah escuchó su voz dirigiéndose a alguien e imaginó que estaría pidiendo que le bajaran el equipaje.

—Ahora que estamos solos, señorita Hardcastle... —sir Freddie la miró con expresión un tanto vacilante desde el otro lado de la mesa—. Estaba pensando... Quiero decir... Me gustaría mucho hablar con Francesca esta mañana. ¿Creéis que se encontrará lo suficientemente recuperada como para verme?

—Sí, estoy segura de ello —repuso Sarah, y le sonrió—. Creo sin temor a equivocarme que, si no lo hicierais, ella resultaría aún más afectada por ello que por cualquier otra cosa que le hubiera sucedido.

Se quedó estupefacto. De repente se le iluminaron los ojos.

—¿De verdad? ¡Por Júpiter! ¿Tengo entonces alguna esperanza?

—Eso debéis preguntárselo a Francesca —replicó Sarah con una sonrisa—. Pero creo que todo podría terminar saliendo como deseáis.

—Sois un ángel. Ella ya me contó lo maravillosa que erais... —se levantó—. Subiré a cambiarme. Deseo ofrecer el mejor aspecto, ya sabéis.

—Yo la avisaré. ¿Os parece bien a las diez y media, en el salón trasero?

—Gracias. Gracias... —se inclinó ante ella y se retiró apresurado.

Sarah lo oyó hablar con alguien en el vestíbulo. Al momento siguiente se abrió la puerta del salón del desayuno y entró Rupert.

Venía de cabalgar y, cuando lo miró, vio que tenía un pequeño corte en una comisura de la boca. La herida había dejado de sangrar, pero estaba levemente hinchada.

—¡Rupert...! —se levantó y fue hacia él— ¿Te encuentras bien? ¿Te has caído?

—No, fui a ver a James Monks. Tuvimos una pelea. Podría decirse que él salió perdiendo. Tenía intención de darle una paliza y así lo hice... pero antes recibí un afortunado puñetazo de su parte.

—No puedo decirte que lamento que le dieras una buena zurra... —repuso Sarah—. Pero me temo que ese labio te va a doler por un tiempo.

—Mejor era eso que retarlo a duelo... Además de que ese honor es para caballeros y él no se merece ese nombre. No creo que vuelva a molestarte ni a ti ni a Francesca.

—No, ya me lo imagino —dijo Sarah y se echó a reír—. Bueno, dado que lo tuyo no es grave, subiré a hablar con Francesca. Sir Freddie pretende proponerle matrimonio esta mañana.

—Sí, ya me lo dijo. Yo le advertí de que Merrivale

no permitirá que se case antes de que haya cumplido la Temporada... pero no hay razón alguna por la que no deban llegar a un acuerdo, ¿no te parece?

—No hay ninguna razón, por lo que a mí respecta. El marqués no lo impedirá, ¿verdad?

—Oh, creo que sir Freddie es un candidato muy pertinente. De hecho, conoce muy bien a Merrivale. Imagino que no pondrá objeción alguna. Tendrá que ser informado y yo espero que venga. El compromiso será anunciado en Navidad.

—Ambos quedarán contentos. Francesca es joven en años, pero tan sensata o más que muchas mujeres adultas.

—Tu influencia, supongo... —enarcó las cejas.

—En parte sí, lo reconozco. Tiene un carácter adorable y, si yo no hubiera estado aquí, aquel bribón habría podido aprovecharse de ello.

—Seguro que Merrivale disculpará ese pequeño engaño.

—¿Ha de saberlo por fuerza?

—Necesitará ser informado, pero yo te defenderé, Sarah —el tono de Rupert había pasado a ser burlón—. No pongas esa cara de preocupación, cariño. Yo le contaré lo de nuestro compromiso cuando le escriba... lo cual me recuerda que debo regalarte un anillo. Ya tendrás ocasión de elegir, por supuesto, entre las joyas de mi familia cuando nos casemos, pero no sé muy bien cuáles son tus preferencias para tu anillo. ¿Esmeraldas, rubíes o zafiros? ¿O prefieres diamantes?

—Nunca he llevado anillos, aunque conservo el de mi madre —repuso Sarah frunciendo el ceño—. Creo que preferiría algo sencillo... quizá un diamante con forma de margarita. Creo que es posible adquirir uno así, ¿no?

—Perfectamente posible. Lo encargaré a mi joyero de Londres. Mientras tanto, ¿te importaría llevar este? —se sacó una cajita de un bolsillo, la cual, cuando la abrió, contenía una sencilla banda de oro con un único diamante—. Fue el anillo de boda de mi madre. Dejó de llevarlo poco antes de morir, porque le quedaba demasiado grande. Ya tendrás tus propios anillos, pero por el momento…

Había una pregunta en su voz. Sarah extendió la mano izquierda y dejó que él deslizara el anillo en su anular, donde encajó a la perfección.

—Es precioso. ¿Crees que podré usarlo como alianza de matrimonio?

—Si quieres... —parecía complacido—. Llévalo por ahora y te compraré otro cuando vaya a Londres.

—¿Nos dejas? —se le encogió el corazón, porque había esperado que disfrutarían de un periodo de tranquilidad durante el cual pudieran llegar a conocerse mejor.

—Solamente el tiempo estrictamente necesario, Sarah —sonrió Rupert, y aquella sonrisa fue para ella como una caricia—. Tengo que resolver determinados asuntos. Alguien estuvo a punto de matarte. Hemos buscado al villano, pero creo que ha debido de dejar el distrito. Necesito saber quién estaba detrás de aquello.

—Yo creía que sir Roger...

—Sí, creo que es probable que él intentara vengarse de ti por tu rechazo.

—Ese hombre siempre me ha desagradado, pero

nunca creí que llegaría tan lejos. ¿En qué habría podido beneficiarlo mi muerte?

—No tengo ni idea. Es uno de los asuntos que pretendo investigar.

—¿Cuándo te marchas?

—No lo haré antes de conocer el resultado de la entrevista de Francesca y sir Freddie. Si todo sale tal como yo espero, le pediré que se quede aquí hasta que vuelva. Por lo demás, como ya te dije, creo que Merrivale vendrá.

—Tendremos compañía entonces, pero... ¿no te parece que yo podría seguir estando en peligro?

—Confío en que ese peligro haya pasado, pero pretendo asegurarme en lo posible de ello. Me dolería enormemente que volvieran a dispararte. Sería escandaloso que una dama bajo mi cuidado recibiera ese trato.

Sarah le dio las gracias. Tan pronto sus palabras parecían indicar el gran cariño que le profesaba como, al momento siguiente, no expresaban más que su indignación por un escándalo que habría podido sufrir cualquier otra dama. Ciertamente no le estaba dando pie alguno para pensar que la amaba. Cuando le propuso matrimonio, le había hablado de pasión; pero eso, por supuesto, era algo muy diferente.

Una vez finalizada su entrevista con Rupert, Sarah corrió a avisar a Francesca de que se preparara para recibir a sir Freddie. La muchacha se la quedó mirando con una mezcla de entusiasmo y aprensión.

—¿Crees que pretende pedirme en matrimonio?

—Yo no me mostraría tan sorprendida, cariño. ¿No es eso lo que deseas?

—Oh, sí, con todo mi corazón. Es solo que... ¿qué le digo? ¿Cómo le respondo? Quiero decir... ¿sonrío y le digo que me sentiría encantada? ¿Debo dejar que me bese?

—No creo que haya una regla establecida para esas cosas, cariño. Debes responderle con el corazón. Supongo que él te dirá que te ama, con palabras más fuertes que las mías... y tú podrás contestarle que tus sentimientos son recíprocos, si quieres. Si él te pide un beso, no veo razón alguna para que se lo niegues.

—Oh... —Francesca se ruborizó de entusiasmo—. Soy tan afortunada... No puedo creer que él me pretenda de verdad. Yo pensaba que prefería a la señorita Rowton... o a ti, Sarah.

—Es un caballero amable y cortés con todo el mundo, pero estoy segura de que piensa únicamente en ti. Además, no creo que a Rupert le importe que te lo diga... Rupert me ha pedido que me case con él y yo he aceptado.

—¡Oh, Sarah, es tan maravilloso...! —exclamó Francesca mientras la abrazaba—. Seremos parientes y yo te visitaré y tú me visitarás a mí. Me alegro tanto de que te haya pedido... Yo creía que le gustabas mucho, pero con el tío Rupert una nunca sabe...

—No, desde luego —le dio la razón Sarah—. ¿Qué piensas llevar, Francesca? ¿Qué tal el vestido de seda color narciso? ¿O prefieres uno de los blancos de muselina?

—Creo que el narciso —respondió Francesca, toda nerviosa—. Después de todo, quiero estar lo más guapa posible, y los vestidos blancos mañaneros son muy sencillos. Sí, me gusta la seda amarilla. ¿Me ayudarás a cambiarme? Son ya casi las nueve y media. No quiero hacer esperar a sir Freddie.

—No cambiará de idea, querida —se burló Sarah, pero sonrió ante el evidente júbilo de la muchacha—. Sabes que tu abuelo tendrá que darte permiso y puede que insista en que esperes todavía un tiempo... pero Rupert está de acuerdo conmigo en que no hay razón para que no podáis llegar a un acuerdo.

—Sé que el abuelo deberá ser consultado porque ha sido muy bueno con nosotros... pero estoy segura de que no se opondrá. Aprobará a sir Freddie, ¿verdad?

—Sí, estoy segura de ello. Vuélvete y déjame que te abroche el vestido. Manda a buscar luego a Agnes para que te peine como a ti te gusta.

—Estoy tan contenta. Ayer mismo creía que todo se iba a arruinar... ¡pero ahora todo está saliendo a la perfección!

—Sí —sonrió Sarah—. Me alegro de verte tan feliz. Todos nos preocupamos muchísimo cuando pensamos que pudiste haberte fugado... o haber sufrido un secuestro.

—Sí, me secuestraron, pero eso no necesita saberlo nadie —repuso Francesca con expresión resplandeciente—. Debo de ser la chica más afortunada del mundo.

—¡Estúpido debilucho! —sir Roger miró con desprecio al joven sentado frente a él en la posada—. Tenías a la muchacha. ¿Por que dejaste que te convenciera de que la llevaras a su casa y urdiera esa estúpida historia con tal de salvar su reputación? Deberías haberla seducido, haberte asegurado de comprometerla. Si estás arruinado, la culpa es tuya. Es inútil que vengas a pedirme ayuda a mí. A no ser que pague a mis acreedores para finales de este mes, tendré que abandonar Inglaterra.

—Yo ya estoy pensando en hacerlo —reconoció James Monks, abatido—. ¿Qué es lo que puede hacer un tipo cuando sus bolsillos están vacíos y la muchacha de sus sueños no quiere saber nada de él?

—Tuviste tu oportunidad. Ahora debes enfrentarte a las consecuencias.

—Mira quién habla. Si te aventuras a regresar a Londres sin un penique, terminarás remando en la Flota.

—¡Maldito seas! ¿Te imaginas que no lo sé? Es por lo que me he quedado por aquí después de... Esa condenada mujer parece indestructible. No atiende mis amenazas de descubrirla, y eso después de que le dispararan dos veces... Del imbécil que erró la primera vez, ya me he encargado yo. Ya no hablará.

—¿Quieres decir... que lo has matado? —James Monks estaba atónito.

—Pudo haberme traicionado y no tengo ninguna gana de que me cuelguen —sir Roger lo fulminó con la mirada—. Tenía ya a su tío comiendo de mi mano. Él me habló de lo valiosos que eran esos molinos. De haber conseguido que se casara conmigo, habría tomado el control y mis problemas se habrían evaporado. Incuso le hice una oferta por ellos porque pensé que ella podría considerar la idea del matrimonio si la descargaba de la responsabilidad de dirigirlos.

—No habrías podido pagar su precio.

—No, pero para cuando ella se hubiera dado cuenta de eso, los molinos ya habrían sido míos por la vía matrimonial. Y si me hubiera causado demasiados problemas, pronto habría encontrado alguna manera de desembarazarme de ella.

—Eres un verdadero demonio sin escrúpulos. Si Myers supiera lo que has hecho, te mataría.

—¿Qué le importa a él?

—Por lo que he oído, ella ha aceptado casarse con Rupert Myers.

Sir Roger soltó un juramento.

—Temía que algo así pudiera suceder, pero si me doy prisa, puede que todavía tenga tiempo de actuar.

—¿Qué pretendes hacer?

—Exactamente lo mismo que tú, solo que una vez que la tenga, ya no la soltaré. Puede que se resista, pero yo conozco maneras de doblegar a una mujer. Disfrutaré enseñándole unas cuentas lecciones a la altiva y orgullosa Hardcastle… y ella aprenderá a pedirme perdón de rodillas.

James Monks se tocó con cuidado la nariz hinchada y dolorida.

—Myers irá directamente a por ti si le pones la mano encima… y te matará. Yo pensé por un momento que iba a matarme a mí.

—Bueno, puede que lo intente, pero yo soy un gran tirador. Habría acertado el otro día si no hubiera aparecido alguien de pronto. Lo vi por el rabillo del ojo y me fastidió el tiro.

—Bueno, mejor que te pase a ti que a mí —comentó James, irónico—. Yo ya no estaré por aquí, así que no me pidas ayuda. Bajaré a visitar a mi tío, que me había pedido que fuera a verlo. Si me da dinero, pasaré la próxima Temporada en la capital, y si no... zarparé para las Américas.

—Cobarde —sir Roger esbozó una mueca desdeñosa—. Me las arreglaré sin tu ayuda. De poco me servirías. Ni siquiera pudiste con una estúpida chiquilla...

—Fran es una muchacha muy sensata —replicó James—. Me gustaba. Si se hubiera casado conmigo, me habría portado bien con ella. Habría incluso sentado la cabeza.

—Qué cuento tan bonito... —rezongó sir Roger, disgustado—. Yo no albergo sentimiento alguno hacia esa estirada de Hardcastle. Disfrutaré haciendo que se arrastre a mis pies.

—Tengo que irme. He de preparar mi equipaje —murmuró James y se levantó de la mesa.

Se quedó pensativo mientras abandonaba la posada y montaba en su caballo. Sir Roger estaba tan devorado por el resentimiento, por la furia contra la mujer que lo había rechazado, que parecía haber enloquecido. No pretendería hacer verdaderamente daño a Sarah Hardcastle, ¿o sí? Una cosa era un secuestro para conseguir dinero o para obligarla a casarse con él, y otra muy distinta lo que parecía que pensaba hacer con ella...

Solo cuando desmontó en el patio de su mansión familiar supo James lo que tenía que hacer. Se había enfadado mucho por la paliza que le había dado lord Myers, pero Sarah Hardcastle no se merecía el destino que le tenía reservado sir Roger.

¿Qué podía hacer? No se atrevía a intervenir, pero bien podía enviar una nota advirtiendo de las intenciones de sir Roger; sin firmar, por supuesto. Sí, eso podría servir. Alertaría a Sarah de que sir Roger pensaba secuestrarla… y de que era un hombre vengativo, decidido como estaba a hacerle daño. Podría insinuarle también que había sido sir Roger quien le había disparado.

Había cometido un error al asociarse con un hombre así. Le debía asimismo a la familia algún tipo de disculpa por lo que había hecho. Una carta anónima a lord Myers sería la manera perfecta de advertirle del peligro sin involucrarse demasiado. Lord Myers sabría cómo actuar en consecuencia.

Catorce

—He recibido noticias de Merrivale —le informó Rupert a la mañana siguiente—. Yo tenía intención de partir hoy mismo, como sabes, pero creo que mi asunto deberá esperar. He escrito a mis agentes y harán algunas investigaciones en mi nombre.

—Oh… —a Sarah se le encogió el corazón, ya que él era capaz de que quedarse por su tío pero no por ella—. Me alegro de que no necesites dejarnos todavía.

Rupert la miró, entrecerrando los ojos.

—Eres consciente de que no tendría ninguna gana de marcharme si no fuera por la importancia de ese asunto, ¿verdad?

—Sí, soy consciente —el corazón se le aceleró cuando se atrevió a mirarlo. El ardor que veía en sus ojos le hizo preguntarse si quizá no había malinterpretado los motivos que había tenido para casarse con ella—. Me alegro de que te quedes. Tenía miedo de que el marqués pudiera enfadarse conmigo por haber venido aquí haciéndome pasar por otra persona…

—Puede que así sea… la cual es otra de las razones por las que he decidido esperar y dejar trabajar a mis agentes.

—Gracias… —se quedó sin aliento y por un segundo pensó que iba a besarla, pero luego sir Freddie entró en el salón del desayuno y la magia de aquel instante se evaporó.

—Estaba pensando en salir a cazar palomas —dijo Rupert—. ¿Te apetece acompañarme?

Sarah los abandonó para subir a la habitación de Francesca. Esperó a que la doncella acabara de peinarla antes de informarla de que su abuelo llegaría ese mismo día, algo más tarde.

—Rupert ha retrasado su viaje para quedarse aquí —le dijo, y vio una expresión de alivio en los ojos de Francesca—. ¿Estás nerviosa por algo?

—Oh, no estoy muy segura de que mi abuelo nos permita comprometernos en Navidad… y tengo tantas ganas…

—Bueno, debes darle un poco de tiempo, pero estoy convencida de que tu abuelo lo aprobará, querida. En cuanto vea lo feliz que eres.

—Espero que no se enfade contigo, Sarah.

—Bueno, me temo que puede que se enfade un poco, pero Rupert está aquí. Él hablará con él y yo espero que me perdone.

—Buenas tardes, señorita Hardcastle —la saludó Merrivale mirándola con ojos entrecerrados, cuando llegó aquel mismo día—. De mi sobrino no he escuchado más que buenas palabras sobre su persona, y es evidente que mi nieta está mucho mejor debido a su influencia, pero… ¿qué tiene usted que decirme? Vino aquí bajo falsas pretensiones.

—Sí, señor, es verdad —respondió Sarah de manera franca y directa—. Fue injusto por mi parte, pero la verdad es que no estaba pensando con claridad en aquel tiempo. Lamento muchísimo haberos engañado haciéndome pasar por la nueva institutriz.

—No debió usted hacerlo.

—Lo sé y os suplico que me perdonéis, señor.

—Bueno, bien está lo que bien acaba —repuso con expresión repentinamente resplandeciente—. Puedo ver la diferencia que su presencia ha supuesto en esta casa… no había vuelto a estar tan llena de vida desde que mi hija se casó con aquel canalla.

—Ese es un gran cumplido, señor. Me siento halagada.

—Yo era demasiado viejo para cuidar a un par de niños cuando ella murió. No sabía qué hacer con ellos y me temo que los dejé en manos de una sucesión de profesores e institutrices que no supieron tratarlos bien.

—Ciertamente se sentían solos y aburridos, pero al menos aprendieron algo —sonrió Sarah—. Lo que necesitaban era compañía… y lord Myers ha proporcionado a John un modelo masculino.

—Sí. Fue un golpe de suerte que él aceptara venirse al campo y quedarse. Ignoro por qué. No lo acosaban los acreedores… eso lo sé positivamente. Sospecho que rompió con su último amor. Yo pensaba que podría estar interesado en casarse, pero al final la cosa no quedó en nada. Supongo que necesitaría algo de tiempo para lamer sus heridas.

Sarah inclinó la cabeza, pero no dijo nada. ¿Habría perdido Rupert a su amante poco antes de bajar al campo? ¿Sería por eso por lo que estaba dispuesto a quedarse con ella como segunda elección?

El pensamiento le cerró la garganta de dolor, pero se dominó. Durante su conversación de aquella mañana, antes de que saliera a cazar con sir Freddie, había pensado que quizá Rupert podría quererla, pero al parecer no había sido más que una engañosa ilusión por su parte.

El marqués la estaba mirando fijamente.

—¿Qué piensa usted de ese emparejamiento entre Francesca y sir Freddie? ¿No será demasiado mayor para ella?

—Hay una diferencia de años, pero creo que los dos están enamorados.

—¿De veras? —frunció el ceño—. En mis tiempos, los sentimentalismos no entraban en la cuestión. Lo que no puedo, sin embargo, es romperle el corazón a mi niña, así que tendré que aprobar la unión… Pero no hay prisa ninguna. He decidido que el compromiso será anunciado en Navidad, con lo que la boda se celebrará al año siguiente, quizá en verano.

—Sí, señor. Lord Myers imaginaba que seríais de esa opinión y ya he advertido a Francesca de que deberá resignarse a esperar, porque es todavía muy joven.

—Habrá armado un escándalo, ¿verdad?

—No, en absoluto. Creo que se siente muy afortunada de haber encontrado a alguien a quien amar… y de saber que él la ama a su vez.

—Sir Freddie quiere llevarla a conocer a su madre y hermana. Me sugirió que fuera yo también… y usted, querida. Parece que mi niña no quiere separarse de usted. Yo le dije que todavía no estaba en condiciones de soportar otro viaje. Tendrá pues que ser paciente y aguardar unos pocos días. Tanto traqueteo no es bueno para mi salud.

—Debéis cuidaros… —Sarah se interrumpió cuando entró uno de los criados para presentarle una carta en una bandeja—. Buenos días, Sims. ¿Es una carta para el marqués?

—No, señorita Hardcastle. Es para usted.

—¿Para mí? —Sarah la recogió—. Gracias, la leeré después.

—El chico que la entregó dijo que debía quedarse a esperar respuesta, señorita.

—Ah —rasgó el sobre y leyó la breve nota. Decía que su tío había caído enfermo y que tenía que acudir de inmediato si quería saber la verdad sobre su madre—. Oh, no…

—¿Algo la preocupa, señorita Hardcastle? —preguntó el marqués.

—Mi tío está muy enfermo y me pide que vaya inmediatamente.

—Entonces por supuesto que debe ir, querida. Le prestaré mi propio carruaje con una doncella y un mozo para que la acompañen.

—No estoy segura de si… —Sarah vacilaba—. Le prometí a Francesca que me quedaría y, además, realmente no sé quién me ha enviado esta nota. Está sin firmar.

—¿Sin firmar? —Merrivale enarcó las cejas—. Eso es algo poco habitual, ¿no?

—Sí que lo es —decidió que debía explicarse con

él—. Hace unos días… alguien me disparó y resulté herida. Me he recuperado, como podéis ver… pero esto podría ser una trampa. Apenas tres días atrás recibí carta de mi tío y se encontraba perfectamente,

—En ese caso, hará bien en pensárselo. Qué sensata es usted, señorita Hardcastle. La mayor parte de las jóvenes se habrían apresurado a partir, llevadas por el pánico.

—Creo que eso es precisamente lo que iba a hacer en un principio. Si me disculpáis, voy a escribir una carta y pediré a uno de los criados que la despache.

—Escriba su carta. Enviaremos a alguien con ella a descubrir la verdad… a no ser que quiera ir usted misma. Yo podría facilitarle una escolta armada.

Sarah reflexionó por un momento y luego sacudió la cabeza.

—Gracias, señor, pero creo que es una trampa. Mi enemigo desea que abandone la casa porque no salgo desde hace días. Escribiré una nota y, si un criado pudiera entregarla y volver con un mensaje, os quedaría muy agradecida.

—Escriba esa nota, querida, que yo me ocuparé del resto. No queremos que nadie dispare contra usted de nuevo, ¿verdad?

Ella dio las gracias, se retiró y subió a su habitación a escribir la nota. Su intuición le decía que la carta era falsa, lo cual significaba que seguía estando amenazada.

La carta había sido enviada y Sarah había pedido al marqués que mantuviera aquella información en secreto, porque no quería que el incidente enturbiara la felicidad de Francesca. Sir Freddie le había regalado un anillo, que por el momento llevaba colgado de una cadena, debajo del vestido. Su compromiso no sería anunciado aún, aunque tenían prevista a corto plazo una visita a la madre de sir Freddie.

Sarah no había querido que aquellas sospechas nublaran su placer y paseaba por los jardines, pero siempre en compañía de sus amistades. A veces Rupert, Francesca, sir Freddie y John, junto con el profesor de baile, integraban el pequeño grupo. Y en ocasiones se les unía el marqués para tomar un refrigerio al aire libre.

Sarah advirtió que siempre había un jardinero cerca cada vez que salían a pasear por entre los rosales y los arriates de flores. El tiempo respondía bien y jugaban al croquet en los prados, tomaban té a la sombra de los árboles y conversaban mientras paseaban. Los días se sucedían en perfecta armonía y la sensación de alarma de Francesca comenzaba a desvanecerse. Rupert se mostraba siempre agradable con ella, siempre considerado, y a veces la expresión de sus ojos le aceleraba el pulso, pero nunca le decía nada que la llevara a pensar que se iba a casar con ella por otra razón que no fuera la simple conveniencia.

Ella estaba determinada a que Rupert no adivinara lo que sentía por él, y las sonrisas que le lanzaba no eran más íntimas que las que regalaba a los demás. Si Rupert deseaba una esposa cómoda, eso sería ella: cómoda, de buen carácter y nada exigente.

Le había contado lo de la carta y su sospecha de que se trataba de una treta para hacerle abandonar la casa y la protección de su persona.

—Debes quedarte aquí —le había dicho él con tono severo—. Tu tío te escribiría directamente en caso necesario… aunque, si estás preocupada, yo podría acompañarte.

Sarah había negado con la cabeza.

—No creo que mi tío haya enviado esa nota. Me contentaré con esperar a saber noticias de él.

Varios días después, estaba regresando con sus amigas de una de sus excursiones cuando un coche se detuvo delante de la casa. Mientras lo observaba, la puerta se abrió y bajó un hombre. La sorpresa y el placer la impulsaron a correr hacia él con un grito de alegría.

—¡Tío William! ¿Qué estás haciendo aquí?

Se volvió para mirarla, ceñudo.

—Quería asegurarme de que esta gente te estaba tratando apropiadamente. ¿Acaso te volviste loca para salir huyendo de esa manera, Sarah? En el nombre de Dios, ¿cómo pudiste hacerte pasar por una institutriz?

—Fue un impulso del momento, tío. Me alegro de ver que no estás al borde de la muerte…

—Seguro que fue el mismo bribón que me sonsacó la historia de tu madre —dijo su tío—. Perdóname que se lo dijera, muchacha. Tenía mucha labia y yo confié en él, pensé que te quería. Por lo que lord Myers me contó en su carta, sir Roger es en realidad una taimada serpiente.

—¿Rupert te escribió? —Sarah se volvió hacia Rupert, porque él no le había dicho nada. Estaba riendo con sir Freddie y no reparó en su mirada.

—Esa es la razón por la que he venido —repuso su tío. Miró a su alrededor y descubrió el pequeño grupo de gente, que se había detenido a contemplar la escena—. Lamento haber venido de pronto, sin avisar, pero quería contarte toda la historia. Porque seguro que esa serpiente la deformó para presentarla de la manera más fea posible.

—¿Y no lo era?

—Al contrario. ¿Podemos hablar en privado?

—Debo presentarte a los demás. Luego podemos ir al salón trasero. Estoy muy contenta de que hayas venido, tío, aunque con una carta habría sido suficiente.

—Pensé que debía disculparme en persona. Puede que haya sido por mi culpa por lo que te han sucedido tantas desgracias.

Sarah lo tomó del brazo para llevarlo con sus amigos. Observó cómo estrechaba la mano a Rupert, saludándolo como a un amigo, y lo presentaba luego a los demás.

—Tienes que entrar, tío. Estamos a punto de tomar el té.

—Me siento fuera de mi ambiente, muchacha. A mí nunca me gustó mezclarme en sociedad, ya sabes… al menos no a este nivel.

—Aquí todo el mundo es muy amable. Seguro que el marqués insistirá en que te quedes aquí unos días.

—No podré hacer eso, Sarah. Sé cuál es mi lugar y no es este. Me alojaré en la posada, pero vendré a verte mañana. Tú te has convertido en una dama, pero yo provengo del escalón bajo de la sociedad, como tu padre. Fue por tu madre por lo que él te educó como una dama.

Sarah asintió, porque ya sabía lo que había pensado su padre al respecto. Lo llevó al salón trasero, donde Francesca había mandado que sirvieran unos refrigerios.

—Por favor, siéntate, tío.

—Me quedaré de pie, si no te importa —la miró incómodo—. ¿Es verdad que vas a casarte con lord Myers?

—Sí, tío. Él me lo pidió y yo acepté.

—Supongo que sabrás lo que estás haciendo… no siempre es una buena idea mezclar las clases, pero si eso te hace feliz…

—Así es. ¿Por qué has venido?

—Te contaron que no eras la hija de la esposa de tu padre, ¿verdad?

—¿Era mentira?

—Tu madre no podía tener hijos. Lo intentó, pero eso estuvo a punto de matarla y tu padre no consintió que volviera a pasar por ello… pero ambos querían un hijo —se aclaró la garganta—. Tu padre le pidió autorización para tener una aventura con vistas a engendrar un heredero. Aquello le produjo a ella un gran dolor, pero se la dio… —se interrumpió, y Sarah frunció el ceño.

—¿De modo que es cierto?

—Sí, Sarah. Tu padre eligió a una respetable viuda que vivía en la pobreza, con un único hijo. Le dio dinero y una casa y ella le prometió que, una vez que te hubiera dado a luz, te entregaría a él, pero… y esta es la parte dolorosa… cuando llegó el momento, ella lloró y se abrazó a ti y él tuvo que arrancarte de sus brazos.

Sarah soltó un leve gemido de consternación.

—Oh, eso fue una crueldad…

—¿Qué iba a hacer? Tu madre anhelaba un hijo y tú eras hija de tu padre. Él la amaba con locura, así que te llevó con ella. Tu padre te reconoció legalmente y te nombró su heredera. Tu madre nunca llegó a saber que él tuvo que obligar a tu madre biológica a entregarte.

—Entiendo… —tenía los ojos húmedos por las lágrimas—. Es una historia tan triste… ¿Es cierto que mi madre biológica me buscó cuando se estaba muriendo?

—Vino una vez a preguntar si podía verte, pero tu padre se negó. Temía que pudiera intentar robarte. La echó y poco después se enteró de que había muerto de tuberculosis.

—¿Por qué no me lo dijo?

—Creo que temía que pudieras despreciarlo por lo que hizo. No era un hombre malo, Sarah… simplemente amaba demasiado a tu madre.

—Sí, ya lo veo —Sarah se sonó la nariz con un pañuelo de encaje—. Gracias por decírmelo. Me resulta más fácil de aceptar que el relato de sir Roger… aunque la verdad es la misma. Yo no nací en el matrimonio y mi madre no era una dama.

—Oh, pero lo era, Sarah, al igual que tu madre… y su marido había sido también un caballero, pero un incorregible jugador. La dejó sin nada cuando murió.

—Ya veo… Qué horrible debió de haber sido para ella. Creo que entiendo por qué aceptó el trato.

—¿Podrás perdonar a tu padre… y a mí por habérselo dicho a ese canalla? Pensaba que él sería un buen marido para ti, Sarah.

—Yo nunca me habría casado con él, ni siquiera en el caso de que no hubiera intentado chantajearme… pero ojalá hubiera sabido la verdad.

—¿Habría supuesto alguna diferencia? No pudieron haberte querido más, Sarah. La vida de tu madre fue mucho más rica y feliz por el hecho de tenerte.

—Sí, y yo la quise mucho… ¿pero qué hay de mi verdadera madre? Me duele pensar que mi padre la alejó de mí.

—Él le entregó dinero. Tuvo suficiente para vivir decentemente durante el resto de su vida.

—Pero había perdido a su hija. Eso debió de resultarle demasiado duro de soportar.

—Bueno, ahora ya no tiene solución.

—No, no la tiene… —Sarah alzó la mirada cuando se abrió la puerta y entró una doncella portando una bandeja, que dejó a su lado—. Gracias, Rose.

—¿Desea algo más, señorita?

—No, creo que ya tenemos todo lo necesario —miró a su tío mientras la doncella se retiraba—. ¿Tomarás té o vino de madeira, tío?

—Creo que vino —dijo su tío, aparentemente aliviado de que el incómodo asunto se hubiera resuelto mejor de lo que podía haber esperado—. Eres una joven muy juiciosa, Sarah.

—He intentado serlo, sobre todo desde que murió mi padre… pero he estado pensando en vender los molinos si lord Myers encuentra un comprador adecuado.

—También en eso cometí yo un error —dijo su tío mirándola con una expresión de disculpa—. Pensaba que estarías mejor sin la carga de aquellos molinos…

pero debí haber dejado que decidieras tú cuando estabas dispuesta.

—Creo que puede que esté dispuesta a hacerlo ahora… si es que podemos encontrar un comprador de confianza.

—Supongo que lord Myers podrá encontrarte uno. Tus trabajadores no se resentirán y tú serás todavía más rica. Aunque no deja de ser un aristócrata, ese joven tiene la cabeza bien amueblada.

Sarah se echó a reír.

—Me alegro de oírlo.

—Me ha dicho que os casaríais este mes. Tu tía y tus primas están invitadas… así que tendré que gastarme una fortuna en vestidos —suspiró. Pero si es el hombre idóneo para ti, merecerá la pena.

Sarah se quedó un tanto consternada, porque Rupert no le había dicho que pretendía casarse tan pronto, pero al final se limitó a sonreír.

—Espero que tú me entregarás, tío.

—Bien, si ese es tu deseo… —pareció complacido, y añadió, sacudiendo la cabeza—: Espero también que ese otro asunto se solucione al final, me refiero a sir Roger. Es un hombre malvado y tiene que dar cuentas ante la justicia.

—Fue muy cruel al contarme todas esas mentiras. No se lo que esperaba ganar haciendo correr ese falso escándalo.

—Enfangarlo todo, muchacha… especialmente cuando tú no perteneces a la alta sociedad. No, no me mires así, Sarah. Tú sabes que algunas de esas estiradas damas de Londres te mirarán de arriba a abajo, aunque te hayas convertido en lady Myers.

Nunca olvidarán que tu padre hizo su fortuna en la industria.

—Era un trabajo decente y honesto y yo no me arrepiento de la manera en que se ganó la vida… pero creo que trató mal a mi madre biológica.

—Bueno, tienes derecho a tener tu propia opinión… pero intenta no odiarlo.

—Eso no, ¿cómo podría…? Él me quería mucho, y yo lo quise igual… pero ojalá me hubiera dejado verla algunas veces.

En aquel momento un discreto golpe a la puerta anunció la llegada de Merrivale. Saludó al tío de Sarah con todo tipo de muestras de amistad, le estrechó la mano, insistió en que debía quedarse y se lo llevó para tratar con su ama de llaves sobre la mejor manera de acomodarlo.

Sarah se quedó sola, pensando. Era consciente del dolor que sentía en lo más profundo. El conocimiento de que su madre había sido una mujer respetable que había entregado su hija a una mujer estéril pero que, al final, había sufrido al tener que separarse de ella resultaba tremendamente doloroso. Lamentaba de todo corazón no haberla conocido, no haber pasado aunque fuera algo de tiempo con ella…

Necesitaba hablar con Rupert, pero sabía que estaría con los otros. Además, por muy amable que fuera con ella, no podía esperar que comprendiera el dolor que le producía imaginarse aquel que debía de haber sentido su madre.

—Yo no te quiero menos, mamá —susurró—. Es solo que me habría gustado conocerla a ella también.

Sintiendo una inesperada punzada de soledad, abandonó el salón por la puerta ventana y salió al exterior. Sabía que era casi la hora del té, pero necesitaba estar unos momentos a solas con sus pensamientos. Le resultaba difícil aceptar lo que había hecho su padre, y sin embargo, lo comprendía. Su madre, dulce y amable, había sido de constitución delicada. Sarah y su padre siempre se habían desvivido por complacerla y hacerle la vida fácil y sencilla. Ambos habían llorado muchísimo su muerte.

Sus sentimientos hacia sus padres no habían cambiado, reflexionó mientras caminaba hacia la rosaleda. Sentía sin embargo una especie de vacío en su interior, una horrible sensación de pérdida.

Llevaba varios minutos ensimismada en sus reflexiones cuando oyó un rumor en la espesura. Tensándose de inmediato, se volvió en el preciso momento en que un hombre se abalanzaba hacia ella, sosteniendo una gruesa manta. Sir Roger se las había arreglado para penetrar finalmente en la propiedad, decidido como estaba a hacerle daño.

—Apartaos o gritaré.

—Estamos tan alejados de la casa que nadie te oiría —gruñó—. He planificado muy bien este momento, mi señorita engreída y orgullosa, y he estado esperando día tras día a que te aventuraras a salir sola. Ya estaba a punto de renunciar y de volverme a la capital… cuando por fin he conseguido sorprenderte.

Sarah tragó saliva. Él tenía razón. Estaba lo suficientemente lejos de la casa como para que sus gritos no pudieran ser escuchados. Normalmente había jardineros fuera, pero en ese momento no alcanzaba a ver a ninguno. No tenía nada con lo que pudiera golpearlo. No contaba más que con sus arrestos y su ingenio para rechazarlo.

—Hagáis lo que hagáis, no me casaré con vos.

—Si te muestras tan testaruda, tendré que matarte.

—¿Qué bien os podría reportar eso?

—Si no puedo tenerte a ti y a tu dinero, me aseguraré de que nadie más pueda.

Sarah perdió el aliento. ¿Estaría loco o acaso sus deudas lo habían empujado a la desesperación?

—¿Por qué me odiáis tanto?

Claramente había perdido el juicio y ella debía ganar tiempo, intentar pensar en una manera de escaparse.

Justo en ese momento oyó a su espalda el leve ruido de una rama al romperse. Imaginó que él debería haberlo oído también, pero estaba demasiado ensimismado en sus agravios, reales o imaginarios. Sus ojos tenían una extraña mirada vidriosa.

—Yo no te odio. Te amo... tú tienes que saberlo, ya que me animaste desde el principio.

—Eso es mentira, no, nunca os animé,... nunca quise ser vuestra esposa.

—Entonces te mataré ahora mismo.

Dejó caer la manta y de pronto apareció una pistola en su mano. En el preciso instante en que alzaba el brazo para disparar, dos tiros sonaron simultáneamente. Sir Roger cayó al suelo retorciéndose entre horribles dolores.

El grito de Sarah hizo que tres hombres salieran corriendo de la espesura: dos de detrás de sir Roger y otro más cercano a ella. Vio que uno de ellos era el mismo hombre al que había tomado por un simple jardinero. Los otros dos eran *monsieur* Dupree y el hombre al que más necesitaba en aquellos momentos.

—¡Rupert! —dio un paso hacia él y se desmayó.

La sujetó a tiempo de evitar que se golpeara contra el suelo.

Quince

Rupert se inclinó sobre ella, mirándola angustiado. Al final no había sido más que un leve desmayo. Suerte que habían llegado a tiempo, gracias al oportuno aviso del profesor de baile. Rupert se había bajado del coche de caballos cuando Dupree apareció corriendo, gritando que estaba seguro de haber visto a sir Roger acechando entre los arbustos.

—Vi a la señorita Sarah paseando sola. Parecía preocupada y no quise importunarla... pero luego descubrí a ese villano y vine a buscar ayuda...

Después de llamar a uno de los hombres que había contratado para proteger a Sarah en las ocasiones en que salía de la casa, Rupert requirió su pistola y se alegró de ver que ya estaba cargada y lista para usar. Había capitaneado sin éxito batidas para localizar a sir Roger, pero ahora parecía que había sido él quien había acudido a ellos. Su satisfacción cuando accionó el gatillo del arma y la bala alcanzó su objetivo fue enorme. Aquel diablo había pagado por sus maldades y Sarah estaba a salvo.

Desesperado, se arrodilló junto a ella y le pasó los

dedos por la cara y por el cuerpo buscando alguna posible herida. Acto seguido la levantó en brazos. La oyó gemir levemente, moviendo los párpados, y experimentó un inmenso alivio. Estaba viva. ¡Gracias a Dios!

—Tranquila, amor mío. Estás a salvo —le dijo, y se volvió para contemplar fríamente el cuerpo de sir Roger, que había dejado de retorcerse—. ¿Muerto?

—*Oui*, con toda seguridad —contestó *monsieur* Dupree—. Ha recibido dos disparos, en la espalda y en la cabeza. Cualquiera de ellos habría podido matarlo.

—Bien. El canalla se merecía morir. Llévenlo a uno de los edificios anejos y manden llamar a un médico… y al juez. Este asunto es ya un engorro y debemos resolverlo lo antes posible si queremos evitar un escándalo.

—A la orden, capitán —dijo el antiguo soldado al que había contratado, antes de agacharse para recoger el cadáver y cargárselo al hombro—. Yo me encargo de este. Así el francesito podrá descansar.

Rupert asintió sombrío. No dijo nada mientras caminaba hacia la casa portando su preciosa carga. Al aproximarse, fueron varios los que salieron a recibirlo. Francesca echó a correr hacia él, seguida de cerca por sir Freddie, mientras los dos hombres mayores contemplaban la escena desde los escalones de la entrada.

—¿Se encuentra bien Sarah? Hemos escuchado dos tiros.

—La localizamos a tiempo. Sir Roger estuvo a punto de matarla… está muerto. Creo que el hombre estaba completamente loco.

—La culpa fue mía —dijo William Hardcastle—. Yo le conté su historia.

—No, él la sabía antes incluso de llegar a conocerla. Estaba decidido a apoderarse de su fortuna, pero al ver lo obstinada que ella se mostraba, decidió vengarse.

—Dios santo. ¿Y todo porque no quería casarse con él?

—Hay mucho más que eso. Pero las explicaciones habrá que dejarlas para otro día, por favor, caballeros. Sarah es lo primero.

—Por supuesto, por supuesto.

—Llevadla al salón y acostadla en el diván.

—No, súbela a su habitación —dijo Francesca—. Querrá disfrutar de un poco de intimidad. Deberías quedarte con ella hasta que se sintiera mejor, tío Rupert.

—Buena chica. Adelántate y ábrele la cama.

Así lo hizo Francesca mientras él subía las escaleras con Sarah en brazos. Moviéndose apenas, ella mantuvo todo el tiempo la cabeza enterrada en su hombro sin decir nada hasta que Rupert la depositó con cuidado en la cama.

—Por favor, no te enfades conmigo, Rupert —le pidió, abriendo los ojos. Suspirando, alzó la mirada hacia él—. Ya sé que fue una estupidez salir sola, pero es que estaba distraída y preocupada y…

—Amor mío, ¿por qué iba a enfadarme contigo? —inclinó la cabeza para acariciarle los labios con los suyos—. Puede que esté algo disgustado con tu tío, porque supongo que él te habrá dicho la verdad, y estoy furioso con ese villano que intentó asesinarte…

pero nunca podría enfadarme contigo. Te amo demasiado. Si estoy enfadado con alguien, es conmigo mismo. Tenía una carta de James Monks en mi escritorio alertándome de que tu vida corría peligro, pero me la taparon otros papeles y me pasó desapercibida. Si hubieras muerto, jamás me lo habría perdonado.

Sarah intentó incorporarse, mirándolo con los ojos muy abiertos como si estuviera sorprendida.

—¿Me amas? ¿De verdad que me amas? Yo…

Francesca se retiró discretamente y cerró la puerta a su espalda. Sacudió la cabeza al ver al pequeño grupo allí congregado.

—No necesitáis preocuparos —les dijo—. Rupert cuidará ella. Estará perfectamente a salvo con él.

En el interior de la habitación, Rupert sonrió a la mujer que seguía mirándolo maravillada.

—Vamos, Sarah… Seguro que sabías que estaba enamorado de ti. Apenas me podía contener para arrastrarte hasta mi cama…

Una sonrisa iluminó su rostro.

—Sí, pensaba que querrías acostarte conmigo… pero el deseo no es lo mismo que el amor, ¿verdad? Tu tío me comentó algo acerca de que tiempo atrás perdiste a una mujer a la que querías…

—Años atrás, sí, cuando era un novato en estas cosas —repuso y sonrió, acariciándole tiernamente una mejilla—. Durante demasiado tiempo apenas he sentido nada por nadie… deseo transitorio por una mujer hermosa sí, pero verdaderos sentimientos no, hasta que apareciste tú.

—¿Por qué?

—¿Que por qué no sentía nada? —Rupert frunció

el ceño—. Mis padres no fueron particularmente felices juntos, un matrimonio de conveniencia, y yo le pedí a una dama que se casara conmigo. Ella se rio en mi cara y me llamó muchacho, que es lo que era en aquel tiempo. Me enrolé en el ejército porque había guerra… —dejó de sonreír y su mirada se tornó fría, muerta—. Vi morir a demasiados amigos en terribles circunstancias, Sarah. Saqué a mi amigo Harry, herido, del campo de batalla. Durante dos días padeció horribles dolores y murió luego en mis brazos, suplicándome que no lo olvidara y que entregara sus cosas a su familia, lo cual por supuesto hice. Algunos amigos me culparon por haber tomado la decisión de atacar las posiciones enemigas aquel día. Se perdieron vidas, aunque conquistamos el objetivo. Pero varios amigos y compañeros me culparon por aquellas pérdidas —se interrumpió—. Después de eso, dejé de sentir. En cuanto abandoné el ejército, me entregué a una vida de placeres, tomaba la mujer que me apetecía, pero sin dar nada a cambio. Y creo que nada de eso habría cambiado si no hubiera aparecido cierta excepcional institutriz en mi vida.

—Oh, Rupert, querido… —susurró Sarah mientras estiraba una mano hacia él. Rupert se la tomó y la apretó contra su mejilla antes de besarle los dedos—. Siento tanto lo de tus amigos… Sé que nada puede cambiar el pasado ni devolverte lo que has perdido… pero cuando tengamos hijos, ellos podrán ayudarte a llenar el vacío que sientes dentro de ti.

—Eso ya lo has hecho tú —le dijo, y se inclinó para besarla de nuevo. Esa vez fue un beso largo e intenso que la hizo suspirar y aferrarse a él—. Si me abrazas de esta manera, puede que acabe metiéndome en esta cama contigo…

Ella se echó a reír, una risa que había derretido el hielo y que le hacía arder la sangre en las venas.

—Si no nos estuviera esperando todo el mundo para tomar el té, te invitaría a hacerlo.

—Desvergonzada… —murmuró antes de mordisquearle un lado del cuello—. Sabes tan bien, amor mío… Apenas puedo esperar para nuestra noche de bodas.

Sarah le acarició la mejilla.

—Te amo tanto…

Él le tomó la mano y le besó la palma.

—¿De veras? Temía que no pudieras amarme tanto como yo te amo a ti. Porque no te he cortejado precisamente, ¿verdad? Durante mucho tiempo no podía confiar en mis propios sentimientos. Temía estar dolido, o desilusionado, y no fue hasta que te dispararon por primera vez que empecé a comprender lo mucho que significabas para mí. Todavía entonces no estaba seguro de lo mucho que significabas para mí, pero luego me fui dando cuenta de que sin ti mi vida no valía nada.

Sarah sonrió y apretó su mano contra su mejilla.

—No necesito halagos… Te quiero con todos tus defectos y todas tus virtudes. Ningún otro hombre pudiera contentarme.

—Me alegro de ello, señorita Hardcastle, porque no puedo matar a todos tus indeseables pretendientes… —vio que el brillo desaparecía de sus preciosos ojos y se maldijo por ser tan estúpido—. Perdóname. Solo era una broma. Sir Roger está muerto. Nadie puede hacerte ya el menor daño. Tengo en el bolsillo una licencia especial de matrimonio y nos casaremos tan pronto como tú estés dispuesta.

—¿Mañana? —inquirió ella, riendo—. Pero no, no, mi tía tiene que prepararse… Debemos esperar las tres semanas, creo… pero no veo por qué tenemos que esperar para otras cosas… —se ruborizó y Rupert se echó a reír, deleitado.

—Impúdica mujer… ¡Cuánto voy a disfrutar estando casado contigo, Sarah! Te llevarás a todo el mundo de calle cuando te baje a la capital. No sabrán qué hacer contigo.

—Puede que nos repudien.

—Tonterías. Es posible que se queden algo escandalizados con tu historia, pero al final la curiosidad se impondrá y, cuando te conozcan, no podrán dejar de admirarte como la verdadera dama que eres. Al fin y al cabo, tu madre lo era.

—Creo que su nombre de casada era Harlow —dijo Sarah, frunciendo el ceño—. Su marido murió en un estúpido duelo, dejándola sin un penique… pero supongo que eso te lo habrá contado mi tío.

—Mis agentes descubrieron la historia, querida. Tengo a mucha gente trabajando en este asunto y descubrimos que sir Roger había vuelto a la región —le besó la mano—. Temo no poder darte las informaciones que te gustaría escuchar. Tu madre murió, tal y como te contó tu tío. Sin embargo…

—¿Has descubierto alguna otra cosa?

—Tienes un hermano, de nombre Harry. Yo me enteré apenas esta misma mañana y pretendía decírtelo tan pronto como disfrutáramos de unos momentos a solas… que han sido terriblemente pocos y tardíos, amor mío.

—¿Un hermano? —Sarah se lo quedó mirando asombrada—. ¿De verdad que tengo un hermano?

—Un hermanastro, para ser precisos —repuso Rupert—. Es oficial del ejército. Había pensado que quizá querrías que estuviera presente en nuestra boda.

—Oh, sí, me encantaría. ¿Sabe él algo de mí?

—Creo que es consciente de que tiene una hermana en alguna parte, pero no de los detalles. Eso te lo dejaré a ti, Sarah. Podemos organizar un encuentro... o tú podrías invitarlo aquí para que podamos conocerlo antes de nuestra boda.

—¿Siempre piensas en todo?

—Estoy acostumbrado a estar al mando. Si soy demasiado autoritario, solo tienes que decírmelo e intentaré cambiar.

—Yo no te cambiaría por nada —dijo, y le volvieron a brillar los ojos—. Aunque... bueno, quizá algunas cosas.

—Descarada... ¿Cómo cuáles?

—No me besas lo bastante —susurró—. Y podría mencionarte otras...

No tuvo que insistir más para que él se apresurara a corregir aquellas carencias.

—Así que todo está arreglado —dijo Francesca, agarrándose al brazo de Sarah mientras paseaban juntas por los jardines, pocos días después.

Sarah tenía la sensación de que su vida se había liberado de una negra nube y de que el sol brillaba con más fuerza que nunca.

—Dentro de tres semanas estarás casada —continuó la muchacha—. Cuando os marchéis de luna de miel, yo me iré con el abuelo a casa de la madre de Freddie… y cuando vuelva, tú ya estarás aquí.

—Sí, eso es lo que sugirió Rupert. Sé que te prometí que te acompañaría, pero tendrás a tu abuelo y a John… y, por supuesto, a sir Freddie, que te adora.

—Aun así te echaré de menos, pero tienes que hacer ese viaje a París —dijo Francesca—. Yo tendré el resto del año y la primavera siguiente para estar contigo, querida Sarah. Es maravilloso que Rupert haya decidido que os establezcáis aquí los dos hasta que yo me case. No sé cómo agradecerte todo lo que has hecho por mí.

—Fue una feliz casualidad para las dos que yo apareciera por aquí —dijo Sarah, apretándole el brazo—. Ambas hemos encontrado la felicidad… y yo he encontrado a un hermano. Le he escrito invitándole a que se quede y asista a nuestra boda. Tu abuelo pasará más tiempo con nosotros y, con el tiempo, puede que hasta vuelva a establecerse en Cavendish Park.

—Freddie dice que podrá vivir con nosotros… o nosotros pasaremos aquí parte del año. Estoy segura de que nunca más volverá a sentirse solo.

—Y él lo sabe, seguro —repuso Sarah y se inclinó para oler una rosa. Recogiendo el delicado capullo, se lo enganchó en el vestido—. Todo ha terminado saliendo perfecto para todos.

—Así es. Oh, ha llegado Freddie. ¿Vamos con él?

—Ve tú, querida. Quiero recoger alguna rosa más.

—¿De modo que eres feliz, Sarah? —le preguntó Rupert aquella noche, mientras paseaban a la luz de la luna. Se detuvo para acercarla hacia sí, rozándole los labios con los suyos—. ¿Mirarás hacia el futuro sin ninguna sombra en el horizonte?

—Siempre lamentaré no haber conocido a mi madre, pero quizá mi hermano pueda hablarme de ella.

—Seguro que lo hará —repuso Rupert, acariciándole una mejilla—. Dispondréis de mucho tiempo para llegar a conoceros. Empezaremos cuando la boda y, si te parece bien, me gustaría asignarle algún dinero para el futuro, para cuando se retire del ejército.

—¿No debería hacer yo eso?

—Permíteme ese placer —dijo Rupert—. Tu dinero es tuyo, pero yo haré todo lo posible por favorecer la carrera de tu hermano y conseguirle una propiedad para que se instale en ella cuando quiera.

—¿Harías eso por mí?

—Haría más —le prometió él, y la besó.

—Creo que mi madre estaría muy contenta de ver reunidos a sus hijos.

—¿Entonces eres feliz de verdad?

—Muy feliz —respondió Sarah, alzando la mirada hacia él—. Por supuesto, alguna cosa podría mejorar. Podrías besarme más…

Se echó a reír cuando él la estrechó en sus brazos y sintió el ardor de su urgente deseo.

—¿Te llevo a la cama, Sarah? Estoy tentado, pero con la casa llena de amigos y parientes, me temo que no podríamos guardar el secreto… y yo no querría por nada del mundo que alguien pensara mal de ti.

—Llévame entonces a la casita de verano —le pidió ella—. Hay cojines y mantas con los que podríamos hacernos una cama…

—Muchacha libidinosa… —murmuró él con voz ronca—. Debería haberlo adivinado.

Sarah se volvió de lado y se incorporó sobre un codo para contemplar a Rupert dormido, con la luz de la luna dorando sus rasgos. Alzó la mano para delinear el fuerte perfil de su cuello y después el contorno de su boca de labios llenos... la misma boca que casi le había hecho perder el sentido de placer.

De repente él capturó su dedo entre sus blancos dientes y ella se echó a reír.

—Creía que estabas durmiendo…

—Eres una mujer maravillosa, Sarah —abrió los ojos y la miró—. No sé qué he hecho para merecerte.

—Oh, a mí se me ocurren unas cuantas cosas —murmuró ella e inclinó la cabeza para mordisquearle el cuello—. Muchas, de hecho. Podría tardar bastante tiempo en enumerarlas… y creo que deberíamos volver.

—Aún no —gruñó él, y rodó hasta quedar encima de ella, sobre el improvisado lecho de cojines y mantas. Recorrió luego con una mano el satinado arco de su espalda hasta agarrarle las nalgas y apretarla contra sí.

Sarah podía sentir el ardor de su excitación mientras una espiral de deseo se enroscaba en sus entrañas. Un húmedo calor se concentraba entre sus muslos y supo que estaba nuevamente lista para recibirlo, deseosa de sumergirse en la salvaje pasión que los había anegado cuando se despojaron de la ropa e hicieron el amor por primera vez.

—Te adoro, Rupert.

—Yo también, cariño —susurró—. No creía que se pudiera amar así, pero tú me has robado el corazón. Sabes que te deseo de nuevo, ¿verdad?

—Sí —enterró los dedos en su pelo—. Yo también te deseo. Soy tuya… tan a menudo y tanto como tú quieras.

—No debo repetirlo porque aún estás dolorida —pronunció Rupert con voz ronca—. Pero sí que puedo darte placer de otra manera… ¿quieres?

—Soy tuya…

Alzó la mirada hacia él con tal expresión de amor y confianza que Rupert soltó un ronco gruñido antes de bajar la cabeza y empezar a besarla. La acarició con la lengua, lamiendo delicadamente el hueco de su cuello.

Sus manos frotaron y acunaron sus senos, amasándolos tiernamente hasta que ella se arqueó y gimió bajo su cuerpo, suplicándole que la penetrara de nuevo. Pero, en lugar de ello, bajó aún más la cabeza y su lengua fue viajando vientre abajo hasta el suave y húmedo lugar en el que antes se había concentrado. Mientras su lengua empezaba a obrar su magia, Sarah chilló y gritó su nombre. Le clavó los dedos en los hombros conforme la sensación se iba haciendo cada vez más insoportable, hasta que explotó literalmente en llamas. Yació luego temblorosa en sus brazos mientras él la acariciaba hasta que regresó por fin de aquel paraíso.

—Rupert… oh, Rupert… —musitó, con las lágrimas corriendo por sus mejillas—. Oh, se me ha estropeado el peinado —dijo de pronto, enterrando la cara en su hombro—. Espero escapar a mi habitación sin que me vea nadie… —echándose a reír, se sentó mientras él se apartaba—. Pero no me importa. No me importa que se entere todo el mundo. No me avergüenza que vean lo mucho que nos queremos. Además, no creo que les importe… solo que puede que siente un mal ejemplo para Francesca.

—Seguro que la joven dama tiene ideas propias al respecto —repuso Rupert—. Espero que Merrivale apruebe su compromiso ahora y la boda en Navidad. Veré lo que puedo hacer por ellos. Podré bajar a Londres, después de todo.

—Sé que está impaciente y que desea casarse cuanto antes —dijo Sarah—. Quizá cuando volvamos de París…

—Sí —Rupert se levantó y empezó a vestirse—. Permíteme hacerte de doncella, amor mío. Creo que podremos conseguir que vuelvas a tener un aspecto presentable, si lo intentamos.

—Supongo que habrás tenido experiencia en asistir a una dama…

—¿Celosa? —enarcó una ceja—. No hay necesidad. Ninguna de mis amantes significó nunca nada para mí.

—Lo sé —repuso ella, y sonrió—. Ya me lo has dicho. Pero me estoy burlando de ti, querido, como tú te burlas de mí.

—Entonces seguid haciéndolo, milady —dijo él—. Por mí no cambiéis.

—No creo que pueda recogerme el pelo sin mi peine y mis cepillos —se quejó—. Tendré que dejármelo suelto y todo el mundo sospechará.

—Vamos —la tomó del brazo—. Porque si no regresamos rápido, volveré a desearte…

Antaño Sarah había llegado a pensar que el día de su boda nunca llegaría… y de repente había llegado. Lucía el sol y aquella mañana se levantó sintiéndose la reina del mundo. No dejó de sonreír durante la ceremonia en la iglesia y la recepción. Era un día maravilloso, honrado además por la presencia de tantos amigos y parientes, más de los que podía contar. Algunos de ellos habían llegado antes de la boda, de modo que había tenido la oportunidad de conocer a los familiares más cercanos de Rupert y a algunos de sus mejores amigos, militares todos ellos que habían servido con él.

En ese momento estaban solos por fin, no en la finca de Merrivale, sino en una casita que había pertenecido a una de las tías de Rupert, situada bastante cerca. No había querido separar demasiado pronto a Sarah de sus amistades, pero al final habían salido corriendo hacia su carruaje bajo una lluvia de pétalos de rosa y violetas secas, por segunda vez en ese día. Sarah todavía podía ver algunas en su pelo mientras se miraba en el espejo del tocador. Estaba terminando de quitárselas cuando se abrió la puerta y entró Rupert.

—¿Cansada? —le preguntó mientras se acercaba hasta situarse a su lado, contemplando su imagen en el espejo de delicada marquetería—. Deja que lo haga yo —le quitó el cepillo de la mano y empezó a deslizarlo por su larga melena, desenredando los sedosos mechones—. Ya está. Creo que ya han desaparecido todos los nudos.

—Gracias —levantándose del escabel, se volvió para mirarlo—. Creo que ha ido todo muy bien, ¿verdad? Todo el mundo ha sido increíblemente encantador conmigo.

—Era lo lógico, ¿no? Tú me has hecho feliz. Soy un hombre cambiado. Mi familia y amigos te quieren ya por ello… y mi hermana se muere de ganas de que la visites, para que pueda sonsacarte hasta el menor detalle.

Sarah se echó a reír.

—Te equivocas. Yo creía que era muy dulce…

—No te dejes engañar. Sería capaz de retorcerte un brazo si pudiera… tal como hace conmigo. Jane llevaba años intentando conseguirme novia, pero yo no la ayudaba demasiado ya que me negaba a conocer a sus candidatas.

—Afortunadamente para mí —repuso Sarah, y se estiró para besarlo—. Habría sido terrible que te hubiera pescado una de ellas.

—Nunca hubo la menor posibilidad de ello. Te estaba esperando a ti, amor mío.

Bajó la cabeza y la besó, y acto seguido la cargó en brazos para llevarla a la cama. Una vez acostada, Sarah se lo quedó mirando con una sonrisa en los labios.

—Estoy tan contenta… —murmuró—. De lo contrario, habría tenido que convertirme en tu amante.

—¡Y me lo dices ahora! —exclamó con tono burlón—. Me habría ahorrado todos los gastos de la recepción. Parecía que esos no se cansaban nunca de comer y beber…

—Oh, Rupert… —rio Sarah cuando él se despojó de la bata y quedó ante ella desnudo y absolutamente excitado—. No dejes nunca de amarme.

—Jamás —le prometió, y se reunió con ella en la cama.

Poco después se movían como un solo cuerpo, fundidos sus labios en un abrasador beso. Se abrazaban piel contra piel, mirándose a los ojos, y durante un rato largo, bien largo, no hubo ya necesidad de palabras.

JULIET LANDON
Una noche en el paraíso

Aunque la corte de la reina Isabel I en Richmond era famosa por ser el escenario de numerosas relaciones ilícitas y corazones rotos, la bella Adorna Pickering conservaba su inocencia. Solo un hombre tenía el poder de derribar la barrera de su timidez… sir Nicholas Rayne. Con su oscura reputación, Nicholas representaba todo lo que Adorna sabía que debía evitar. Pero ¿cómo podría quedarse indiferente si con solo rozarla la volvía loca de deseo?

ANNE HERRIES
Una institutriz muy especial

La heredera Sarah Hardcastle había ideado un plan para escapar de las indeseadas atenciones de cierto cazafortunas. Oculta en la

campiña inglesa, y provista de una nueva identidad como la recatada institutriz señorita Goodrum, esperaba llevar una vida tranquila.

Pero su bien planeada farsa peligró cuando conoció al tutor de su alumno, lord Rupert Myers. Seductor incorregible, Rupert poseía el atractivo y encanto necesarios para hacerla sonrojarse hasta el nacimiento de su severo escote… ¡y la determinación de descubrir lo que ocultaba debajo! Sarah iba a necesitar de todo su ingenio para resistir sus pícaras mañas y guardar intacto su secreto…

No. 86

¡YA EN TU PUNTO DE VENTA!

ALLY BLAKE
CITA PARA UNA BODA

Hannah estaba deseando volver a casa para la boda de su hermana, pero apenas podía considerarlo unas vacaciones porque para investigar un nuevo programa de televisión…, ¡su jefe había decidido ir con ella!

Hannah no quería que el pícaro Bradley Knight fuera su acompañante en la boda. Y más aún cuando descubrió que él había reservado la suite del ático para que la compartieran…

N.º 480

STACY CONNELLY
LAS REGLAS DE LA PASIÓN

Allison Warner trabajaba para Zach Wilder como ayudante temporal, pero no había esperado que su jefe fuera irresistible. No tenía la menor duda de que Zach la deseaba, pero después de un desengaño amoroso no sabía si podía arriesgar su corazón con un hombre que no estaba interesado en una relación seria. Zach no tenía intención de cambiar su forma de pensar; el trabajo lo era todo para él y un romance sería un obstáculo que lo alejaría de su objetivo. Sin embargo, ¿por qué iba a negarse a sí mismo una pequeña diversión después de la jornada laboral? Hasta que las reglas cambiaron de repente…

Tiffany

Mercedes Gallego

En tus manos

Me llamo Jana y soy fisiotera-
peuta. Trabajo en mi propia clínica, en pleno centro de Madrid.
Mi nuevo paciente, Jacobo Mon-
talván, es el hombre más macizo
que mis ojos han contemplado.
La atracción física es instantánea.
¡Pura química! Pero me asusta la
posibilidad de pasar de la atracción al amor.
Mi nombre es Jacobo y soy militar. Mi última misión, en Kabul,
me dejó maltrecho, por lo que
acudo a la clínica de una fisio.
¡Quién iba a decirme que tras
esa puerta estaría la mujer más
increíble con la que me he cruzado jamás!

A orillas del Ness

Marta Nogales llega a Inverness huyendo de un pasado que
la atormenta. No cuenta con que el carácter amable y hospi-
talario de los escoceses caldeará su corazón. Y lo más insos-
pechado: Thane Gilmore, un músico retirado, padre de una
adolescente y soltero recalcitrante, zarandea sus sentimientos
hasta convertir la paz que busca en un torbellino de pasión.
Thane vivió el éxito a edad temprana y no busca emociones
que sobrepasen cuidar a su hija, tomar whisky con sus amigos
y dirigir un pequeño negocio. Creía que su corazón estaba a
salvo, pero la llegada de Marta alterará su pacífica existencia.

Su unión…
¡no estaba destinada a durar!

EL SUSTITUTO DEL NOVIO

PIPPA ROSCOE

N.º 223

Para la directora ejecutiva Helena Hadden, decir «sí, quiero» a Leonidas Liassidis es la única manera de salvar la organización benéfica que tanto significa para ella. Y aunque su atracción por el griego es innegable, su matrimonio está condenado a ser únicamente de conveniencia...

Leo ha aprendido por las malas a no confiar en nadie. Por ello, sustituir a su hermano en la boda con Helena es simplemente una decisión que asegurará el éxito de su negocio. Sin embargo, el beso que los une como marido y mujer desencadena una explosión de deseo peligrosa...